SCIENCE FICTION

Herausgegeben
von Wolfgang Jeschke

Vom BATTLETECH™-Zyklus erschienen in der Reihe
HEYNE SCIENCE FICTION & FANTASY:

Die Gray Death-Trilogie:

William H. Keith jr.: Entscheidung am Thunder Rift · 06/4628
William H. Keith jr.: Der Söldnerstern · 06/4629
William H. Keith jr.: Der Preis des Ruhms · 06/4630
Ardath Mayhar: Das Schwert und der Dolch · 06/4686

Die Warrior-Trilogie:

Michael A. Stackpole: En Garde · 06/4687
Michael A. Stackpole: Riposte · 06/4688
Michael A. Stackpole: Coupé · 06/4689
Robert N. Charrette: Wölfe an der Grenze · 06/4794
Robert N. Charrette: Ein Erbe für den Drachen · 06/4829

Das Blut der Kerensky – Trilogie:

Michael A. Stackpole: Tödliches Erbe · 06/4870
Michael A. Stackpole: Blutiges Vermächtnis · 06/4871
Michael A. Stackpole: Dunkles Schicksal · 06/4872

Die Legende vom Jadephönix – Trilogie:

Robert Thurstone: Clankrieger · 06/4931
Robert Thurstone: Blutrecht · 06/4932
Robert Thurstone: Falkenwacht · 06/4933

Robert N. Charrette: Wolfsrudel · 06/5058
Michael A. Stackpole: Natürliche Auslese · 06/5078
Chris Kubasik: Das Antlitz des Krieges · 06/5097
James d. Long: Stahlgladiatoren · 06/5116
J. Andrew Keith: Die Stunde der Helden · 06/5128
Michael A. Stackpole: Kalkuliertes Risiko · 06/5148
Peter Rice: Fernes Land · 06/5168 (in Vorb.)
Michael A. Stackpole: Die Kriegerkaste · 06/5195 (in Vorb.)
Victor Milan: Auge um Auge · 06/5272 (in Vorb.)
James D. Long: Black Thorn Blues · 06/5290 (in Vorb.)

Michael A. Stackpole

Kalkuliertes Risiko

Ein BATTLETECH™-Roman

Einundzwanzigster Roman
im BATTLETECH™-Zyklus

Deutsche Erstausgabe

WILHELM HEYNE VERLAG
MÜNCHEN

HEYNE SCIENCE FICTION & FANTASY
Band 06/5148

Titel der Originalausgabe
ASSUMPTION OF RISK
Übersetzung aus dem Amerikanischen
von Reinhold H. Mai
Umschlagbild: FASA Corporation
Innenillustrationen: Liz Danforth
Die Karte auf Seite 6 zeichnete
Mirjam Wehner

5. Auflage

Redaktion: Rainer-Michael Rahn

Printed in Germany 1999
Umschlaggestaltung: Atelier Ingrid Schütz, München
Satz: Schaber Satz- und Datentechnik, Wels
Druck und Bindung: Elsnerdruck, Berlin

ISBN 3-453-07769-5

Für William Cox, John Watts, Sr.,
und John Watts, Jr.,
dafür daß sie drei Jungs geholfen haben,
die nie ein Risiko eingehen wollten,
ihm aber nicht entgehen konnten.

❖

Der Autor möchte den folgenden Personen danken, die absichtlich oder unabsichtlich am Entstehen dieses Buches mitgewirkt haben: Patrick Stackpole für seine Waffenkenntnisse; J. Ward Stackpole für medizinische Beratung; Kerin Stackpole für den Titel; Chris Hussey und Fredrick Coff dafür, daß sie mir geholfen haben, Kai seinem etablierten Charakter treu bleiben zu lassen; Sam Lewis für redaktionelle Beratung; Donna Ippolito dafür, daß sie mich gezwungen hat, Englisch zu schreiben; John Allen-Price für einen Cox; Liz Danforth dafür, daß sie mich ertragen hat; Scott Jenkins für Recherche; Larry Acuff, Keith Smith und Craig Harris für ausgeliehene Charaktere und dem Genie Computer Network, über dessen Leitungen dieser Roman und sämtliche Korrekturen geradewegs vom Computer des Autors an FASA gingen.

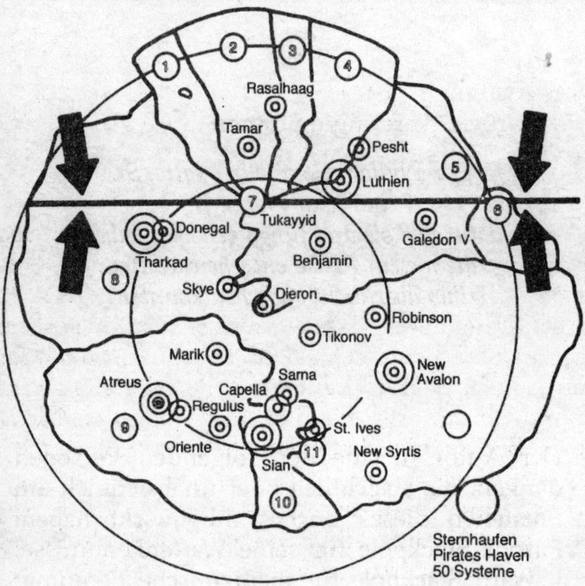

Karte der Nachfolgerstaaten

Clan-Waffenstillstandslinie

1. Jadefalken/Stahlvipern, 2. Wölfe, 3. Geisterbären,
4. Nebelparder/Novakatzen, 5. Draconis-Kombinat,
6. Außenweltallianz, 7. Freie Republik Rasalhaag,
8. Vereinigtes Commonwealth, 9. Liga Freier Welten,
10. Konföderation Capella, 11. St. Ives-Pakt

Karte erstellt durch COMSTAR,
nach Informationen des COMSTAR-EXPLORERDIENSTES
und des STERNENBUNDARCHIVS, Terra.

3054 COMSTAR-KARTENDIENST

PROLOG

New Avalon
Mark Crucis, Vereinigte Sonnen

17. Januar 3037

Justin Allard betrachtete seinen Sohn. Der Sechsjährige marschierte ins Arbeitszimmer wie ein Soldat, den eine Disziplinarstrafe erwartete. In der Schuluniform aus blauem Blazer, weißem Hemd, gestreifter Krawatte und kurzer Hose hätte sein Auftreten leicht den Eindruck einer kindlichen Parodie militärischer Präzision erwecken können, aber Justin wußte, daß der stille Knabe nichts spielte. *Die Bestrafung des Jungen hat bereits begonnen.*

Kai blieb links neben Justins Sessel stehen, in Reichweite der metallenen Hand, die Justin sein eigen nannte, seit er deren natürliches Äquivalent im Dienst für die Vereinigten Sonnen verloren hatte. Auf dem Gesicht des Knaben war nichts von der Angst zu sehen, die er mit Sicherheit fühlte, aber der Flüsterton seiner Stimme verriet Reue und Entsetzen.

»Ich habe etwas Schlimmes getan, Vater.«

Justin hatte mit dem Rektor gesprochen, bevor er den Wagen losgeschickt hatte, um seinen Sohn nach Hause zu holen, daher war er bereits unterrichtet. Aber Kai sollte es ihm selbst sagen. »Und was, Kai?«

Der kleine Junge preßte die Lippen zu einem Strich zusammen und schluckte schwer. Er hielt sich mit einer Selbstbeherrschung unter Kontrolle, die seine Jugend Lügen strafte – einer Selbstbeherrschung, welche Justin bei MechKriegern, die sechsmal so alt waren, schon gelegentlich vermißt hatte. Es machte ihm angst, seinen Sohn so steif dastehen zu sehen, aber gleichzeitig erfüllte ihn dessen Reife mit väterlichem Stolz. Er wußte, sein Sohn konnte noch immer ein kleiner Junge sein und mit anderen Kindern spielen, wie es seinem Alter entsprach, aber wenn er mit erwachsenen Themen in Berührung kam, konnte er sie wie ein Erwachsener behandeln.

»Ein paar von den anderen Jungs in der Schule haben sich im Holovid einen Mechkampf auf Slaris angesehen.«

»Das heißt Solaris, Kai.«

»Solaris, ja, Sir.« Kais graue Augen senkten sich, und er wurde rot. »Sie haben gesagt, du warst in dem Kampf und hast einen Mann getötet. Sie haben gesagt, du hast viele Männer getötet. Das hat dich zum Helden gemacht. Und dann habe ich Streit mit Jimmy Kefaveur bekommen. Er hat gesagt, sein Vater könnte dich fertigmachen. Da hab ich gesagt, du könntest seinen Vater töten. Und dann hat er geweint.« Kais Beichte endete in einem von Schmerz erstickten Wispern.

Justin nickte langsam. »Es wird Zeit, daß wir uns unterhalten.« Er stand auf und nahm die Linke seines Sohnes in die gesunde Rechte. Der Vater führte den Sohn hinüber zur braunen Ledercouch an der Seite des Zimmers. Dort setzten sie sich und schauten auf einen dunklen Holovidmonitor. Justin nahm seinen Sohn in den rechten Arm und griff mit der künstlichen Linken nach der Fernbedienung.

»Kai, vor sechshundert Jahren – vor sehr langer Zeit, lange bevor selbst dein Großvater Quintus geboren wurde – haben einige sehr kluge Menschen die BattleMechs erfunden. Sie bauten sie groß, größer als zwei oder drei Häuser übereinander. Sie bauten mächtige Waffen ein – Laser und Partikelprojektorkanonen und Raketen und Maschinengewehre – und panzerten sie. Sie machten sie ungeheuer stark, und wie in grauer Vorzeit die Ritter in schimmernder Rüstung beherrschten die BattleMechs das Schlachtfeld.«

»Wie König Artus oder Karl der Große?«

Justin strich seinem Sohn über den Kopf. »Ja, genauso. Im Kampf waren die BattleMechs furchtbar, und alle Völker in der Inneren Sphäre kämpften gegeneinander, bis sie sich vereinten, um im Frieden des Sternenbunds zu leben. Und dann, vor dreihundert Jahren ...«

»Bevor Opa geboren wurde?«

Justin gluckste leise. »Ja, bevor mein Vater geboren wurde, zerstörte ein sehr böser Mann namens Stefan Amaris den Sternenbund, und seither führen die Völker Krieg und versuchen, ihn wieder aufzubauen.«

»Du hast deinen Metallarm im Krieg bekommen.«

»Ich habe ihn kurz vor dem letzten Krieg bekommen, Kai, aber darum geht es mir nicht.« Justin drückte einen Knopf auf der Fernbedienung, und auf dem Schirm erschien ein Bild. Mit einem weiteren Knopfdruck schaltete er den Ton ab. »Das ist Solaris VII, Kai. Man nennt diesen Planeten auch die Spielwelt, weil die Leute dorthin fliegen, um Krieg zu spielen. Sie kämpfen gegeneinander, und alle Kämpfer wollen Champion werden. Vor dem letzten Krieg hat Hanse Davion mich gebeten, nach Solaris zu gehen und um den Titel zu kämpfen. Und weil er mein Herrscher ist, habe ich gehorcht.«

Kai wandte den Kopf zum Schirm, und Justin fühlte, wie er zusammenzuckte. »Das ist der Kampf.«

Der Holovid-Kampfbericht, der fast zehn Jahre zuvor in der gesamten Inneren Sphäre ausgestrahlt worden war, zeigte Justin in einem *Centurion* im Gefecht gegen einen ebenfalls humanoiden *Greif.* Da der Kampf in einer ›Fabrik‹ genannten Arena stattgefunden hatte, die durchgängig für dreißig Meter hohe BattleMechs ausgelegt war, hätte man das Holovid auch als Kampf zwischen zwei Männern in Exoskeletten verstehen können.

Durch den fehlenden Ton wirkte der ganze Kampf

auf gespenstische Weise unwirklich. »Der Mann in dem *Greif* hieß Peter Armstrong. Er war ein tapferer Mann, aber er vertraute einem sehr schlechten Mann. Und dieser schlechte Mann überredete Peter dazu, etwas sehr, sehr Dummes zu tun.«

Auf dem Bildschirm trat Justins *Centurion* hinter den Trümmern hervor, die überall in der Fabrik herumlagen, und richtete den Geschützlauf, der die rechte Hand des Mechs ersetzte, auf den Greif. Der breitete die Arme aus. *Armstrong überließ mir den ersten Schuß, weil er dachte, ich hätte nur eine leichte Autokanone in dem Arm.*

Feuer zuckte aus dem Lauf, und auf der Brustpartie des *Greif* explodierte die Panzerung. Der *Greif* wankte, dann erwiderte er das Feuer. Aus der Lafette auf seiner rechten Schulter zuckten Raketen auf den Torso des *Centurion* zu. Die PPK in der rechten Hand des Mechs kam hoch, aber der grellblaue künstliche Blitzschlag ging daneben. Durch den Rauch der Raketenabschüsse war der schwere Schaden des *Greif* zu erkennen. Jeder MechKrieger konnte sehen, daß ein Mech mit so dünner Torsopanzerung untergehen mußte.

»Peter Armstrong hielt mich für einen Feigling. Er wollte mich töten, aber ich wollte ihn nicht umbringen. Ich habe versucht, dem Kampf ein schnelles Ende zu machen.«

Justins Kehle zog sich zusammen, als der *Centurion* auf dem Schirm den *Greif* mit Schüssen eindeckte. Der zweite Feuerstoß der Autokanone sprengte die Panzerung vom rechten Arm des Greif. Die Granaten fraßen sich durch die Myomerfasern der künstlichen Muskeln von Hand und Unterarm wie ein Rudel halbverhungerter Hunde durch frisches Fleisch. Die an eine Pistole erinnernde PPK fiel aus der zertrümmerten Hand. Dann explodierte sie, als die AK-Granaten sie durchbohrten.

Der mittelschwere Laser des *Centurion* bohrte einen

rubinroten Energiestachel durch das Herz des *Greif*. Er setzte die Verwüstung der ersten Autokanonensalve fort, brannte sich durch die Abschirmung des Fusionsreaktors und entfachte ein Feuer, das den Mech von innen heraus zerfressen mußte.

Die Stirnplatte des *Greif* flog davon, und Justin wünschte sich, dieses eine Mal ein anderes Ende zu sehen als in den zahllosen Alpträumen, die ihn seit jener Nacht des Kampfes geplagt hatten. Er wollte Peter Armstrong sehen, wie er auf seinem Schleudersitz aus dem Cockpit flog, aber da war kein Mensch, da waren nur Stichflammen. Der *Greif* kippte nach hinten weg. Dort, wo sein Gesicht gewesen war, loderte ein Mahnfeuer und nahm ihm jeden Hauch von Menschlichkeit.

Justin hielt die Aufzeichnung an. »Kai, Peter Armstrong ist in diesem Mech gestorben. Ich wollte nicht, daß er stirbt. Ich wollte, daß er lebt. Soviel ich weiß, hatte er eine Familie, einen Sohn und eine Tochter; er hatte eine Frau, wie ich deine Mutter habe, und Geschwister wie deine Onkels und Tanten. Vielleicht haben seine Mutter und sein Vater seinen Tod beweint.«

Die Unterlippe des Knaben zitterte, und Justin drückte ihn an sich. »Denk daran, Kai, denk immer daran: Einen Menschen zu töten, ist nicht leicht und darf auch niemals leicht werden. Wenn du es einmal getan hast, wirst du es nie wieder los. Das war jetzt das erstemal, daß ich mir das Holovid dieses Kampfes angesehen habe, aber ich durchlebe diesen Kampf in meinen Alpträumen immer wieder. Peter Armstrong hätte nicht sterben müssen, und er ist nur gestorben, weil ihm Philip Capet eingeredet hatte, aus einem Mech auszusteigen sei feige.«

Kai sah zu seinem Vater auf und nickte. »Töten ist nicht leicht und darf es auch niemals werden. Ich werde nie jemanden töten, Vater.«

Justin drückte seinen Sohn noch einmal an sich. »Es kann sein, daß du eines Tages, im Krieg, zum Töten gezwungen bist. Solange du die Verantwortung für das übernimmst, was du tust, solange du nicht grundlos tötest, wirst du dir nichts vorzuwerfen haben, mein Sohn.« Das stolze Lächeln verschwand vom Gesicht des älteren Allard. »Jetzt hast du die Gefühle eines anderen Jungen verletzt. Wie wirst du die Verantwortung dafür übernehmen?«

Kai runzelte angestrengt die Stirn. Justin wußte, daß sein Sohn sich eine härtere Strafe auferlegen würde, als es sein Vater je übers Herz gebracht hätte.

»Ich sollte mich entschuldigen. Ich sollte ihm etwas geben, das zeigt, wie leid es mir tut.«

»Und was, meinst du, könnte das sein?«

»Meine Lieblingsbuchdiskette?« Es war nur eine Frage, aber als sein Vater nickte, trat ein Ausdruck grimmiger Entschlossenheit auf sein junges Gesicht. »Ich werde ihm Eulenmond schenken.«

»Eine weise Entscheidung, Kai.«

Der Knabe sah ängstlich hoch. »Du haßt mich nicht?«

Justin schaltete den Monitor ab, dann hob er seinen Sohn auf den Schoß. Wieder einmal wünschte er sich Gefühl in seinem Metallarm, um den Jungen richtig umarmen zu können. »Kai, du bist mein Sohn. Ich werde dich immer lieben, was du auch tust. Ich bin vielleicht manchmal enttäuscht, aber ich werde dich immer lieben.«

»Ich liebe dich auch, Vater.«

Justin drückte seinen Sohn an sich, dann sah er auf ihn hinab. »Du bist etwas ganz Besonderes, Kai.«

»Darf ich dich was fragen?«

»Aber sicher.«

Der Junge verzog wieder in angestrengter Konzentration das Gesicht. »Die Jungens haben gesagt, daß du Champion von Solaris geworden bist. Sie haben gesagt, du wärst der Beste gewesen.«

»Ja, ich war Champion von Solaris.«

»Warum hast du aufgehört?«

Justin zögerte einen Augenblick, während er nach einer Antwort suchte – nicht nur für seinen sechsjährigen Sohn, auch für sich selbst. »Solaris ist eine Scheinwelt, Kai, wo man grundlos kämpft. Viele Menschen gehen dorthin, um sich zu verstecken. Ich konnte das nicht. Ich war dort, und ich bin wieder gegangen, weil ich in der Wirklichkeit gebraucht wurde.«

1

Arc-Royal
Distrikt Donegal, Vereinigtes Commonwealth

19. Dezember 3055

Der leichte Wind trieb den Nieselregen über Kai Allard-Liaos glattrasiertes Gesicht. *Es ist nur recht und billig, daß die Welt heute weint.* Unwillkürlich zog er die Schultern hoch, weniger als Reaktion auf den kalten Wind als auf das schauerliche Gefühl, hier am offenen Grab zu stehen und zu sehen, wie der Sarg langsam in die Tiefe gelassen wurde. Er zog an den Enden des Gürtels, der seinen schwarzen Trenchcoat geschlossen hielt, und zog den Knoten fester, beinahe so fest wie den in seinen Eingeweiden.

Der Priester am Kopfende des Grabes strich die Seite des Gebetsbuches glatt. »Salome Kell, in diesen Grund geben wir deinen irdischen Körper. Er kehrt zurück zu dem Staub, aus dem alle Menschen geschaffen sind. Wir tun dies in der Sicherheit, daß du bei unserem Herrn im Himmel weilst und dort bleiben wirst, in Ewigkeit. Amen.«

»Amen«, wiederholte Lai und bekreuzigte sich wie die übrigen Trauergäste auch, aber als die anderen allmählich das Grab verließen, blieb er zurück. Er starrte hinab auf den Sarg. In Gedanken aber war er weit entfernt. Die Zeit verstrich, ohne daß er es bemerkte, und erst eine Berührung an der Schulter brachte Kai zurück in die Wirklichkeit.

»Danke, daß du gekommen bist, Kai.« Phelan Ward schenkte Kai ein verkniffenes Lächeln, das fast im Ansatz wieder verschwand. Er trug die Ledermontur des Wolfsclans, die beinahe so grau war wie Gewitterwolken am Himmel über ihnen. Phelan war hier auf Arc-Royal geboren worden, aber dann hatten ihn die Clans gefangen, und er war bei den mächtigen Wölfen bis in den Rang eines Khans aufgestiegen. Trotzdem, er wirkte nicht annähernd so stark oder furchterregend, wie man sich erzählte. *Die Trauer um den Verlust eines Elternteils zwingt selbst den größten Krieger in die Knie,* dachte Kai.

»Ihr erweist uns eine große Ehre, indem Ihr als Vertreter des St. Ives-Paktes hier erscheint, mein Lord.« Morgan Kell trat steif neben seinen Sohn. Er streckte die Linke aus, und Kai ergriff sie mit festem Händedruck. Er war sich schmerzlich bewußt, daß Morgans leerer rechter Ärmel an der Schulter befestigt war. »Eure Mutter und Eure Nation haben sich in ihren Geschäften mit uns immer als äußerst fair erwiesen.«

Kai nickte und unterdrückte das Schaudern, das ihn beim Anblick Morgan Kells zu überfallen drohte. Er hatte den Söldnerkommandeur auf Outreach kennengelernt, in seinem Ausbildungsjahr zur Vorbereitung auf den Kampf gegen die Clan-Invasoren. Morgan hatte sich dort durch eine starke, charismatische Ausstrahlung hervorgetan – und die Tatsache, daß er die Explosion überlebt hatte, bei der seine Frau und Archon Melissa Steiner-Davion umgekommen waren, zeugte von seiner Lebenskraft. Trotzdem, die Bombe hatte ihm nicht nur den Arm abgerissen, sondern ihm auch den Anschein der Unverwundbarkeit genommen; in diesem Moment wirkte Morgan verhärmt und schwach.

Kai fühlte einen Kloß im Hals. Er schluckte. »Ich habe mein Bestes getan, mich aus der Staatspolitik herauszuhalten und deren Verpflichtungen, soweit es möglich war, aus dem Wege zu gehen. Dieser Besuch auf Arc-Royal ist eine schmerzliche Pflicht, und Ihre Trauer ist auch die meine. Ich muß jedoch zugeben, daß ich nicht nur aus Gründen der Ehrbezeugung meiner Familie hier bin. Ich fürchte, ich habe einen

Teil dieser Bestattung für meine eigenen Bedürfnisse ausgenutzt.«

Morgan sah ihm in die Augen, und der Blick ging wie ein Stromschlag durch Kais Innerstes. »Natürlich, für Ihren Vater. Ich verstehe und fühle mich noch geehrter.«

Phelan runzelte die Stirn. Die Bemerkung seines Vaters hatte hin offensichtlich verwirrt. »Dein Vater ist schon vor Jahren gestorben, frapos?«

Kai ignorierte den Clanismus in Phelans Frage. »Er starb, während ich auf Alyina festsaß und versuchte, ComStar und eurem Clan Jadefalke zu entkommen. Als ich zurück war, bin ich zu seinem Grab auf dem Kestrel gepilgert – obwohl es wahrscheinlich richtiger wäre, von einem Besuch zu sprechen.«

Morgan Kell nickte ernst. »Ich habe Ihren Vater gekannt. Was er erlitten hat, und die Opfer, die er im Krieg gegen die Konföderation Capella gebracht hat, machen ihn solcher Verehrung würdig. Ja, Sie verdanken Ihre Existenz seinen Aktionen im Dienste Hanse Davions.«

Die Bemerkung ließ Kai grinsen. »Stimmt. Hätte er nicht als Doppelagent Davions auf Sian für Maximilian Liao gearbeitet, hätten er und meine Mutter vielleicht nie geheiratet, und St. Ives wäre heute noch Teil der Konföderation Capella.« Seine Miene verdüsterte sich etwas. »Obwohl ich sein Grab besucht habe, hatte ich nie wirklich Gelegenheit… Das Begräbnis fand in meiner Abwesenheit statt.«

Morgan streckte den Arm aus und drückte Kais rechte Schulter stärker, als der es für möglich gehalten hätte. »Ich verstehe. Keiner von uns nimmt es Ihnen übel, daß Sie die Chance wahrgenommen haben, Lebewohl zu sagen.« Er blickte sich zu den frisch aufgeschütteten Erdhaufen um, die den grünen Friedhofsrasen bedeckten. »Wir haben vielen unserer Toten Lebewohl gesagt, den erst kürzlich verstorbenen ebenso wie denen, die schon lange von uns gegangen sind.«

Kai zog es wieder die Kehle zusammen. »Mein Vater und ich, wir haben uns verstanden – oder zumindest er hat mich verstanden. Ich habe immer geglaubt, daß er mir zu meinem Besten etwas vorgespielt hat, wenn er sagte, er wäre stolz auf mich, ohne es wirklich tief im Innersten zu glauben.« Kai klopfte sich auf die Brust. »Nach Alyina und allem, was ich dort erreicht hatte, glaubte ich, ihm endlich Grund gegeben zu haben, wirklich stolz auf mich zu sein, und dann...«

Phelan schloß halb die Augen, und seine Miene gefror. »Ich bin sicher, er *wäre* stolz gewesen. Ich hatte vor kurzem einen Anlaß, Alyina zu besuchen. Jadefalken und Wölfe sind Rivalen und behandeln einander mit kaum verhohlener Verachtung. Als ich Taman Malthus traf, den Garnisonskommandeur Alyinas, ermöglichte mir die Erwähnung deines Namens das Gespräch mit ihm. Im Gegenzug für das Versprechen deines Onkels Daniel, nicht anzugreifen, gab uns Malthus, was wir brauchten. Er hat es einfach nur aus Respekt für dich getan. Was immer du auf Alyina getan hast, es hat ihn mächtig beeindruckt.«

»Taman Malthus ist ein guter Mann. Ich würde ihm jederzeit mein Leben anvertrauen. Auf Alyina habe ich es getan, und er hat mich nicht enttäuscht.« Kai blickte von Phelan zu Morgan. »Aber meine Taten auf Alyina oder im übrigen Clankrieg waren nichts im Vergleich zu den Wundern, die mein Vater vor fünfundzwanzig Jahren gewirkt hat. Trotzdem denke ich, daß er zufrieden gewesen wäre.«

»Väter sind auf alles stolz, was ihre Söhne tun, Kai. Ich weiß, daß ich es bin.« Morgan klopfte Phelan auf die Schulter. »Ihr Vater hätte sich über Ihre Abenteuer auf Alyina gefreut, und ebenso über Ihre Erfolge auf Solaris. Sie haben seinen Rekord gebrochen, und soweit ich das verstehe, hat sein Stall unter Ihrer Leitung eine beachtliche Anzahl von Siegen verbucht.«

Kai nickte respektvoll. *Mein Vater hätte sich über meine Leistungen gefreut, aber wäre er auch stolz darauf gewesen, daß ich mich auf Solaris verstecke?* »Der Krieg gegen die Clans hat viel verändert. Ich möchte glauben, daß ich mich zum Besseren verändert habe, aber das ist schwer zu sagen.«

Phelans Züge entspannten sich, aber Kai bemerkte, wie er sich innerlich zurückzog. »Der Krieg bringt Veränderungen, die man zum Teil sicher bedauern muß. Wegen des Krieges bin ich von meiner Familie abgeschnitten. Allein mein Besuch hier, um dem Begräbnis meiner Mutter beizuwohnen, machte es notwendig, Prinz Victor Davion über den Präzentor Martialum ComStars ein Gesuch um die Erlaubnis meiner Anwesenheit als Repräsentant Clan Wolfs zu senden. Nach dessen Zustimmung übermittelte ComStar den Antrag an den ilKhan zur Begutachtung. Ich wünschte, es wäre anders, aber ich weiß, daß dem nicht so sein kann. Ich bin sicher, dir geht es ähnlich.«

»Ich habe Kameraden und Freunde verloren, ja.« Kai zögerte einen Moment, als das Bild Deirdre Lears vor sein inneres Auge trat. »Es gibt Zeiten, in denen uns die Lektionen des Krieges von denen trennen, die wir lieben. Wir können in einer Art Frieden leben, indem wir die Gültigkeit dieser Lektionen abstreiten, aber die Wahrheit steckt uns in den Knochen wie eine Infektion, und irgendwann bricht sie ohne Vorwarnung aus und zerstört unser Leben.«

Einen Pulsschlag lang zuckte ein undefinierbarer Ausdruck über Phelans Gesicht, dann nickte er. »So sehr wir uns das auch wünschen mögen, Kai, wir können nie wieder die Menschen sein, die wir vor dem Krieg waren. Und wir sollten uns das auch nicht wünschen. Der Krieg hat uns von allen Äußerlichkeiten gereinigt. Er hat uns wieder zu dem gemacht, was wir sind, dazu, wozu wir geboren wurden. Wir können dem nicht den Rücken kehren, denn wenn wir es tun, wird jemand kommen, der es gegen uns ausnützt.«

Kai erwiderte Phelans ruhigen Blick und fühlte das unausgesprochene Band der Seelenverwandtschaft zwischen ihnen. Gleichzeitig wußte er, wie verschieden der Weg war, den sie gehen mußten, um sich selbst gerecht zu werden. Phelan lebte in einer Kultur, die kriegerisches Können und Wagemut über alles andere stellte, und konnte seine Kämpferseele mit großem Profit ausleben. *Meine Welt ist anders, Phelan. Ich kann den Krieger nur* spielen.

»Es ist lange her, seit ich gehört habe, wie grimmige junge Kämpfer zu philosophieren versuchen.« Morgan blickte in das Grab, an dessen Boden seine Frau ruhte, dann zuckte er müde die Schultern. »In meinem Leben habe ich zuviel Krieg gesehen, aber was ich gesehen habe, erinnert mich daran, daß das Leben weitergeht. Im Zweikampf entdecken wir Facetten unseres Wesens, von denen wir vorher nichts geahnt haben. Wir formen neue Beziehungen und ziehen neue Einsichten aus unserer Zeit im Feuer.« Er nickte seinem Sohn zu. »Ich hielt Phelan für verloren, aber er kehrt als Clan-Khan zurück, mit einer wunderbaren Frau an seiner Seite. Umgeben von Tod und Zerstörung, hat er einen der Hauptgründe fürs Überleben gefunden.«

Wieder zuckte Deirdres Bild durch Kais Gedanken. »Ihr Sohn hat Glück.« Kai sah hoch und an Vater und Sohn vorbei zu einem Grüppchen von vier Personen, die geduldig am Rand des Gottesackers warteten. Alle vier trugen Trauerkleidung, drei Schwarz, eine Weiß. »Wenn die Holovidsendungen, die ich beim Anflug auf Arc-Royal gesehen habe, nur zur Hälfte stimmen, scheinen Galen Cox und Victors Schwester Katrina ein Paar geworden zu sein. Das ist mit Sicherheit eine Begegnung, die man dem Krieg anlasten kann.«

Die Kells sahen sich zu der Gruppe hinter ihnen um

und nickten langsam. Ohne Zweifel hatten sie dieselben Gedanken wie Kai. Die Frau in Weiß, Omi Kurita, war als Vertreterin ihres Reiches aus dem Draconis-Kombinat gekommen. Sie und Victor Steiner-Davion hatten sich ineinander verliebt, als der Krieg ihre beiden Nationen – seit Jahrhunderten erbitterte Erbfeinde – gezwungen hatte, gegen die Clanbedrohung einen Pakt zu schließen.

Phelan schüttelte langsam den Kopf. Im feuchten Nebel klebte seine schwarze Stirnlocke an der Haut. »Ich verstehe, warum Victor sie liebt, aber die beiden tun mir leid. Sie werden niemals zusammenkommen können.«

»*Niemals* ist ein Wort, das man möglichst vermeiden sollte, Phelan.« Morgan Kell lächelte listig. »Ich kann mich an eine Zeit erinnern, in der es hieß, das Draconis-Kombinat würde seine ausgebürgerten Kämpfer auf Solaris niemals anerkennen, aber auch das scheint sich zu ändern.« Er sah hinüber zu Kai. »Soweit ich weiß, wird das Landungsschiff *Taizai* Omi-san als Geste der Versöhnung mit der draconischen Gemeinde dort nach Solaris bringen.«

Kai fiel die Kinnlade nach unten. »Darf das denn wahr sein? Ich meine … Nicht, daß ich Ihre Worte anzweifeln will, Oberst Kell, aber der Koordinator schickt seine einzige Tochter nach Solaris? So etwas ist noch nie dagewesen.«

»Ebensowenig wie Ihre siebte Verteidigung des Championats im nächsten Jahr. Ich wurde gebeten, die Abfertigung ihres Landungsschiffes zu beschleunigen, damit sie nicht unnötig aufgehalten wird. Bei dieser Gelegenheit habe ich auch dafür gesorgt, daß die *Taizai* dieselbe Route mit denselben Anschlüssen nach Solaris nimmt wie Sie.«

Kai faßte sich wieder und nickte. »Das ist schneller als eine kommerzielle Route, und es verhindert, daß Kombinats-Sprungschiffe in die Nähe der Isle of Skye kommen. Ryan Steiners Propagandafabrik hat schon genug schmutzige Lügen darüber verbreitet, wie Victor mich auf Alyina im Stich gelassen haben soll, und über seinen angeblichen Streit mit Galen Cox wegen Katrina. Gerüchte über draconische Schiffe im Commonwealth wären nur noch Wasser auf seine Mühlen.«

»Genau das denke ich auch, deshalb meine Vorsicht. Glücklicherweise konzentriert Ryan sich durch seinen pathologischen Haß auf die Clans völlig auf Phelans Besuch. Er scheint Omis Anwesenheit hier gar nicht bemerkt zu haben, und ich möchte, daß es auch so bleibt.« Während Morgan sprach, sah Kai das Feuer in seinem Blick zurückkehren und erkannte, daß Morgan Kell ungeachtet seiner schweren Verwundungen immer ein standhafter Verteidiger der Steiner-Erbfolge und des Vereinigten Commonwealth bleiben würde.

Morgan sah zu den dräuenden Wolken hinauf. Dann drehte er sich um und marschierte den Hang hinauf, auf dessen Kuppe Katrina, Galen, Omi und seine Tochter Caitlin geduldig warteten. »Kommen Sie, meine Herren. Wir haben unsere Toten bestattet, von Kriegen und alten sowie noch lebenden Feinden gesprochen. Lassen Sie uns das alles für eine Weile vergessen. Wir wollen gehen und auf die Lebenden trinken, und das Angedenken derer feiern, die wir lieben, und derer, die nicht mehr unter uns weilen.«

Kai blieb noch einen letzten Augenblick am Rand des Grabes stehen und beugte den Kopf. »Wenn Sie meinen Vater sehen«, murmelte er, »richten Sie ihm bitte aus, sein Sohn liebt ihn.« Er bekreuzigte sich noch einmal, dann stiefelte er hinter Morgan und dessen Sohn her und drehte sich nicht mehr um. Hinter ihm legte sich der dichter werdende Nebel wie ein Totenschleier über den Friedhof.

2

Tharkad City, Tharkad
Distrikt Donegal, Vereinigtes Commonwealth

19. Dezember 3055

Allein am Grab seiner Mutter fühlte sich Prinz Victor Ian Steiner-Davion wie ein Gefangener im Netz der Interpretationen, mit denen die Öffentlichkeit jede seiner Handlungen quittierte. Viele würden die Tatsache, daß er allein hierhergekommen war und Pressevertreter ebenso ausgeschlossen hatte wie seine Adjutanten, als den Wunsch eines liebenden Sohnes auslegen, privat um seine Mutter zu trauern. Zahllose Bewohner seines über tausend Lichtjahre durchmessenden Reiches würden diese Interpretation akzeptieren. Aber er wußte auch, daß die meisten davon innerhalb der Grenzen der Vereinigten Sonnen lebten, dem alten Reich seines Vaters.

Der kleinwüchsige Prinz sank auf ein Knie. Er ignorierte den beißenden Frostwind, der über den schneebedeckten Friedhof peitschte. Er öffnete die unteren Knöpfe seines langen grauen Wollmantels, dann nahm er die Mütze ab. Der Wind zerrte an seinen sandblonden Haaren, und unter dem Biß der eisigen Schneeflocken kniff er die Augen zusammen.

Die ewige Flamme am Fuß des Grabsteins seiner Mutter zischte und knatterte. Jede Schneeflocke, die in ihre Nähe kam, schmolz augenblicklich. Das Wasser auf der Steinoberfläche ringsum gefror oder verflüssigte sich, je nachdem, welches Element – Luft oder Feuer – gerade die Oberhand behielt.

Victor grub die behandschuhten Hände in den Schnee vor dem Grabstein. Er löste sich in unregelmäßigen Bruchstücken, wie ein Puzzle, das unter seinen Händen zerbrach. Der Wind trug die leichteren

Schneebrocken davon und ließ die schwereren Eisklumpen in seinen Händen zurück. Er grub sie aus und häufte den Schnee sorgfältig auf der anderen Seite der langen Schachtel, die er aus dem wartenden Schweber mit hierhergebracht hatte.

Victor wußte, daß irgendwo außer Sicht bestimmt irgendein Journalist hockte, der sein Bild einfing, digitalisierte, möglicherweise auch nachbearbeitete, um dem Universum einen Bericht darüber abzuliefern, was Victor Steiner-Davion, Prinz des Vereinigten Commonwealth, hier tat. Die Skandalvids würden seine Handlungen vielleicht als verzweifelten Versuch darstellen, seine Mutter wieder auszugraben oder verräterische Hinweise zu beseitigen, die jenseits aller Zweifel bestätigen könnten, daß seine Mutter nicht wirklich durch das Bombenattentat genau sechs Monate vor diesem Besuch gestorben war. Er konnte nichts an dem ändern, was man aus seinem Besuch machen würde, das wußte er. Deshalb suchte er Trost in dem Rat seiner Schwester Katherine: »Es gibt keine schlechte Publicity, Victor.«

»O doch, Katherine, die gibt es.« Victor zitterte. Er weigerte sich beharrlich, seiner Schwester den Namen ihrer Großmutter zuzugestehen, auch wenn sie inzwischen jeder andere im Reich als Katrina kannte. »Es *gibt* so etwas wie schlechte Publicity, und Ryan Steiner orchestriert sie mit verdammtem Geschick.«

Die Wut auf Ryan gab ihm die Kraft, weiterzugraben und die Inschrift im Granitsockel des Grabsteins freizulegen. »Melissa Steiner-Davion, liebende Ehefrau, treusorgende Mutter und gute Herrscherin.« Er lächelte, als er die Worte zum wiederholten Male las. »Ich weiß, du würdest dich freuen, daß man sich so an dich erinnert, Mutter.«

Der Prinz zögerte. Plötzlich fragte er sich, ob es klug war, laut mit der hier unter Stein und Eis Begrabenen zu reden. In seinem Herzen erschien es normal und natürlich, so mit seiner Mutter zu sprechen, aber es war nicht schwer, sich vorzustellen, wie man das Gemurmel am Grab seiner Mutter gegen ihn auslegen würde. Schon die leiseste Andeutung konnte genügen, um Ryan Steiner und seine Lakaien ein Netz aus Lügen spinnen zu lassen, das aus Victor einen abergläubischen Narren machte, der erst den Rat von Geistern einholte, bevor er Entscheidungen traf.

Beinahe hätte Victor aus Wut darüber die rechte Faust in den Stein getrieben, aber er beherrschte sich. Dann gestattete er sich die Andeutung eines Lächelns. Der alte Victor hätte seiner Wut auf der Stelle Luft gemacht. Und während die Skandalvids die Geschichte bis zum Gehtnichtmehr ausschlachten würden, hätte Ryan ihn als Wahnsinnigen und undankbaren Sohn dargestellt, der gegen die Frau wütete, die ihm das Leben geschenkt hatte.

Victor hatte den Stachel bösartiger Lügen dieser Art bereits zu spüren bekommen, als seine Schwester Katherine entschieden hatte, daß es ein Verbrechen gegen die Würde und Schönheit ihrer Mutter gewesen wäre, die von einer Bombe Zerrissene aufzubahren. Entsprechend der Ermahnung Victors, in dieser Sache nach bestem Ermessen zu handeln, hatte er eine zügige Beisetzung angeordnet. Von allen Kindern Melissas war Victor als einziger nicht anwesend gewesen.

Ryan hatte diese Tatsache rasch zu einem Skandal aufgebauscht und angedeutet, Victor habe seine Mutter gehaßt und möglicherweise sogar eine Rolle bei ihrer Ermordung gespielt. Katherines augenblicklicher und entschiedener Widerspruch hatte den Schaden begrenzt, aber es gab genügend Bürger des Vereinigten Commonwealth, die an dieser bösartigen Unterstellung festhielten wie Efeu an einer Mauer. Obwohl Victor auf Tharkad aufgewachsen und zur Schule gegangen war, betrachteten ihn viele als Verräter an der Steiner-Hälfte seines Erbes und waren mehr als bereit, einen Rivalen zu unterstützen, der die Rückkehr zu traditionellen Steiner-Werten versprach.

Genau die Rolle, die Ryan anstrebt. Victor sog die kalte Luft tief in seine Lungen. Sie trocknete seinen Mund aus und schmerzte an den Zähnen. Ryan war ein hervorragender Politiker, aber mit Katherines Hilfe hatte Victor dazugelernt und einen Teil des verlorenen Bodens zurückgewinnen können. Obwohl er sich über die Gelegenheit, das Grab seiner Mutter zu besuchen, freute und gekommen war, um zu beten und ihr seinen Respekt zu erweisen, wußte er auch, daß sich diese Aktion zu seinem Vorteil ausnutzen ließ, um Ryans Einfluß zurückzudrängen.

Victor verdrängte die politischen Erwägungen und hob die Schachtel auf, die er mitgebracht hatte. Das Wetter in Tharkad City war so unberechenbar, daß es selbst in der mildesten Jahreszeit gelegentlich bizarre Formen annehmen konnte. Manche Unheilspropheten verkündeten, der Kälteeinbruch am Halbjahrestag des Todes seiner Mutter sei ein Zeichen göttlichen Zorns, und zum Weihnachtsfest werde die Welt untergehen. Aber der Prinz glaubte nicht an so etwas. Insgeheim freute er sich über das rauhe Wetter, das jedem das Leben schwermachte, der ihm nachzuspionieren versuchte.

Er lächelte, als er die Schachtel öffnete. Zwei Monate zuvor, als er sich entschlossen hatte, Melissas letzte Ruhestätte am selben Tag zu besuchen, an dem die Kell Hounds auf dem fernen Arc-Royal ihre Toten beisetzten, hatte er die chaotischen Klimasprünge vorhergeahnt. So sehr er seine Mutter liebte und um sie trauerte, er bedauerte es, daß er den Söldnern nicht persönlich für eine Mission danken konnte, die der Inneren Sphäre einen neuen brutalen Krieg gegen die Clans erspart hatte. Weil in den Medien Schein zu Sein wurde, konnte er nicht selbst auf Arc-Royal erscheinen. Deshalb hatte er Katherine als seine Stellvertreterin dorthin gesandt, begleitet von seinem Adjutanten Galen Cox.

Vorsichtig hob er eine perfekt geformte Kristallblume aus der Schachtel. Das einer seltenen Mycosia nachgebildete Kunstwerk war bearbeitet und poliert worden, bis seine Schönheit mit der der echten Blume, die seine Mutter so geliebt hatte, wetteiferte. Der Künstler, der sie geschaffen hatte, war für seine Leistung gut bezahlt worden. Als er sie jetzt in der Hand hielt, entschied Victor, daß der Mann noch eine weitere Belohnung verdiente.

Jedes Blatt und Blütenblatt war nach einem Hologramm geformt worden. Die Blätter des Stengels enthielten die Bilder lebenslanger Freunde Melissas, zum Beispiel Misha Auburns oder ihrer beiden Vettern Morgan und Patrick Kell. Die breiten Zwillingsblätter, die den Blütenkelch schützten, bargen in den Farben des Regenbogens schillernde Portraits ihrer Eltern Katrina Steiner und Arthur Luvon. Jedes der fünf Blütenblätter war einem ihrer Kinder gewidmet, und in der Mitte der Blüte lag das Hochzeitshologramm Melissas und Hanse Davions.

Victor hatte das Bedürfnis, etwas zu sagen, aber er bekam kein Wort heraus. Sanft legte er die Glasblume auf den eisigen Boden vor den obeliskenförmigen Grabstein seiner Mutter, dann stand er langsam auf. Mit gesenktem Kopf sprach er in Gedanken ein kurzes Gebet, dann hob er seinen Hut und die Schachtel auf, in der er die Blume transportiert hatte. Mit knirschenden Schritten stapfte er durch den Schnee zum wartenden Schweber zurück.

Als er näher kam, stieg ein hoch aufgeschossener Mann aus der hinteren Tür der schwarzen Limousine. Nachdem er sich sorgfältig umgesehen hatte, hielt er die Wagentür für den Prinz auf. Sein langer schwarzer Mantel stand offen, und seine rechte Hand blieb frei, um die Maschinenpistole aus dem Holster unter der linken Achsel zu ziehen.

Victor zeigte keine Gefühlsregung und gestattete sich lediglich ein leises Grunzen, als er in der Sicherheit des Schwebers war. Curaitis war gegen den einsamen Friedhofsbesuch gewesen und hatte erst zugestimmt, nachdem Victor das Gelände hatte zweiundsiebzig Stunden beobachten und acht Stunden vorher vollständig absperren lassen. *Das wird mir unter Curaitis' Kollegen beim Geheimdienstsekretariat keine neuen Freunde gemacht haben, besonders bei denen nicht, die den Friedhof haben überwachen müssen.*

Victor ließ sich in die breiten Polster des Rücksitzes sinken, legte die Schachtel beiseite und knöpfte seinen Mantel auf, als Curaitis ebenfalls einstieg und die Tür schloß. Der große, schwarzhaarige Agent klopfte an das kugelsichere Glas zwischen Fond und Fahrer. »Los.«

Die Turbine des Schwebers heulte auf und hob den Wagen auf ein Luftkissen. Schnee wurde hochgewirbelt, als sei vor den Fenstern ein plötzlicher Schneesturm ausgebrochen, aber der Wagen ließ die Wolke schnell hinter sich. Victor sah hinaus auf das triste Feld aus regelmäßigen Grabsteinreihen auf dem Nationalfriedhof der Triade und fragte sich, ob er auch eines Tages hier mit den übrigen Steiners, die das Lyranische Commonwealth oder dessen Nachfolgerstaat, das Vereinigte Commonwealth, regiert hatten, zur Ruhe gebettet werden würde.

Auch Curaitis, der auf dem Notsitz neben der Tür saß, sah stumm aus dem Fenster. Der Mann würde keinen Laut von sich geben, ohne dazu aufgefordert worden zu sein, aber Victor gab sich keiner Illusion hin, Curaitis würde sich aus Ehrfurcht oder Respekt vor ihm oder seinem Amt so verhalten. Wenn der Sicherheitsagent glaubte, Victor müsse etwas wissen, würde er es ihm sagen. Wenn Victor eine Information verlangte, bestand die Chance, daß Curaitis ihm etwas mehr mitteilte.

»Bericht?«

Curaitis hob die Hand ans Ohr, dann nickte er. »Unsere Teams haben drei Holovidfilmer und zwei ferngesteuerte Aufzeichnungsgeräte gefunden, die Sie beobachtet haben. Zwei der Kameramänner wurden identifiziert – Skandalvid-Zulieferer. Sie werden beobachtet, wurden aber nicht festgenommen. Der dritte ist uns nicht bekannt, aber es scheint eine Journalistikstudentin zu sein, die versucht hat, ein paar abschließende Bilder für ein Semesterprojekt an der Universität Tharkad zu schießen. Wir halten sie bis zum Abschluß der Überprüfung fest, aber das vorläufige Ergebnis bietet keinen Anlaß zur Besorgnis.«

»Was ist mit den beiden Fernlenkkameras?«

»Eine gehört einem der Vidfilmer. Der Besitzer der anderen ist noch unbekannt. Wir beobachten sie weiter.« Curaitis verzog das Gesicht, als der Schweber um eine Ecke bog. »Wenn sie in den nächsten zwei Tagen niemand abholt, werden wir sie einziehen.«

Victor nickte und zog die schwarzen Lederhandschuhe aus. »Gibt es auch irgendwelche guten Nachrichten?«

Curaitis zuckte einigermaßen indifferent die Achseln. »Peter hat der Wiederansiedlung des Lyons-Goldpanthers in den Marschen des Dordogne-Feuchtreservats beigewohnt. Die Maßnahme wurde von Umweltschützern und Jagdverbänden gleichermaßen begrüßt. Das dürfte das erste Mal in der Geschichte sein, daß diese beiden Gruppen einer Meinung waren.«

Der Prinz grinste. »Das *ist* eine gute Neuigkeit. Hat sich Peter eingelebt?«

»Schwer zu sagen. Ihr Bruder haßt es noch immer, auf einer abgelegenen Welt wie Lyons stationiert zu sein, aber er erträgt es. Seine Mechkompanie scheint ihn zu mögen. Ihre Mitglieder sind zwar recht unerfahren, aber Lieutenant General Wagner meldet, daß ihr Bruder ein fähiger Krieger ist und sein Einfluß spürbar wird. Er kommt auch mit den Einheimischen gut zurecht, und die Art, wie er die Kontrahenten in der Pantherfrage zusammenbrachte, hat eine Menge guten Willen geschaffen. Auf beiden Seiten standen einige einflußreiche Persönlichkeiten.«

»Beruhigen die Leute sich, oder organisiert Ryan noch immer Protestmärsche?«

»Die wenigen Proteste sind verhaltener Natur und kommen aus der Bellerive-Religionsgemeinschaft.«

Victor schüttelte den Kopf. »Behaupten sie noch immer, ich sei der Antichrist?«

»Ja, und Peter Ihr Apostel.« Der Sicherheitsagent zuckte die Achseln. »Wir können keine Verbindungen zwischen ihnen und Ryan finden, aber wir sind darauf vorbereitet, sollten sie sich entscheiden, über Gebete für Ihren und Peters Untergang hinaus aktiv zu werden.«

»Im Augenblick sind mir alle Gebete recht. Ich muß Ryan bremsen, und wenn Peter in der Isle of Skye Freunde für uns gewinnt, ist das ein weiterer Stein auf Ryans Weg.«

»Möglicherweise nicht der einzige.«

»Wieso?«

Curaitis' Miene lockerte sich, und die Intensität seines Blicks ließ um einen winzigen Bruchteil nach. »Als Ihre Schwester und Galen Cox den Flug nach Arc-Royal wegen des Erdbebens auf Ginestra unterbrachen, haben sie mit ihrer Hilfe bei den Rettungsmaßnahmen große Aufmerksamkeit erregt. Die Regenbogenvids haben sie natürlich sofort zu einem Paar gemacht, aber die seriösen Medien haben die Geschichte aufgegriffen. Katherine hat Galen als denjenigen gelobt, der den Vorschlag für den Umweg machte. Seine Laufbahn als Ihr Adjutant wird groß herausgestellt.

Da er aus der Isle of Skye stammt und Katherine ihn zu mögen scheint, hat ein Teil der Gegner Ryans Galen zu dessen Rivalen hochstilisiert. Es gibt auch Gerüchte, denen zufolge er sich während der gemeinsamen Ausbildungszeit auf Outreach mit Ragnar Magnusson angefreundet haben soll, was sein Ansehen bei den Exil-Rasalhaagern in Skye erhöht hat.«

Victor legte die Hände aneinander und trommelte mit den Zeigefingerspitzen gegeneinander. Er konnte sich nicht entscheiden, welche Nachricht ihm besser gefiel: daß Galen als Gegenspieler Ryans gehandelt wurde, oder daß ihn die Skandalvids mit Victors Schwester verkuppelten. Das hatte er erwartet – er hatte sogar mit Galen darüber gescherzt, als er seinen Freund gebeten hatte, Katherine nach Arc-Royal zu begleiten. Daß Galen zu einem Dorn in Ryans Fleisch geworden war, war ein unerwarteter, aber höchst angenehmer Nebeneffekt.

»Sind die Berichte über Galen und meine Schwester frei erfunden, oder ist an dieser Geschichte etwas dran?«

Ein Schatten fiel über Curaitis' Augen, als die Limousine auf eine Rampe einbog, die unter die Triade führte. »Sie waren nicht miteinander im Bett, falls Sie das meinen.«

Der Prinz versteifte sich einen Augenblick, als seine Familienehre mit der Sympathie für Galen kollidierte. »Das überrascht mich nicht. Galen ist ein Gentleman, und Katherine hat Köpfchen.« *Außerdem würde ich ihnen die Freude nicht vorenthalten wollen, die ich mit Omi noch nicht erfahren konnte.* »Und ehrlich gesagt, will ich es nicht wissen, wenn sie miteinander schlafen sollten. Ich will nur wissen, ob sie Interesse aneinander haben.«

Zum erstenmal, seit Victor Curaitis kannte, schien der Sicherheitsagent überfragt. »Fragen Sie mich, ob jemand ein Mörder ist, Hoheit, und ich kann Ihnen die Frage beantworten. Fragen Sie mich, ob jemand einen guten Agenten abgeben würde – auf Cox träfe das zu –, und ich kann Ihnen auch diese Frage beantworten. Aber fragen Sie mich nicht nach Herzensdingen. Ich kann Ihnen nur mitteilen, daß ich von den Feldagenten, die zum Schutz der beiden abgestellt sind, keine Meldung über eine Romanze erhalten habe, aber diese Leute sind auch nicht darauf trainiert, solche Dinge zu bemerken oder einzuschätzen. Die Medien haben über keinerlei öffentliche Zuneigungsbeweise berichtet, aber darüber hinaus habe ich keine Möglichkeit, diese Frage zu beantworten.«

Victor grinste, dann lachte er. »Es gibt nur wenige Männer, die mir als Schwager willkommen wären, aber einer, der sich dazu eignen würde, Ryans Machtbasis in Skye zu untergraben, wäre wirklich etwas Besonderes. Lassen Sie mich wissen, wenn sich in dieser Richtung etwas anzubahnen scheint.«

»Wie Sie wünschen, Hoheit.«

»Oh, und aus Ihrem Schweigen zu dieser Angelegenheit schließe ich, daß die angebliche Spur einer Zahlung an den Mann, der meine Mutter tötete, nichts erbracht hat?«

Curaitis schüttelte den Kopf. »Die Rückverfolgung der Spur führte in eine Sackgasse, und unsere auf Ryan angesetzten Geheimdiensteinheiten konnten keine Verbindung zu ihm aufdecken.«

»Verdammt! Ich hatte gehofft, wir könnten endlich einen entscheidenden Schritt weiterkommen und herausfinden, wer den Mord an meiner Mutter angeordnet hat.« Victor ballte die linke Faust. »Ich kann nicht glauben, daß Ryan sie hat umbringen lassen, ohne irgendeinen Fehler zu machen.«

»Noch wissen wir nicht, ob er keinen gemacht hat, Hoheit. Wir wissen nur, daß wir noch keinen gefunden haben.« Victors Gegenüber bewegte die Finger, während der Schweber auf seinen Parkplatz glitt und sich langsam auf den Boden der Tiefgarage unter dem Palast senkte. »Er ist arrogant und hält sich für unverwundbar. Eines Tages wird er über eine Kleinigkeit stolpern, und dann haben wir ihn.«

Victor nickte. *Und dann werde ich ihn von demselben Attentäter umbringen lassen.* »Sehr gut. Halten Sie mich...« Victor verstummte, als Curaitis wieder die Hand zum Ohr hob. »Was ist?«

Curaitis schüttelte den Kopf. »Die Studentin ist sauber. Wir lassen sie frei.«

»Nein, warten Sie.«

»Hoheit?«

Ich denke, diesmal hätte selbst Katherine an meinem Handeln nichts auszusetzen! Er lächelte zuversichtlich. »Sie wollte doch Bilder für ein Studienprojekt, nicht wahr?«

Curaitis nickte.

»Sehr schön. Ihre Leute sollen sie mit ihrer Ausrüstung herbringen. Das mindeste, was ich tun kann, um sie für die Unannehmlichkeiten zu entschädigen, ist, ihr ein Interview zu gewähren, nicht wahr? Das sollte mir ein paar Punkte bei der Presse und der Bildungslobby einbringen.« Victor zuckte leicht mit den Schultern. »Zumindest hoffe ich das. Sie runzeln die Stirn. Was ist?«

»Die Begegnung zu arrangieren, ist nicht weiter schwierig, aber dann muß Tormano Liaos Gesandte warten.«

Victor stöhnte. Sein Vater hatte Tormano Liao und dessen Bewegung Freies Capella unterstützt, weil er damit die Aufmerksamkeit der paranoiden Romano Liao von sich ablenken konnte. Angesichts der Agitation Ryans in der Isle of Skye und der vernichtenden Auswirkungen des Clankriegs auf die Wirtschaft des Vereinigten Commonwealth war Victor gezwungen gewesen, die Gelder für das Freie Capella zu kürzen.

In einem Kompromiß, der notwendig geworden war, damit die Generalstaaten andere Gesetzesvorschläge billigten, hatte er sich bereiterklärt, eine neue Subventionsvorlage erst im zweiten Quartal des nächsten Jahres einzubringen.

»Schon der Gedanke, mir Karla Hsings Lamentieren über die Kürzung der Fördermittel anhören zu müssen, bringt mich in Versuchung, die ganze VC Ryan zu überlassen.« Der Prinz runzelte die Stirn. »Jemand vom Außenministerium soll sie abfangen und wissen lassen, daß meine Geduld ebenso Grenzen hat wie mein Budget. Und daß beide bald erreicht sind. Natürlich möglichst diplomatisch.«

»Natürlich.«

»Tormano macht sich nicht klar, daß er nur noch ein zahnloser alter Kläffer ist. Sein Knurren hat nicht mehr den Wert, den es zu Lebzeiten seiner Schwester hatte.« Victor schauderte. »Ich wünschte mir, Tormano würde sich zur Ruhe setzen und Kai überreden, seinen Platz einzunehmen. Dann hätte das Freie Capella einen starken Anführer, und einen, mit dem ich reden könnte.«

»Meiner Einschätzung nach würde Tormano die Leitung der Bewegung Freies Capella nur zu gerne an Kai weitergeben. Es ist Kai, der zögert.«

»Er hat ungewöhnlich viel Verstand.« Victor mußte lächeln, als er an seinen Freund dachte. »Also, um Hsing kümmert sich jemand, ja?«

»Wie Sie wünschen, Sir. Sie lernen die Regeln des politischen Spiels schnell.« Curaitis schüttelte den Kopf. »Meine Aufgabe besteht darin, Sie vor Schaden zu bewahren, aber Victor Davion, der weit entfernte Militärführer, war sehr viel einfacher zu bewachen als Prinz Victor, der Politiker.«

»Da liegt der Hund begraben, Curaitis. Meine Aufgabe besteht darin, das Vereinigte Commonwealth am Leben zu erhalten. Dazu muß ich neben dem Soldaten auch ein Politiker werden.« Victor grinste sein Gegenüber an. »Keine Sorge, wir hassen unsere neue Aufgabe beide.«

Curaitis nickte. »Aber wir werden sie trotzdem erfüllen.«

»Das werden wir, Agent Curaitis. Das werden wir.«

3

Landungsschiff *Taizai*, Lade- und Transferstation Tetersen
Distrikt Donegal, Vereinigtes Commonwealth

24. Dezember 3055

Die Schwerelosigkeit gestattete Kai, die Sprossen der Transferleiter zu packen und sich durch den Andockschlauch abzustoßen, der sein Landungsschiff, die *Zhanshi,* mit dem Sprungschiff verband, das es zusammen mit der *Taizai* und vier weiteren Landungsschiffen von Tetersen über Colimas nach Solaris bringen würde. Auf dem Flug des Schiffes zur Ladestation war durch die Bewegung die Illusion von Schwerkraft entstanden, aber diese Täuschung war zerplatzt, als das Schiff zum Stillstand gekommen war und sein riesiges Solarsegel ausgebreitet hatte, um die Sonnenenergie aufzufangen, die das Hypersprungtriebwerk benötigte. Ohne Schwerkraft trieb alles, was nicht befestigt war, schwerelos durch das Schiff, sobald seine Massenträgheit überwunden war, und genau das erreichte Kai, indem er sich in Richtung Sprungschiff abstieß.

Er glitt durch einen kurzen Korridor und in einen zweiten Andockschlauch. Er packte eine Strebe, zog sich aufs Deck hinab und hangelte sich an der Haltestange des Geländers vorwärts. Dadurch wurde er zwar langsamer, aber dieses Opfer brachte er gerne. Auch wenn er auf eine freundliche Einladung hin an Bord des Kurita-Landungsschiffes kam, war die Einladung doch formell abgefaßt gewesen, und seine Anwesenheit war nicht als Champion von Solaris sondern als Präsidentschaftsanwärter des St. Ives-Paktes erbeten worden.

Als er um die Biegung des Andockschlauchs kam,

erhaschte er den ersten Blick auf die Posten der draconischen Internen Sicherheitsagentur, die den Schleuseneingang zur *Taizai* bewachten. Einer der Männer hatte ein Gesicht ähnlich dem Kais, mit den dunklen Mandelaugen und der gelblichen Haut, die von altterranisch-asiatischer Abstammung kündeten. Auch der andere Posten hatte Schlitzaugen, aber seine dunklere Haut und das krause schwarze Haar deuteten auf einen starken schwarzafrikanischen Anteil in seinen Erbanlagen hin.

Kai zog sich den Gang entlang, bis er noch etwa zwei Meter von der Schleuse entfernt war, dann packte er die Stange fester und hielt an. Er setzte die Füße auf den Boden und hielt sich durch verstärkten Druck auf das Geländer in Position. Dann führte er vorsichtig eine tiefe Verbeugung aus.

»Konnichi-wa.« Er kam langsam wieder hoch und riß sich zusammen, damit man die Anstrengung nicht sah, die notwendig war, um die Füße am Boden zu halten.

Beide in lose schwarze Dienstmonturen gekleidete ISA-Posten erwiderten seine Geste, mußten sich anschließend jedoch mit einem kleinen Hüpfer wieder in Position bringen.

»Konnichi-wa, Kai-sama«, erwiderte der jüngere der Posten mit einem Nicken, was ihm den mißbilligenden Blick seines dunkleren Partners eintrug.

Kai ging davon aus, daß sich das Stirnrunzeln des älteren Posten nicht auf die vertrauliche Anrede seines Kollegen bezog. Der Name Allard-Liao war durch die Häufung von Ls und Rs für jemand, dessen Muttersprache Japanisch war, nur schwierig auszusprechen. Und da er auf diese Weise einen Teil der Nervosität in der draconischen Gemeinde von Solaris VII reduzieren konnte, zog er es vor, mit seinem Vornamen angesprochen zu werden. Von größerer Bedeutung war in diesem Zusammenhang die Verwendung des Ehrentitels »Kai-sama«, denn er brachte zum Ausdruck, daß die beiden ISA-Mitglieder auf verschiedenen Seiten einer Bruchlinie standen, die sich derzeit quer durch das Draconis-Kombinat zog.

Solaris VII, die Spielwelt, zog MechKrieger aus allen Sternenreichen der Inneren Sphäre an. Solaris City, die Hauptstadt des Planeten, war in fünf Hauptdistrikte unterteilt, die jeweils mit einem der Großen Häuser identifiziert waren. Die Krieger der verschiedenen Staaten neigten dazu, unter ihresgleichen in ihrem jeweiligen Sektor der Stadt zu wohnen und in den örtlichen Arenen zu kämpfen. Solaris war neben dem neutralen Terra, das von ComStar verwaltet wurde, eine der wenigen Welten in der Weite des von Menschen besiedelten Weltraums, auf denen die Bewohner verschiedener Nationen zusammenlebten.

Die meisten Krieger erfreuten sich durch die Verbreitung von Kampfaufzeichnungen in ihren Heimatnationen großer Beliebtheit, aber bei den Draconiern lag die Situation anders. Die Kuritas hatten niemals eine freie Verbreitung von Kampfholovids gestattet und behandelten geschmuggelte Aufnahmen ebenso wie verbotene Waffen, Sprengstoff oder Drogen. Selbst Holovids im Besitz von Privatpersonen wurden beim Eintritt in den Kombinatsraum beschlagnahmt. Um die Gefühle der Besucher nicht übermäßig zu strapazieren, geschah dies in der Regel mit der unzutreffenden Behauptung, die beschlagnahmten Artikel würden ihnen bei der Ausreise aus dem draconischen Reich zurückerstattet.

Aus der Sicht der das Kombinat dominierenden japanischen Kultur war dieses harte Vorgehen berechtigt. Es ging zurück auf den mittelalterlichen Ehrencodex des Bushido, des Weges des Kriegers. In dieser Weltsicht waren alle Bürger schlußendlich Leibeigene des amtierenden Koordinators, und jede ihrer Handlungen mußte entsprechend den Wünschen ihrer Meister von Ehre, Mitgefühl und der Pflicht dem anderen gegenüber durchdrungen sein. Diese Meister erlangten ihre Privilegien durch den Gehorsam wiederum ihren Herren gegenüber und so weiter, bis schließlich alles in der Person des Koordinators des Draconis-Kombinats zusammenlief.

Die draconischen Krieger, die auf Solaris kämpften, waren keine tapferen Samurai wie ihre Brüder in der Heimat, sondern herrenlose Ronin. Seit Jahrtausenden wurden Ronin in der japanischen Kultur zugleich verehrt und verachtet. Wie moderne Robin Hoods wurden sie ihres Mutes wegen geachtet, aber gleichzeitig galten sie als ehrlos, weil sie sich keinem Herren unterwarfen. Mit dem Wiedererstarken des Bushido in der draconischen Kultur im Verlauf der vergangenen vierhundert Jahre hatte die Verachtung für Ronin die Oberhand gewonnen. Dies ging so weit, daß jedes Interesse an den Spielen auf Solaris offiziell verurteilt und in etwa so betrachtet wurde wie eine Vorliebe für Pornographie in anderen Nationen.

›Kai-sama‹ war ein Titel, den Kai erhalten hatte, als er auf dem Weg an die Spitze den besten draconischen Kämpfer, Theodore Gross, besiegt hatte. Gross hatte vor dem Kampf gehörig mit seinem Können und seiner Unbezwingbarkeit angegeben, und die Werbung hatte den Kampf als Duell zwischen einem erfahrenen Arenaveteran und einem gelangweilten Dilettanten hingestellt, der eine Lektion nötig hatte. Niemand erwähnte die Tatsache, daß Kai seinem Gegner zwanzig Tonnen Gewichtsvorsprung zugestand, und als Kai Gross innerhalb von dreißig Sekunden besiegte, hatte seine stille Entschlossenheit ihm augenblicklich eine Fangemeinde unter den Draconiern gesichert. Und Feinde, nicht zuletzt Thomas DeLon, den Stalleigner, für den Gross gekämpft hatte.

Kai lächelte höflich. »Ich komme auf Einladung von Kurita Omi-sama.«

Der ältere Mann nickte. »Wir wurden auf Ihr Erscheinen vorbereitet. Bitte folgen Sie mir, Herr.«

Kai folgte dem Posten. Unterwegs ließ er sich von der Art, wie die gestärkte und gebügelte Uniform des Mannes steif von dessen Körper hing und ihm gestattete, sich in ihr zu bewegen, ohne daß seine Kleidung daran teilnahm, ablenken und leicht amüsieren. Der Posten sagte kein Wort, während er Kai durch das Landungsschiff führte, aber die Tatsache, daß sie niemandem begegneten, deutete darauf hin, daß ihr Weg überwacht wurde und Kais Anwesenheit geheimgehalten werden sollte.

Die Einladung war über die normalen diplomatischen Kanäle erfolgt, und die waren alles andere als direkt oder offen. Omis Bitte um seinen Besuch war von der *Taizai* an die ComStar-Relaisstation auf Tetersen und von dort aus über das Außenministerium des Planeten an Kai auf der *Zhangshi* gegangen. Augenscheinlich ging es nicht darum, Kais Besuch vor dem Universum geheimzuhalten, aber vor dem Ableger des Kombinats an Bord dieses Landungsschiffes – und das machte in gewisser Weise auch Sinn.

Wenn man bedachte, daß das Kombinat im großen und ganzen fest davon überzeugt war, daß die Solaris-Spiele und ihre Anhänger alles andere als respektabel waren, wäre es unehrenhaft gewesen, Kai zuzugestehen, offen an Bord der *Taizai* zu kommen. Die Tatsache, daß Omi nach Solaris VII unterwegs war, mußte für die Draconier, die damit beauftragt waren, sie an ihr Ziel zu bringen, endlose innere Konflikte mit sich gebracht haben, denn eigentlich war ein solcher Auftrag eine Schande. Kai bezweifelte stark, daß sie diese Mission als Bestrafung für ein Vergehen gegen ihren Vater Theodore Kurita erhalten hatte, aber andererseits kannte er die Gedanken des Koordinators natürlich nicht.

Aber ich kenne Omi, und sie würde mich niemals mit

einem Hauch ihrer Schande belasten. Aus dieser Tatsache zog Kai einen gewissen Trost, und er mußte sich das angedeutete Lächeln, das auf sein Gesicht getreten war, verkneifen, als der ISA-Posten am Ende eines Ganges vor Shoji-Wänden aus Holz und Papier anhielt. »Sie werden hier auf Ihre Hoheit warten.«

Kai nickte und zog die gummibesohlten Schuhe aus, die er auf dem Weg getragen hatte. Der Posten holte ein Paar elastische Pantoffeln aus einer Wandnische und reichte sie Kai. Die Spitze der Pantoffeln war so überbetont und langgezogen, daß sie Kai bis zum Knie reichte. Er zog den rechten an und band sich das mit Velcropflastern versehene Gummiband, das die Pantoffelspitze festhielt, ums Knie.

Als er den zweiten Pantoffel überstreifte, stellte er zweierlei fest. Auf den ersten Punkt hätte außer einem Draconier kaum jemand einen Gedanken verschwendet: die Farbe der Pantoffeln. Ihr Grau paßte zu seinen Augen und biß sich auch nicht mit dem Smaragdgrün seiner Hose. Dieselben Menschen, die seine Ankunft beobachtet und dafür gesorgt hatten, daß sein Weg frei war, mußten auch darauf geachtet haben, daß die Farbe der Pantoffeln weder ihn noch seine Gastgeberin blamierte.

Die zweite Einzelheit, die ihm auffiel, war, daß auch die Vorderkante der Pantoffeln dieselben harten Polymerhaken der Velcropolster aufwies, mit denen er die Bänder um sein Knie befestigt hatte. Er wußte aus eigener Erfahrung, daß Velcro auf bloßer Haut scheuerte. Diese Pantoffeln waren keine rein modischen Accessoires. Aber diese Überlegungen verblaßten innerhalb von Sekundenbruchteilen; es dauerte gerade so lange, wie der Posten brauchte, um ein Shoji-Paneel aufzuschieben und Kai in den kleinen Raum dahinter zu winken.

Ohne die fast unsichtbaren krausen Streifen, die sich quer über die Tatami-Matten zogen, hätte Kai glauben können, in einem kleinen Teehaus zu sein. Der kaum drei Meter im Quadrat messende Raum wirkte behaglich. Es war ein Gefühl, das ihn überkam, kaum daß er die Knie unter den Körper gezogen hatte und ins Innere geschwebt war. Hätte er versucht, aufrecht einzutreten, hätte er sich den Kopf an der niedrigen Decke gestoßen. Er stieß sich leicht von ihr ab und federte auf die Matten. Als er in kniender Haltung aufkam, plazierte er seine Knie und Fußspitzen sicher auf den Haltestreifen.

Sofort verbeugte er sich vor der einzigen anderen Person im Innern des Raumes. »Konnichi-wa, Kurita Omi-sama.« Kai berührte mit der Stirn den Boden, dann kehrte er vorsichtig wieder in eine sitzende Position zurück.

Omi Kurita lächelte ihn an, bevor sie sich ebenfalls verneigte. Sie war groß und schlank. Ihr langes schwarzes Haar wurde im Nacken von einer großen roten Schleife zusammengehalten, und sie trug einen Seidenkimono, der am Hals, den Ärmeln und am unteren Saum mit einem breiten, smaragdgrünen Band besetzt war. Das Kleidungsstück selbst war elfenbeinfarben und mit herrlichen grünen Reihern bestickt. Um die Taille trug sie eine grüne Schärpe, und Kai mußte annehmen, daß sie den Kimono speziell passend zu seiner Kleidung ausgewählt hatte. Ihre elfenbeinfarbenen Pantoffeln schmälerten den Gesamteindruck in keiner Weise.

»Ich freue mich, Sie wiederzusehen, Kai Allard-Liao.« Omi hatte keinerlei Probleme mit den schwierigen Lauten seines Namens. »Ihr Besuch ehrt mich.«

»So wie Ihre Einladung eine Ehre für mich war.« Kay sah eine Warnung in ihren blauen Augen aufflackern, konnte sie sich aber nicht erklären, bis in der Wand gegenüber ein weiteres Paneel geöffnet wurde. Der Mann, der dahinter kniete, hielt den Blick gesenkt und bewegte sich mit einer Steifheit, die Kai als ex-

danforth 93

treme Förmlichkeit erkannte. *Das wenige, was wir gesagt haben, war bereits ein Bruch der Etikette. Wir sind nicht als Privatpersonen hier, sondern als Repräsentanten unserer jeweiligen Nation.*

Kai legte die Hände flach auf die Oberschenkel, so wie er es bei Omi sah, als der alte Mann, vom Alter mindestens ebenso gebeugt wie aus Ehrfurcht, langsam einen langen, schmalen Kasten in den Raum zog. Er drückte den Mahagonikasten auf die Matten und wartete, bis er ruhig lag. Er hatte Schwierigkeiten bei einem der drei Messingschlösser des Kastens, aber Kai spürte, daß es ein absichtlicher Fehler war, kein echtes Mißgeschick. Es überraschte ihn, denn er las kein Erschrecken über diese Aktion im geflüsterten ›Sumimasen‹ des Mannes.

Ein Schatten zuckte über Kais Gesicht. *Du denkst zu sehr wie dein Vater und zu wenig wie deine Mutter.* Die asiatischen Kulturen Chinas und Japans waren eine Art Bindeglied zwischen Draconis-Kombinat, Konföderation Capella und St. Ives-Pakt. Obwohl Kai der Sohn Candace Liaos war, der Präsidentin des St. Ives-Paktes und einstigen Thronfolgerin der Konföderation Capella, war er im Vereinigten Commonwealth aufgewachsen. Er verstand sein asiatisches Erbe und war stolz darauf, aber wenn es um Lebensfragen ging, fiel er in der Regel auf die weniger elegante und subtile Logik westlicher Philosophie zurück.

Als hätte sie seine Gedanken gelesen, nickte Omi leicht in Richtung des alten Mannes. »Jiro Ishiyama ist ein Teemeister, der dem Koordinator bereits seit der Zeit meines Urgroßvaters dient.«

Kai nahm diese Information auf und fühlte, wie sich sein Körper entspannte. *Eine Cha-no-yu, und noch dazu in Schwerelosigkeit! Omi ehrt mich, und ihre Nation ehrt die meine, über alles hinaus, was je zuvor geschah.* Er gestattete sich die leiseste Andeutung eines Lächelns, das er sofort wieder unterdrückte, noch bevor Omi sicher sein konnte, es gesehen zu haben. Aber durch die Gemeinsamkeiten ihrer Kulturen konnte er davon ausgehen, daß sie es wahrgenommen hatte.

Kai zwang sich, den Teemeister durch asiatische Augen zu sehen, als er seine Utensilien auspackte, und er bemerkte subtile Nuancen, die ihm ansonsten entgangen wären. Zum Beispiel besaß das Papier der Shojiwände ein Wasserzeichen, das wie ein Drache aussah. Und die Robe des alten Mannes glänzte an Ellbogen und Knien, ein Zeichen, daß er sie schon lange benutzte. Die Tatsache, daß Kai die Knie des Mannes sehen konnte, zeigte, daß der Teemeister kein Velcro trug. Seine Fähigkeit, trotzdem in Position zu bleiben, machte Kai klar, wie dieser Mann seinen Rang so lange hatte halten können.

Kai war noch nie bei einer Teezeremonie anwesend gewesen, aber keine Zeremonie, die er je in Holoviddramen oder Dokumentationen gesehen hatte, war unter schwerelosen Bedingungen abgehalten worden. In allen Zeremonien hatte ein Tisch den Mittelpunkt der Zeremonie gebildet, aber den gab es hier nicht. *Wie wird er seine Utensilien auslegen?*

Der Teemeister zog zwei leuchtend blaue Schalen aus der Truhe und setzte sie ab, als stelle er sie auf einen unsichtbaren Tisch. Als er seine knotigen, mit Altersflecken bedeckten Hände wegzog, blieben die Schalen etwa zehn Zentimeter über den Tatami in der Luft hängen. Er drehte sich wieder zur Truhe um, und die Schalen schwebten im Raum, ganz leicht und asynchron tanzend, in einem Muster, das auf Kai fast hypnotisch wirkte.

Die Trance implodierte, als Ishiyama das nächste Teil aus der Truhe holte. Er behandelte die dicke Glaskugel wie eine zerbrechliche Seifenblase. Kai bemerkte, daß zwei versiegelte Öffnungen die Perfektion der Glasblase störten, und doch staunte er gleichzeitig, wie nahezu vollkommen dieses von Menschenhand geschaffene Objekt war. Eine Öffnung der Kugel erschien als schwarzer, mit Edelstahl eingefaßter Punkt von etwa einem Viertel des Durchmessers der größeren, durch einen Deckel verschlossenen Öffnung. Diese zweite Öffnung schien mit einem durchsichtigen Zylinder in Verbindung zu stehen, der bis in die Mitte der Kugel reichte.

Auch dieses Utensil holte der Teemeister aus seinem Kasten und stellte es in der Luft ab. Es blieb über den beiden Schalen hängen, und während es sich langsam drehte, erkannte Kai, daß das, was er für eine dicke Glaswand gehalten hatte, in Wirklichkeit zwei Wände mit einem Leerraum dazwischen waren. *Isoliert wie eine Thermoskanne.* Er verkniff sich ein Lächeln. *Also darin wird er den Tee aufbrühen.*

Ishiyama drehte sich ein letztesmal zur Truhe um und zog eine kleine Teedose und einen silbrigen Zylinder mit einer nadelförmigen Tülle an einem Ende hervor. Die Teedose drückte er auf den Boden, während der silberne Zylinder wie ein Zeppelin in der Luft hing. Ishiyama packte ihn mit fester Hand, drehte den unteren Teil und schob ihn dann nach oben. Der Zylinder wurde etwa drei Zentimeter kleiner, und Kai hörte ein leises Knirschen.

Der Teemeister ließ den Zylinder senkrecht in der Luft hängen. Er richtete seine Aufmerksamkeit auf die Teedose und zog den Deckel des kleinen, achteckigen Gefäßes mit mehr Gewalt als eigentlich nötig ab. Dadurch entstand ein Unterdruck, und Teeblätter flogen aus dem Innern der Dose empor. Wäre da nicht die verhaltene Eleganz und Würde in Ishiyamas Bewegungen gewesen, Kai hätte es möglicherweise für einen Fehler gehalten.

Aber es war Absicht gewesen. Mit federleichter Hand schnippte der alte Mann den Verschluß der Braukugel auf und setzte sie mit einer Drehung in Richtung der auffliegenden Teeblätter in Bewegung.

Die Kugel kam perfekt in Position. Die Öffnung hing wie der Südpol eines Planeten über dem Strom der Teeblätter und nahm ihn auf. Langsam und elegant flatterten die Teepartikel aufwärts, tanzten umeinander und füllten den Glaszylinder.

Fast spielerisch beobachtete Ishiyama die Glaskugel aus dem Augenwinkel. Er senkte den Deckel wieder auf die Teedose, dann saugte er mit einer winzigen Bewegung des Handgelenks noch eine Prise heraus. Die Blätter flogen schneller auf als der Rest, aber ebenso zielsicher. Kai hegte keinen Zweifel, daß der gesamte Tee im Innern des Behälters landete – die weißen Shojiwände hätten kein Partikelchen Teestaub unbemerkt entkommen lassen. Und er sah keine Veranlassung, den Teemeister zu beleidigen, indem er nach Fehlern suchte.

Der alte Mann schloß zuerst die Teekugel und dann die Dose. Letztere stellte er zurück in die Truhe, während die Glaskugel langsam hinab auf die Tatamimatte sank. Bevor sie diese berührte, packte der Teemeister den Zylinder und führte dessen Nadeltülle in die kleine Düse der Kugel. Mit einer Berührung des Schalters am Fuß der Nadel spritzte er dampfendes Wasser ins Innere der Kugel.

Kai lächelte. *Das Knirschen muß von einer chemischen Heizkapsel gekommen sein. Sie hat das Wasser erhitzt, das sich ausdehnte und den notwendigen Druck für den Spritzvorgang erzeugt hat.* Wahrscheinlich hätte er schon aus der Beschaffenheit der ›Teekanne‹ den ganzen Vorgang schließen können, aber Kai verdrängte den Gedanken. *Das wäre Wissenschaft. Dies hier ist Kunst.*

Das heiße Wasser sammelte sich in der unteren Rundung der Kugel und sprudelte unter dem weiteren Zufluß immer höher. Als er mit der Füllung zufrieden war, zog Ishiyama den Zylinder aus der Kugel und legte ihn in die Truhe zurück. Er packte die Kugel mit beiden Händen und schwenkte sie sanft, so daß sich das heiße Wasser an den Wänden verteilte. Der Tee war durch das in die Kugel eindringende Wasser befeuchtet worden, und die transparente Flüssigkeit hatte einen Hauch von Farbe gewonnen.

Sobald das Wasser die Innenseite der Kugel bedeckte, drehte Ishiyama diese um neunzig Grad. Wirbel peitschten silberne Glanzlichter durch das Wasser. Das Auftreffen auf den Zylinder mit den Teeblättern erzeugte hellgrünen Schaum. Das darüber spülende Wasser wurde langsam dunkler.

Wenn die Bewegung des Wassers nachzulassen drohte, neigte Ishiyama auf der Stelle die Kugel oder versetzte sie in Drehung. Mit jeder Bewegung veränderte er die Haltung und Position der Kugel, und jede Veränderung erzeugte neue, wunderbare Muster im Teewasser. Kai sah Symbole und Fabelwesen in den Wirbeln und Glanzlichtern, die Gesichter alter Freunde und Fragmente längst vergessener Alpträume. Er versuchte gar nicht erst zu verstehen, was er sah, sondern gab sich ganz der Erfahrung des Sehens hin.

Nach einer scheinbar allzu kurzen und doch gleichzeitig endlosen Zeit gestattete Ishyama dem Wasser zur Ruhe zu kommen. Mit einer sanften, beherrschten Wiegebewegung sammelte der Teemeister die Flüssigkeit in der unteren Rundung der Kugel und drehte sie, bis die Düse an ihrem oberen Pol lag. Wie ein Zauberer zog der alte Mann plötzlich ein weiteres Objekt aus dem Ärmel seines Kimonos: eine Silbernadel von fast dreißig Zentimetern Länge, an deren einem Ende sich ein dicker Plastikzylinder mit einer Feder befand. Er senkte die Nadel durch die Düse in den grünen Tee.

Ishiyama nahm die erste blaue Schale und setzte sie auf den Plastikzylinder. Die rechte Hand stützte die Kugel am Boden ab, während er mit der Linken die Schale nach unten drückte. Kai hörte das Zischen von Flüssigkeit und sah Dampf aus der Schale strömen, aber durch seine Entfernung von dem Teemeister konnte er nicht erkennen, was Ishiyama genau tat.

Der Teemeister drückte die Schale zweimal nach unten, wartete, und wiederholte den Vorgang. Dann löste er die Schale vom Zylinder, verneigte sich tief und reichte sie Omi. Sie nahm sie mit einem Nicken entgegen und hielt die Trinkschale, als wäre sie zerbrechlich genug, um durch unvorsichtiges Anhauchen zu zerbersten. Anschließend wiederholte der Teemeister den zweifachen Pumpvorgang und reichte die zweite Schale Kai.

Er akzeptierte sie mit äußerster Vorsicht, als habe ihm jemand eine scharfe Handgranate mit gezogenem Sicherheitsstift gegeben. Gar kein so unpassender Vergleich. Der Versuch, unter schwerelosen Bedingungen eine offene Flüssigkeit zu trinken, erforderte schon extremen Wagemut oder ebensolche Neugierde. Er fand es schon mehr als bemerkenswert, daß der Teemeister den Tee aufgebrüht hatte, ohne auch nur einen einzigen Tropfen der heißen Flüssigkeit in das Zimmer zu versprühen. Sie jetzt zu trinken, konnte schwieriger werden als die letzte Verteidigung seines Championtitels.

Ishiyama verneigte sich tief vor Omi und Kai, dann griff er ein letztes Mal in seine Truhe. Er hob eine weiße Rose heraus. Die Blüte schützte er wie eine Kerzenflamme mit der Hand. Dann ließ er sie zwischen Kai und Omi treiben. Während sie durch die Luft flog, die Blüte voraus, schälte der Luftwiderstand langsam ein Blütenblatt um das andere ab. Die weißen Blätter trieben davon. Kai sah dem Schauspiel fasziniert zu und wollte dem Teemeister seine Anerkennung ausdrücken, aber dieser hatte die Gelegenheit benutzt, den Raum zu verlassen.

Kai sah in seine Teeschale. Er fühlte die Wärme des Tees durch das Porzellan und lächelte. In der Rundung der Schale saß etwas, das an einen kleinen Keramikpilz erinnerte. Durch dessen zahllose kleine Öffnungen im Stamm und unter dem Schirm war der Tee ins Innere der Schale gepumpt worden. An der Innenseite der Schale, etwa ein Drittel der Strecke zum Rand hoch, hielt ein schmaler Grat den Tee zurück und verhinderte, daß er über den Schalenrand emporwallte. Von diesem Grat zog sich in einer im Uhrzeigersinn gedrehten Spiralform ein dünner Trinkhalm bis an den Rand der Schale hoch.

Mit einer winzigen Bewegung versetzte Kai den Tee in eine Drehung im Uhrzeigersinn und hob die Schale gerade rechtzeitig an den Mund, um die aus der Öffnung des Halms strömende Flüssigkeit aufzufangen. Die Wärme und der süße Geschmack des Tees brachten Kindheitserinnerungen an einfachere Zeiten vor dem Eintreffen der Clans zurück, vor dem Tod seines Vaters und seiner Flucht nach Solaris. *Es tut gut, diese Erinnerungen zu haben, denn ich kann nicht mehr zurück. Oder doch?*

Er schloß mit der Zunge die Trinkhalmöffnung, dann drehte er die Schale entgegen dem Uhrzeigersinn, um den Tee zurückfließen zu lassen. Er lächelte und senkte die Schale. Ihm gegenüber tat Omi es ihm hinter einem dünnen Vorhang aus Rosenblättern gleich.

»Du bist sehr aufmerksam, Kai. Häufig spritzt der Tee durch den Raum, wenn sich jemand damit nicht auskennt.«

»Ich würde lieber sterben, als diese Zeremonie zu verderben.« Er blinzelte, als ein Blütenblatt seinem rechten Auge zu nahe kam. »Es war wundervoll. Domo arigato.«

»Gern geschehen. Es war mein Geschenk für dich am Abend deines Weihnachtsfestes.«

Kai zögerte einen Moment und fühlte, wie seine Wangen heiß wurden. »Du bist zu großzügig. Verzeih mir, aber ich habe nicht daran gedacht … Ich habe kein Geschenk für dich.«

Omi tröstete ihn mit einem leichten Kopfschütteln. »Du brauchst nicht verlegen zu werden. Ich bin es, die sich einer Täuschung schuldig gemacht hat. Ich habe dich in die Enge gedrängt, obwohl es nicht meine Absicht war. Ich sehe dich als einen Freund.«

»Und ich erwidere diese Freundschaft. Vielleicht müssen sich die Nationen, deren Stellvertreter wir sind, gegenseitig Fallen stellen, aber du brauchst nur darum zu bitten, und ich werde dir alles gewähren, was in meiner Macht steht.«

Omis Miene hellte sich auf. »Du weißt natürlich, daß ich unterwegs nach Solaris bin.«

»Ja.«

»Und du kannst dir vorstellen, welche Schande damit verbunden ist, vom Koordinator dorthin geschickt zu werden.«

Der MechKrieger kniff die Augen zusammen. *Bist du in Schwierigkeiten? Hast du dich mit deinem Vater entzweit?* »Wir sind Freunde, Omi-sama. Andere mögen es als Entehrung empfinden, aber nicht ich.«

Sie lächelte. »Gut, dann sollte es dir nicht schwerfallen, meine Bitte zu gewähren.«

Kai sah sie fragend an.

»Kai Allard-Liao, ich möchte in deiner Loge erscheinen, wenn du deinen Titel verteidigst.«

Kais staunte nicht schlecht. »Mit Freuden, Omi, mit Freuden. Hättest du nicht darum gebeten, hätte ich es getan.« Er erholte sich von der Überraschung und verzog das Gesicht. »Aber warum? Du weißt so gut wie ich, daß im gesamten Kombinat Raubkopien des Kampfes auftauchen werden. Wenn dein Besuch auf Solaris in deiner Heimat als Schande gesehen wird, garantierst du damit, daß Billionen Menschen Zeuge deiner Schande werden.«

»Das weiß ich, Kai. Ich weiß es nur zu gut – besser als du, um genau zu sein.« Omi schaute ihn vorsichtig an. »Dieser Kampf wird der erste sein, der im gesamten Kombinat zur Veröffentlichung freigegeben wird.«

»Was?« Kai schüttelte erstaunt den Kopf. »Ich verstehe nicht.«

»Es ist ganz einfach. Diese Mission nach Solaris habe ich meinem Vater vorgeschlagen.« Omi senkte den Blick und starrte in ihre Trinkschale. »Wenn sie fehlschlägt, trage ich die gesamte Schuld, und wie es sich für ein Verbrechen dieser Größenordnung geziemt, wird es mein Ende sein.«

4

Porrima
Isle of Skye, Vereinigtes Commonwealth

24. Dezember 3055

Für Herzog Ryan Steiner war Zorn noch niemals ein hitziges Gefühl gewesen. In seinen Augen hatte diese Emotion immer ein völlig anderes Aussehen gehabt, etwas Eisiges, eine ruhige, kalte Klarheit. Rache ist süß, und am besten genießt man sie kalt – das war sein Wahlspruch.

Viele seiner Untergebenen – sogar seine Frau – fanden diese Blutleere in politischen und persönlichen Angelegenheiten beunruhigend, das wußte er. Aber für ihn war Hitze gleichbedeutend mit einer Katastrophe. Diese Haltung erklärte sich aus seiner Zeit als Jagdpilot für das Lyranische Commonwealth. Einem Piloten, der zuließ, daß sein Jäger überhitzte, war der Tod sicher. Entweder starb er einsam im All treibend, oder er stürzte auf einen Planeten. Hitzige Gefühle, die bei den Jägerjockeys, welche er gekannt hat, durchaus an der Tagesordnung gewesen waren, führten häufig zu Streits und unnötigen Verletzungen, wenn nicht gar zu Todesfällen.

Gefühle verursachen Fehler. Der Gedanke hallte mit der Wucht eines biblischen Gebots durch seine Hirnwindungen, und er unterdrückte mit aller Gewalt die Spuren der Verärgerung, die seine Gefühle anzuheizen drohte. Er spannte die Kaumuskeln, warf noch einen Blick auf die grünen Leuchtziffern, die in der Luft über seinem Schreibtisch hingen, und sah die beiden Berater in seinem Büro an.

»Sie haben recht, Gentlemen, und ich beglückwünsche Sie zu Ihrer Voraussicht. Es scheint, daß die Nachrichtenmedien in der Isle of Skye tatsächlich Personen stärker herausstellen, die unseren Zielen entgegenstehen.« Ryan deutete auf die Ziffern über die zunehmenden Sendeminuten über Peter Davion. »Der Anstieg in den Berichten über Peter ist ziemlich steil. Warum?«

David Hanau, der kleinere, gedrungenere der beiden Ratgeber, zuckte unsicher die Achseln. »Peter hat eine Allianz zwischen Jägern und Umweltschützern arrangiert, die es gestattete, den Lyons-Goldpanther wieder in seiner natürlichen Umgebung anzusiedeln. Er unterstützt schon seit Jahren die Aufzucht, Erhaltung und Wiederansiedlung wilder Tiere auf Welten, die durch den Krieg Teile ihre Tierwelt verloren haben.«

Ryan wedelte ungeduldig mit der Rechten und bedeutete Hanau, zur Sache zu kommen. »Und?«

Hanau zögerte. »Kurz gesagt, Euer Lordschaft: Tiere sind niedlich und deshalb beliebt. Bilder von Peter auf einer Photosafari oder mit einem Pantherjungen sind gutes Medienmaterial. Peter weiß das und genießt die Aufmerksamkeit. Er verbringt so viel Zeit mit dem Umweltschutz, daß er keine Zeit für Frauen zu haben scheint.«

Sven Newmark zog die buschigen blonden Augenbrauen zusammen. »Ist er schwul?«

Hanau wurde rot.

Ryan sah ihn fragend an. »Ist er oder nicht?«

Hanau setzte zu einer Antwort an, zögerte, dann entschied er sich doch. »Ich habe keinerlei Hinweise dafür gefunden. Ich habe nach möglichen unehelichen Kindern Peters gesucht und einige Frauen ausfindig gemacht, mit denen er während seiner Zeit an der Militärakademie New Avalon ausgegangen ist. Keine davon hat behauptet, ein Kind von ihm zu haben, aber die meisten waren sehr überzeugend, was seine heterosexuellen … äh … Fähigkeiten angeht.«

Ryan klopfte sein blondes Haar in Form und unterdrückte ein Schaudern, als er die größer werdende kahle Stelle berührte. »Ein uneheliches Kind wäre ohnehin besser für uns gewesen als ein Homosexuellen-Skandal. Für ihre Kinder tun Menschen noch mehr als für ihre Geliebten – zweifellos eine Art genetischer Imperativ.« Der Herzog faltete die Hände. »Wir haben annehmbare Kräfte auf Lyons, oder?«

»Ja«, bestätigte Newmark. »Aber niemand in der Lyons-Miliz. Davions Geheimdienstsekretariat hat alle Mitglieder zweifelhafter Loyalität versetzt, als Peter einen Posten bei dieser Einheit akzeptierte. Sie mußten so viele neue Soldaten in die Einheit versetzen, um die Lücken zu schließen, daß der Erfahrungsgrad der Einheit auf ›unerprobt‹ gefallen ist. Aber solange nichts Dramatisches wie eine neue Clan-Invasion geschieht, ist nicht damit zu rechnen, daß die Lyons-Miliz über den Trainingseinsatz hinauskommt. Natürlich habe ich Leute eingeteilt, die ihn ständig beobachten.«

»Natürlich.« Ryan grinste Newmark an. Der Mann gehörte zu einigen Flüchtlingen aus Rasalhaag, die vor den Clans Zuflucht in der Isle of Skye gefunden hatten. Er hatte die Aufmerksamkeit Ryans erregt und war in dessen persönliche Dienste aufgestiegen, nachdem die Flüchtlingspresse mehrere Artikel des Mannes veröffentlicht hatte, in denen er höchst kritisch mit Prinz Victor und dessen Handhabung der Rasalhaager Frage ins Gericht gegangen war.

Ryans Blick wanderte zu einer anderen Zahl in der vor ihm schwebenden Analysetabelle. »Galen Cox' Medienpräsenz scheint in einem kontrollierteren Rahmen zu steigen.«

Newmark nickte. »Er hat durch eine Reihe von Zufällen die Aufmerksamkeit der Medien erregt. Vor allem natürlich, weil er Katrina Steiner begleitet.«

»Sie versteht es, die Medien zu manipulieren, nicht wahr?«

»Allerdings, Euer Lordschaft. Sie erregt große Aufmerksamkeit, und die allgemeine Neugierde über sie verwandelt sich in eine entsprechende Neugierde über jeden in ihrer Nähe. Kommandant Cox hält sich allerdings mit Äußerungen über ihre Beziehung sehr zurück. Die Reporter waren gezwungen, Recherchen anzustellen, und wie sich herausstellte, bietet er jede Menge Ansatzpunkte. Geboren in der Isle of Skye. Im Krieg von '39 verwaist. Später Kadett an der Gefechtsschule Tamar. Ihr habt ihm bei der Abschlußzeremonie seiner Klasse selbst die Tapferkeitsmedaille verliehen, Exzellenz.«

Ryan versuchte, sich die Gelegenheit ins Gedächtnis zu rufen. Er erinnerte sich an die Zeremonie, aber nicht an Einzelheiten. Für ihn war es nicht mehr als eine Gelegenheit gewesen, der Bevölkerung seine Präsenz vor Augen zu führen. Seine Frau, Morasha Kelswa, war Thronerbin des Tamarpaktes, und zu jener Zeit war es sein Ziel gewesen, Melissa Steiner und Hanse Davion dazu zu bringen, die an die Freie Republik Rasalhaag verlorenen Systeme zurückzuerobern. Die Rede vor der Abschlußklasse auf Tamar hatte ihm eine Gelegenheit gegeben, die jungen Männer und Frauen zu inspirieren und für seine Ziele zu gewinnen.

Newmark setzte seine Analyse fort. »Cox hat während der Clan-Kriege zusammen mit Victor Davion gedient und ihm bei mehreren Gelegenheiten das Leben gerettet. Seither ist er Victors Adjutant. Manchen Stimmen zufolge fungiert er als Victors Gewissen oder als sein Anker in Realität. Daß Victor ihn gebeten hat, Katrina zu begleiten, zeigt, wie vollkommen der Prinz diesem Mann vertraut. In der Werbung für die Wiederholungen von Holoviddramen über Prinz Victor wird Cox' Rolle neuerdings hochgespielt, egal wie unwichtig sie ist. Wahrscheinlich erklärt das die Zunahme.«

»Ich verstehe. Halten Sie dieses Phänomen für zeitlich begrenzt?«

Newark nickte nachdrücklich. »Allerdings.«

Ryan blickte zu Hanau. »Ihrem mißmutigen Gesichtsausdruck entnehme ich, daß Sie anderer Meinung sind?«

Der dunkelhaarige Berater nickte. »Stimmt, Euer Lordschaft. Cox' Medienpräsenz erklärt sich aus Auftritten in Nachrichten- und Unterhaltungsprogrammen. In verschiedenen Märkten wurden Sendungen über ihn und Prinz Victor zeitgleich mit Sendungen über Euch auf anderen Kanälen gezeigt. Selbst wenn man zugesteht, daß die Holodramen über Eure Zeit als Jagdpilot schon älter sind, sind die Sendungen über Cox doch doppelt so beliebt. Außerdem taucht immer auch Victor in den Programmen auf, und das führt dazu, daß die Sender zwischen die Werbung kurze Promos schalten, die Nachrichten über den Prinz, Katrina, Peter oder sogar Kai Allard-Liaos letzten Kampf ankündigen. Es ist schwer zu sagen, ob wir es hier mit einer koordinierten Kampagne zu tun haben, euer Lordschaft, aber ich würde meine Pflichten vernachlässigen, wenn ich Euch nicht auf die Möglichkeit hinwiese, daß etwas von Katrinas Talent in der Manipulation der Medien auf Cox und sogar auf Peter abgefärbt haben könnte.« Hanau sah zu Boden. »Mit deren Zahlen steigen auch die Victors, und Eure sinken.«

Ryan grinste, als er den Anflug von Panik bemerkte, der Hanaus Stimme schrill werden ließ. »Na, dann müssen wir wohl etwas dafür tun, daß diese Verbindung zwischen Victor und den anderen zerbricht. Herr Hanau, Sie werden das Gerücht ausstreuen, daß der Bruch zwischen Katrina und Victor wegen des Begräbnisses von Archon Melissa nie wirklich verheilt ist. Cox hat bei dem Versuch, die beiden auszusöhnen, eine enge Freundschaft zu Katrina entwickelt. Es darf ruhig Andeutungen einer intimen Beziehung geben, aber nichts Handfestes. Das Ergebnis dieser Entwicklung war, daß Victor sich auch mit Cox zerstritten hat, und *deshalb* hat er ihn mit Katrina weggeschickt. So, wie er ihm früher vertraut hat, so *miß*traut er ihm jetzt, und deshalb hat er ihn auf die Reise geschickt.«

Newmark lächelte anerkennend. »Wenn wir Galen Cox als loyalen Sohn Skyes darstellen und die Gerüchte über Victors Abneigung gegen ihn hochspielen ...«

»Genau. Wir werden Galens steigende Popularität dazu benutzen, einen Keil zwischen Victor und Skye zu treiben.« Ryan nickte dem Blondschopf gratulierend zu. »Jeder Versuch Victors oder Cox', dieses Gerücht zu dementieren, kann als weiterer Versuch dargestellt werden, die allgemein bekannte Misere zu übertünchen.«

Der Herzog sah wieder zu Hanau, dessen Finger über die Tastatur seines Compblocks tanzten. »Sie haben recht, meine Dramen beginnen alt zu werden. Ich muß mein Medienprofil erweitern und auch auf anderen Gebieten Schlagzeilen machen. Ihre Erwähnung Kai Allard-Liaos erinnert mich, daß ich vor einer Weile Geld in einen Kämpferstall auf Solaris investiert habe.«

Newmark nickte. »Oonthrax. Vito Oonthrax' Frau ist eine entfernte Kusine Ihrer Gattin. Ihre Familie hatte einen Anspruch auf den Besitz von Laurent, und Oonthrax benötigte Geld für den Wiederaufbau seines Stalls. Die anfängliche Rendite aus Eurer Investition – ein Anteil von fünfzehn Prozent am Oonthrax-Stall – war gut, aber in den letzten Jahren hat sie abgenommen.«

Ryan fuhr mit der Hand durch die plötzlich vor ihm auftauchenden finanziellen Daten. »Bei diesem Geschäft ging es von Anfang an nicht um Geld, sondern um Politik. Laurent ist verloren – der Wolfsclan hat das System erobert, und von mir aus kann er es behalten. Kaufen Sie den Stall. Feuern Sie Vito und setzen

Sie jemand anders an seine Stelle. Dann ändern Sie den Namen des Stalls in Skye-Tiger und geben Sie bekannt, daß ich der neue Besitzer bin. Ich werde nach Solaris fliegen, um mir anzusehen, wie Kai Allard-Liao seinen Titel verteidigt. Es wird doch kein Duell mit einem meiner Kämpfer geben, oder?«

Hanau schüttelte den Kopf. »Nein, er tritt gegen Wu Deng Tang an, einen der aufstrebenden Stars des Tandrek-Stalls. Das Duell wird als Kampf um den Liao-Thron angekündigt, weil Wu ein Liao-Kämpfer ist.«

»Gut, das dürfte allerhand Aufmerksamkeit erregen.« Ryan grinste. »Meine Anwesenheit wird mir einen angemessenen Anteil daran sichern.«

Newmark runzelte die Stirn. »Wenn ich noch einmal auf das vorige Thema zurückkommen darf: Was wird Katrina Eurer Meinung nach als Antwort auf unseren Versuch unternehmen, einen Keil zwischen Prinz Victor und Galen Cox zu treiben?«

»Nichts.« Ryan verschränkte die Hände und legte sie auf den Schreibtisch. »Katrina und ich haben eine stillschweigende Übereinkunft. Sie wird weder Victor noch mich untergraben. Gegen ihren Bruder vorzugehen, wäre dumm von ihr, denn er könnte sie kaltstellen. Gegen mich vorzugehen, nun, das wäre genauso dumm.«

Der Exilrasalhaager nickte. »Ich verstehe. Und Peter?«

»Peters größte Schwäche ist sein Temperament. Er macht Fortschritte bei dem Versuch, es unter Kontrolle zu bringen, aber bis jetzt hat er es noch nicht geschafft. Wir müssen ihn auf die Probe stellen, um zu sehen wie stabil er wirklich ist.« Der Herzog schloß einen Moment die Augen. »Die Miliz ist die einzige Militäreinheit auf Lyons, korrekt?«

»Ja, Euer Lordschaft«, antwortete Hanau hastig.

»Gut. Setzen Sie sich mit unseren Leuten dort in

Verbindung. Wir wollen gesteigerte politische Unruhe. Im Moment nicht mehr als ziviler Ungehorsam. Anti-Davion-Kundgebungen, die sich auf das Flüchtlingsproblem und die allgemeine schlechte Wirtschaftslage konzentrieren. Und sie sollen Verbindungen zu gewaltbereiten anarchistischen Zellen aufbauen.«

Hanau sah überrascht hoch. »Aber diese Gruppen hassen Euch ebensosehr wie die Davions.«

»Stimmt, aber trotzdem haben sie ihren Wert.« Ryan genoß Hanaus Schaudern. »Wenn es stimmt, daß Peter sich zu beherrschen lernt, könnte einer dieser Fanatiker genau das Mittel sein, um ihn ein für allemal aus dem Weg zu räumen.«

5

Landungsschiff *Zhangshi*, L3-Sprungorbit, Tetersen Distrikt Donegal, Vereinigtes Commonwealth

25. Dezember 3055

Kai Allard-Liao verneigte sich tief, als Omi Kurita den Speisesaal seines Landungsschiffes betrat. »Ich freue mich, daß du meine Einladung so kurzfristig wahrnehmen konntest.«

Sie nickte ihm zu. »Und ich freue mich über die Einladung auf dein Schiff.« Ihre langen schwarzen Haare, die sie diesmal offen trug, lagen auf den Schultern ihres Seidenkleids. Der Schnitt ähnelte dem modischen Stil zahlloser Welten des Vereinigten Commonwealth, aber am subtilen Muster der durch den himmelblauen Stoff gewirkten Fäden konnte Kai erkennen, daß es im Draconis-Kombinat hergestellt worden war. *Wenn sie so weit gehen, Omi für den Besuch einer VerCom-Welt auch eine VerCom-Garderobe mitzugeben, muß ihre Mission wirklich lebenswichtig sein.*

Omi sah sich um. Die dunkle Mahagonitäfelung und die glänzend polierten Messingbeschläge des Zimmers kontrastieren mit dem Stahleisen und Keramik des Schiffs. Hinzu kam, daß die Einrichtung des Raumes vom Stil her mehr zum Prunk längst vergangener Jahrhunderte paßte. Alles in allem wirkte er mehr wie eine Kabine auf einem der Luxusdampfer, die vor mehr als tausend Jahren die terrestrischen Ozeane befahren hatten.

Ihr Gesicht leuchtete auf, als sie zu dem kleinen künstlichen Nadelbaum trat, den Kai in einer Ecke aufgebaut und mit Lichtern verziert hatte. »Ein Weihnachtsbaum? Ich habe davon gehört, aber noch nie zuvor einen gesehen.«

Kai zuckte mit den Schultern. »Ich fürchte, dieser

hier ist nur sehr ungenügend geschmückt. Normalerweise wäre er noch mit Lametta und Glasschmuck behängt, aber ich habe wegen der gelegentlichen Rückfälle in Schwerelosigkeit darauf verzichtet. Das Lametta würde sich dabei nur verheddern, und der Glasschmuck würde davonschweben und kaputtgehen, sobald wir uns wieder in Bewegung setzen.«

Die Tochter des Koordinators lachte leise. »Ist das auch der Grund, warum du keinen Mistelzweig an der Decke hängen hast?«

Kai wurde rot, eine Reaktion, die ihn selbst überraschte. »Äh, ich fürchte, es gibt niemanden, dem ich einen Kuß rauben wollte.«

Omi zog fragend die linke Braue hoch. »Niemanden?«

Er zögerte, und verriet sich damit. Dann lachte er. »Nicht an Bord der *Zhangshi*, nein.« *Und anderswo auch nicht.* Er gestattete sich nicht, seinen Schmerz zu zeigen. »Derzeit bin ich, wie man es in Gesellschaft auszudrücken pflegt, frei.«

»Ich verstehe.«

Kai zog die Brauen hoch. »Victor hätte mir die Frage übrigens ruhig selbst stellen können. Ich hätte sie ihm beantwortet.«

Jetzt war es an Omi, rot zu werden, während sie sich auf die Ledercouch neben dem kleinen Baum setzte. »Es wäre sinnlos, es abzustreiten, und es würde seine Besorgnis um dein Wohlergehen herabwürdigen. Die Frage entsprang keiner schlüpfrigen Neugierde. Victor respektiert dich und fragt sich nur, ob du glücklich bist.«

»Ich weiß das zu schätzen, mehr als du dir bewußt bist. Und ich weiß auch deine Bereitschaft zu schätzen, als Vermittlerin zwischen uns zu fungieren. Damit stehe ich nach der Zeremonie gestern noch weiter in deiner Schuld. Sie war exquisit.« Kai ließ sich in einen Sessel sinken, der ihr gegenüber stand, und zupfte an den Bügelfalten seiner schwarzen Hose. »Es freut mich, daß ihr zwei in Kontakt bleibt. Wir schicken uns auch Botschaften, aber Victor ist sehr beschäftigt.«

»Das stimmt, auch wenn er die Kämpfe, die du ihm widmest, sehr hoch schätzt. Er erzählt mir oft von ihnen und von deinem großen Können.« Omi lehnte sich zurück. »Natürlich erinnere ich mich an das Simulatorgefecht, in dem du und Phelan Ward euch gegenseitig umgebracht habt. Du bist ein Könner – wie ja auch dein Titel bestätigt.«

»Ich habe großes Glück. Ich werde dir natürlich deinen Wunsch erfüllen, mir aus meiner Loge bei der Verteidigung meines Titels zuzusehen. Aber ich möchte auf keinen Fall eine Rolle bei deinem Untergang spielen.«

Er hob eine kleine Plastikdose vom Tisch neben seinem Platz und drückte einen roten Knopf darauf. Der Knopf begann gleichmäßig zu leuchten. »Die Kabine ist jetzt sicher. Nichts, was wir sagen, wird diese vier Wände verlassen. Warum bist du nach Solaris geschickt worden? Angesichts der kulturellen Ablehnung, die im Kombinat Solaris und allem gegenüber herrscht, was mit Solaris zu tun hat, ist das politischer Selbstmord.«

»An dem, was du sagst und was du ungesagt läßt, erkenne ich, daß du die Lage sehr gut verstehst, Kai. Schon bevor er der Koordinator des Draconis-Kombinats wurde, hat mein Vater militärische Reformen in die Wege geleitet. Diese Reformen haben Flexibilität und eine Lockerung der strikten Regelstruktur gefördert, die unser Militär und die gesamte Kultur in ihr Korsett zwängt. Die feudale Vorstellung, daß man sein gesamtes Vertrauen in den Vorgesetzten legt, hat funktioniert, solange wir in einer primitiven Welt lebten, in der nur der Adel die notwendige Bildung besaß, um Entscheidungen zu treffen.«

Der MechKrieger nickte. »Terra legte im zwanzigsten Jahrhundert diese Gesellschaftsform ab, mußte sie aber wieder einführen, als die gewaltigen Entfernungen und harten Bedingungen bei der Kolonisierung des Weltraums örtliche Autoritäten mit starker Bindung an die Ursprungswelten nötig machten. Trotzdem haben die meisten Nationen der Inneren Sphäre ihre Regierungsformen gelockert, um Wachstum und weitere Entwicklung zu ermöglichen.«

»Bis auf uns. Vor vierhundertfünfzig Jahren führte mein Urahn Urizen Kurita den Bushido-Kodex wieder ein.« Sie lächelte fast verlegen. »Er erhielt unsere Kultur stark und benutzte sie, uns zusammenzuschweißen. Dadurch konnte das Draconis-Kombinat die Jahrhunderte der Nachfolgekriege nach dem Zusammenbruch des Sternenbundes überstehen. Und wir wären auch weiter gut damit gefahren, wenn keine Visionäre wie Hanse Davion aufgetaucht wären. Seine Angriffsstrategien im Jahre 3038 zeigten uns unsere Schwächen. Ein Jahr später hatte mein Vater genug verändert, um zurückzuschlagen und Hanse Davion zu zeigen, daß auch wir fähig waren, unsere Taktik zu ändern. Dann kamen die Clans, und wir entdeckten, daß unsere Taktiken weder neu noch innovativ genug waren. Wir mußten noch mehr tun, uns noch stärker verändern.«

Omi hatte ein Talent zur Untertreibung. Die Clans – für den Krieg gezüchtete Krieger in überlegenen Kampfmaschinen – hatten riesige Gebiete des Draconis-Kombinats und des Vereinigten Commonwealth erobert und die Freie Republik Rasalhaag nahezu völlig geschluckt. Das Kombinat war, weil kleiner als das Vereinigte Commonwealth, schwer angeschlagen worden. Beinahe hätte es sogar seine Zentralwelt Luthien verloren. Einheiten, die nach den traditionellen Regeln des Kombinats gekämpft hatten, waren niedergemetzelt worden. Nur die neueren Einheiten hatten sich einigermaßen auf den Kampf gegen die Clans einstellen können.

Omi kaute auf der Unterlippe, bevor sie weiterredete. »Die Bevölkerung des Kombinats ist stolz, und durch die Politik der Vergangenheit von der harten Wirklichkeit des Lebens in der Inneren Sphäre isoliert. Eure Propaganda nennt es den Preis für das Fehlen einer freien Presse, aber wir finden, unsere Bürger vor dem Schmutz der Skandalvids zu schützen, rechtfertigt unsere selektive Informationspolitik.«

»Ich habe keine Probleme mit dem Verbot von Skandalvids, aber ich kann keine Fehlinformation der Öffentlichkeit billigen.«

»Sie bekommt keine falschen Informationen, Kai, nur *weniger.* Die Draconier wissen, was sie wissen müssen, aber die Ereignisse haben uns überrollt. Wir konnten das Volk nicht vor Nachrichten der Clan-Eroberungen abschirmen. Und weil es so lange mit Berichten über unsere militärische Unbesiegbarkeit aufwuchs, war das ein schwerer Schlag.« Omi sah zur Seite, auf den Nadelbaum. »Etwa so wie die Eröffnung, daß es keinen Weihnachtsmann gibt.«

»Wie, es gibt keinen Weihnachtsmann?« Kai setzte eine entgeisterte Miene auf. Dann grinste er. »Tut mir leid. Es ist ein alter Witz. Du wolltest sagen ...«

»Der Schlag, den die draconische Kampfmoral einstecken mußte, war härter, als du dir vorstellen kannst. Unsere militärische Tradition, der Weg des Kriegers, ist das Fundament unserer Gesellschaft. Eine Niederlage stellt unser gesamtes Weltbild in Frage. Wenn wir nicht unbesiegbar sind, müssen wir uns die Frage stellen, woher wir wissen, daß wir Ehre haben. Woher wissen wir, daß wir zivilisiert sind? Woher wissen wir, ob nicht alles, was wir in der Vergangenheit getan haben, falsch war?«

Kai nickte. »Als ich auf Alyina war, habe ich ein Beben erlebt. Es war nicht schwer, vielleicht Stärke fünf auf der Richterskala, aber der Boden hat sich unter meinen Füßen bewegt. Ich hatte so etwas noch nie vorher mitgemacht, und plötzlich wurde mir klar, daß ich es immer als gegeben angenommen hatte, daß der Boden unter meinen Füßen fest und sicher bleiben würde. Die Tatsache, daß dem nicht so ist, läßt mich heute noch ab und zu schweißgebadet aus dem Schlaf schrecken.«

»Ja, es ist eine fundamentale Erschütterung des Vertrauens. In deinem Fall hat dich die Wirklichkeit im Stich gelassen. Im Kombinat steht das Volk vor der Frage, ob seine Kultur es verraten hat. Es ist eine äußerst ungemütliche Situation.«

»Das kann ich mir vorstellen.«

»Mein Vater weiß, daß es noch weitere Veränderungen im Kombinat geben muß. Wir können den Bushido nicht aufgeben, und wir werden es auch nicht tun, weil er die Grundfesten unserer Kultur darstellt, uns zu einem Volk macht. Es ist eine schwierige Aufgabe, denn die Samurai, die geholfen haben, das gesamte System zu definieren, sind diskreditiert. Und ohne die Hilfe der Söldner von Wolfs Dragonern und den Kell Hounds hätten wir Luthien verloren. Da unsere Kultur Söldner verachtet, war das ein noch schwererer Schlag für unsere Ehre – trotz der Rettung Luthiens.«

Kai erkannte, worauf sie hinauswollte. »Die Ronin auf Solaris sind nicht ernsthaft diskreditiert. Die Raubkopien ihrer Kämpfe haben sie in deinem Volk zu Helden gemacht. Sie sind so etwas wie Gesetzlose, die in einer Gesellschaft, welche Anpassung fordert, ebendiese verweigern; ihnen zuzusehen, ist eine sichere Form der Rebellion in einer Kultur, die ein gesellschaftliches Druckventil dringend braucht.«

»Vielleicht können wir sie und ihre Kämpfe dazu verwenden, unserer Bevölkerung die Vorstellung zu vermitteln, daß man eine Niederlage überleben kann, um später doch noch zu gewinnen. Die Vereinigten Soldaten des Draconis-Kombinats werden auch weiter der Zenit des Bushido in unserem Reich bleiben, aber die Ronin werden es dem Volk gestatten, Helden von der Art eines Robin Hood zu verehren. Wir haben Heldenlegenden, die dazu passen, und wir können sie dazu benutzen, in der Vorbereitungsphase auf den nächsten Clankrieg neues Selbstvertrauen aufzubauen und sogar Ablenkung zu liefern.«

Omis realistische Einschätzung der Lage innerhalb ihrer Nation versetzte Kai in Erstaunen. Die Draconier gestatteten ihren Frauen nur selten eine Karriere, die über traditionelle häusliche Rollen hinausging. Er wußte, daß es unmöglich gewesen wäre, Omi derart zu beschränken, aber ihre Reisen zu Welten außerhalb des Kombinats kannten in der Kurita-Geschichte kaum eine Parallele. Zweifelsohne war auch der Plan, Solaris für den Wiederaufbau der draconischen Nation einzusetzen, ihrem Gehirn entsprungen, und die Bereitschaft, für seine Ausführung alles zu riskieren, bewies, wie überzeugt sie von ihrer Sache war.

Victor hatte ihm die Geschichte erzählt, wie die Zehnte Lyranische Garde den Auftrag erhalten hatte, Hohiro Kurita, Omis Bruder und Erbe des Drachenthrons, von der durch die Clans besetzten Welt Teniente zu retten. Omi hatte vorgeschlagen, Victors Einheit um die Rettungsaktion zu bitten, und ihr Vater hatte es ihr gestattet, aber nur unter der Bedingung, daß sie mit der Botschaft, in der sie diese Bitte aussprach, jeden Kontakt zu Victor abbrach. Sie hatte zugestimmt und dies Victor in ihrem Hilfeersuchen mitgeteilt. So schmerzhaft es auch für sie gewesen war, sie hatte ihren Teil der Vereinbarung eingehalten, bis Takashi Kurita, ihr Großvater und der Vorgänger ihres Vaters als Koordinator, sie aus Dankbarkeit für die Rettung Hohiros davon entbunden hatte.

»Die Kämpfe von Solaris in dein Reich zu holen, ist ein großes Risiko, Omi. Sie könnten mehr als nur Geschichten transportieren, die das Vorstellungsvermögen eures Volkes anheizen.«

Sie hob langsam den Kopf. »Ja?«

Kai nickte. »Ohne Zweifel wird dein Vater es begrüßen, daß Gefechte auf Solaris in aller Regel eine Menge – zumindest für Kurita-Traditionalisten – unorthodoxer Gefechtstaktiken und Strategien zeigen. Wenn die Menschen lernen dürfen, auf Eigeninitiative stolz zu sein, wird das die Flexibilität stärken, die er bei seinen Truppen braucht, um die Clans besiegen zu können. Aber was viel wichtiger ist: Dein Volk wird nicht länger vom Rest der Inneren Sphäre isoliert sein. Selbst wenn ihr alle Kämpfe vorzensiert und nur diejenigen freigebt, in denen einer eurer Ronin auf ehrbare Weise einen überwältigenden Sieg erringt, werden die Leute sich Gedanken über andere Kämpfer machen. Du öffnest die Büchse der Pandora, die deinem Volk einen Hinweis darauf geben wird, wo es im Universum steht.«

»Wir werden keine Kämpfe zensieren.« Omis Stimme war tonlos. »Unser Volk wird dasselbe sehen, was im St. Ives-Pakt oder im Vereinigten Commonwealth zu sehen ist.«

»Einschließlich der Werbung?«

»Keine Regierung würde lukrative Verträge, wie sie für die Ausstrahlung dieser Werbung angeboten werden, ausschlagen.«

Kai lief es kalt den Rücken hinab. »Ah, ich fange an zu erkennen, wo das Problem liegt. Die Flexibilität, das Herabspielen der Rolle rigider Militärstrukturen, die Betonung von Kontakten, die Einführung kommerzieller Werbung, alles Faktoren, die deinem Vater und seinem Versuch, das Kombinat zu reformieren, helfen können. In den Augen der überzeugten Traditionalisten jedoch sind sie äußerst gefährlich.«

»Aber weil ich sie vorschlage und durchführe, betrachten sie das Ganze nur als harmlose Träumerei einer Frau. In ihren Augen ist das Unternehmen von vornherein zum Scheitern verurteilt. Deswegen unternehmen sie nichts, es zu Fall zu bringen.«

»Und wenn es fehlschlägt, war es tatsächlich nur die Träumerei einer Frau.« Kai schüttelte den Kopf. »Durch deine Beziehung zu Victor bist du in ihren Augen ohnehin schon suspekt. Man glaubt, dich ohne politischen Schaden für deinen Vater oder Bruder opfern zu können. Trotzdem bietet deine Beliebtheit beim draconischen Volk dem Unternehmen eine gute Chance, sich etablieren zu können, bevor man ernsthaft dagegen vorgeht.«

»Du verschwendest als Arenakämpfer auf Solaris deine wahren Fähigkeiten, Kai Allard-Liao. Du hast einen bemerkenswerten politischen Instinkt.«

Kai hob abwehrend die Hand. »Politik ist etwas, dem ich um jeden Preis aus dem Weg gehen will. Ich bin nach Solaris gegangen, um der Politik zu entkommen.« In ihren Augen sah er etwas aufblitzen, aber eine etwaige Erwiderung Omis wurde von einem durch das ganze Schiff hallenden mechanischen Gong abgeschnitten.

Kai holte die beiden Enden des Sicherheitsgurtes unter den Sesselpolstern hervor und schnallte sich an, genau wie es Omi auf der Couch tat. Dann lehnte er sich zurück und legte die Arme auf die gepolsterten Stützen.

Der Gong ertönte ein zweitesmal. Das Sprungschiff bereitete sich darauf vor, Tetersen zu verlassen. In einem Augenblick baute der Kearny-Fuchida-Sprungantrieb ein Transitionsfeld um das Sprungschiff und alle angekoppelten Landungsschiffe auf. Sobald das Feld stabil war, wurde das Schiff in Nullzeit bis zu dreißig Lichtjahre weit geschleudert.

Zumindest hatte Kai gehört, daß der Sprung in

Nullzeit vonstatten gehen sollte. Seine persönlichen Erfahrungen waren in diesem Punkt wenig hilfreich, denn für ihn verlangsamte sich bei jedem Sprung die Zeit so immens, daß jeder Gedanke eine Ewigkeit zur Entstehung benötigte. Der Weihnachtsbaum schien völlig unkontrolliert zu wachsen und die Realitätsblase des Salons zu durchstoßen. Er verschwand in dem Loch, das sich in der Decke öffnete, dann dehnte sich alles übrige im Innern des Zimmers und folgte dem Baum. Auch Kai.

Er fühlte keinen Schmerz, als seine Beine wie verdrehte Gummistränge in dem schwarzen Loch verschwanden. Einen Moment hatte er das unangenehme Gefühl, sein Inneres würde nach außen gestülpt. Aber das endete abrupt, als das Universum um ihn herum einbrach wie eine Negativform, in der er neu gegossen wurde. Er fühlte einen ungeheuren Druck. Dann verschwanden alle ungewöhnlichen Eindrücke, und nur die neuen Konstellationen auf dem Sichtschirm in der Kabinenwand zeigten, daß sich etwas verändert hatte.

»Wir müßten bei Thuban sein. Wir werden zwei Landungsschiffe abkoppeln, eines aufnehmen, und dann geht es weiter.« Er runzelte die Stirn, als er Omis seltsamen Blick auffing. »Habe ich etwas Falsches gesagt?«

Sie schüttelte den Kopf. »Es ist eine Folge meiner Gedanken vor dem Sprung. Der Krieg hat dich sehr verändert.«

Das überraschte ihn. »Er hat uns alle verändert, Omi.«

»Stimmt, aber auf dich hatte er eine höchst bemerkenswerte Auswirkung.«

»Inwiefern?«

Sie lächelte. »Ich weiß noch, wie du auf Outreach warst. Du warst dein härtester Kritiker. Hätte ich diese Unterhaltung mit dem Kai von Outreach geführt, wäre deine gesamte Analyse in relativierende Bedenken gehüllt gewesen. Du hättest alles als die wildeste und unwahrscheinlichste Schlußfolgerung aus den vorliegenden Fakten dargestellt.«

Sie hat recht. Kai senkte den Blick. »Der Krieg hat mich verändert.« Er zögerte, weil nur er selbst wußte, was auf Alyina geschehen war. Er hatte es nicht einmal Victor erzählt, möglicherweise, weil er nicht wollte, daß sein Freund seine Handlungsweise bestätigte. Aber Victor hätte alles gutgeheißen, was Kai tat – Victors Loyalität denen gegenüber, die sie sich einmal verdient hatten, war vorbehaltlos.

»Auf Alyina habe ich eingegriffen, als ich dachte, die Clans würden Victor töten. Dadurch saß ich später auf dem Planeten fest.«

Omis blaue Augen füllten sich mit Mitgefühl. »Durch deine Handlungsweise auf Alyina ist Victor den Clans entkommen und konnte meinen Bruder retten.«

»Niemand anderer hätte es tun können.« Kai sah sie nicken und wurde rot. »Außer Hohiro.«

»Du hast sechs Monate allein auf einem von den Clans besetzten Planet ausgehalten und den Clans geholfen, ihn von ComStar zurückzuerobern. Das ist eine enorme Leistung.«

»Ich war nicht allein. Ich hatte Hilfe. Die Clans hätten mich getötet. Sterncolonel Taman Malthus hätte es getan, wenn ComStar sich nicht in unseren Kampf eingemischt hätte.« Ein Stechen in seiner Brust erinnerte ihn an die Verletzungen, die ihm die Elementare auf Alyina zugefügt hatten. »Aber du hast recht, daß ich auf Alyina etwas über mich gelernt habe. Eine Bekannte erklärte mir, ich würde mich an einem zu hohen Standard messen, an so hochgeschraubten Erwartungen, daß ich überhaupt nicht erkennen konnte, wie begabt ich in Wirklichkeit bin. Malthus und die anderen Elementare waren auch ihrer Meinung. Durch ihre Anstrengungen habe ich ein größeres Selbstbewußtsein aufbauen können.«

»Deine Bekannte war sehr klug.« Omi lächelte ihn sanft an. »Und sie muß auch etwas ganz Besonderes gewesen sein, wenn sie dir das klarmachen konnte, nachdem es weder deinen Vorgesetzten noch deiner Familie gelungen war.«

Kai nickte. »Das war sie.« Er sah Omi an, daß sie auf weitere Erklärungen wartete, aber er ging nicht auf ihr abwartendes Schweigen ein. *Ich vertraue dir, Omi, aber ich bin nicht sicher, ob ich bei einem Gespräch über Deirdre Lear mir selbst vertrauen kann.* »Ihretwegen bin ich nach Solaris gekommen, um herauszufinden, wie besonders ich tatsächlich bin.«

Omi nickte höflich. »Dein Championat dürfte die Antwort liefern. Deine Bekannte muß stolz auf dich sein.«

»Das bezweifle ich. Sie haßt den Kampf, und die Kämpfe auf Solaris ganz besonders.« Er zuckte die Schultern. »Nachdem ich Alyina verlassen habe, sind wir getrennte Wege gegangen. Es ist fast dreieinhalb Jahre her.«

Der Ausdruck auf Omis Gesicht zeigte ihm, daß sie spürte, wie unangenehm ihm dieses Gespräch war. »In deiner Dinnereinladung stand, daß du ein traditionelles Festtagsmenü vorbereitet hast. Darf ich fragen, woraus es besteht?«

Danke für dein Verständnis, Omi. »Oh, eine Fülle wunderbarer Dinge.« Kai schlug auf den Verschluß des Sicherheitsgurts und stand auf. »Die meisten lassen sich kaum beschreiben, deshalb werde ich es gar nicht erst versuchen. Am besten gehen wir einfach in die Messe und bieten dir Gelegenheit, sie persönlich zu erleben.«

Er bot ihr den Arm, und Omi schob ihre linke Hand durch die Beuge. »Fröhliche Weihnachten, Kai Allard-

Liao. Auf daß der Geist dieses Festes allezeit in deinem Herzen weile.«

»Ich wünsche dir dasselbe, Kurita Omi-sama«, erwiderte er mit einem gezwungenen Lächeln. *Und dir auch, Deirdre Lear. Dir ganz besonders.*

6

Odell
Mark Crucis, Vereinigtes Commonwealth

15. Januar 3056

An den Tränen, die in den Augenwinkeln ihrer Mutter glänzten, konnte Deirdre Lear sehen, daß ihr der Abschied nicht leicht fallen würde. »Mom, ich liebe dich – ich liebe dich und Dad –, aber ich kann nicht hierbleiben. Auf Odell festzusitzen, bringt mich um.« Sie zuckte hilflos die Achseln und sah zu ihrem Stiefvater hoch. »Du verstehst mich doch, nicht wahr, Dad?«

Roy Lear stand hinter seiner Frau. Sein wuchtiger Körper war so breit, daß er sie geradezu umrahmte. »Ich verstehe, Deirdre.« Er legte seiner Frau die Hände auf die Schultern und zog sie an sich. »Warum reden wir nicht im Wohnzimmer weiter darüber? Hier in der Küche herumzustehen ...«

Deirdre war froh, die beiden einen Moment allein lassen zu können, und trat durch den gewölbten Mauerdurchbruch ins Eßzimmer. Sie ging hinaus in den Flur und weiter ins Wohnzimmer. Durch die hohe Decke und das hohe Kuppelfenster in der Stirnwand fühlte sie sich mehr wie in einer Kathedrale als im Haus ihrer Eltern. Sie erkannte das Gefühl als Überbleibsel ihrer Kindheit, als das Wohnzimmer für Besuch reserviert gewesen war.

Sie ging in die Mitte des Raumes. Der dicke, elfenbeinfarbene Teppichboden unter ihren nackten Füßen war angenehm. Sie ging um einen niedrigen Tisch herum zu einem hohen Stuhl gegenüber dem cremefarbenen Sofa, auf dem sich ihre Eltern mit Sicherheit niederlassen würden. Sie setzte sich und zog die Knie ans Kinn. Plötzlich schämte sie sich, weil sie nur ein blaues Baumwollhemd und zerrissene Jeans trug. Der Kontrast zur subtilen Eleganz dieses Zimmers unterstrich ihre Unfähigkeit, zu dem Leben zurückzukehren, das sie vor dem Eintreffen der Clans gekannt hatte.

Roy Lear folgte ihr ins Wohnzimmer und setzte sich auf eine Armlehne des Sofas. »Deine Mutter kommt auch gleich, Deirdre, aber vorher möchte ich dir noch etwas sagen: Wenn es irgend etwas … nein, warte, laß mich bitte zu Ende reden … irgend etwas gibt, was ich in der Praxis tun kann, um es dir leichter zu machen, dann laß es mich wissen. Mehr Geld, andere Arbeitszeiten, speziellere Aufgaben …«

Deirdre schüttelte den Kopf. »Du hast schon mehr getan, als du ahnst, Dad. Mich aufnehmen, mir einen Teil der Praxis übertragen, mir einen langen Urlaub genehmigen, all das. Du warst großartig, und du darfst nicht glauben, daß ich das tue, um dich irgendwie zu verletzen. Du hättest nicht großzügiger und verständnisvoller sein können.«

Ein Lächeln trat auf Dr. Lears breite Züge. »Ich weiß, daß ich nicht dein wahrer Vater bin …«

»Doch, das bist du. Das ist einer der Punkte, der mir da draußen auf Alyina klargeworden ist.« *Einer der Punkte, die mir Kai klargemacht hat.* »Was ich hier und jetzt bin, verdanke ich ganz dir.«

Roy kratzte sich an der Nasenspitze. »Deirdre, ich bin stolzer auf dich, als ich auf jede biologische Tochter sein könnte. Als du Medizin studiert hast, dachte ich, mein Herz müßte bersten vor Stolz und Freude. Und als du zurückkamst und in meine Praxis eingestiegen bist … nicht einmal dein Abschied kann mir die Freude darüber wieder nehmen. Und du weißt natürlich, daß du jederzeit zurückkommen kannst. Die Tür wird immer offenstehen für dich, das weißt du.«

Deirdre nickte stumm. Der Kloß im Hals machte es ihr unmöglich, etwas zu sagen.

Ihr Stiefvater senkte die Stimme. »Als wir die Mitteilung erhielten, daß du auf Alyina vermißt wurdest, hat das deine Mutter schwer getroffen. Deine Mutter – sie ist eine starke Frau, aber ihre Gefühle sind tief, und der Gedanke, ihr einziges Kind möglicherweise überlebt zu haben, war vernichtend für sie. Als du zurückkamst, war es für uns beide wie ein Wunder. Sicher, du warst depressiv und mußtest erst den ganze Streß verarbeiten, aber wenigstens warst du am Leben. Dann kam David, und du bist in die Praxis eingetreten, und alles schien wie im Märchen.«

»Aber so war es nicht, Dad.« Deirdre beugte sich vor, verschränkte die Hände und stützte die Ellbogen auf die Knie. »Als ich da draußen auf Alyina war, zwischen Leuten, die Mühe hatten, ihre einfachsten menschlichen Bedürfnisse zu stillen, ist etwas in mir geschehen... Ich bewundere dich mehr, als du dir je vorstellen kannst, weil deine Fähigkeiten zahllose Leben gerettet und so vielen Menschen geholfen haben.« Sie lehnte sich zurück und breitete die Arme aus, um den Reichtum des Zimmers zu umfassen. »Und ich weiß zu schätzen, was deine Fähigkeiten und dein Wissen uns erworben haben. Ohne all das hätte ich wahrscheinlich nicht der Mensch werden können, der ich heute bin. Und doch fühle ich mich jetzt unwohl hier in dieser Pracht, wenn ich weiß, daß auf so vielen Welten dort draußen Massen von Menschen ohne die einfachste medizinische Versorgung auskommen müssen. Ich kann mit diesem Widerspruch nicht leben. Ich muß etwas dagegen tun... irgendwas.«

Roy Lears Miene wurde weich. »Ich verstehe dich, wirklich. Ich weiß nicht, wie gut du dich noch daran erinnern kannst, aber ich habe deine Mutter getroffen, nachdem ich meine Dienstzeit bei den Truppen abgeleistet hatte, die die halbe Konföderation Capella erobert haben. Ich habe die Bedingungen gesehen, von denen du sprichst, und ich habe alles versucht, um zu helfen, als ich die Gelegenheit dazu hatte. Ich bin nie nach Zürich gekommen, aber ich kann mir die schwierigen Lebensumstände vorstellen, von denen du sprichst. Und ich stimme dir zu, daß das unverzeihlich ist.« Er hob die Hand und blockte ihre Antwort ab. »Wir beide haben eine Vorstellung davon, wie es in anderen Teilen des Weltraums aussieht. Es ist kein Fehler deiner Mutter, daß sie nur das Leben auf Bell und hier auf Odell kennt. Sie hat nicht sehen müssen, was wir gesehen haben. Sie ist eine gute Frau – die beste – und sie hat Angst, ihre Tochter ein zweites Mal zu verlieren.«

»Ich weiß. Aber das wird nicht geschehen. Zürich ist nicht Gefechtsgebiet.«

Roys Miene verdüsterte sich. »Das System liegt nahe genug an der Konföderation Capella und der Liga Freier Welten, um jederzeit ein Angriffsziel werden zu können. Es gibt sogar Berichte über Liao-freundliche Terroristen, die gegen die Regierung kämpfen. Terroristen suchen sich häufig Zivilpersonen als Opfer aus, und du wärst ein erstklassiges Ziel.«

»Aber ich bin Ärztin. Ich bin unbeteiligt. Ich werde für die Tristar-Stiftung arbeiten. Wir sind neutral. Ich werde jeden behandeln, der eine Behandlung benötigt, und deshalb wird niemand Interesse daran haben, mich zu töten.« Sie lächelte ihren Stiefvater an. »Mir wird nichts geschehen.«

»Was ist mit David?« Marylyn Lear kam ins Zimmer und trat neben ihren Gatten. Sie blieb steif neben ihm stehen. »Hast du an ihn gedacht?«

»Marylyn, das war wirklich unnötig.« Roy zwang seine Hand in die geballte Faust seiner Frau. »Natürlich hat sie an David gedacht.«

Marylyn Lears Haltung blieb verkrampft, und Deirdre bereitete sich auf eine geharnischte Gardinenpredigt vor. »Was für ein Leben wird er auf Zürich haben? Du, du hast das Beste gekannt und hast dort auf Alyina das Schlimmste überstanden, aber was ist mit ihm? Er wurde hier geboren. Er kennt kein anderes Leben. Was wird aus ihm werden, wenn ihr in irgendeinem Dorf hausen müßt, wo es kein fließendes Wasser gibt, keine Kanalisation, keine …«

»Er wird sich anpassen, Mutter. Wir haben darüber gesprochen. Er versteht, wohin wir gehen.«

»Wirklich? Er ist erst drei Jahre alt, Deirdre. Er lebt in einer Fantasiewelt, deren Mittelpunkt du bist. Das ist ein großes Abenteuer für ihn, und das wird es auch die ersten zwei, drei Monate bleiben, aber dann wird es zuviel für ihn werden.« Marylyn setzte sich, aber sie blieb verspannt und stach mit dem Finger über den Tisch in Richtung ihrer Tochter. »Was wirst du tun, wenn er nach Hause will?«

»Er wird es lernen. Er kommt mit mir.« Deirdres blaue Augen funkelten zornig. »Es gibt keine andere Möglichkeit.«

Der Ausdruck auf dem Gesicht ihrer Mutter wurde schärfer. »Er kann hierbleiben.«

»Nein! Auf keinen Fall!«

»Warum denn nicht, Liebes?« Der Tonfall ihrer Mutter veränderte sich von stählern hart zu mitfühlend neugierig. »Das ist dein Abenteuer, nicht seines. Laß ihn hier.«

»Nein!« Deirdre wollte die Wut unterdrücken, aber diese brach sich Bahn und schockierte ihre Mutter. »Uns auseinanderzureißen, ist die Art von Erziehung, die bei den Clans praktiziert würde. Ich werde es nicht zulassen.«

Ein kreischendes Jubeln gellte durch das Haus, als David Roy Lear in vollem Galopp um die Ecke ins Wohnzimmer gerannt kam. In der rechten Hand zog er ein Flugzeug durch die Luft, das er aus den bunten Plastiksteinen gebaut hatte, die er zu Weihnachten bekommen hatte. »Guck mal, Mom!«

Unter Davids Fröhlichkeit schmolz Deirdres Zorn wie Schnee in der Sonne. Sie packte ihn unter den Armen und hob ihn auf den Schoß. »Hast du das selbst gemacht?«

Das dunkelhaarige Kind nickte enthusiastisch. »Ah Chen hat mir nur ein bißchen geholfen.«

Deirdre sah hoch, als die Amme im Türbogen erschien. »Vergeben Sie mir. Er ist schnell.«

»Ich verstehe schon, Ah Chen. Er ist okay.« Sie lächelte der alten Frau zu, die sich um ihren Sohn kümmerte, und stellte nicht zum erstenmal fest, daß Davids Hautfarbe und seine leicht geschlitzten Augen Ah Chen mehr wie seine Großmutter aussehen ließen als die Frau, die ihr auf dem Sofa gegenübersaß. »Ich werde Sie rufen, wenn ich Hilfe brauche.«

David rutschte auf ihrem Schoß herum. »Gram sieht traurig aus.« Der Junge wand sich und glitt vom Schoß seiner Mutter. Dann ging er um den Tisch und stellte sein Spielzeugflugzeug vor Marylyn Lear ab. »Mom sagt, man braucht ein Flugzeug, um dahin zu kommen, wo wir hingehen. Jetzt kannst du uns besuchen kommen.«

Marylyns Unterlippe zitterte. Dann preßte sie ihren Enkel an sich. Tränen strömten über ihr Gesicht, und Deirdre mußte sich abwenden, um nicht selbst zu weinen.

Sie hielt sich an ihren Stiefvater. »Du verstehst doch, warum ich David nicht hierlassen kann.«

Roy strich mit der Rechten über den Rücken seiner Frau. »Intellektuell? Sicher. Du hast die Clans aus der Nähe erlebt. Du verstehst, was ihr Programm aus genetischer Menschenzucht und einer Kindheit ohne Eltern aus den Menschen macht...«

Deirdre spürte sein Zögern. »Aber?«

»Aber wenn du diese Haltung so vehement vertrittst, warum hast du dich dann nicht mit dem Vater des Jungen in Verbindung gesetzt?« Roy hob die

Arme, als Deirdre in die Polster sank. »Du hältst mich vielleicht für grausam, und Gott weiß, daß ich jede Minute als Davids Vaterersatz genossen habe, aber was ich ihm bieten kann, ist nicht genug.«

Kai! Deirdre wurde es bei dieser Frage plötzlich kalt. Es war eine Kälte, die nichts vertreiben konnte. Es war, als kenne sie zwei Kai Allard-Liaos. Der eine war der Mann, der ihr auf Alyina geholfen hatte zu überleben. Er war tapfer und mitfühlend, klug und nicht zu ermüden. Er hatte für sie gekämpft und sie gerettet, und anschließend mit seinen Feinden zusammengearbeitet, um eine Welt von denen zurückzugewinnen, die sie verraten hatten. Er war ein Held, aber dabei niemals arrogant oder eingebildet.

Als sie sich auf Alyina getrennt hatten – *als ich ihn weggestoßen habe* –, hatte sie sein wahres Wesen gesehen. Kai war alles, was eine Welt, eine Nation, das Universum sich als Herrscher wünschen konnte. Er konnte mit Menschen, die ihn wie ein Tier gehetzt hatten, Allianzen schließen und ihren Respekt gewinnen. Er war großmütig genug, von seinen Feinden und aus seinen Fehlern zu lernen. Seine Loyalität Freunden gegenüber und seine Bereitschaft, die Verantwortung für sein Handeln zu übernehmen, kennzeichneten ihn als jemand, dem Großes bestimmt war.

Die Herausforderung, an der Seite eines solchen Menschen zu bleiben, hatte ihr Angst gemacht. Sie hatte erwartet, daß Kai nach Alyina für Victor Davion wurde, was sein Vater für Hanse Davion gewesen war. Mit Kai als Bremse für Victors Impulsivität und Vorbild für seine Gefolgsleute wäre das Vereinigte Commonwealth noch stärker geworden als vor dem Erscheinen der Clans. Und das hätte zu neuen Kriegen gegen die Invasoren geführt, neuen Kämpfen, neuen Toten. Solche Aktionen des Mannes rechtfertigen zu müssen, den sie liebte – selbst wenn sie wußte, daß das Gemetzel unter einem geringeren Feldherrn nur noch schlimmer werden konnte –, wäre über Deirdres Kräfte gegangen.

Sie war Ärztin geworden, um die Verwüstungen, die Krieger anrichteten, zu heilen. Peter Armstrong, ihr biologischer Vater, war bei einem BattleMechgefecht einen sinnlosen Tod gestorben. Sie wollte alles tun, was in ihrer Macht stand, um gegen den Wahnsinn zu kämpfen, der Menschen dazu brachte, für Ideale, materiellen Vorteil oder im schlimmsten Fall aus purer Sportbegeisterung zu töten. Sie wußte, daß Kai das verstand – er hatte ihr geholfen, diesen Teil ihres Wesens zu erkennen –, aber sie hatte Angst, ihre Ziele zu verraten, wenn sie in Konflikt mit Kais Pflichten kamen.

Und so hatte sie ihn verstoßen. Als sie Kai damals zum letztenmal gesehen hatte, war sich Deirdre noch nicht sicher gewesen, daß sie sein Kind trug, aber sie hatte bereits Anlaß gehabt, es zu vermuten. Aber auch wenn sie es sicher gewußt hätte, wäre ihre Entscheidung nicht anders ausgefallen. Sie hatte Kai nicht bremsen und zwingen wollen, sein Potential zur Größe ihrer Vorstellung davon unterzuordnen, wie ein Leben aussah, das dem Wohl der Menschheit gewidmet war. Sie hatte ihn freigegeben, damit er die Größe erreichen konnte, die sie in ihm gesehen hatte.

Und er hatte sie beschämt. Statt mit seinen Gaben Victor zu helfen, während dieser das Vereinigte Commonwealth durch die schwere Übergangsphase steuerte, war er nach Solaris geflohen und in die Fußstapfen seines Vaters getreten. Er hatte länger gebraucht, Champion von Solaris zu werden, als Justin Xiang Allard ein Vierteljahrhundert zuvor, und Kai hatte bei keinem seiner Kämpfe einen Gegner getötet, aber das alles blieb pure Verschwendung.

Und dabei eine rachsüchtige Verschwendung. Kai wußte, daß sein Vater Deirdres biologischen Vater bei einem Duell auf der Spielwelt getötet hatte. Kai hatte ihr erklärt, daß sein Vater Armstrongs Tod tief bedauert hatte, aber alle Trauer in der Welt konnte den Toten nicht wieder zum Leben erwecken. Kais Entscheidung, nach Solaris zu gehen, bestätigte sein kämpferisches Können – ein Können, für das ihn Taman Malthus und die anderen Jadefalken-Elementare gepriesen hatten; aber diese Entscheidung verspottete ihren Verlust und steigerte ihren Schmerz.

Ich kann nicht zulassen, daß mein Sohn erfährt, wer sein Vater ist. Sie sah zu David hinüber. *Und ich kann Kai nicht gestatten, ihn zu verderben.*

Wieder lief ein Schauer durch ihren Körper. Wieder kämpfte der Schmerz über Kais Rolle auf Solaris in ihr mit den Erinnerungen an Alyina. Sie konnte die beiden Bilder dieses Mannes nicht vereinbaren. Irgend etwas mußte ihn grundlegend verändert haben. Sie wußte, daß Kai bei der Rückreise von Alyina vom Tod seines Vaters erfahren hatte. Vielleicht hatte ihn das nach Solaris gezogen. Aber hätte es seine Persönlichkeit verändern können?

Das einzige, was ihn so verändern konnte, war meine Zurückweisung. Deirdre mußte über die Arroganz dieses Gedankens beinahe lachen, aber tief im Innern wußte sie, daß er stimmte. Sie hatte Kai erklärt, sie könne sich nicht mit jemandem belasten, dessen Geist in militärischen Bahnen festgefressen war. Das konnte sein knospendes Selbstbewußtsein nur untergraben haben. Und es hatte ihm den Wunsch eingepflanzt, sich auf dem riesigen martialischen Spielplatz Solaris zu beweisen – um es ihr zu zeigen.

Sie sah zu ihrem Stiefvater auf. »Die Clans bilden Kinder aus, zum Mörder an anderen Menschen zu werden. Ich werde nicht zulassen, daß mein Sohn eine solche Lektion lernt. Der Krieg ist furchtbar. Ich will nicht, daß er in eine Situation kommt, in der er ihn akzeptieren oder sogar Freude daran empfinden muß.«

Roy nickte. »Ich verstehe deine Haltung, aber wie

willst du ihn vor der Gewalt schützen? Du argumentierst, als wäre Krankheitserregern nicht ausgesetzt zu sein dasselbe wie eine Immunität gegen die betreffende Krankheit, und wir wissen beide, daß dies ein Trugschluß ist.«

»Du hast recht, aber du übersiehst etwas. Dort, wohin ich gehe, kann ich David beibringen, Gewalt mit Frieden zu bekämpfen, zu heilen statt zu verletzen. Das wird ihn nicht nur immun machen, es wird ihm die Möglichkeit geben, Gewalt zu heilen. Ich wünschte mir, alle Menschen könnten diese Lektion lernen.«

Roy Lear lehnte sich in die Polster und schüttelte verwundert den Kopf. »Deine Mutter und du, ihr seid euch ungeheuer ähnlich. Ihr seid beide zu enormer Leidenschaft fähig und laßt euch von ihr antreiben, um euer Ziel zu erreichen. Aber diese Leidenschaft macht euch auch blind für eine unvermeidliche Niederlage. Marylyn, für dich ist dies eine dieser Gelegenheiten. Deirdre und Davy werden abreisen, und du wirst es einfach akzeptieren müssen.«

Marylyn schniefte, als sie David freigab, und strich ihm übers Haar. »Dann gibt es für mich wohl nichts mehr zu tun.«

»Natürlich gibt es das, Liebes.« Roy tätschelte ihr sanft die Hand. »Nutz deine Leidenschaft, um die vier letzten Tage hier zu einer angenehmen Erinnerung für die beiden zu machen. Eine Erinnerung, die sie schnell wieder herkommen läßt.«

Marylyn zwang sich zu einem Lächeln und wischte sich die Tränen aus dem Gesicht. »Na gut.« Sie streckte die Hand aus. »Willst du Gram beim Packen helfen?«

David nickte begeistert und ging an der Hand seiner Großmutter aus dem Zimmer.

Deirdre lächelte. »Mom und ich hatten Glück, dir zu begegnen.«

»Nicht soviel Glück wie ich. In mir ging damals alles drunter und drüber, und deine Mutter hat mir geholfen, mich in den Griff zu bekommen. Sicher, sie will dich nicht verlieren, aber sie will wirklich nur das Beste für dich.«

»Ich weiß, aber manchmal ist es schwer zu erkennen.« Deirdre machte eine Pause, dann sah sie ihrem Stiefvater in die Augen. »Hältst du meine Abreise nach Zürich für einen Fehler, den ich nicht erkennen kann, weil mich meine Leidenschaft blind macht?«

Roy Lear zuckte die Schultern und stand auf. Er streckte ihr die Hand entgegen, die offene Handfläche nach oben. »Ich weiß es nicht, Deirdre. Ich weiß es wirklich nicht. Ich hoffe nicht.«

Deirdre lachte. Sie nahm die Hand ihres Stiefvaters und stand ebenfalls auf. »Gleichfalls.« Sie drückte ihm einen Kuß auf die Wange.

Roy drückte ihre Hand. »Hauptsache, du denkst daran, daß du immer ein Zuhause hier hast, was auch geschieht. Ohne Vorbehalte, ohne Vorwürfe, ohne Fragen.«

7

Solaris City, Solaris VII
Mark Tamarind, Vereinigtes Commonwealth

19. Januar 3056

Tormano Liao saß allein und ungestört in der Smaragdlounge des Raumhafens. Die Tatsache, daß er von seinem Haus im Kithai-Viertel der Stadt hierher auf einen der hohen Hügel im Davion-Viertel hatten kommen müssen, widerte ihn an. Die Grenze zwischen den Vierteln Kithai und Black Hills war durch einen radikalen Bruch in der Architektur gekennzeichnet, und den Davion-Gebäuden fehlte jede Spur von Seele. Tormano haßte die glatte, kantige Davion-Architektur, und die Farblosigkeit der Häuser machte die graue Welt von Solaris City nur noch trostloser.

Die beiden schlanken, hochgewachsenen Männer hinter ihm hielten die Leute fern. Sie hinderten auch jeden anderen daran, die spektakuläre Aussicht zu genießen, die dieser selten klare Wintertag bot. Tormano war es gleichgültig, daß er die Aussicht monopolisierte, und ästhetisch war sie ihm ohnehin ziemlich gleichgültig. Wenn er auf die Stadt hinabschaute, sah er sie als gewaltiges, verräterisches Schachbrett, das in seinem Mikrokosmos das ganze Universum repräsentierte.

Unmittelbar nördlich des Raumhafens, auf der anderen Seite des durch die Stadt strömenden Flusses, der ebenfalls den Namen Solaris trug, bedeckte das Kobe-Viertel die Hälfte der sanften Steigung. Das draconische Viertel wirkte besonders einladend. Grüne Inseln wechselten sich mit wunderschön konstruierten und verzierten Gebäuden ab, die den Eindruck erweckten, aus dem Japan Terras vor anderthalb Jahrtausenden herübergerettet worden zu sein. Der Bodennebel, der die Stadt in der Regel bedeckte, hatte sich über Kobe zuerst gelichtet und gab dem Viertel den Anschein, ein Modell für die mögliche Entwicklung der übrigen Stadt zu sein.

Tormano schüttelte den Kopf. Er wußte, wie dünn die Fassade war. Nur der Stolz hielt das Kombinatsviertel noch aufrecht, und der nutzte sich rasch ab. Bisher hatten die Bewohner Kobes fast ausschließlich von den riesigen Profiten gelebt, die sich auf dem Schwarzmarkt für Holovids der Solaris-Kämpfe erzielen ließen. Aber jetzt hatten die Clans das Kombinat schwer angeschlagen und ein volles Drittel seiner Welten geschluckt. Kobes Dukatenesel war tot, brutal ermordet. Das Viertel sah nur deshalb noch so gut aus, weil seine Bewohner ihre Ersparnisse benutzten, um den Schein zu wahren – sie weigerten sich zuzugeben, daß das Fundament ihrer Welt vor dem Einsturz stand.

Jenseits von Kobe, weiter östlich am Nordufer des Flusses, brütete Montenegro wie der Schatten Kobes. Das Marik-Viertel lag in einem Gebiet, das einmal – bevor der ganze Planet zu einer ›Dienstleistungswirtschaft‹ transformiert worden war – das Industriezentrum der Stadt gewesen war, und tatsächlich war Montenegro ein schwarzer Berg aus verrottenden Fabriken. Hier waren alle die kleineren Provinzen, aus denen sich die Liga Freier Welten zusammensetzte, gleich dutzendweise vertreten, und ihre Bürger wachten eifersüchtig über ihr jeweiliges Revier.

Gegenüber Montenegro am südlichen Ufer lag grau und im Kontrast zum Marik-Viertel bemerkenswert sauber der lyranische Sektor, Schlesien. Wie in Kobe bemühten sich auch die Lyraner, ihren Sektor vor dem Elend zu schützen, das drohte, ganz Solaris City zu verschlingen. Trotz der Vereinigung des Lyranischen Commonwealth und der Vereinigten Sonnen zu einem einzigen Staat, dem Vereinigten Commonwealth, hielten sich die lyranischen Loyalisten auf Solaris ihre Davion-Verbündeten in Black Hills so weit wie möglich vom Leibe. Seit der Invasion der Clans, die einen erheblichen Teil der lyranischen Nation erobert hatten, während die Vereinigten Sonnen intakt und unversehrt geblieben waren, hatten die Spannungen ständig zugenommen.

Direkt südlich von Kobe dominierte das Hügelland von Black Hills die Stadt. Die riesigen, kühlen Gebäude erhoben sich als einzige echte Erinnerung an die militärischen Überlegungen, aus denen die BattleMechs entstanden waren, die in den Arenen der Stadt antraten. Wie alles, was mit den Davions zusammenhing, war auch Black Hills übertrieben, als ob man die Kämpfe auf Solaris durch eine bloße Zurschaustellung der eigenen Macht gewinnen könne.

Zwischen Schlesien und Black Hills lag in einer Senke Kithai. Noch vor einem Vierteljahrhundert war das gesamte Viertel durch und durch capellanisch gesinnt gewesen, und seine Einwohner hatten sich um den brillanten Kämpfer Justin Xiang geschart. Tormano erinnerte sich noch gut daran, wie er von Sian aus Wetten auf den Kampf zwischen Xiang und seinem Erzrivalen, der Davion-Marionette Philip Capet abgeschlossen hatte. Der Sieg hatte ihm ein hübsches Sümmchen eingebracht – und seinen Vater, Maximilian Liao, überzeugt, Justin nach Sian zu holen, damit er dort für ihn arbeiten konnte.

Später hatte sich dann herausgestellt, daß Justin Xiang als Doppelagent für Hanse Davion gearbeitet hatte. Während er vorgab, Maximilian zu dienen, hatte er insgeheim die Verteidigungskraft der Konföderation Capella unterminiert. Tormano selbst war auf Algol von Davion-Truppen gefangengenommen worden. Er hatte erwartet, in den Kerker geworfen oder hingerichtet zu werden, aber statt dessen hatten die Davions ihn als Verbündeten behandelt. Nachdem in dem neueroberten Gebiet, das jetzt den Namen Mark Sarna trug, wieder Frieden eingekehrt war, hatte Hanse Davion Tormano finanziell gefördert, um ihn als Führer des Widerstands gegen Romano Liao, Tormanos Schwester und die neue capellanische Kanzlerin, zu etablieren.

Seine zweite Schwester, Candace, hatte ihren St. Ives-Pakt in die Unabhängigkeit geführt, und diese Dreiteilung des alten capellanischen Reiches spiegelte sich auch in Kithai wieder. Am Flußufer und entlang der Grenze zu Schlesien hatten die Capellaner die Oberhand, die dem derzeitigen Kanzler Sun-Tzu Liao und der Konföderation Capella die Treue hielten. Sie stellte die zahlenmäßig bei weitem stärkste Fraktion des Viertels und auch die meisten Krieger der liaoistischen Ställe.

Die St. Ives-Sektion dominierte das Zentrum Kithais. Ursprünglich war das Gebiet derjenigen, die sich an Candace und ihrer kleinen Nation orientierten, als ›Reich der Mitte‹ verspottet worden, aber die Bezeichnung hatte sich als prophetisch erwiesen. Vom Krieg unberührt, hatte St. Ives den Übergang in die Nachkriegszeit intakt überstanden, als Justin Xiang in die Dienste Hanse Davions zurückgekehrt war und Candace mitgebracht hatte. Der St. Ives-Pakt hatte ein Vermögen verdient, indem er die in der neu eroberten Mark Sarna benötigten Waren produzierte, und dieses Geld war auch in Investitionen und Unterstützung für die kleine Kolonie auf Solaris geflossen.

Das Freie Capella hing an der Grenze zu Black Hills wie ein Floh an einem Hund. Zwischen dem Reich der Mitte und dem Davion-Viertel eingeklemmt und durch die Feindschaft der capellanischen Loyalisten vom Fluß abgeschnitten, bestand Tormanos kleines Reich aus einem luxuriösen Kerngebiet, umgeben von Slums. Die Capellaner, die das Glück gehabt hatten, der Davion-Invasion mit intaktem Vermögen zu entkommen, hatten sich Tormano angeschlossen und auf dem höchsten Hügel ihres Viertels eine Insel des Wohlstands errichtet. Ringsum boten nur verfallene Häuser und verwinkelte, müllübersäte Gassen denen Zuflucht, deren Arbeit den Reichtum dieser Oberschicht erzeugt hatte.

Tormano wußte, daß diese Situation schändlich war, aber er kannte auch den dickköpfigen Stolz seines Volkes, und er wußte, daß sie seine Ziele teilten. Sie waren Bürger des Freien Capella und hatten sich dem Sturz des illegitimen Regimes verpflichtet, dem Tormanos Neffe Sun-Tzu vorstand. Sie waren Patrioten und bereit, Opfer zu bringen, um eines Tages als Befreier in ihre angestammte Heimat zurückkehren zu können.

Tormano hatte ihnen und sich selbst eingeredet, daß er tatsächlich die Absicht hatte, den Rest der Konföderation Capella zurück in die Herrschaft seines Zweiges der Familie zu führen. Gleichzeitig war ihm klar, daß sein wahrer Wert – den Hanse Davion gesehen und ausgenutzt hatte – darin bestand, Kanzler Sun-Tzu und vor ihm Kanzlerin Romano von Haus Davion abzulenken. Die Davions gaben ihm gerade genug Geld für einzelne Überfälle und Propagandaaktionen. Sie versprachen ihm zwar ständig, ›demnächst‹ die notwendigen Kräfte zu mobilisieren, um das, was im Vierten Nachfolgekrieg begonnen worden war, zu Ende zu bringen, aber es fand sich immer eine Entschuldigung, warum es jetzt noch nicht ging. Aufstände in der Isle of Skye, der katastrophale Krieg von 3039 und jetzt die Clan-Invasion.

Eine Zeitlang hatte Tormano stillgehalten und sich mit der großzügigen Pension getröstet, die ihm Hanse Davion bewilligt hatte. In der Zwischenzeit hatte er eine Reihe von Operationen ausführen können, die seine Schwester Romano zur Weißglut getrieben und sein Ansehen bei den Bürgern des Freien

Capellas gesteigert hatten. Er hatte sogar verschiedene Organisationen gegründet, um den Bürgern der Mark Sarna zu helfen, sich von den Folgen des Krieges zu erholen. Das hatte seine Popularität unter ihnen gefördert und private Spenden für seine Sache locker gemacht.

In diesen Jahren hatte Tormano sich eingeredet, er sammle seine Kraft. Seine Frau hatte ihm zwei Kinder geschenkt, einen Sohn und eine Tochter, aber die schienen keinen Sinn für den Kampf zu haben, dem sich ihr Vater verschrieben hatte. Hanya, seine Frau, war ganz in den sozialen Aufgaben aufgegangen, die Melissa Steiner-Davion gefördert hatte, und seit Melissas Ermordung war sie in eine offensichtlich unheilbare Depression verfallen.

Jetzt lief seinem Traum die Zeit davon. Victor Davion hatte die Gelder für das Freie Capella bereits gekürzt und Tormano gezwungen, die von ihm aufgebauten Rehabilitationsprogramme zurückzufahren. Er hatte mit Stolz festgestellt, daß Kai Gelder in diese Programme steckte und damit die Lücken mehr als füllte, was Tormano vor der Schande rettete, den Stab zu entlassen, den er auf seinem Gut in Equatus, dem westlichen Kontinent von Solaris VII, unterhielt.

Als Tormano sah, wie die Umstände seinen Traum zu ersticken drohten, rückte Kai immer stärker ins Zentrum seiner Gedanken. Hätte er sich den Erben des Freien Capella nach eigenen Vorstellungen entwerfen können, wäre jemand wie Kai dabei herausgekommen. Sein Neffe war nicht nur ein Krieger von unerreichten Fähigkeiten, er war auch ein enger Freund Victor Davions und alles andere als befreundet mit Sun-Tzu Liao. Und als Champion von Solaris war Kai in der ganzen Inneren Sphäre berühmt.

Tormanos neue Adjutantin, Nancy Bao Lee, näherte sich von hinten und räusperte sich höflich. »Mandrinn, die Raumüberwachung meldet den Landeanflug des *Leopard*-Klasse-Landungschiffes *Zhangshi*. Es wird in zehn Minuten am Terminal erwartet.«

Er sah zu ihr hoch. »Was halten Sie von Kai Allard?«

Die dunklen Augen der hochgewachsenen, schlanken Schönheit funkelten kurz, bevor sie antwortete. »Er ist ein meisterhafter Krieger, Gebieter. Er wäre eine große Bereicherung für unsere Sache.« Sie sah zu ihm herab, und ihr langes schwarzes Haar wogte um ihre Schultern und die Korsage unter ihrem königsblauen Seidenjackett. »Wolltet Ihr das hören?«

Kais Onkel lächelte verschmitzt. *Was ich hören wollte, haben mir deine Augen gesagt.* »Finden Sie ihn attraktiv?«

Wieder log ihr Mund, während ihre Augen die Wahrheit offenbarten. »Ich kann erkennen, warum andere von ihm angezogen werden. Er bietet einen angenehmen Anblick, aber ich ziehe reifere Männer vor, Gebieter.«

Tormano nickte ihr zu. »Ich fürchte, in meiner Gesellschaft werden Sie davon mehr als genug kennenlernen. Ich bin fast nur von alten Männern umgeben.«

»Ihr seid nicht alt, Gebieter. Ihr seid vital und wirkt jung genug, um als Kai Allards Bruder durchzugehen.« Sie lächelte ihn verehrend an. »Alle Schwierigkeiten unserer Sache und die Schwäche Eurer Gattin habt Ihr durchgestanden. Es ist kein Wunder, daß Euch das Volk Eisenherz nennt.«

Willst du dir mit deiner Schmeichelei den Weg in mein Bett bahnen? Und glaubst du, von dort könntest du dich eines Tages auf den Himmelsthron der Konföderation Capella schwingen? »Ja, ich bin Eisenherz, aber Kai ist Stahlseele, und das Volk liebt ihn. Sein Sieg bei der Titelverteidigung gegen Wu Tang könnte einen Sieg für unsere Sache bedeuten, der über alles hinausgeht, was wir bis dato erreicht haben.«

»So ist es. Würde er das Freie Capella öffentlich unterstützen – oder noch besser, uns seinen Sieg widmen, wie er es für Victor Davion getan hat –, würden wir daraus großen Nutzen ziehen.«

»*Falls* Kai siegt.«

Nancy sah ihn überrascht an. »Zweifelt Ihr daran?«

»Wu Deng Tang ist kein Narr. Er ist beim Militär großgeworden, und sein Vater hat soeben den Befehl über Harlocs Räuber übernommen. Wu Kang Kuo gehörte Haus Imarra an, bevor er den Befehl über diese Einheit aus BattleMechs übernahm, die Thomas Marik Sun-Tzu zum Geschenk gemacht hat.«

Nancy runzelte die Stirn. »Sollten diese Mechs nicht Teil der Mitgift Isis Mariks sein?«

Tormano lachte. »Ja, in der Tat, das sind sie. Anscheinend händigt Thomas Sun-Tzu bereitwilliger Stück für Stück sein Reich aus, als ihm tatsächlich die Hand seiner Tochter zu überlassen. Offenbar hofft Thomas noch immer, Victor Davions Wissenschaftler könnten die Leukämie seines Sohnes heilen, so daß der Knabe an Stelle seiner Tochter den Thorn besteigt. Ich muß zugeben, daß es auch mir lieber wäre, denn es würde Sun Tzus Chance, die Herrschaft über die Liga Freier Welten zu übernehmen, vernichten – und das ohne einen Schuß abzufeuern.« Er sah an Nancy vorbei zu einem dunklen Punkt am ungewöhnlich klaren Himmel über Solaris City. »Aber um auf Ihre Frage zurückzukommen: Nein, ich glaube nicht, daß Kai den Kampf verlieren wird. Ich bin jedoch nicht so edel, daß ich es für unter meiner Würde halten würde, entsprechende Schritte zu unternehmen, um seinen Sieg sicherzustellen. Ich brauche etwas, um Wu Deng Tang unter Druck zu setzen. Überprüfen Sie seine Akte – ich glaube, er hat eine Geliebte. Vielleicht würde ihr ein Ausflug auf mein Equatus-Gut gefallen. Können Sie das arrangieren?«

Nancy Bao Lee nickte. »Wie Ihr wünscht, Gebieter.«

Die *Zhangshi*, ein aerodynamisch geformtes Landungsschiff, flog den Raumhafen niedrig an. Die

Räder unter den Stummelflügeln berührten den Boden zuerst inmitten von Rauchwolken, dann senkte sich der stumpfe Schiffsbug, und auch die Vorderräder kamen auf. Das Schiff rollte, schnell abbremsend, durch Tormanos Sichtfeld.

»Sie haben natürlich recht, Ms. Lee, daß Kai eine große Bereicherung für unsere Sache wäre. Aber dazu bräuchten wir wahrscheinlich auch eine Möglichkeit, etwas Druck auf ihn auszuüben. Wir müssen seine Geheimnisse ergründen, um ihn überreden zu können, sich dem Freien Capella anzuschließen.« Tormano senkte die Lider. »Könnten Sie ihn verführen und seine Vertraute werden, wenn Ich es von Ihnen verlangte?«

»Ihr würdet eine Spionin ins Bett Eures Neffen legen?«

»Es gibt Gerüchte, denen zufolge Quintus Allard auf Hanse Davions Wunsch hier auf Solaris eine Spionin ins Bett seines Sohnes Justin legte. Dadurch ist es eine Art Familientradition, meinen Sie nicht auch?« Er legte die Fingerspitzen aufeinander und beobachtete sie aufmerksam. »Würden Sie den Auftrag annehmen?«

Nancy hob den Kopf. Ihre Augen funkelten wie Eiskristalle. »Ihr wißt, was ich bereits im Dienst des Freien Capella getan habe, Gebieter.«

»Das weiß ich allerdings, aber mir mitzuteilen, daß Ihr Vorgänger von Sun-Tzus Maskirovka angeworben wurde, ist eine Sache. Ich bitte Sie, für mich Informationen über einen Mann zu beschaffen, der möglicherweise der loyalste Sohn ist, den das Freie Capella jemals hatte. Es gibt ein altes Sprichwort: Die einzige Voraussetzung für den Sieg des Bösen ist die Untätigkeit des Guten. Sind Sie bereit, das Instrument zu werden, das Kai Allard zum Handeln zwingt?«

»Ich lebe, um Euch – in welcher Eigenschaft auch immer – zu dienen.« Sie neigte den Kopf. »Ich nehme an, Ihr besitzt eine Akte über Euren Neffen, die ich zur Vorbereitung studieren kann?«

»Sehr schön, Nancy, sehr schön. Ja, die besitze ich.« Tormano stand auf und legte sanft die Hand auf die schmalste Stelle ihres Rückens. »Sie sollten ins Büro zurückkehren und mit der Vorbereitung beginnen. Ich werde meinen Neffen abholen. Wenn Sie soweit sind, werde ich eine Begegnung arrangieren.«

Sie lächelte ihn verführerisch an. »Ich werde mit Freuden tun, was das Freie Capella von mir erwartet, Gebieter.«

»Das Freie Capella wird immer Patriotinnen wie Sie benötigen«, erwiderte Tormano freundlich. »Wir werden eng und gut zusammenarbeiten, vereint durch unsere Sache und ruhelos in ihrer Durchsetzung.«

8

Solaris City, Solaris VII
Mark Tamarind, Vereinigtes Commonwealth

19. Januar 3056

Obwohl er müde und zerschlagen vom Flug und der Landung war, grinste Kai Allard-Liao freudig, als er die drei Männer sah, die ihn in der Empfangshalle erwarteten. »Ich bin überrascht, daß euer gestrenger Aufseher euch freigegeben hat, damit ihr mich hier abholen könnt.«

Der älteste der drei verneigte sich tief, und auf seinem fast kahlen Schädel rutschten weiße Haarsträhnen nach vorne. »Sie haben natürlich recht, aber unser Aufseher ist fair genug, uns Freizeit zu gönnen, wenn über Solaris City die Sonne scheint.«

Kai lachte. »So fair ist er, Fuh Teng? Es ist ein Wunder, daß er einen loyalen Diener wie Sie noch nicht gefeuert hat, so fair wie er ist.«

Der alte Mann lächelte großväterlich. »Er ist ein überaus großzügiger Mann und übersieht meine schweren Fehler.«

»Er hat von seinem Vater gelernt, daß Sie selten Fehler begehen und diese niemals schwer sind.« Kai schüttelte dem alten Mann die Hand und drückte ihn an seine Brust. Mit der Hilfe Fuh Tengs war es Kai gelungen, den Zenotaph-Stall zu einer erfolgreichen und profitablen Organisation auszubauen.

Aber bei allem wirtschaftlichen Geschick Fuh Tengs hatten die Clankriege Zenotaph doch geschadet. Im Gegensatz zu anderen Ställen hatte Zenotaph den dort unter Vertrag stehenden Kriegern erlaubt, gegen die Clans in den Krieg zu ziehen. Ja, der Stall hatte sie geradezu dazu ermutigt. Diese Politik hatte dem Stall den Dank der VC-Regierung eingetragen, aber auch vielen seiner talentiertesten Mitglieder das Leben gekostet. Als die Meldung eingetroffen war, daß Justin Allard und Kai beide im Krieg gefallen seien, hatten die Zocker auf Solaris den Stall abgeschrieben.

Aber Kai hatte den Krieg überlebt. Indem er seine Energie mit Fuh Tengs Wissen und Erfahrung kombiniert hatte, war es den beiden gelungen, den Stall wiederaufzubauen. Sie stimmten darin überein, daß MechKrieger, die den Clans gegenübergestanden hatten, denen überlegen waren, für die das nicht galt, und begannen Veteranen anzuheuern, selbst wenn diese auf Solaris völlig unbekannt waren. Das bot ihnen die Möglichkeit, aus ihrem Kampfgeschick mehr Geld zu schlagen, als es in Friedenszeiten irgendwo anders möglich war.

Viele der ehemaligen Soldaten, die auf das Angebot eingingen, hatten nur so lange in der Arena gekämpft, wie nötig war, um genug Geld für einen sicheren Umstieg ins Zivilleben zu verdienen. Kai war davon weder überrascht noch enttäuscht, aber es freute ihn unbändig, als sich einige entschieden, auf Dauer bei Zenotaph zu bleiben. Der zweite Mann, den Kai begrüßte, war einer dieser Kämpfer. »Ich habe das Holovid von deinem Kampf gegen Jason Block gesehen, Larry. Eine hübsche Langstreckenprügelei.«

Sein braunhaariges Gegenüber grinste zurückhaltend, als mache ihn das Lob verlegen. »Daß der Kampf in der Steiner-Arena stattfand, war ein Vorteil für ihn. Er ist wie ein Hai, der Blut wittert, wenn deine Abwärme steigt. Beim nächsten Mal – wenn es dazu kommt –, will ich Boreal Reach in einem tosenden Schneesturm.«

»Bei Tanya O'Bannon hat es gegen Bloch funktioniert.« Kai schüttelte Larry Acuffs Hand und klopfte ihm auf die Schulter. »Und es wird ein nächstes Mal geben – verlaß dich drauf.« Er drehte sich zu dem dritten Mann um. »Keith, ich habe deine Nachricht bekommen. Ryan Steiner hat Oonthrax ausgezahlt?«

»Noch ist es nicht offiziell, aber im ganzen Vereinigten Commonwealth wurde eine Menge Geld verschoben, um alle Schulden von Oonthrax zu begleichen und stillschweigend alle Anteile aufzukaufen. Steiner wollte es geheimhalten, aber es geht alles zu schnell, um die Spuren zu verwischen.« Der CompTech klopfte sich auf die linke Brusttasche seines hellbraunen Overalls. »Ich hab die Daten hier, verschlüsselt natürlich, aber wir können spätestens in einer Woche mit der offiziellen Bekanntmachung rechnen. Soweit ich gehört habe, plant er, den Stall die Skye-Tiger zu nennen.«

Kai runzelte die Stirn. Wozu kaufte Ryan Steiner einen Stall auf Solaris VII? Zunächst war ihm die Vorstellung verrückt erschienen, weil die Führung eines Stalls den Herzog von seinen separatistischen Aktionen gegen das Vereinigte Commonwealth ablenken würde. »Kommt Ryan her, um die Kontrolle zu übernehmen, oder will er das Management jemand anderem überlassen?«

Keith zuckte die Achseln. »Nicht, solange das Spielzeug neu ist. Sein persönliches Landungsschiff hat Porrima am Ersten verlassen, und er dürfte eintreffen, bevor du zum Titelkampf antrittst. Möglicherweise ist er sogar schon rechtzeitig zur Bekanntmachung hier.«

»Das wäre amüsant.« Kai kaute abwesend auf der Unterlippe. »Wenn er einen Stall kauft, muß das Geschäft vor das Eignerkomitee. Vielleicht läßt es sich da verhindern.«

Fuh Teng schüttelte den Kopf und setzte sich den langen Gang hinab Richtung Garage in Bewegung. Die drei anderen folgten ihm. »Das ist nicht zu erwarten. Ryan hatte bereits einen Anteil an dem Stall. Er vergrößert nur seinen bereits vorhandenen Besitzanteil. Und gleichgültig, wie geschickt Sie dagegen argumentieren, die Eigner werden sich nicht auf Ihre Seite schlagen und Ryan an der Übernahme hindern.«

Kai nickte. »*Wenn* ich dagegen argumentieren würde, würden sie dafür stimmen, schon allein, um mich zu ärgern.«

Im Gegensatz zu seinem Vater war Kai Champion geworden und anschließend auf Solaris VII geblieben, um sich um die Geschäfte von Zenotaph zu kümmern. Und er hatte augenblicklich gegen einige der üblichen Geschäftspraktiken protestiert. Er hielt den Status der Kämpfer, die in den Arenen ihr Leben riskierten, für kaum besser als Leibeigenschaft, vor allem, weil die Yakuza und andere Verbrechersyndikate alle Versuche der Krieger zunichte machten, so etwas wie eine Gewerkschaft auf die Beine zu stellen. Die Kooperativen aus unabhängigen MechKriegern boten ihren Eigner-Kämpfern bessere Verträge an, aber die Stalleigner kontrollierten die Elitearenen der Klasse 5. Die einzige Möglichkeit für eine Kooperative, Kämpfer in diese Arenen zu bringen, bestand darin, maßlos überhöhte Buchungsgebühren zu bezahlen, die im Grunde nichts anderes als Schmiergeld waren.

Kai hatte augenblicklich Reformen in der Zenotaph-Struktur eingeführt, die ein Ende des dunklen Zeitalters auf Solaris eingeläutet hatten. Da Fuh Teng mit großer Sorgfalt ein Nachwuchssystem aufgebaut hatte, besaß Zenotaph hochwertige Kämpfer für alle Ebenen der Solaris-Spiele, und die Kämpfer dieses Stalls wurden die ›örtlichen‹ Favoriten. Indem er Krieger in die Arenen brachte, die gegen die Clans gekämpft hatten, baute Zenotaph zudem eine solide Unterstützung für seine Kämpfer im Vereinigten Commonwealth auf. Daß manche dieser Kämpfer Kriegsgefangene gewesen waren, erhöhte ihre Beliebtheit nur noch mehr. Larry Acuff war einer von ihnen. Er hatte ein Gefangenenlager auf Alyina überlebt.

All das sorgte für eine Nachfrage, die es den anderen Eignern unmöglich machte, Zenotaph wie eine Kooperative zu behandeln und auszuschließen. Wahrscheinlich hätten sie sich gerne um Hilfe an das organisierte Verbrechen gewandt, aber Kais Freundschaft mit Victor Davion und Theodore Kuritas Sohn Hohiro versprach Vergeltung, falls jemand grob werden sollte. Außerdem war Kai selbst Thronerbe von St. Ives – einer souveränen Nation mit eigener Armee. Und falls das alles noch nicht gereicht hätte, konnte Kai sich an seinen Onkel Daniel Allard wenden, der die Elite-Söldnereinheit Kell Hounds befehligte. Keiner der großen Stalleigner sah Gewalt gegen Kai und Zenotaph als mögliche Alternative.

Nachdem er ein nahezu unangreifbares Fundament geschaffen hatte, erhöhte Kai allmählich die Bezahlung seiner Kämpfer. Er bot ihnen Kurzzeitverträge, so daß sie kämpfen, ein paar Preisgelder einstreichen und sich dann auf einer anderen Welt zur Ruhe setzen konnten, wenn sie wollten. Die anderen Eigner gingen davon aus, daß Kai sein Geld verschleuderte und seinen Fehler bald einsehen würde. In Wirklichkeit machte Zenotaph jedoch dank Fuh Tengs geschickter Geschäftspolitik kaum Verlust.

Dann erfocht Kai im Jahre 3054 eine Serie spektakulärer Siege, die altgediente Fans an die Siegesserie seines Vaters in den Titelkämpfen von 3027 erinnerte. Er trat in zwei Kämpfen pro Woche an und setzte sein Privatvermögen ein, um die ausgesetzten Preisgelder zu verdoppeln. Er begann mit Glenn Edenhoffer vom Oonthraxstall, zu diesem Zeitpunkt Nummer Zwanzig der Rangliste, und arbeitete sich hoch. Nach drei Monaten war er jedem der zwanzig besten Kämpfer von Solaris begegnet – und hatte sie alle besiegt. Am Jahresende schien das Championatsturnier nur noch eine Formsache, und Kai gewann offiziell den Titel des Champions.

Obwohl ihm der Titel eine ganz neue Machtposition verschaffte, nutzte er diese nur sehr zurückhaltend. Kai wollte das Kampfsystem immer noch so umgestalten, daß es fairer für die Männer und Frauen wurde, die in der Arena ihr Leben einsetzten, aber gleichzeitig war ihm klar, daß eine ungebremste Lohnspirale das Ende der Spiele bedeuten konnte. Die einzige Möglichkeit, bei diesem Drahtseilakt weiterzukommen, bestand darin, den Markt für die Spiele zu vergrößern und damit die Gewinne der Eigner.

Es war schwierig gewesen, den übrigen Eignern seine Pläne deutlich zu machen, und er hatte damit einen Grabenkrieg zwischen ihnen ausgelöst. Aber Kai besaß eine Geheimwaffe – Keith Smith' unglaubliche Fähigkeit, in die Computersysteme der anderen Ställe einzusteigen. Mit seiner Hilfe verschaffte sich Kai die Finanzdaten, die er brauchte, um jeden Widerstand gegen seine Vorstellungen zu brechen. Und er hatte die Möglichkeit gewonnen, Druck auf die anderen Eigner auszuüben, wenn sie sich querstellten.

Bis jetzt war es Kai gelungen, die Situation in gewissen Grenzen nach seinen Wünschen zu manipulieren. Das Eintreffen Ryan Steiners allerdings konnte seine gesamte Planung über den Haufen werfen. Solaris City war hochpolitisiert, und ein gehöriger Teil der Stadtbevölkerung frischte sein Einkommen durch die Arbeit für einen der Geheimdienste der Inneren Sphäre auf. Die Politik der Spielwelt operierte jedoch nur selten auf den interstellaren Ebenen der Macht. In mancher Hinsicht war Kai durch seine Verbindungen zu Victor und St. Ives der Hecht im Karpfenteich. Ryan andererseits besaß eine etablierte Machtbasis und eine größere politische Erfahrung. Er schien Talent dafür zu haben.

Und ich habe nichts von alledem. Kai schüttelte den Kopf. »Keith, hast du irgend etwas darüber gehört, ob

Taman Malthus und seine Elementare die Einreiseerlaubnis für den Besuch meines Titelkampfes bekommen haben?«

»Dieselben Truppenbewegungen, die dich aufgehalten haben, erschweren den Aufbau einer Kommandostrecke zwischen dem Jadefalkenterritorium und Solaris, aber wir hoffen auf Besserung.«

»Gut. Halte mich auf dem laufenden. Wie steht es mit der diplomatischen Freigabe für den Flug?«

»Hauptsächlich eine Menge ›Wir überlegen noch‹. Die Regierung des Vereinigten Commonwealth ist bereit, für den Kampf eine diplomatische Mission der Jadefalken hierher zu genehmigen, aber nur, weil die Anfrage von der Regierung des St. Ives-Paktes kam. ComStar muß seine Zustimmung ebenfalls geben, und da wird gemauert. Gerüchteweise soll der ilKhan bereit sein, die Reise zu gestatten, aber die Liga Freier Welten wird nervös, wenn Clanner so dicht an ihrer Grenze sind. Der wirkliche kitzlige Punkt bei alldem sind die Kampfregeln. Alle sind sich einig, daß die Clanner das Recht auf Verteidigung haben müssen, wenn sie angegriffen werden, aber ComStar und die Jadefalken streiten noch darüber, was einen Angriff darstellt und was nicht.« Er schüttelte den Kopf. »Mußtest du dich unbedingt mit Clannern anfreunden, die Ironie als Ehrabschneidung ansehen?«

Kai zuckte die Achseln. »Ich glaube nicht, daß es irgendwelche Clanner gibt, die sonderlich tolerant Witzen gegenüber sind, die jemand auf ihre Kosten macht.«

Larry hob den Kopf. »Wo wir gerade beim Thema Humorlosigkeit sind«, stellte er in lautem Flüsterton fest.

Kai warf einen Blick den Flur hinunter und sah eine Gruppe großer, breitschultriger Kerle in dunklen Anzügen, weißen Rollkragenpullovern und Sonnenbrillen näher kommen. Die Leibwächter seines Onkels Tormano. Die Müdigkeit der langen Reise brach abrupt wieder über ihn herein. *Der hat mir gerade noch gefehlt.*

Hinter seinen Männern trat Tormano Liao um die Ecke. Er gab sich als sehr beschäftigter Mann, der sich freute, die Zeit erübrigen zu können, um seinen Neffen zu begrüßen. Tormano war kleiner als Kai, aber noch immer von drahtiger Kraft gezeichnet. Er ignorierte die Phalanx seiner Leibwächter und legte einen Schritt zu. »Es freut mich zu sehen, daß du die Reise gut überstanden hast.«

»Zao, bofu.« Kai verneigte sich zackig und hielt die Verbeugung eine respektvolle Anzahl von Pulsschlägen bei. »Die Reise war weniger anstrengend als das Begräbnis. Ich habe dein Beileid ausgesprochen, wie du es gewünscht hättest.«

»Ich bin dir zu Dank verpflichtet.«

Kai spürte, daß ihn Tormano in ein Gespräch verwickeln wollte, das ihn von seinen Freunden trennen und schließlich in einer weiteren Aufzählung all der Bemühungen des Freien Capella gipfeln würde, Sun-Tzu abzusetzen, wie er sie schon viel zu oft hatte über sich ergehen lassen müssen. Da er weder Zeit noch Lust dazu hatte, entschloß er sich, seinem Onkel das Wort abzuschneiden, noch bevor er begonnen hatte. »Was für eine Freude, dir zu begegnen, Onkel. Sicher bist du aus geschäftlichen Gründen hier und hast dich für einen Augenblick entschuldigt, als du erfahren hast, daß ich ankommen würde?«

Tormano schloß halb die Augen, und die Fröhlichkeit schwand fast aus seiner Miene. »Eigentlich bin ich speziell hergekommen, um dich auf Solaris willkommen zu heißen. Ich dachte, wir könnten etwas Zeit zusammen verbringen, vielleicht etwas essen. Du mußt ausgehungert sein.«

Ohne ein weiteres Stichwort zu benötigen, blickte

Keith auf die Uhr. »Verzeihen Sie die Unterbrechung, Sir, aber wir laufen Gefahr, zu spät zu kommen.«

Kai zuckte beinahe zusammen, weil Keith sich so förmlich ausdrückte, aber Tormano hatte die vorgetäuschte Unterwürfigkeit offenbar für bare Münze genommen. »Vielen Dank, Mr. Smith. Vielleicht können wir es noch schaffen, wenn Mr. Acuff, Fuh Teng und Sie uns einen Moment allein lassen.«

Seine drei Gefährten gingen ein Stück weiter; Tormanos Begleiter drehten sich um und behielten sie im Auge, als wären sie Massenmörder. Kai schüttelte den Kopf. »Hätte ich das gewußt, Onkel, hätte ich mich frei gemacht. Ich war viel zu lange fort und muß mich ums Geschäft kümmern.«

Tormano legte sanft die Hand auf Kais Unterarm. »Ich verstehe. Mein früherer Sekretär hätte sich um diese Sache gekümmert, aber er steht nicht mehr in meinen Diensten.«

»Wie ich höre, hat er sich mit Sun-Tzu eingelassen?«

»Ja, aber er hat es sehr ungeschickt angestellt. Er wurde entdeckt und hat sofort gestanden. Wir haben seinen Führungsoffizier erwischt und einen weiteren Romanoisten unter Beobachtung.« Tormano lächelte kalt. »Sun-Tzu ist gefährlich, das weißt du. Aber er ist nicht unbesiegbar. Er wird stürzen.«

»Daran habe ich keinen Zweifel, Onkel.« Das Gespräch bewegte sich auf unangenehmes Gebiet zu. »Ich habe meinen Buchhalter Geld in einige der Hilfsfonds transferieren lassen, die du unterstützt, so daß es keine Probleme gibt. Ich werde sehen, was ich noch tun kann, wenn der nächste Kampf hinter mir liegt.«

»Wu Deng Tang wird ein harter Gegner.« Tormanos Stimme wurde zu einem rauhen Flüstern. »Das ist ein Kampf, den du gewinnen *mußt*.«

»Genau das habe ich auch vor.« Kai tätschelte die

Hand auf seinem Arm. »Du wirst den Kampf natürlich in meiner Loge verfolgen?«

»Es wird mir eine Ehre sein.« Tormano nickte seinem Neffen dankbar zu. »Ich plane einen Empfang für dich und Wu, etwa einen Monat vor dem Kampf. Ich habe gehört, daß Katrina Steiner und Galen Cox dann hier sein könnten.«

Und dich bei Katrina einzuschmeicheln, könnte deiner Sache nutzen, nicht wahr? Kai lächelte. »Wunderbar. Ich bin sicher, Omi Kurita wird sich freuen, sie wiederzusehen.«

Tormano blinzelte. »Die Tochter des Koordinators kommt nach Solaris?«

»Die *Taizai* ist keinen halben Tag hinter der *Zhangshi*.« Der schockierte Gesichtsausdruck seines Onkels reizte Kais Lachmuskeln, aber er beherrschte sich. »Ich gehe davon aus, daß du sie ebenfalls auf deinen Empfang einladen wirst.«

»Ja, ja, selbstverständlich.«

Kai lächelte unschuldig. »Und ich nehme an, Ryan Steiner wirst du auch nicht beleidigen wollen.«

Tormano fing sich wieder. »Natürlich nicht.«

Du weißt also schon, daß Ryan Steiner einen Stall hier aufkauft. Dein Geheimdienstnetz ist doch nicht so schlecht. »Gut.«

Tormano packte Kais Arm eine Idee fester. »Du *wirst* diesen Kampf gewinnen, Kai. Und alle deine Freunde werden durch deinen Sieg Ehre gewinnen.«

»Ich danke dir für dein Vertrauen, Onkel.« Kai verneigte sich noch einmal und löste den Arm aus seinem Griff. »Bitte setz dich mit meinem Büro in Verbindung und arrangiere für irgendwann diese Woche ein Abendessen. Ich wünschte, es wäre schon heute möglich ...«

»Geh, kümmere dich um deine Geschäfte. Ich verstehe.« Tormano verbeugte sich. »Bis später die Woche.«

Kai holte seine Freunde in der Tiefgarage ein. Sie hatten sein Gepäck vom Zoll abgeholt – eine Aufgabe, die durch die Diplomatenplaketten erheblich vereinfacht worden war – und es bereits in den Gepäckraum des verlängerten Feicui-Schwebers gepackt. Keith Smith rutschte auf die mittlere Sitzbank, mit dem Rücken zum Fahrer, und Larry Acuff setzte sich neben ihn. Kai und Fuh Teng nahmen die Rückbank und ließen sich in die tiefen Polster sinken.

Fuh Teng teilte dem Fahrer – einer seiner Großneffen – durch Knopfdruck mit, daß sie soweit waren. »Hatte Ihr Onkel etwas Neues zu berichten?«

»Eigentlich nicht. Aber er weiß von Ryan Steiner.«

Keith runzelte die Stirn. »Ich werde unsere Systeme noch einmal überprüfen, aber ich glaube nicht, daß er die Information von uns hat.«

»Mach dir deswegen keine Sorgen.« Ein kalter Schauder lief Kai den Rücken hinab, als er in Gedanken sein Gespräch mit Tormano noch einmal Revue passieren ließ. »Er scheint absolut besessen davon, daß ich Wu Deng Tang schlage. Es würde zu ihm passen, daß er auf irgendeine hinterhältige Art versucht, meinen Sieg sicherzustellen.«

»Wie das? Indem er aufpaßt, daß du beide Hände benutzen darfst?« lachte Larry.

Kai schüttelte den Kopf. »Nein, er wird eher etwas gegen Wu unternehmen. Fuh Teng, hör dich um. Laß mich wissen, wenn irgend etwas Ungewöhnliches vor sich geht. Und Wu steht unter meinem Schutz. Sorge dafür, daß die Leute das wissen. Keith, kannst du in Tormanos Computer einbrechen?«

»Schneller als du deine Gegner abservierst.« Keith hat eine unglaubliche Datenmenge in inaktiven Speichern, aber ein paar Schnelldurchläufe durch sein System könnten Notizen und Auszüge aufspüren. »Ich werde sehen, was ich tun kann.«

»Gut.« Kai lehnte sich in den Sitz zurück, als der

Schweber aus der Garage auf die Straßen von Black Hills stieg. Über ihnen hatten die Wolken bereits wieder begonnen, den Himmel in Beschlag zu nehmen und die Stadt in graues Licht zu tauchen. »Trotz der Trostlosigkeit und der Intrigen tut es gut, nach Hause zu kommen.«

9

Zürich
Mark Sarna, Vereinigtes Commonwealth

24. Januar 3056

»Dr. Bradford, ich bin Deirdre Lear. Freut mich, Sie kennenzulernen.«

Bradford, ein kleiner Mann, der trotz seiner Jugend verhärmt wirkte, ergriff die ihm angebotene Hand und schüttelte sie mit überraschender Energie. »Nicht halb so sehr, wie ich mich freue, Sie kennenzulernen, Dr. Lear.« Er sah an ihr vorbei zu den beiden Schwestern, die mit Deirdre zur Einweisung gekommen waren. »Ms. Thompson, Ms. Hanney, freut mich, Sie an Bord zu haben.« Er richtete sich auf und breitete die Arme aus. »Willkommen im Rencide Medozentrum. Es macht nicht viel her, aber für die meisten dieser Menschen ist es alles, was sie haben.«

Deirdre mußte ihm zustimmen, auch wenn sie wußte, daß es sehr hart formuliert war, wenn man bedachte, wo man das Lager aufgeschlagen hatte. Das dreistöckige Gebäude war mitten im Regenwald errichtet worden und erst auf den letzten fünfundzwanzig Metern der Anfahrt über den holprigen Weg zum Haupteingang unter den Bäumen aufgetaucht. Als sie aus dem Radfahrzeug gestiegen war, hatte Deirdre so viele Fußspuren gesehen, daß sie annahm, die meisten Patienten trafen entweder zu Fuß oder auf Tragbahren hier ein.

»Wir haben das Zentrum hier abseits von Daosha aufgebaut, weil wir wußten, daß große Teile der Landbevölkerung Angst haben, in die Stadt zu gehen. Wir beziehen den Strom von Daosha, aber für alle Fälle haben wir auch eigene Generatoren.« Rick Bradford zog ein Taschentuch hervor und wischte sich den

Schweiß aus dem Gesicht. »Eigentlich haben wir auch eine Klimaanlage, aber momentan wird sie gerade repariert.«

Die Risse in den Bodenfliesen und die schmutzigen Wände ließen noch andere Reparaturarbeiten notwendig erscheinen, aber Deirdre ignorierte das. »Sie haben einhundertfünfzig Betten?«

Bradford nickte und winkte sie weiter. »Fünfzig pro Stockwerk. Unten ist die Kinderstation. Hier wird alles außer der postchirurgischen Rehabilitation durchgeführt. Die liegt zusammen mit der Intensivstation und den OPs im obersten Stock. Dazwischen sind die Stationen für erwachsene Patienten. Hier bringen wir auch die meisten ansteckenden Fälle und Schwangerschaften unter – natürlich getrennt und gut abgeschirmt.«

»Natürlich«, grinste Deirdre, und Bradford erwiderte ihr Lachen. »O ja, die Notfallstation ist auch im Erdgeschoß, mit einem eigenen OP. Natürlich gibt es Triageregeln, aber die brauchen wir nur selten.«

Anne Thompson, deren weiße Uniform in der hohen Luftfeuchtigkeit bereits zu welken begann, versuchte eine ernste Miene aufzusetzen. Bei ihren roten Pausbacken war das nicht leicht. »Haben Sie eine Hospizabteilung für unheilbare Fälle?«

Bradford schüttelte den Kopf. Erste Müdigkeit nahm ihm etwas von der Lebendigkeit, die er bisher gezeigt hatte. »Ich weiß, daß Sie auf den Umgang mit unheilbaren Kranken spezialisiert sind, aber bisher hatten wir nicht die Leute, um so etwas einzurichten. Ich hoffe, Sie können das in die Hand nehmen. Eigentlich wollte ich bei Ihrer Ankunft schon weiter sein, aber unsere Mittel wurden gekürzt, als die Regierung vor einem Jahr mit ihrer Sparpolitik begann.«

Cathy Hanney verzog das Gesicht, und ihre hellen Brauen trafen sich beinahe auf ihrer Stirn. »Ich dachte, diese Klinik sei unabhängig von der Regierung?«

»Ist sie, ist sie.« Bradford hielt auf der Treppe an und verschränkte die Arme vor der Brust. »Wir werden aus privaten Spendenmitteln finanziert, und während des Clankrieges flossen sie reichlich. Jetzt haben die meisten Spendenaktionen neue Ziele, und den Bürgern des Vereinigten Commonwealth fällt es leichter, Geld für die Umsiedlung Rasalhaager Flüchtlinge zu spenden, als für Menschen, deren Welten vor zwanzig Jahren erobert wurden. Unser größter Geldgeber – wenn Sie so wollen, unser Schutzherr – ist Mandrinn Tormano Liao, aber auch seine Mittel sind begrenzt. Glücklicherweise hat nach einer Lücke von vier Monaten CCI die fehlende Finanzierung übernommen, so daß wir wieder auf Kurs sind.«

Cathy schüttelte den Kopf. »Victor Davions Geld bleibt Regierungsgeld, auch wenn es durch das Freie Capella gewaschen wurde. Ich dachte...«

Deirdre legte die Hand auf Cathys Schulter. »Hören Sie, mag sein, daß Ihnen an Victor Davion einiges nicht gefällt und Sie aus diesem Grund hierhergekommen sind. Was weiß ich, vielleicht glauben Sie, er hätte seine Mutter umbringen lassen...«

»Das hat er auch.«

Deirdre und Rick warfen sich einen schnellen Blick zu, dann schüttelte sie den Kopf. »Das wäre wahrscheinlich ein gutes Thema für ein Gespräch zu einem späteren Zeitpunkt, *falls* wir die Zeit dafür finden. Möglicherweise wird es nicht viel Freizeit geben, weil so viele Menschen auf unsere Hilfe angewiesen sind. Aber wenn ich helfen kann, interessiert es mich nicht, wessen Geld das Medozentrum finanziert oder mir den Aufenthalt hier bezahlt.«

Cathys blaue Augen wurden zu schmalen Schlitzen. Sie sah von Deirdre zu Rick und wieder zu Deirdre. »Für Sie VerCommies mag es leichter sein, Victors Geld anzunehmen, aber nicht für mich. Sein Vater hat zugelassen, daß die Clans das Lyranische Commonwealth verwüsteten, und er ist auch nicht anders. Er ist auf Trellwan vor den Clans davongelaufen, und auf Alyina genauso.«

Deirdre erstarrte. Das Feuer in ihren Augen ließ Anne bleich werden und Cathy verstummen. »Ich sage das nur ein einziges Mal. Während Sie noch Ihren Schulabschluß machten, *war* ich auf Alyina. Ich habe dort ein Feldlazarett geleitet. Jungen und Mädchen, noch jünger als Sie, sind in Stücken zu mir gebracht worden, damit ich sie wieder zusammenflicke. Manchmal konnte ich es, meist aber nicht. Ich mußte zusehen, wie sie starben, schreiend vor Schmerzen, wie sie gebetet haben, sterben zu können, und gleichzeitig Angst davor hatten.« Deirdre fühlte die Wut in ihrer Brust aufwallen und kämpfte dagegen an, um ihre Stimme unter Kontrolle zu halten. »Ob sie auf Alyina geboren waren oder Hunderte Lichtjahre weit gereist waren, um auf einer Welt zu sterben, die sie auf keiner Sternkarte gefunden hätten, sie hatten alle das gleiche rote Blut. Sie sind gestorben, damit Sie die Chance hatten, Ihre Ausbildung abzuschließen und hierherzukommen, oder in die Armee einzutreten oder alles hinzuschmeißen und Oppositionspolitikerin zu werden. Es war ihnen egal, denn sie haben darum gekämpft, ihre Zukunft vor den Clans zu sichern.«

»Sie waren auf Alyina?« Anne Thompson stellte ihre Frage im Flüsterton und lenkte Deirdre bewußt von ihrer aschfahlen Gefährtin ab. »Sie haben gegen die Clans gekämpft?«

»Ich bin vor den Clans *davongelaufen*.« Deirdre zwang sich zur Ruhe. »Als sie versuchten, Prinz Victor zu fangen, haben sie den Sektor überrannt, in dem mein Lazarett lag. Wir haben alle tranportfähigen Patienten evakuiert und uns in die Büsche geschlagen.«

Rick schüttelte den Kopf. »Sie sind nicht bei Ihren Patienten geblieben?«

»Auf Twycross habe ich gelernt, daß die Jadefalken

Erste-Hilfe-Posten als legitime militärische Ziele betrachten.« Als sie hochsah, bemerkte Deirdre, wie sie von allen drei angestarrt wurde. »Hören Sie, ich war auf beiden Welten, weil ich bei den Streitkräften war und der Zehnten Lyranischen Garde zugeteilt wurde.«

Annes Miene wurde etwas fröhlicher. »Waren Sie auch dabei, als sie Hohiro Kurita von Teniente holten?« Sie stellte die Frage mit hoffnungsvoller Erwartung, die jedoch verblaßte, als Deirdre den Kopf schüttelte.

»Nein, ich habe den Rest des Krieges auf Alyina verbracht, auf der Flucht vor den Clans.«

»Und?«

Um Annes willen zwang sich Deirdre zu einem Lächeln. »Das reicht für heute. Wir sind zur Einweisung hier. Wir sind hier, um zu lernen, wie wir den Menschen helfen können.« Als sie Annes enttäuschtes Gesicht sah, gab sie nach. »Ja, ich bin Prinz Victor begegnet. Vielleicht erzähle ich Ihnen irgendwann einmal bei einer Tasse Kaffee davon, wenn wir Glück haben und nicht allzuviel los ist.«

Anne strahlte. Cathy schien das Gesicht verziehen zu wollen, ließ es dann aber sein. Die Blondine kratzte sich den Nacken. »Ich wollte Ihre Leistungen nicht herabsetzen, Dr. Lear. Ich …«

Deirdre umarmte sie. »Ich weiß, aber manchmal geraten wir so in den Bann unserer eigenen Vorstellungen, daß wir die andere Seite nicht mehr zu Wort kommen lassen. Ich würde sagen, wenn wir uns hier einfach darauf konzentrieren, in der Klinik so gute Arbeit wie möglich zu leisten, statt uns über Politik in die Haare zu geraten, haben wir uns nichts vorzuwerfen.«

»Amen«, stimmte Dr. Bradford zu. Er deutete auf eine Tür. »Das ist der Aufenthaltsraum für das weibliche Personal. Bevor wir weitermachen, können Sie sich dort einen Spind aussuchen und Ihre Sachen verstauen.«

Deirdre wartete, während die beiden anderen Frauen durch die Tür verschwanden, weil sie spürte, daß ihr Kollege mit ihr reden wollte. »Ich möchte mich für den kleinen Ausfall gerade entschuldigen.«

Rick zuckte die Schultern. »So etwas passiert nicht zum erstenmal. Genug Leute hier sind alles andere als erfreut darüber, daß wir von Tormano Liao finanziert werden, weil sie ihn auch nur für einen x-beliebigen Despoten halten, der bloß auf die Gelegenheit wartet, den nächsten Krieg vom Zaun zu brechen. Soweit es mich betrifft, gebe ich sein Geld genauso aus wie das jedes anderen, solange er daran interessiert ist, die Lebensqualität auf Zürich zu verbessern. Aber jetzt, nach der Unterstützung durch den ZWF ist das kein Problem mehr.«

»Wie schlimm ist die Lage?«

»Schwer zu sagen. Die durchschnittliche Lebenserwartung im Vereinigten Commonwealth beträgt ohne Geschlechtsdifferenzierung 97,8 Jahre. Zürich ist eine der Welten, die den Durchschnitt drückt. Vor dem Krieg durchlief dieser Planet eine besondere Entwicklung – Maximilian Liao hielt ihn sich mehr oder weniger als Hobby –, einer der Gründe, warum Tormano Liao so viel Interesse an ihm hat. Die Bevölkerung brauchte ihre Loyalität nur vom Vater auf den Sohn zu übertragen. Und Tormano Interesse an Zürich hat Sun-Tzu veranlaßt, die örtlichen Dissidenten und Revolutionäre zu unterstützen.«

Deirdre wehrte ab. »Ich habe gerade erst eine Überdosis Politik verdauen müssen, Doktor. Mich interessiert mehr, welche medizinischen Probleme für diese Welt typisch sind oder besondere Schwierigkeiten machen. Die meisten ernsten Krankheiten sollten eliminiert sein.«

»Stimmt. Es gibt ein bösartiges einheimisches Grippevirus, das besonders unter den Alten und den Kindern Opfer fordert, aber wir schaffen es regelmäßig, die Verluste weiter zu drücken. Wenn die Grippezeit kommt, kaufen wir Werbezeit auf den Holovids, um die Leute zur Impfung zu locken. Davon abgesehen gibt es hauptsächlich Parasiten, bakterielle Infektionen, Schnittwunden und Brüche. Vergewaltigungen sind sehr selten; meistens handelt es sich um ein einheimisches Mädchen, das es mit einem Soldaten oder einem Besucher in Daosha zu tun bekommen hat.«

»Aus der Art, wie Sie das sagen, schließe ich, daß die Einheimischen Vergewaltigungen innerhalb ihrer Volksgruppe totschweigen?«

»So ähnlich. Wenn er erwischt wird, hat der Mann die Wahl: Solange die Frau nicht schwanger ist, bezahlt er die Buße, die sie von ihm verlangt. Anschließend kann sie seine Kastration verlangen, muß es aber nicht tun. Kann er die Buße nicht bezahlen, wird er auf jeden Fall kastriert und muß als ihr Sklave arbeiten, bis er den Gegenwert der verlangten Buße abgeleistet hat. Dann wird er getötet.«

»Das ist barbarisch!« stieß Deirdre aus. Sie wußte, daß ihre Worte als Überheblichkeit ausgelegt werden konnten, aber sie reagierte rein instinktiv.

»Nicht aus der Sicht der Zürs. Wenn der Mann die Frau geschwängert hat, wird er festgehalten, bis sie ihre Wehen bekommt, und dann getötet. Er liefert die Seele für das Kind. In ihrer Kosmologie ergibt das alles einen Sinn.«

»Warum werden Nichteinheimische dann anders behandelt?«

»Für die Zürs sind wir minderwertig. Sie haben ebensowenig Interesse daran, eine unserer Seelen in einem ihrer Körper zu wissen, wie wir am Geist eines Ziegenbocks.« Bradford grinste. »Außerdem ist Vergewaltigung in der Eingeborenenkultur eher selten.«

»Es dürfte relativ wenige Mehrfachtäter geben«,

nickte Deirdre und verschränkte die Arme. »Wie sieht es mit Gewalttätigkeit aus?«

Rick zögerte. »Eigentlich gibt es da auch nicht viele Fälle. Gelegentlich eine Schlägerei, in seltenen Fällen eine Messerstecherei. Und ab und zu eine Schußwunde.«

Sie nickte. »Häusliche Gewalt oder eher organisiert?«

»Die Revolutionäre leben hier draußen im Dschungel, aber wir haben kaum mit ihnen zu tun. Ich bin seit vier Jahren hier, und der einzige von ihnen, den ich zu Gesicht bekommen habe, war wegen einer entzündeten Beinverletzung hier. Das war's. Sie greifen gelegentlich die Polizeiposten in Daosha an oder feuern auf eine Dschungelpatrouille, aber uns lassen sie in Ruhe. Das hier ist neutrales Gebiet.«

Deirdre sah ihn fragend an. »Ich hoffe, Sie verschweigen mir nichts, Doktor. Mein Sohn ist bei der Tochter meines Vermieters in Daosha. Ist er in Gefahr?«

»Bestimmt nicht. Die Zhanzheng de Guang greift keine zivilen Ziele an.« Bradford munterte sie auf. »Aber Sie können ihn gerne herbringen und in unserer Tagesstätte unterbringen, wenn Sie sich dann sicherer fühlen. Wir unterhalten sie für unsere einheimischen Helfer. Meine Frau leitet sie.«

»Das werde ich wahrscheinlich tun, danke. Ich habe es ohnehin lieber, wenn ich David auch tagsüber sehen kann.«

»Kann ich verstehen.« Rick drehte sich um, als die beiden Schwestern wieder in den Flur traten. »Gut, dann wollen wir unseren Rundgang fortsetzen. Hier geht es zur Notaufnahme ...«

Lyons
Isle of Skye, Vereinigtes Commonwealth

Peter Davion saß mit seinen Teamgefährten im ›Goldenen Hirsch‹ und starrte auf den Holovid-Großbildschirm in der Ecke des Schankraums der Kneipe. Er hatte ein freies Sichtfeld, denn der Schirm hing über dem Geländer, das die Nischen im hinteren Teil der Bar vom tieferliegenden Thekenbereich trennte. Auf dem Schirm war die örtliche Nachrichtensprecherin zu sehen. Sie trug eine blaue Seidenbluse unter einer gelben Wolljacke. Über ihrer linken Schulter hing eine Karte der Mark Sarna. Vier der Welten auf der Karte verwandelten sich plötzlich in vielfarbige Explosionssymbole.

Er hob die Hand. Seine Freunde verstummten. »... Reihe von Anschlägen gegen Garnisons- und Polizeianlagen auf Zürich, Aldebaran, Styk und Gan Singh. Die Verantwortung für diese Angriffe haben Fraktionen der liaofreundlichen Untergrundorganisation Krieg des Lichts übernommen. In ihren Botschaften betonten sie, daß der Widerstand gegen die ungesetzliche Besatzungsregierung Victor Davions bis zur Wiedervereinigung der Mark Sarna mit der Konföderation Capella fortgesetzt werden wird. Sprecher des Vereinigten Commonwealth bezeichneten die Anschläge als ein ›pathetisches Aufbegehren reaktionärer Kräfte gegen eine Entwicklung, die ihre Mitbürger längst akzeptiert und zu ihrem Vorteil genutzt haben‹.«

Peter schüttelte den Kopf. Dann bemerkte er, wie einer seiner Leibwächter am Nebentisch ebenso reagierte. »Sun-Tzu wird frech. Jemand sollte ihm mal klarmachen, daß er die Uhr nicht zurückdrehen kann.«

Erik Crowe nickte zustimmend und schüttete den Rest Timbiqui Dark in sein Glas. »Er spielt mit seinem Onkel. Tormano redet schon lange lauthals davon, zurückzukehren und den Thron an sich zu reißen. Jetzt, wo dein Bruder sich entschlossen hat, das Freie Capella auf Sparflamme zu setzen, stößt Sun-Tzu ihn an, um zu sehen, wie weit das seinen Onkel geschwächt hat.«

Der Mann, der Crowe gegenüber saß, kratzte sich am Kopf. »Könnte sein, Eric, aber vielleicht will Sun-Tzu auch herausfinden, wie stark wir die Sarna-Grenze noch sichern. Jetzt, wo die Clans unsere Aufmerksamkeit erfordern, könnte ein Teil dieser Systeme nach leichter Beute aussehen.«

»Stimmt schon, Ben, nur hat Sun-Tzu nicht die militärische Stärke, eine unserer Welten einzunehmen.« Peter schnaufte, als er sich seine Worte noch einmal durch den Kopf gehen ließ. »Okay, vielleicht sollte ich das anders formulieren. Er könnte wahrscheinlich eine Welt *einnehmen*, aber er könnte sie nicht lange halten. Wir würden sie uns zurückholen, und er würde in diesem Spielchen eine Menge Prestige einbüßen. Außerdem könnte uns das reizen, ihm eine Abreibung zu verpassen und zu tun, wozu sein Onkel nicht in der Lage ist.«

»Aber was, wenn Sun-Tzu aus der Liga Freier Welten angriffe?« Ben lehnte sich vor, holte Erics leere Bierflasche und stellte seine halbvolle ihr gegenüber auf. »Wenn er aus den Freien Welten käme und sich dann wieder über die Grenze zurückzöge, könnten wir ihn nicht verfolgen.«

Peter hielt seine Flasche am ausgestreckten Arm neben den Tisch. »Das würde Thomas Marik nicht zulassen, weil sein Sohn auf New Avalon in Behandlung ist. Wir würden dem kleinen Joshua zwar nie etwas tun, aber darauf kann es Thomas nicht ankommen lassen. Außerdem, wenn Joshuas Leukämie nicht geheilt wird, sitzt Thomas in der Klemme. Dann wird Sun-Tzu seine Tochter Isis heiraten und eines Tages sein Reich übernehmen.«

©93
danforth

»Das wäre das erste Mal in den letzten zweihundert Jahren, daß Liao irgend etwas übernommen hat.« Eric hielt die leere Flasche hoch und wedelte damit, um die Aufmerksamkeit der Bedienung zu erregen. »Ich würde eher sagen, Sun-Tzu versucht sich etwas Spielraum für den Fall zu verschaffen, daß Kai Allard-Liao Wu Deng Tang schlägt. Nein, ich werde es anders formulieren: Wenn Kai ihn so deklassiert, wie es die Buchmacher voraussagen.«

»Das wird er.« Peter nahm einen Schluck Bier, dann grinste er. »Ich war an der MANA, als Kai in der Abschlußklasse saß. Er war der erste Kadett überhaupt, der das La-Mancha-Szenario gewonnen hat. Jemand, der eine aussichtslose Lage in einen Sieg verwandeln kann, ist von einem einzelnen Liaoisten in einem BattleMech nicht aufzuhalten.«

Die drei lachten, bis der Wutausbruch eines Gastes an der Theke ihre Freude übertönte. Peter schaute hoch und sah auf dem Holoschirm Polizei beim Einsatz von Wasserwerfern gegen Demonstranten. Er hatte geglaubt, gegen solche Szenen inzwischen immun zu sein, aber plötzlich zuckte er zusammen. *Moment mal, das ist der Freiheitsplatz hier in der Innenstadt! Sie müssen vor dem Spiel heute abend die Straßen gesäubert haben. Ich habe gar nicht gewußt, daß es eine Demonstration gegeben hat.*

»O ja, wir haben Redefreiheit«, tobte der Thekengast. »Jedenfalls, solange man Davion heißt!«

»Was will man von einem Pimpf erwarten, der seine eigene Mutter umbringt!«

Peter sah die beiden Beamten zur Hintertür gehen, um ihm einen Weg ins Freie zu sichern. Er stand auf und setzte sich in Bewegung, denn er war darauf trainiert, seine Sicherheit diesen Männern zu überlassen. Aber diesmal war er erheblich langsamer als gewöhnlich – ein Bier zuviel nach einem anstrengenden Basketballmatch.

»Victor ist ein dreckiger kleiner Pisser, der die Beherrschung verliert, wenn er nicht kriegt, was er haben will.« Der streitsüchtige Gast sah sich unter den übrigen Kneipengängern um, die zustimmend nickten. »Seht ihr, nicht einer von euch ist anderer Meinung.«

Peter trat vor und stützte sich mit beiden Händen aufs Geländer. »Doch. Ich!«

»Was?«

Peter hielt sich kerzengerade und sah, wie die Gäste reagierten, als sie ihn erkannten. Ein Teil war schockiert, dann lächelten sie und flüsterten mit ihren Nachbarn. Ein paar wurden wieder wütend und starrten mit offener Feindseligkeit zu ihm hoch, aber die meisten grinsten und ließen ihre Blicke von Peter zur Theke und wieder zurück wandern.

»Ich habe gesagt, ich bin anderer Meinung. Und ich bezweifle, daß irgend jemand hier Victor besser kennt als ich.« Peter fühlte sich großartig, als er den Zorn, der in seinen Eingeweiden wühlte, verdrängte. Das füllte ihn mit einer Ruhe, die noch stärker war als der Zorn. Sie füllte ihn völlig aus und ließ ihn sich jeder Einzelheit im Schankraum bewußt werden.

Aber was noch wichtiger war, er konnte klar denken, eine Eigenschaft, die ihm seine Wut normalerweise raubte. Peter fühlte den Rhythmus des Raumes und konnte ihn dirigieren. Er lächelte vorsichtig und strich mit dem Blick seiner grauen Augen über so viele Gäste wie möglich. »Ich gebe zu, daß mein Bruder klein ist, aber für mich sind das die meisten Menschen.« Er zuckte hilflos die Achseln, und Gelächter brandete auf.

Du hattest recht, Katrina. Nach einem seiner letzten Basketballspiele gegen Kelswa-Aptos hatte er eine Holodisknachricht von seiner Schwester bekommen. Darin hatte sie ihm klarzumachen versucht, daß er sich nur selbst schadete, wenn er sich beim Sport oder anderen unwichtigen Gelegenheiten von seinen Gefühlen übermannen ließ. Sie hatte weiter gesagt, wenn es ihm nicht einmal gelänge, sich in so harmlosen Situationen zu beherrschen, könnte er nicht damit rechnen, daß ihm jemals größere Verantwortung anvertraut würde.

Als nächstes hatte sie ihn angeherrscht, nichts auf das Sichtgerät zu werfen. Er hatte das Glas wieder auf den Tisch gestellt und zugehört, während sie erklärte, wie er seine Bekanntheit und Intelligenz höchst vorteilhaft einsetzen konnte, wenn er nur lernte, sich zu beherrschen. Sie hatte ihm vorgeschlagen, dies beim Sport zu trainieren, und es hatte funktioniert. Er hatte gelernt, eine Gelassenheit zu erreichen, die ihn zu neuen Höchstleistungen befähigte.

Sein Widersacher stemmte die Fäuste in die Hüften. »Victor bleibt ein Pisser.«

»Wirklich?« Peter zog eine einzelne Augenbraue hoch und ließ die Frage wirken, bevor er nonchalant die Schultern zuckte. »Was soll das überhaupt heißen, ›Pisser‹? Natürlich muß er Wasser lassen wie jeder andere Mensch auch, aber das ist doch kein Vorwurf. Was soll das also heißen?«

Der Gast, ein älterer Mann mit einem Spitzbart und einem schütteren Haarkranz, sah Peter mit offenem Mund an. Er setzte zu einer Antwort an, dann runzelte er die Stirn und machte den Mund zu.

Peter gab ihm keine Gelegenheit, es sich anders zu überlegen. »Kann mir irgendwer sonst meine Frage beantworten?«

»Ein Pisser ist ein lästiger Trottel«, rief jemand aus dem Hintergrund.

»Hmmmm, ein lästiger Trottel.« Peter verzog das Gesicht. »Lästig, sicher, das kann Victor wirklich sein. Seine Vorstellung von Entspannung besteht darin, an Stelle eines normalen Arbeitspensums nur das Doppelte zu leisten. Das ist nicht allzu unterhaltsam. Aber

Trottel.« Er schüttelte den Kopf. »Ich stelle mir unter einem Trottel jemanden vor, der nicht konsequent sein kann, und das kann Victor kaum jemand ernsthaft vorwerfen.«

Der Gast knurrte, als Peters Kommentar Gelächter auslöste: »Immerhin hat er deine Mutter umgebracht!«

Peter regte sich nicht, als eine Woge des Zorns über ihm zusammenschlug, bis sie sich wieder in kühle Gelassenheit verwandelt hatte. Er richtete sich auf und verschränkte die Hände im Rücken. »Sir, ich bezweifle nicht, daß Sie *glauben*, Beweise zu haben, um diese Behauptung zu stützen. Falls dem so ist, würden Sie mir diese Beweise bitte vorlegen, damit ich entsprechend handeln kann.«

»Sie würden gar nichts tun.«

»Wenn Sie wüßten, wer Ihre Mutter ermordet hat, würden Sie untätig bleiben?« fragte Peter ruhig.

»Ich bin kein Davion.«

Peter bewegte sich nicht, während er einen Kampf mit sich selbst ausfocht. »Ich auch nicht, Sir. Ich bin ein *Steiner*-Davion. Ebenso wie Victor und Katrina, Arthur und Yvonne. Sie verspotten uns und unsere Gefühle für unsere Mutter. Mehr noch, Sie verspotten sie, wenn Sie hier behaupten, sie wäre fähig gewesen, in den Herzen ihrer Landsleute Liebe und Bewunderung zu erwecken, aber nicht bei ihren eigenen Kindern. Meinen Bruder können Sie von mir aus beleidigen, soviel Sie wollen, aber nicht meine Mutter.«

»Und wenn ich Lust habe, Sie zu beleidigen? Holen Sie dann Ihre Polizisten, damit sie mich naßspritzen?«

»Nein. Ich bin nicht mein Bruder Victor. Ich würde nie von anderen verlangen, wozu ich durchaus selbst in der Lage bin.« Peter lehnte sich auf das Geländer und lächelte. In Verbindung mit seiner Körpergröße ließ ihn das gleichzeitig bedrohlich und gutmütig erscheinen – ein durchaus beabsichtigter Effekt. »Aber ich denke, es wäre eine bessere Lösung, wenn ich Sie zu einem Drink einlade …«

»Mit jemand wie Ihnen werde ich nicht auf Ihren Bruder anstoßen!«

»Ich will auf das Angedenken meiner Mutter trinken.« Peter ließ die Worte wirken und fühlte, wie sich die Stimmung in der Kneipe veränderte. Wo eben noch Lachen und Fröhlichkeit regiert hatten, weil die Anwesenden sich über den Wortwechsel amüsiert hatten, machte sich jetzt ein Gefühl der Kälte breit. Es wurde still. »Wenn Sie nicht bereit sind, mit mir auf meine selige Mutter zu trinken, was kann ich noch tun, um jemand so Herzlosen zu erreichen? Aber mein Angebot steht, an Sie und jeden hier. Eine Runde auf Ihr Angedenken. Ich zahle.«

Sein Gegner wollte weiter trotzig sein, aber Peter hatte die anderen auf seine Seite gezogen. Der Mann ballte die Fäuste. Sie öffneten und schlossen sich mehrere Male, bis er schließlich die Achseln zuckte. »Das wäre das erste Mal, daß ein Teil meiner Steuern auf eine Weise verwendet wird, die mir auch was bringt.«

»Nein, mein Freund. Im Gegenteil, ich bezahle die Runde von meinem Miliz-Sold.« Peter hielt seine Brieftasche hoch und zog eine Handvoll Geldscheine heraus. »Ich will hoffen, das Bier schmeckt euch, denn ich werde mir bis Ende Februar keines mehr leisten können.«

Die Gäste unter ihm gaben unhörbare Kommentare ab und lachten, und Peter lachte mit, auch ohne zu wissen, was sie gesagt hatten. Sein Pulsschlag donnerte ihm in den Ohren, und er grinste breit vor Freude über die pure Ekstase, die ihn erfüllte. *Das ist unglaublich! Katrina hat recht, es ist fantastisch!* Peter stieß einen Juchzer aus, den die anderen Trinker aufnahmen, laut genug, um sein Lachen zu übertönen. *Ich fühl' mich so großartig, ich brauche in meinem ganzen Leben keinen Drink mehr!*

10

Solaris City, Solaris VII
Mark Tamarind, Vereinigtes Commonwealth

25. Januar 3056

Kai wartete, bis die übrigen Stalleigner im elegant eingerichteten Turmsaal des ›Sesam‹ Platz genommen hatten, bevor er aus dem Privataufzug in die kleine, verspiegelte Empfangshalle des Gasthauses trat. Der Boden war von einem schwarzroten Teppich bedeckt, dessen Muster am Lift als chaotisches Farbengewirr begann, sich aber dann in verwobene Farbbänder auflöste, die sich am Außenrand des Raumes entlangzogen. Schwarz und Rot wetteiferten miteinander in der Darstellung von Fabelwesen sowie chinesischer Grußworte und Weisheiten.

Die Halle ging in den Speisesaal über, und in den Spiegeln an den Seitenwänden wurde Kai auf dem Weg in das Holzlabyrinth von zwei Doppelgängern flankiert. Kompliziert geschnitzte Flechtwerkstellwände und kunstvoll bemalte Reispapierpaneele unterteilten den Raum in eine Abfolge diskreter Nischen für private Gespräche. Das schummrige Licht tauchte alles in Halbschatten, in dem nur zimtfarbene Glanzlichter und der warme Glanz brünierten Goldes die Nischen verrieten, während er den Raum durchquerte.

Die ineinander verflochtenen Körper zweier Drachen formten den Torbogen, hinter dem sein Ziel lag. Ihre Schwänze stützten die im Schatten zu erahnende Decke. Auf Bodenhöhe fauchten die Drachen einander über eine Lücke von drei Metern hinweg an. Als Kai zwischen ihnen hindurchtrat, hörte er ein lautes statisches Zischen und fühlte einen eisigen Luftzug, aber er ließ sich davon nicht stören. Beide Phänomene waren Teil eines Systems, das die Gespräche im Innern des Drachenreiches vor unerwünschten Lauschern außerhalb abschirmte.

So etwas funktioniert nur auf Solaris. Das Innere des Drachenreiches war auf drei Wänden mit künstlichem Felsgestein dekoriert. In kleinen Grotten standen taoistische und buddhistische Schreine, Kerzen und kunstvoll arrangierte Orchideen. An den Steinen hingen andere Pflanzen, und aus den schattigen Höhen strömten kleine Bäche hinunter in dunkle Teiche, die immer wieder von Lichtblitzen erhellt wurden, wenn einer der enormen Zierkarpfen an die Oberfläche schoß.

Die vierte Wand bestand aus Glas, und von hier aus überblickte man Solaris City. In jeder anderen Stadt, wo man davon ausgehen konnte, daß die Sonne zumindest gelegentlich durch die Wolken brach, wäre der höhlenartige Raum ein Felsvorsprung gewesen, der sich ideal für ein Schulpicknick eignete. Hier jedoch, wo die grellen Lichter von den Wolken reflektiert wurden und die Stadt selbst wie ein transparenter Körper schien, durch dessen Adern Neonblut pulsierte, wurde das Drachenreich zum olympischen Versteck für jene, die sich zu den Herren dieser Welt berufen fühlten.

»Willkommen, meine Freunde.« Kai lächelte zurückhaltend. Seine Gegenüber waren gefährlicher als zwei beliebige Arenagegner. Er trat an den Kopf der großen Ebenholztafel, ohne den Gesichtsausdruck zu verändern. »Ich gehe davon aus, daß Sie ohne Probleme hergefunden haben. Da ich an der Reihe bin, unser Treffen zu leiten, wählte ich einmal einen etwas anderen Treffpunkt.«

Die zierliche Frau zu seiner Linken erwiderte sein Lächeln und setzte ihr Glas – offensichtlich Pflaumenwein – ab. »Es *ist* anders, Kai. Ich hätte erwartet, daß Sie uns in den ›Kranich‹ einladen. Es soll das beste Restaurant in Kithai sein.«

»Sie werden feststellen, daß Atmosphäre und Küche des ›Sesam‹ keinen Vergleich scheuen müssen, besonders im Obergeschoß.« Er zog den Stuhl zurück und setzte sich. »George, der Besitzer, ist ein alter Freund meiner Familie. Er mußte sein früheres Etablissement auf Sian schließen und ist hierhergezogen.«

»Wieder einer Ihrer Wohlfahrtsfälle, Liao?« Der Mann neben Fiona Loudon verzog mürrisch das Gesicht. »Sie kümmern sich um mehr herrenlose Streuner als das Tierasyl.«

»Für mich beginnt Nächstenliebe vor der eigenen Tür, Drew.« Es überraschte Kai nicht, daß Drew Hasek-Davion und Fiona nebeneinander saßen. Sie stammten beide aus dem Vereinigten Commonwealth, obwohl es ein Witz gewesen wäre, sie als Davion-Loyalisten zu bezeichnen. Fiona hielt sich aus jeder Art Politik heraus, obwohl sie bemerkenswert clever war – *oder vielleicht gerade deshalb.*

Dafür war Drew aktiv genug für beide. Er war mit der Antipathie seines verstorbenen Onkels Michael Hasek-Davion gegenüber den Davions groß geworden. Victor Davion machte häufig Witze darüber, daß Drew Hasek sich den Namen Davion als Zusatz zu seinem eigentlichen Familiennamen angeeignet hatte. Der Prinz pflegte zu erklären, daß er Hasek gewähren ließ, weil es die Menschen ständig an Michaels fatale Politik erinnerte und damit Drews Machtstreben bremste.

Thomas DeLon, Roger Tandrek und Winslow Kindt vervollständigten das Kompensationskomitee der Solaris-Stalleigner-Vereinigung. Kai hatte Kindt noch nie zuvor getroffen, aber er erwartete bestenfalls Feindseligkeit von dessen Seite, da der Mann in Vertretung Herzog Ryan Steiners agierte. Die Tatsache, daß er sich angeregt mit Tandrek unterhielt, bedeutete Ärger für Kai. Der Liaoist haßte ihn und konnte es kaum erwarten, daß Wu Deng Tang ihn zermalmte.

DeLon am anderen Ende der Tafel wirkte bemerkenswert gelassen. Das überraschte Kai, da der Draconier immer ein wichtiger Vertreter der Opposition gegen Kai und dessen Politik gewesen war. Bisher hatte Kai das einem falschverstandenen Ehrgefühl zugeschrieben, für das Kämpfer, die Verträge schlossen und wieder lösten, zu sehr an Geschäftemacherei erinnerten und zuwenig ans Soldatenleben. *Was hast du vor, Thomas?*

Kai gab George Yang ein Zeichen, und die Kellner trugen das Essen auf. Scharf-saure Suppe, gefolgt von Schweinefleisch Mu Shu mit Pflaumensoße, Sesamhuhn, Rindfleisch Kung Pao und Rindfleisch mit Mandarinen. Litschinüsse und Brandy schlossen eine Mahlzeit ab, bei der das Essen hervorragend und die Gespräche eine lockere Ouvertüre für die Diskussion war, die nach Abtragen der Gedecke zu erwarten stand.

Als der Tisch abgeräumt war, lehnte Kai sich zurück und breitete die Hände aus. »Ich rufe das Treffen des SSV-Kompensationskomitees zur Ordnung. Die Verlesung des Protokolls der letzten Sitzung können wir uns wohl sparen, es sei denn, Mr. Kindt hatte noch keine Gelegenheit, sich zu informieren.«

Winslow Kindt schüttelte den Kopf. Er hatte ein längliches Gesicht und einen an eine Bohnenstange erinnernden Körper. Er sah ungefähr so aus, wie Kai sich während eines Hyperraumsprungs fühlte. »Ich bin, glaube ich, in jeder Hinsicht auf dem laufenden. Was die bisherigen Geschehnisse betrifft, und das, was Herzog Ryan von mir erwartet.«

»Gut. Gibt es noch unerledigte Fragen?« Kai sah zu Hasek-Davion hinüber. »Drew?«

»Eine unerledigte Frage, aber wahrscheinlich kaum etwas Abstimmungswürdiges. Kai, ist es wirklich notwendig, daß Sie alles veröffentlichen, was Sie tun?« Der beleibte Stalleigner verzog schmerzhaft das Gesicht. »Es war beispielsweise nicht nötig, die Sache mit den gefälschten T-Shirts publik zu machen. New Syrtis-Gap hat Ihnen mit besten Absichten eine Entschädigung angeboten, aber Sie mußten allen Welten erzählen, was passiert war. Ihre Bekanntmachung hat der Firma schwere Verluste an der Börse auf New Avalon eingebracht.«

Fiona lachte. »Haben wir uns den Treuhandfonds eingeklemmt, Drew?«

»Das ist nicht zum Lachen, Fiona. Die Ställe müssen sparen, wo es nur geht, um noch einen Gewinn zu erwirtschaften, und ich brauche meine Fremdweltinvestitionen, in mageren Zeiten ganz besonders, aber auch in den guten. Ich habe noch nie gleichzeitig zwei Champions in meinem Stall gehabt – niemand von uns hat das je geschafft, außer Ihnen.« Drews dunkle Augen wurden zu Schlitzen. »Mit Ihren Bedingungen für eine Beilegung haben Sie der Firma schwer geschadet.«

»Gut«, stellte Kai fest. »*New Syrtis-Gap* hat den Firmen schwer geschadet, mit denen ich Lizenzverträge abgeschlossen habe. Ich habe die NSGI-Angebote für das Recht, unser Logo und Bildmaterial in den gesamten Nachfolgerstaaten zu vertreiben, gesehen, und es hat mir nicht gefallen. Ich habe meine Leute mit örtlichen Sportartikelhändlern verhandeln lassen, und die Kosten für diese Verhandlungen hat Zenotaph getragen, nicht die SSV. Als NSGI meinen Händlern am Ort Konkurrenz machte, hat ihnen das geschadet, schwer geschadet sogar. Ich habe es ihnen nur heimgezahlt.« Kai verschränkte die Finger und lehnte sich über den Tisch. »Und sollte ich je herausfinden, daß an den Gerüchten über Schmiergeldzahlungen von NSGI an Sie etwas Wahres ist, Drew, werde ich Ihren Stall zerfetzen wie eine Gewehrkugel ein Stück Tofu.«

»Aber sicher, großer Heiliger! Für wen halten Sie sich eigentlich?« Drew schlug mit der Faust auf den

Tisch und stieß den Finger in Kais Richtung. »Sie richten eine wohltätige Stiftung ein und verkünden, daß ein Teil aller Preisgelder, die Sie gewinnen, in die Stiftung fließt. Sie überreden Ihre Gegner, auch Geld zu stiften, was eine großartige Publicity für Sie darstellt, aber uns wie Geizhälse aussehen läßt. Sie weigern sich, NSGI die Erlaubnis zum Verkauf des Warenlagers zu geben, sondern bestehen darauf, daß auch das an wohltätige Zwecke geht. Die Leute auf der Straße nennen Sie Stahlseele und behaupten, der Stahl beschütze ein Herz aus Gold. Ich frage Sie, wenn Sie so ein verdammter Wohltäter der Menschheit sind, was, zum Teufel, machen Sie dann hier am Arsch des Universums?«

»Sie auf dem Pfad der Tugend halten? Das ist eine Vollzeitaufgabe.«

»Er hat nicht ganz unrecht, Kai.« Roger Tandrek lehnte sich zurück und strich sich mit einer Hand die Enden seines weißen Schnauzbartes glatt. »Wir begrüßen Ihre wohltätigen Bemühungen, aber die Art, wie Sie das alles in die Öffentlichkeit tragen, macht es so billig. Auch andere Eigner haben mich schon darauf angesprochen. Es geht also nicht nur um uns hier. Ich weiß, Sie halten uns für eine korrupte Bande raffgieriger Raubritter ...«

Fiona tätschelte Kais Handgelenk. »Ich wußte schon immer, daß Sie scharfe Augen haben, Kai.«

»... aber wir sind nicht alle so wohlhabend wie Sie.« Tandrek warf Fiona einen wütenden Blick zu, aber der zierliche Rotschopf tat ihn mit halbgeschlossenen Lidern ab.

»Roger, ich verstehe Sie voll und ganz. Sie sehen Solaris und die Spiele als ein Geschäft. Sie sehen Gewinn und Verlust. Und dementsprechend sehen Sie die Kämpfer als Geld in Höhe der Trainingskosten ihrer Ersatzleute.« Kai schüttelte den Kopf. »Ich nicht.«

»Das ist absurd. Ich weiß, daß meine Kämpfer Menschen sind, und ich behandele sie entsprechend. Wynn Goddard ist ein enger Freund.«

Fiona lächelte. »Seine Vorliebe für Energiewaffen hilft den P&L-Konten, wenn es um Munitionskosten geht, nicht wahr?«

»Ich kann auf Ihre Sticheleien verzichten, Fiona.« Tandreks rote Gesichtszüge nahmen eine wütend rotviolette Farbe an. »Kai, ich zähle Wu Deng Tang zu meinen guten Freunden. Ich kenne alle meine Kämpfer und behandle sie gut. Aber so sehr ich sie auch mag, ich muß den Stall als Geschäft führen. Ich habe Kosten, und ich habe Investoren, auf die ich Rücksicht nehmen muß.«

Kai schüttelte den Kopf. »Ich nehme Rücksicht auf meine *Leute,* und mein Stall ist ebenso profitabel wie irgendeiner der Ihren – vielleicht sogar profitabler. Ich habe eine Lösung für das Trainingsproblem gefunden.«

Drew knirschte frustriert mit den Zähnen. »Sicher, Veteranen des Clankriegs zu verpflichten, war schlau.«

»Sie hätten es auch tun können.«

»Ja, aber dann hätten wir unerprobten Kämpfern dieselben Gehälter wie Sie anbieten müssen.« Tandrek sah sich zu Kindt um. Der schüttelte den Kopf. »Ihr Vater hätte keine Geschäfte dieser Art gemacht.«

Kai lachte laut auf. »Wenn ich mein Vater wäre, würde ich noch weit mehr über Ihre Geschäfte wissen, als ich ohnehin schon weiß, und Sie würden allesamt für mich arbeiten. Sie sehen anscheinend nicht, daß sich das Universum verändert hat, und zwar drastisch. Lange Zeit war Solaris eine stabile Einnahmens- und Unterhaltungsquelle. Wir zahlen Steuern, die Firmen, die unsere Werbeartikel herstellen, zahlen Steuern, und die Menschen, die unsere Produkte kaufen, zahlen Steuern. Wir hatten es mit einer bekannten Größe zu tun, mit etwas, das jeder wollte, und wir hatten keine Konkurrenz. Aber die Clans haben das geändert. Unsere Konkurrenz besteht aus Amateuraufnahmen von

Clanüberfällen auf Grenzwelten. Wir stehen plötzlich im Wettbewerb mit der Wirklichkeit. Wir haben es da draußen nicht mehr einfach, also warum sollten Sie es hier drinnen noch einfach haben?« Er sah zu Fiona. »Sie hat gesehen, was kam, und hat vorgesorgt. Fionas Verträge mit ihren Kämpfern sind unanfechtbar, und die Leute, die für sie arbeiten, unterschreiben, weil sie für gute Dienste langfristige Sicherheit bekommen. Ich halte ihre Verträge für kaum besser als Lohnsklaverei, aber die Kämpfer, die sich darauf einlassen, sind erwachsen und durchaus in der Lage, selbst über ihre Zukunft zu entscheiden.«

»Sie verstehen einer Frau zu schmeicheln, Kai.«

»Sie übrigen behandeln Ihre Piloten wie Jockeys, die auf preisgekrönten Rennpferden sitzen, nicht wie Krieger, die jedesmal, wenn sie sich ins Cockpit setzen, ihr Leben riskieren. Ich weiß das Risiko zu schätzen, das sie eingehen, weil es dasselbe Risiko ist, dem ich mich auch stellen muß. Ich will sie für ihre Leistung fair bezahlen, das ist alles. Und das werden Sie auch tun müssen, wenn Sie im Wettbewerb bleiben wollen.«

Winslow Kindt schüttelte den Kopf. »Ich bin zwar der Neuling hier, aber ich muß trotzdem feststellen, daß Sie sich irren, Mr. Allard-Liao. Die SSV-Charta, die auch Zenotaph unterzeichnet hat, stellt eindeutig fest, daß Sie seit Ihrer Ankunft hier die Vorschriften über gerechtes Entgeld verletzt haben. Meiner unmaßgeblichen Meinung nach ist Ihre Mitgliedschaft in diesem Komitee dadurch ungültig, und mehr noch, dies macht eine umfassende Überprüfung Zenotaphs und die Aberkennung Ihres Titels notwendig, der statt dessen an Victor Vandergriff von den Skye-Tigern fällt.«

Roger Tandrek schien kurz davor zu explodieren, während Drew Hasek-Davion in seinen Sessel fiel und ins Leere starrte. Fiona schwenkte den Brandy in ihrem Glas und kicherte. »Hat er die Achillesferse gefunden?«

»Wenn ihm der Titel aberkannt wird, sollte er an Wu Deng Tang fallen!«

»O ja, sehr gut!« Drew grinste mit gelben Zähnen. Er erinnerte Kai an eine Ratte. »Die Kompensationsverteilungsformel. Das gefällt mir.«

Kai weigerte sich, irgendeine Gefühlsregung zu zeigen. Er wartete, bis seine momentane Panik sich gelegt hatte. »Könnten Sie sich etwas präziser ausdrücken, Mr. Kindt?«

»Aber sicher.« Kindt legte die Fingerspitzen aufeinander und beugte sich vor, um die Ellbogen auf die Tischplatte zu stützen. »Wie Drew bereits angedeutet hat, läuft alles auf die Formulierung der Kompensationsformel für die Arenakämpfer hinaus. Sie spezifiziert, daß das *gesamte* Einkommen aus Preisgeldern, Spenden und anderen Boni und freiwilligen Kompensationsmaßnahmen zusammengerechnet werden muß, um die Kompensation festzustellen, die den Kämpfern der unteren Rangstufen in einem Stall zusteht.«

Kai nickte. »Ich kenne den Wortlaut. Die Regelung wurde getroffen, um sicherzustellen, daß auch die Krieger, die kein interstellares Medieninteresse erregen, von den Zahlungen für Übertragungs- und Aufzeichnungsrechte an die Ställe mitprofitieren. Wir benutzen diese Formel, und Zenotaph ist der einzige Stall, der zum Abschluß jedes Steuerjahres eine komplette Geschäftsbilanz veröffentlicht.«

»Das ist sicherlich begrüßenswert, Mr. Allard-Liao, aber wie Sie sich sicher erinnern, ist die Kompensation für einen Spitzenkämpfer auf nicht mehr als viertausend Prozent der Kompensation eines Kämpfers des nächsttieferen Ranges beschränkt. Trotzdem belief sich *Ihr* gemeldetes Einkommen auf mehr als siebenundzwanzigtausend Prozent des Einkommens Ihres nächsttieferen Kämpfers.«

Der junge MechKrieger nickte. »Ich verstehe. Sie

haben mein Einkommen als Eigentümer des Zenotaphstalls mit meinen Preisgeldern und Kompensationszahlungen als Champion kombiniert, richtig?«

»Ich fürchte, ja«, antwortete Kindt bedauernd. »Was dem einen sein Uhl ist in diesem Fall des andern sein Todesurteil.«

»Die Kompensationsformel war niemals als Begrenzung des Eignereinkommens gedacht«, wandte Kai ein. »Zu dem Zeitpunkt, als der Absatz ausformuliert wurde, gab es keine Eigner/Kämpfer, deshalb wurde darauf nicht geachtet. Ein interessanter Punkt, Mr. Kindt, aber er eignet sich mehr für einen Vorschlag zur Änderung der Vereinigungscharta auf der nächsten Generalversammlung.«

»Ich bin anderer Ansicht, Sir.« Kindt klopfte die Zeigefinger aneinander. »Dieses Komitee ist berechtigt, die Lizenz eines Stalles auszusetzen, wenn wir Korruption in bezug auf die Kompensation von Arenakämpfern feststellen und verifizieren können. Selbst wenn es sich hier um eine Nachlässigkeit handeln sollte, fühle ich mich verpflichtet, einen förmlichen Antrag auf Suspendierung der Lizenz von Zenotaph zu stellen ...«

Er ließ seine Worte vielsagend ausklingen, und Kai neigte das Haupt in seine Richtung. Kindt hatte das Kräfteverhältnis in diesem Raum gut gelesen. Er wußte, daß Kai und Fiona wahrscheinlich gegen den Antrag stimmen würden, aber die übrigen vier würden ihn unterstützen und ihm damit die Zweidrittelmehrheit verschaffen, die für eine Lizenzaussetzung nötig war. Das Championat würde damit bis zur nächsten Generalversammlung der Eignervereinigung in zwei Monaten frei sein. Tandrek, Hasek-Davion und die anderen würden sofort einen Plan für ein Interim-Turnier vorlegen, das mit ziemlicher Sicherheit die Zustimmung des Championatskomitees erhalten würde, und das Ganze würde vorbei sein, bevor Kais Suspendierung aufgehoben werden konnte. Ohne einen möglichen Anwärter des Zenotaphstalls würden alle seine Leute Schaden nehmen...

Es sei denn... »Was will Herzog Ryan von mir?«

»Was er von Ihnen will? Nur die Chance auf das Championat, wie alle anderen Eigner auch. Ihr Titelkampf findet erst in zwei Monaten statt. Er schlägt vor, daß Sie in einem Monat gegen Victor Vandergriff antreten. Angesichts der Leistungen, die Sie abgeliefert haben, um sich den Titel zu sichern, sollten zwei Kämpfe in zwei Monaten nicht zuviel sein.«

Das war es also. Sauber verpackt und gut verkauft. Wenn Kai sich auf diesen Kampf einließ, würde Herzog Ryan aus seiner Hälfte der Medienrechte ein kleines Vermögen schlagen, was ihm half, die Ausgaben für den Aufkauf von Oonthrax wieder hereinzuholen. Mit seiner Zustimmung würde er sich Kindts Stimme für den Fall sichern, daß einer der anderen den Antrag aufnahm, und das Patt drei gegen drei würde den Vorstoß abschmettern. Lehnte er ab, verlor er den Titel des Champions und riskierte großen Schaden für Zenotaph.

»Das wäre kein Problem. Ich habe Vandergriff schon einmal geschlagen.« Kai dachte noch einmal nach, dann schüttelte er den Kopf. »Aber das einzige, was mir noch verhaßter wäre, als das Championat durch politische Winkelzüge zu verlieren, wäre es, Herzog Ryan Steiner die Genugtuung zu geben, daß ich auch nur für eine Sekunde nach seiner Pfeife tanze. Ich lehne ab. Sie können Ihren Antrag als gestellt betrachten. Wird der Antrag von einem der Anwesenden unterstützt?«

»Ich unterstütze ihn.« Drew hüpfte auf seinem Stuhl wie ein Kind beim ersten Besuch des Mecharama.

Kai nickte. »Die Abstimmung über eine Suspendierung erfolgt offen und namentlich. Mr. Kindt?«

»Dafür.«

»Mr. Tandrek?«
»Dafür.«
»Mr. Allard-Liao stimmt dagegen. Ms. Loudon?«
»Dagegen.«
»Mr. Hasek-Davion?«
»Dafür.«

Kai sah über den Tisch zu Thomas DeLon. »Sie haben die entscheidende Stimme, Thomas.«

»Iie.«

Kai wußte, was er gehört hatte, aber er traute seinen Ohren nicht. »Bitte noch einmal auf deutsch, fürs Protokoll.«

»Nein. Ich stimme dagegen.« DeLon blieb ungerührt, aber Kai glaubte, einen kurzen, verschmitzten Blick hinüber zu Fiona zu bemerken.

Drew, Tandrek und Kindt waren wie gelähmt. »Nach meiner Zählung ergibt die Abstimmung drei Stimmen dafür und drei Stimmen dagegen. Der Antrag ist abgelehnt.«

Fiona lächelte Kai an. »Ich beantrage die Sitzung zu beenden.«

DeLon nickte. »Ich unterstütze den Antrag.«

»Ich bitte um Handzeichen für die Beendigung der Sitzung.«

Tandrek wechselte das Lager und machte dem Treffen ein Ende. Fiona führte das Trio ihrer geschlagenen Kameraden aus dem Raum und ließ Kai mit DeLon am Tisch zurück.

Kai runzelte die Stirn. »Ich hatte erwartet, daß Sie mit Kindt stimmen. Teufel auch, ich habe gedacht, Sie hätten dieses Manöver *eingefädelt*.«

»Es war seine Idee«, verneinte DeLon. »Ich fand sie clever und hätte sie früher auch unterstützt, auch wenn mir Ihr Mut, seine Forderung abzulehnen, imponiert hat.«

»Warum haben Sie ihn nicht unterstützt?«

DeLon lächelte. »Sie haben recht, Kai – das Universum hat sich verändert. Kobe hat eine Besucherin, die den Wunsch geäußert hat, Ihrem Titelkampf in Ihrer Loge beizuwohnen. Sie betrachtet Ihre Einwilligung in diese Bitte als große Ehre.«

Omi. Kai nickte. »Ich bin ihr zu Dank verpflichtet.«

DeLon stand auf und schob seinen Stuhl unter den Tisch. »Sie ist auch von Ihren Ideen für Solaris beeindruckt. Ihre Meinung hat mir in mancher Hinsicht die Augen geöffnet. Der Kampf gegen Widersacher wie Kindt und Hasek-Davion bringt kaum Ehre, aber vielleicht wird es unterhaltsam, Ihnen dabei zu helfen, das Tempo des Fortschritts auf Solaris zu beschleunigen.«

11

Zürich
Mark Sarna, Vereinigtes Commonwealth

4. Februar 3056

Deirdre Lear zog die Stöpsel des Stethoskops aus den Ohren und hängte es sich um den Hals. Sie lächelte der Mutter des kleinen Knaben zu und half ihr, den Arm des Vierjährigen durch das Ärmelloch seines T-Shirts zu ziehen. »Jimmy wird bestimmt wieder. Er hat nur eine Erkältung, möglicherweise eine allergische Reaktion.« Sie warf einen Blick auf den Computermonitor in der Wand des Sprechzimmers. »Er scheint letztes Jahr schon einmal so einen Schnupfen gehabt zu haben, und vor sechs Monaten wieder. Bemerken Sie gelegentlich, daß seine Augen wäßrig werden oder seine Nase zu laufen anfängt, wenn er in die Nähe von Blumen oder anderen Blüten kommt?«

Die Zür-Frau zog ihren Sohn an sich und schüttelte den Kopf, ohne daß ihr breites Lächeln verblaßte. »Danke, Frau Doktor.« Sie nickte, drückte ihr Kind und wiederholte: »Danke, Frau Doktor.«

Deirdre öffnete die Tür. »Anne, haben Sie mal eine Minute Zeit?«

Anne Thompson erschien augenblicklich im Türrahmen. »Brauchen Sie etwas, Doc?«

»Ja, Ihre Sprachfähigkeiten. Ich vermute, daß Jimmy Ludac hier Heuschnupfen hat. Er hatte letztes Jahr und vor sechs Monaten auch schon Beschwerden. Ich wette, es hängt mit einer der hiesigen Pflanzen zusammen, doch ich bekomme aus seiner Mutter keine Einzelheiten heraus.«

Anne nickte, und die kurzen braunen Locken tanzten um ihren Kopf. »Okay, das kann ich fragen. Noch etwas?«

»Der Auswurf ist klar. Ich sehe also keinen Hinweis auf eine Nebenhöhlenentzündung. Sollte er sich verändern, muß sie ihn aber wieder herbringen.« Deirdre zog einen Rezeptblock aus der Tasche und begann zu schreiben. »Das hier ist ein Rezept für ein Antihistamin, Rondeka. Viermal täglich, wenn es geht zu den Mahlzeiten. Die Packung reicht zwei Wochen. Wenn seine Nase danach noch immer läuft, soll sie ihn noch einmal vorbeibringen. Und wenn er Ohrenschmerzen bekommt, auch.«

Anne lachte. »Ich kenne das Verfahren.«

»Ich weiß. Danke.«

Anne zwinkerte ihr zu und führte Mrs. Ludac und ihren Sohn hinaus. Deirdre winkte ihnen nach. Dann lehnte sie sich an den Türrahmen. Ihre Beine schmerzten, weil sie den ganzen Tag gestanden hatte, und ihre Augen brannten. Sie hegte keinen Zweifel, daß letzteres eine Reaktion auf dieselbe Art Pollen war, die auch Jimmy Ludac zu schaffen machte, aber bei ihr kam noch eine gehörige Dosis Überarbeitung dazu.

»Sie sehen erschlagen aus«, stellte Rick Bradford über die Schulter fest, während er sich an dem Waschbecken auf der anderen Seite des Gangs die Hände wusch. »Geisterpesttage sind immer schlimm.«

Deirdre setzte ein fragendes Gesicht auf. »Geisterpest?«

Bradford nickte, und trocknete sich mit ein paar Papiertüchern die Hände. »Die Einheimischen leben nach einer ziemlich rigiden Theologie, in der Geister und Dämonen eine große Rolle spielen.«

»Das habe ich mir schon gedacht, als ich gehört habe, wie sie mit Vergewaltigern umspringen, deren Opfer schwanger werden.« Deirdre steckte das Stethoskop in die Tasche ihres weißen Laborkittels und ging hinüber, um sich auch die Hände zu waschen. »Was ist eine Geisterpest?«

»Vor drei Tagen hat die Zhanzheng de Guang einen

Laster mit Munition und Treibstoff für einen im Aufbau begriffenen Außenposten angegriffen. Der Angriff kostete vier Männer im Lastwagen das Leben, und den Berichten zufolge auch fünf Terroristen. Sie hatten an dem Abend frei. Wir haben zwei der verletzten Soldaten hier. Sie haben nicht soviel abbekommen, aber die vier Männer im Lastwagen waren schon tot, als sie hier ankamen. Über die Terroristen kann ich nichts sagen. Jedenfalls glauben die Zürs, daß die Geister von Menschen, die einen gewaltsamen Tod sterben, entschlossen sind, wieder in einen physischen Körper einzudringen, um an ihren Mördern Rache zu nehmen. Sie glauben, diese Geister streifen durch die Welt und sind stark genug, die Seele aus einem Körper zu ziehen, so daß der Geist ihn übernehmen kann. Sie können durch eine beliebige Körperöffnung eindringen und mit der Seele des Körpers um dessen Besitz kämpfen. Ein Fieber ist ein sicheres Zeichen, daß so ein Kampf stattfindet.«

Deirdre drehte mit dem Ellbogen das Wasser ab und zog mehrere Papiertücher aus dem Spender an der Wand. »Lassen Sie mich raten: Eine laufende Nase, Husten, Durchfall, ein brennendes Gefühl beim Wasser lassen oder eine eiternde Schnittwunde sind mögliche Zeichen für das Eindringen eines Geistes?«

»Sie lernen schnell.« Bradford sah sich den Plan neben dem Becken an und hakte den Patienten ab, den er gerade untersucht hatte. »Die Zürs betrachten uns als die so ziemlich am wenigsten geistig orientierten Menschen, die es gibt, deshalb bringen sie mögliche Geisteropfer hierher zur Behandlung. Für ihre Geister hat unsere Wissenschaft etwas Abstoßendes. Wenn unsere Mittel nicht funktionieren, führen sie eine traditionelle Austreibung durch. Das Ritual dauert etwa anderthalb Wochen.«

»Gerade lange genug, daß ein Schnupfen von selbst vorübergeht.«

Bradford lachte. »In aller Regel sind Wissenschaftler aufgrund dieser Übereinstimmung eher skeptisch.«

Sie schüttelte den Kopf. »Ich habe auf einem halben Dutzend Welten Medizin praktiziert. Ich habe gesehen, wie Krankheiten, die auf einer Welt eine Panik ausgelöst hätten, auf einer anderen wie ein alltäglicher Schnupfen betrachtet wurden. Ich habe Patienten mit Allergien gegen Pflanzen und Tiere erlebt, die auf ihrem Heimatplaneten vollkommen unbekannt sind, und von einheimischen Heilmitteln für Krankheiten gehört, die auf Welten Hunderte Lichtjahre entfernt verheerende Epidemien auslösen. Wer weiß, vielleicht haben die Zürs sogar recht.«

Deirdre hakte Jimmy Ludac auf ihrem Plan ab und lächelte. »Ich bin wohl durch, es sei denn, Sie möchten, daß ich einen von Ihren Kranken übernehme.«

Rick sah sich seinen Plan an. »Nein. Bundao wird wahrscheinlich von Geistern heimgesucht, und Lengkuoki hat eine Mittelohrentzündung. Wenn sie David bei Carol abholen, haben wir eine annehmbare Chance, es bis nach Hause zu schaffen, bevor wir wieder hierher zurückmüssen.«

»Danke, Rick.« Deirdre kürzte den Weg in ihr kleines Büro durchs Krankenarchiv ab. Sie zog den Laborkittel aus und hängte ihn an den Ständer neben der Tür. An ihrem Schreibtisch blätterte sie Post durch und wählte die Holodisk eines medizinischen Journals aus, das sie zu Hause durchgehen wollte. Sie schob sie in die Jackentasche, hängte sich die Segeltuchtasche über die Schulter und schaltete das Licht aus.

Carol Bradford hatte in einer Suite aus vier Räumen, die ursprünglich als Wohnung für den medizinischen Leiter der Klinik gedacht gewesen war, eine wundervolle Tagesstätte eingerichtet. Riesige, farbenprächtige Bilder bekannter Holovidcharaktere bedeckten die Wände. Auf einem Bild schlangen sich das lateinische Alphabet und arabische Zahlen wie ein rotes Band um die Figuren, auf einem anderen stellten etwa zweihundert der grundlegenden chinesischen Schriftzeichen die Dekoration.

Spielzeug, Tische und anderes Mobiliar dominierten zwei der Zimmer. Der Boden des dritten, das als Schlafraum diente, war mit Matten bedeckt. Der vierte und kleinste Raum fungierte als Carols Büro, aber in Wirklichkeit quoll er fast über von Vorräten und Fundsachen. Mitten zwischen all den Stapeln und Regalen stand ein winziger Schreibtisch. Carol kam gerade aus dem Büro, als Deirdre sie sah und winkte.

»Hi, Deirdre. David hat eine Überraschung für Sie.«

Als er seinen Namen hörte, stand David hinter einer Wand aus Bauklötzen auf und rannte auf seine Mutter zu. Mit einem breiten Lachen auf dem Gesicht streckte er die Arme nach ihr aus. »Wan'an muquan!« Er lachte, als Deirdre überrascht blinzelte. »Das heißt ›Hallo‹.«

Deirdre lächelte, weil sie wußte, daß es von ihr erwartet wurde. Bei David war es ganz offensichtlich, und auch Carol beobachtete sie diskret aber erwartungsvoll. Deirdre ging langsam in die Hocke und ließ die Tasche zu Boden gleiten, während sie ihren Sohn umarmte. Dann hielt sie ihn mit ausgestreckten Armen von sich und zog sein marineblaues T-Shirt glatt, um das Bild darauf besser erkennen zu können.

Der abgebildete BattleMech war dermaßen romantisiert, daß er ebenso nach einer Zeichentrickfigur aussah wie der Mann daneben. Deirdre sah sofort, daß der Mann überdimensional groß abgebildet war. Er schien halb so groß wie die Kriegsmaschine, die in Wirklichkeit die gesamte Klinik überragt hätte. Sie wußte nicht, wer Larry Acuff war, aber den Mech erkannte sie als einen Kriegshammer. Mit einem Schaudern erinnerte sie sich daran, welche Spur der Vernichtung ein Koloß dieses Typs ziehen konnte.

»Carol«, fragte sie vorsichtig, »woher hat David dieses Hemd?«

»Uns ist ein kleines Mißgeschick passiert, bei dem Davids Hemd naß geworden ist, also hab ich ihm eins aus der letzten Lieferung geborgt, die wir vom ZWF bekommen haben.« Die brünette Kindergärtnerin lachte. »Eigentlich wollte David ein *Yen-lo-wang*-Hemd, aber das war das einzige, was wir in seiner Größe hatten.«

Deirdres Eingeweide ballten sich zusammen. »*Yen-lo-wang?*«

Carol nickte. »Der ZWF hatte durch irgendeinen Rechtsstreit eine Menge Hemden und andere Kleidungsstücke zu verteilen. David hat das Hemd bei ein paar unserer älteren Kinder gesehen, und das Bild gefiel ihm. Ich glaube, wir haben einen zukünftigen Künstler vor uns. Das Motiv ist wirklich das schönste. Die anderen Kinder mögen das Hemd natürlich vor allem, weil es Kai Allard-Liaos Mech darstellt.«

Davids Lachen erstarb langsam. »Was ist denn, Mommy?«

»Nichts, Liebling.« Deirdre runzelte die Stirn und preßte ihn an sich.

»Deirdre, geht es Ihnen gut?«

»Ja, Carol, äh, ich denke schon.« Sie stand auf und nahm David auf den Arm. »Ich weiß zu schätzen, was Sie getan haben, und ich bin sicher, Sie haben es nur gut gemeint. Es ist nur, also, ich habe versucht, Davy vor so etwas abzuschirmen.«

Carol sah sie betroffen an. »O Gott, ja, Sie waren im Krieg. Rick hat es erwähnt. Ich habe nicht daran gedacht. Verzeihen Sie mir.«

»Keine Sorge, Carol. Sie konnten meine Reaktion nicht voraussehen. Ich glaube nicht, daß es irgendeinen Schaden anrichtet, solange wir die Sache nicht aufbauschen.« Deirdre versuchte sich zu beherrschen und Carol nicht anzuschreien. »Ich, äh, ich werde das Hemd waschen und zurückbringen, damit Sie es an jemand weitergeben können, der es dringender nötig hat als Davy. Und ich werde ein Ersatzhemd mitbringen, für den Fall, daß Sie noch einmal etwas zum Wechseln brauchen.« Sie zwang sich zu einem Lächeln und fühlte sich tatsächlich schon etwas besser. »So wie Davy wächst, werden Sie bald seine ganze alte Garderobe verschenken können... falls Sie Interesse an so einer Spende haben.«

»Ja, sicher, natürlich.« Carol trat näher und drückte Deirdre. Dann half sie ihr, die Tasche wieder umzuhängen. »Hören Sie, es tut mir wirklich leid, wirklich. Wir erlauben hier kein Kriegsspielzeug, aber die Hemden waren für mich halt einfach nur Hemden. Ich habe die Motive gar nicht weiter beachtet.«

Deirdre nickte und tätschelte Carols Arm. »Wahrscheinlich wird sich Davy morgen schon gar nicht mehr daran erinnern. Was meinst du, Liebling?«

»Bestimmt nicht, versprochen.«

Die beiden Frauen lachten. »Bis morgen, Carol. Ich freue mich wirklich über ihre Sensibilität, was Kriegsspielzeug angeht.« Deirdre setzte David ab und nahm ihn an der Hand. »Und vom ZWF hätte ich auch mehr Feingefühl erwartet.«

Carol wirkte überrascht. »Tatsächlich?«

»Immerhin ist es eine Hilfsorganisation. Ich hätte gedacht...« Deirdre stockte, als sie die Verwirrung auf Carols Gesicht sah. »Entgeht mir hier irgend etwas?«

»Deirdre, ZWF steht für Zenotaph-Wohltätigkeitsfonds. Die Gesellschaft ist auf Solaris ansässig.« Carol breitete die Arme aus. »Sie bezahlen alle unsere Rechnungen. Praktisch arbeiten wir direkt für Kai Allard-Liao.«

Tharkad
Distrikt Donegal, Vereinigtes Commonwealth

Victor Davion klatschte in die Hände, als Curaitis seinen Bericht über Peters Auftritt auf Lyons beendet hatte. »Das sind großartige Neuigkeiten, und bei Gott, ich brauche mehr davon. Ich hatte Peter der Mark Skye-Miliz zugeteilt, weil ich gehofft habe, dadurch den Schaden zu begrenzen, den er anrichten kann. Ich hätte nie erwartet, daß er sich so gut schlägt.« Die blauen Augen des Prinzen wurden zu mißtrauischen Schlitzen. »Sind Sie sicher, daß der Bericht stimmt?«

Curaitis antwortete nicht sofort, aber Victor kannte den Agenten inzwischen gut genug, um zu wissen, daß dieses Zögern keinen Versuch bedeutete, die Antwort zu seinem Vorteil zu wenden. **Er überprüft und wertet nur die Fakten.** Victor widerstand der Versuchung zu lächeln, aber er gestattete sich einen gewissen Stolz darauf, Männer wie Curaitis in seinen Diensten zu haben.

»Er entspricht den Tatsachen, Hoheit. Die Wortwahl ist möglicherweise kein direktes Zitat, aber sie ist zumindest sinngemäß korrekt.« Curaitis' Miene verdunkelte sich. »Der Bericht brauchte ungewöhnlich lange bis Tharkad, weil die Informationen über die Skye-Rebellion Vorrang hatten. Wäre der Zwischenfall speziell gegen Peter gerichtet gewesen oder hätte er zu einem Sicherheitsleck geführt, hätte die Meldung eine höhere Priorität erhalten. Wie die Dinge liegen, ist die Lage auf Lyons jedoch absolut unter Kontrolle.«

Victor erhob sich aus seinem Ledersessel und ging an der Rückwand des Büros auf und ab. Einen Augenblick sah er auf den Boden und wurde vom Anblick des abgenutzten Streifens Teppichboden vor dem Walnußholzregal fast aus seinen Gedanken gerissen. Die schlimmste Beanspruchung war erst kürzlich erfolgt, als auf Skye und den anderen Grenzwelten, auf denen

Ryan Steiner herrschte, die Rebellion ausgebrochen war.

»*Noch* ist es keine Rebellion«, murmelte er. »Wer die Geschichte vergißt, ist verurteilt, sie zu wiederholen; aber wer sich an sie erinnert, kann sich ab und zu von ihr inspirieren lassen.«

Curaitis nickte. Es war nicht mehr als eine winzige Bestätigung, daß er verstanden hatte. »Herzog Ryan Steiner ist unterwegs nach Solaris. Er wird also nicht in der Lage sein, wie vor zwanzig Jahren durch die Schlichtung der Krise an Einfluß zu gewinnen.«

»Ich weiß. Und das überzeugt mich, daß er hinter diesen Schwierigkeiten steckt.« Victor blieb stehen und sah den Sicherheitsagenten an. »3034 hat sich die Separatistenbewegung in Skye übernommen. Als Herzog Aldo Lestrade starb, zerbrach seine Organisation, weil er keinen Nachfolger hinterließ. Seine Diadochen bekämpften sich gegenseitig. Einer nach dem anderen stellten sie auf ihren jeweiligen Welten ihre Macht zur Schau. Ryan, der von Alessandro Steiner, dem Rivalen meiner Großmutter, ausgewählt worden war, hatte gehofft, Lestrades Organisation übernehmen zu können. Aber obwohl er einen Teil der nötigen Mittel besaß, sie unter Kontrolle zu bringen, betrachteten Lestrades Leute ihn als einen Neuling in diesem Spiel, dessen einzige Empfehlung seine Leistungen im Krieg waren. Aber nachdem er durch geschickte Verhandlungen auf Skye die Vernichtung einer Rebellenfraktion durch die Truppen meines Vaters verhinderte, stieg sein Ansehen bei den Separatisten ins Unermeßliche.«

Curaitis nickte. »Sie meinem, er würde die derzeitige Situation als Analogie zu der von '34 sehen.«

»Korrekt.« Victor rieb sich die Hände. »Wenn Ryan nicht selbst dahinter stecken würde, wäre er nicht nach Solaris geflogen. Statt dessen würde er darum kämpfen, die Kontrolle zurückzuerobern. Ryan ist nicht dumm. Er weiß, daß man nur erkennen muß, in welche Richtung der Mob stürmt, und sich an seine Spitze setzen, um den Anschein eines Führers zu erwecken. In dieser Lage wird Schein zur Realität.«

Er stieß einen lauten Seufzer aus und legte die verschränkten Finger in den Nacken. »Indem er nach Solaris fliegt, tritt Ryan in die Öffentlichkeit. Er verschafft sich Gehör und ein Alibi. Er hofft darauf, daß ich denselben Fehler begehe wie mein Vater und schnell mit Truppen zur Hand bin. Blutvergießen in den Straßen käme ihm gerade recht, aber ich kann mir das nicht leisten. Zumindest brauche ich mir nach den Neuigkeiten, die Sie gebracht haben, keine Sorgen mehr zu machen, daß Peter Amok laufen könnte.«

»Die Proteste auf Lyons sind friedlich, und die örtliche Polizei hat sie im Griff.«

»Gut. Der Geheimdienst dürfte kaum irgendwelche Erkenntnisse haben, die Ryan mit den Aufständen in Verbindung bringen?«

Curaitis schüttelte den Kopf. »Ryan ist ungemein vorsichtig. Die Lauschgeräte in seinem Büro auf Porrima haben nur begrenzte Daten geliefert. Er hat seine Räume von Experten säubern lassen, und elektronische Lauschgeräte sind nicht sonderlich flexibel. Falls Ryan ein ausgeklügeltes Signalsystem zur Verständigung mit seinen Untergebenen benutzt – etwa eine Zeichensprache, die darauf beruht, wo er die Tastatur seines Computers abstellt, oder welche Position die Jalousie am Fenster hat –, können unsere Geräte nichts davon bemerken.«

»Haben wir niemanden, der ihm nahesteht?«

Curaitis sah den Prinz mit der besten Annäherung eines Lächelns an, die Victor je auf seinem Gesicht gesehen hatte. »Wir waren nahe daran, aber Ryan hat Sven Newmark als Adjutanten eingestellt, bevor wir ihm jemanden unterschieben konnten. Das Sekretariat infiltriert derzeit die Rasalhaager Kolonie mit mehreren Leuten, um etwas über Newmark herauszufinden und eine Deckidentität für einen unserer Agenten zu finden, die ihn für Ryan ebenso attraktiv machen würde, wie es Newmark war.«

»Löblich.«

»Ryans Flug nach Solaris schafft eine Öffnung für uns.« Curaitis verschränkte die Hände im Rücken. »Der Name des Mannes, der unsere Geräte bisher aus Ryans Büro entfernt hat, heißt Quentin Clark. Er hat eine Weile in unseren Diensten gestanden und kennt sich dadurch mit unseren Tricks aus. Als sich Ryan auf den Flug nach Solaris vorbereitete, hat Clark mehrere Bankkonten aufgelöst. Er besitzt genug Geld, um sich auf Solaris ein luxuriöses Leben zu finanzieren. Die Summen, die er abgehoben hat, stehen in krassem Widerspruch zu dem, was er als Einkommen angegeben hat. Als wir ihn darauf ansprachen, entwickelte er ein plötzliches Interesse daran, in Ryans Büro auf Solaris Lauschgeräte zu plazieren, statt sie zu entfernen.«

»Sehr schön. Wirklich sehr schön.« Victor grinste erfreut. »Ich wäre schon damit zufrieden, daß sich Ryan als Drahtzieher der wachsenden Unruhen in der Mark Skye verrät, aber noch besser würde es mir gefallen, wenn er mit dem Mord an meiner Mutter prahlte.«

»Ich bezweifle, daß er das tun wird. Ich hätte ihn nicht für dumm genug gehalten, einen Fehler dieser Art zu begehen.«

Victor runzelte die Stirn. »Fehler?«

Curaitis nickte einmal knapp. »Den Fehler, sich nach Solaris zu begeben. Auf Solaris kann einem Menschen vieles zustoßen, was sich leicht als Unfall oder unglücklicher Zufall hinstellen läßt.«

»Ich verstehe.« Der Geschäftston in Curaitis' Stimme stand im Widerspruch zum Gewicht seiner Worte. Victor erinnerte sich, wie sie den Mörder seiner Mutter auf Solaris aufgespürt und gefangen hatten, indem Fuh Teng einen Kontrakt gegen Kais Mutter angeboten hatte. Fuh Teng hatte vorgegeben, bei Zenotaph eine größere Geldsumme unterschlagen zu haben. Angeblich hatte er den Tod Candace Liaos gewünscht, damit Kai gezwungen war, die Regierung über den St. Ives-Pakt zu übernehmen. Der Mann, der Melissa ermordet hatte, war bereit gewesen, einen weiteren Auftrag derselben Schwierigkeit anzunehmen, und das Geheimdienstsekretariat hatte ihn aufgegriffen.

Victor hätte Candace Allard-Liao niemals Böses zugefügt, aber er wünschte sich, Kai säße tatsächlich auf ihrem Thron. Das Jahr, das er zusammen mit Kai an der Militärakademie New Avalon verbracht hatte, und die Zeit, in der sie gemeinsam gegen die Clans gekämpft hatten, hatte ihm klargemacht, was in Kai steckte – nicht nur als Mechpilot, sondern auch als Taktiker und Stratege.

Victor schüttelte den Kopf. »Ich habe mir gerade vorgestellt, wie anders die Lage wäre, wenn Kai seine Zeit nicht auf Solaris verschwenden, sondern mir helfen würde, diese Krise zu meistern. Er hat noch jedes Problem bewältigt, und ich weiß, er ist politisch ebenso begabt wie militärisch. Er würde Möglichkeiten erkennen, Ryan zu besiegen, wo ich nur Chaos sehe.«

»Wenn Kai wirklich so gut ist, haben Sie Glück, daß er auf Solaris ist.«

»Weil Ryan dorthin unterwegs ist?« Victor neigte den Kopf zur Seite und dachte nach. »Sie haben wahrscheinlich recht. Ryan wird sich mit Sicherheit in alles einmischen, und Kai wird sich seiner annehmen. Wo wir gerade dabei sind, haben wir endlich die Erlaubnis für den Besuch dieser Jadefalken auf Solaris?«

»ComStar hat sich noch immer nicht geäußert. Das Unterkomitee für Internationale Beziehungen der Generalstaaten ist bereit, eine Empfehlung für die Anerkennung der Jadefalken als politische Person auszusprechen, und auch, eine Botschaft auf Solaris zu gestatten, wie wir es geplant haben. Aber wir könnten Schwierigkeiten bekommen, wenn irgend jemand im Skye-Block erfährt, daß die Jadefalken diesen Raumsektor durchqueren werden.«

Das fehlte mir gerade noch. Wenn Ryan mitbekommt, daß ich Clannern erlaube, durch den Skye-Raum auf eine Welt hinter der Waffenstillstandslinie zu fliegen ... »Ich werde mit dem Fraktionsführer sprechen. Der alte Fuchs macht sich gerne in den Medien breit.«

Plötzlich kam Victor der Gedanke, daß er nicht davon ausgehen durfte, Curaitis' Bemerkung über Kai richtig verstanden zu haben. Was Curaitis betraf, war so etwas gefährlich. »Sie haben etwas anderes gemeint, als Sie Kai ansprachen.«

»Die Geschichte ist voll von Herrschern, die von Ratgebern und Vertrauten abgesetzt wurden, denen sie zuviel Verantwortung eingeräumt hatten.« Curaitis senkte die Lider. »Wenn Kai wirklich so ein großer Könner ist, ist es dann eine gute Idee, ihn in der Nähe zu behalten?«

Victor schüttelte den Kopf. »Mit dieser Frage unterschätzen Sie mich und schätzen Kai völlig falsch ein. Er ist kein Politiker, aber er könnte einer werden. Seit ich ihn kennengelernt habe, hat er sich enorm verändert. Er hat Selbstbewußtsein gewonnen. Aus dem, was er mir erzählt hat, schließe ich, daß seine Erlebnisse auf Alyina viel mit dieser Wandlung zu tun haben. Seine Leistungen auf Solaris zeigen, daß er sich noch immer testet, noch immer herauszufinden versucht, wo seine Grenzen liegen.«

Curaitis verschränkte die Arme vor der Brust. »Was wird geschehen, wenn er zu dem Schluß kommt, daß Solaris ein zu kleines Testgelände ist? Wird er dann in die Politik gehen und sich mit Ihnen messen?«

»Kai hat mir zweimal das Leben gerettet. Auf Twycross und noch einmal auf Alyina.« Die blauen Flecken in Victors grauen Augen funkelten verärgert.

»Wie kann ich an der Loyalität eines Freundes zweifeln, dem ich mein Leben verdanke?«

»Wie Galen Cox?«

»Was soll das nun wieder heißen?« Victor verzog das Gesicht. »Galen hat mir ebenfalls das Leben gerettet, und er hat mich von Aktionen abgehalten, die dem Vereinigten Commonwealth geschadet hätten. Er ist mein engster Freund.«

»Aber er ist nicht hier.«

»Weil ich ihn damit beauftragt habe, meine Schwester Katherine auf ihrer Reise nach Arc-Royal und weiter nach Solaris zu begleiten.« Er starrte Curaitis an, suchte in dessen Miene einen Hinweis darauf, was im Kopf des Agenten vorging. »Ich vertraue Galen blind.«

Die Züge des Sicherheitsmannes wurden steinern. »Galen Cox befindet sich außerhalb Ihres Einflußbereiches.«

»Aber er ist bei meiner Schwester.«

»Ihr Name stand auf der *Liste*.«

Victor erstarrte. Eine eisige Hand faßte nach seinem Herzen. Die *Liste!* Die Nachforschungen über den Tod seiner Mutter hatten den Attentäter zu Tage gefördert, aber die Identität seines Auftraggebers war noch immer ein Rätsel. Eine Liste der Personen, die Karten für den Empfang gekauft hatten, auf dem Melissa gestorben war, hatte die Namen von nur vier Personen enthalten, die trotz Karte nicht erschienen und dadurch der Bombe entgangen waren.

Ganz oben auf der Liste der abwesenden Gäste stand Ryan Steiner. Victor wußte, daß er hinter dem Attentat steckte. Die laufende Rebellion war der Beweis. Ohne Melissa brach die Allianz zwischen den Vereinigten Sonnen und dem Lyranischen Commonwealth allmählich auseinander. Das Lyranische Commonwealth, das ein Viertel seines Territoriums an die Clans verloren hatte, war viel schwerer angeschlagen als der Davion-Teil der Allianz. Viele Lyraner nahmen das übel, und noch mehr hatten Angst vor einer erneuten Clanoffensive, die den Untergang ihrer Heimat besiegeln konnte. Ryan hatte ihre Ängste und Zweifel dazu benutzt, seine Macht zu vergrößern und sich als Thronerbe eines unabhängigen Lyranischen Commonwealth anzubieten.

Der zweite Name auf der Liste war der von ComStars Präzentor Martialum gewesen, Anastasius Focht. Victor konnte kaum glauben, daß Focht in den Tod seiner Mutter verstrickt sein sollte, auch wenn ComStars Beinahemonopol der interstellaren Kommunikationswege ein Grund für die frustrierenden Schwierigkeiten bei der Aufspürung des Attentäters gewesen sein mochte. Trotzdem, Melissa Steiner-Davion hatte für Stabilität in der Inneren Sphäre gestanden, und ComStar schien sich dem Ziel verschrieben zu haben, angesichts der Bedrohung durch die Clans Stabilität und Existenz der Inneren Sphäre zu sichern.

Katherine hatte als Dritte auf der Liste gestanden. Victor hätte sie nie verdächtigen können. Er erinnerte sich daran, was Curaitis ihm darüber berichtet hatte, wie Peter auf Lyons von der Liebe gesprochen hatte, die Melissas Kinder für sie empfunden hatten. Katherine, die ihren Namen nach ihrer Großmutter mütterlicherseits in Katrina geändert hatte, wäre jenseits aller Zweifel gewesen, hätte es da nicht einen winzigen Widerspruch gegeben – sie war berühmt dafür, keine Party auszulassen. Sie blühte auf, wenn sie von Menschen umgeben war und Aufmerksamkeit auf sich ziehen konnte. Trotzdem war sie nicht auf jenem verhängnisvollen Empfang erschienen.

»Glauben Sie, sie könnte etwas mit dem Tod meiner Mutter zu tun gehabt haben?«

»Ich wäge Alternativen ab und wähle die wahrscheinlichste aus.« Curaitis zuckte die Schultern. »Ihre Schwester ist an jenem Nachmittag eingeschlafen. Ein

Agent hat nach ihr gesehen und sie, aus welchem Grund auch immer, nicht geweckt. Sie hat schon früher ein Verhalten dieser Art gezeigt. Wäre ihre Mutter nicht auf diesem Empfang gestorben, wäre ihre Abwesenheit niemandem aufgefallen.«

»Aber sie könnte den Schlaf auch nur vorgetäuscht haben.«

»Diese Möglichkeit belastet sie.«

Victor nickte. Am Schluß der Liste war sein eigener Name aufgetaucht, und Spekulationen über seine Rolle bei dem Attentat hatten so manche Talkshow im gesamten Vereinigten Commonwealth davor gerettet, aus dem Programm genommen zu werden. Die Tatsache, daß er es gewesen war, der auf New Avalon seinen an einem Herzanfall gestorbenen Vater gefunden hatte, war, in Verbindung mit dem gewaltsamen Tod seiner Mutter, dazu benutzt worden, eine Indizienkette aufzubauen, die ihn als Mörder seiner Eltern darstellte.

»Das bloße Auftauchen von Katherines Namen auf dieser Liste ist zu wenig, um mich an Galen oder seiner Loyalität zweifeln zu lassen«, erklärte Victor. »Ich vertraue Galen. Ich erwarte, daß Sie sich das merken.«

»Das werde ich. Meine Leute beobachten nur Ihre Schwester, nicht ihn.« Curaitis' Tonfall erweckte den Eindruck, daß ihm die Situation paradox erschien. »Wie Sie es wünschen.«

»Es ist mein Vorrecht, mir meine Feinde auszusuchen.«

»Und ich habe Pflicht, sie vor *allen* Feinden zu schützen.«

Victor sah auf die Uhr. »Und das tun Sie mit beachtlichem Erfolg.«

»Bis jetzt.«

»Stimmt. Besteht eine Chance, daß mich ein Sicherheitsalarm vor den Terminen dieses Nachmittags rettet? Diese Leute, die eine Reform des Strafvollzugs verlangen, müssen doch gefährlich sein. Ausgang, Arbeitsfreigang, Hausarrest. Das *muß* doch ein Sicherheitsrisiko sein?«

»Nein, Sir.«

Victor grummelte verärgert. »Wann treffen Galen und Katherine auf Solaris ein, Curaitis?«

»Sie befinden sich bereits im System. Sie erreichen den siebten Planeten einen Tag nach Herzog Ryan.«

»Katherine wird ihre Ankunft zu einem Ereignis machen, das Ryan völlig überschattet, das ist sicher.« Victor legte das Jackett an, das zu seiner marineblauen Ausgehuniform gehörte. An der linken Brustseite hing ein halbes Dutzend Orden, und eine an der Schulterklappe hängende goldene Zierkordel zog sich um die linke Schulter. Auf der rechten Schulter trug er das Abzeichen der Zehnten Lyranischen Garde, unter einem Balken, der ihn als Mitglied des Elitebataillons der Untoten auswies.

Er nahm einen einfachen Platinstirnreif auf und hielt ihn in der Hand wie ein Bühnenzauberer einen Ring. In diesem Augenblick kam ihm der Gedanke, daß dieses verdammte Ding tatsächlich ein Zauberring war, denn es verlieh seinem Träger Ansehen und Macht. *Und Verantwortung, eine Tatsache, die Männer wie Ryan Steiner nie sehen, bis sie ihr Ziel in einem blutigen Krieg erobert haben, der eine Nation in Stücke reißt.* »Ryan Steiner wäre bereit, mich umzubringen, um diese Krone zu bekommen. Ich frage mich, ob er auch bereit wäre, dafür zu sterben?«

»Er will es wohl mit aller Gewalt herausfinden.«

»In der Tat.« Victor spielte mit dem Stirnreif, schlug ihn mal von der einen, dann von der anderen Seite auf den Unterarm. »Sagen Sie, Curaitis, unser Mann im Leprosorium auf Poulsbo: Wie geht es ihm?«

Die Stimme des Geheimdienstlers blieb tonlos. »Er hat sich von dem Beinbruch erholt und ist voll genesen. Er beschäftigt sich mit den Computersimulationen. Das System ist nicht vernetzt, so daß er auch elektronisch unter Quarantäne steht. Er hat keine Quellen preisgegeben und erscheint ebenso isoliert von seinem Auftraggeber wie dieser von uns. Er ist arrogant und wütend, aber seine Simulationen beweisen, daß er ein Könner ist. Allerdings gefällt ihm sein Gefängnis nicht.«

»Heimweh?«

»Möglicherweise, Hoheit.«

»Das können wir nicht zulassen, Curaitis.« Victor setzte die Krone auf. »Speisen Sie die aktuellen Daten über Solaris in sein System und halten Sie ihn auf dem laufenden. Er soll bereit sein, nur für den Fall, daß an dieser Idee eines Arbeitsfreigangs *doch* etwas dran ist.«

12

**Gottesgnaden-Leprosorium, Poulsbo
Mark Peripherie, Vereinigtes Commonwealth**

8. Februar 3056

Der Attentäter erkannte, daß er möglicherweise herausfinden konnte, auf welcher Welt man ihn abgestellt hatte, wenn er das momentane Datum in Erfahrung bringen konnte. Seine T-förmige Zelle war vom Boden bis zur Decke fünf Meter über seinem Kopf weiß getüncht. Über ihm brannten unablässig zwei helle Glühbirnen. Ohne Fenster hatte er keine Möglichkeit, das Verstreichen der Tage zu messen. Allerdings gab es Welten im Vereinigten Commonwealth, die sich so schnell um ihre Achse drehten, daß es ohnehin sinnlos gewesen wäre, Tag und Nacht zu messen.

Die drei Arme der Zelle dienten jeweils einem anderen Zweck. Er hatte die Wand, in der sich die Zellentür befand, mangels anderer Möglichkeiten willkürlich als Norden gesetzt und berechnete alle Richtungen von dort. Ihr gegenüber, an der Südwand, stand sein Bett, zusammen mit einem Waschbecken und einer Toilette. Er hatte weder Stellwände, die ihm eine gewisse Privatsphäre ermöglicht hätten, noch eine Möglichkeit, seine Augen vor dem konstanten Licht zu schützen. Er wußte, daß die Zelle von Dutzenden Lauschgeräten und Kameras überwacht wurde, deshalb sorgte er dafür, daß seine Tagesroutine tatsächlich zu einer langweiligen Routine wurde, nur um seine Bewacher zu ärgern.

Der Westflügel seiner Zelle verursachte bei ihm die meiste Erregung. Dort stand seine Tretmühle. Er benutzte das Gerät mit geradezu religiöser Regelmäßigkeit und fühlte einen gewissen Stolz, daß er ohne auch nur die Spur eines Hinkens gehen konnte. Die Chirurgen hatten ein regelrechtes Schnittmuster aus Narben auf Schienbein und Oberschenkel hinterlassen, aber er war ihnen dankbar, daß sie ihm die Möglichkeit wiedergegeben hatten, das Bein zu benutzen.

Sein Computer stand auf einem Tisch neben der Tretmühle. Er hatte mit einiger Belustigung festgestellt, daß es ein Gerät desselben Fabrikats war, mit dessen Hilfe er Melissa Steiner-Davion getötet hatte. Der einzige Unterschied lag in der Tatsache, daß dieser Computer nicht über ein Modem verfügte, das sein Verbrechen erst möglich gemacht hatte. Statt dessen war es mit einem CD-ROM-Mehrfachlaufwerk für zehn Scheiben und einer 150 Gigabyte Optikdatenfestplatte ausgerüstet, die ihm Zugang zu mehr Daten bot, als er je benötigt hatte. Der übergroße Farbmonitor und die schnurlose Tastatur gestatteten ihm, die Maschine sogar während seiner täglichen zwei Trainingsstunden auf der Tretmühle zu benutzen.

Er trat an den kastenförmigen Computer und schaltete ihn an. Der Monitor wurde hell, dann erschien das Logo des Geheimdienstsekretariats des Vereinigten Commonwealth. Während der Computer seine Speicherkapazität überprüfte und die Hilfsprogramme lud, ging der Attentäter seine eigene Realitätscheckliste durch und suchte nach Hinweisen darauf, wie er seine Lage ändern konnte.

Das Geheimdienstsekretariat wußte, daß er Melissa Steiner-Davions Mörder war. Sie hatten genügend Beweise in Form von Fingerabdrücken sowie Haar- und Hautproben aus der Wohnung, die er auf Tharkad benutzt hatte, um zu beweisen, daß er dort gewesen war, als die Bombe hochging. Sie hatten die Telefondaten, mit denen sie beweisen konnten, daß sein Computer den Anruf vom Raumhafen an die Funktelefonbomben weitergeleitet hatte. Und falls selbst das nicht ausreichen sollte, hatten sie die Protokolle der verschiedenen Drogenverhöre, die sie mit ihm durchgeführt hatten. Vor Gericht waren die möglicherweise nichts wert, aber sie ließen keinen Zweifel an seiner Schuld zu.

Er gab sich keinen Illusionen über die Regierung und deren Haltung zur Todesstrafe hin. Sie war zwar gesetzlich erlaubt und für Meuchelmord und Hochverrat sogar vorgeschrieben, aber in Wirklichkeit wurde sie nur selten vollstreckt. Die Gerichte hatten Todesurteile wiederholt in lebenslang plus hundert Jahre umgewandelt. Trotzdem, es gab genug Wege, jemanden wie ihn zum ›Selbstmord‹ in der Zelle zu bringen.

All das ließ nur einen Schluß zu: Die Regierung hatte ein Interesse daran, ihn am Leben zu halten. Und ›die Regierung‹ bedeutete in diesem Fall Victor Steiner-Davion. Schon, als er noch auf der Flucht von Tharkad nach Solaris gewesen war, hatte der Attentäter gewußt, daß Victor eine direkte und sehr persönliche Rolle bei den Ermittlungen zum Tode seiner Mutter spielte. Viele Beobachter hielten das für einen Versuch Victors, seine Spuren zu verwischen, aber der Attentäter sah es als Indiz für den Wunsch eines Sohnes, den Tod seiner geliebten Mutter zu rächen.

Nur dieser Wunsch nach Rache konnte der Grund dafür sein, daß er noch lebte. Er betrachtete es keineswegs als Arroganz, wenn er sich an den Gipfel der Hierarchie aller Attentäter in der Inneren Sphäre stellte. Sicher, das Draconis-Kombinat hatte seine Nekekami und die Capellaner ihre Thugee-Kultisten, aber er arbeitete allein, ohne die Unterstützung von Regierungen oder anderen Institutionen. Das Attentat auf Melissa Steiner-Davion hätte ihm so leicht niemand nachgemacht. Er war in seinem Beruf unerreicht, und er wußte es.

Genau wie Victor Davion. Er lebte noch. Das war der Beweis. Und die neuen Disketten, die er erhalten hatte, waren die Bestätigung. Die Disketten enthielten

Informationen über Solaris – eine Welt, die er bereits sehr gut kannte –, und er glaubte, auf ihnen auch Hinweise darauf zu entdecken, wen er umbringen sollte.

Die aktuellsten Meldungen auf den Disketten stammten vom siebten Februar. Der größte Teil der ›Nachrichten‹ bestand aus detaillierten Kampfbeschreibungen, aber sie erregten kaum das Interesse des Attentäters. Wenn Victor Davion den Tod eines Kämpfers wollte, brauchte er nur eines der örtlichen Verbrecherkartelle zu beauftragen. Das Absprechen von Kämpfen und die Bestrafung unliebsam aufgefallener Kämpfer war deren tägliches Brot und weitaus einfacherer als die Aufgabe, für die Victor ihn aufsparte.

Viel interessanter waren die Informationen im Feuilleton. Der Klatschreporter, ein widerlicher kleiner Kerl, den der Attentäter für den Gegenwert einer Tasse Kaffee kaltgemacht hätte, erwähnte einen bevorstehenden Empfang, den Tormano Liao für seinen Neffen Kai Allard-Liao plante. Die Gästeliste, auf der sich auch eine Reihe lokaler Größen befand, enthielt eine Reihe wahrhaft interstellarer VIPs. Neben dem Gastgeber und dem Ehrengast wurden Katrina Steiner-Davion, Herzog Ryan Steiner und Omi Kurita erwartet. Katrina würde in Begleitung von Galen Cox erscheinen, eines engen Freundes ihres Bruders Victor.

Jeder von ihnen, oder sogar alle zusammen, konnte das Ziel des Attentäters sein. Er war versucht, sowohl Cox als auch Allard-Liao auszuklammern, da sie beide nur relativ unbedeutende Rollen in der Politik der Inneren Sphäre spielten, aber er widerstand der Versuchung. Er hatte keinerlei Hinweis auf wachsende Spannungen zwischen dem St. Ives-Pakt und dem Vereinigten Commonwealth gefunden, aber er wußte auch, daß Regierungen Konflikte häufig im geheimen aufbauten, ausfochten und beendeten. Trotzdem, Kai Allard-Liao hatte Victor Davion regelmäßig seine

Siege gewidmet, was auf eine enge und herzliche Freundschaft zwischen ihnen schließen ließ. Außerdem brachte Kais Tod Victor keinerlei Vorteil – zumindest nicht, soweit es der Attentäter feststellen konnte.

Galen Cox war ein ebenso unwahrscheinliches Ziel. Falls Galen bei Victor in Ungnade gefallen sein sollte, hätte ihn der Prinz niemals mit dem Auftrag geehrt, seine Schwester auf ihrer Goodwilltour durch das Commonwealth zu begleiten. Und wenn sich Galen während dieser Reise etwas hatte zuschulden kommen lassen, hätte er nach Tharkad zurückbeordert oder unehrenhaft entlassen werden können. Auch wenn es dem Volk gefiel, Katrina als *seine* jungfräuliche Prinzessin zu sehen, gab es Menschen, die eine Nachricht von einer Liebesaffäre zwischen ihr und dem wackeren Helden, der ihrem Bruder im Clankrieg das Leben gerettet hatte, mit Freuden aufnehmen würden. Und die Gerüchte über mögliche Streitigkeiten zwischen Victor und Galen, die in der Klatschspalte ominös angedeutet wurden, sprachen, wenn überhaupt, *gegen* seine Ermordung.

Auf der Flucht und sogar schon vorher, während seiner Zeit als Florist auf Tharkad, hatte der Attentäter Gerüchte über eine Beziehung Victor Davions zu Omi Kurita aufgeschnappt. Es berührte ihn seltsam, daß dieselben Menschen, die lang und breit über Katrinas mögliche Amouren spekulierten, von der Möglichkeit einer romantischen Beziehung zwischen Victor und Omi schockiert waren. Ähnelten Victor und Omi nicht Romeo und Julia, dem berühmtesten Liebespaar der menschlichen Literatur? Und dennoch betrachteten Victors Gegner schon die Andeutung eines Gefühls des Prinzen für Omi als ein Verbrechen auf einer Stufe mit Hochverrat.

Deshalb bezweifelte er stark, daß Omi sein Opfer war. Ihr Tod auf einem Commonwealth-Planeten würde eine Katastrophe kosmischen Ausmaßes heraufbeschwören. Eine schnelle, gnadenlose Vergeltung wäre sicher, und wahrscheinlich würde sie das Ende der Linie Steiner-Davion bedeuten. Aber, was noch viel wichtiger war, Omis Tod würde Victor nichts einbringen. Selbst wenn die beiden kein Liebespaar waren, verbesserte ihre Freundschaft die Beziehungen zwischen dem Commonwealth und dem Kombinat, und das würde einen direkten Einfluß auf zukünftige Kriege gegen die Clans haben.

Die übrigen drei Personen auf der Liste sind dahingegen Ziele mit großem Potential. Der Attentäter legte sich die Gründe zurecht, die für seinen Einsatz gegen sie sprachen. Der Vorgang benötigte kaum Zeit, erbrachte aber höchst zufriedenstellende Ergebnisse.

Tormano Liao schien das unwahrscheinlichste Ziel unter diesen dreien. Er besaß politische Macht und war durchaus fähig, Probleme zwischen der Konföderation Capella und der Liga Freier Welten zu provozieren. Unbedachte Aktionen von seiner Seite konnten einen Krieg zwischen dem Vereinigten Commonwealth und diesen beiden Staaten entlang ihrer weiten gemeinsamen Grenze auslösen. Aber Victor würde kein Interesse daran haben, daß Tormano Ärger machte, solange er sein Militär aufbauen mußte, um an der anderen Front die Clans in Schach zu halten.

Außerdem konnte Tormanos Tod mehr Ärger verursachen, als sein Verschwinden wert war. Tormano und seine Bewegung Freies Capella repräsentierten, so klein diese Bewegung auch sein mochte, eine Bedrohung für Sun-Tzu Liao und die Konföderation Capella. Fiel Tormano aus, nahm das den Druck von Sun-Tzu und gab ihm Gelegenheit, Unruhe zu stiften. Auch wenn die Berichte schon Wochen alt waren, boten die Anschläge der Zhanzheng de Guang in der Mark Sarna doch ein gutes Beispiel dafür, wozu Sun-Tzu fähig war. Und jeder Anstieg terroristischer Aktionen gegen das Vereinigte Commonwealth würde

Victor nötigen, Truppen einzusetzen. Truppen, die er von der Clanfront würde abziehen müssen. Genau das, was er nicht wollte.

Victors Schwester Katrina war ein interessantes Ziel. Der Attentäter hätte sie beinahe sofort ausgeschlossen, aber irgend etwas an den Bildern von ihr, die auf dem Monitor erschienen, hielt ihn davon ab. Sie war schön – bezaubernd schön –, und dennoch gelang es ihr, auf jedem Bild anders auszusehen. Ihre chamäleonartige Fähigkeit, ihr Erscheinungsbild jeder Art von Anlaß anzupassen, zu dem sie eingeladen wurde, hatte ihr geholfen, sich beim Volk beliebt zu machen. Anpassungsfähigkeit war ein Überlebensfaktor, ohne den Menschenführer zum Tode verurteilt waren, und sie besaß ihn im Überfluß.

Ihre Augen. Der Attentäter betrachtete sie in allen Bildern, die er von Katrina besaß. Sie verwandelten sich nicht. In einem kurzen Interview mit ihr auf einer Diskette sah er eine Intelligenz in ihren Augen, die in deutlichem Widerspruch zu ihren lockeren Antworten und ihrem leichten Lachen stand. Er bemerkte nur eine Veränderung in ihnen, wenn sie Arm in Arm neben Galen Cox stand. Ihr Blick wurde weicher, aber nicht stumpf. Offensichtlich konnte sie ihre Gefühle genießen, ohne daß diese jemals das Übergewicht gewannen.

Aber warum sollte Victor ihren Tod wollen? Seit er Erster Prinz geworden war, hatte sie ihn in jeder Hinsicht unterstützt. Sie hatte sich für ihn eingesetzt und ihm geholfen, sein Medienimage aufzupolieren. Sie hatte mehr dazu beigetragen, seine Stellung zu festigen, als er selbst.

Seine Spekulationen brachten den Attentäter zurück zum Schlüsselpunkt der Argumentation für sein Überleben: Vergeltung. Er wußte nicht, ob Victor seine Schwester verdächtigte, jemanden als Mörder ihrer Mutter angeheuert zu haben. Er wußte auch nicht, ob sie vielleicht tatsächlich seine Auftraggeberin gewesen war. Es war durchaus möglich, daß der Auftrag von ihr gekommen war, aber falls dem so war, warum hatte sie nicht versucht, zusammen mit Melissa auch gleich Victor umbringen oder anderweitig aus dem Weg räumen zu lassen? Falls Katrina Machtambitionen hatte – und ihre Augen ließen keinen Zweifel daran –, besaß sie mehr Geduld und Vorausblick als irgendein anderer Politiker in der Inneren Sphäre.

Auf das letzte mögliche Ziel paßte der Wunsch nach Vergeltung perfekt. Herzog Ryan Steiner hatte von Melissas Tod ungeheuer profitiert, und er hatte sich noch genug anderes geleistet, um ganz oben auf Victors Haßliste zu stehen. Melissas unanfechtbarer Anspruch auf den Thron hatte Ryan, solange sie noch lebte, zu wenig mehr als einem winselnden Schoßhund gemacht. Aber durch ihren Tod rückte Ryan einen Schritt dichter an den Thron heran. Jetzt hatte er ausgezeichnete Argumente für seinen Anspruch auf den Posten eines Regenten, wenn nicht sogar den des Herrschers über ein unabhängiges Lyranisches Commonwealth.

Die separatistischen Aufstände in Skye und entlang der Jadefalkengrenze deuteten darauf hin, wie ernsthaft die Bedrohung war, die Ryan für das Vereinigte Commonwealth darstellte, *und* in den Augen des Attentäters zeigten sie auch die Kurzsichtigkeit seiner Ambitionen. Sollten sich die Isle of Skye und die Grenzregion aus dem Vereinigten Commonwealth lösen, wäre Victor gezwungen, sie mit Waffeneinsatz zurückzuerobern. Er hätte keine andere Wahl, denn der Verlust dieser Raumsektoren wäre gleichbedeutend mit dem Verlust wichtiger Industriekapazitäten und einer Kette verteidigbarer Welten an der Clangrenze. Außerdem war Victor ein Moralist, der es als seine Pflicht ansah, die Bewohner jener

Systeme vor den Clans zu schützen, selbst wenn er sie dazu erobern und unter Militärherrschaft stellen mußte.

Ryans Skye-Föderation, oder wie er seinen Staat auch immer nennen wollte, würde keine Überlebenschance haben. Aufgrund ihrer Lage der Isle of Skye mitten in der Inneren Sphäre würde Victor ihre Welten von zwei Seiten angreifen können. Das Draconis-Kombinat, das in früheren Zeiten Separatisten in einem Bürgerkrieg des Vereinigten Commonwealth sicher unterstützt hätte, würde jetzt ebenso sicher den Status quo einem geschwächten Verbündeten auf der anderen Seite des Clangebiets vorziehen. Hinzu kam, daß das Kombinat weder über das nötige Personal noch über die Ausrüstung verfügte, um sie Ryan zu überlassen, denn dazu würde Theodore sie von der Grenze abziehen und sein Reich entblößen müssen.

Auch die Liga Freier Welten konnte Ryan nicht unterstützen, ebensowenig wie die Clans natürlich. Außerdem bezweifelte der Attentäter, ob Ryan politisch würde überleben können, sollte sein Volk je erfahren, daß er Hilfe aus dem Marik-Raum oder von den Clans angenommen hatte. Ryans einzige Hoffnung auf einen Erfolg der Skye-Rebellion bestand darin, einen Volksaufstand im gesamten alten Lyranischen Commonwealth auszulösen, so daß ihm das gesamte Reich mit einem Schlag in den Schoß fiel. Da jedoch der Distrikt Dongal und die Mark Peripherie Victor unterstützen würden, konnte das Wunder, auf das Ryan angewiesen war, nicht stattfinden. Damit waren seine Anstrengungen dazu verurteilt, außer den Totengräbern niemandem zu nützen.

Offensichtlich schätzte Ryan die Lage anders ein. Er verfolgte mit unglaublichem Vertrauen in seine Fähigkeit, das Geschehen zu kontrollieren oder zu manipulieren, weiter seine Pläne. Sollten sich die Welten

Skyes aus dem Vereinigten Commonwealth lösen, bestand die Chance, daß die Konföderation Capella ihre Operationen in der Mark Sarna verstärkte und die Jadefalken zusätzliche Überfälle ins Gebiet des Commonwealth unternahmen. Möglicherweise würde sogar die Liga Freier Welten die Gelegenheit für den Versuch nutzen, Planeten zurückzuerobern, die sie schon vor Jahrhunderten an die Lyraner verloren hatte.

Victor *brauchte* Ryan Steiner nicht zu töten, um die Bedrohung für das Vereinigte Commonwealth abzuwenden. Er hatte andere Möglichkeiten. Aber die einzige endgültige Lösung seiner Probleme mit Ryan bestand darin, dessen Leben ein Ende zu setzen. Nachdem er die neuen Disketten hatte – und möglicherweise täglich neue Informationen erwarten konnte –, wußte der Attentäter, daß er diese Aufgabe erfüllen konnte, und zwar auf spektakuläre Weise.

Damit war sein erstes Problem gelöst.

Sein zweites Problem ging tiefer und erforderte noch weit mehr Planung. Er gab sich keinen Illusionen über eine mögliche Dankbarkeit Victors für die Ermordung Ryans hin. Immerhin hatte er die Mutter des Prinzen getötet, und er konnte den tiefen Widerwillen verstehen, den Victor ihm gegenüber fühlen mußte. Dieser Widerwillen bedeutete natürlich, daß Victor ihn umbringen lassen würde, sobald der Attentäter Ryan aus dem Weg geräumt hatte.

Sein zweites Problem war: Er hatte keine Lust zu sterben.

Er grinste, als er sich vor den Computer setzte. Mit der Maus fuhr er scheinbar zufällig durch Solaris City, drehte bei jedem neu auftauchenden Bild nach links oder rechts. Victor hatte recht gehabt. Er mußte sich in Solaris City neu orientieren. In den letzten drei Monaten hatte sich vieles geändert. Ohne diese Daten wäre er nicht in der Lage gewesen, sein Ziel zu treffen. Aber dieses Studium half ihm, und es ließ den Attentäter seiner selbst sehr sicher werden.

Er würde sein Opfer töten.

Und entkommen.

13

Solaris City, Solaris VII
Mark Tamarind, Vereinigtes Commonwealth

30. März 3056

Während er im Aufzug hochfuhr, zupfte Kai an den Ärmeln seiner blau schillernden zweireihigen Seidenjacke. Keith Smith wirkte ob seines nervösen Gezappels amüsiert, während Larry Acuff es Kai nachmachte und die Ärmel seiner Jacke ebenfalls geradezupfte. Als Keith leise lachte, schlug ihm Kristina Houpe auf die Schulter. »Ich wünschte mir, du würdest so einen schönen Anzug tragen, Keith.«

Keith blinzelte und gab sich erstaunt. »Ich brauche mich nicht elegant anziehen. Ich habe schon eine Begleiterin.«

Kristina ignorierte ihn und richtete Kais blaugrau gestreifte Krawatte. »So. Perfekt.« Sie strich über seine Aufschläge und kehrte an Keiths Seite zurück. »So wie diese beiden aussehen, könnte es sein, daß du am Ende dieses Abends keine Begleiterin mehr hast.«

Larry grinste zu Kai hinüber. »Was habe ich gesagt? Sie sieht nicht nur großartig aus, sie ist außerdem auch noch intelligent.«

Kai nickte ernst. »Und sie besitzt offensichtlich Mitgefühl für die vom Schicksal weniger großzügig Bedachten.« Als Keith protestieren wollte, fügte er hinzu: »Was sie bewies, als sie meine Krawatte geraderückte – da ich sonst niemanden habe, der es für mich hätte erledigen können.«

Kristina lachte, dann stieß sie Keith den Ellbogen in die Seite. »Du verlierst rapide an Boden, Mister.«

Keith sah die beiden anderen Männer an. »Denkt daran, wessen Computer dafür sorgt, daß eure Gehaltsschecks pünktlich rausgehen.«

»Vergiß du nicht, wer sie unterschreibt«, schoß Kai lachend zurück, als der Lift anhielt. »Viel Spaß. Ich werde nicht viel Gelegenheit dazu haben, deshalb erwarte ich, daß ihr euch für mich mit amüsiert.«

Larry nickte hastig. »Wir werden dich im Auge behalten – für den Fall, daß wir dich retten müssen.«

»Danke.«

Die Aufzugtüren öffneten sich, und sie blickten in einen riesigen Saal, viermal so breit wie lang. Acht riesige mehrarmige Kronleuchter hingen von der Kuppeldecke. Die kleinen Kerzenflammen nachgebildeten elektrischen Glühlampen enthielten mehrere Glühfäden, die in zufälliger Folge aufleuchteten, um das Flackern echter Kerzen zu imitieren. Die goldenen Glanzlichter auf den Kronleuchtern spiegelten sich im glänzenden Gold der Tapeten.

Da sich der Saal im Obergeschoß von Tormanos Palast befand, besaßen die beiden längeren Wände keine Fenster. Ihren Platz nahmen riesige, bodenlange Spiegel ein, die den Saal in eine gigantische, an Eschers Darstellungen erinnernde Version des Spiegelsaales im terranischen Versailles verwandelten. Am fernen Ende spielte ein Streichquartett unter den hohen Fenstern, die nach Süden über die Stadt blickten, leise Kammermusik, die über dem vielstimmigen Gemurmel gerade noch zu vernehmen war.

Die Kronleuchter und ihnen ähnliche Wandleuchten lieferten reichlich Licht, aber trotzdem schien Kai die Beleuchtung unzureichend. Vielleicht lag es daran, daß er nur etwa jedes fünfte oder sechste Gesicht kannte und nur einem Viertel von denen einen Namen zuordnen konnte. Bei einem Empfang, der offiziell zu seinen Ehren stattfand, hätte er erwartet, mehr Gäste zu sehen, die er zu seinen Freunden zählte.

Andererseits, wenn nur unsere Freunde hier wären, könnten wir die Feier auch im Aufzug veranstalten. Kai mußte lachen, denn er war sich seiner Übertreibung durchaus bewußt. Er schloß nur schwer enge Freundschaften, aber wenn er einmal jemanden akzeptiert hatte, genoß er dessen Gesellschaft. Allein mit seinen Freunden im Aufzug, als Kristina seine Krawatte zurechtrückte oder sie sich gegenseitig auf die Schippe nahmen, hatte er sich natürlich und ungezwungen gefühlt. Hier draußen in der Öffentlichkeit wurde er zurückhaltender. *Wie es zu meinem Spitznamen ›Stahlseele‹ paßt.*

Er suchte nach seinem Onkel, um sich für die Party zu bedanken, aber Tormano war nirgends zu sehen. Er sah Keith und Kristina auf dem Weg zur Bar und Larry im tiefen Gespräch mit einer Frau, die ihn stark an das Titelmädchen der neuesten Modeholodisk erinnerte. Dann teilte sich die wogende Menge plötzlich vor ihm, als habe jemand einen Keil hindurchgetrieben.

Kai erkannte den Mann, der auf ihn zukam. Er ging die drei Stufen in den Saal hinab, um ihm auf gleicher Höhe zu begegnen. Als der andere ihn erreichte hatte, verbeugte Kai sich. Dann streckte er die Hand aus. »Ich grüße Sie, Wu Deng Tang.«

»Die Freude ist ganz und gar meinerseits, Kai Allard-Liao.« Wu war ebensogroß wie Kai, aber seine braune Augen und schärferen Züge zeugten von einem stärker asiatisch geprägten Erbe. Wus Familie war stolz auf ihre Abstammung, allerdings weniger aus einem Gefühl rassischer Überlegenheit als aus dem Wunsch heraus, ein Erbe zu wahren und zu beschützen, das aus einer Zeit stammte, lange bevor die Menschheit ihre ersten Schritte ins All unternommen hatte.

Die Menge ringsum verstummte und wartete atemlos, was nun geschehen würde. Wu ergriff Kais Hand und schüttelte sie. Anschließend verneigten sich die beiden Krieger voreinander. Kai sah mehrere Zuschauer, die offensichtlich enttäuscht darüber waren, daß die beiden sich nicht an den Kragen gingen, und er genoß ihre Frustration. Er richtete sich auf und klopfte Wu auf die Schulter. »Sie erwarten eine Show, aber ich habe kein Verlangen, ihnen eine zu liefern.«

»Ich auch nicht.« Wu zupfte an den Schultern seiner grauen Jacke. »Das ist *nicht* meine Arbeitskleidung.«

»Ich würde das hier in keinem Mechcockpit tragen, selbst wenn mir jemand Geld dafür böte.« Kai sah ein Flackern in Wus Blick, aber es verschwand, bevor er es deuten konnte. »Es freut mich, Sie gesund und bei Kräften zu sehen.«

»Gleichfalls.« Wus Stimme sank zu einem Flüstern. »Ich hätte Ihnen gerne Caren Fung vorgestellt, aber meine Verlobte war nicht in der Lage, mich hierher zu begleiten.«

Kais Lächeln verschwand. »Ich hoffe, es ist nichts Schlimmes?«

»Ganz im Gegenteil. Es geht ihr gut, aber die Ärzte haben ihr Ruhe verordnet. Sie trägt unser Kind, und nach zwei Fehlgeburten haben sie ihr jede Aufregung verboten.« Wu preßte die Lippen zusammen. »Ich habe flüstern hören, daß Sie gegen jeden vorgehen würden, der versuchen sollte, unseren Kampf zu beeinflussen. Es heißt, die Roten Kobras hätten bereits einen Zwischenfall verhindert.«

Kai nickte. »Es gibt Leute, die nicht verstehen, daß unser Zweikampf ein Sportmatch ist. Weder eine Wiederholung des Vierten Nachfolgekrieges noch ein Vorspiel zu einem Fünften. Als Sportereignis sollte unser Duell für keine sonstigen Ziele eingespannt werden. Ganz besonders nicht für politische.« Kai verzichtete darauf zu erwähnen, daß Keith den Bericht eines Privatdetektivs über Wus Verlobte in Tormanos Computer gefunden und daraus geschlossen hatte, was Tormano plante, um den Sieg seines Neffen sicherzustellen. Eine kurze Andeutung an die Rote-Kobra-Triade, verbunden mit einer großzügigen Bestechungssumme, hatte genügt, um die junge Frau gegen jeden Angriff zu schützen.

»Wenn wir im Kampf aufeinandertreffen, wird es geschehen, um unser Können zu messen und zu entscheiden, wer der bessere Kämpfer ist, nicht mehr.«

»Ich bin ganz Ihrer Meinung.«

Kai setzte wieder eine freundlichere Miene auf. »Ihr erstes Kind?«

Wu nickte freudig. »Allerdings. Ich habe gehört, daß es ein Junge wird. Ich plane, mich zur Ruhe zu setzen, bis er mindestens zwei oder drei ist. Meine Ersparnisse reichen dafür aus.«

Kai war erstaunt. »Roger Tandrek wird es nicht gefallen, Sie zu verlieren. Sie haben eine fast so steile Laufbahn hinter sich wie ich.«

»Ich weiß, aber das ist sein Problem. Ich habe kein Verlangen, in der Arena zu sterben und Frau und Kind allein zurückzulassen.«

Wie es Deirdres Vater tat. »Ich verstehe und gebe Ihnen recht. Wenn er Ihnen zu große Schwierigkeiten macht, kommen Sie zu mir. Ich werde Ihren Vertrag übernehmen und Sie entlassen.«

Wu hatte weniger Erfolg dabei, seine Überraschung zu verbergen. »Das würden Sie für mich tun? Aber wir sind Feinde.«

»Sind wir das? Ich habe uns immer als Rivalen betrachtet. Das ist etwas anderes.«

»Aber mein Vater kommandiert eine Einheit, die eines Tages den Auftrag erhalten könnte, den St. Ives-Pakt anzugreifen.«

»*Wenn* es dazu kommt, werden wir Feinde sein, zumindest für die Dauer dieses Konfliktes; aber erst dann.« Kai zuckte die Achseln. »Ich verstehe Ihren Wunsch, bei Frau und Kind zu sein. Wenn ich Ihnen helfen kann, wird es mir eine Freude sein.«

Wu lächelte. »So spricht ein Mann, der die Feinheiten der Vaterschaft kennt.«

Kai schüttelte hastig den Kopf. »Nein, ich habe keine Kinder. Verbuchen Sie es unter meinem Besuch auf Arc-Royal, wo ich Morgan Kell und seinen Sohn Phelan getroffen habe.«

»Den Clan-Khan?«

»Ja, obwohl Vater und Sohn Herren dienen, die Todfeinde sind, stehen sie sich sehr nahe. Dieses Band ist beindruckend. Wenn ich jemals Vater werden sollte, wäre ich bereits über ein zehnmal schwächeres froh.«

In seinem Büro betrachtete Tormano Liao zufrieden das Bild Kais auf dem Schirm seines Holovidbetrachters. »Und wenn mein Sohn auch nur ein Zehntel deiner Größe hätte, Kai, wäre ich auch ein sehr glücklicher Vater.« Der Mandrinn lehnte sich zurück. »Selbst die Tatsache, daß du meinen Versuch vereitelt hast, die Fung zu kidnappen. *Das* erforderte Mut und Initiative. Du hast gesehen, was zu tun war, und hast es getan, genau wie ich, als ich ihre Entführung vorbereitete.«

Er sah hoch, als sich die Tür öffnete und Nancy Bao Lee eintrat. Einen Augenblick nahm er ihr dieses unangemeldete Erscheinen übel, aber ein Teil von ihm freute sich darüber, wie locker sie sich in seiner Gegenwart fühlte. Offensichtlich glaubte sie, ein Anklopfen sei unnötig. *Und eine so schöne Frau kommt niemals ungelegen.*

Ihr schwarzes Kleid schmiegte sich an den Körper wie ein Schatten. Die langen Ärmel endeten in kleinen dreieckigen Ausläufern auf dem Handrücken, die von einer Schlaufe um Mittel- und Ringfinger an ihrem Platz gehalten wurden. Der Mandarinkragen und Sweetheart-Ausschnitt betonten ihren Busen, und der kurze Rock stellte ihre wohlgeformten Beine zur Schau. Die losen Schäfte der schwarzen Stiefel hingen um ihre Knöchel. Die goldenen Fersenbänder und Stiefelkappen paßten zu der schweren Kette aus quadratischen Goldplättchen um ihren Hals.

Sie trug ihr schwarzes Haar mit zwei langen Haarnadeln hochgesteckt. Ihr Make-up war gekonnt aufgetragen und betonte die hohen Wangenknochen. Mascara und dunkellilafarbener Lidschatten verstärkten die Mandelform der Augen. Ein passender Lippenstift ließ ihre Lippen voller erscheinen, ohne in eine billige Grellheit umzuschlagen, die den Gesamteindruck zerstört hätte. Die malvenfarbenen Fingernägel vollendeten ihr elegantes und weltgewandtes Erscheinungsbild.

»Du siehst bezaubernd aus, Nancy.«

»Wirklich? Vielen Dank, Gebieter.«

Tormano schaltete mit einem Knopfdruck den Ton der Übertragung aus dem Ballsaal aus. »Du bist zu früh. Ich hatte dich erst in einer Viertelstunde erwartet.«

Ein Anflug von Schamröte stieg in ihren Wangen hoch und ließ sie noch schöner werden. »Ich war, will sagen, ich hatte es vor, erst dann zu kommen, wie Sie es mir aufgetragen haben, Gebieter.« Sie senkte die Augen und wich seinem Blick aus. »Während ich mich umgezogen habe, habe ich meinen Computer etwas überprüfen lassen, das Ihren Neffen betrifft. Ich dachte mir, Sie möchten es vielleicht noch erfahren, bevor wir hinaufgehen.«

Tormano stand auf und ging hinüber an den Schrank. Er zog ein zweireihiges schwarzes Jackett über sein weißes Oberhemd, rückte die rote Krawatte gerade und zog sie fester, bis der Knoten an seinem Adamsapfel lag. Er sah sich zu Nancy um, die ihm zusah, und lächelte. »Was hast du erfahren?«

»Bitte?« Sie zwinkerte mehrmals verwirrt.

»Über Kai. Was hast du erfahren?«

»Oh. Als ich Ihre Akte über ihn durchging, bemerkte ich eine Notiz darüber, daß er den Leuten, die auf Alyina in Kriegsgefangenschaft gewesen sind, besondere Aufmerksamkeit schenkt beziehungsweise besonders für sie sorgt. Mein Vorgänger erklärte das mit der Reaktion Ihres Neffen auf Twycross und seiner Neigung, unnötig die Verantwortung für andere auf sich zu nehmen. Es wurde als Schwäche verzeichnet.«

Tormano nickte. Er öffnete die Schranktür weit und betrachtete sich im Spiegel an der Innenseite. »Kai ist bekannt für sein weiches Herz – und dafür, wie ernst er seine Verantwortung nimmt. Aus genau diesen Gründen will ich ihn für uns gewinnen.« Im Spiegel konnte Tormano sehen, daß Nancy aufmerksam jedem seiner Worte lauschte und jede seiner Bewegungen verfolgte. Das gefiel ihm. »Ich erinnere mich, etwas über seine Arbeit mit Kriegsgefangenen gelesen zu haben, als die Akte zum letztenmal aktualisiert wurde.«

»Ich war mir sicher, daß sie sich daran erinnern. Ich habe die Namen aller betreffenden Personen überprüft, um zu sehen, was er für sie getan hat. Zenotaphs offene Finanzpolitik macht es sehr leicht, Zahlungen und ähnliches zu verfolgen. Ich konnte alle Personen überprüfen, die mit ihm auf Alyina waren.«

»Und du hast herausgefunden, daß er äußerst großzügig und von einer pedantischen Detailgenauigkeit ist. Ich möchte wetten, er hat ihnen allen ein Haus oder ein Geschäft gekauft, wo immer sie es wollten.«

»Ja, Gebieter. Will sagen, nein. Ich wollte nachprüfen, ob es unter diesen Personen jemand besonderen gibt, den wir benutzen könnten, um Ihren Neffen zum Freien Capella zu ziehen. Und ich habe gefunden, wonach ich suchte.«

Tormano drehte sich langsam um. »Ich unterbreche dich in einem fort, und dabei hast du offensichtlich etwas Wichtiges entdeckt. Was ist es?«

»Ich weiß nicht, wie wichtig es ist, Gebieter.« Nancy hob den Kopf und verschränkte die Hände im Rücken. Die Bewegung drückte ihre Brüste nach oben. Einen Augenblick war Tormano von diesem Anblick abgelenkt. »Kai hat allen geholfen, die mit ihm auf Alyina waren, mit Ausnahme einer einzigen Person. Ihr Name ist Dr. Deirdre Lear.«

»Der Name sagt mir nichts.« Tormano kniff die Augen zusammen. »Was weißt du über sie?«

»Ich habe erst mit der Überprüfung begonnen. Sie und David Lear haben sich vorigen Monat nach Zürich eingeschifft. Sie arbeitet dort im Rencide-Medozentrum. Das Zentrum wird vom Zenotaphfonds finanziert, aber alle anderen Hilfszahlungen waren offen und direkt. Dieser Fall ist atypisch. Ich habe weitere Informationen angefordert, aber es wird eine Weile dauern, bis sie eintreffen.«

»David und Deirdre.« Tormano zog angewidert die Oberlippe hoch. »Jeder, der einen Partner heiratet, dessen Namen mit demselben Buchstaben beginnt, gehört erschossen. Wahrscheinlich planen sie, ihre Kinder Dennis, Donald und Doris zu nennen.«

»Ja, Gebieter.« Nancy versuchte erfolglos, ein Lachen zu unterrücken. »Soll ich die Spur weiterverfolgen?«

Tormano nickte. »Auf jeden Fall. Finden Sie heraus, wann sie diesen David geheiratet hat. Falls Kai während des Krieges eine Affäre mit ihr hatte, ist das immerhin etwas, wenn auch nicht viel.«

»Ihr Wunsch ist mir Befehl, Gebieter.«

Tormano lächelte und bot Nancy den Arm an. »Und jetzt wollen wir gehen und meine Gäste begrüßen. Ich werde dich mit meinem Neffen bekannt machen. Erwähne diese Lear aber noch nicht. Diese Überraschung wollen wir uns für später aufheben.«

»Ja, Gebieter.«

»Kümmere dich nur darum, daß Kai sich amüsiert.« Er warf ihr einen Blick aus dem Augenwinkel zu und zwinkerte. »Und mit dir an seiner Seite wüßte ich nicht, wie er etwas anderes tun könnte.«

14

Solaris City, Solaris VII
Mark Tamarind, Vereinigtes Commonwealth

30. März 3056

Das Erscheinen seines Onkels erregte genügend Aufmerksamkeit unter den Gästen, daß Kai es nicht übersehen konnte. Er drehte sich um und sah die Stufen empor. Tormano trat durch eine Tür zwischen zwei Spiegeln in den Saal. Es überraschte Kai keineswegs, daß sein Onkel gewartet hatte, bis er einen echten Auftritt inszenieren konnte. Tormano war bekannt für seine dramatische Ader. Ihn überraschte vielmehr etwas anderes; Tormano erlaubte der Frau an seinem Arm, ihm die Schau zu stehlen.

Sie ist ein Traum. Als er sie an Tormanos Arm sah, war Kai zum erstenmal in seinem Leben von seinem Onkel beeindruckt. Das Wissen um seine Ehe trübte die Bewunderung etwas, aber plötzlich sah Kai Tormano so wie viele andere: Als einen mächtigen, wohlhabenden Mann, dem man seine sechzig Jahre nicht ansah. *Ich kann nur hoffen, ebenso zu altern.*

Tormano führte seine Begleiterin geradewegs zu den beiden MechKriegern hinüber. »Willkommen, Gentlemen, willkommen. Es ist mir eine Ehre, heute abend Ihr Gastgeber sein zu dürfen.« Er verbeugte sich zunächst vor Wu Deng Tang, dann vor seinem Neffen. »Ihre Anwesenheit hier ist mir eine größere Freude, als Sie ahnen.«

Wu erwiderte die Verbeugung. »Ihre Einladung ehrt mich. Ich bedanke mich dafür. Nur wenige hätten von einem Mann in Ihrer Position erwartet, daß er meine Anwesenheit hier wünscht.«

Tormano wischte die Zurückhaltung in Wus Worten beiseite. »Solaris ist eine Welt für sich, mit eigenen po-

litischen und sozialen Strömungen. Die Außenwelt hat kaum eine Bedeutung hier.«

Er runzelte leicht die Stirn. »Ich hatte gehofft, Ms. Fung in Ihrer Begleitung zu sehen. Ist sie krank?«

Wus Miene wurde etwas verschlossener. »Sie läßt sich entschuldigen. Sie konnte auf ärztliche Anweisung nicht mitkommen, aber es geht ihr gut.«

»Hervorragend.« Tormano drehte sich zu seiner Begleiterin um und sagte: »Nancy, bitte erinnere mich, Ms. Fung Blumen zu schicken; nur, falls Sie das nicht als zu aufdringlich empfinden, Mr. Wu. Ich weiß nur zu gut, wie dieser trostlose Planet schon die kleinste Krankheit weit schlimmer erscheinen läßt als sie ist.«

»Sie würde sich sehr über diese Aufmerksamkeit freuen, Mandrinn.«

Tormano lächelte, als er seinen Titel hörte. Dann sah er zu Boden und schüttelte den Kopf. »Vergeben Sie mir. Ich bin unhöflich. Kai Allard-Liao, dies ist meine Adjutantin, Nancy Bao Lee. Nancy, dies ist mein Neffe, Kai Allard-Liao – und sein Herausforderer, Wu Deng Tang. Mr. Wu, darf ich Ihnen Nancy vorstellen.«

Wu verbeugte sich ebenso vor Nancy wie Kai. Als er sich wieder aufrichtete, ergriff Kai ihre Hand und hob sie an seine Lippen. »Sehr erfreut, Ihre Bekanntschaft zu machen, Ms. Lee.«

Nancy errötete. »Und ich bin sehr froh, Sie kennenzulernen, Mr. Allard-Liao.«

Tormano schüttelte wieder den Kopf. »Nein, nein, nein. Ich will keine Förmlichkeiten hören. Ich liebe euch beide und möchte, daß ihr Freunde werdet. Kai, Nancy hier ist ein großer Fan von dir.«

»Und von Ihnen, Mr. Wu«, fügte sie höflich hinzu.

Kai lächelte sie weiter an und murmelte etwas Passendes, während er innerlich auf Distanz ging. *Mein Onkel spielt den Kuppler? Warum? Glaubt er wirklich, ich brauche eine Begleiterin, oder will er diese Frau mit seiner*

Beziehung zu mir beeindrucken? Ist sie wirklich ein Fan oder eher eine Spionin?

Tormano steuerte Wu Deng Tang geschickt in den Saal und ließ Kai und Nancy zusammen zurück. Eine peinliche Stille trat ein, dann begannen beide gleichzeitig zu reden. Ihre Stimmen überlagerten sich zu einem unverständlichen Kauderwelsch, und sie mußten beide lachen. Kai hob die Linke. »Sie zuerst.«

Nancy sah Tormano nach, dann senkte sie ihre Stimme zu einem rauchigen Flüstern. »Bitte tragen Sie Ihrem Onkel nicht nach, daß er uns auf diese Weise bekannt gemacht hat, Mr. Allard-Liao.«

»Unsere Vorstellung werde ich ihm bestimmt nicht zum Vorwurf machen.« Kai zwinkerte ihr zu. »Und nennen Sie mich Kai. Mein Nachname ist ziemlich umständlich.«

»Danke, Sir.« Sie senkte den Blick, dann zuckten ihre Rehaugen wieder hoch. »Ich bin ein Fan von Ihnen, aber nicht wie, nun, wie ... Sie wissen schon.«

Kai sah sie fragend an. »Sie meinen: wie ein Groupie?«

Ein schnelles Nicken. »Ja, genau, nicht auf diese Weise.« Sie machte eine Pause und atmete tief ein, eine Aktion, die das Gewebe ihres Kleides auf eine Zerreißprobe stellte. Als sie sich wieder gefaßt hatte, sprach sie weiter. »Ich verderbe alles, dabei hatte ich das wirklich nicht vor. Sie müssen wissen, als ich den Scheck für die Loge Ihres Onkels in der Fabrik ausstellte, habe ich erwähnt, daß ich sie gerne einmal live kämpfen sähe. Er fragte mich, ob ich ihn zu Ihrem Titelkampf begleiten möchte, und ich bin sicher, er hat meine begeisterte Reaktion als die eines überwältigten Fans mißverstanden. Als er mir angeboten hat, mich Ihnen vorzustellen, also, ich meine, es ist mir eine Ehre ...«

Kai nahm ihre rechte Hand und tätschelte sie sanft. »Keine Sorge, ich verstehe schon. Mein Onkel möchte das Allerbeste für mich, und manchmal hat er Schwierigkeiten mit der Tatsache, daß meine Wünsche nicht immer mit seinen Vorstellungen übereinstimmen.«

»Er ist ein guter Mensch. Er wußte, daß ich keinen Freund habe und dachte, na ja, daß wir vielleicht… nicht, daß ich etwas dagegen hätte, natürlich.« Sie lächelte und wurde wieder rot.

»Natürlich?«

Sie drückte seine Hand. »Falls es Ihnen entgangen sein sollte, Sie sind ein sehr gutaussehender und äußerst anziehender Mann. Ich würde Sie noch vor Victor Davion einordnen.«

»Vor Victor?« Kai zog die Stirn kraus.

»Ich wollte damit nur sagen, daß Victor auf mich einen etwas kalten Eindruck macht.« Sie kicherte. »Und er ist klein.«

Kai lachte laut. »Prinz Victor ist ein sehr warmherziger Mensch und ein guter Freund. Aber Sie haben recht, er ist ein gutes Stück vom Gardemaß entfernt.« Er hob die Hand an ihr Kinn. »Er würde ihnen bis hier reichen.«

»Das ist mir zu klein, selbst mit warmem Herzen.« Sie streichelte über seinen Handrücken. »Ich ziehe Männer Ihrer Größe vor.«

Er sah ihr in die Augen und erkannte ihr Interesse. Er wartete auf das Zucken in seinen Eingeweiden, das ihm sagte, es hatte gefunkt, und sie konnte einen Platz in seinem Herzen erobern. Er hoffte darauf. Es war schon einmal geschehen, und er wünschte sich, es jetzt noch einmal zu erleben.

Aber da war nichts.

Die Einladung in Nancys Augen flackerte und erstarb. »Ich bringe Sie in Verlegenheit.«

Kai schüttelte den Kopf. »Keineswegs. Sie schmeicheln mir.«

»Aber es gibt schon eine andere?«

»Nein, nicht wirklich.« Kai zog sich emotional

zurück. Sie hatte sich scheu und schüchtern gegeben, aber ihm ihre Hand auf eine Weise gereicht, die einen Handkuß natürlich erscheinen ließ. Sie war verführerisch gekleidet, stritt aber ab, ihn verführen zu wollen. Und dann benahm sie sich auf eine Weise, die leicht in einer Verführung hätte enden können. Trotzdem zog sie sich zurück, als er sich sperrte. *Ist das auch nur eine Finte oder ihr wahres, schüchternes Wesen?* Er grinste trocken. »Was Beziehungen angeht, habe ich eine alles andere als stellare Karriere hinter mir. Und den nächsten Monat oder so muß ich mich auf meinen Kampf gegen Wu Deng Tang vorbereiten. Da werde ich wenig freie Zeit haben, um eine Beziehung zu einer netten jungen Frau aufzubauen, die meine volle Aufmerksamkeit verdient hätte.«

Nancy legte die Hände zusammen und hob sie ans Kinn, so daß die Unterarme ihr Dekolleté verbargen. Sie sah einen Augenblick nach unten. Trotz der Unruhe an den Aufzugtüren hielten ihre Hände Kais Aufmerksamkeit gefesselt. Als sie wieder hochsah, trafen sich ihre Blicke.

»Sie sind ein wundervoller Mann, Kai. Die meisten Männer wären nicht so ehrlich mit mir gewesen, und hätten auch nicht soviel Rücksicht auf meine Gefühle genommen. Die Leute, die Sie Stahlseele nennen, sind die größten Narren im Universum.«

Größere Narren als ein Mann, der eine Frau wie dich ziehen läßt? »Freunde?«

Nancy lächelte breit und fröhlich, als sie den rechten Arm um den seinen legte. »Fürs erste wäre ich geehrt, mit Ihnen befreundet zu sein.«

»Fürs erste?«

Sie nickte. »Gewinnen Sie erst einmal Ihren Kampf, und dann werden wir sehen, wie sich unsere Freundschaft entwickelt.«

Zürich
Mark Sarna, Vereinigtes Commonwealth

Deirdre Lear saß hinter dem Schreibtisch der Notaufnahme und versuchte, ein Gähnen zu unterdrücken. Sie saß jetzt schon seit Stunden hier und wurde immer schläfriger. Sie legte sich zurück und streckte die Arme über den Kopf, um die Schultern zu lockern und wacher zu werden.

Sie nahm sich den Bericht auf dem Computermonitor wieder vor. Weil an diesem Abend wenig los war, hatte sie Anne Thompson angeboten, ihr bei der Eingabe des Krankenberichts über den kleinen Jungen, den sie vorhin untersucht hatte, zu helfen. Sie wußte, wie der Bericht korrekt lauten mußte. »Ein fünfjähriger Zür-Knabe lief nackt durch das Haus seiner Eltern und ärgerte den Hund der Familie, der ihn daraufhin ins Scrotum biß.« Aber sie brachte es nicht über sich, diesen Text einzugeben. »Es muß doch noch eine andere Möglichkeit geben, das zu schreiben.«

Anne sah sich zu ihr um und riß sich vom Holovidbetrachter in der Ecke des Wartezimmers los. »Was gibt es, Doktor?«

»Der Bericht über den kleinen Donny Li?«

»Ah, der Junge mit den interessanten Narben.«

Deirdre mußte gegen ihren Willen lächeln, dann schüttelte sie den Kopf. »Sehen Sie, genau da liegt das Problem. Wenn ich versuche, den Bericht etwas menschlicher zu formulieren, wird er unglaublich komisch. Wenn ich es aber nicht tue und den Zwischenfall klinisch behandle, sehe ich vor mir, wie meine Kollegen seine Krankengeschichte lesen und allesamt nachsehen, wie gut ich ihn wieder hinbekommen habe. Schlimm genug, daß er da gebissen worden ist, aber so wird er das Erlebnis jedesmal von neuem durchleben müssen, wann immer ihn ein Arzt untersucht.«

»Ich sehe das Problem.« Anne winkte sie beiseite

und setzte sich an den Computer. »Sie müssen wie ein Arzt denken, der es eilig hat. Diagnose: Hundebiß. Verletzungen: Zwei Bisse, eine Rißwunde. Behandlung: Antibiotika und Nähen der Verletzungen – zwei Stiche pro Bißwunde, drei an der Rißwunde. Prognose: Keine Narben oder bleibenden Schäden.« Anne schlug auf die Eingabetaste, und der Krankenbericht verschwand vom Schirm.

Deirdre lächelte und rollte die Hände, um die Muskeln zu locken. »Gute Arbeit.«

»Danke.« Anne sah sie einen Moment an. »Ich hatte mal einen Freund, der das auch gemacht hat. Er trieb Kampfsport.«

»Hab ich früher auch gemacht. Zur Selbstverteidigung.«

Anne stand auf und ging zurück zum Holovidgerät. »Was haben Sie denn gemacht?«

»Aikido.«

»Craigs Leidenschaft war Kak Sul Wen. Wir haben uns kennengelernt, als er ein übles Geschwür von meinem Arm entfernte.«

Deirdre ging zu ihr hinüber und starrte ins leere Wartezimmer. Das Holovidgerät spiegelte sich im Fenster, aber sie konnte trotzdem in die dunkle Zürichnacht hinaussehen. »Er war Chirurg?«

»Nein. Das üble Geschwür war ein ehemaliger Freund, der Schwierigkeiten mit dem Wörtchen ›nein‹ hatte.« Anne seufzte. »Craig war ein netter Kerl. Wir hatten viel Spaß zusammen, aber eines Tages ist er einfach verschwunden.«

»Sie wissen nicht warum?«

Die brünette Schwester verzog das Gesicht und legte sich einen Pullover um die Schultern. »Eigentlich nicht. Er hat es mir nie erklärt, aber ich denke, es lag an meinem letzten Semester in der Schwesternschule. Ich habe eine Menge Zeit im Hospiz verbracht. Craig konnte sich nicht daran gewöhnen, wie sehr ich mich um sterbenskranke Patienten kümmerte. Ich weiß, unheilbare Krankheiten verunsichern viele Menschen, aber von Craig hatte ich erwartet, daß er das verkraften konnte.« Sie zuckte die Schultern. »Na, mein Liebesleben war jedenfalls eine Serie von Katastrophen.« Sie musterte Deirdre. »Und was ist aus Mr. Lear geworden?«

»Äh, ähem, also, es, ähem, gibt keinen Mr. Lear.«

Anne wurde rot. »Tut mir leid, ich werde aufdringlich.« Sie schlug sich mit dem Ballen der linken Hand an die Stirn. »In der Friedhofsschicht passiert mir das häufiger. Tut mir leid.«

Deirdre runzelte die Stirn. »Ich scheine kaum noch etwas anderes zu hören.« Sie klopfte Anne auf die Schulter. »Lear ist mein Mädchenname – mein Stiefvater hat mich adoptiert, als er meine Mutter heiratete. Davids Vater und ich haben uns im Clankrieg kennengelernt. Es hat nicht funktioniert. Er war ein guter Mann, aber jünger als ich, und wir hatten beide eine Karriere vor uns.«

»Ich verstehe.«

»Tatsächlich?« Deirdre schüttelte den Kopf. »Vielleicht können Sie es mir bei Gelegenheit erklären.«

Die Frage auf Anne Thompsons Lippen erstarb, als die Türen der Notaufnahme aufflogen. »Shangkou, shangkou!« rief einer der vier Zürs, die in den Raum stürzten. Zwischen sich trugen sie, zwei Mann an jeder Seite, eine dicke, flexible Matte aus einheimischen Fasern. Darauf lag ein Mann in der Uniform der örtlichen paramilitärischen Polizeitruppe.

Deirdre hob den Telefonhörer und preßte die Rundruftaste, während Anne loslief und eine Bahre von der Wand zog. »Ein Chirurg in die Notaufnahme, dringend!« Deirdre schlug den Hörer auf die Gabel und sprang über den Schreibtisch. Sie erreichte den Beamten, als er gerade von den Zürs auf die Bahre gehievt wurde.

Der Mann sah furchtbar aus. In seinem blauen Hemd waren drei Löcher, die wie schwarze Strudel in der Mitte eines immer größer werdenden blutroten Ozeans aussahen. Deirdre zog den Riemen des schwarzen Sam-Browne-Gurts von der rechten Schulter und riß das Hemd auf. Darunter fand sie eine schnell rot anlaufende Kevlarweste. *Gut, vielleicht hat das Kevlar die Kugeln so stark abgebremst, daß sie beim Aufschlag auf die Knochen nicht zersplittert sind.* Sie verdrängte das Schnattern der Zürs aus ihrem Bewußtsein und lauschte angestrengt nach dem Zischen entweichender Luft, aber sie hörte nichts.

»Anne, ich brauche eine Blutgruppenbestimmung und anschließend eine Transfusion. Wir beginnen mit einer Einheit. Und pumpen Sie ihn mit Penizillin voll.« Sie sah sich zu den Zürs um. »Wissen die Leute seinen Namen? Haben wir Unterlagen über ihn? Hat er vielleicht eine Penizillinallergie?«

»Er heißt Billy Hsing. Er war bei einer Versammlung in ihrem Dorf und wurde von der Zhanzheng de Guang aus dem Hinterhalt angegriffen. Seine Daten müßten im Computer sein, er ist Patient hier.«

Anne zog die Bahre den Gang hinunter in Richtung Notfall-OP, und eine zweite Schwester kam angerannt, um ihr zu helfen. Deirdre schob die Männer in Richtung Wartezimmer und gebrauchte einen der wenigen chinesischen Ausdrücke, den sie bis jetzt auf Zürich aufgeschnappt hatte. »Juoxia, ja, genau, hinsetzen. Juoxia!«

Sie rannte zum Computer und gab den Namen Billy Hsing ein. Die Maschine bot ihr drei mögliche Patienten an, und sie wählte den Mittvierziger. Auf dem Schirm erschien das lächelnde Gesicht eines Mannes, der enorme Ähnlichkeit mit dem Verletzten hatte. Deirdre hieb auf die Tastatur, um seine Allergien aufzurufen. Es waren keine allergischen Reaktionen verzeichnet.

»Ein kleines Wunder, Mr. Hsing, aber möglicherweise rettet es Ihnen das Leben.« Sein Krankenblatt wies ihn als Blutgruppe 0 aus. Ein weiterer Punkt, der sich zu seinem Vorteil auswirkte. »Zwei von zwei.«

Sie rannte in Richtung OP, riß sich den weißen Mantel vom Leib und warf ihn in einen Mülleimer neben der Tür. Im Vorraum gesellte sie sich zu Rick Bradford und begann sich zu waschen. »Ein dreiundvierzigjähriger Mann, Zür, in guter körperlicher Verfassung. Mehrere Schußwunden. Die Geschosse haben seine kugelsichere Weste durchschlagen, müssen also aus nächster Nähe und/oder einer Automatikwaffe abgefeuert worden sein. Ich befürchte, der rechte Lungenflügel ist kollabiert.«

Rick nickte, während er die Arme bis zum Ellbogen einseifte, dann legte er den Kopf in den Nacken und ließ sich von Anne Thompson eine Maske vorbinden. »Die Wunde im unteren rechten Quadranten ist ein glatter Durchschuß, aber er scheint den Darm verfehlt zu haben.«

»Schon das dritte Wunder heute abend.« Deirdre sah über die Schulter. »Er ist 0 negativ und hat keine Penizillinallergie.«

Anne legte Deirdre die Operationsmaske um. »Er scheint zwei Kugeln im Leib zu haben. Eine steckt hinter dem rechten Lungenflügel an einer Rippe, die andere liegt unmittelbar am Rückgrat. Sie hat die Aorta nur um einen Millimeter verfehlt und könnte auf sein Rückenmark drücken.«

»Die Kugel im Rücken macht mir Sorgen.« Deirdre sah Rick an. »Erst die Lunge flicken und wieder Luft reinpusten. Dann kümmern wir uns um die Bauchwunde, und wenn es dann nötig wird und er hält durch, kümmern wir uns um die zweite Kugel, okay?«

»Hört sich ganz vernünftig an.« Rick spülte die Seife von den Armen und hob die klatschnassen Hände. »Handschuhe!«

Eine zweite Schwester – möglicherweise Cathy in Operationsmontur – zog Rick ein Paar Latexhandschuhe über. Als er vom Becken zurücktrat und Deirdre ihre Hände abspülen wollte, öffneten sich die Türen zum OP erneut. Rick drehte sich um und brüllte den Neuankömmling an. »Raus! Sie haben hier nichts zu suchen!«

Flammen schlugen aus der Mündung des Automatikgewehrs in den Händen des Mannes, und Donner hallte durch den Raum. Rick warf sich zur Seite. Hinter ihm explodierte ein Glas mit Baumwolltupfern. Anne schrie auf und wich an die Wand zurück. Rick, der halb auf dem Boden kniete, und der Anästhesist hoben die Hände. Cathy stand zitternd neben Deirdre und streckte ebenfalls die Hände zur Decke.

Der Bewaffnete gestikulierte mit der Waffe in Richtung Rückwand. »Weg von ihm. Los! Bewegung!« Er richtete das Gewehr auf den Polizisten auf dem Operationstisch. »Dieser Mann ist ein Feind des Volkes. Er muß sterben.«

Solaris City, Solaris VII
Mark Tamarind, Vereinigtes Commonwealth

Galen Cox stand an der Rückwand der Aufzugkabine und schüttelte lächelnd den Kopf. Vor seinen Augen tanzten noch die Flecken vom Blitzlichtgewitter der Photographen. Auf dem Weg von der Limousine zum Eingang von Tormano Liaos Palast hatte er mehr Lichtblitze gesehen als bei den Kämpfen gegen die Clans auf Teniente. An das allgegenwärtige Interesse an Katrina Steiner hatte er sich inzwischen einigermaßen gewöhnt, aber daß die Paparazzi jetzt seinen Namen riefen und ihre Kameras auf ihn richteten, war eine neue und unangenehme Variante.

Er konnte ihr Interesse an einem Bild von Katrina

gut verstehen. Die große, schlanke Schönheit trug ihr goldblondes Haar lang, aber in immer neuen Frisuren. Sie hatte sich auf ihrer Reise mit Galen ein Spiel ausgedacht, bei dem sie während einiger Besuche besonders ausgefallene Haarkreationen vorführte, nur um zu erleben, wie diese spezielle Frisur abrupt als Modetrend über eine ganze Welt fegte.

Galen hätte dies als Beispiel der grausamen Verachtung mancher Adliger für ihre Untertanen abgetan, wenn er nicht auch Katrinas ernste, fürsorgliche Seite kennengelernt hätte. Er hatte auf ihrem Flug nach Arc-Royal die Erdbebenkatastrophe auf Ginestra angesprochen, aber es war Katrina gewesen, die Himmel und Hölle in Bewegung gesetzt hatte, um ihren Flug umzuleiten und zu helfen. Wie alle anderen in schweren Stiefeln, Jeans, Arbeitshemd, Handschuhen und Schutzhelm hatte sie geschuftet, um die Opfer unter den Trümmern auszugraben. Sie hatte auch ihre Schicht in einem Industrie-Exoskelett abgeleistet.

Galen lehnte sich an die Kabinenwand und beobachtete Katrina, wie sie sich hinüberbeugte und leise mit Omi Kurita unterhielt. Heute abend trug Katrina ihr Haar zu einem dicken Zopf geflochten, der ihr bis zum Po hing. Ihr rückenfreies Abenkleid war weiß mit eisblauen Akzenten und Pailletten, langen Ärmeln und einem kurzen Rock. Sie hatte Galen den Namen des tharkanischen Designers verraten, der es entworfen hatte, aber er hatte ihn wieder vergessen. Aber das blauweiße Diamanthalsband mit passenden Ohrringen stand ihr hervorragend.

Omi Kurita, die in Begleitung von Thomas DeLon war, machte in einem dunkelgrünen Seidenkostüm aus Rock, Bluse und Jacke eine ebenso hinreißende Figur. Galen freute sich, als er Victors Namen aufschnappte. Sein Freund hatte großes Glück, die Liebe einer Frau wie Omi zu besitzen. Ihre Kombination aus Grazie, Feingefühl und Intelligenz machten sie zu einer Kostbarkeit. Es war mehr als traurig, daß Victor und sie niemals zusammenkommen konnten.

Als der Aufzug langsamer wurde, und die beiden Davion-Leibwächter an den Türen das Gewicht verlagerten, wurde Galen klar, daß Victor und Omi etwa soviel Chancen hatten, ein Paar zu werden, wie Katrina und er. *Eigentlich sind die Chancen so schlecht gar nicht.* Zwischen Omi und Victor standen die gewaltigen politischen und historischen Gegensätze, die ihre beiden Nationen seit Jahrhunderten entzweiten. So sehr sie einander auch lieben mochten, ihr Glück hätte eine unerhörte Allianz zwischen dem Kombinat und dem Commonwealth erfordert. Und dank jahrhundertealter Feindschaften würde ein derartiges Bündnis aller Wahrscheinlichkeit nach Dutzende von Aufständen in beiden Sternenreichen auslösen.

Der Abgrund zwischen Katrina und ihm erklärte sich nicht aus nationalen Differenzen, aber er war ebenso breit. Katrina – er erinnerte sich daran, darauf zu achten, daß er sie Katherine nennen mußte, wenn er mit Victor sprach – war eine Adlige und stand gesellschaftlich himmelweit über ihm. Galens Eltern waren einfache Bürger gewesen. Sein Vater hatte eine Reparaturwerkstatt betrieben. Ihr einziger Kontakt mit dem Hochadel des Vereinigten Commonwealth hatte in der Benutzung von Briefmarken und Geld mit den Konterfeis der Herrscherfamilie bestanden.

Als Victor Galen losgeschickt hatte, seine Schwester zu eskortieren, hatte der sich schon einige Fantasien gestattet. Er war etwas größer als Katrina und wies eine gewisse Ähnlichkeit in Teint und Haarfarbe auf, so daß sie ein hübsches Paar abgegeben hätten. Er hatte einige Stunden damit zugebracht, sich vorzustellen, was seine früheren Freundinnen, oder noch besser, deren Eltern, wohl denken würden, wenn er Katrina zum Altar führte. Er hätte ein Vermögen dafür bezahlt, ihre Reaktionen auf diese Nachricht zu sehen.

Aber noch bevor er mit Packen fertig gewesen war, hatte ihn die Wirklichkeit in Form einer nüchternen Selbsteinschätzung wieder eingeholt. Katrina und ihn trennten Welten. Mit Victor konnte er wie mit einem Gleichgestellten umgehen, aber das erklärte sich aus der Kameradschaft von Kriegern, die zusammen im Kampf gestanden hatten. Diese Bindung reichte nicht bis zu Katrina. Außerdem wußte Galen, daß Victor ihm vertraute, und er würde sein Vertrauen niemals mißbrauchen.

Diese Entscheidung hatte die Reise sehr viel leichter, und gleichzeitig auch weit schwerer gemacht. Weil Galen wußte, daß er Katrina niemals für sich würde gewinnen können, konnte er ihr völlig locker begegnen, und die angestrengten und nervösen Bemühungen anderer, ihr zu imponieren, amüsierten ihn häufig enorm. Er hatte schnell eine Art sechsten Sinn dafür entwickelt, wann es nötig wurde, sie aus einer peinlichen Situation zu retten, und die Frustration der gescheiterten Galane machte das Spiel höchst unterhaltsam.

Seine lockere Gelassenheit hatte Katrina veranlaßt, sich ihm zu öffnen. Er war weniger ihr Vertrauter als ein Freund geworden. Sie hatten viele Stunden damit zugebracht, sich über Victor zu unterhalten. Dann waren ihre Gespräche auf Katrina gekommen, und schließlich auf Galen. Obwohl er in der Regel recht zurückhaltend war, was sein Privatleben anging, offenbarte er ihr in diesen Gesprächen Einzelheiten, von denen er nie geglaubt hätte, er würde sie jemals jemand anderem als seiner Ehefrau oder – Curaitis trat vor sein inneres Auge – einem professionellen Chemoverhörspezialisten verraten.

Etwa zum selben Zeitpunkt, als er Katrina seine Geheimnisse anvertraute, erkannte er, wie vernarrt er in sie war. Er versuchte sich sofort wieder zu lösen, aber er schaffte es nicht. Da ihre Stellung und Situation sie körperlich trennte, erreichten sie eine Art intellektueller Intimität, die er nie zuvor mit einer Frau gekannt hatte. Es war entschieden anders als seine Beziehung zu Victor, und lockend genug, daß er dieses Erlebnis immer weiter auskosten wollte.

Der Lift blieb stehen und die Türen glitten auf. Die beiden Davion-Agenten, zwei wahre Muskelberge, stiegen aus und bauten sich zu beiden Seiten der Türen auf. Als nächstes traten die beiden kleineren draconischen Leibwächter in den Saal hinaus und übernahmen die Vorhut für das Gästequartett. Katrina und Omi folgten, während Galen und DeLon den Abschluß bildeten.

Wie immer ist dein Timing fehlerlos, Katrina!

Der bisherige Mittelpunkt der Aufmerksamkeit stand am Rand der Treppe hinab in den Saal. Er verbarg seine verärgerte Miene schnell, aber Galen hatte sie noch mitbekommen. Er grinste den Mann an, um ihm wissen zu lassen, daß er ertappt worden war. Ein haßerfüllter Blick zuckte durch die obsidianschwarzen Augen, aber Galen ließ sich mit keiner Miene anmerken, daß er es bemerkt hatte oder irgendwie daran interessiert war.

Katrina ging geradewegs auf den Mann zu und umarmte ihn. »Was für eine Freude, dich zu sehen, Cousin! Meine Glückwünsche zum Kauf deines Stalles.«

Ryan Steiner setzte ein höfliches Lächeln auf, aber er wirkte eher schmerzlich berührt. »Ich kann dich doch hoffentlich überreden, einen Teil der Kämpfe aus meiner Loge zu verfolgen?«

»Das Vergnügen werde ich mir nicht nehmen lassen.«

Ryan kehrte den beiden Männern auf der Stufe unter ihm den Rücken zu und stellte Katrina einen kleinen, drahtigen Asiaten vor. »Herzogin Katrina Steiner, dies ist unser Gastgeber, Mandrinn Tormano Liao.«

Auch Tormanos Gesicht leuchtete auf, als Katrina ihm ein Lächeln schenkte. In dieser Hinsicht unterschied er sich nicht von anderen Menschen. »Ihre Einladung war äußerst großzügig, Mandrinn.«

»Und Ihr Erscheinen macht den Empfang zu einer Feier, die in den gesellschaftlichen Annalen dieses Planeten unvergessen bleiben wird.« Er verneigte sich und küßte ihre ausgestreckte Hand.

Ryan fuhr mit der Vorstellung fort. »Herrn DeLon kennen Sie natürlich schon. Er hat die Ehre, Ihre Hoheit, Omi Kurita, zu begleiten.«

Omi verbeugte sich respektvoll vor Tormano. »Möge der Segen der Zeitalter auf Euch und Eurem Hause ruhen.«

»Eure Anwesenheit, Omi-san, ist Beweis, daß Euer Wunsch bereits in Erfüllung gegangen ist.« Tormano erwiderte ihre Verbeugung mit gleicher Tiefe und Dauer. Als er sich wieder aufrichtete, lächelte er und sah Ryan erwartungsvoll an.

Ryan erwiderte den Blick mit ausdruckslosem Gesicht. Er wartete gerade lange genug, um der Szene einen absurden Touch zu verleihen, dann setzte er eine überraschte Miene auf. »Oh, ich dachte, Sie beide wären einander bereits begegnet, Mandrinn.«

Galen trat einen Schritt vor und reichte dem Leiter der Bewegung Freies Capella die Hand. »Kommandant Galen Cox. Es ist mir eine Ehre, hier sein zu dürfen.«

»Es ist mir eine Ehre, Sie hier begrüßen zu dürfen.«

»In der Tat.« Ryan lachte und legte eine schwere Hand auf Galens Schulter. »Welche Party wäre vollständig ohne Victor Davions Schoßhund?«

15

Zürich
Mark Sarna, Vereinigtes Commonwealth

30. März 3056

»Hier stirbt niemand.« Deirdre stand dem Bewaffneten direkt gegenüber, die nassen Hände locker an den Seiten.

»Deirdre, er hat eine Waffe!« rief Rick Bradford.

Sie ignorierte ihn und sah sich den Eindringling an. *Er ist nur ein Kind, und außerdem nervös.* »Leg die Waffe weg. Es braucht niemandem etwas zu geschehen.«

Der Junge trat einen Schritt auf sie zu und stieß ihr den qualmenden Gewehrlauf in den Bauch. »Sie bring ich auch um!«

Als er ein zweites Mal zustieß, bewegte Deirdre sich etwas zur Seite und machte mit dem linken Fuß einen Schritt auf ihn zu. Sie ließ die linke Hand auf das rechte Handgelenk des Bewaffneten fallen, während sie sich auf der linken Ferse drehte, und plötzlich standen sie Schulter an Schulter. Ihre Rechte schloß sich um die seine, als er versuchte, sich zu ihr umzudrehen. Sie drehte seinen rechten Arm nach hinten und außen, und der Gewehrlauf wurde nach oben gerissen. Ihr Griff hätte dem Burschen den Ellbogen ausgerenkt, aber er verlor das Gleichgewicht und stürzte mit einem Schmerzensschrei zu Boden.

Deirdre ließ nicht locker. Mit der freien Linken entriß sie dem Angreifer das Gewehr. Der Bursche versuchte sich zu drehen, um den Druck zu lockern, aber sie änderte die Drehrichtung ihres Griffes und zwang ihn in die Bauchlage. Als sie ihm das Knie in den Rücken bohrte, wurde sie mit einem lauten Stöhnen des Terroristen belohnt.

»Eine Beruhigungsspritze, schnell!« Deirdre sah zu

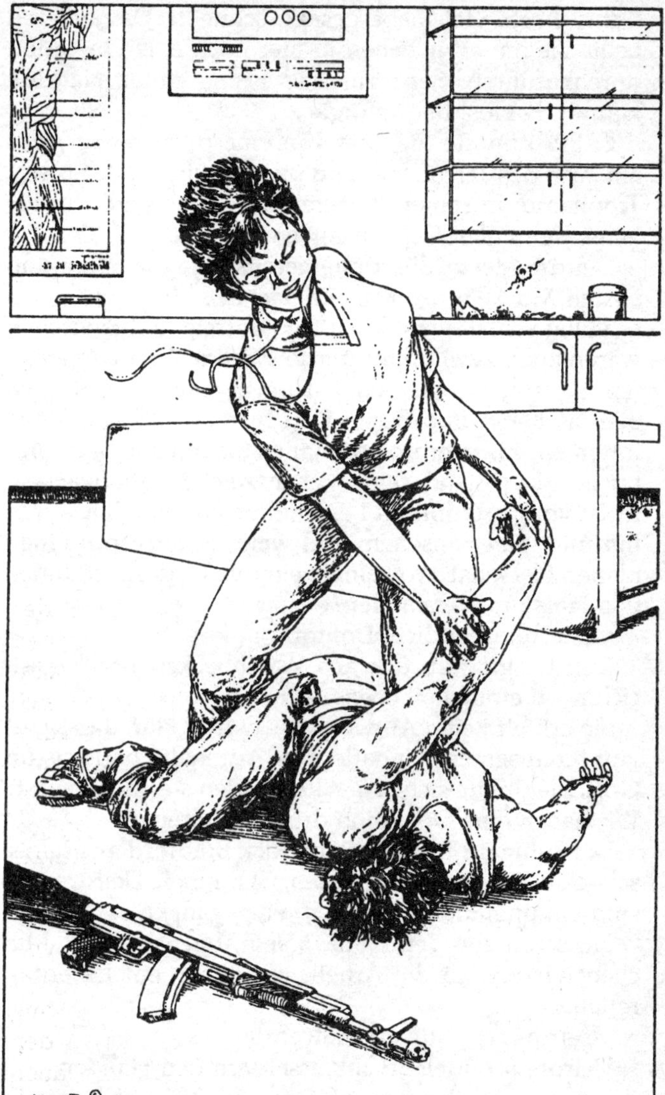
danforth 93.

Cathy hoch. »Ich habe gesagt, schnell!« Die anderen bellte sie an: »Wir haben immer noch eine Operation durchzuführen. Seht zu, daß Hsing unter Narkose kommt. Na los! Bewegung!«

Cathy rammte die Nadel in eine pulsierende Ader am Arm des Terroristen und pumpte eine volle Spritze Trophamin in seinen Blutkreislauf. »Das wird ihn für lange Zeit außer Gefecht setzen.«

Deirdre nickte. Sie fühlte bereits, wie die Spannung in den Muskeln des Knaben nachließ. Sie wartete, bis er völlig schlaff war, bevor sie ihn freigab. Inzwischen waren auch zwei uniformierte Wachmänner eingetroffen. Sie trat das Gewehr zu ihnen hinüber. »Bringen Sie das Ding und diesen Kerl hier raus. Schaffen Sie ihn in ein Zimmer und schnallen Sie ihn ans Bett. Und lassen Sie jemand seine Lebenszeichen überwachen. Er ist vollgepumpt mit Beruhigungsmitteln. Ich werde ihn mir später ansehen, und wenn er auch nur einen blauen Fleck hat, wo keiner sein dürfte, dreh ich Ihnen den Hals um. Verstanden?«

»Laut und deutlich, Doktor.«

Deirdre ging zurück ans Waschbecken und wusch sich noch einmal. »Lebenszeichen?«

Sie erhielt keine Antwort. Ihr wurde klar, daß sie es laut hinausgeschrien hatte. Das Adrenalin hatte sie im Griff. Sie drehte sich um. Alle starrten sie an. »Was ist? Wir haben eine Operation durchzuführen.«

Der ruhigere Tonfall schien Rick Bradford aus seiner schockierten Starre zu reißen. »Himmel, Deirdre, Sie sind ein unglaubliches Risiko eingegangen.«

Sie schüttelte den Kopf. »Nein, bin ich nicht. Machen wir uns an die Arbeit, wir haben ein Leben zu retten.«

»Deirdre, er hatte ein Gewehr!«

Deirdre schüttelte das Wasser von den Händen und drehte sich zu ihm um. »Hören Sie, Rick. Er hatte ein normales Stoner-Browning-Automatikgewehr. Der Bolzen war zurückgezogen und arretiert. Das Gewehr war leer, und der Bursche war viel zu nervös, das zu sehen. Ich kenne diese Waffe, weil ich auf Alyina damit jemanden erschossen habe, okay? Können wir uns jetzt wieder auf die Operation konzentrieren? Cathy, ich brauche Handschuhe.«

Anne schauderte. »Aber wie Sie ihn überwältigt haben. Sie haben mir zwar gesagt, daß Sie sich mit Kampfsport auskennen, aber ... Sie sind gut.«

»Sonst hätte ich auch keinen schwarzen Gürtel. Wie sehen seine Lebenszeichen aus?« Sie bewegte die Finger, während Cathy ihr die Latexhandschuhe überstreifte.

Anne bekam sich wieder unter Kontrolle. »Blutdruck dreiundsechzig über zweiundvierzig, sinkend, Puls achtundachtzig, fahrig, Atmung vierzig, ungleichmäßig.«

Deirdre streifte einen OP-Kittel über und näherte sich dem Patienten. »Na schön, machen wir ihn auf.«

Bradford sah sie von der anderen Seite des Tisches an. »Sind Sie sicher, daß Sie das nach dem, was Sie gerade getan haben, können?«

Deirdre schloß die Augen und hob das Gesicht zur Decke. *Gib mir Kraft!* »Hören Sie, alle: Ich habe keine Zeit, mir über das Gedanken zu machen, was eben geschehen ist. Dieser Kerl *stirbt uns weg!* Ich habe schon operiert, während um mich herum eine Schlacht tobte, dagegen ist das hier ein Kinderspiel. Sorgen wir dafür, daß Mr. Hsing hier lebend den OP verlassen kann, dann können wir uns immer noch Sorgen um den Kerl da draußen machen.«

»Wir sind soweit, Doktor.«

Deirdre atmete auf. »Gut. Skalpell, Rick, halten Sie den Rippenspreizer bereit – reiben Sie ihn mit Alkohol ab, um die Pulverspuren zu beseitigen. Anne, hier absaugen. Los geht's.«

Solaris City, Solaris VII
Mark Tamarind, Vereinigtes Commonwealth

Galen grinste fröhlich. »Er hat völlig recht, Mandrinn. Ich bin Victors Schoßhund. Aber er hat mich seiner Schwester anvertraut, damit sie mit mir Gassi geht. Keine Bange, ich bin stubenrein.«

Einer der beiden Begleiter Ryans verzog spöttisch das Gesicht und höhnte: »So sehen Sie aber nicht aus.«

Galens Grinsen verschwand. »Passen Sie gut auf, ich sage das nur einmal, auch wenn ich bezweifle, daß Sie es so schnell mitbekommen: Von einem Herzog lasse ich mir Beleidigungen gefallen, aber nicht von den Zinnsoldaten, die auf dieser Kindergartenwelt ihre Scheingefechte abliefern.«

Ryan reagierte mit vorsichtiger Zurückhaltung. »An Ihrer Stelle würde ich aufpassen, was ich sage, Kommandant, solange ich nicht weiß, mit wem ich rede.« Er streckte die Hand aus und zog den Mann auf eine Ebene mit den anderen. »Darf ich Ihnen Victor Vandergriff vorstellen, den besten Kämpfer des Skye-Tiger-Stalles. Victor, Herzogin Katrina Steiner.«

Vandergriff nahm Katrinas Hand und hob sie an die Lippen. »Es ist mir eine Ehre.«

Galen zog ein Taschentuch hervor und hielt es ihr entgegen. Katrina sah von dem Taschentuch auf ihre Hand und zurück, dann schüttelte sie lächelnd den Kopf. »Galant wie immer, Kommandant Cox?«

»Ich tue meine Bestes.« Er steckte das Taschentuch weg und entschloß sich, den Mund zu halten. Ihre Reaktion auf sein Angebot war in Belustigung gekleidet gewesen, aber er hatte die Botschaft durchaus verstanden. Er nickte unmerklich. *Ich werde keinen Zwischenfall provozieren.* Er blickte zu Vandergriff. *Wenn ich es vermeiden kann.*

Ryan winkte auch den zweiten Mann nach oben.

»Und das hier ist Glenn Edenhoffer, ein aufstrebender Star meines Stalles.«

Katrina schüttelte dem Mann die Hand. »Freut mich, Sie kennenzulernen.«

»Ich hätte nie gehofft, der Verkörperung des Feudalismus persönlich vorgestellt zu werden, aber ich muß zugeben, Sie sind charmant.«

Galen runzelte die Stirn. Er hatte eine Holodokumentation über Edenhoffer gesehen, die ihn als Exzentriker dargestellt hatte. Galen hätte auch schon an der schlechtsitzenden schwarzen Kleidung des Mannes erkannt, daß er sich als Lebenskünstler sah, aber er besaß keinen Referenzpunkt, der ihm geholfen hätte, Edenhoffers scheinbaren Wunsch zu verstehen, sein ganzes Leben als eine Art künstlerisches Happening zu gestalten. Wäre nicht allgemein bekannt gewesen, daß dem Mann jede Art von Etikette abging, hätte man seine Antwort als schwere Beleidigung Katrinas auffassen können. Und in Anwesenheit Herzog Ryan Steiners hätte sie ihn den Kopf kosten können.

Ryans Lächeln wurde breiter. »Auf seine Art ist Glenn recht amüsant. Erfrischend.«

Der junge Kämpfer reckte sich. »Ich bin noch nicht so alt, daß mein kognitives Netzwerk in Versteinerung übergegangen ist und mich für die größere Realität des Lebens blind gemacht hat.«

Omi neigte den Kopf in seine Richtung. »In meiner Nation glaubt man, daß lange Jahre der Kontemplation die größeren Geheimnisse des Universums erfahrbar machen können.«

Vandergriff lächelte höflich. »Ihre Nation ist bekannt für Ihre große Tradition, Geist, Körper und Seele zu verschmelzen, um eins mit dem Universum zu werden.«

»Und für einen Totalitarismus, der einen Lebensstil erzwingt, dessen sinnvolle Existenz schon ihr Ende erreicht hatte, bevor der Mensch Terra verließ«, warf Edenhoffer ein.

»Sohnemann, dein Bild des Universums ist durch deinen Mangel an Erfahrung etwas eingeschränkt.« Galen trat vor und legte die rechte Hand leicht auf Edenhoffers linke Schulter.

Edenhoffers Linke kam windmühlenflügelartig hoch und schlug Galens Hand weg. »Das vom Lakaien eines anderen Unterdrückerregimes. Ich erkenne Ihre Uniform. Sie sind einer der Menschen, die den Fortbestand einer Regierung sich diktatorisch gebärdender Bürokraten gesichert haben, indem sie Hohiro vor den Clans retteten. Sie verwehren der Bevölkerung des Kombinats und der Inneren Sphäre die Freiheit, die Ihnen die von den Clans erzielte Umwälzung bietet.«

Galens blaue Augen spuckten Feuer. »Du hast keinen Schimmer von den Clans und was sie mit den Menschen, die sie unter ihre Gewalt bringen, tun.« Er sah sich zu Herzog Ryan um. »Pfeifen Sie ihn zurück, sonst erteile ich ihm eine Lektion.«

Vandergriff verließ Ryans Seite und schob sich zwischen Galen und Edenhoffer. »Vergessen Sie nicht, wo Sie sind, Kommandant, sonst muß Sie jemand daran erinnern.«

Galen trat einen Schritt zurück und lachte. »Wer denn? Sie etwa?« Es kümmerte ihn wenig, daß sein schallendes Gelächter die Aufmerksamkeit des Saales erregte. »Ich habe gegen die Clans gekämpft, Jungchen, und ich habe sie besiegt. Ich habe den Besten gegenübergestanden, die sie anzubieten hatten, und ich war derjenige, der das Schlachtfeld aus eigener Kraft wieder verließ – in meinem *Kreuzritter.* Ich habe mehr ausgeteilt, als ich von den Clans einstecken mußte, und ich kann dir garantieren, daß sie besser austeilen können, als du es jemals fertigbringen wirst.«

Vandergriff schüttelte den Kopf und antwortete mit einer herablassenden Jovialität, die Galen in Rage versetzte. »Sehen Sie, Lord und Ladies, hier haben wir ein schönes Beispiel für die Art von Haltung, mit der wir auf Solaris leben lernen müssen. Ich bezweifle keineswegs, daß Kommandant Cox eine gewisse Fertigkeit im Einsatz seines BattleMechs besitzt, aber er verfügt nicht über die Expertise eines Arenakämpfers. Das liefe etwa darauf hinaus zu behaupten, ein Schulkind mit ein paar Geigenstunden könne es mit einem Violinsolisten der Tharkanischen Symphoniker aufnehmen. Es ist eine Haltung, die unter den Militärs, die unsere Welt besuchen, weitverbreitet ist.«

Galens Augen wurden zu Schlitzen. »Ich bin Mitglied einer Eliteeinheit. Ich habe mehr Schlachten geschlagen, als du in deiner ganzen Laufbahn studiert hast. Ihr spielt hier nur Krieg, ich habe ihn durchlebt.«

Vandergriff wischte seinen Einwand mit einem abwertenden Glucksen beiseite. »Sie haben vielleicht in einem Elitekorps gedient, aber das waren nur die Besten einer Nation. Hier auf Solaris haben wir die Besten *aller* Nationen. Sie würden gegen jeden von uns verlieren.«

Galen beugte sich vor. »Vielleicht sollten wir es einmal darauf ankommen lassen.«

Vandergriff hob die Hände. »Es wäre mir ein Vergnügen, Ihre blutrünstigen Wunschträume zerplatzen zu lassen, Herr Kommandant, aber ich bin ein Profikämpfer. Zum Schutz all derer, die nicht für den Kampf ausgebildet sind, ist es uns verboten, gegen jemanden anzutreten, der keine Arenalizenz besitzt – eine Lizenz, die erst nach Monaten des Trainings vergeben wird. Ich befürchte, Sie werden gegen keinen von uns kämpfen können.«

»Ich verstehe Ihre Angst, Mr. Vandergriff.« Galen ballte die Fäuste. »Sie beide haben verdammtes Glück, daß Sie sich hinter dem Gesetz verstecken können.«

»Glauben Sie mir, Kommandant«, zischte Vandergriff, »das Glück liegt auf Ihrer Seite. Ich wünschte mir wirklich, Sie hätten eine Lizenz, damit ich Ihnen die Lektion erteilen könnte, die Sie so dringend nötig haben.«

»In dem Falle wird es mir ein Vergnügen sein, Ihnen Ihren Wunsch zu erfüllen«, stellte Kai Allard-Liao leise fest. »Ich werde Kommandant Cox eine Arenalizenz erteilen.«

Vandergriff zögerte, dann runzelte er die Stirn. »Sie können ihm Ihre Arenalizenz nicht ausleihen, Mylord. Das ist nicht gestattet.«

Kai folgte Nancy die Stufen empor, bis er auf gleicher Höhe mit der gesamten Gruppe stand. »Wie Mr. Kindt, Herzog Ryans Sprachrohr, auf der letzten Sitzung des Kompensationskomitees so gekonnt deutlich machte, bin ich mehr als nur ein Kämpfer. Ich besitze einen eigenen Stall. Dadurch bin ich berechtigt, Kommandant Cox ein Anwärterzertifikat auszustellen, was ich hiermit tue. Jetzt können Sie kämpfen.«

Vandergriffs Miene blieb neutral. »Ich erlaube mir, Ihnen zu widersprechen, Mylord. Ein Anwärterzertifikat entspricht einer Lizenz der Klasse 2. Damit wäre Kommandant Cox nur für Exoskelett- oder leichte Mechduelle zugelassen. Ich bin ein Klasse-6-Kämpfer und benutze keine leichten Maschinen.«

Kai zuckte die Achseln. »Aber Sie wissen ebensogut wie ich, daß die Regeln die Aufstufung eines Anwärterzertifikats auf die Klasse des Seniorkämpfers gestatten, wenn der Anwärter in einem Duell auf der Seite des Seniors antritt. Da sich der Konflikt zwischen Ihnen und Kommandant Cox aus seiner Diskussion mit Mr. Edenhoffer entwickelt hat, und ich deutlich gehört habe, wie er anbot, gegen Sie beide anzutreten, dachte ich mir, er und ich könnten gegen Sie beide kämpfen.«

Edenhoffer verzog das Gesicht. »Sie befinden sich im Training für den Titelkampf. Ich habe nicht den Wunsch, einen Monat auf meine Satisfaktion zu warten.«

»Das wird auch nicht nötig sein. Ich habe Mr. Vandergriff einen Wunsch erfüllt, und ich werde das gleiche für Sie tun.« Kais Stimme wurde messerscharf. »In einer Woche. Thomas, ist Ishiyama verfügbar? Können Sie uns in die Planung einbauen?«

DeLon nickte vergnügt. »Ohne die geringsten Schwierigkeiten, Kai.«

»Gut. Ich danke Ihnen.« Kai starrte Victor Vandergriff an. »Ich erwarte, daß Sie diese Herausforderung annehmen. Mr. Kindt wollte uns beide in der Arena sehen, und jetzt wird er seinen Wunsch erfüllt bekommen, nicht wahr?«

Vandergriff richtete sich zu seiner vollen Größe auf, auch wenn sein scharfgeschnittenes Gesicht an Farbe verloren hatte. »Es wird mir ein Vergnügen sein, Sie und Kommandant Cox in Ishiyama zu stellen.«

»Sie betonen ständig, was für ein Vergnügen es für Sie sein wird, all diese Dinge zu tun, Mr. Vandergriff.« Galen zwinkerte Kai zu. »Ich hoffe nur, Sie haben auch gelernt, mit Enttäuschungen fertig zu werden.«

Katrina schob die Hand durch Galens Armbeuge und lächelte. »So, nachdem ihr Männer uns gezeigt habt, wie leicht es ist, Krieg zu führen, werde *ich* euch zeigen, wie man den Frieden genießt.« Sie nickte Herzog Ryan und seinen Männern zu. »Ich bin sicher, du hast Termine und Vorbereitungen zu treffen, deshalb wollen wir dich nicht länger aufhalten, lieber Cousin. Ich hoffe, wir werden uns noch häufiger sehen, während wir hier auf Solaris sind.«

Herzog Ryan neigte den Kopf. »An mir soll es nicht liegen.« Er grüßte Tormano Liao kurz zum Abschied und zog sich zurück, seine beiden Kämpfer im Schlepptau.

Galen reichte Kai die Hand. »Danke für die Rettungsaktion. Schön, dich wiederzusehen.«

»Ich muß zugeben, es hat mir Spaß gemacht, den Ausdruck auf Vandergriffs Gesicht zu sehen.« Kai drehte sich zu Nancy um. »Ich möchte euch Nancy Bao Lee vorstellen. Nancy, dies sind Herzogin Katrina Steiner-Davion, Lady Omi Kurita und Kommandant Galen Cox.« Nancy wirkte völlig überwältigt und brachte kein Wort heraus, als sie sich nacheinander vor den dreien verbeugte.

Katrina lachte sie an. »Und Sie sind die Frau, die Kais Herz gestohlen hat? Vor einem Jahr, als Morgan Kell in den Ruhestand trat, hat er auf Arc-Royal reihenweise Herzen gebrochen. Viele Frauen hatten es auf ihn abgesehen, aber ich kann verstehen, daß Sie gewonnen haben.«

»Nein, Hoheit, Kai und ich sind keine ...« Nancy wurde rot. »Ich will sagen, wir sind Freunde, glaube ich.«

Kai rettete sie, indem er sie unterhakte. »Wir sind nur befreundet. Mein Onkel hat uns erst heute abend bekannt gemacht. Sie arbeitet für ihn.«

Tormano bestätigte: »Sie ist meine Adjutantin und leistet ausgezeichnete Arbeit.« Er sah sich im Saal um. »Vergeben Sie mir, aber ich muß mich um die anderen Gäste kümmern. Ich komme wieder.«

»Danke, Onkel.« Kai sah Tormano hinterher, dann senkte er die Stimme zu einem Flüstern. »Bis jetzt ist dieser Empfang das gesellschaftliche Ereignis des Jahres, besonders weil Sie und Lady Kurita hier sind, Herzogin.« Kai blieb formell, um die soziale Kluft zwischen Nancy und den Adligen in der Gruppe zu überspielen. Als Thronerbe des St. Ives-Pakts war er den anderen Adligen gleichgestellt und konnte sie entsprechend behandeln. Er kannte Katrina und Omi gut genug, um sich sicher zu sein, daß sie Nancy gerne in den Kreis aufnehmen würden, aber das brauchte Zeit.

»Wenn dem so ist, sollten wir uns besser unters Volk mischen.« Katrina nickte jemandem im Saal zu. »Angesichts der Geschehnisse in der Isle of Skye könnten sich ein paar wohlgezielte Schmeicheleien als sehr hilfreich erweisen.« Sie sah auf, als Galen auf ihre Bemerkung reagierte, und drückte seinen Arm. »Ich werde den Samthandschuh geben, Galen, und du die Eisenfaust. Ich bin völlig einverstanden mit deinem Verhalten. Was für eine Arroganz. Ich hätte ihm eins auf die Nase gegeben.«

»Es wird mir eine Ehre sein, das für dich zu erledigen.«

Kai grinste, als Katrina Galen einen Kuß auf die Wange drückte. »Für so einen Preis lohnt es sich zu kämpfen.«

Die Herzogin zwinkerte ihm zu. »Dann bekommst du auch einen, wenn du gewinnst. Eine Niederlage wird Ryan guttun.« Katrinas Stimme wurde eiskalt, dann schauderte sie. »Verzeiht mir, aber er besitzt den Ehrgeiz der Steiners, und ich fürchte, er wird ihn dazu benutzen, das Vereinigte Commonwealth zu spalten.«

»Na gut, laßt uns gehen und neue Freunde machen.« Kai sah auf die Uhr, die er an der Innenseite des linken Handgelenks trug. »Wenn wir uns um Mitternacht wieder hier treffen, werde ich euch an einen Ort gar nicht weit von hier mitnehmen, der trotzdem Welten entfernt liegt.«

Omi lächelte. »Das hört sich nach etwas ganz Besonderem an.«

»Das ist es auch, Lady Kurita, das ist es.« Kai strahlte sie alle an. »Ich bin sicher, Walhalla ist anders als jeder Ort, den ihr je zuvor gesehen habt oder jemals danach sehen werdet.«

Herzog Ryan Steiner sah zu, wie sich die Gruppe auflöste und ihre Mitglieder in der Menge verschwanden. Er verdrängte seine Verärgerung, um in Gedanken die

Implikationen dessen durchzugehen, was sich soeben ereignet hatte. Währenddessen schwätzte Edenhoffer über irgendeine Nebensächlichkeit. Ryan lächelte und nickte an den richtigen Stellen, ohne ein Wort wirklich wahrzunehmen.

Die Herausforderung Galen Cox' würde mit Sicherheit Aufmerksamkeit erregen, und die Davion-freundlichen Kräfte würden das Duell wahrscheinlich als Begegnung zwischen den Kräften des Lichts und der Dunkelheit darstellen. Ryans Getreue würden es ebenso sehen, nur die Identifizierung der Kämpfer mit Licht beziehungsweise Dunkelheit würde sich entsprechend umkehren. Das konnte sich zu seinem Vorteil auswirken, *falls* seine Seite den Sieg davontrug. Victor konnte sich keinen Prestigeverlust leisten, nicht einmal in einem Moralitätenspiel, wie es dieser Kampf werden würde. Das Duell war eine echte Chance, sein Ansehen in der Öffentlichkeit Skyes weiter zu demontieren.

Andererseits waren die Chancen zweier junger, relativ unerfahrener Arenakämpfer, den amtierenden Champion von Solaris und einen kampferprobten Veteran der Clankriege zu besiegen etwa so groß wie die Chance, daß Melissa Steiner von den Toten auferstand und wieder auf ihren Thron stieg. Trotz aller Versicherungen seiner Kämpfer hegte Ryan keine Illusionen, was deren Aussichten betraf. Warum Kai Allard-Liao ausgerechnet die Kurita-Arena für diesen Kampf ausgewählt hatte, konnte Ryan nicht ergründen, aber er vermutete politische Beweggründe, die ihn weiter beschämen und Victor Davion zum Vorteil gereichen sollten.

Ryan erkannte, daß er die Bedeutung dieses Gefechts herunterspielen mußte. Seine beiden Kämpfer zu entlassen, wäre eine sinnlose Geste, die seinen Stall viel Geld und Ruhm kosten würde. Nachdem er sich von dem Duell nicht distanzieren konnte, mußte er sich bemühen, es aus den Schlagzeilen zu halten und seine Wirkung soweit wie möglich abzuschwächen, so daß es ihm nicht schaden konnte. *Falls* seine Kämpfer wider alle Erwartung doch siegen sollten, konnte er diesen Sieg immer noch gegen Victor ausnutzen.

Ich muß die Aufmerksamkeit in eine andere Richtung lenken. Er grinste, was Edenhoffer veranlaßte, seine Ausführungen über Neoretrokubismus in der Choreographie des Klasse-3-Kampfes weiterzuführen. Ryan entschied, Hansau eine Anweisung an das gesamte Untergrundnetz der Bewegung Freies Skye senden zu lassen, die Proteste auf den Welten der Region zu verstärken. Bis jetzt war alles relativ friedlich geblieben, und Davion hatte ihm durch harte Gegenmaßnahmen in die Hände gespielt.

In der nächsten Eskalationsphase würde die Freie Skye-Miliz wieder auftreten und mit Terroranschlägen gegen Davion-Ziele in der Isle of Skye beginnen. Sun-Tzus Zhanzheng de Guang hatte bewiesen, daß Victor entweder nicht bereit oder nicht in der Lage war, gegen kleinere terroristische Aktionen vorzugehen. 3034 hatten die Überfälle der Freien Skye-Miliz beinahe zu einer militärischen Besatzung durch Hanse Davions Truppen geführt. *Wie weit wirst du es treiben, Victor?* Da Richard Steiner, der Feldmarschall Skyes, unter Ryans Einfluß stand, würde jeder Befehl an Truppen des Vereinigten Commonwealth, die eigene Bevölkerung anzugreifen, eine offene Revolte auslösen, bei der Richard Victor als Verbrecher denunzieren und sich für Ryan erklären würde.

Das wird funktionieren. Ryan wandte sich mit einem Gestus extremer Höflichkeit an seine beiden Kämpfer. »Gentlemen, Sie können sich glücklich schätzen. Ich habe einen Weg gefunden, das Problem zu lösen, das Sie geschaffen haben.«

»Sie werden kein Problem haben, Mylord.« Edenhoffer grinste breit und zuversichtlich. »Wir werden gewinnen. Ich garantiere es.«

»Die einzige Garantie, die ich von *Ihnen* erwarte, ist die, sich nicht völlig lächerlich zu machen!«

Vandergriff war von Ryans barschem Ton überrascht. »Mylord, wir sind das Beste, was Solaris zu bieten hat.«

»Aber jetzt repräsentieren Sie mich, und dafür ist das nicht gut genug.« Ryans schwarze Augen funkelten. »Tun Sie mir einen Gefallen – wenn Sie nicht gewinnen können, erweisen Sie mir wenigstens die Höflichkeit, im Duell zu fallen, um mir die Entscheidung abzunehmen, ob ich Sie für Ihr Versagen liquidieren lassen muß.«

16

Solaris City, Solaris VII
Mark Tamarind, Vereinigtes Commonwealth

31. März 3056

Die drei Schweber glitten wie ein Rudel Wölfe auf Streifzug in einem wildreichen Wald durch die vom Regen glattgewaschenen Straßen Schlesiens. Niemand nahm die Fahrzeuge bewußt zur Kenntnis, aber die Passanten schienen die Absicht und Zielsicherheit der Insassen zu spüren. Die schwarzen Schweber gingen hart in die Kurven und zuckten die Fahrbahn entlang, ganz auf ihr Ziel gerichtet. Sie vertrödelten keine Zeit im Labyrinth der Gassen.

Kai Allard-Liao saß in einer Ecke der Sitzbank im Fonds des Fahrzeugs und zeigte mehr Interesse an den Reaktionen der übrigen Fahrgäste als an der Welt außerhalb des Wagens. Nancy Bao Lee saß neben ihm, angenehm dicht, aber unbequem, denn auf ihrer anderen Seite saß Omi Kurita. Thomas DeLon saß Kai gegenüber. Katrina hatte sich in der Mitte der Sitzbank niedergelassen, und Galen saß Omi gegenüber. Die drei Besucher studierten die Straßen aufmerksam und reagierten betroffen, wenn die Scheinwerfer eine unerwartet brutale oder furchteinflößende Szenerie aus dem Dunkel rissen.

Katrina schüttelte den Kopf, als sie zwei Passanten um ein Stück Stoff kämpfen sah. »Wie können Menschen so leben?«

»Sie leben so, wenn sie keine andere Wahl haben.« Kai drehte sich und klemmte sich in die Ecke zwischen Sitzpolster und Schweberwand. »In einer freien Marktwirtschaft gibt es immer Menschen, die sich nicht in die Gesellschaft einpassen können und in eine solche Armut abrutschen. Wenn man das nicht mitansehen will, erschafft man öffentliche Einrichtungen und verabschiedet Gesetze, die den Menschen Wohnung, Nahrung und Arbeit garantieren, aber auf diese Weise baut man einen Polizeistaat auf.«

Die Herzogin runzelte die Stirn. »Das ist Blödsinn. Woher hast du denn diese Spinnereien? Dagegen muß man doch etwas unternehmen. Diese Menschen sind gezwungen, wie die Tiere zu leben.«

»Für manche Menschen stimmt das tatsächlich.« Kai sah zu DeLon hinüber. »Ich arbeite daran, einige wohltätige Stiftungen zu finanzieren und dadurch meine Stallbesitzer-Konkurrenten so zu beschämen, daß sie es mir gleichtun. Letztendlich können wir diesen Leuten aber nur Möglichkeiten anbieten. Wir können sie nicht zwingen, sie auch anzunehmen.«

Katrina nickte. »Sicher, wir können sie nicht zu ihrem Glück zwingen, aber das ist keine Entschuldigung, nichts zu tun.«

»Man kann den Menschen Bildung vermitteln und ihnen die Chance anbieten, die Verantwortung für ihr Leben zu übernehmen.« Omis leise Stimme war wegen des Motorengeräuschs der Schweberpropeller kaum zu verstehen. »Wenn sie nicht in der Lage sind, diese Verantwortung zu übernehmen, zwingt uns unser Mitgefühl zu tun, was immer nötig ist, um ihr Leben erträglich zu machen.«

»So ist es.« Als der Schweber langsamer wurde, hob Kai den Kopf. Das Vorausfahrzeug drehte sich auf der Straße und blockierte die Arnulfstraße westlich eines nicht weiter auffälligen Lagerhallengebäudes. Der Wagen hatte sich kaum zu Boden gesenkt, als die Türen aufsprangen und vier VC-Sicherheitsagenten ausstiegen. Hinter dem mittleren Fahrzeug vollführte der Wagen mit den draconischen Leibwächtern ein entsprechendes Manöver und blockierte die Arnulfstraße nach Osten. Auch seine Insassen sprangen aus dem Fahrzeug.

Erst jetzt öffneten sich auch die Türen ihrer Limousine, und zwei Agenten halfen ihnen beim Aussteigen. Keith und Kristina, die im vordersten Wagen mitgefahren waren, und Larry, der den draconischen Wagen dirigiert hatte, schlossen sich ihnen an, als sie auf die Rauchglastüren des Gebäudes zugingen, vor dem sie geparkt hatten. Kai erreichte die Tür zuerst und zog sie auf. »Willkommen in Thors Schildhalle, dem berüchtigsten MechKriegerunterschlupf auf Solaris.«

An den schmerzhaft verzogenen Mienen sämtlicher Leibwächter erkannte Kai, wie wenig ihnen der Gedanke gefiel, ihre Schutzbefohlenen an einen solchen Ort zu begleiten. Aber Kai hätte diesen Ausflug niemals vorgeschlagen, wenn er geglaubt hätte, seinen Freunden könnte hier etwas zustoßen. Thors Schildhalle hatte einen schlechteren Ruf als sie verdiente, vor allem, weil viele lokale Salonlöwen und Nobelkätzchen hierherkamen, um ›Unterweltluft‹ zu schnuppern. Ein paar kleinere unangenehme Zwischenfälle waren durch wiederholte Erzählungen dermaßen aufgebauscht worden, daß sie schließlich auch bis zu den nationalen Sicherheitsbehörden der Großen Häuser gedrungen waren.

Sie gingen einen kurzen Korridor entlang und stiegen eine Treppe auf der linken Seite hoch. Kai nickte dem Portier zu und reichte ihm einen Hundertcreditschein. »Guten Abend, Roger. Ich habe gehört, der Einlaß nach Walhalla soll heute abend auf wenige Auserwählte beschränkt sein.«

Die C-Note verschwand in der schmalen Hand des Mannes. »Es ist wirklich eine Schande, wie begrenzt die Kapazitäten sind. Wirklich sehr begrenzt.«

»Danke, mein Freund.« Kai wandte sich nach rechts und ging an der neonbeleuchteten Theke vorbei. Ein VerCom-Sicherheitsagent ging ihm durch einen abgedunkelten Teil der Bar voraus, wobei er die kirschrote Glut der Opiumpfeifen geflissentlich ignorierte, und öffnete einen dicken Vorhang, hinter dem zwei Rampen zum Vorschein kamen. Die Rampen machten eine Kehre und endeten auf einem Balkon ungefähr über Rogers Posten.

Das rubinrote Licht eines Laser-Kennungsscanners spielte über Kai, als er auf die Druckplatte unter dem Teppichboden trat. Hinter einer kugelsicheren Glasscheibe nickte ihm ein Wachtposten zu. »Willkommen, Champion, mitsamt Ihren Gästen.«

Eine dunkle Glaswand glitt auf, und Kai trat beiseite, um zwei draconische Leibwächter durchzulassen. Als sie nickten, folgte ihnen die Gruppe ins Innere Walhallas. Er lächelte, als er ihre anerkennenden Worte und fröhliches Lachen hörte.

Die Spielwelt kannte zwei Ebenen der Realität. Eine davon war die alltägliche Welt, die voll war von Adligen und Industriemagnaten, deren Bedeutung sich von ihrer Existenz außerhalb von Solaris ableitete. Geld oder erbliche Titel verliehen ihnen eine enorme Macht, und ein großer Teil dieser Macht war auch auf diesem Planeten spürbar. Ihnen allen gebührte Respekt, und sie wurden gebührend empfangen, wo immer sie erschienen.

Außer in Walhalla.

In Walhalla regierte die zweite Realität. Hier waren die Männer und Frauen, die in den über die Oberfläche des Planeten verteilten Arenen fochten, die wahren Adligen von Solaris. Nur die Besten der Besten hatten Zutritt zu Walhalla – so gut Larry Acuff auch war, ohne Begleitung Kais wäre er hier nicht hereingekommen. Die Krieger in Walhalla zählten zu den fünfzehn Prozent der Besten auf Solaris, wobei Roger, der Portier, nach einer arkanen Formel, die nur er allein verstand, die alleinige Auswahl traf. Jeder MechKrieger hier in der Halle der Toten war in der Lage, über neunzig Prozent der MechKrieger in den Armeen der Inneren Sphäre im Zweikampf zu besiegen. Das machte sie des Respektes auf Solaris und anderenorts mehr als würdig.

Walhalla selbst atmete eine anachronistische Atmosphäre, die diesem Ort eine Majestät und Legitimität verlieh, wie sie kaum ein anderer Ort auf diesem von Verfall und Plastik geprägten Planeten beanspruchen konnte. Die gesamte Langhalle war aus echten, seltenen Hölzern gebaut. Die Bretter waren rauh, unbearbeitet, und an den Säulen, auf denen die hohe Decke ruhte, konnte man noch die Spuren der Äxte sehen, die sie gefällt hatten. Tierfelle von zwei Dutzend verschiedenen Welten dekorierten die Wände, und handgewebte Vorhänge schlossen die Nischen ab, die sich entlang beider Wände zogen.

Der Großteil der Beleuchtung stammte von einem holographischen Feuer in der Mitte des Saales. Holographische Fackeln in Halterungen an den Wänden vertrieben die restlichen Schatten. Riesige lange Tische und passende Bänke, allesamt von Hand aus dicken Brettern gezimmert, zogen sich an der Längsachse des Raumes entlang und ließen nur für das Feuer Platz. Am hinteren Ende des Saales schloß eine Empore, auf der ein weiterer Tisch quer zum Raum stand, die Einrichtung ab. An der Rückwand erhob sich eine Reihe hochlehniger Sessel, einschließlich eines auf dem Ehrenplatz in der Mitte, der an einen Thron erinnerte.

Die Schilde, die an Pfählen vor den Nischen hingen, trugen die Insignien der Kämpfer, denen die jeweilige Nische gehörte. Sie wurden von Roger zugeteilt, und eine nicht unbeträchtliche Anzahl derer in der Nähe des Eingangs gehörten Adligen, die teuer für das Privileg bezahlten, Einlaß nach Walhalla zu bekommen. Die Nischen in der Nähe der Empore waren für bedeutende Kämpfer reserviert, die sich aus der Arena zurückgezogen hatten oder denen Roger eine besonders gute Chance einräumte, bis zum Ruhestand zu überleben.

Auf dem Weg zur Empore begrüßte Kai viele der anwesenden Krieger. Als Champion hatte er das Recht, auf dem Thron Platz zu nehmen, aber statt dessen hielt er an einer mit zwei Schilden dekorierten Nische an. Der obere zeigte einen Grabstein, auf dem eine schwarze Kunsthand eine feurige Supernova hielt. Das Herz der Supernova war in ein Yin-Yang-Symbol verwandelt, und dieses Zeichen war allen in Walhalla Versammelten als das Logo des Zenotaphstalls bekannt.

Der Schild darunter war mit einem eher komischen Symbol bemalt. Ein cartoonhaft anmutender Geist sah den Betrachter mit einem schockierten Gesichtsausdruck an. Ein leuchtend rotes Fadenkreuz über seiner Gestalt bot ihm hinreichend Anlaß für seine Entgeisterung. Obwohl es schon etwas verblaßt war, zeugte das Symbol von einer gesunden Verachtung für das Gladiatorensystem, das es hervorgebracht hatte.

Kais Gäste schoben sich auf die Bänke zu beiden Seiten des Tisches in der Nische. Er setzte sich an den Kopf der schmalen Tafel und nickte dem Leibwächter zu, der den Vorhang schloß. Anschließend betätigte Kai unter der Tischplatte an seinem Platz einen versteckten Knopf, der verschiedene Abschirmgeräte gegen unerwünschte Lauscher aktivierte. »Willkommen in Walhalla.«

Galen nickte anerkennend. »Ich habe vorne das Zenotaph-Logo gesehen, aber was ist das für ein Geist?«

DeLon grinste schon, noch bevor Kai zur Erklärung ansetzen konnte. »3016 wurde Gray Noton Champion von Solaris. Er hielt den Titel, bis er sich 3022 zur Ruhe setzte. Sein Symbol hat er entsprechend seinem Beinamen entworfen: Legendenkiller. Diesen Namen hat er auch seinem *Kampfschütze* gegeben. Das hier war Notons Nische. Nach dessen Ermordung 3027 übernahm sie mein Vater. Er hat *Legendenkiller* benutzt, um den damaligen Champion Philip Capet auszuschalten.«

Delon nickte. »Ich habe einen von Notons letzten Kämpfen gesehen. Er war sehr gut und hat sich Titel und Spitznamen verdient. Kein Kämpfer vor oder nach ihm hat das Championat so lange halten können – auch wenn viele Stimmen behaupten, der derzeitige Champion könnte diesen Rekord brechen.«

»Zweieinhalb Jahre kommen den sieben, die Noton an der Spitze der Rangliste stand, nicht einmal nahe.« Kai schüttelte den Kopf. »Wu Deng Tang könnte meiner Herrschaft ein Ende machen, oder Galen könnte auf die Idee kommen, mich herauszufordern, nachdem wir Vandergriff und Edenhoffer erledigt haben.«

»Wohl kaum. Ich habe gesehen, wie du letztes Jahr auf Arc-Royal in einem Simulatorkampf einen Khan des Wolfsclans fertiggemacht hast, Kai.«

»Und Phelan hat *mich* abgeschossen.«

Galen zuckte die Schultern. »Details. Ich bin jedenfalls froh, dich zum Verbündeten zu haben. Ich habe keine Lust, gegen dich antreten zu müssen.«

Larry Acuff kicherte. »Das hörst du nicht zum erstenmal, was, Kai?«

Kai hätte es vorgezogen, Larrys Kommentar wortlos zu übergehen, aber als Gastgeber am Kopf der Tafel sah er sich dazu nicht in der Lage. »Da hast du recht.«

Nancy, die zu seiner Rechten saß, legte die Hand auf seinen Arm. »Hört sich an, als wäre damit eine Geschichte verbunden.«

»Und was für eine«, setzte Larry nach.

»Nicht so bescheiden.« Nancy drückte Kais Arm. »Wir möchten sie alle hören.«

Kai verzog das Gesicht. Larry sah ihn einen Moment betroffen an, aber ein schnelles Grinsen beruhigte ihn wieder. Kai wußte genau, auf welches Ereignis Larry angespielt hatte, und er war stolz darauf, aber er hatte es lange vermieden, darüber zu reden. Larry wußte davon, weil er auf Alyina gewesen war, als es geschah, aber Kai hatte nicht einmal mit seiner

Familie Einzelheiten seiner Erlebnisse dort geteilt, geschweige denn mit einer Gruppe, zu der eine Reihe praktisch Wildfremder gehörten.

Als er sich jetzt daran erinnerte, waren seine Gefühle weniger scharf und schmerzhaft, als er erwartet hatte. Seine gesamten Erfahrungen auf Alyina waren von dem fürchterlichen Zerwürfnis mit Deirdre Lear am Tag vor seiner Abreise gefärbt. Alles Positive daran hatte sich um sie gedreht, und ihre Trennung hatte es dem Spott preisgegeben. Er hatte eine Sammlung von Erinnerungen zurückbehalten, die allesamt von Schrecken, körperlichem Schmerz und emotionalen Qualen durchsetzt waren. Es war schon verständlich, daß er sie nicht bei jeder Gelegenheit aufwühlen wollte.

Aber die Arbeit mit Leuten wie Larry, die Möglichkeit, sie kennenzulernen und ihnen neue Möglichkeiten zu bieten, hatte ihm geholfen, einen Teil der Erinnerungen von seinen Schwierigkeiten mit Deirdre zu lösen. Er konnte ohne Schwierigkeiten erzählen, was Larry miterlebt hatte, aber er war sich nicht sicher, ob das auch für diese Runde galt. In dem Augenblick, in dem ihm der Gedanke kam, daß er sie nicht ins Vertrauen ziehen wollte, verband er diesen Unwillen mit der Angst, noch einmal so verletzt zu werden, wie es ihm mit Deirdre geschehen war. Kai wußte, er hatte sie wahrscheinlich ebenso verletzt, aber das machte seine Schmerzen nicht geringer. Trotzdem, es bot ihm die Möglichkeit, sie beiseite zu schieben und anderen neues Vertrauen entgegenzubringen.

Es ist lächerlich anzunehmen, ich könnte diese Geschichte einem Mann wie Galen nicht anvertrauen. Ich bin bereit, mit ihm zu kämpfen, und will ihm nicht einmal von diesem Zwischenfall erzählen, der doch bestenfalls als unwichtige Anekdote rangiert. Er lehnte sich zurück. »Das ist keine Bescheidenheit, Nancy. Es ist nur ein Teil meines Wesens, der mich zu einem sehr zurückhaltenden Menschen macht. Aber hier sind wir unter Freunden, deshalb werde ich euch erzählen, worauf Larry anspielt. Natürlich hat seine Ankündigung das alles viel wichtiger erscheinen lassen, als es tatsächlich war.«

»Ihr hättet es aus meiner Perspektive sehen müssen.« Larrys Grinsen wurde merklich breiter. »Für ihn war es nichts, aber für mich war es unglaublich.«

Kai rutschte unangenehm berührt auf seinem Platz umher. »Das Ganze geschah während meiner Zeit auf Alyina. Ich konnte der Gefangennahme durch die Clans entgehen, und als ComStar sich entschloß, die Kontrolle über den Planeten an sich zu reißen, habe ich mit einigen Clansmännern zusammengearbeitet, um sie aufzuhalten.«

Larry beugte sich vor und stützte die Ellbogen auf den Tisch. »Ich werde euch einen gewissen Hintergrund liefern. Ich war gefangengenommen worden und saß in einer Gefechtsbasis fest, die sie in ein Gefangenenlager verwandelt hatten. ComStar hatte die Verwaltung. Wir wurden ziemlich hart angepackt, und sie hatten Kopfgeldjäger ausgeschickt, um nach Leuten wie Kai zu suchen. Nachdem Kai ihnen einmal entkommen war, waren sie besonders wild auf ihn. Er hatte einen Toten nach TZ gebracht – unser Lager hatte den Namen Tango Zephyr – und die Belohnung für ihn kassiert. Damals waren ihm die Elementare auf den Pelz gerückt. Er hat einen von ihnen im unbewaffneten Zweikampf getötet, was die anderen Elementare nur noch wütender auf ihn machte.«

Kai unterbrach ihn. »Das ist doch wirklich nicht wichtig, Larry.«

Galen schauderte. »Ich habe Elementare aus der Nähe gesehen. Sie sind riesig, wahre Monster, auch ohne ihre Rüstungen.«

»He, die normalen sind Fliegendreck verglichen mit Taman Malthus. Er hatte einen Blutnamen, und er war hinter Kai her.« Larry sah Kai verlegen an. »Sorry, Boß, aber es ist die Wahrheit, und du weißt es auch.«

Kai seufzte. »Na, jedenfalls haben Malthus und ich ein Abkommen getroffen, das auch die Freilassung aller Kriegsgefangenen beinhaltete. Wir fuhren zusammen nach Tango Zephyr, um das Lager aufzulösen. Malthus erzählte den Männern, daß er gegen mich gekämpft hatte und kein Verlangen danach hatte, mich weiter zum Feind zu haben. Statt dessen zog er mich als Verbündeten vor.«

Katrina lachte. »Sie hatten recht, Larry. Die Geschichte muß man wirklich aus Ihrer Sicht kennen.« Sie blickte hinüber zu Kai und zog die linke Augenbraue hoch. »Davon hat mein Bruder mir nie etwas erzählt.«

Der Champion von Solaris verzog das Gesicht. »Weil er es nicht weiß. Er hat schon viel zuviel um die Ohren. Ich rede nicht gerne über meine Zeit auf Alyina, weil ich mich nicht als Held aufspielen will. Ich habe nichts getan, was Larry oder einer der anderen nicht auch gemacht hätte, wenn sie die Gelegenheit gehabt hätten. Wenn ich ein echter Held wäre, hätte ich eine Möglichkeit gefunden, Leute aus Tango Zephyr rauszuholen.«

»Hast du doch, Boß.«

»Ich hätte es schon eher tun müssen.« Kai hob die Hände. »Aber das ist sowieso alles nebensächlich. Malthus hat erklärt, daß er gerne mein Verbündeter war, und ich habe den größten Respekt vor diesem Mann. Er war ein verteufelt guter Kommandeur, und bei den Clans einen Blutnamen zu gewinnen, das ist schon eine Leistung.«

DeLon nickte. »Hört sich nach einem beachtlichen Mann an.«

»Ich denke, er würde Ihnen gefallen, Thomas. Sie werden eine Chance bekommen, ihn kennenzulernen, wenn ComStar und alle anderen Stellen zustimmen,

Malthus und seinem Stern einen Besuch hier zu ermöglichen. Ich erwarte sie rechtzeitig zu meinem Titelkampf.«

»Wenn die Einigung zustandekommt *und* der Flugplan hält.« Keith Smith wirkte leicht verärgert. »Ein paar der Schiffe, die wir reserviert haben, sind in Bewegung, aber noch hält meine Kette.«

»Ja, *wenn* die Verbindungen klappen. Danke, daß du dich darum kümmerst, Keith.« Kai betätigte einen zweiten Knopf an der Tischunterseite. »Aber jetzt haben wir lange genug auf dem Trockenen gesessen.« Eine weibliche Bedienung tauchte auf. »Hier gibt es jeden Drink der Inneren Sphäre. Bestellt, was Ihr wollt. Meinen Gästen soll es an nichts fehlen.«

Lyons
Isle of Skye, Vereinigtes Commonwealth

Peter Davions Augen brannten. Er saß in der Dunkelheit und starrte auf den Holovidschirm. Im Vordergrund des Bildes strich sich die Reporterin eine dunkle Haarsträhne aus dem Gesicht. Sie wirkte erschöpft und aufgeregt, wie es sich für einen Bericht über die wahrscheinlich größte Story ihrer bisherigen Laufbahn gehörte. Möglicherweise konnte sie mit diesem Bericht das Interesse eines Senders auf einer größeren Welt erregen.

»Wie die Polizei inzwischen bestätigte, hat die Freie Skye-Miliz die Verantwortung für diesen Terroranschlag übernommen.« Hinter ihr waren drei Löschzüge der örtlichen Feuerwehr vollauf mit dem Kampf um die Rettung eines lodernden Gebäudes beschäftigt. »Der Sprecher der Terroristen erklärte, das städtische Prince-Ian-Davion-Gymnasium sei zum Ziel des Bombenanschlags geworden, weil es sich nach Überzeugung der FSM um ein – ich zitiere – ›Davion-Indoktrinationszentrum‹ gehandelt habe. Die Freie Skye-Miliz, von der bisher angenommen wurde, sie habe sich vor zweiundzwanzig Jahren, nachdem die Skye-Krise durch die Intervention Herzog Ryan Steiners beigelegt wurde, aufgelöst, ist eine Gruppe, die sich – ich zitiere wieder – ›dem Kampf gegen den Kulturimperialismus der Vereinigten Sonnen‹ verschrieben hat. Die Organisation hat sich lange Zeit der Bildung des Vereinigten Commonwealth widersetzt. Zur Zeit ist nicht bekannt, ob es sich bei dieser FSM um dieselbe Organisation handelt, die bereits 3034 aktiv war, oder um ideologische Erben der ursprünglichen Terroristen.«

Peter knirschte im Dunkel mit den Zähnen. »Wenn kümmert's. Es sind Terroristen, und sie stecken mit Ryan Steiner unter einer Decke. Ich weiß es.«

Die Holovidreporterin sprach weiter. »Die Explosion fand um drei Uhr morgens statt. Zu diesem Zeitpunkt war das Schulgebäude glücklicherweise verlassen. Nur zwölf Stunden vorher war es noch voller Besucher, die gekommen waren, um mitzuerleben, wie Herzog Peter Davion einer Schülerin das erste Melissa-Steiner-Gedenkstipendium überreichte. Experten vermuten, daß eine Explosion während dieser Zeremonie geplant war, was höchstwahrscheinlich den Tod Peter Davions zur Folge gehabt hätte – eine tragische Parallele zur Ermordung seiner Mutter durch einen ähnlichen Bombenanschlag vor neun Monaten.«

Peter lief es eiskalt den Rücken hinunter. Er war erst zweiundzwanzig und nur durch die Nachlässigkeit eines Terroristen dem Tod entgangen. Bei seiner Ausbildung an der Militärakademie New Avalon und in Mechmanövern mit der Miliz hatte er sich zahllose Male einem simulierten Tod gestellt. Er hatte sich häufig vorgestellt, in einem glorreichen Gefecht das Leben zu lassen, wie sein Onkel Ian und unzählige Verwandte auf beiden Seiten der Familie vorher. Er hatte kaum fassen können, wie Victor einem solchen Tod bisher entgangen war. Peter hatte sich entschieden, im Cockpit eines BattleMechs abzutreten.

So hatte er es sich vorgestellt.

So wünschte er es sich.

Aber beinahe wäre es ganz anders gekommen. Die Erkenntnis, daß er Opfer eines Attentats werden konnte, genau wie seine Mutter, erschütterte ihn. Er war vom Ruhm und der Romantik des Kriegerlebens angezogen worden. Er hatte geglaubt, solange sein Bruder und seine Schwester vor ihm Anspruch auf den Thron hatten, bestünde seine einzige Chance, ein Held zu werden, darin, das Vereinigte Commonwealth mit Waffengewalt zu verteidigen.

Der Gedanke, er könnte als Märtyrer enden, war ihm nie gekommen.

Abrupt verblaßte seine Selbstbetrachtung, als das lächelnde Gesicht der jungen Gymnasiastin vor sein inneres Auge trat, der er das Stipendium überreicht hatte. Sie hatte verlegen mit ihren rotblonden Locken gespielt, während er den fünfhundert Gästen in der Aula die Liste ihrer Leistungen vorgelesen hatte. Sie hatte ihre Nervosität besiegt, als sie ihm gedankt und eine kurze Rede über ihrer Zukunftspläne und darüber gehalten hatte, was es bedeutete, Bürger dieser Nation zu sein. Die Zuhörer hatten ihr reichlich Beifall gespendet, nicht nur aus Stolz über ihre Leistungen, sondern auch aus Bewunderung für ihre hochgesteckten Ziele.

Sie hatte Peter beeindruckt, und der Gedanke, sie hätte in Feuer und Rauch sterben können, nur weil irgend jemand einen perversen Haß auf ihn und seine Familie hegte, machte ihn wütend. Seine Lebensaufgabe war es, die Menschen des Vereinigten Commonwealth zu beschützen, nicht, sie durch seine bloße Anwesenheit in Gefahr zu bringen. Daß es Menschen gab, die bereit waren, ein Mädchen wie sie zu verletzen oder gar umzubringen, nur um ihn zu erwischen, war wahnwitzig, aber Peter hatte keinen Zweifel, daß die FSM es wieder versuchen würde, und beim nächsten Mal würden sie nicht so schlampig arbeiten.

Wenn es denn so kommen muß – ich bin bereit. Er nickte und schaltete den Monitor aus. »Es wird der Tag kommen, wo wir einander in die Augen sehen«, sagte er in die Finsternis, »und wenn es soweit ist, werde ich nicht als erster blinzeln.«

17

Tharkad City, Tharkad
Distrikt Donegal, Vereinigtes Commonwealth

1. April 3056

Lieber den Donner von tausend Kanonen als einen Trompetenstoß! Victor Davion wußte nicht, ob es ein Zitat war, an daß er sich erinnerte, oder ob ihm diese Formulierung gerade selbst eingefallen war, aber sie faßte seine Gefühle perfekt zusammen. Hätte es in seiner Macht gestanden, die protzige Ehrenzermonie im Thronsaal des Archontenpalasts der Triade auf Tharkad abzuschaffen, hätte er diese Möglichkeit mit Freuden wahrgenommen. *Und ich bin ziemlich sicher, daß der Mann, den ich heute ehren will, auf diesen ganzen Zirkus ebensogern verzichten würde.*

Ein Fanfarenstoß dröhnte unter Krachen und Zischen aus den Lautsprechern. Victor zog die Jacke seiner Ausgehuniform gerade und strich eine letzte Haarsträhne unter die Krone, dann nahm er Haltung an. »Seine Hoheit, Victor Ian Steiner-Davion, Archon-Prinz des Vereinigten Commonwealth, Oberster Marschall der Vereinigten Commonwealth-Streitkräfte, Herzog von Tharkad, Herzog von New Avalon, Herzog von Donegal, Landgraf von Bremen, Minister für die Mark Crucis, Erster Lord des Sternenbundes.« Ein weiterer Fanfarenstoß meldete das Öffnen der Türen vor ihm, und Victor marschierte steifbeinig den roten Teppich zu den beiden Thronen der Triade hinauf.

Mancher der Anwesenden mochte seine zackigen Bewegungen seinem Wunsch nach militärischer Präzision zuschreiben, aber in Wirklichkeit waren sie das äußere Anzeichen unterdrückter Wut. *Ich hatte den Großmarschall angewiesen, die Zeile mit dem Ersten Lord des Sternenbundes aus der Ankündigung zu streichen. Es ist mir egal, ob sie seit dem Zusammenbruch des Sternenbunds vor dreihundert Jahren Teil der Zeremonie ist. Das ist eine Farce, und ich bin nicht bereit, das mitzumachen.* Er stampfte den blutroten Teppich hinab.

Nach einer Weile zwang sich der Erste Prinz, langsamer zu werden. Er zügelte seine Wut. Die an eine Kathedrale erinnernde Kuppeldecke und gewaltigen Steinsäulen erinnerten an ein Zeitalter, als Kraft noch in Stein zum Ausdruck gebracht wurde und Männer Stahlrüstungen anlegten, um sich im Kampf zu messen. *In jenen Tagen wäre ich Futter für eines anderen Klinge geworden.*

Die Zeiten hatten sich verändert, aber nicht so sehr, daß es gelungen wäre, den Krieg abzuschaffen. In den zweitausend Jahren, seit auf Terra Karl der Große sein Szepter geschwungen hatte, hatte die Menschheit die Sterne erobert. Ganze Welten hatte sie zu ihren Schlachtfeldern gemacht, und zusammen mit den größeren Konflikten waren auch ihre Waffen gewachsen. Anstatt sich in eine eiserne Rüstung zu zwängen, umgab sich der Krieger des einundreißigsten Jahrhunderts mit einem riesigen, waffenstrotzenden BattleMech.

Auf der Empore, zu der Victor Davion unterwegs war, standen zwei Thronsessel. Victor erreichte sie, ohne sich zu den Menschen umzusehen, die zu beiden Seiten des roten Läufers standen. Das hatte ihn aber nicht davon abgehalten, gelegentlich zur Seite zu nicken. Ihm wurde bewußt, daß er die Neigung besaß, auf grelle Farben und vereinzelte hübsche junge Adelstöchter zu reagieren, die von ehrgeizigen Eltern nach vorne geschoben wurden. Er hatte sich selten, wenn überhaupt, dazu überreden lassen, eine dieser Frauen als Begleiterin für ein gesellschaftliches Ereignis zu akzeptieren. Wenn er die wenigen Gelegenheiten Revue passieren ließ, wo es doch soweit gekommen war, mußte er sich eingestehen, daß es ihm mehr Spaß gemacht hatte, sich mit irgendeinem Holovidkameralehrling zu unterhalten als mit irgendeiner dieser jungen Adligen.

Victor, möglicherweise bist du zu sehr Krieger, um einen guten Adligen abzugeben.

Er stieg die Marmorstufen hinauf und verneigte sich vor dem lyranischen Thron. Wäre Katherine auf Tharkad gewesen, hätte sie dort gesessen. Dementsprechend nahm er auf dem zweiten Thron, dem der Vereinigten Sonnen, Platz.

Nachdem er sich gesetzt hatte, öffneten sich Tore in der Rückwand des Saales, und zwei BattleMechs stampften herein, um als Wächter neben den Thronen Aufstellung zu nehmen. Auf der linken Seite ragte ein *Marodeur* auf, eine riesige, aber gedrungene Maschine mit zwei wuchtigen, kantigen Geschützmanschetten an den Enden bemerkenswert schlanker Arme. Die Beine des Mechs waren nach hinten abgewinkelt, und der zylindrische Rumpf ragte vor, was dem Kampfkoloß ein fremdartiges und erschreckendes Aussehen verlieh. Die Tatsache, daß er im Schwarz und Gold der Ersten Kathil-Ulanen lackiert war, dämpfte den Schrecken etwas, denn die Ulanen waren für fanatische Loyalität den Vereinigten Commonwealth-Streitkräften gegenüber bekannt.

Der zweite Mech, der neben dem Thron stand, über dem das Banner des Lyranischen Commonwealth hing, wirkte humanoid, wie ein Bewaffneter, der auf die Befehle seines Lehnsherren wartete. Der *Kreuzritter* war als Anerkennung für Galen Cox gedacht, der einen Mech dieses Typs führte. Eigentlich hätte er im Blau und Gold der Zehnten Lyranischen Garde bemalt sein müssen, aber mit Galens Einwilligung besaß der *Kreuzritter* einen roten Torso, schwarze Beine und schwarze Verzierungen, wie es bei der Söldnereinheit Kell Hounds üblich war. Eigentlich hätte er das Farbschema der Gray Death Legion tragen müssen, aber die Zeremonie zu deren Ehrung würde nur einen Tag dauern, und Victors Schuld den Kell Hounds gegenüber war noch lange nicht abgetragen.

Der Großmarschall – wahrscheinlich einer seiner entfernten Vettern oder so – rief verschiedene Höflinge nach vorne. Victor lächelte, als würde er sie erkennen. Die meisten Bittsteller wollten kleine Ländereien oder Ausnahmeregelungen zu bestimmten Gesetzen, oder sie wurden mit der Audienz für irgendwelche Leistungen auf ihrem Spezialgebiet belohnt. Die Liste reichte vom Ackerbau bis zur Trividkunst, von der Zubereitung besonderer Speisen bis zur Klassifizierung irgendwelcher wissenschaftlicher Trivialitäten. Sie wirkten allesamt furchtbar nervös – oder hoffnungslos eingebildet –, und Victor war versucht, die Zeremonie abzubrechen und eine Umfrage zu starten, wer von den so Geehrten es vorgezogen hätte, seine Anerkennung per ComStar zugestellt zu bekommen.

Inzwischen war Victor abgeklärt genug, das Laserblitzlicht zu seiner Linken zu ignorieren. Jedes Nicken, jede Auszeichnung, jedes Lächeln wurde in einer Holographie verewigt, die der Empfänger in Ehren halten – falls ihm dies politische Nachteile bringen könnte – so gut wie möglich verstecken würde. Er mißgönnte diesen Leuten ihre Auszeichnungen nicht, denn irgendwie hatten sie alle einen Beitrag zum Wohlergehen der Gesellschaft geleistet, auch wenn es sich um Beiträge handelte, die er nicht verstand oder denen er keinen praktischen Wert beimaß. Was den Prinzen wirklich ärgerte, war der Zeitverlust bei seinen Aktivitäten gegen die politische Krise, die sein Reich bedrohte.

Wenigstens werde ich bei einer der heutigen Auszeichnungen zwei Fliegen mit einer Klappe schlagen. Victor fror das Lächeln auf dem Gesicht ein. Die Auszeichnung für Oberst Grayson Death Carlyle würde diese ganze Feier retten. Glengarry war ein unwichtiger Hinterwäldlerplanet, aber jede sichere Welt in der Isle of Skye war wichtig. Die Nachrichten aus diesem Raumsektor waren in letzter Zeit durchgehend erbärmlich.

Die Rückkehr der Freien Skye-Miliz machte Victor Sorgen, besonders da ihre erste Aktion ein beinahe erfolgreicher Mordanschlag auf seinen Bruder gewesen war. Curaitis zufolge hatten sich die Leute des Geheimdienstsekretariats vergewissert, daß die Bombe bei Peters Auftritt in der Schule noch nicht gelegt gewesen war. Die Terroristen hatten sie später an Ort und Stelle plaziert und nur den Eindruck erweckt, als wäre das Attentat durch einen kleinen Fehler mißlungen. Trotzdem, die Präsenz von Terroristen markierte eine Eskalation der Unruhen in der Mark Skye. Ryan erhöhte den Einsatz im Machtpoker.

Ryan spielte sein Blatt gekonnt aus. Die Geheimdienstdaten von Solaris strömten nur so herein, und Victor konnte es kaum erwarten, bis Galen und Kai Ryans Kämpfer zerlegten. Curaitis war erfreut über die Daten, die sie aus Ryans Büro erhielten, aber er hatte darauf hingewiesen, daß es einige Zeit dauern konnte, bis sie durchschaut hatten, was der Herzog plante. Ryan benutzte eine Serie von Codes, um sich mit den subversiven Elementen in Skye in Verbindung zu setzen, und solange Curaitis und seine Leute keinen Schlüssel in die Hand bekamen, würde es praktisch unmöglich sein, sie zu knacken. Trotzdem konnten sie zumindest einen Teil dieses Netzwerks kartographieren. Dadurch waren sie in der Lage, seine Kontaktleute zu einem für Ryan möglichst unangenehmen Zeitpunkt festzunehmen.

Die Auftritte Richard Steiners – eines Vetters sowohl von Ryan wie auch von Victor – gefielen dem Ersten Prinzen ebensowenig. Richard war der VCS-Feldmarschall für den Militärdistrikt Mark Skye. Wie es sich für den Inhaber dieser Stellung gehörte, hatte Richard Truppen versetzt. Das Problem dabei war nur, daß durch seine Versetzungspolitik eine Reihe von Skye-Einheiten zweifelhafter Loyalität zu einem Zeitpunkt in der Mark in Stellung gegangen waren, zu dem Victor sie am liebsten allesamt in den Clan-Raum geschleudert hätte. *Auf Richard müssen wir ein Auge haben.*

Kurz vor dem Beginn der nachmittäglichen Feierstunde hatte Curaitis eine Bombe platzen lassen, die Victors Unbehagen über die Skye-Situation noch verschärft hatte. *Für Skye habe ich eine Lösung, bei deren Einsatz ich keinerlei Skrupel verspüre. Aber dabei ...* Der Gesundheitszustand Joshua Mariks, des einzigen Sohns von Generalhauptmann Thomas Marik, Herrscher der Liga Freier Welten, verschlechterte sich. Seine Leukämie, die von den Ärzten im medizinischen Institut der berühmten New Avalon-Akademie der Wissenschaften bereits zum Stillstand gebracht worden war, war wieder aufgeflammt und brachte ihn langsam um. So etwas geschah auf zahllosen Welten der Inneren Sphäre mit erschreckender Regelmäßigkeit, aber die anderen Kinder mit diesem tragischen Schicksal waren nicht die Thronerben eines potentiell feindlichen Sternenreichs.

Curaitis hielt Joshuas Tod für wahrscheinlich und hatte Victor aus diesem Grund in ein Projekt eingeweiht, das sein Vater in Gang gesetzt hatte, als Joshua nach New Avalon gekommen war. Joshuas Gesundheit war der Preis für die Einwilligung der Liga gewesen, Kriegsmaterial für den Kampf des Vereinigten Commonwealth gegen die Clans zu produzieren. Weil diese Waffen und Munitionslieferungen von lebenswichtiger Bedeutung gewesen waren, um die Clans aufzuhalten, hatte Hanse Davion nicht zulassen können, daß Joshua starb.

Und wenn der Junge doch gestorben wäre, hätte er nicht

zulassen können, daß es irgendwer erfährt. Hanse hatte ein Programm in Gang gesetzt, mit dem ein Doppelgänger Joshuas erschaffen werden sollte. Solche Maßnahmen hatten Herrscher schon häufig getroffen. Melissa Steiner-Davion war bei einer Gelegenheit durch den Einsatz einer Doppelgängerin dem Tod entgangen. Victor konnte Maßnahmen dieser Art verstehen und unterstützen. *Ich wünschte mir, ich hätte einen Doppelgänger. Dann wäre ich jetzt bestimmt nicht hier!*

Was sein Vater allerdings geplant hatte, machte ihm Angst. Maximilian Liao, Kais Großvater, hatte es beinahe geschafft, die Vereinigten Sonnen in seine Gewalt zu bringen, indem er Hanse Davion durch einen von ihm erschaffenen Doppelgänger ersetzen ließ. Daß Hanse dann seinerseits den Versuch unternehmen wollte, Thomas Marik auf dieselbe Art zu täuschen, nun, das bewies Victor, wie verzweifelt sein Vater darum gekämpft hatte, die Clans aufzuhalten. *Und nachdem ich im Feld von diesen Waffen profitiert habe, kann ich seinen Wagemut nur gutheißen.*

Der Knackpunkt bei der ganzen Sache war, daß das Vereinigte Commonwealth sich nicht mehr im Krieg befand. Joshuas Krankheit hatte es Thomas gestattet, sich Sun-Tzu Liao vom Leib zu halten, indem er Entschuldigungen vorschob, um Sun-Tzus Hochzeit mit Isis Marik zu verschieben. So konnte Sun-Tzu nicht aktiv gegen Thomas agieren, um durch seine Frau zu erben, was er niemals mit Waffengewalt erobern konnte. War Joshua aber einmal tot, würde Thomas Sun-Tzu akzeptieren müssen, und das würde Liao mehr Macht in die Hände spielen, als Victor auch nur im entferntesten genehm sein konnte.

Lieber Gott, laß Joshua wieder gesund werden.

Victors Lächeln wurde breiter, als der Großmarschall den einzigen Menschen aufrief, den er bei dieser Audienz tatsächlich sehen wollte. »Oberst Grayson Death Carlyle!«

Der Prinz zuckte zusammen, als der Mann den zweiten Vornamen des Söldnerführers falsch aussprach. *Death, du alter Bock, mit einem* ä, *nicht mit i, das weiß doch jeder Trottel!* Carlyle schien es jedoch nicht zu bemerken, als er sich dem Thron näherte. Der Söldner kam mit schnellem, sicheren Schritt nach vorne, der ihn als Militär von Mut und Selbstvertrauen kennzeichnete, und seine Verbeugung unterschied sich deutlich von denen der Hofschranzen, die vor ihm angetreten waren.

Victor stieg die Stufen herab, um ihn zu begrüßen. »Ah, Oberst Carlyle. Schön, Sie endlich kennenzulernen.«

»Das Vergnügen liegt ganz auf meiner Seite, Hoheit.«

Victor fuhr mit dem Finger durch den engen Kragen seiner Uniform, um Carlyle wissen zu lassen, daß ihm die Förmlichkeit dieses Anlasses ebenso unangenehm war wie dem Söldner, dann hob er für die übrigen Anwesenden den Kopf. »Sie haben dem Vereinigten Commonwealth über die Jahre hin gut gedient, Oberst. Wirklich eine beachtliche Laufbahn. Und selbst wenn dem nicht so wäre. Die Entdeckung des Kernspeichers durch die Gray Death Legion auf Helm allein genügt, Ihnen einen Platz in den Geschichtsbüchern zu sichern. Das Vereinigte Commonwealth ist für die Dienste von Kommandeuren Ihres Kalibers überaus dankbar.«

Der Großmarschall sah die beiden Männer mit gestrenger Miene an, dann winkte er ungeduldig einen Lakai in voller Livree vor, der ein sperriges Breitschwert trug. Der Prinz nahm das Schwert entgegen und sah Carlyle mit gerunzelter Stirn an. »Die Zeremonie verlangt, wozu ich Sie nicht auffordern würde. Wenn Sie bitte niederknien und beide Hände auf den Griff dieses Schwertes legen.«

Der Söldner zögerte kurz, dann nickte er. Obwohl

Victor spürte, daß der Mann ebensowenig für diese Zeremonie übrig hatte wie er selbst, ging Carlyle in sehr respektvoller Haltung auf ein Knie nieder. Als er das Schwert unmittelbar unter den Händen Victors umfaßte, sprach der Prinz weiter. »Verkündet es auf allen Welten des Vereinigten Commonwealth, in den Konklaven der Clans und unter unseren Feinden, daß ich, Prinz Victor Steiner-Davion, hiermit die vielen Dienste des Grayson Death Carlyle den Häusern Steiner und Davion gegenüber anerkenne. Ich schlage dich zum Baron des Vereinigten Commonwealth und verleihe dir und deinen Erben auf Ewigkeit das Lehen und die Welt Glengarry in der Isle of Skye.«

Victor sah die Andeutung eines Lächelns um Carlyles Mundwinkel spielen. Er reagierte auf gleiche Weise. »Sie haben es verdient, Carlyle«, flüsterte Victor, ohne die Lippen zu bewegen. »Wir wollen hoffen, daß Sie es auch halten können, um Ihret- und meinetwillen.«

Carlyle sah mit funkelnden Augen zu ihm auf.

Da ist meine Antwort. »Baron von Glengarry, bitte sprich mir nach: Vor den hier anwesenden Zeugen schwöre ich, Grayson Death Carlyle, Baron von Glengarry, Euch, Victor Ian Steiner-Davion, Archon-Prinz des Vereinigten Commonwealth, für mein planetares Lehen von Glengarry an Leib und Leben Treue und Gefolgschaft.«

Carlyle wiederholte den Treueschwur, dann gelobte er auf Victors Aufforderung hin, das Vereinigte Commonwealth gegen dessen Feinde zu verteidigen, solange er lebte. Weder Victor noch der Söldnerführer unterschätzten die Bedeutung dieses Eides. Glengarry lag nicht nur mitten im Wespennest Skyes, es war auch nahe genug an der draconischen Grenze, um ein Angriffsziel zu werden, sollte der Waffenstillstand zwischen dem Vereinigten Commonwealth und dem

Draconis-Kombinat eines Tages zerbrechen. Und durch die historische Fehde der Gray Death Legion mit dem Kombinat wurde der Planet nach dieser Lehensvergabe an Carlyle erst recht zum potentiellen Angriffsziel.

»Ich, Victor Steiner-Davion, erkenne dich, Baron von Glengarry, als meinen Vasall in Herz und Hand und Geist, den ich stützen und schützen werde, solange ich dieses Amtsschwert führe.« Victor reichte das Schwert zurück an dessen Hüter. Dann packte er Carlyles Hand und schüttelte sie. »Erhebe dich, Baron von Glengarry, auf daß die Bürger des Vereinigten Commonwealth sehen können, wie selbstlose Pflichterfüllung und Hingabe an die Nation belohnt werden.«

Zürich
Mark Sarna, Vereinigtes Commonwealth

»Rick, ich will das nicht.« Deirdre sah über Rick Bradfords Schulter zu der Holovidcrew und dem Reporter, der mit einem Funkmikrophon in der Halle stand und wartete. »Hsing ist noch nicht über den Damm. Ich habe keine Zeit für ein dummes Interview.«

Bradford wirkte unbehaglich. »Deirdre, normalerweise würde ich so etwas nicht von Ihnen verlangen, aber das ist eine Gelegenheit für uns, an die Öffentlichkeit zu treten. Sie wissen ebensogut wie ich, daß wir den Leuten nicht helfen können, wenn sie nicht wissen, daß es uns gibt. Und Sie wissen auch, daß diese Geschichte von einem Syndikat aufgegriffen und im gesamten Vereinigten Commonwealth ausgestrahlt werden könnte. Das bedeutet zusätzliche Spenden. Ich will Sie nicht zwingen, das zu tun, aber es könnte uns wirklich helfen.«

»Ich will das wirklich nicht, absolut nicht.« Deirdre

wollte bei ihrer Absage bleiben, aber Ricks Argumente machten Sinn. »Ich werde zwei Fragen beantworten. Nicht mehr. Und *nur* über den Zwischenfall, okay?«

Bradford nickte. »Der Reporter heißt Tod Chandler. Ich habe ihm gesagt, daß er Ihnen nur Fragen über den Zwischenfall stellen darf.« Er winkte Chandler heran. Der Kameramann folgte. »Mr. Chandler, das ist Dr. Lear.«

»Tod Chandler, Kanal 47.« Der große Mann lächelte sie freundlich an, aber Deirdre hatte den Eindruck, daß hinter seinen dunklen Augen zuviel vorging, als daß sie sich wirklich entspannen konnte. »Ich weiß, Sie möchten Ihre Zeit im Scheinwerferlicht möglichst kurz halten. Das kann ich respektieren. Ehrlich. Wir brauchen nur ein paar Aufnahmen, damit wir einen Blick auf diesen Zwischenfall bekommen, der auch außerhalb von Zürich Interesse weckt. Das wird uns helfen, und Ihnen hier auch.«

»Nur über den Zwischenfall, okay?«

Chandler nickte. »Yep, nur über den Zwischenfall. Lassen Sie uns erst den Blick finden, und dann können wir loslegen. Ich denke, wir kriegen Sie noch spontan.«

Deirdre musterte ihn mißtrauisch und veranlaßte den Kameramann zu einem Grinsen. »Blick?«

»Yeah, den Aufhänger.«

»Einen bewaffneten Terrorist in einem Notfall-OP zu überwältigen ist kein Blick.«

»Doch, ist es, Doc, aber wir wollen das richtig groß rausstellen.« Chandler streckte die Hand aus und zwickte sie sanft mit Zeigefinger und Daumen in den Oberarm. »Sie stemmen keine Gewichte, oder?«

»Gewichte? Nein, ich habe einen dreijährigen Sohn und meine Arbeit, das hält mich fit genug.«

Chandler zog die buschigen schwarzen Augenbrauen zusammen. Es sah aus, als würden zwei haarige Raupen in Richtung seiner Nasenwurzel krabbeln. »Okay, dieses Kung-Fu-Zeug, haben Sie das auf Alyina von den Clans gelernt?«

»Es ist Aikido, und ich habe es nicht von den Clans.« Sie verschränkte die Arme. »Und Alyina hat nichts mit dem Zwischenfall zu tun.«

»Blick, Doc, Blick.« Chandler lächelte. »Also dieses Aikido hat Ihnen die Clans vom Hals gehalten, richtig?«

Deirdres Kopf schoß hoch. »Mr. Chandler, bevor Sie mir wieder mit Ihrem Blick kommen, versuchen wir es mal so: Ich bin eine Ärztin, und ich habe gehandelt, um meinen Patienten zu retten. Mein Patient war angeschossen und wäre beinahe gestorben, weil irgendwer einem kleinen Jungen ein Gewehr in die Hand gedrückt, ihn mit Propaganda gefüttert und dann auf ein Ziel gehetzt hat. Was hier geschehen ist, hätte niemals geschehen dürfen, und ich bin nur froh, daß niemand dabei ums Leben gekommen ist. *Das* ist die Story, die ich zu erzählen habe, und *das* ist die Geschichte, die Sie senden werden.«

Chandler lachte. »Ich glaube, Sie verstehen nicht, Doktor ...«

»Ich verstehe sehr gut, Mr. Chandler. Sie wollen diese Story, um sich ein Ticket weg von dieser Sackgassenwelt zu verschaffen. Sie haben genau zwei Möglichkeiten: Entweder eine Geschichte, bei der ich kooperiere, und die genau so abläuft, wie ich es gerade dargestellt habe, oder eine Story ohne meine Beteiligung und mit dem Versprechen einer Klage, wenn Sie irgendeinen der anderen Blicke, die Sie vorhin ins Spiel gebracht haben, auch nur andeuten.« Deirdre zuckte die Schultern. »Sie brauchen mich weit mehr als ich Sie, also treffen Sie Ihre Wahl.«

Chandler schluckte. »Sie sind eine verdammt harte Lady.«

»Nein, nur eine Frau, die sich für ihre Arbeit und ihre Patienten einsetzt.« Deirdre ließ die Arme locker an den Seiten herabhängen und die Handgelenke kreisen. »Da haben Sie Ihren Blick, Mr. Chandler. Fangen wir an?«

18

Solaris City, Solaris VII
Mark Tamarind, Vereinigtes Commonwealth

7. April 3056

Kai verbeugte sich so tief und respektvoll, wie es sich seinem Onkel gegenüber gebührte, aber er wurde das Gefühl nicht los, daß hinter dem Horizont ein Unwetter dräute. Tormanos Einladung zum Mittagessen war nichts Ungewöhnliches gewesen. Sie war von einem Boten zum Zenotaphstall gebracht worden, zusammen mit einem separaten Umschlag. Darin steckte ein kurzer Brief mit einem Dank Nancys für den Besuch in Walhalla.

Kai hatte dem Boten die Nachricht mitgegeben, daß er die Einladung annahm, war unter die Dusche gestiegen und hatte sich umgezogen. Er wußte, sein Onkel würde von ihm eine traditionellere capellanische Kleidung erwarten, als Kai sie üblicherweise trug. In aller Regel kam er Tormanos Wünschen in dieser Hinsicht nach – ebenso wie er bei Besuchen auf St. Ives seine Kleidung auf den Geschmack seiner Mutter abstimmte. Es war Tradition, und es war Familie. Für Kai war es fast eine Instinkthandlung.

Aber diesmal handelte er nicht, wie es von ihm erwartet wurde. Statt dessen entschied er sich nach einiger Überlegung für eine grüne Hose und ein elfenbeinfarbenes Hemd aus feiner capellanischer Seide, die beide in einem Stil geschnitten waren, der besser zu einem Geschäftsessen auf Tharkad oder New Avalon paßte. Dazu wählte er eine schwarze Krawatte mit dem Pferdekopfwappen des St. Ives-Paktes. Er ahnte bereits, was sein Onkel mit diesem Essen bezweckte, und er wollte ihm deutlich machen, daß er sein capellanisches Erbe anerkannte, aber auch seine teilweise

Abstammung aus dem Vereinigten Commonwealth nicht verleugnete.

Der kurze Augenblick der Verwirrung in Tormanos Gesicht bestätigte Kai, daß er seinen Onkel durchschaut hatte. Es war weder eine telepathische noch eine hellseherische Leistung gewesen. Vielmehr hatte es eine Reihe von Hinweisen gegeben, die Kai zu seiner Schlußfolgerung gebracht hatten. Sein Onkel war mit wachsender Verzweiflung auf der Suche nach einem möglichst eindrucksvollen Symbol für den Kampf gegen Sun-Tzu, und Kai bot sich geradezu an. Der mißglückte Versuch, Wus Verlobte zu entführen, der Empfang, bis hin zur Einladung an Herzog Ryan, alles bewies, wie verzweifelt Tormano war.

»Vielen Dank für die Einladung, Onkel.« Kai zog einen Stuhl unter dem runden Teakholztisch vor und setzte sich. »Und erlaube mir, dir noch einmal für den Empfang letztens zu danken. Ich habe mich hervorragend unterhalten und auch von vielen anderen nur Gutes darüber gehört.«

Tormano lächelte. »Es war mir ein Vergnügen, Kai. Du weißt, du bist mein Favorit, und ich würde dir nichts verweigern. Deine Erfolge bringen uns allen Ruhm.«

Tormanos Eröffnung war sehr höflich formuliert, passend zu ihrer Umgebung. Der Raum war vollgestellt mit Schätzen aus der Konföderation Capella, vieles davon Geschenke wohlhabender Capellaner aus der Mark Sarna. Für den lebensgroßen Bronzetiger, der in einer Ecke saß und sich die Pfote leckte, hatte Kai schon immer viel übrig gehabt, aber die feingewebten und handbestickten Seidenroben, die eingerahmt an den Wänden hingen, waren noch kostbarer. Zwischen den Roben hingen Reispapiergemälde legendärer Krieger, alle vom selben Künstler. Kai bemerkte, daß seit seinem letzten Besuch ein neues Bild hinzugekommen war.

Tormano nickte in Richtung des Bildes, das Kais Aufmerksamkeit erregt hatte. »Es stammt aus einer Privatsammlung. Es gibt noch vier weitere in der Serie, von denen sich drei im Besitz deiner Mutter befinden. Noch eines, dann ist der Satz vollständig.«

»Viel Glück bei deiner Suche«, meinte Kai, auch wenn er genau wußte, daß Glück bei Tormanos Erfolg kaum eine Rolle spielte. Das Bild hatte ursprünglich in einem Ministerialgebäude auf Sian gehangen. Vor einem Jahr war es zusammen mit einigen anderen Stücken in einem gut geplanten und sauber durchgezogenen Einbruch gestohlen worden. Möglicherweise hatte Tormano das Unternehmen finanziert, obwohl sein Onkel eigentlich zu einer subtileren Vorgehensweise neigte. Aber er würde die Einbrecher zumindest zu ihrer Tat inspiriert haben, indem er kein Geheimnis daraus gemacht hatte, für Schätze, die dem Zugriff der momentanen capellanischen Regierung entrissen wurden, Höchstpreise zu zahlen.

»Und ich wünsche dir ebensolchen Erfolg in der deinen.« Tormano faltete die Hände. »Die auf meinem Empfang ausgesprochene und akzeptierte Herausforderung hat einige Unruhe ausgelöst. Du hast es geschafft, Herzog Ryan Steiner bloßzustellen, und du wirst es erfreut tun, wenn du zusammen mit Cox seine Kämpfer vernichtest. Prinz Victor wird Grund zur Freude haben.«

»Ich bin froh, wenn der Prinz die Zeit findet, meine Kämpfe wahrzunehmen. Und wenn sie ihm gefallen, um so besser.« Kai hielt sich bedeckt. Er war vorsichtig, denn Tormano rückte in einem Einfallswinkel vor, den er zuvor noch nie versucht hatte. »Ich bin nur ein einfacher Gladiator, der Aufmerksamkeit des Prinzen nicht würdig.«

»Du bist alles andere als einfach, Neffe, und als Gladiator ohne Konkurrenz.« Tormano klopfte mit den Spitzen der Zeigefinger aufeinander. »Du weigerst dich, deinen Einfluß auf das Volk zur Kenntnis zu nehmen. Du hast die Macht, multiplanetare Konzerne nach deiner Pfeife tanzen zu lassen. Du bist ein Symbol, ein Idol, zu dem zahllose Menschen aufschauen. Du bist ein Held in einer Zeit, die Helden dringend nötig hat.«

»Ich steuere eine Maschine, die andere Maschinen vernichtet, genau wie mein Vater es vor mir tat.«

Tormano lächelte, und Kai spürte die Falle zuschnappen. »Ah, aber genau wie dein Vater bist du mehr, als du zu sein vorgibst. Er war Vertrauter und Helfer Hanse Davions. Die Taten deines Vaters unter den Capellanern haben die größte Umwälzung ausgelöst, die es seit dem Untergang des Sternenbundes in der Inneren Sphäre gegeben hat.«

»Mein Onkel vergißt die Clans.«

»Keineswegs. Ich erinnere mich gut an sie.« Tormano rückte näher an den Tisch und beugte sich vor. »Ich erinnere mich, wie du sie auf Twycross aufgehalten hast. Ich weiß, wie du sie auf Alyina frustriert hast. ComStar hat auf Twycross die Clans besiegt, aber auf Alyina hast du ComStar besiegt. Du allein kannst es dir anrechnen, über die härtesten Gegner im Universum triumphiert zu haben. Du bist ein würdiger Erbe deines Vaters.« Mit einer unschuldigen Geste öffnete Tormano die Hände und breitete sie langsam aus. »Du bist eine Kombination aus den Fähigkeiten und Eigenschaften deiner Mutter und deines Vaters. In dir sind ihre Schicksale und Hinterlassenschaften vereint. Du bist der Erstgeborene der Erstgeborenen Maximilian Liaos. Deine Mutter ist die Erbin des capellanischen Throns, und dein Vater hat getan, was in seiner Macht stand, um diesen Thron in eine Union mit dem Vereinigten Commonwealth zu bringen. Durch dich kann beides endlich erreicht werden. Kai, dort draußen gibt es Menschen, die sich nach einem mitfühlenden und vernünftigen Herrscher an der Spitze ihrer Heimatnation sehnen. Sie haben gesehen, wie Romano die Konföderation Capella geschunden hat, und sie haben bittere Tränen vergossen. Sie sehen, wie Sun-Tzu plant, den Thron Capellas als Morgengabe an die Liga Freier Welten zu verschenken. Nicht einmal Maximilian Liao, wahnsinnig wie er war, wäre zu einem so gemeinen Verrat fähig gewesen. Es ist Hochverrat an dem Volk, dessen Schutz Sun-Tzus geheiligte Pflicht wäre.«

Kai ließ sich die Worte seines Onkels durch den Kopf gehen und wurde von ihnen eingefangen, bis er das verzerrte Spiegelbild Tormanos in der Tischplatte sah. »Ich kann nichts dagegen tun, Onkel.«

»Doch, Kai, das kannst du. Du kannst mehr dagegen tun als irgendein anderer, und zwar gerade weil du der bist, der du nun einmal bist, der Champion von Solaris. Wärst du aus dem Krieg in ein Leben außer Sicht der Öffentlichkeit auf St. Ives zurückgekehrt, dann, nein, dann wärest du wirklich nicht in der Lage, die Träume von Milliarden Menschen wahr werden zu lassen.«

»Die Träume, die ich wahr werden lassen soll, sind die eines einzigen Menschen: deine.«

Tormanos Miene gefror. »Du tust mir unrecht, Kai.«

Kai fühlte Wut in sich aufsteigen. Sie war eine Reaktion auf den verletzten Tonfall von Tormanos Stimme. Ausnahmsweise gestattete er sich, seinen Gefühlen freien Lauf zu lassen. »Du bist es, der ein Unrecht begeht, Onkel.« Kai stand auf und sah auf den Bruder seiner Mutter hinab. »Hältst du mich für blind, daß ich nicht sehe, was du aus deiner Bewegung Freies Capella gemacht hast? Ich bin es nicht, besonders nicht hier in deiner Trophäenkammer. Seit sechsundzwanzig Jahren zehrst du von den Hoffnungen alter Patrioten und Flüchtlinge. Ein Vierteljahrhundert warst du es zufrieden, ein blaffender Hund an kurzer Leine zu sein. Hanse Davion hat dich dazu benutzt, Romano in den Wahnsinn zu treiben. Jetzt, wo sie beide tot sind und du die Jahre zu spüren beginnst, hast du entschieden, daß die Zeit endlich reif ist zuzuschlagen. Du willst mich zu deinem Stellvertreter machen, der das Volk für dich in die Schlacht führt. Ich soll sie überreden, noch mehr Geld in deine Kassen fließen zu lassen, damit du mehr Waffen einkaufen und eines Tages den Rest der Konföderation Capella erobern kannst. Du willst mich zur Fahne machen, um die sich alle scharen. Ich denke nicht daran.«

Tormano wurde aschfahl. »Du vergißt all das Gute, das ich für die Menschen in der Mark Sarna getan habe!«

»Nein, Onkel, ich habe es nicht vergessen.« Kai schüttelte den Kopf. »Du hast Schulen gegründet und Krankenhäuser finanziert. Durch deine Anstrengungen sind Millionen von Flüchtlingen aus der Konföderation Capella mit ihren Familien und Freunden in der Mark Sarna wiedervereint worden. Du hast es geschafft, ausgestorbene Tierarten wieder auf ihren Heimatwelten anzusiedeln. Deine Bemühungen sind weder unbemerkt noch ohne Dank geblieben. Aber du hast ihnen die falsche Priorität eingeräumt. Warum meinst du, habe ich den Zenotaphfonds angewiesen, die Projekte zu übernehmen, die du aufgeben mußtest, als Victor dein Budget gekürzt hat? Doch sicher nicht als Unterstützung des Freien Capella? Ich habe die humanitären Projekte weitergeführt, die du ins Leben gerufen hast, weil das die ersten waren, die du fallengelassen hast. Ich habe dir nie Geld für Waffen oder Propaganda gegeben, weil ich deinen Enthusiasmus für die Vernichtung der Konföderation Capella nicht teile.«

Tormano stand langsam auf. Sein Kopf hob sich, und er erwiderte Kais Blick ohne auszuweichen. »Du unterdrückst dein wahres Wesen, Kai. Du bist hierher nach Solaris gekommen, um dich als der größte Mech-

Krieger aller Zeiten zu beweisen, weil du weißt, wieviel Macht dir das verleiht.«

»Nein, das ist nicht wahr. Politische Macht *interessiert* mich nicht.« Kai stieß die Hand in Richtung Fenster, hinter dem sich die grauen Häuserblocks von Solaris City erstreckten. »Ich kam hierher, um meinen Vater zu ehren, und aus keinem anderen Grund. Ich hasse die Politik! Ich habe kein Talent dafür und noch viel weniger Geduld!«

»Ich hätte nie gedacht, daß ich meinen Neffen einmal einen Heuchler nennen müßte, aber genau das bist du.« Tormano schüttelte traurig den Kopf. »Du bist ebensosehr ein Politiker wie ich, aber du streitest es ab.«

»Ich *bin* kein Politiker!«

»Doch, Kai, das bist du. O ja, Zenotaph finanziert humanitäre Projekte, ohne deinen Namen in alle Welt hinauszuposaunen. Das ist selbstlos. Das ist unpolitisch, und du klammerst dich an diese Vorstellung, als wäre sie deine gesamte Realität hier.« Tormano stieß den Zeigefinger gegen Kais Brust. »Fakt ist, daß du die anderen Stallbesitzer mit dem Geschick eines Staatsmannes zu manipulieren verstehst. Du hast sie mit guten Taten gegeißelt, bis sie gezwungen waren, es dir nachzutun. Du hast ihnen eine Falle gestellt, aus der es keinen anderen Ausweg gibt. Dasselbe machst du mit den Verträgen, die du deinen Kämpfern anbietest. Du zwingst die anderen Eigner, ihre Geschäftspolitik zu ändern. Du, mein lieber Neffe, hast dich sogar in die internationale Politik eingemischt, indem du Herzog Ryan öffentlich blamiert hast.«

»Das stimmt nicht.«

»Ach nein? Das war nicht das erste Mal – du hast deine Kämpfe Prinz Victor gewidmet, hast Omi Kurita gestattet, während des Titelkampfes in deiner Loge Platz zu nehmen. Dieser Zwischenfall mit Ryan ist nur ein weiterer Punkt auf einer Skala, die dich sehr hoch oben im politischen Einflußbereich ansiedelt. Es geht sogar das Gerücht um, ComStar würde auf *deinen* Wunsch hin einer Delegation Clannern den Besuch von Solaris gestatten. Du hast wieder einmal ComStar und die Clans bezwungen.«

»Nein!« Kais Nüstern blähten sich, und seine Hände zuckten, als er die Anschuldigungen seinen Onkels hörte. Er stritt sie ab, aber in seinem Innern stellte er sich bittere Fragen. *Habe ich meine wahren Motive unterdrückt? Es stimmt, daß ich die anderen Eigner manipuliert und gezwungen habe, auf meine Linie einzuschwenken, weil ich ihnen keine andere Wahl gelassen habe. Aber ist das Politik? Nein!* »Ich bin ein Kämpfer, sonst nichts!« Kai hoffte, sein Leugnen wirke auf Tormano nicht ebenso hohl wie auf ihn selbst.

Der Mandrinn lachte laut auf. »Wenn es dich glücklich macht, mach dir ruhig weiter etwas vor. Ich habe dir die Wahrheit gesagt. Du bist Candace' Sohn. Du hast die Politik mit der Muttermilch eingesogen. Von deinem Vater hast du die Kunst der Täuschung gelernt. Du hast ihm zugesehen, wie er Hanse Davions Feinde manipuliert hat. Die Politik hat deine Kindheit durchdrungen wie das Sonnenlicht eine Wüstenei. Schließ dich mir an. Werde mein Erbe, und eines Tages wirst du Capella von dem Wahnsinn befreien, der es dominiert. Du bist ein Politiker. Politik macht dich zu dem, was du bist, und gibt dir deine Macht. Du kannst ihr nicht entkommen, also benutze sie.«

»Nein!« Kai schlug die Faust in die offene Handfläche. »Ich habe von meiner Mutter und meinem Vater vieles gelernt, aber die wichtigste Lektion war, daß das Töten niemals leicht werden darf, und genau das verlangst du von mir.«

»Und das sagt mir ein Arenakämpfer auf Solaris?« bellte Tormano zurück. »Hältst du mich für schwachsinnig?«

»Nein, nur für besessen.« Kai hatte die Kontrolle

über seine Wut zurückgewonnen und lenkte sie nun gegen Tormano. »Sieh dir meine Kampfgeschichte an, Onkel. Ich habe eine lange Reihe von Siegen, eine Handvoll Niederlagen und nur einen toten Gegner. Und zu dessen Tod kam es, als er in der Fabrik ausstieg und gegen eine Mauer geschleudert wurde. Immer wieder habe ich mich geweigert, einem besiegten Gegner den Gnadenstoß zu versetzen. Ich will den Tod eines anderen Menschen nicht auf meinem Gewissen haben. Ich habe als Soldat schon genug getötet. Wenn ich es vermeiden kann, wird es nicht wieder geschehen.«

»Tod ist Tod. Ob auf Solaris oder bei der Befreiung der Konföderation – das bleibt sich gleich.«

»Du irrst dich, Onkel. Du irrst dich gewaltig«, stellte Kai gelassen fest, obwohl er über die Kaltblütigkeit seines Onkels entsetzt war. »Hier auf Solaris ist der Tod eine Frage der eigenen Entscheidung. Die Rechtsanwälte haben einen feststehenden Begriff für den Grund, aus dem weder ein anderer Stall noch die Angehörigen eines Kämpfers mich zur Rechenschaft ziehen können, wenn ich einen Gegner im Kampf töte: Kalkuliertes Risiko. Was auf offener Straße Mord wäre, ist in der Arena akzeptabel, weil jeder, der sich in die Arena begibt, damit die möglichen Konsequenzen dieser Entscheidung akzeptiert. Da draußen im übrigen Universum ist das *anders.* Bei der Eroberung des Restgebietes der Konföderation Capella würden wir Milliarden von Menschen töten. Ganze Welten könnten dabei entvölkert werden. Wozu? Um dem Selbstwertgefühl eines einzelnen zu schmeicheln, der sich einbildet, am besten zu wissen, welche Regierung ein Volk verdient? Vielleicht kannst du diese Verantwortung akzeptieren, ich kann es jedenfalls nicht.«

»Du mußt, Kai. Es ist deine Pflicht.«

»Nein. Meine Pflicht ist es, das zu verhindern.« Kais Stimme wurde zu einem Grabesflüstern. »Ich bin kein

Politiker. Ich bin ein Krieger. Du hast mich an meine Pflicht erinnert, und ich werde sie erfüllen.« Kai trat zur Tür. »Ich werde deine humanitären Projekte weiter finanzieren, Onkel, und ich werde sogar deine Pension übernehmen, falls Victor zu dem Schluß kommt, daß das Vereinigte Commonwealth sie sich nicht mehr leisten kann. Das verspreche ich dir, als dein Neffe und als MechKriegerkamerad. Es ist eine Abmachung, gut gehandelt und akzeptiert, wie man bei den Clans sagen würde. Blaffe weiter. Störe Sun-Tzus Schlaf. Arbeite mit deinem Spionagenetz gegen die Zhanzheng de Guang. Gib den Leben derer, die deine Träume teilen, einen Sinn. Tu, was immer du nicht lassen kannst. Solange du keinen Krieg anzettelst, werde ich nichts gegen deine Anstrengungen unternehmen.«

Tormanos Augen wurden zu dunklen Schlitzen. »Und wenn doch?«

»Ich bin Champion von Solaris, weil ich meine Feinde vernichte.« Kai neigte kurz den Kopf in Tormanos Richtung. »Hast du den Wunsch, mein Feind zu werden?«

Tharkad City, Tharkad
Distrikt Donegal, Vereinigtes Commonwealth

»Sind Sie sicher, daß es die Zehnten Skye Rangers sind?« Victor starrte auf die Hologrammkarte der Isle of Skye, die über dem rautenförmigen schwarzen Tisch des Besprechungsraumes hing.

Alex Mallory, sein Geheimdienstminister, nickte ernst. »Die Zehnten haben ihre Basis verlassen, angeblich für Manöver. Das Büro des Feldmarschalls bestreitet, irgend etwas über eine Operation der Einheit zu wissen, aber ComStar-Aufzeichnungen, die uns über den Verbindungsoffizier im Büro des Präzentors Martialum zugespielt wurden, beweisen, daß Herzog

Richard in Verbindung mit den Sprungschiffen steht, die am ersten April zusammen mit den Rangers im Glengarry-System aufgetaucht sind.«

»Ich habe erwartet, daß Ryan gegen Glengarry vorgeht, aber nicht so schnell.«

Mallory nahm steif in seinem Sessel Platz. Der Minister wirkte älter als er war. Der Anblick erinnerte Victor daran, daß der Mann, der auch schon seinen Vater ein Vierteljahrhundert lang beraten hatte, in den Diensten Hanse Davions auf Sian gefoltert worden war. »Ich kann nicht sicher sein, daß Ryan oder Richard Steiner diese Aktivitäten autorisiert haben. Möglicherweise hat Baron von Bülow den Angriff auch aus eigener Initiative gestartet, um die Herrschaft über Glengarry wiederzuerlangen. Richard Steiner unterstützt die Aktion durch seine Untätigkeit, aber die meisten Einheiten, die derzeit in Skye stationiert sind, würden von Bülow eher unterstützen als ihn aufhalten.«

»Kaum habe ich Glengarry auf Dauer an die Gray Death Legion vergeben, tauchen diese Landungsschiffe dort auf. Die Rangers müssen am selben Tag ins System gesprungen sein, an dem ich Carlyle die Baronie verliehen habe.«

Curaitis, der zwischen den beiden anderen Männern saß, nickte. »Der Baron wurde von der bevorstehenden Investitur informiert.«

»Wie kurz vorher?«

»Vierundzwanzig Stunden.«

Victor lächelte. »Gut. Das bedeutet, er hat überstürzt gehandelt. Glengarry ist ein Hinterwäldlerplanet. Die Rangers werden Nachschubprobleme bekommen. Die Gray Death Legion wird die Welt nicht kampflos übergeben.«

»Es befindet sich nur die Hälfte der Legion auf dem Planeten, Hoheit.«

»Ich weiß, aber der Rest der Truppen wird bald zurückkehren.«

Alex schüttelte den Kopf. »Das könnte zuwenig sein, um einen Sieg der Legion zu garantieren. Andererseits können wir ihnen keine weitergehende Unterstützung zukommen lassen. Wir haben keine loyalen Truppen in Skye, und wenn wir Einheiten von außen dorthin schicken, wird das den Eindruck einer Davion-Aggression erwecken. Was Ryan nur recht wäre.«

»Ein gutes Argument, aber es gibt schon etwas, das wir tun können.« Victor beugte sich vor und zählte die Punkte an den Fingern ab. »Erstens werden wir die Prioritäten der Ladestationen umstellen, so daß sie Handelsschiffe mit Vorrang bedienen, dann *meine* Militärtransporte, und Richards Schiffe zuletzt – ganz zuletzt. Außerdem werden wir unsere strategischen Getreide-, Nahrungs- und Treibstofflager auf den unruhigsten Welten öffnen. Wir werden sie mit billiger Nahrung und Treibstoff überfluten. Und der Bevölkerung werden wir erzählen, die Vereinigten Sonnen hätten Rekordernten erzielt, die das Volk mit seinen lyranischen Verwandten teilen möchte. Der Todestag meiner Mutter wird ein bezahlter Feiertag für die gesamte Bevölkerung.«

Alex Mallory war schockiert. »Hoheit, diese Großzügigkeit wird uns enorm teuer kommen.«

»Teurer als der Verlust Skyes?«

»Das nicht, aber die Konzerne werden eine Erstattung ihrer Verluste durch die billigen Waren verlangen.«

»Dann sollen sie die bekommen. Ich brauche diese massive Verteilaktion, weil ich die lokalen Milizen nationalisieren will. Ich will sie unter meine direkte Kontrolle bekommen. Ich weiß, ich weiß, ich kann nicht allen vertrauen, deshalb werden wir einen Teil von ihnen damit beschäftigen, auf ihren Welten Osterhase zu spielen. Und sie werden einen Geldbonus bekommen. Der Rest der Einheiten wird den Frieden sichern und Richards Truppen im Auge behalten. Wenn wir den Konflikt auf Glengarry begrenzen können, haben wir eine Chance, diese Rebellion zu beenden, bevor die Verluste allzu groß werden.«

Alex nickte beifällig. »Ein Plan, wie ihn sich auch Ihr Vater hätte ausdenken können. Werden Sie mit Carlyle reden?«

»Wie kann ich das? Ich müßte ihm Versprechungen machen, die ich nicht einhalten kann. Aber ich werde in Carlyles Namen als Baron von Glengarry zwei Regimenter der Northwind Highlanders anheuern. Wenn er versucht, die Welt nur mit seinen eigenen Leuten zu verteidigen, könnte das zuwenig sein. Wir können nicht riskieren, Skye zu verlieren, aber wir können auch nicht direkt mit Truppen des Vereinigten Commonwealth eingreifen. Verstärkungen, die vom rechtmäßigen Baron von Glengarry beauftragt worden sind, sein Lehen zu schützen, dürften Carlyle jedoch helfen, die Sache zum Abschluß zu bringen, *ohne* daß mein Name ins Spiel gebracht wird.«

»Ich verstehe, Hoheit.« Alex' Miene war steinern. »Noch etwas?«

»Zwei Punkte. Erstens: Setzen Sie ComStar unter Druck, damit diese verfluchten Elementare rechtzeitig zu Kais Kampf nach Solaris können. Wir werden sie um die Mark Skye herumlotsen müssen, weil wir es mit einem lodernden Inferno zu tun haben, sollte Ryan herausbekommen, daß sie sein Territorium durchquert haben.«

»Allerdings. Ich werde mich darum kümmern. Und zweitens?«

Victor grinste. »Reden Sie mit Kais Leuten. Ich möchte eine Erlaubnis, Galens und seinen Kampf gegen Ryans Männer zu übertragen. Die ganze Isle of Skye soll Ryans Bloßstellung miterleben.«

Curaitis kniff die Augen zusammen. »Und wenn Allard-Liao und Cox verlieren?«

»Die Chancen dafür stehen etwa so hoch wie die

Ryans, die Isle of Skye aus dem Vereinigten Commonwealth zu lösen.« Victors Stimme wurde so leise, daß die beiden anderen Mühe hatten, die Worte zu verstehen. »Aber wenn es ein Glücksspiel wird, wollen wir hoffen, daß uns Fortuna gnädig gesinnt ist.«

Solaris City, Solaris VII
Mark Tamarind, Vereinigtes Commonwealth

Trotz der jovialen Miene Nancy Lees konnte Tormano Liao seine Wut nicht in ein Lächeln verwandeln. Er kochte noch immer vor Frustration über seine katastrophale Unterredung mit Kai. »Ja, Nancy, was gibt es?«

Sie reichte ihm eine Holodisk, die er in den Betrachter auf seinem Schreibtisch schob. Sie schaltete das Gerät ein und lächelte Tormano an. »Ich habe Deirdre Lear gefunden.«

Lear? Tormano nickte, als er den Namen in seinem Gedächtnis gefunden hatte. »Sie war auf Zürich, richtig?«

»Ja. Sie arbeitet dort in einer Klinik.«

»Und ihr Mann? Dudley oder was?«

Nancy schüttelte den Kopf. »David.« Sie drückte einen Knopf und ein Standbild erschien auf dem Bildschirm. »Er ist nicht ihr Mann, sondern ihr Sohn.«

Tormanos Herz flatterte, als er Mutter und Kind sah. »Wie alt ist er?«

»Drei Jahre. Er wurde auf Odell in der Mark Sarna geboren.«

Tormano ließ sich in die Polster sinken. »Gute Arbeit.«

»Danke, Gebieter, aber ich hatte mehr Glück als Verstand.« Nancy klopfte mit einem Fingernagel auf den Bildschirm. »Das ist eine Nachrichteneinspielung von Zürich. Dr. Lear hat einen Terroristen der Zhanzheng de Guang entwaffnet und anschließend einen Mann operiert, der von diesem Terroristen angeschossen worden war. Sie hat sein Leben gerettet.«

»Hört sich nach einer außergewöhnlichen Frau an.« Tormanos Gedanken überschlugen sich. Dutzende Szenarien liefen vor ihm ab und verschwanden ebenso schnell wieder, wie sie gekommen waren. Aber im Zentrum all dieser fieberhaften Aktivität blieben zwei Dinge konstant. Eines davon war die Frustration, die er über Kais Ablehnung seines Angebotes fühlte.

Das zweite hatte seine Wurzel in dem Gespräch zwischen Kai und Wu Deng Tang, das Tormano elektronisch belauscht hatte. *Mein Neffe sagte, er habe keine Kinder.* Ein schneller Blick auf den Bildschirm bestätigte, was Tormano schon im ersten Augenblick intuitiv erkannt hatte. *Der Kleine hat Kais Augen und sein Kinn.*

Er lächelte seine Adjutantin beinahe schadenfroh an. »Ja, wirklich eine außergewöhnliche Frau. Ich würde sie gerne kennenlernen, um sie für ihren Mut zu belohnen. Lassen Sie sie als Gast nach Solaris auf mein Equatus-Gut bringen.«

»Ihr Wunsch ist mir Befehl, Gebieter.«

»Und, Nancy, kein Wort davon zu Kai. Ich möchte ihn überraschen.«

Die Frau lächelte. »Wenn das sein Sohn ist, wird er überglücklich sein.«

»Ja, das wird er.« Tormano betrachtete das Bild. *Aber nur, solange er tut, was ich von ihm verlange.*

19

Solaris City, Solaris VII
Mark Tamarind, Vereinigtes Commonwealth

8. April 3056

Herzog Ryan Steiner saß in seinem Büro und lachte, als David Hanau mit seinem nervösen Bericht über Prinz Victors Maßnahmen in der Isle of Skye fertig war. »Brillant, Victor, brillant. Ausgezeichneter Zug.«

Hanau wirkte verwirrt. »Mylord, seine Maßnahmen haben die Rebellion praktisch zum Stehen gebracht. Nur eine einzige Skye-Einheit hat gemeutert. Er hat unsere Anstrengungen zunichte gemacht. Il Pompiere ist bereit zu handeln, zu intervenieren, aber die Nationalisierung der planetaren Milizen führt dazu, daß Bürger von Skye auf Bürger von Skye feuern müßten.«

Ryan streckte die Hände aus und bewegte sie langsam nach unten, als wolle er Hanaus Panik physisch niederdrücken. »Il Pompiere wird nichts unternehmen.« Sie hatten den italienischen Codenamen für Richard Steiner gewählt, um den Wunsch des Herzogs zu ehren, der Familientradition des verstorbenen Herzogs Aldo Lestrade gemäß in höflicher Gesellschaft diese Sprache zu benutzen. Für den Begriff »Feuerwehrmann« hatte sich Ryan entschieden, weil Richard schon öfter Krisen bewältigt hatte.

»Aber wenn Il Pompiere nichts unternimmt, könnte Glengarry in die falschen Hände fallen.«

Ryan zuckte die Schultern. »Il Fuco hat sich übernommen. Wenn es ihm gelingt, Carlyle sein Lehen abzunehmen, wird er Nachschub brauchen, um seinen Sieg zu festigen. Und dann wird er an unsere Tür klopfen müssen. Falls sein Angriff auf Glengarry fehlschlägt, werden wir ihn als gefährlichen Narren hinstellen und uns Lob für unsere vernünftige Sicht der

Dinge einhandeln. Wenn wir ihn jetzt unterstützen, beschwören wir eine Ausdehnung des Konfliktes herauf, und danach habe ich derzeit kein Verlangen. Die Zeit ist noch nicht reif.«

»Ich verstehe«, antwortete Hanau, aber auf seinem Gesicht stand noch immer Unverständnis. »Ich hatte erwartet, daß Sie sich Sorgen machen und etwas unternehmen wollen.«

»Oh, so ist es auch. Die Stärke der Proteste in Skye reicht für meine Zwecke aus. Mit seiner Notlösung, die Bevölkerung mit Geschenken zu bestechen, arbeitet Victor uns mittelfristig zu. Irgendwann wird er sich diese Großzügigkeit nicht mehr leisten können. Und wenn dieser Zeitpunkt gekommen ist und die Bevölkerung den Gürtel enger schnallen muß, wird der Aufschrei laut und vernehmlich werden.«

»Wir warten also ab?«

»Einige von uns.« Ryan Steiner wandte sich an Sven Newmark: »Sie werden augenblicklich ein Auster-III-Fenster initiieren. Stärke bis zu Objekt Fatal, auch wenn ich ein weniger drastisches Ergebnis vorzöge.«

Der Exilrasalhaager nickte. »Das wäre fast gleichzeitig mit dem Kampf hier auf Solaris. Entspricht das Ihren Wünschen?«

»Es wäre höchst zufriedenstellend.« Ryan lachte, als er Hanaus Verwirrung bemerkte. »Glauben Sie mir, es ist besser, wenn Sie es nicht wissen.«

Hanau hob die Hände. »Das größere Wohl der größeren Anzahl.«

»In der Tat.« Ryan klatschte in die Hände. »Il Pompiere tut gar nichts, Il Fuco dreht sich im Wind, und Victor Davion soll für seine Frechheit bezahlen. Ein gutes Tagewerk.«

Sven Newmark verließ die Sitzung, um die Nachricht vorzubereiten, mit der er das Auster-III-Fenster in Gang setzen würde. Der Codename bestand aus drei Teilen, von denen zwei offensichtlich waren, sofern man denselben Bezugsrahmen wie Ryan, Sven und der Zellenkoordinator der Freien Skye-Miliz benutzte, für den die Botschaft bestimmt war. Der Befehlsanhang ›Fenster‹ stellte klar, daß Ryan eine visuelle Bestätigung der Aktionsergebnisse wünschte, und in diesem Fall auch die Weiterleitung an die Nachrichtenmedien. Hätte der Nachtrag ›Schlüsselloch‹ gelautet, wären die Beobachtungen nur Ryan zugegangen, und der Verzicht auf einen Anhang hätte eine visuelle Bestätigung für unnötig erklärt. Eine andere Möglichkeit wäre der Anhang ›Sarg‹ gewesen, der die Geheimhaltung jedweder Verbindung mit der Operation verlangt hätte. Es gab noch eine Fülle anderer möglicher Anhangwörter, mit denen die Verantwortung auf verschiedene andere Parteien abgewälzt wurde, aber bei dieser Operation war die Verantwortung offensichtlich.

Die Ziffer Drei erklärte Peter Davion zum Ziel der Operation. Alle Kinder Hanses und Melissa waren in der Reihenfolge ihrer Geburt durchnumeriert, allerdings benutzte Ryan für Victor auch die abfällige Codebezeichnung ›Korporal‹, weil er ebenso klein wie Napoleon war. Die Nachricht würde nach Lyons gehen, weil Peter dort stationiert war, und vom dortigen Kader der Freien Skye-Miliz umgesetzt werden.

›Auster‹ hatte eine recht einfache Erklärung. Eine Austeraktion wirkte nach außen alltäglich, man konnte sogar sagen langweilig, aber sie verbarg eine Überraschung. Ryan hatte eine Reihe von Richtlinien für Austeroperationen festgelegt, die Peter betrafen. Sie basierten alle auf seinem bekannt cholerischen Temperament und seiner niedrigen Reizschwelle, was Bedrohungen oder Beleidigungen seiner Familie betraf. Bei dem Barzwischenfall hatte er eine bemerkenswerte Beherrschung an den Tag gelegt, aber die Bombe im Schulgebäude schien ihn reichlich mitgenommen zu haben.

Der Zusatz ›Objekt Fatal‹ stellte klar, daß Peter Davions Tod eine akzeptable Konsequenz der Aktion war. In mancherlei Hinsicht war Peter für Ryan nur eine ungeschützte Figur mitten auf einem Schachbrett. Er war nur insofern von Wert, als er bedroht, zum Rückzug gezwungen oder geschlagen werden konnte, wobei Victor in jedem Fall geschädigt wurde. Die meisten Personen in einer ähnlichen Lage konnte man ›umdrehen‹, aber Peter zu einem Anhänger Ryans zu machen, war unmöglich. Außerdem war Peter ein Davion. Hätte man ihn umgedreht, hätte das der Rebellion ihre Stoßrichtung genommen.

Die gesamte Botschaft, die Sven Newmark absenden mußte, lautete ›Auster III Fenster Objekt Fatal‹

In sich völlig unverständlich, wie es sich für eine Geheimbotschaft gehörte. Gleichzeitig konnten unverständliche Botschaften wie diese, gerade weil sie möglicherweise wichtige Geheimnisse enthielten, unerwünschte Aufmerksamkeit erregen. Herzog Ryan schloß die Möglichkeit nicht aus, daß Victor Davions Geheimdienstsekretariat über Möglichkeiten verfügte, seine Sicherheitsvorkehrungen zu unterwandern, aber das hinderte ihn nicht daran, weiter zu versuchen, ihm die Beschaffung von Informationen so schwierig wie möglich zu machen – und ihre Entschlüsselung praktisch unmöglich.

Einer der interessantesten Aspekte der Arbeit Sven Newmarks für Herzog Ryan Steiner bestand im Studium der zahllosen Katalogdisks von Welten in der ganzen Inneren Sphäre. Er war ständig auf der Suche nach Kleinverlagen, Universitätsdruckereien und Privatfirmen, die Informationsdisks in limitierter Auflage oder Sonderausgaben klassischer oder hochmoderner Belletristik veröffentlichten. Je obskurer ein Werk war, desto mehr war Sven hinter ihm her.

Durch eine Serie von Scheingesellschaften organisierte er den Kauf von einhundert Exemplaren jeder dieser Buchdisks. Das Vereinigte Commonwealth legte genug davon auf, um ihn monatlich ein Dutzend Titel erstehen zu lassen. Diese Disks wurden dann an Großhändler verschickt, zusammen mit einer Beschreibung, die sie in ihre Literaturkatalog-Datenbanken einspeisten. Sven verfaßte die Beschreibungen persönlich und bemühte sich, den Eindruck von Werken zu erwecken, die zu lesen dem Versuch ähnelte, mit der bloßen Stirn einen Nagel in Stahlbeton zu schlagen, und so spannend, wie Fingernägeln beim Wachsen zuzusehen.

Jede Beschreibung enthielt ein Schlüsselwort aus einer früheren Botschaft, nach dem die Zellenführer den Buchkatalog monatlich absuchten. Sobald eine Beschreibung dieses Schlüsselwort enthielt, bestellte er die fragliche Disk. Zwei Monate später wurde sie ›aktiv‹ und zur Basis des gesamten Codesystems, über das sich Ryan mit seinen Leuten verständigte.

Sven schaltete den Computer an und gab die zu verschlüsselnde Botschaft ein. Der Computer suchte den Wortbestand der zwölf Bücher für diesen Monat durch. Nur drei von ihnen enthielten alle benötigten Wörter. Er wählte eine Krimi-Anthologie mit dem Titel Mörderperlen der Autorenvereinigung Bonsai. Fast augenblicklich lieferte der Computer das Ergebnis der Verschlüsselung: 16-2-36 223-1-45 143-0-3 45-5-32 88-6-2.

Die Zahlen bezogen sich auf Seite, Absatz und Nummer des betreffenden Wortes. Sven wußte, wenn er die entsprechende Buchdisk einladen und sich den sechsten Absatz der Seite 88 ansehen würde, konnte er als zweites Wort ›fatal‹ finden. Ohne die korrekte Buchdisk war die Botschaft sinnloses Kauderwelsch.

Sven schrieb die Zahlen ab, dann schaltete er den geschützten Computer in seinem Büro ab und setzte sich an das vernetzte Gerät. Es war kaum mehr als ein spezialisiertes Terminal, allerdings waren einige seiner Chips hochspezialisiert. Als das System hochgefahren war, schaltete Sven eine Verbindung mit der örtlichen Nachrichtenstation und arbeitete sich durch die Menüschirme, bis er die interplanetarischen Nachrichtenleitungen erreicht hatte.

Mit einem bestimmten Paßwort gelangte er aus dem öffentlichen Bereich tief ins Innere des Systems. Er betätigte eine Funktionstaste und rief damit ein Festspeicherprogramm auf, das ihn noch tiefer ins Innenleben des Systems beförderte. Der Schirm wurde leer, und nur noch ein einzelner Cursor blinkte ihn an.

Sven legte das Blatt mit den Ziffern auf die Tastatur und tippte sorgfältig die Kennziffer des ausgewählten Buches und die fünf Zahlensequenzen ein. Das System akzeptierte die Eingabe, lieferte aber keinerlei Hinweis auf deren weitere Verwendung. Als er mit der Eingabe fertig war, drückte er zweimal die ›Escape‹- und einmal die Eingabetaste. Anschließend unterbrach er die Verbindung, indem er sein Terminal ausschaltete.

Das Papier mit den Zahlen legte er in einen Aschenbecher und verbrannte es. Er blieb daneben stehen und sah zu, um sicherzugehen, daß es vollständig verkohlte, dann zerdrückte er die Asche mit dem Finger zu feinem Pulver. Erst als sicher war, daß eine Rekonstruktion unmöglich geworden war, schüttete er die Asche in den Abfalleimer. Jetzt konnte er sein Büro beruhigt verlassen. Die Nachricht war unterwegs, und Peter würde seine Überraschung bekommen.

Das Computersystem brach die von Sven eingespeisten Zahlen derweil in einen Digitalcode auf und schrieb die Daten auf eine unbenutzte Nebenspur einer zur Übertragung vorgesehenen Mechkampfaufzeichnung aus einer der D-Liga-Arenen. Das gesamte Informationspaket wurde an ComStar verschickt, umgepackt und über Hyperpulsgenerator ins All gestrahlt, um in der ganzen Inneren Sphäre verteilt zu werden.

Drei Tage später wurde der betreffende Kampf von einer kleineren Holovidstation auf Lyons ausgestrahlt. Die örtliche FSM-Zellenkoordinatorin lag zu diesem Zeitpunkt friedlich schlafend in ihrem Bett, aber ihr Computer überwachte die Sendung und erfaßte die kodierte Nachricht. Als sie aufwachte, fand sie auf dem Bildschirm die Aufforderung vor, die Buchdisk Mörderperlen zu laden. Anschließend rekonstruierte die Maschine Newmarks Botschaft.

»Eine Piñata für Peter, mit Bild.« Sie lachte. »Kein Problem. Es wird mir ein Vergnügen sein.«

20

Solaris City, Solaris VII
Mark Tamarind, Vereinigtes Commonwealth

9. April 3056

Kai Allard-Liao saß geduldig im Bereitschaftsraum weit unter Ishiyama, während Katrina Steiner-Davion Galen Cox einen Kuß auf die Lippen drückte. »Der soll dir Glück bringen«, sagte sie laut genug, um von allen gehört zu werden. »Und dafür sorgen, daß du da draußen keine Dummheit machst.«

Von der letzten Bemerkung fühlte Kai sich angesprochen, und nickte ihr leise zu. Katrina hatte bereits mehrere Male ohne Galens Wissen mit ihm gesprochen. Sie machte sich Sorgen um Galen Cox' Sicherheit und hatte Kai das Versprechen abgenommen, ihn zu beschützen. Galen konnte noch immer durch einen Glückstreffer am Kopf seiner Maschine durch einen von Ryans Männern oder einen Steuerfehler ums Leben kommen, aber Kai war zuversichtlich, daß er sein Versprechen würde halten können.

»Herzogin, Lady Omi Kurita und Mr. DeLon erwarten Sie in der DeLon-Stalloge.« Kai lächelte ihr zu. »Ihre Leibwächter kennen den Weg. Wir werden in Kürze zu Ihnen stoßen.«

Katrina sah Galen in die Augen. »Versprochen?«

»Ihr Wunsch ist mir Befehl, Herzogin.«

Katrina gab ihm noch einen schnellen Kuß, dann drehte sie sich um. Kai konnte ihr Gesicht nicht sehen, als sie den Bereitschaftsraum verließ, aber Tränen in ihren Augenwinkeln hätten ihn nicht überrascht. *Befürchtet sie, Galen auch zu verlieren, so wie schon die anderen Menschen, die ihr am nächsten gestanden haben?*

Galen schüttelte den Kopf, als er sein Anwärterzertifikat aus der Brusttasche seines Overalls zog und an den Kragenaufschlag heftete. »Was sollte das jetzt?« fragte er.

»Kommandant, Sie sind ein intelligenter Bursche. Es kann Ihnen nicht entgangen sein, daß Herzogin Katrina etwas für Sie übrig hat.«

Das ferne Donnern der Kampfmaschinen, die über ihnen ein Duell ausfochten, klang durch den Raum. Galen zuckte hilflos die Schultern. »Sich etwas zu wünschen, das man nicht haben kann, macht das Leben nicht gerade leichter.«

»Wie Victor und Omi bereits feststellen mußten.« Kai klopfte seinem Freund auf die Schulter, als sie zurück in den südlichen Umkleideraum gingen. »Ich denke, du verstehst, daß die Lage recht delikat werden könnte, aber ich würde mir über Victors Reaktion keine Sorgen machen. Er liebt euch beide.«

»Aber wäre das nicht ein Bruch des Vertrauens, das er in mich setzt?«

»Ich bin nicht Victor, deshalb kann ich diese Frage nicht beantworten, aber wenn ich dir eine meiner Schwestern anvertrauen würde, wäre ich weder überrascht noch verärgert, sollte sich zwischen euch eine romantische Beziehung entwickeln.« Kai steuerte Galen hinüber in den hellerleuchteten Umkleideraum, vor dessen Eingang zwei schwergewichtige Mitglieder des Rote-Kobra-Tongs Wache hielten. »Möglicherweise wäre Victor sogar hocherfreut, wenn sich dir nach diesem Kampf eine Laufbahn eröffnet, die eine Menge Geld und mindestens ebensoviel positive Publicity bringen könnte.«

Im Innern des Umkleideraums erwartete Fuh Teng die beiden zusammen mit zwei anderen Männern, die er als seine Großneffen vorstellte. Es lagen zwei Ganzkörperoveralls für sie bereit. Die Anzüge waren durchgehend schwarz, bis auf goldene Seitenstreifen, die sich von der Unterseite des Handgelenks zur Armbeuge und von dort den Körper hinab bis zum Knie zogen. Dort verliefen sie an der Vorderseite des Anzugs hinüber auf die Beininnenseite und endeten am Knöchel. Das Kopfteil war über der Stirn abgeschnitten, und wurde von einem goldenen Stirnband abgeschlossen.

Galen sah sich um, dann schüttelte er den Kopf. »Bekommen wir Kühlweste und Neurohelm erst im Cockpit?«

»Nein, das erledigen alles diese Anzüge.« Kai hob seine Kapuze hoch und stülpte sie nach außen. »Diese silbernen Stellen sind die Neurorezeptoren, die normalerweise an der Innenseite des Neurohelms sitzen. Die Kapuze hat sogar ein eingebautes Kehlkopfmikrofon und Lautsprecher. Die Innenschicht besteht aus SkinTex-Gewebe, das den Schweiß vom Körper ableitet. Der ganze Anzug ist von Kühlleitungen durchzogen, aber weil er den gesamten Körper bedeckt, sind sie dünner und erheblich leichter als in normalen Kühlwesten. Es sind auch MedoSensoren eingearbeitet. Du brauchst nur die Buchse an der rechten Hüfte mit der Pilotenliege zu verbinden. Das ist alles.«

Galen verzog das Gesicht. »Kein Neurohelm?«

»Der Helm ist ein Überbleibsel aus der Zeit, als ihn der Pilot noch zum Schutz im Kriegsgetümmel außerhalb des Cockpits benötigte. Wir werden Schutzhelme tragen, aber auf das Gewicht und die sperrige Größe eines konventionellen Neurohelms können wir verzichten.« Kai zuckte die Achseln. »Für die dicke Kühlweste gilt dasselbe. Wir können es uns leisten, leichtere Ausrüstung zu benutzen, weil hier Hilfe sehr viel eher möglich ist als im Krieg. Die gesamte Situation ist hier weit besser unter Kontrolle.«

Als Galen ein angemessen beeindrucktes Gesicht machte, konnte sich Kai ein Grinsen nicht verkneifen. »Aber um die Wahrheit zu sagen, der Hauptgrund für die Wechsel zu dieser Art Ausrüstung ist, daß wir hier im Showgeschäft tätig sind. Die Kämpfer machen in diesen Klamotten einfach mehr her.«

»Und ich dachte, die leichte Kluft wäre nur für die Simulatoren bestimmt, die wir die ganze Woche benutzt haben.« Galen öffnete seinen Overall und setzte sich auf den Tisch. Einer von Fuh Tengs Großneffen zog ihm blitzschnell die Stiefel aus und half ihm beim Umziehen. Kai setzte sich auf die andere Seite des Tisches.

Keiner sprach, während sie sich vorbereiteten, und Kai nutzte die relative Stille, um sich auf den kommenden Kampf zu konzentrieren. Dies war der wichtigste Vorteil bei Arenakämpfen auf Solaris im Gegensatz zu realen Feldschlachten: Er brauchte sich keine Sorgen um andere Mitglieder seiner Einheit zu machen. Sicher, er hatte versprochen, auf Galen aufzupassen, aber der würde kaum Hilfe benötigen. Die Simulatortests, die sie durchgezogen hatten, um ihn mit dem Höhlensystem im Innern der Kurita-Arena vertraut zu machen, hatten die beiden zu einem Team geschmiedet, das beinahe instinktiv zusammenarbeitete. Larry Acuff und die anderen Zenotaphkämpfer hatten in den Simulationen die Rollen von Vandergriff und Edenhoffer übernommen, aber Galen und Kai hatten sie konstant besiegt.

Kais Wahl war ohne große Überlegung auf Ishiyama gefallen, aber sie hatte sich trotzdem als klug erwiesen. Vandergriff kämpfte in einem 80 t schweren vierbeinigen *Goliath*. Dieser Mechtyp war, was Maschinen dieser Klasse anging, gut bewaffnet und gepanzert, doch vor allem für offene Feldschlachten entwickelt worden, in denen Langstreckenfeuerkraft eine große Rolle spielte. Sein Gaussgeschütz und die Maschinengewehre würden auch in der Enge Ishiyamas gute Dienste leisten, aber seine Langstreckenraketen waren relativ nutzlos.

Für Edenhoffers 85 t schweren *Pirscher* galt das gleiche. Ishiyamas kurze Schußdistanzen und enge Tunnel machten die Vorteile durch die beiden enormen LSR-Lafetten dieses Mechtyps zunichte. Der schwere Extremreichweitenlaser würde auch in Ishiyama seinen Dienst tun, ebenso die Kurzstreckenraketen und die vier mittelschweren Laser, aber Edenhoffer konnte Schwierigkeiten haben, zu seiner üblichen Brillanz aufzulaufen. Seine Leistungen in Ishiyama fielen weit hinter seine sonstigen zurück, und in den Gängen des Felsenbergs hatte er schon einige Male gegen leichtere und weniger kampfstarke Gegner verloren.

Galen rückte die Kapuze zurecht und rieb sich die jetzt unter dem Stoff versteckten Ohren. »Na gut. Unsere Strategie besteht darin, den Sichtschirm auf Infrarot zu halten, hart und schnell zuzuschlagen und auch eine Überhitzung zu riskieren, um die beiden mit Feuer einzudecken.«

»Korrekt. In Ishiyama müssen wir IR benutzen, weil der gesamte Fels künstlich und mit Metall nur so vollgestopft ist. Kämpfer, die bevorzugt mit Magnetdetektoren arbeiten, haben der Arena den Spitznamen ›Eisenberg‹ gegeben, und ein Fremdenführer listet das sogar als Übersetzung von Ishiyama auf.« Kai zupfte am Ärmel seines Overalls. »Wenn du getroffen wirst, bevor du deinen Gegner siehst, feuere zurück, mach dich schnell aus dem Staub, und dann heiz ihm ein, wenn er zu kochen beginnt.«

»Du bist der Boß. Ich hoffe nur, mein *Kreuzritter* ist eine Hilfe.«

»Die Abschüsse werden deine sein.« Kai verstand Galens Besorgnis. Der *Kreuzritter* war ein Raketenmech, der normalerweise seine hohe Beweglichkeit dazu ausnutzte, in die Flanke oder den Rücken des Feindes zu kommen, um ihn von dort anzugreifen. Mit seinem Flammer, dem MG, zwei mittelschweren Lasern und zwei KSR-Lafetten besaß er eine bessere Ausstattung mit Nahkampfwaffen als der *Goliath.*

Aber er brachte nur 65 Tonnen auf die Waage, der leichteste Mech in diesem Gefecht.

Galen zuckte die Achseln. »Ich halte zwar nichts von vorgekauter Nahrung, aber ich werde alles schlucken, was du mir vorsetzt.«

»Guten Appetit!« Kai sprang vom Tisch, als sein Helfer den Reißverschluß im Rücken des Anzugs zuzog. Die beiden Großneffen öffneten die Doppeltüren in der Rückwand des Umkleideraums und verbeugten sich, als die beiden MechKrieger an ihnen vorbei in den Mechhangar marschierten. Der Umkleideraum lag genau einem riesigen Torbogen gegenüber, der in das weitgespannte Tunnelsystem führte, durch das die BattleMechs ohne zusätzliche Transporter aus den Trainingsbereichen und Wartungsanlagen in die verschiedenen Arenen gelangen konnten. Die Tunnel waren angelegt worden, weil konstante Mechbewegungen an der Oberfläche die ganze Stadt verwüstet hätten, ganz zu schweigen von der Tatsache, daß BattleMechs sehr viel breitere Straßen benötigten als der normale Verkehr.

Der Ishiyama-Mechhangar glich Tausenden ähnlicher Anlagen überall in der Inneren Sphäre – bis auf einen Punkt. *Die Draconier halten diese Halle makellos sauber!* Der Hangar war so sauber, daß Kai wahrscheinlich in der Lage gewesen wäre, vom Boden zu essen, ohne auch nur einen Tropfen Kühlflüssigkeit auf seinem Essen zu finden, auch wenn er nicht vorhatte, es darauf ankommen zu lassen. Die zahllosen Maschinen und Werkzeuge, die nötig waren, damit die Techs die Maschinen auf den Einsatz vorbereiten konnten, waren irgendwo außer Sicht verstaut, um die Konzentration der Krieger auf dem Weg in den Kampf nicht zu stören.

Ihre beiden Mechs standen Seite an Seite auf einer Hebebühne. Sie trugen ein schwarzgoldenes Farbschema ähnlich dem ihrer Kühlanzüge. Galen grinste, als er seinen *Kreuzritter* sah. »Ich weiß nicht, was mich mehr erstaunt: Daß du einen *Kreuzritter* für mich hattest, oder daß du es geschafft hast, einen der neuen *Zermalmer* in die Finger zu bekommen.«

Kai zuckte die Schultern. »Kallon Industries ist interessiert daran, einer meiner Sponsoren zu werden, und sie glauben, wenn ich in diesem Kampf einen *Zermalmer* benutze, wird sich das positiv auf ihre Verkaufszahlen auswirken. Und da sie auch den *Kreuzritter* herstellen, war es nicht weiter schwierig, zu einer für beide Seiten zufriedenstellenden Regelung zu kommen.« Er reichte Galen die Hand. »Weißt du, die beiden sind gut, aber sie haben immer nur Krieg gespielt. Wir beide waren draußen. Zeigen wir ihnen, wovor die Clans die Flucht ergriffen haben.«

Galen ergriff Kais Hand. »Ziel erfaßt und Feuer, Kai.«

Sie trennten sich und kletterten ins Cockpit ihrer Maschinen. Auf dem Weg das Gerüst empor gestattete sich Kai ein Kichern. Der Repräsentant von Kallon Industries war nicht ganz so schnell bereit gewesen, Kai einen Mech der nagelneuen *Zermalmer*-Baureihe zu überlassen, wie er Galen glauben gemacht hatte. Es war nötig gewesen, darauf hinzuweisen, daß der St. Ives-Pakt zweifellos positiven Erfahrungsberichten, die er über die neue Maschine ablieferte, besonderes Gewicht beimessen würde, wenn er die nächsten neuen BattleMechs für seine Streitkräfte einkaufte. Als dieser Faktor in die Kalkulation eingeflossen war, hatte sich Kallon plötzlich erheblich großzügiger gezeigt, was Ausrüstung und technische Unterstützung anging.

Du hast die Maschine durch politische Manöver bekommen, also kannst du sie auch für politische Ziele einsetzen. Kai verzog das Gesicht, als er durch das offene Kanzeldach ins Cockpit des wuchtigen BattleMechs kletterte. Ihm wurde klar, daß er seit seiner Unterhaltung mit Tormano mit wachsender Häufigkeit an Politik dachte, und es gefiel ihm ganz und gar nicht. Er verbrachte Zeit damit, Entscheidungen der Vergangenheit darauf zu untersuchen, ob sie irgendwie von politischen Überlegungen beeinflußt gewesen waren.

Seine Entscheidung, Galen auf dem Empfang aus der Klemme zu helfen, war einer der zweifelhaften Fälle. Kai wußte, daß Ryan schon lange gegen Victor arbeitete. Wahrscheinlich hatte er Vandergriff und Edenhoffer angestiftet, einen Kampf mit Galen zu provozieren, um Victor in Verlegenheit zu bringen. Das Offenhalten der Falle war ein Akt der Freundschaft Galen und Victor gegenüber gewesen, kein politischer Schachzug. *In Wahrheit habe ich gehandelt, ohne groß darüber nachzudenken, aber für Leute wie Tormano ist das ein Zeichen politischer Schläue.*

Victor mußte es auch so gesehen haben. Warum sonst sollte er anordnen, den Kampf unmittelbar nach Beendigung in der gesamten Isle of Skye auszustrahlen. Und weil das Duell in Ishiyama stattfand, würde das Kampfvid wohl auch im Kombinat zirkulieren. Da Galen zusammen mit anderen Kriegern Hohiro vor den Clans gerettet hatte, war dem Bericht eine freundliche Aufnahme praktisch sicher. Und wenn die Draconier einen Freund des nächsten Koordinators auf Solaris in die Arena steigen sahen, mußte das Omi bei ihrem Versuch helfen, die Ronin der Spielwelt zu legitimieren. Und drittens konnte es auch nicht schaden, wenn die Bürger Skyes daran erinnert wurden, wie unangenehm nah ihnen das Kombinat war. Das sollte ebenfalls den Wunsch einiger von ihnen dämpfen, sich dem Schutz des Vereinigten Commonwealth zu entziehen.

»Nein. Ich habe diese Entscheidungen weder bewußt noch unbewußt zum politischen Vorteil getroffen.« Seine Worte hallten durch die enge Pilotenkanzel. »Zumindest habe ich keinen Vorteil damit angestrebt.«

Es reicht! Kai verdrängte alle unerwünschten Gedanken und konzentrierte sich auf den bevorstehenden Kampf. Er warf einen schweren Schalter um und arretierte ihn, als das Brummen des Vlar 300-Fusionsreaktors im Torso des Mechs aufklang. Langsam senkte sich das Kanzeldach und schloß das Cockpit, dann hörte Kai ein Zischen. Als der Druckausgleich im Innern der Kabine hergestellt war, knackte es in seinen Ohren.

Er setzte sich auf die Pilotenliege und zog den Schutzhelm über die Kapuze. Nachdem er den Kinngurt festgezurrt hatte, steckte er die aus der Pilotenliege kommende Leitung in die Buchse an seinem Anzug. Die Kühlflüssigkeit begann sofort durch die Leitungen zu zirkulieren. Er genoß die Kälte auf der Haut. Sie würde nicht von langer Dauer sein. Dann schnallte er sich an.

»Computer ein.«

Die künstliche Stimme des Bordcomputers säuselte mit einer kehligen Sinnlichkeit in seinen Ohren, die ihn überraschte, bis er sich daran erinnerte, daß militärische Kaufentscheidungen häufig von alten Männern wie seinem Onkel getroffen wurden. »Ich bin Zermalmer 3XF32, und es ist mir eine Ehre, dem Solaris-Champion Kai Allard-Liao bei seinem ...«

»Computer, Identitätsüberprüfung einleiten.«

»Stimmusterabgleichung erfolgt. Erbitte Autorisierungscode.«

Weil BattleMechs unglaublich schlagkräftige Kampfmaschinen waren, die ganze Stadtviertel in Schutt und Asche legen konnten, indem sie einfach durch die Häuser stampften, waren sie grundsätzlich mit einer Reihe von Sicherheitsmechanismen ausgestattet, die einen unerlaubten Einsatz verhindern sollten. Die erste dieser Sicherungen war die Stimmusterabgleichung aller in den Computer eingespeisten autorisierten Piloten. Es war möglich, die Sensoren zu täuschen, was dieses Stimmuster anging, aber die zweite Sicherung zu überwinden, war für fremde Piloten fast unmöglich. Jeder Pilot speicherte bei seinem ersten Einsatz an Bord eines Mechs einen Kennsatz, der während der Startsequenz exakt wiederholt werden mußte, um eine automatische Stillegung zu verhindern.

»Einen Menschen zu töten ist nicht leicht und darf auch niemals leicht werden«, flüsterte Kai.

»Autorisierung bestätigt.«

Das Cockpit wurde hell, als ein halbes Dutzend Bildschirme und Armaturen zu elektronischem Leben erwachten. Kai sah zu, wie der Bordcomputer eine Diagnose aller Systeme durchführte. Auf einem Bildschirm erschien ein Diagramm des breiten, hühnerbeinigen Mechs und die Feststellung, daß alle Gliedmaßen voll funktionstüchtig waren. Ein zweiter Schirm meldete alle Waffensysteme in der Reihenfolge ihrer Überprüfung. Sie waren sämtlich in bester Verfassung.

Der *Zermalmer* war für den Kampf gegen die Clans konstruiert. Durch die Extremreichweitenlaser in beiden Armen besaß er die nötige Reichweite, um bereits im Anmarsch auf den Gegner das Feuer zu eröffnen. Die sechs mittelschweren Impulslaser in den links und rechts vorragenden Seitenteilen des Torsos machten den Mech zu einem unangenehmen Gegner auf kürzere Distanz. In der Torsomitte war ein Raketenabwehrsystem installiert, das einen gewissen Schutz gegen ArtillerieMechs bot. Dadurch konnte der *Zermalmer* die Annäherung an den Feind überstehen, und die Sprungdüsen lieferten dem Kampfkoloß die Beweglichkeit, die auch den *Kreuzritter* so gefürchtet machte.

Bevor er ausrückte, programmierte Kai noch schnell die Waffenkontrollen um. Die Steuerknüppel auf beiden Seiten der Pilotenliege verfügten jeweils über einen Daumenknopf an der Ober- und drei Auslöser an der Vorderseite. Kai legte alle Impulslaser auf die Zeigefingerauslöser. Jetzt konnte er alle drei Impulslaser einer Torsoseite abfeuern, sobald er den Feuerknopf drückte. In einem normalen Gefecht hätte er Wert auf die Möglichkeit gelegt, die Laser einzeln anzusteuern, aber hier in Ishiyama kam es Kai darauf an, mit einem Schlag eine möglichst große Feuerkraft einsetzen zu können. Die Schweren Laser behielt er auf den Daumenknöpfen. »Taph Eins ist grün.«

»Taph Zwei ist grün«, antwortete Galen. »Ich bin soweit.«

»Gut. Wir sollten da oben ständig in Kontakt bleiben. Den Feind aufzuspüren, ist der erste Schritt bei seiner Eliminierung.«

Lyons
Isle of Skye, Vereinigtes Commonwealth

»Meldung wiederholen, Engel Zwo.« Auf dem Hilfsschirm des JägerMech sah Peter Davion, daß Carsons *Heuschreck* die Bergkuppe bereits überquert und ins Bellerivetal hinabgestiegen war. Das erklärte die Unterbrechung ihrer Meldung. Er hatte den Lichtblitz hinter dem Berg gesehen und war, auf Feindbeschuß vorbereitet, den Hang emporgestiegen. »Engel Drei und Vier, ausschwärmen. Dicky, halt mir den Rückweg frei.«

Mit fünfundsechzig Tonnen war Peters *JägerMech* die schwerste Maschine seiner Lanze. Der *Heuschreck* und Engel Dreis *Kommando* besaßen zusammengenommen weniger Masse als sein Mech, aber in einer Sturmlanze der Miliz machte diese Mischung leichter und schwererer Mechs Sinn. *Heuschreck* und *Kommando* waren schnell und beweglich. Sie konnten

Daten über den Gegner sammeln, während der *Jäger-Mech* und Dickys *Ballista* ihnen aus der Entfernung Deckung gaben und ihnen helfen konnten, aus brenzliger Lage zu entkommen.

Als er die Bergkuppe erreichte, schaltete Peter den Sichtschirm auf Lichtverstärkung um. Der Bordcomputer komprimierte eine 360°-Rundumsicht auf ein 160°-Blickfeld vor ihm, in dessen Mitte ein goldenes Fadenkreuz durch die in Schwarz und Grün gehaltene Szenerie schwebte. Die Kennung des *Heuschreck* unter dessen Silhouette identifizierte ihn als eigene Maschine.

Unten im Tal sah Peter, was er erwartet hatte. Das verschlafene Dorf Bellerive hing zu beiden Seiten des über mehrere Stufen aus dem Gebirge im Norden herabströmenden Flusses an den Berghängen. Wie viele andere Siedlungen auf Lyons auch, war diese von einer Religionsgemeinschaft gegründet worden, deren Mitglieder moderne Technologie ablehnten. Peter konnte das respektieren, auch wenn diese spezielle Gruppe seinen Bruder als den Antichrist verteufelte. Was die Bürger von Bellerive auch von Victor halten mochten, sie vertraten ihre Opposition durch Gebete, nicht durch gewaltsame Aktionen.

»Und jetzt haben diese Ratten von der Freien Skye-Miliz euch die Schändlichste aller Technologien ins Haus getragen«, knurrte er leise. Seine Lanze war ausgesandt worden, eine Terroristengruppe zu stellen, die das friedliche Dorf eingenommen und zu ihrem Unterschlupf gemacht hatte.

»Engel Eins, ich werde vom Kirchturm in der Dorfmitte beschossen.«

»Roger, Engel Zwo.« Peter rief eine Vergrößerung auf und konzentrierte das Bild auf den Turm der weißgetünchten Holzkirche. Er sah eine Reihe zur Verteidigung des Dorfes aufgestellter tragbarer KSR-Werfer. Während er sie noch beobachtete, schossen zwei weitere Kurzstreckenraketen aus den Rohren und flogen auf Carsons *Heuschreck* hinab.

Die Raketenabwehrkanone im linken Fügelstummel des vogelähnlichen *Heuschreck* spuckte Feuer. Eine der KSR wurde von den Geschossen zerfetzt und explodierte hoch in der Luft. Die andere erreichte ihr Ziel. Sie schlug ins linke Bein des Heuschreck ein und zertrümmerte die Fiberstahlpanzerung. Der kleine Mech wankte eine Sekunde, hielt sich aber aufrecht.

»Zwo, Meldung.«

»Nur Panzerungsschaden, Skipper. Kein Problem.« Deb Carson klang so selbstsicher wie immer. »Was nun?«

»Ich kümmere mich drum, Zwo.« Peter senkte das Fadenkreuz über den Turm. Der rechte Arm seines *JägerMech* kam hoch. Peter hatte sich für den Einsatz der Autokanonen entschieden, denn der Energiestrahl eines Lasers hätte die Brennsätze der noch in den Rohren steckenden Raketen auslösen können. Diese Explosion hätte ausgereicht, sämtliche hölzernen Gebäude des Dorfes in einem Feuersturm zu verschlingen, und das war das letzte, was Peter wollte. Wenn ihn sein Glück nicht ganz verlassen hatte, mußten die AK-Granaten in der Lage sein, den Turm zu zerstören, ohne die Raketen detonieren zu lassen.

Er zog das Fadenkreuz ein wenig tiefer, um den Turm runde fünf Meter unterhalb der Raketenwerfer zu treffen, dann überprüfte er noch einmal das Gelände im Hintergrund. Er schaltete kurz auf Infrarot um, erhielt aber keine Anzeige. »Achtung, Engel, der Turm kommt runter.«

Als Peter die Autokanone auslöste, stieg ein Geräusch halbwegs zwischen einem Schrei und einem mechanischen Kreischen aus der Waffe. Der Metallhagel, der aus ihrem Lauf schlug, zerteilte den Kirchturm wie eine gigantische Kreissäge. Die obere Turmhälfte hing eine Sekunde in der Luft, dann kippte sie langsam um und löste sich im Sturz in ihre Bestandteile auf.

Peter erlebte einen Moment des Hochgefühls, bevor die Katastrophe kam. Er sah den Turm zu Boden krachen und einen Raketenwerfer davonwirbeln. Während die Waffe scheinbar in Zeitlupe durch die Luft taumelte, gingen Peter die Richtlinien für die Bergung von Explosivstoffen aus Wohngebieten durch den Kopf. Bitte, geh nicht in die Luft!

Der Werfer explodierte nicht.

Aber das Gebäude hinter ihm.

Die Fenster des Kirchenschiffs leuchteten rotgolden auf, dann flogen sie davon. Flammen schlugen mit lautem Knall aus den Fenstern, stiegen zum Himmel und verschlangen das gesamte Gotteshaus. Ein wabernder Feuerball brach durch das Dach und ließ das mitternächtliche Bellerive taghell erstrahlen. Er schien eine Ewigkeit wie ein böses Omen über dem Ort zu hängen.

Lange blieb er nicht allein. Sechs weitere Häuser gingen in Flammen auf. Wie eine Epidemie, die sich durch das ganze Dorf ausbreitete, brachen immer neue Feuer aus und verstreuten brennende Trümmer ringsum. Die Trümmer entzündeten andere Häuser, und keine zwanzig Sekunden nach Peters Feuerstoß war Bellerive ein Raub der Flammen.

»Mein Gott! O mein Gott!« Peter starrte auf das brennende Dorf hinab. »Was habe ich getan?«

Zürich
Mark Sarna, Vereinigtes Commonwealth

»Ja, ich bin Dr. Lear.« Deirdre verbeugte sich reflexartig vor dem Mann, der aus dem Stuhl vor Rick Bradfords Schreibtisch aufstand. »Kann ich irgend etwas für Sie tun, Mr. ...?«

»Feng. Mein Name ist Feng Chiang. Zu Diensten, Doktor.« Der kleine Mann lächelte höflich und verbeugte sich mit einer Präzision, von der Deirdre wußte, daß sie großen Respekt ausdrückte.

»Rick? Ist das wieder so eine Mediensache?«

Bradford schüttelte den Kopf. »Nein, Deirdre. Mr. Feng ist den ganzen Weg von Solaris gekommen, um mit Ihnen zu reden. Die Nachricht über Ihre Heldentat ist bis dorthin gedrungen.«

Kai? Sie verdrängte ihre Furcht und hielt sich gerade. »Was führt Sie zu uns, Mr. Feng?«

»Mein Meister bat mich, Ihnen seine Grüße zu übermitteln. Er bittet Sie um die Ehre, Sie als Gast auf seinem Landgut willkommen heißen zu dürfen. Sie und Ihren Sohn.« Feng neigte entschuldigend den Kopf. »Er hat den Wunsch, Sie für Ihre Leistung im Dienste des Hospitals zu belohnen.«

»Sie können Kai Allard-Liao von mir ausrichten, daß wir uns vor Jahren auf Alyina bereits alles gesagt haben, was es zu sagen gab.« Sie drehte sich auf dem Absatz um und ging zur Tür.

Fengs Stimme hielt sie auf. »Nein, Doktor, mein Meister ist nicht Kai Allard-Liao. Nicht er hat mich geschickt.« Der kleinwüchsige Chinese zog zischend die Luft zwischen den Zähnen ein, als habe er Schmerzen. »Ich wurde geschickt, um Sie zu Mandrinn Tormano Liao zu bringen.«

Kais Onkel. Deirdre zögerte. »Bitte überbringen Sie dem Mandrinn meinen Dank, aber Sie sehen ja selbst, daß ich hier viel zu tun habe.«

»Er weiß das zu schätzen, Doktor, und hofft, Sie werden in seine Bitte einwilligen, wenn Sie erfahren, daß er als Gegenleistung diesem Krankenhaus eine Magnetresonanzscan-Anlage stiften wird. Er ist sich bewußt, daß die Klinik Bedarf dafür hat, und hofft, Sie werden den Wunsch eines alten Mannes, einer echten Heldin zu begegnen, entgegenkommen.«

Sie kniff die Augen zusammen. »Wenn er Bedarf nach Helden hat, kann er mit seinem Neffen sprechen.«

»Leider nicht. Er hat sich vor kurzem mit seinem Neffen entzweit.«

Sie sah an Feng vorbei zu Rick Bradford. Sein Blick ging in unbestimmte Fernen. *In Gedanken bringt er bereits die MRS-Ausrüstung in der Notfallstation unter.* »Wann fliegen wir ab?«

»Noch heute abend, Doktor. Der Mandrinn hat eine Kommandostrecke von hier nach Solaris aufgebaut, damit Ihre Ankunft nicht unnötig verzögert wird.« Der Mann sah sie fröhlich an. »Ich habe zwei Ärzte mitgebracht, die Ihre Vertretung übernehmen werden.«

»Wie lange werden wir fortbleiben?«

»Kaum zwei Wochen für den Flug nach Solaris und die Teilnahme an der Zeremonie. Anschließend werden wir Sie so schnell wie möglich wieder nach Zürich bringen.« Feng neigte respektvoll den Kopf. »Ich bin sicher, Sie werden alle Arrangements zu Ihrer Zufriedenheit finden, Dr. Lear.«

21

Solaris City, Solaris VII
Mark Tamarind, Vereinigtes Commonwealth

9. April 3056

Galen Cox schloß die Hände um die Steuerknüppel seines neuen *Kreuzritter.* Er fühlte sich großartig in der Maschine. Der Kühlanzug und der leichtere Helm waren sehr bequem. Im Grunde störte ihn nur eines: der Geruch des Cockpits. Er hatte noch nie zuvor in einem Mech gesessen, der *brandneu* roch.

Das wird nicht lange halten, dachte er, als die gigantischen Tore vor ihm aufglitten und er den Schweiß des Lampenfiebers auf der Haut spürte. Sein erster Blick in die dunklen Kavernen Ishiyamas erinnerte ihn an Trellwan und den ersten Kampf gegen die Clans. Prinz Victor und er hatten sich in einem ausgedehnten Höhlensystem ein Rückzugsgefecht mit Kriegern des Clan Jadefalke geliefert. Damals hatten sie nicht gewußt, gegen wen oder was sie kämpften, und bis heute war Galen davon überzeugt, daß sie nur durch pures Glück entkommen waren.

Er brachte den *Kreuzritter* aus dem Lift und sah links von sich Kais *Zermalmer.* Galen öffnete einen Funkkanal. »Zwo hier. Weißt du, wo wir sind?«

»Aber sicher. Wir sind etwa 500 Meter von der Großen Galerie entfernt. Nimm den ersten Tunnel auf der rechten Seite.«

»Roger, Eins.« Galen kannte die Große Galerie besser durch die Holovids von Kämpfen in Ishiyama als aus seinen Trainingskämpfen mit Kai. Durch das Zentrum des Felsenbergs verlief eine riesige Kluft, die seine unteren Etagen sauber in zwei Hälften spaltete. Ein schmaler Sims an der Nordseite verband ihn mit einer Reihe von Tunnelöffnungen. Diese führten in ein

Labyrinth von Gängen und Rampen, die Zugang zu den verschiedenen Etagen auf dieser Seite boten.

An der Südseite verlief ein langer Sims mit Säulen, die scheinbar aus zusammengewachsenen Stalagmiten und Stalaktiten entstanden waren. Dadurch erinnerte diese Passage an das von Zahnlücken entstellte Grinsen eines riesigen Monsters. Galen hielt es für durchaus denkbar, daß dieser offene Tunnel eine Anspielung auf einen alten japanischen Mythos oder eine neuere draconische Legende darstellte.

Der *Kreuzritter* betrat den Tunnel in nördlicher Richtung und stieg eine leichte Steigung hinauf zur Großen Galerie. Kai hatte vorhergesagt, daß die draconischen Kontrolleure Ishiyamas die beiden Teams relativ dicht beieinander absetzen würden. Im Gegensatz zum Publikum im Vereinigten Commonwealth bevorzugten draconische Zuschauer schnelle, heftige Feuergefechte. Da dieser Markt auf der Heldenhaftigkeit der Schlacht und der Perfektion der Kampftechniken beruhte, erschienen die Jagdsequenzen, die in anderen Märkten zum Aufbau der Spannung dienten, den Draconiern langweilig.

Bei ihrer Vorbereitung hatten Galen und Kai den schnellen und tödlichen Schlagabtausch geübt. Als der *Kreuzritter* den Punkt erreichte, von dem die Große Galerie nach Osten abging, hob er einen Mecharm und bedeutete Kai, langsamer zu werden. »Was ich von den Höhlen auf der anderen Seite sehen kann – wenig genug –, ist sauber. Keine IR-Kennung.«

»Roger, Zwo. Ich gebe dir Deckung.« Der *Zermalmer* schob sich auf die Balustrade, dann bewegte er sich vorsichtig hinüber zur Öffnung des Südtunnels. »Gänsemarsch oder frontal?«

Galen schüttelte den Kopf und gab einen Befehl in den Computer. Er hatte den Sichtschirm bereits auf Infrarot geschaltet. Dadurch erschien alles, was die Sensoren orteten, in Farben, die auf die Oberflächentemperatur abgestimmt waren: Violett für die kältesten Bereiche, Weiß für die heißesten. Das neue Programm sorgte für eine feinere Abstufung, aber auf dem Schirm änderte sich kaum etwas.

»Ich finde keine Restwärme, die auf ihre Anwesenheit hier schließen ließe. Gänsemarsch.« Galen schaltete auf das ursprüngliche Sensorprogramm zurück. »Ich bin soweit.«

»Ich decke das mittlere Loch ab. Los.«

Entsprechend einer Strategie, die sie in den Simulationen entwickelt hatten, spurtete Galen mit dem zehn Meter hohen Kreuzritter den Südgang hinab. Die Sensoren in der Kapuze gestatteten der Maschine, die Kreiselstabilisatoren, die den Koloß aufrecht halten, über den Gleichgewichtssinn des Piloten zu steuern. Der *Kreuzritter* war zwar weder so beweglich wie ein Mensch, noch besaß er dessen schnelle Reflexe, aber trotzdem bewegte er sich mit einem sportlichen Elan, der außer bei dem Piloten und den Ingenieuren, die ihn entwickelt hatten, wohl bei jedem Betrachter basses Erstaunen auslöste.

Als er aus der Deckung trat und den Sims hinabrannte, bemerkte Galen eine Bewegung auf der anderen Seite der Großen Galerie. Es war Edenhoffers *Pirscher,* der aus der Öffnung des mittleren Tunnels trat. Die Abdeckungen über den kantigen LSR-Schulterlafetten des Mechs klappten nach unten, und Flammen schlugen aus den Abschußrohren.

Zwanzig Raketen schossen auf den rennenden *Kreuzritter* zu, aber nicht einmal die Hälfte erfaßte ihr Ziel. Galen fühlte den Kopf seines Mechs zucken, als das Raketenabwehrsystem aktiv wurde. Die Kanone oberhalb der Kanzel spie einen Hagel von Geschossen aus, um die anfliegenden Raketen noch in der Luft zur Detonation zu bringen. Sie konnte eine der LSR aus der Luft holen, und zwei andere schlugen in eine Säule ein, bevor die restlichen sieben ihr Ziel erreichten.

Die Raketen hämmerten auf den linken Arm des *Kreuzritter* ein. Die Explosionen schleuderten die Panzerung in großen Stücken davon, und ein Hilfsschirm meldete eine Senkung des Schutzfaktors um 25 Prozent. Zwei Raketen trafen das rechte Bein des Mechs und sprengten dort zehn Prozent der Panzerung ab, aber der Schaden machte Galen keine großen Sorgen. Er widerstand der Versuchung, das Feuer zu erwidern, und hielt den Mech trotz der Erschütterungen durch die Raketeneinschläge aufrecht und auf Kurs.

Zwei grellweiße Lichtbahnen zuckten von Kais *Zermalmer* zu Edenhoffers *Pirscher.* Der erste schwere Laserschuß zog eine Schmelzspur quer über die Panzerung an der rechten Torsoseite des Mechs. Der zweite brannte sich durch die grellbunt bemalte Panzerung auf dem rechten Bein. Der Schaden an Edenhoffers Kampfkoloß war schwerer als die Beschädigungen, die Galen hatte einstecken müssen, aber angesichts des Masseunterschieds zwischen ihren Maschinen reichte er nicht annähernd aus, sie auf eine Stufe zu bringen.

Auf der anderen Seite, etwa auf gleicher Höhe mit der Position, aus der Kai Edenhoffer unter Beschuß genommen hatte, erhaschte Galen einen Blick auf Vandergriffs elefantösen *Goliath.* Der mit Tigerstreifen bemalte vierbeinige Mech stampfte schwerfällig aus dem Tunnel, in dem er sich versteckt gehalten hatte. Als er sich halb umdrehte, um an der Schlucht entlang zu zielen, drehte sich sein Geschützturm und visierte einen Punkt ein Stück vor Galens Position an.

Er will einen Präzisisionsfernschuß versuchen und wartet, bis er damit meine dünne Rückenpanzerung erwischt! Galen schüttelte den Kopf. *Vorhersehbar. Wenn die Clans berechenbar wurden, haben wir sie durch überraschende Manöver geschlagen. Manöver wie dieses.*

Galen legte den *Kreuzritter* leicht nach rechts, riß die Arme hoch und stieß sich, als die Geschwindigkeit der

Maschine etwas nachließ, von der Wand des Ganges ab. Der rechte Fuß seines Mechs prallte auf den Boden, und unter der Metallferse sprühten Funken auf. Galen drehte sich in der Pilotenliege zur Seite und legte sich nach links, um eine entsprechende Torsodrehung des *Kreuzritter* zu veranlassen. Anschließend stieß er beide Füße auf die Sprungdüsenpedale, löste die Düsen am Rücken des *Kreuzritter* aus und ließ ihn zwischen den Felszähnen hindurch in die Schlucht steigen.

Durch ein kurzes Aussetzen der Düsen sackte der fünfundsechzig Tonnen schwere Stahlkoloß in den Abgrund. Nun war er vom Sims auf der Nordseite aus nicht mehr zu sehen und damit in Deckung. Der *Pirscher,* der sich umgedreht hatte, um Kai anzuvisieren, verschwand von Galens Schirm. Ein Vorsprung in der Schlucht verdeckte den *Goliath* und schloß für den Augenblick jede Bedrohung für den *Kreuzritter* aus.

Über sich sah er das kurze Aufblitzen der Laser und das anhaltende Feuer einer Raketenlafette. Der *Pirscher* und Kais *Zermalmer* nahmen sich gegenseitig unter Beschuß. »Eins, wie sieht's aus?«

»Zwo, ich habe alle anfliegenden Raketen abgewehrt und einen Lasertreffer am linken Arm einstecken müssen. Ich habe ihn am Torso und rechten Arm erwischt. Ich bin voll kampfbereit, und er hat sich auf mich fixiert.«

»Sein Fehler.« Galen löste einen anhalten Feuerstoß der Sprungdüsen aus. Eine Hitzewoge schlug über seinem Cockpit zusammen, wurde aber vom Kühlanzug schnell abgeleitet. Galen senkte das Fadenkreuz seiner Geschützkontrollen in die Mitte des Schirms und zog den Mech in die Höhe, um sie über den *Pirscher* zu bringen.

Der *Kreuzritter* landete auf dem schmalen Sims östlich des Pirscher-Unterschlupfes. Als er den Aufprall durch ein leichtes Federn in den Knien seiner Maschine auffing, hielt Galen das Fadenkreuz auf dem zylindrischen Rumpf von Edenhoffers Mech. Dann feuerte er die LSR-Lafetten und die mittelschweren Armlaser gleichzeitig ab. *Dann wollen wir mal noch was von dieser scheußlichen Bemalung abschießen.*

Einer der Laserschüsse ging zu tief, aber der zweite schälte Panzerschichten von der rechten Schulter des *Pirscher.* Die Raketen zuckten aus den Armlafetten und senkten sich wie Kometen auf einer Bahn in die Sonne auf den Skye-Mech hinab. Explosionen hüllten den Koloß in Feuer. Panzerbrocken wirbelten aus dem Feuersturm durch die Höhle und ließen die gesamte linke Seite der Maschine schwer angeschlagen zurück.

Zwei rote Laserspeere bohrten sich von Kais Seite der Großen Galerie in den *Pirscher.* Noch mehr Panzerung rann verflüssigt an der rechten Flanke des Mechs zu Boden. Der *Pirscher* erwiderte Kais Feuer, aber sein Raketenschwarm versank in der Schlucht und detonierte irgendwo weit unten in ihren Tiefen. Der schwere Laser schlug einen tiefen Krater in die rechte Brustpanzerung des *Zermalmer,* und vier Raketen der zweiten Raketensalve detonierten in der Torsomitte.

Trotz dieses Gegenschlags war der *Pirscher* in keiner guten Verfassung. Galen konnte keinen Panzerungsdurchbruch entdecken, aber der Mech war schwer zerbeult. Die Raketen- und Strahltreffer waren schwer genug gewesen, um die Kreiselstabilisatoren einen Augenblick unsynchron arbeiten zu lassen, und auch wenn sein Leben möglicherweise davon abhing, hatte Edenhoffer keine Chance, die Maschine auf den Beinen zu halten. Aber zumindest schien er sich darüber klar zu sein. Er schaffte es, seinen Mech nach hinten in die Höhle kippen zu lassen, die ihm Deckung geliefert hatte.

Sein Abgang vom Schlachtfeld gestattete Galen freien Blick entlang des Simses auf den in seine Richtung trottenden *Goliath.* Die Mündung der Turmkanone blitzte in einem strahlenden elektrischen Blau auf, als das Gaussgeschütz ein silbriges Projektil abfeuerte. Die Langstreckenlafetten auf beiden Seiten des Mechs spuckten Feuer, und Galen sah sich im Ziel beider Raketenschwärme.

Die Kugel des Gaussgeschützes donnerte in die rechte Schulter des *Kreuzritter* und warf den Mech mit der schieren Gewalt des Aufpralls nach hinten. Stahlkeramikplatten stürzten zu Boden wie Glassplitter, und der Hilfsmonitor meldete den Verlust von 75 % der Armpanzerung. *Noch ein Treffer, und der Arm ist nackt!*

Den herabkreiselnden Raketen schlug ein Abwehrfeuerhagel entgegen. Mehr als ein Drittel der Geschosse detonierte noch in der Luft. Die übrigen explodierten auf der rechten Torsoseite des *Kreuzritter* und dem linken Bein. Verglichen mit dem Schaden, den das Gaussgeschütz angerichtet hatte, waren sie kaum der Rede wert. Abgesehen von seinem jetzt verletzlichen rechten Arm, konnte der *Kreuzritter* alles einstecken, was der *Goliath* ihm entgegenzuschleudern in der Lage war, ohne sich davon aufhalten zu lassen.

Noch während er den Aufprall erwartete, hatte Galen seine Waffen neu ausgerichtet. Jetzt erwiderte er das Feuer, in der Hoffnung, wenigstens so gut auszuteilen, wie er hatte einstecken müssen. Beide Laser trafen. Ein Strahl bohrte sich zentral in den Torso des *Goliath,* während der zweite das rechte Hinterbein traf. Die Raketen schlug über den ganzen kantigen Mechrumpf verteilt ein. Sie fetzten die Panzerung vom rechten Hinterbein und rissen Metallkeramikschichten von Geschützturm, Torso und rechtem Vorderbein.

An der Südseite der Schlucht stieg der *Zermalmer* auf den Flammenstrahlen seiner Sprungdüsen in die Höhe. Die schweren Armlaser eröffneten das Feuer auf den schwerfälligen *Goliath,* aber nur einer von ihnen traf. Er riß eine Bresche in die bis dahin unbeschädigte Panzerschicht an der rechten Seite des schwarz-orange gestreiften Mechs. Der vierbeinige Stahltitan schwankte eine Sekunde, aber Vandergriff behielt ihn unter Kontrolle und marschierte weiter auf den *Kreuzritter* zu.

Trotz des enormen Massenunterschieds zwischen den beiden Kampfmaschinen scheute Galen vor der Konfrontation nicht zurück. Noch einmal schlug er mit Raketen und Strahlwaffen zu, und Vandergriff marschierte geradewegs in das Feuer hinein. Die LSR sprengten riesige Panzerbrocken von beiden Vorderbeinen des *Goliath* und ließen auch das linke Hinterbein nicht ungeschoren. Die beiden mittelschweren Laser stießen in die Panzerung am Torso und rechten Vorderbein des Mechs, aber weder sie noch die Raketen bremsten ihn auch nur ab.

Vandergriffs Antwort auf den Angriff ließ Galens *Kreuzritter* erzittern. Die silbrige Kugel des Gaussgeschützes krachte in den linken Arm und zertrümmerte den Rest der Panzerung. Die herabfallenden Trümmer ließen ihn nackt zurück, die Myomerfaserbündel schutzlos freigelegt. Es schien, als hätte man einem menschlichen Arm die Haut abgezogen. Die LSR, die Vandergriff auf den *Kreuzritter* abfeuerte, verfehlten den ungeschützten Arm jedoch. Diejenigen, die durch das Gegenfeuer des Raketenabwehrsystems drangen, detonierten am Torso und linken Bein von Galens Maschine, wo sie weitere Panzerungsschäden anrichteten.

Der *Zermalmer* landete sanft wie ein Moskito auf ungeschützter Haut auf dem Felssims. Die Beine der Maschine absorbierten den Aufprall der Landung, und als er sich wieder zur vollen Größe aufrichtete, feuerten die drei Impulslaser in seiner linken Torsopartie rubinrote Lichtpfeile auf das Hinterteil des *Goliath* ab. Ein gutes Drittel der Impulse verfehlte das Ziel, aber die übrigen kochten dampfende Metallkeramik vom Rücken des Mechs.

Der Geschützturm des *Goliath* drehte nach hinten, um den Rücken zu decken. Das steigerte die Verwirrung beträchtlich, als der *Pirscher* wieder auf der Bildfläche erschien. Im Nachhinein konnte es Galen nur als ausgemachte Dummheit Edenhoffers betrachten, sich mit dem *Pirscher* in eine Höhle zu stellen, die seinem Mech keinen Bewegungsspielraum für den Rückzug bot. Ebenso dumm, wie Vandergriffs Vorgehensweise, als er sich mit dem *Goliath* auf dem schmalen Sims in eine ganz ähnliche Lage manövrierte. Die beiden egotistischen Stallkameraden benahmen sich wie Einzelkämpfer, nicht wie ein Team. Und das schadete ihnen enorm.

Der *Pirscher* trat gerade rechtzeitig zwischen dem *Kreuzritter* und Vandergriff aus dem Tunnel, um eine der beiden LSR-Salven des *Goliath* abzufangen. Die Langstreckenraketen fetzten die Panzerung vom Torso und rechten Bein des *Pirscher.* Nur eine einzige der übrigen Raketen durchschlug Galens Abwehrfeuer. Sie explodierte auf der Brustpartie des *Kreuzritter,* richtete aber keinen ernsthaften Schaden an.

Mit demselben Manöver hatte sich der *Pirscher* auch mitten in Galens Schußfeld begeben. Der brauchte nur die Feuerknöpfe unter beiden Daumen durchzudrücken, um den überschweren Mech mit zwei Raketensalven einzudecken. Dann zog er die Auslöser unter seinen Fingern durch und schlug mit den mittelschweren Lasern zu. Die Strahlbahnen spielten über die rechte Seite des *Pirscher* und kochten Panzerung von Bein und Schulter.

Die Raketen brauchten kein Abwehrfeuer zu durchfliegen. Sie schlugen auf dem Kanzeldach des *Pirscher* ein und senkten sich über das Cockpit auf die rechte Seite der Maschine. Die resultierenden Detonationen sprengten die letzten Panzerungsreste von der rechten Flanke und beschädigte die interne Struktur, die den Kampfkoloß zusammenhielt.

Erledigt ist er noch nicht, aber schwer angeschlagen! Galen sah die beiden mittelschweren Laser auf der Backbordseite des *Pirscher* in seine Richtung schwenken und ihn mit scharlachroten Strahlen kohärenten Lichts beschießen. Die Energiebahnen schnitten Panzerung von der rechten Brustpartie und dem rechten Bein seines Mechs, konnten jedoch nicht ins Innere der Maschine durchschlagen. Mindestens noch ein Schußwechsel.

Auf der anderen Seite des *Pirscher* löste Vandergriff das Gaussgeschütz aus. Die Silberkugel traf das rechte Bein des *Zermalmer,* aber die leichtere Maschine schien den Treffer kaum zu bemerken, obwohl sie mehr als die Hälfte ihrer Beinpanzerung verlor. Der Aufprall wuchtete den *Zermalmer* zur Seite, aber Kai glich das durch eine Torsodrehung aus und eröffnete das Feuer auf beide Skye-Tiger-Mechs.

Die Impulslaser auf der rechten Torsoseite übergossen den Rücken des *Goliath* mit einem Laserfeuerstakkato. Die Datenüberspielung von Kais Maschine erschien auf einem Nebenschirm und offenbarte ein klaffendes Loch im Rücken des *Goliath* sowie interne Schäden. Der Computer meldete weitere Beschädigungen an der rechten Flanke des vierbeinigen BattleMechs.

Zwei der drei auf den *Pirscher* gerichteten Laser trafen ihr Ziel ebenfalls. Einer riß Panzerung von der Torsomitte des Mechs, während der andere eine gerade Linie brodelnder Einschlagskrater über sein rechtes Bein zog. Irgendwie gelang es Edenhoffer trotzdem, seine Maschine auf den Beinen zu halten.

Der kunterbunte *Pirscher* wendete auf dem linken Fuß und rückte den Sims entlang gegen den *Kreuzritter* vor. Edenhoffers Zug schirmte den *Goliath* gegen Galens Feuer ab und umgekehrt. Er zwang Galen allerdings auch zu einem direkten Schußwechsel mit einem Mech, der seinem Kampfkoloß an Masse und Feuerkraft deutlich überlegen war. *Ich habe keine Wahl.*

Galen trat entschlossen auf die Sprungdüsenpedale. Die Düsen im Rücken des Mechtorsos brüllten auf und schleuderten die humanoide Kampfmaschine empor. Empor und auf den *Pirscher* zu. Edenhoffer feuerte LSR und schwere Laser ab, aber alle Schüsse zuckten unter dem fliegenden Mech durch.

Vom Andruck tief in die Polster der Pilotenliege gepreßt, gab Galen jeden Gedanken daran auf, das Feuer zu erwidern. Statt dessen konzentrierte er sich auf die bevorstehende Landung. *Das könnte eine der Dummheiten sein, vor denen Katrina mich gewarnt hat, aber wenn Kai nicht schnell etwas unternimmt,* könnte *es sich als Selbstmord erweisen.*

Unter ihm feuerte der *Goliath* erneut mit dem Gaussgeschütz auf den Gegner in seinem Rücken. Das silberne Projektil bohrte sich in die rechte Brustpartie des *Zermalmer,* dessen Panzerung wie Kristall zerbarst. Der *Zermalmer* wankte kurz, dann rückte er weiter vor, halb abgesprengte Panzerplatten hinter sich herziehend. Seine Impulslaser feuerten pausenlos.

Die Energienadeln stachen tief ins Innere des *Goliath.* Galen sah den riesigen Koloß erbeben und nach links ausbrechen. Seine linke Schulter schlug gegen die Nordwand, dann prallte der Mech nach rechts zurück, und seine Beine knickten weg. Es waren die klassischen Anzeichen eines totalen Gyroskopausfalls. Der Mech krachte auf den Sims, hüpfte einmal und hing dann über dem Abgrund, bis der Felsrand unter ihm abbröckelte.

Galen landete mit dem Rücken zur Wand, als der *Goliath* in die Schlucht stürzte. Zu seiner Linken bäumte sich Edenhoffers *Pirscher* auf und setzte zu einer schnellen Rechtsdrehung an, um sich den beiden Gegnern in seinem Rücken zu stellen. Es war ein Verzweiflungsmanöver – das einzige, was ihm mit einem nichtsprungfähigen Mech in dieser Situation blieb, aber damit zeigte er Galen und Kai die beschädigte rechte Flanke.

Galen ließ es sich nicht nehmen, eine LSR-Salve auf ihn abzufeuern und mit dem mittelschweren Laser im linken Arm seines Mechs nachzusetzen. Hätte er sich zu dem *Pirscher* umgedreht, hätte er alle Waffensysteme einsetzen können, aber damit hätte er Kai das Schußfeld versperrt, und danach hatte er kein Verlangen. *Hier, Edenhoffer, wie schmeckt dir* das?!

Galens Raketen trafen alle voll ins Ziel. Fünf von ihnen stießen durch die von ihren Vorgängern geschlagenen Breschen in der rechten Panzerung und detonierten im Innern des *Pirscher*-Torsos. Eine Sekundärexplosion und schwarze Rauchwolken kündeten vom Ende einer Kurzstreckenlafette und des schweren Lasers. Die übrigen Raketen pulverisierten Panzerung an der rechten Schulter und am Bein. Der Laserschuß zuckte unter dem Torso vorbei und kochte Panzerung von der Innenseite des linken Beins.

Kai konnte nur die Waffen auf der rechten Seite des *Zermalmer* einsetzen, ohne Gefahr zu laufen, Galens *Kreuzritter* zu treffen. Galen Cox grinste, als der *Zermalmer* den rechten Arm ausstreckte, und der schwere Laser aufblitzte. Der schillernde Lichtspeer verdampfte den letzten Rest Panzerung an der kastenförmigen rechten Schulter des *Pirscher* und zerschmolz die darunterliegende interne Stützstruktur. Einer der kleineren Impulslaser pumpte seine Energie in das geschaffene Loch und löste einen Regen halbzerschmolzener Metalltrümmer aus.

Nur einer der beiden anderen Impulslaser traf, aber er bohrte sich durch die zertrümmerte rechte Flanke des BattleMechs bis in sein Innerstes. Die Bresche glühte auf der IR-Anzeige weiß auf. Offensichtlich war die Abschirmung des Fusionsreaktors beschädigt. *Solange er's noch macht, wird er heißlaufen.* Der Mech-

Krieger schüttelte den Kopf. *Aber lange ist das eh nicht mehr.*

Der enorme Druck des Drehmanövers war zuviel für die wenigen verbliebenen Streben in der rechten Rumpfseite des *Pirscher.* Mit einem schmerzhaften Kreischen gab das Metall nach, als der überschwere Mech versuchte, die Drehung abzuschließen und den rechten Fuß auf den Sims zu stellen. Der Aufprall trieb das Hüftgelenk des *Pirscher* bis zur Schulter in den Rumpf, bevor es sich losriß. Der linke Fuß verlor den Halt und rutschte ins Leere. Der Aufprall des Mechrumpfes auf den Boden war so hart, daß Galen die Erschütterung bis in sein Cockpit spürte. Dann rutschte der *Pirscher* langsam in Richtung Abgrund.

Beinahe wäre er dem *Goliath* in die Tiefe gefolgt, aber das abgerissene rechte Bein des Mechs kippte um und auf den tonnenförmigen Rumpf. Das zusätzliche Gewicht brachte die zertrümmerte Kampfmaschine zum Stillstand. Der *Pirscher* lag bewegungslos auf dem Sims. Aus einem klaffenden Loch in seiner rechten Rumpfseite stieg dichter Qualm. Er erinnerte an ein wildes Tier, zu erschöpft und zu schwer verwundet, um auch nur an Flucht zu denken.

Galen hielt das Fadenkreuz über dem besiegten Mech und schaltete das Mikro ein. »Was meinst du, Eins?«

»Ich würde sagen, wir haben gewonnen, Zwo.« Galen hörte Kai herzhaft lachen. »Und für den Rest deines Aufenthalts hier wird sich wohl niemand mehr mit dir anlegen.«

22

Solaris City, Solaris VII
Mark Tamarind, Vereinigtes Commonwealth

10. April 3056

Obwohl er Angst hatte, wie ein betrunkener Dummkopf auszusehen, konnte Galen das breite Grinsen nicht unterdrücken. Er saß in Kais Nische in Walhalla, Katrina neben sich, und fühlte sich wie ein König. Auf dem Holovidschirm sahen sie in einer Aufzeichnung, wie Ishiyama-Arbeiter den wütenden Victor Vandergriff aus seinem zerbeulten *Goliath* zogen. *Ich lebe noch, wir haben gewonnen, und die Herzogin scheint sich über beides zu freuen.*

»Ich glaube, ich habe mich noch nie wirklich selbst im Kampf gesehen, jedenfalls nicht so.« Galen goß sich Timbiqui Dunkel nach. Das Bier bildete eine dichte, cremige Schaumkrone. »Ich habe Bilder von mir auf Gefechts-ROMs gesehen, aber nie so etwas.«

Kai nickte, faßte den Stil seines Weinglases und drehte es langsam. »Die wenigsten Schlachtfelder bieten so viele Kamerapositionen wie diese Arenen. Ishiyama ist großartig, was das angeht, und die Arenaregisseure wissen genau, wann sie auf eine andere Kamera umschalten müssen. Die ›Live‹-Übertragung findet grundsätzlich zehn Minuten zeitversetzt statt. Das gestattet den Regisseuren und Cuttern, eine Sendung zu gestalten, ohne daß die Teilnehmer Kampfpausen für Werbeeinblendungen einlegen müssen.«

»Ich hoffe, wir haben einen guten Kampf geboten.«

Katrina lächelte sie beide an. »Das habt ihr, sogar einen sehr guten. Ich mag diese Kämpfe nicht, schon gar nicht, wenn gute Freunde in der Arena sind, aber die anderen in der DeLon-Loge wirkten hocherfreut.« Sie rümpfte die Nase. »Na ja, außer Ryan natürlich, aber das ist sein Problem. Und spannend fand ich es auch.« Ihre Stimme verklang zu einem rauchigen Schnurren, das Galen die Schamröte ins Gesicht trieb.

Kai nickte und nahm einen Schluck Wein. »Fuh Teng war sehr zufrieden, Galen. Du hast viel Lob für deinen waghalsigen Sprung über Edenhoffers *Pirscher* bekommen. Es gibt nicht viele Piloten, die sich das zugetraut hätten.«

»Zugetraut?« Galen schüttelte den Kopf. »Die Alternative war Springen oder Sterben. Da fällt die Wahl leicht.«

»Wirklich?« Kai sah ihn zweifelnd an. »Die wenigsten Piloten in meinem Bekanntenkreis wären auf ein sieben Meter breites Felssims vor einen anstürmendem *Goliath* gesprungen.«

»Aber ...« Galen schloß den Mund und überlegte. »Na schön, wenn du es so formulierst, muß ich zugeben, daß die LZ ein bißchen schmal und nicht unbedingt ideal war, aber ich bin davon ausgegangen, daß du Vandergriff erledigst. Hast du ja auch.«

Kai drehte sich zu Katrina um. »Tu mir einen Gefallen und schaff diesen Kerl hier weg. Ich brauch nicht noch mehr Konkurrenz um den Titel des Champions. Und jeder, der diese Landezone als ›etwas schmal und nicht unbedingt ideal‹ beschreibt, ist ein ernsthafter Konkurrent.«

»Wir reisen ab, sobald du deinen Titel verteidigt hast«, meinte Katrina und zwinkerte Galen zu. »Wenn du verlierst, wird er dich rächen wollen.«

Kai lachte. »Und er könnte es. Mit diesem Sieg ist aus dem Anwärterzertifikat eine Klasse-6-Lizenz geworden. Ich würde ihn gerne in meinen Stall aufnehmen, aber ich befürchte, ich kann ihm nicht genug bezahlen.«

Galen wollte Kai gerade für das Kompliment danken, als eine Hand den Vorhang der Nische ruckartig zur Seite schob. Die gewaltsame Art dieser Aktion ließ ihn zuerst vermuten, Vandergriff oder Edenhoffer wäre gekommen, um den Kampf mit den Fäusten fortzusetzen, aber statt dessen tauchte ein Mann in der roten Robe eines ComStar-Demipräzentors in der Türöffnung auf.

Kai sah zu ihm hoch. »Kann ich Ihnen helfen, Präzentor?«

Das ComStar-Mitglied schüttelte den Kopf und fixierte Katrina. »Herzogin Katrina Steiner-Davion?«

»J-ja«, antwortete sie. Das Zittern in ihrer Stimme war zweifellos eine Reaktion auf die Strenge seiner Miene.

»Ich habe eine Holodisk für Sie, die Sie wahrscheinlich lieber allein betrachten möchten.« Er zog die silbrige Scheibe aus einer Tasche. »Sie ist vertraulich und betrifft Ihren Bruder.«

Tharkad City, Tharkad
Distrikt Donegal, Vereinigtes Commonwealth

Als die ComStar-Vertreterin sein Büro betrat, überfiel Victor ein deutliches Gefühl von Déjà-vu. Er erwartete eine Holodisk des Gefechts auf Solaris, aber selbst eine Niederlage Galens und Kais hätte die ernste Miene dieser Frau nicht erklären können. Als er das letztemal eine Botschaft von einem ComStar-Gesandten erwartet hatte, hatte dieser ihm statt dessen die Nachricht vom Tod seiner Mutter gebracht. Diese Nacht wollte er nicht noch einmal erleben. *Irgend etwas muß ganz verteufelt schiefgelaufen sein.*

Victors Vermutung fand ihre Bestätigung, als er bemerkte, daß die Präzentorin die Freizeitkleidung einer ComGuardistin trug. Die Roben ähnelten denen normaler ComStar-Kuriere genug, um kein Aufsehen zu erregen. Sie trug das schwarze Haar länger als die meisten MechKrieger, und wegen ihrer kleinen Statur hätte sie niemand für eine Kriegerin gehalten, aber Victors eigene Körpergröße hatte ihn gelehrt, über solche Äußerlichkeiten hinwegzusehen.

»Präzentorin III Andra McGwire, Hoheit.« Sie nahm vor dem Schreibtisch Haltung an und salutierte. »Der Präzentor Martialum läßt Euch grüßen.«

Victor erwiderte den Gruß und deutete auf einen Stuhl. Das verschaffte ihm Zeit zum Nachdenken. *Der Präzentor Martialum und ich haben uns nie getroffen, aber meine Mutter hat immer hochachtend von ihm gesprochen, als hätte ein Band zwischen ihnen bestanden.* »Bitte übermitteln Sie ihm ebenfalls meine besten Grüße.«

»Wie Ihr wünscht, Sire.« Sie blieb stehen. »Ihr erwartet die Holodisk vom Kai Allard-Liao/Galen Cox-Kampf?«

»Ja, auf die habe ich gewartet.« Victor hob den Kopf. »Ich hätte jedoch nicht erwartet, daß sie mir von einem Mitglied der ComGuards überbracht wird. Gibt es irgendwelche Probleme damit?«

»Mit dem Kampf, nein. Ich werde Euch die Spannung nicht verderben ...«

»Sagen Sie's ruhig. Ich werde mir die Aufzeichnung ansehen, wenn ich eine ruhige Minute habe.«

»Eure Freunde haben ihre Gegner vernichtend geschlagen.« Ihre Miene lockerte sich unmerklich. »Herzog Ryan Steiners Kämpfer wurden erniedrigt und beide gegnerischen Maschinen schwer beschädigt. Der Kampf ist Herzog Ryan finanziell und prestigemäßig teuer zu stehen gekommen.«

»Sehr gut.« Victor wollte aufspringen und seine Freude laut herausschreien, aber McGwires Miene bannte ihn auf seinen Platz. »Das ist nicht alles.«

»Ich fürchte nicht, Hoheit.« Sie zog eine Holodisk aus ihrer Robe. »Dies enthält den Kampf und mehr.«

»Mehr?«

»Am späten gestrigen Abend wurde Euer Bruder Peter in Marsch gesetzt, um Mitglieder der Freien

Skye-Miliz zu verfolgen. Es wurde gemeldet, daß sie sich in einem Dorf namens Bellerive verschanzt hatten.«

Victor runzelte die Stirn. »Eine religiöse Gemeinschaft. Ich habe davon gehört.«

»Als Euer Bruder eintraf, wurde seine Lanze auf der Stelle durch feindliches KSR-Feuer vom Turm der im Zentrum des Ortes stehenden Kirche angegriffen.« Sie wies auf das Holovidsystem in einer Ecke des Zimmers. »Darf ich?«

»Ich bitte darum.«

Sie ging hinüber und schob die Disk in den Betrachter. Victor schaltete das Gerät über die Fernbedienung auf seinem Schreibtisch ein. Als McGwire vom Bildschirm zurücktrat, verzog Victor das Gesicht. »Das sieht nach einer Sendung von Solaris VII aus. Ist das Galens Kampf?«

»So ist es, Hoheit.« Sie sah sich zu ihm um. »Bitte schaltet den Ton ab und wählt Menüeintrag 99.«

Victor führte die Anweisung aus, und wollte ihr gerade sagen, daß das Menü keine neunundneunzig Einträge hatte, als das Bild auf dem Schirm umsprang. Er sah eine Nachtszene, ein kleines Dorf in einem bewaldeten Flußtal. Im Hintergrund zeichneten sich die Umrisse eines BattleMechs auf der Bergkuppe ab – ein Manöver, das ein Stirnrunzeln bei Victor auslöste, weil der Mech sich unnötig als Ziel anbot. Dann hob er den Arm. *Ein* JägerMech *als Schattenriß. Typisch Peter.*

Der *JägerMech* feuerte eine Salve aus der schwereren seiner Autokanonen, und der Kirchturm stürzte in sich zusammen. Als er aufschlug, wurde der ganze Ort von einem Flammenmeer verschlungen.

»Mein Gott, was ist passiert?« Victor drückte den Pausenknopf. Auf dem Bildschirm erstarrte der Feuersturm. Die Flammenzungen leckten zum Firmament. »So etwas kann eine Autokanone nicht auslösen!«

»Der Präzentor Martialium ist derselben Ansicht.

Deswegen habe ich Euch dies vorgespielt.« McGwires Stimme wurde leiser, dabei aber intensiver. »Was ich Euch jetzt sage, wird der Orden abstreiten, sollte es jemals in privatem Kreis erwähnt werden, und als Davion-Lüge verurteilen, sollte es an die Öffentlichkeit dringen. Ihr werdet einsehen, daß beide Vorgehensweisen dumm und unnütz wären, daher hoffe ich, daß alle etwaigen Sanktionen meiner Vorgesetzten niemals zum Tragen kommen müssen.«

Victor lehnte sich zurück und verschränkte die Arme. »Ich verstehe.«

»Gut. Jeder, der sich mit BattleMechs auskennt, weiß, daß ein einzelner Schuß eines *JägerMech* keinen derartigen Großbrand auslösen könnte. Offensichtlich war das Dorf Bellerive für diesen Feuerzauber präpariert. Wahrscheinlich wurde das Feuer ferngesteuert ausgelöst. Möglicherweise durch die Kameracrew, die diese Holovidaufnahme hergestellt hat. Wir wissen es nicht.« Die ComGuardistin verschränkte die Hände im Rücken. »ComStar hat die Unglücksstelle untersucht. Erste Ergebnisse deuten darauf hin, daß die gesamte Bevölkerung Bellerives getötet wurde. Die Zahl der Opfer dürfte sich auf etwa 550 belaufen. Eine genaue Zählung ist nicht möglich. Alle Leichen sind zur Unkenntlichkeit verkohlt, soweit sie überhaupt noch als solche erkennbar sind.«

»Genau wie alle eventuellen Spuren von Sprengstoff, Zündgeräten oder anderen Utensilien, die auf eine Täterschaft der Freien Skye-Miliz hinweisen könnten«, unterbrach Victor. »Und da Bellerive mir bekanntermaßen feindlich gesinnt war, ist die logische Erklärung die, daß ich meinen Bruder beauftragt habe, die ganze Siedlung mittels einer Geheimwaffe auszulöschen.« Er schlug mit der Faust auf den Tisch. »Und es gibt keine Möglichkeit, das zu widerlegen. Dieses Holovid wird die offene Rebellion Skyes auslösen.«

»So wäre es, Hoheit, würde es in Umlauf gelangen.«

Victors Augen wurden zu Schlitzen. »Was wollen Sie damit sagen?«

»Wer auch immer diese Aufnahme produziert hat, wollte Euch in die eigene Grube stoßen, Hoheit.« McGwire schenkte ihm ein trockenes Lächeln, das in ihm gleichzeitig Sympathie und Mißtrauen weckte. »Die holographische Aufzeichnung der Vernichtung Bellerives wurde digitalisiert und computertechnisch mit dem Allard-Liao/Cox-Kampf verschmolzen. Ihr habt gesehen, wie es auf dieser Disk funktioniert – nur wer in der Lage ist, den Betrachter korrekt zu programmieren, kann diese Zusatzdaten abrufen. Aber er kann das Programm auf eine normale Holodisk überspielen und verbreiten. Man hat jedoch versucht, es in Verbindung mit dem erwähnten Arenakampf über das ComStar-Netz zu verschicken. Wir haben es bemerkt, als einem Akoluthen auffiel, daß die Kampfübertragung bei der Sendung etwa 20 % umfangreicher gewesen wäre als beim Empfang. Er lokalisierte die Zusatzinformationen und verständigte, da diese militärischer Natur waren, den Präzentor Martialium. Anastasius Focht verfügte durchaus korrekt, daß die Entscheidung, ob wir das Original oder die erweiterte Fassung verbreiten, bei Euch liegt, da die Verteilung dieser Sendung auf Eure Rechnung erfolgt.«

Victor lehnte sich wieder zurück und legte die Fingerspitzen aneinander. »Sie überbringen mir diese Information nicht als einen Bericht über die Entdeckung eines Spionagenetzwerks durch Ihren Orden, sondern nur als Hinweis auf eine versuchte Verfälschung einer meiner Botschaften. Dadurch gestatten Sie mir, den Sabotageversuch zu unterdrücken, ohne sich selbst politisch zu exponieren. Sehr gut, Präzentorin.«

»Ich schließe daraus, daß Ihr die Verbreitung der verfälschten Version nicht wünscht?«

Victor kam eine Inspiration. »Ich habe eine bessere

Idee.« Er zog die mittlere Schreibtischschublade auf und zog eine Holodiskkopie des Interviews heraus, die ihm die Journalistikstudentin geschickt hatte. »Ich wünsche, daß Sie die Bellerive-Aufzeichnung hiermit überspielen. Ich bin sicher, die Empfänger der Botschaft werden sich darüber freuen.«

»Der Fuchs hat einen würdigen Nachfolger.«

Victor runzelte die Stirn. »Aber wieso erfahre ich das von ComStar, noch bevor ich von meinem Bruder gehört habe?«

»Euer Bruder hat zwei Berichte abgeschickt. Der erste wurde über den Dienstweg verschickt ...«

»Und ohne Zweifel von diesem Idioten Richard aufgehalten.«

»Sein Büro hat ihn erhalten, ja.« McGwire nickte vorsichtig. »Die zweite Mitteilung war persönlicher Natur und an Eure Schwester, Herzogin Katrina, adressiert.«

»Ihr Name ist Katherine.« Victor sah die Präzentorin mißmutig an. »Gibt es viele solcher Zusatzbotschaften in Ihrem Nachrichtenverkehr?«

»Es ist keineswegs unbekannt, und auch nicht illegal, es sei denn, die Daten werden an eine Sendung gekoppelt, für die ein anderer bezahlt.« Die Präzentorin zuckte die Schultern. »Soweit ich weiß, gibt es eine Untersuchung über die Häufigkeit, aber diese Dinge liegen außerhalb meines Interesses.«

»Und Sie besitzen keine Möglichkeit, die Verbreitung von Kopien dieses Holovids zu verhindern.« *Die Verhinderung der Hyperpulsübertragung kann die Verbreitung bremsen, aber nicht aufhalten.* »Oder gibt es einen Weg?«

»Nein, Hoheit, das wäre praktisch unmöglich.« Sie schüttelte den Kopf. »Die Bilder, die Ihr hier gesehen habt, werden an die Öffentlichkeit gelangen, aber sehr viel langsamer als geplant. Wäre es möglich, eine direkte Kopie und Verteilung von Holodisks zu verhindern, würde die Unterhaltungsindustrie Euch nicht ständig drängen, die Gesetze gegen Raubkopierer zu verschärfen.«

»Natürlich, das ist es!« Victor sprang auf und klatschte in die Hände. »Ich kann meine Leute Titelsequenzen und Informationen herstellen lassen, die diese Aufnahmen wie die Werbung für ein Holoviddrama aussehen lassen. Ich könnte sogar die Entwicklung eines entsprechenden Projekts finanzieren – bei Virtual World Entertainment könnte man das gut und schnell durchziehen. Ryans Leute würden wie Betrüger dastehen, weil wir sie beschuldigen könnten, nur die Schriftzüge ausgeblendet zu haben, um eine fiktive Szene wie eine Dokumentation aussehen zu lassen. Die einzige Möglichkeit, dann noch zu behaupten, die Bilder wären echt, würde darin bestehen, zuzugeben, daß sie das Dorf vernichtet haben.«

McGwire nickte anerkennend. »Das scheint ein realisierbarer Plan, Hoheit. Ich kann mich dann wohl verabschieden.«

»Danke, Präzentorin.« Victor trat um den Schreibtisch und schüttelte ihr die Hand. »Bitte teilen Sie dem Präzentor Martialum mit, daß ich in seiner Schuld stehe.«

Solaris City, Solaris VII
Mark Tamarind, Vereinigtes Commonwealth

Galen Cox hätte es vorgezogen, irgendwo weit im Hintergrund zu bleiben, aber er nahm seine Position schräg rechts hinter dem Podium ein, auf das Katrina zuschritt. Die für die Kameras installierten Scheinwerfer blendeten, aber er gestattete sich nicht, den Blick zu senken oder abzuwenden. Die Leute im Publikum und später an den Holovidschirmen würden ihn beobachten, um seine Reaktion auf Katrinas Rede zu beurteilen.

Sie legte ihre Notizen auf das Pult und stellte das Mikrofon auf ihre Größe ein. Sie hatte die gesamte Rede auswendig gelernt. Galen Cox wußte es, aber trotzdem hatte er ihr in den frühen Morgenstunden geholfen, die Notizen vorzubereiten. Sie würde bestimmt nicht ins Stocken kommen, aber offensichtlich wollte sie nichts dem Zufall überlassen.

»Ich möchte den Damen und Herren der Medien dafür danken, daß sie so kurzfristig hier erschienen sind. Ich habe eine Erklärung abzugeben. Im Anschluß werde ich keine Frage beantworten.« Sie neigte den Kopf leicht nach vorne, eine Geste, die Galen Cox als Zeichen für ihre Entschlossenheit erkannte, keinerlei Widerspruch hinzunehmen.

»Heute nacht«, begann sie zögernd, »ist mir klar geworden, daß ich seit dem Tod meiner Mutter in einem Schockzustand gelebt habe. Sie erinnern sich – eine Nation ist in Tränen ausgebrochen, als die Bombe eines Terroristen den Archon zerriß. Ich bin sicher, Sie haben das Holovideo gesehen, und wissen, wie schrecklich es war, ihr Ende mitzuerleben. Ich habe trotz dieses Schocks daran gearbeitet, meinen Bruder Victor bei seinen Versuchen zu unterstützen, die Aufgaben unserer Mutter zu übernehmen. Er ist Hanse Davions rechtmäßiger Erbe, ein loyaler Sohn unserer Mutter und ebensosehr ein Sohn der lyranischen Nation wie jeder Mann, der auf Tharkad geboren wurde und die Schule besuchte. Ich habe geglaubt, jene, die sich ihm widersetzten, täten dies aus dem fehlgeleiteten Eindruck, sein Ehrgeiz habe zum Tod meiner Mutter beigetragen. Wie ich es schon so oft gesagt habe, wiederhole ich es auch jetzt: Victor ist an diesem Verbrechen unschuldig. Ich würde mein Leben dafür einsetzen, und habe es getan, indem ich zugestimmt habe, *unsere* Nation in seine Hände zu legen.«

Mit der Linken strich sie sanft eine goldene Haarsträhne aus ihren Augen. »Ich wäre sicher noch länger im Schockzustand verblieben, wären nicht mehrere Faktoren zusammengekommen, die mich in die Wirklichkeit zurückgerissen haben. Die Zeit, die ich in der Begleitung von Kommandant Galen Cox auf Reisen verbracht habe, hat mir die Augen für das alltägliche Leben im Vereinigten Commonwealth geöffnet. Bis ich mit ihm nach Ginestra geflogen bin, um bei den Rettungsarbeiten nach der Bebenkatastrophe zu helfen, oder die Gedenkfeiern für die Kell Hounds auf Arc-Royal miterlebt hatte, war mir nie klargeworden, wie isoliert von der Wirklichkeit mein Leben verlaufen ist. Der zweite und ebenso wichtige Faktor war der Anschlag der Freien Skye-Miliz auf das Leben meines Bruders Peter. Sie alle kennen meinen Bruder. Die martialischste Aktion in seiner Zeit bei der Miliz war der Schutz hilfloser Tiere gegen gewissenlose Wilddiebe. Peter ist so ziemlich der bescheidenste Mensch der Inneren Sphäre, aber trotzdem treibt blinder Haß bestimmte Leute dazu, seine Vernichtung zu betreiben, und das ausschließlich seiner Abstammung wegen. Sie greifen ihn an, als wäre sein Tod die einzige mögliche Lösung. Diese Personen sind ganz einfach und eindeutig irregeleitet. Sie sind verführt, verblendet und auf tragische Weise *irregeleitet*.«

Katrina drehte sich halb um und lächelte Galen zu, bevor sie weitersprach. »Gestern abend habe ich Galen und Kai Allard-Liao gegen zwei Krieger aus Herzog Ryan Steiners Skye-Tiger-Stall kämpfen sehen. Es war ein Geschicklichkeitswettstreit zwischen bestens ausgebildeten und hocherfahrenen Kriegern, auch wenn mancher mehr daraus machen wollte. Ich habe Leute sagen hören, wenn Victor seine anderen Schlachten ebenso siegreich beenden könnte, wie er diese gewonnen hat, gäbe es keine nennenswerten Unruhen in Skye mehr. *Victor* ist gestern abend nicht angetreten.

Galen und Kai waren *nicht* seine Stellvertreter. Die beiden anderen Kämpfer standen nicht an Herzog Ryans Stelle. Sie haben um der Ehre willen gestritten, und das hatte nichts mit Politik zu tun. Trotzdem wurde ihr Kampf zu einer Auseinandersetzung zwischen meinem Bruder und Herzog Ryan hochstilisiert. Das ist Unsinn, und doch, es war der dritte Faktor, der mich aus meinem Dämmerzustand befreite.«

Sie atmete tief durch und nutzte die Pause, um ihre Zuhörer noch fester zu binden. Obwohl Galen wußte, was als nächstes kam, bemerkte er, wie er sich erwartungsvoll vorbeugte.

»Ich habe meine Pflichten – nein, meine Verantwortung – dem Volk des Vereinigten Commonwealth gegenüber vernachlässigt. Dafür bitte ich um Verzeihung. Ja, der tragische Tod meiner Mutter war eine schwere Last, aber ich hätte sie gefaßter auf mich nehmen und mit größerer Kraft ertragen müssen. Ich schulde Ihnen mehr, als ich gegeben habe, deshalb werde ich von nun an unermüdlich daran arbeiten, meine Schuld Ihnen gegenüber abzutragen. Ich nutze diese Gelegenheit, Herzog Ryan aufzufordern, seinen enormen Einfluß in der Isle of Skye dafür geltend zu machen, die Aufstände und das Blutvergießen zu beenden, durch die Skyes Bevölkerung in Angst und Schrecken versetzt werden. Niemand sollte Angst davor haben müssen, sein Kind durch die Bombe eines Wahnsinnigen zu verlieren, oder in Aufruhr und Unruhen sein Geschäft in Flammen aufgehen zu sehen. Herzog Ryan sollte sich daran erinnern, daß wir zivilisierte Menschen sind, und unsere Differenzen auf andere Weise beizulegen in der Lage sind.«

Galen sah, wie sich die Haut um ihre Augen spannte. »Ebenso fordere ich meinen Bruder Victor auf, bei der Beilegung der Spannungen in diesem Raumsektor mitzuhelfen. Wir wissen alle von den Kämpfen auf Glengarry, aber er muß eine Ausbreitung des Konfliktes verhindern. Ich fordere ihn auf, die Kontrolle über die planetaren Milizen an die örtlichen Regierungen zurückzugeben, und ich ermahne diese, ihre Pflicht zu tun und den Frieden zu wahren. Blut auf den Straßen befleckt uns alle, und Mord im Namen der Freiheit ist nur kaum verbrämte Tyrannei. Victor wie Ryan sind stolze, intelligente und auch dickköpfige Männer. Dadurch, daß ich einen von ihnen so gut kenne, weiß ich auch, was in dem anderen vorgeht. Ich öffne meine Arme ihnen beiden, und biete Ihnen an, bei ihren Differenzen die Rolle der Vermittlerin zu übernehmen. Ich garantiere, daß keine vernünftige Beschwerde abgeschmettert, kein Verbrechen ungesühnt bleiben wird. Ich stelle mich als Puffer zur Verfügung, als Puffer zwischen dem Ehrgeiz und den Menschen, die dieser Ehrgeiz zu unterdrücken droht.«

Katrina hob den Kopf. »Dafür wurde ich geboren, und ich verlange, daß ich Gelegenheit erhalte, meine Lebensaufgabe zu erfüllen. Jeder Bürger nimmt bei seinem Tod einen Tropfen von meinem Herzblut mit ins Grab. Ich werde niemandem gestatten, mich oder mein Volk zu zerstören.«

23

Solaris City, Solaris VII
Mark Tamarind, Vereinigtes Commonwealth

12. April 3056

Trotz der Jahre, die er darauf verwendet hatte, Selbstdisziplin zu üben, fiel es Ryan Steiner überaus schwer, seine Wut unter Kontrolle zu halten. Er starrte auf Victors grinsendes Gesicht auf dem Holovidschirm, dann stieß er den Finger auf die Fernbedienung und schaltete das Gerät aus. *Oh, wenn ich dich nur auch so einfach ausschalten könnte.*

Er sah Hanau an und knurrte: »Was ist geschehen? Das sollte kein Interview mit Victor sein!«

Hanau wirkte entsetzt. »Ich weiß es nicht. Ich habe Ihr Verteilernetz aufgebaut und die Übertragung von Zusatzdaten arrangiert, aber diese Sendung habe ich nicht durchgeführt. Was wurde übermittelt?«

Newmark blieb eiskalt. »Wir hatten Bilder von Davion-Aggressionen, die wir an den Cox-Kampf anbinden wollten.«

»Grafik? Wieviel? Was?«

Ryan runzelte wütend die Stirn. »Holovidmaterial.«

»Wieviel?«

Newmark zuckte die Schultern. »Nicht mehr als zehn Minuten.«

Hanau ließ sich entgeistert auf den Stuhl fallen. »Kein Wunder, daß sie es entdeckt haben.«

Ryan zog eine seltsame Befriedigung aus der Erleichterung in Hanaus Stimme. *Endlich ergibt irgend etwas in dieser Sache für jemanden einen Sinn.* »Erklären Sie mir das.«

Der rundliche Adjutant lehnte sich vor. Der Stoff seines Oberhemds dehnte sich über seiner Leibesfülle. »Das von mir ausgearbeitete System war darauf ausgelegt, kodierte Botschaften zu übermitteln. Diese Botschaften sind immer äußerst kurz und – in Speichereinheiten ausgedrückt – vernachlässigbar klein. Kleiner als der durchschnittliche Rundungsfehler. Im allerschlimmsten Fall würden sie die Nachricht, auf der sie Huckepack liegen, um ein Kilobyte Daten verlängern. In den meisten Fällen bleiben sie völlig unbemerkt, weil die Kommunikationsprogramme für die Kostenberechnung in der Regel auf das nächste Kilobyte runden. Soweit es die Computer betrifft, sind unsere Daten nur Rundungsfehler. Grafik und Holovid-Daten haben dagegen einen vergleichsweise riesigen Speicherbedarf. Der Cox-Kampf hatte eine Größe von etwa zehn Gigabyte. Das schließt Werbung, mehrsprachige Kommentare und so weiter mit ein. Aber das ist natürlich nur eine annähernde Größe.«

Ryan nickte. »Ist klar. Reden Sie weiter.«

»Selbst wenn dieses Holovid, das Sie dazugepackt haben, nur etwa fünf Minuten lang war, käme das auf runde zwei Gigabyte. Sie haben die Datenmenge der ComStar-Sendung um 20 % erhöht. Das ist eine Anomalie, die selbstverständlich auffällt. Der Orden hat die Sendung überprüft und Victor sofort gefragt, ob er damit einverstanden sei, daß das zweite Signal zusammen mit dem Kampf übertragen wird, denn schließlich hat er für die Übermittlung des Kampfes bezahlt. Er hat diese Nachricht ganz offensichtlich an die Stelle der unseren gesetzt, einerseits, um unsere Leute zu verwirren, und andererseits um uns wissen zu lassen, daß er von dieser Art der Informationsübermittlung erfahren hat.«

Ryan sog die Luft zwischen den Zähnen ein. »Das gefällt mir ganz und gar nicht. Der Cox-Kampf war ein Desaster für meine Kämpfer und hat mich wie einen Idioten hingestellt. Und jetzt entpuppt sich diese Huckepackdatei als Kuschelbotschaft von Victor persönlich.«

David Hanau wagte ein vorsichtiges Lächeln. »Ich glaube kaum, daß einer unserer Leute ihm ein Wort dieses Interviews glaubt.«

»Natürlich nicht, Sie Idiot. Es ist nichts als heiße Luft. Jeder Mensch mit genug Hirnmasse für wenigstens eine funktionsfähige Synapse sieht das.« Ryans Nüstern blähten sich, als er sich in seinen dick gepolsterten Ledersessel sinken ließ. »Den größten Schaden hat der Kampf angerichtet. Galen Cox steht als Held da. Er hatte den leichtesten Mech in diesem Kampf und hat die waghalsigsten Taktiken eingesetzt. Meine Leute hatten ihn schon am Kragen. Sie hätten seinen Mech vernichten können. Seine Arme waren völlig entblößt. Und dann lassen sie ihn entkommen! Und dann kommt auch noch Katrina mit ihrer kleinen Rede. Mein Gott, sie hat mich praktisch öffentlich beschuldigt, hinter der Freien Skye-Miliz und dem Tod ihrer Mutter zu stecken. Jemand muß diese Schlampe dran erinnern, daß sie sich zu einem legitimen Ziel macht, wenn sie sich derart aus dem Fenster lehnt.«

Newmark mahnte zur Vorsicht. »Sie können sie nicht umbringen lassen.«

»Das weiß ich selbst. Königsmord war noch nie populär.« Der Herzog legte die Hand ans Kinn. »Aber sie braucht eine Erinnerung, daß jeder, der sich ins politische Wasser begibt, darin von Haien angefallen werden kann. Sie ist nur sicher, wenn sie am Strand bleibt.«

»Schade, daß Ihre Kämpfer Galen Cox in Ishiyama nicht erledigt haben«, zuckte Hanau die Schultern. »Er würde als Toter kein Symbol werden, aber sein Ende hätte Katrina wahrscheinlich schwer genug getroffen, daß sie sich zurückgezogen hätte, um ihre Wunden zu lecken.«

Sven Newmark nickte halbherzig. »Sie haben wahrscheinlich recht. Sie scheint viel für ihn übrig zu haben.«

Das wäre doch mal ein Gedanke. Ryans Augen wurden zu obsidianschwarzen Schlitzen. »Wir haben das Gerücht ausgestreut, Galen und Victor seien zerstritten?«

Hanau nickte. »Der Gedanke paßt ins Bild der Leute, die Victor für den Mörder seiner Mutter und Beinahemörder Kai Allard-Liaos auf Alyina halten.«

»Gut. Wir werden dieses Gerücht etwas modifizieren. Weisen Sie auf Katrinas Erklärung und Cox' Unterstützung dafür als Beweis des Bruchs zwischen Galen und Victor hin. Außerdem sollten wir bemerken, daß Galen Einfluß auf Katrina hat und ihr, wie sie es in ihrer Rede erwähnte, die Augen für die Wirklichkeit geöffnet hat. Wir müssen einen Keil zwischen Victor und Galen treiben – zumindest in den Augen der Öffentlichkeit.«

Hanau nickte. »Das wird kein Problem werden. Wir können auf dem aufbauen, was wir bereits haben. Skye ist reif dafür, aber es wird auch in anderen Teilen des Lyranischen Commonwealth angenommen werden. Vielleicht sogar in den Vereinigten Sonnen, auch wenn unser Einfluß dort weit geringer ist.«

»Wie lange brauchen wir, um über die Anfangsstadien der Kampagne hinauszukommen?«

»Zwei Wochen. Das sollte genügen, um unser Gerücht in ein paar Kommentaren auftauchen zu lassen und zum Thema der ersten Talkshows zu machen. Es wird auf fruchtbaren Boden fallen.«

»Gut. Sehr gut.« Ryan grinste, als sich in seinen Gedanken ein Plan formte. »In einer Woche verteidigt Kai Allard-Liao seinen Titel. Wahrscheinlich wird er gewinnen, und nach der ganzen überzogenen Publicity wird ein gewisses Nachrichtenloch entstehen. Das sollten wir füllen.«

Hanau grinste. »Mit den Bildern von Bellerive?«

»Ja, der Bellerive-Scheiterhaufen dürfte für den Anfang genügen, aber wir brauchen mehr.«

»Mehr?«

Ryan drehte sich zu Newmark um. »Soweit ich mich erinnere, liebte Melissa Steiner-Davion Blumen.«

Newmark nickte zögernd. »Allerdings.«

»Wir sollten feststellen, ob das auch für Cox zutrifft, Herr Newmark.« Ryans Grinsen wurde breiter, als er das Entsetzen auf David Hanaus Gesicht sah. »Cox wird Solaris nach dem Titelkampf verlassen. Wir sollten ihm zum Abschied ein hübsches Bukett zukommen lassen!«

24

Tharkad City, Tharkad
Distrikt Donegal, Vereinigtes Commonwealth

13. April 3056

Victor sah Peter auf dem ersten Blick an, daß ihn die überstürzte Reise von Lyons nach Tharkad schwer mitgenommen hatte. Er fühlte Reue darüber in sich aufsteigen, daß er seinen Bruder nicht am Raumhafen abgeholt hatte, aber er unterdrückte das Gefühl mit der gleichen Skrupellosigkeit, die er gerne der Freien Skye-Miliz gegenüber gezeigt hätte. *Vielleicht macht seine Müdigkeit es mir leichter.* »Willkommen zu Hause, Peter.«

»Das ist wirklich das mindeste, was du mir anbieten kannst, Bruderherz.« Die Wut in Peters Blick kündigte Victor einen Kampf an. »Herzlichen Dank, daß du meine ganze Lanze von Lyons abgezogen hast. Freiwillig hätte ich niemals den Schwanz eingezogen, aber du hast mich ja schnell zurückbeordert, damit ich als Feigling dastehe!«

Victor wartete, bis Curaitis die Bürotür geschlossen hatte, bevor er reagierte. »Besser ein lebender Feigling als ein toter Narr.«

Die leise, beherrschte Antwort brach Peter Davions Angriff. »Du hast das größere Übel für mich ausgesucht, Victor? Ich stehe in deiner Schuld, aber darauf, was mit mir geschieht, habe ich ja ohnehin keinen Einfluß, oder?«

»Wenn du das glaubst, *Brüderchen*, warum kämpfst du dann?«

»Weil ich Verpflichtungen habe, Victor.« Peters Augen spien Feuer, und Victor fühlte, wie als Reaktion auch in seinem Innern Wut aufstieg. »Ich mache mir Sorgen um meine Leute. Die Mitglieder meiner Lanze haben harte Arbeit geleistet. Es ist eine der besten ScoutLanzen in der Inneren Sphäre. Ich verlange, daß du dich um sie kümmerst.«

»Du *verlangst?*« Victor kam hinter seinem Schreibtisch hervor und steuerte Peter zu einem der beiden halbrunden Sessel vor dem Holovidbetrachter. »Ich verstehe deine Besorgnis, Peter, aber ihr Leben ist in Gefahr, ebenso wie die gesamte Mark Skye. Ich habe dafür gesorgt, daß sie den Kell Hounds beitreten können. Morgan wird sie ohne weitere Fragen aufnehmen. Du weißt, daß wir uns auf seine Loyalität und Diskretion verlassen können.«

»Er kann verdammt stolz sein, sie in seiner Einheit zu haben!« Peter nickte abgelenkt, dann hob er den Kopf. »Du spielst mir etwas vor, Victor. Was hat Morgans Diskretion damit zu tun? Was hast du vor?«

Victor richtete sich auf. »Deine Lanze kommt vor ein Kriegsgericht. Die Anklage lautet auf fahrlässige Gefährdung von Zivilpersonen.«

Peter sprang auf. »Das kannst du nicht machen. Sie hatten nichts mit der Vernichtung des Dorfes zu tun. Das weißt du genau, verdammt noch mal. Du machst sie für den Rest ihres Lebens zu Aussätzigen!«

»Die Akten werden versiegelt – es ist bereits geschehen.«

»Ohne Verhandlung?«

»Was für eine Verhandlung wäre dir denn recht, Peter?« Victor bemühte sich, seinen Zorn in Zaum zu halten. »Ein Schauprozeß? Würde dir das besser gefallen? Möchtest du im gesamten Vereinigten Commonwealth verkünden, daß du für den Tod von 550 Menschen verantwortlich bist, die als meine Gegner bekannt waren? Selbst wenn du das nicht tun möchtest, Ryan Steiner täte es nur zu gern – und dafür habe ich Beweise. Was ist eigentlich in deinem Kopf vorgegangen, Peter?«

»Du hättest dasselbe getan wie ich.«

»Nein, hätte ich nicht.« Victor schüttelte entschieden den Kopf. »Ich hätte die Alternativen abgewogen. Ich hätte die Situation im politischen Kontext gesehen.«

Peter verzog herablassend das Gesicht. »Das war nicht Teil meines Einsatzbefehls.«

Victor tippte seinem Bruder an die Stirn. »Das sollte *immer* Teil deines Einsatzbefehls sein, Peter. Zum Teufel, du bist ein Davion!«

»Ich bin ein *Steiner*-Davion, Victor«, knurrte Peter und setzte sich mit geballten Fäusten wieder hin. »Wenn du mich nicht in einer derartigen Situation sehen wolltest, hättest du mich nicht dorthin schicken dürfen.«

»Ein Fehler, den ich kein zweitesmal machen werde.« Victor drehte sich weg und bemerkte Curaitis, der auf dem Sprung stand, Peter zu überwältigen, sollte er gewalttätig werden. »Begnügen wir uns mit der Feststellung, daß für deine Leute gesorgt wird. Die Steiner-Davions kümmern sich um die Ihren.«

Peter verschränkte die Arme. »Und wie wirst du dich um mich kümmern? Soll ich auch ein Söldner werden?«

Victor schüttelte langsam den Kopf. »Nein. Gebranntes Kind scheut das Feuer. Deine Tage im Mechcockpit sind vorbei.«

»Was? Vorbei? Warum? Das war eine Falle!« Peter schlug mit der Faust auf die Armlehne des Sessels. Der Schlag war hart genug, das Holz unter dem Lederbezug zu zertrümmern. »Victor, das kannst du mir nicht antun. Ich bin ein guter MechKrieger, ein verdammt guter. Ich bin gottverdammt erstklassig, und du weißt es. Um Himmels willen, ich bin dein Bruder.«

»Genau deswegen bin ich dazu gezwungen.« Victor sprach in der vagen Hoffnung, auf diese Weise zu seinem Bruder durchzudringen, mit ruhiger, gleichmäßiger Stimme. »Wir sind beide in eine Falle der

Freien Skye-Miliz getappt. Sie hat das Ziel ausgewählt. Sie hat die Sprengladungen gelegt. Sie hat uns die Hinweise geliefert, die deine Einheit nach Bellerive lockten. Daß du derjenige sein würdest, der die Initiative ergreift und auf den Kirchturm feuert, ließ sich vorhersehen. Du bist so von deiner Wichtigkeit überzeugt, daß du es niemand sonst gestattet hättest.«

»Ich hätte ihnen eine neue Kirche bezahlt.«

»Oh, das hätte ein Verkaufsgeschick erfordert, wie es der beste lyranische Händler nicht aufbringt.« Victor schüttelte den Kopf, um ein Schaudern zu unterdrücken. »Du ahnst überhaupt nicht, wie furchtbar du abgestürzt bist.«

»Dann klär mich auf.«

»Hörst du zu?« Victor gestattete der Frage ein, zwei Herzschläge lang einzusinken, dann sprach er weiter. »Was du nicht weißt, ist, daß die Freie Skye-Miliz eine Holovidkamera auf der anderen Seite des Tales postiert hatte, die das ganze Geschehen aufgezeichnet hat.«

Peter wurde bleich. »Ich dachte, unsere Gefechts-ROMs wären die einzigen Bilder. Ich habe sie nicht an Richard weitergeleitet.«

»Dem Himmel sei Dank, daß du irgendwann in dieser Nacht doch noch angefangen hast zu denken, wenn auch viel zu spät für die Einwohner Bellerives. Deine Gefechts-ROMs bieten eine korrekte Wiedergabe des Zwischenfalls, weil sie eine deutliche Pause zwischen deiner Aktion und den Explosionen zeigen. Auf dem Holovid der Freien Skye-Rebellen sieht das anders aus. Die SFM hat versucht, Kopien dieser Aufnahmen über die gesamte Mark Skye zu verbreiten, aber ComStar hat uns eine Chance gegeben, die Verbreitung zu erschweren.« Victor seufzte. »Es war eine Aktion des Präzentors Martialum persönlich – offensichtlich ist er gegen die Sezession Skyes.«

»Die Situation ist also wieder beim Status quo ante, aber mein Untergang ist trotzdem besiegelt.«

»Ich bin sicher, die Einwohner Bellerives beten für dich, Bruder.«

Victors Sarkasmus traf. »Victor, du kannst mich deswegen nicht zu einem Enrechteten machen, nicht für etwas, das ich nicht getan habe.«

Peter wirkte so verloren, daß Victor seine Entscheidung fast bedauerte. »Ich habe keine Wahl, Peter. Wenn ich es nicht tue, sind die Tage bis zur nächsten Katastrophe gezählt.«

»Meine Güte, Victor, ich werde auf so etwas nicht noch einmal hereinfallen.«

»Bei deinem Ego überrascht es mich schon, daß es so lange gedauert hat.« Allmählich färbte die Wut seine Stimme. »Peter, du bist ein politisches Risiko. Das scheinst du einfach nicht begreifen zu wollen. Hätte ComStar das Holovid deiner Aktion nicht aus dem Material entfernt, das wir verteilt haben, wäre ich hier und heute gezwungen, dich *und* deine Lanze öffentlich als Kriegsverbrecher abzuurteilen. Und schuldig zu sprechen.«

»Damit würdest du die Terroristen dafür belohnen, daß sie Unschuldige in ihre Falle gelockt haben.«

»Du bist ein Davion – ein Steiner-Davion, aber in der Isle of Skye macht dich das allein schon schuldig.«

»Soviel *ich* weiß, ist *Victor* Davion der einzige, dessen Schuld dort von vornherein feststeht.«

»Und soviel *ich* weiß, Peter, sieht man dich nur als Mittel zum Zweck, um *mich* zu treffen!«

»Das ist es, das ist der Kernpunkt.« Peter deutete mit dem Finger auf seinen Bruder. »Du hast Angst vor mir. Du hast Angst, daß die Leute mich lieber haben als dich! Du hast Angst, ich könnte beliebter sein als du. Gib es zu!«

»Mach dich nicht lächerlich, Peter!« Victor sprang auf und tigerte durch den Raum. »Bei den großen Zusammenhängen spielst du kaum eine Rolle. Höchstens als Ärgernis, aber nicht als Bedrohung. Ich muß mich um Ryan Steiner kümmern, und auch wenn du nur eine Ablenkung bist, kann ich es mir jetzt nicht leisten, von dir behindert zu werden.«

»Du lügst!«

»Mag sein, daß du das gerne hättest, aber es stimmt nicht. Um ehrlich zu sein, Peter: Hätten Kai und Galen Ryans Kämpfer auf Solaris nicht so leicht besiegt und Katherine ihre letzte Erklärung nicht abgegeben, befände Ryan sich jetzt in einer äußerst starken Position. So ist sein Plan in die Hose gegangen, und Katherine hat ihn gezwungen, jede Verbindung zur Freien Skye-Miliz abzustreiten. Die Gray Death Legion hält auf Glengarry weiter durch, und die Rebellion ist ins Stocken geraten. Hätten die Umstände Bellerive nicht aus den Schlagzeilen gedrängt, könntest du dich auf eine Kerkerstrafe gefaßt machen.«

Peter saß auf der Kante seines Sessels. Die Wut konnte die Müdigkeit, die tiefe Linien in sein junges Gesicht grub, nicht mehr überspielen. »Politik, Victor, ist kein Geschäft für Krieger. Ich bin ein Krieger. Du kannst mich nicht zu einem Entrechteten machen, nur um irgendein politisches Manöver zu ermöglichen.«

»Genau das ist dein Problem, Peter. Du siehst dich als Krieger und verstehst nicht, daß *alles* Politik ist.«

Peters Augen wurden glasig. »Du hast unrecht.«

»Tatsächlich, Peter? Du siehst dich als Krieger. Ich sehe dich als Schachfigur. In der Lyons-Miliz warst du eine sehr wertvolle Schachfigur. Die Miliz war ohne Bedeutung, und ehrlich gesagt war und *bin* ich, abgesehen von deiner Lanze, keineswegs überzeugt von ihrer Loyalität. Deine Anwesenheit und deine Arbeit mit den Naturschützern hat mir ungeheuer geholfen. Das habe ich gesehen, und Ryan ebenfalls. Deswegen mußte er mich zwingen, dich zu opfern.«

»Ich kann nicht glauben, daß du bereit bist, nach Ryan Steiners Pfeife zu tanzen.«

Victor ignorierte den Hohn in Peters Stimme. »Besser das, als den Tanzboden verlassen zu müssen.«

»Du tanzt, wenn du kämpfen solltest.«

»Wenn du das wirklich glaubst, bete ich zu Gott, daß du niemals auf den Thron steigen mußt.«

»Wir wollen hoffen, daß du bald in die Wirklichkeit zurückfindest. Denk daran, Victor, wenn du stirbst, bin ich einen Schritt näher am Thron.«

Victor schüttelte energisch den Kopf. »Wenn *ich* sterbe, geht das Vereinigte Commonwealth mit mir unter.«

Peter war einen Augenblick sprachlos. Dann schloß er den Mund wieder. »Nicht einmal ich hätte je geglaubt, du könntest so arrogant sein, Victor.«

»Das ist keine Arroganz, Peter.« Victor kniff die grauen Augen zusammen. »Ich *bin* der Staat, Peter. Ich bin alle seine Menschen. Ich muß dies alles fühlen, mir des Ganzen bewußt sein, um mich um alles kümmern zu können. Ich mußte den Krieger in mir unterdrücken, um der Bevölkerung des Vereinigten Commonwealth besser dienen zu können.«

»Und mir zu schaden.«

»Wer ist jetzt arrogant?« Victor fixierte seinen Bruder mit hartem Blick. »Du siehst es vielleicht als Schaden an, aber was ich von dir verlange, verlange ich im Namen des Vereinigten Commonwealth. Es mag dir nicht gefallen, aber du *wirst* es tun.«

Peter sah ihn an. »Ich werde es tun, wenn es einen Sinn ergibt.«

»Du wirst es tun, ohne irgendwelche Fragen zu stellen.« Victor warf Curaitis einen heimlichen Blick zu. »Du wirst erfahren, was du wissen mußt, nicht mehr.«

»Was ich *wissen muß?*« Peter blinzelte ungläubig. »Glaubst du, mir nicht vertrauen zu können?«

»Was ich glaube, tut nichts zur Sache. Diese Entscheidungen trifft das Geheimdienstsekretariat.«

»Ach, das Geheimdienstsekretariat nimmt dir die Verantwortung ab?«

»Keineswegs.«

In Peters Augen loderte die Wut. »Dann akzeptier sie gefälligst, verflucht noch mal! Laß mich nicht im dunkeln. Wie viele Geheimnisse kennst du noch, Victor?« Er kniff die Auge zusammen. »Wer hat unsere Mutter umgebracht?«

»Ich weiß es nicht.«

»Lüg mich nicht an, Victor. Du weißt etwas.« Peter drehte sich um und starrte Curaitis an. »Wissen Sie es? Raus damit. Das ist ein *Befehl!*«

»Halten Sie den Mund, Curaitis.« Victor stellte sich zwischen Peter und den Agenten. »Ich weiß nicht, wer den Befehl gab, unsere Mutter zu töten. Wenn ich es wüßte, wenn ich *Beweise* dafür hätte, würde ich sie augenblicklich rächen. Ich schwöre es, Peter, bei ihrem Grab und dem Grab jedes Archonten, der jemals auf dem Thron Tharkads saß.«

»Das ist das erste wahre Wort, das du heute ausgesprochen hast, Victor. Freut mich, daß du noch ehrlich sein kannst.« Peter setzte sich wieder, aber seine Blicke hatten nichts von ihrem Feuer eingebüßt. »Ich werde mich nicht entrechten lassen. Ohne Mech kann ich meine Pflicht als Krieger nicht erfüllen. Dann könnte ich ebensogut sterben.«

»Das wäre auch eine Lösung, aber eine, die ich nicht akzeptieren kann.«

»Zur Zeit nicht«, setzte Peter hinzu.

Victor atmete tief durch, dann setzte er sich seinem Bruder gegenüber. »Paß auf, mein erster Posten war bei den 12. Donegal Guards. Ich war nicht, wo ich sein wollte, aber unser Vater fand meinen Aufenthalt dort nützlich.«

»Mein Posten bei der Mark Skye-Miliz auf Lyons

war, deinen eigenen Worten zufolge, ein Auftrag derselben Art für mich.« Auf Peters Stirn standen tiefe Falten. »Ich habe mehr verdient. Etwas Besseres.«

»Einmal ungeachtet der Wahrheit oder des Irrtums in dieser Aussage: Du wirst keinen Einheitsbefehl erhalten.«

»Warum nicht? Unser Vater hat dich zur Zehnten Lyranischen Garde geschickt, und du hast dir im Krieg gegen die Clans militärischen Ruhm erworben. Warum kannst du mich nicht *dahin* schicken? Sie haben keinen Steiner-Davion in ihren Reihen, und du weißt genau, daß du sie einsetzen wirst, wenn es Zeit wird, die Rebellion niederzuschlagen. Ich kann sie anführen.« Peters Stimme wurde eisig. »Unser Vater hätte es getan, wäre er noch am Leben.«

»3034 hat er genau das versucht und damit einen schweren Fehler begangen.«

»Oh, jetzt kannst du auch schon Entscheidungen darüber fällen, was unser Vater falsch gemacht hat«, knurrte Peter. »Was ist los mit dir, Victor? Wie kannst du dermaßen überheblich sein?«

»Leg eine andere Scheibe ein, Peter, die kennen wir schon.« Victor zeigte mit dem Finger auf seinen Bruder. »Ich weiß, was ich tue. Unser Vater hat die Isle of Skye vor zwanzig Jahren fast verloren, und wegen seiner Fehler muß ich mich mit demselben Problem herumschlagen. Ich habe vor, dem ein Ende zu machen, damit meine Kinder, *unsere* Kinder, nicht auch noch damit werden kämpfen müssen.«

»Ohne Zweifel hat unser Vater genauso gedacht.« Peter schüttelte den Kopf. »Wie kannst du es wagen, sein Urteilsvermögen in Frage zu stellen?«

»Das kann und tue ich, weil ich von unserem Vater *gelernt* habe! Ich habe aus seinen Fehlern gelernt.« Victor schlug die Faust in die offene Handfläche. »Das ist ein kompliziertes Spiel.«

»Und ich bin nur eine Figur auf dem Spielbrett.«

»*Das* haben wir ja wohl geklärt. Du wirst gehen, wohin ich dich schicke. Du wirst tun, was ich von dir verlange, und damit basta.«

Peter sank zurück in die Polster des Sessels und verschränkte langsam die Arme. »Und wohin, Majestät, wollt Ihr Euren unterwürfigen Diener schikken? Ins Sankt-Marinus-Haus auf Zaniah, damit ich den Rest meiner Tage bei Gebet und Meditation verbringe?«

»Ich habe daran gedacht, und den Gedanken wieder verworfen, aber ich könnte meine Meinung noch ändern. Morgan Kell hat der Aufenthalt dort gut getan. Vielleicht wäre er für dich auch nicht schlecht.« Victor wartete, bis er die Angst vor dem Exil in den Augen seines Bruders sah, dann schüttelte er den Kopf. »Nein, Peter, du hast zuviel Talent, mit Leuten umzugehen, um dich dort versauern zu lassen. Es wäre Verschwendung, *und* du würdest trotzdem Aufmerksamkeit erregen, weil du bist, wer und was du bist. Aber nachdem ich die Gelder für Tormano Liaos Bewegung Freies Capella kürzen mußte, wird Sun-Tzu Liaos Zhanzheng de Guang mutiger, und Tormano stößt die schlimmsten Drohungen aus. Ich werde dich als Tormanos Verbindungsoffizier und militärischen Berater einsetzen. Du wirst deine Aufgabe so öffentlich, zuvorkommend und hilfsbeflissen wie möglich erfüllen. Und du wirst Tormano daran hindern, *irgend etwas* zu unternehmen.«

»Tormano ist ein Kettenhund, der auf Befehl blafft, und ich soll ihn ruhigstellen.«

»Kaum. Du sollst ihn daran hindern, jemanden zu beißen, aber ihn gleichzeitig ermuntern, noch lauter zu blaffen.« *Und gleichzeitig wirst du auf Solaris einen eigenen Aufpasser haben. Kai wird dich beruhigen. Hoffe ich.* »Durch deine Umweltaktivitäten hast du schon eine Gemeinsamkeit mit ihm, deswegen habe ich diesen Auftrag für dich ausgesucht.«

»Dagegen klingt das Sankt-Marinus-Haus geradezu einladend.«

»Wenn du meinst. Willst du diesen Vergleich wirklich ziehen?«

»Nein.« Peter hob den Kopf. »Du schickst mich also nach Solaris. Bekomme ich einen Mech?«

Victor zögerte. »Zur Schau? Ja. Und ich werde mit Kai reden, damit du mit seinen Kämpfern trainieren und in Form bleiben kannst, bis ich deine Dienste wieder in einer militärischen Kapazität benötige.«

»Kann ich kämpfen, wie Galen es getan hat?«

»Nein. Arenakämpfe auf Solaris sind ein schmaler Pfad zum Ruhm. Einen Kampf mit einem von Ryans Männern zu provozieren und den Versuch zu unternehmen, Galens Leistung zu wiederholen, könnte uns nur zum Nachteil gereichen. Wenn du verlierst...«

»Ich würde nicht verlieren.«

Victor zuckte die Achseln. »Es spielt keine Rolle. Peter, hör auf, wie ein Krieger zu denken. Politische Schlachten erfordern mehr als einen Mech und eine Zielerfassung.«

Peter stand langsam auf. »Ist diese Strafe lebenslänglich?«

»Das hängt von Faktoren weit jenseits deiner Kontrolle ab.« Victor wollte Peter erklären, daß es ihm leid tat, ihn auf diesen Posten abschieben zu müssen, aber damit hätte er eine Schwäche gezeigt, die er sich nicht leisten konnte. »Ich habe dein Gepäck auf ein anderes Landungsschiff bringen lassen. Du reist sofort ab.«

Das traf Peter völlig überraschend. »Habe ich noch Zeit, das Grab unserer Mutter zu besuchen?«

Victor zögerte, dann nickte er. »Ja, ja, natürlich, aber danach fliegst du ab. Du mußt so schnell wie möglich nach Solaris.«

»Warum?«

»Kai verteidigt seinen Titel, und ich will dich an Tormanos Seite sehen.« Victor grinste. »Deine neue

Stellung muß bekannt werden, und das ist die beste Publicity, die wir uns wünschen können.«

»Du hast mich in der Hand, Victor. Ich werde tun, was von mir verlangt wird.« Durch Peters Augen zuckte Trotz. »Aber ich werde nicht vergessen, was du mir heute angetan hast.«

Er marschierte aus dem Zimmer. Curaitis schloß hinter ihm die Tür. »Hoheit, Ihr Bruder könnte sich als Problem erweisen.«

»Sie haben recht. Ich werde Kai eine Nachricht schicken. Er soll Peter im Auge behalten.« Victor kehrte an den Schreibtisch zurück und ließ sich in den Sessel fallen. Er klopfte auf den Bildschirm seines Computerterminals und sah zu Curaitis hoch. »Diesem Bericht nach wird Joshua Marik nur noch von Maschinen am Leben gehalten.«

Der Agent nickte. »Und auch die werden nicht mehr lange genügen. Der Blutkrebs ist außer Kontrolle.«

Victor nickte mechanisch. »Uns bleibt keine andere Wahl als Operation Gemini. Als erstes erzählen wir Marik, Joshua hätte einen Schlaganfall erlitten?«

»Das erklärt Gedächtnislücken und Veränderungen in Sprachmuster und Persönlichkeit.«

»Sorgen Sie dafür, und lassen Sie Joshua sterben.«

»Verstanden.«

»Ich weiß, Sie werden mir davon abraten, aber ich werde trotzdem darauf bestehen. Schicken sie den Attentäter nach Solaris. Bringen Sie ihn an einem sicheren Ort unter.«

Curaitis' Kopf zuckte hoch, aber in seiner Miene regte sich kein Muskel. »Ist es nicht noch zu früh, um Ryan Steiner zu töten?«

»Wir wissen beide, daß er es getan hat. Wir haben noch keine qualmende Pistole, aber ich will den Attentäter in Position wissen, damit er zuschlagen kann, sobald wir sie finden. Ryan wird einen Fehler begehen. Ich bin mir sicher.« Victor ballte die Fäuste und schlug sie gegeneinander. »Und wenn es soweit ist, wird er sterben.«

Solaris City, Solaris VII
Mark Tamarind, Vereinigtes Commonwealth

Das Abhörgerät des Geheimdienstsekretariats in Herzog Ryan Steiners Büro war nur schwer aufzuspüren. Es bestand aus drei Teilen und war so aufgebaut, daß seine Entdeckung zu gleichen Teilen Timing und Glück erforderte. Es lieferte ausschließlich Tonaufzeichnungen, aber da der gesamte Visiphonverkehr Ryans abgehört wurde und zwei seiner Hausdiener auf der Lohnliste des Geheimdienstsekretariats standen, sah man das als ausreichend an.

Das Mikrofon des Gerätes war ein Metallzylinder von Bleistiftgröße, der in eine Wandverzierung eingelassen war. Es fing die Druckwellen der Gespräche auf und übertrug sie mit Hilfe von zwei Drähten an ein vollständig abgeschirmtes Aufnahmegerät. Dieses saß am unteren Teil der Wand in der Nähe einer Steckdose. Dort überlagerten normale Magnetfelder jede mögliche Restaktivität des Gerätes. Es besaß eine Speicherkapazität von vierundzwanzig Stunden. Durch sorgfältige Überwachung der Zeiten, in denen sich Ryan in seinem Büro aufhielt, wußten die Agenten, wann die Aufnahmekapazität erreicht war und konnten eine Abspielung arrangieren.

Das Abspielgerät war in einen Fensterrahmen eingelassen. Es gab die Audiodaten in Form eines Hochgeschwindigkeitsimpulses ab, der das große Fenster in der Vorderfront des Gebäudes in Schwingungen versetzte. Auf das Fenster gerichtete Ultraviolettlaser konnten diese Vibrationen auffangen und an einen Computer weiterleiten, der die Daten zur späteren Transkription speicherte. Durch einen auf das Fenster gerichteten Sonarimpuls ließ sich die Abspielung starten, anhalten und unterbrechen, falls jemand das Büro betrat.

Die Audiodaten wurden verschlüsselt und im Verhältnis von sechzig zu eins komprimiert. Die Übertragung einer Stunde Konversation dauerte dementsprechend eine Minute. Während die Daten abgespielt wurden, löschte das Aufnahmegerät sie aus dem Speicher und war bereit für neue Informationen. Dies war der kritischste Aspekt der Anlage, denn einmal gelöschte Daten waren nicht mehr wiederzubeschaffen. Man nahm diese Schwäche jedoch als notwendiges Übel hin, da sie gleichzeitig verschleierte, wieviel weitergegeben worden war, falls das Gerät irgendwann entdeckt werden sollte.

Die Übertragungsmethode war für Vibrationen durch den Straßenlärm anfällig, aber eine gleichzeitige Parallelaufnahme der Straßengeräusche gestattete es dem Geheimdienstsekretariat, die Nebengeräusche aus den übermittelten Daten herauszufiltern. Sobald das geschehen war, wurden die Daten dekomprimiert und entschlüsselt. Darauf folgte ein weiterer Filtervorgang, um die verschiedenen Stimmen zu trennen. Alle aufgezeichneten Stimmen wurden mit Stimmustern bekannter Personen aus Ryans Umkreis verglichen, damit das GS nachvollziehen konnte, wer zu welchen Aufgaben eingeteilt und wem welche Missionen anvertraut wurden. Aus diesen Informationen entstand ein Plan von Ryans Organisation.

Als die Agenten an diesem Tag kamen, um die letzten vierundzwanzig Stunden abzurufen, konnten sie nicht ahnen, daß sich darunter auch Ryans Befehl an Newmark befand, Galen Cox' Ermordung in die Wege zu leiten. Das war zwar nicht die qualmende Pistole in Ryans Hand, die sich Victor so wünschte, um dessen Komplizenschaft im Attentat auf seine Mutter zu beweisen, aber die Bereitschaft des Herzogs, einen Mord zu befehlen, hätte den Verdacht zumindest weiter erhärtet.

Die Agenten gingen wie üblich in Position und bliesen in eine Hundepfeife. Der für Menschen unhörbar hohe Ton versetzte das Fensterglas in Schwingungen, die von dem empfindlichen Wandmikrofon aufgefangen wurden. Es übermittelte das Geräusch an das Aufnahmegerät, das sofort reagierte und die gespeicherten Daten in ein Glasfaserkabel zum Abspielgerät im Fensterrahmen einspeiste. Als erstes wurde eine Testsequenz abgespielt, um die Kalibrierung der Laser zu überprüfen. Als dies geschehen war, löste ein zweiter Pfeifton die Hochgeschwindigkeitsübertragung der gesammelten Daten aus.

Anhand der Testsequenz erkannten die Agenten, daß der Speicher des Geräts in der Tat voll war. Sie bereiteten sich nervös auf eine halbe Stunde Lauschdienst vor. Ein Funkgerät hätte die Daten weit schneller übertragen können, aber es wäre auch leichter aufzuspüren gewesen. Durch die Verwendung von Ultraschall und UV-Lasern war ihre Methode der Übertragung kaum zu bemerken. Und um 03:00 Uhr morgens war die Gefahr, daß jemand während der Überspielung das Büro betrat, fast gleich Null.

Die Agenten behielten die Umgebung ständig im Auge. Sie stellten beruhigt fest, daß alles völlig normal wirkte. Auf der regennassen Straße breiteten sich um die verstopften Gullis ölige Pfützen aus. Passanten schlurften durch die Schatten und hielten sich in der Regel von anderen fern. Die meisten wechselten auf die andere Straßenseite, um den fleckenlosen Bürgersteig vor Herzog Ryans frisch renovierter Residenz nicht zu beschmutzen. Sie hatten Angst, der mächtige Bewohner des braunen Ziegelbaus könne sie bemerken und ihnen das Leben noch schwerer machen.

Bis auf einen einzigen Mann hielten sich alle Personen auf der Straße von dem Ziegelbau fern. Die Agenten grinsten einander an, als sie seine Stimme hörten. Sie hatten ihn den ›Schreihals‹ getauft und hielten ihn für völlig verrückt. Man konnte die Uhr danach stellen, so pünktlich erschien der Schreihals auf der Straße vor Herzog Ryans Haus. Der Mann war ganz offensichtlich schizophren mit paranoider Tendenz. Er fluchte und stritt mit sich selbst, wobei er abwechselnd mit unterschiedlichen Stimmen sprach. Seine Streits waren völlig unverständlich und nur insofern bemerkenswert, als beide Seiten zu verlieren schienen.

Die Agenten erinnerten sich an ihn, weil einer der Techs sie danach gefragt hatte, wer die beiden Streithähne auf der Straße waren. Die Frage hatte die Feldagenten in schallendes Gelächter ausbrechen lassen, und die zerlumpte, vornübergebeugte Gestalt des Schreihalses für alle Zeiten in ihre Erinnerung eingebrannt. Dieser Zwischenfall war eine der seltenen Gelegenheiten gewesen, bei denen ein Tech in Hörweite der Feldagenten einen Fehler gemacht hatte, und die Agenten dachten gar nicht daran, das jemanden vergessen zu lassen. Deshalb freuten sie sich jedesmal tierisch, wenn bei einer ihrer Datenabrufaktionen der Schreihals wieder auftauchte.

In dieser Nacht sollte ihnen ihr inoffizielles Maskottchen allerdings einen bösen Streich spielen. Im Kampf mit seinen privaten Dämonen hob der Schreihals einen Stein von der Straße auf und schleuderte ihn mit aller Kraft auf das Versteck des Antichristen. Er wußte nicht, daß Herzog Ryan Steiner dort wohnte, aber hätte er es gewußt, hätte ihm der Schreihals mit Freuden den Titel Antichrist verliehen. Für ihn stellte das Haus nur etwas Besonderes in dieser Nachbarschaft dar, und in einem klaren Moment erkannte er, daß es eine zerschmetterte Fensterscheibe auf die Stufe der übrigen Bauruinen dieser Straße herabzerren würde.

Der Stein durchschlug das Fenster, über das die

Agenten ihre Daten bezogen. Die Männer erstarrten, und es dauerte ein paar Sekunden, bis einer von ihnen die Geistesgegenwart hatte, auf der Pfeife zu blasen, um die Datenübertragung abzubrechen. Das Mikrofon im Innern des Büros nahm das Pfeifen auf, und die Überspielung wurde unterbrochen, aber der Zwischenfall hatte volle zehn Minuten Audiodaten unwiederbringlich gelöscht.

Das GS nahm den Verlust von zehn Sekunden komprimierter Daten nicht weiter tragisch. Es sollte noch anderthalb Wochen dauern, bevor irgend jemand auch nur erraten konnte, was in dieser zehn minütigen Lücke behandelt worden war, und bis jemand die Lücke mit Galen Cox' Ermordung in Zusammenhang brachte, sollten noch einmal vierundzwanzig Stunden verstreichen. Zu diesem Zeitpunkt wäre die Information, die das Attentat hätte verhindern können, noch bevor es in Gang gesetzt wurde, etwa so nützlich gewesen wie die Mitteilung, daß das Stalltor offenstand, zehn Minuten nachdem alle Pferde das Weite gesucht hatten.

Sven Newmarks Vorsicht lieferte eine zweite Chance, Galens Leben zu retten. Newmark ging davon aus, daß der Davion-Geheimdienst Spione im Steiner-Haushalt untergebracht hatte und sämtliche Kommunikationsverbindungen abhörte. Deshalb verließ er das Haus, um sich mit dem Vermittler in Verbindung zu setzen, den er brauchte, um Galens Ermordung in die Wege zu leiten. Während die Glaser alle Fenster mit kugelsicheren Scheiben ausstatteten, ging er zur nächsten U-Bahnstation. Unterwegs sah er sich einige Male nach Verfolgern um. Erst als er sicher war, nicht beobachtet zu werden, steuerte er auf eine Reihe öffentliche Visiphone zu und rief eine bestimmte Nummer an.

Newmark legte die Hand auf das Kameraobjektiv, um nicht erkannt zu werden. »Guten Morgen. Ich möchte den Floristen sprechen.«

Der Asiate auf dem Bildschirm nickte. »Er ist gerade nicht hier. Kann ich ihm etwas ausrichten?«

»Er möchte il Capo nach dem Titelkampf ein Bukett zukommen lassen.« Newmark sprach bewußt emotionslos und ließ sich nicht anmerken, daß er gerade den Tod eines Menschen bestellt hatte. Il Capo war Ryans Deckname für Galen Cox. Dessen Dienstrang, Kommandant, hätte auf italienisch eigentlich il Commandante geheißen, aber il Capo bedeutete in etwa dasselbe, und Ryan gefiel der Unterton dieser Bezeichnung, der Cox wie einen Kriminellen erscheinen ließ. Sergej Chou, dessen Leute Katrina und Galen bereits für Ryan beschatteten, verstand die Anspielung und hatte den Decknamen selbst schon in mehreren Berichten benutzt.

»Verstanden. Das macht fünftausend Credits.«

»In Ordnung. Die Bezahlung läuft über das Moonbeam-Konto.« Moonbeam war eine der zwölf Briefkastenfirmen, die Ryan ausschließlich für solche Zahlungen unterhielt. Chous ComputerTechs würden in das Firmenkonto einbrechen und den Betrag abzweigen. Auf diese Weise konnte Ryan jede Verbindung mit dem Verbrechen abstreiten, falls das Geld irgendwie zu ihm zurückverfolgt wurde.

Newmark unterbrach die Leitung und kehrte ins Haus zurück. Chous Anschluß wurde von der städtischen Polizei abgehört, und eine Aufzeichnung des Gespräches gelangte in deren Computersystem, wo sie auf bestimmte Schlüsselworte hin gefiltert wurde. Die Floristen-Anspielung fiel durch die Maschen des Suchrasters, aber der Begriff »il Capo« wurde gerade wegen der Anspielung auf kriminininelle Aktivitäten, die Ryan so gefiel, aufgegriffen.

Die Maschine leitete die Aufzeichnung und den Auswertungsbericht weiter an das Dezernat für Organisiertes Verbrechen. Die Stimmen wurden dort sofort mit denen bekannter Syndikatsgrößen verglichen.

Chou wurde augenblicklich identifiziert, aber Newmark war den Computern nicht bekannt. Daraufhin wurde die Aufzeichnung in eine Warteschleife geleitet, um eine Abgleichung mit den Stimmustern in den Verbrecherdateien, Medien-, VIP- und schließlich noch den politischen Datenbanken durchzuführen. Die ersten drei Überprüfungen, die jeweils einen vollen Tag in Anspruch nahmen, ergaben nichts, da Sven Newmark auf Solaris niemals ein öffentliches Statement abgegeben hatte.

Die letzte Abgleichung mit der politischen Datenbank sollte ihn schließlich identifizieren, aber erst nach Ablauf weiterer vier Tage, weil die Techs zu sehr damit beschäftigt waren, die Daten zu rekonstruieren, die in dem Augenblick überspielt worden waren, als der Stein des Schreihalses das Bürofenster Herzog Ryan Steiners getroffen hatte.

25

Solaris City, Solaris VII
Mark Tamarind, Vereinigtes Commonwealth

16. April 3056

Peter Steiner-Davion wußte nicht, was ihn mehr erstaunte: die Strecke Tharkad – Solaris in drei Tagen zu schaffen oder Victors Anmaßung. Schon als Kind war Peter immer der Größere von beiden gewesen, und Victor hatte sich ständig darüber geärgert, daß man ihn deswegen für den jüngeren hielt. Eigentlich hatte Peter gedacht, Victor wäre über diese Eifersucht längst hinweg, aber inzwischen war ihm klargeworden, daß die Unsicherheit seines Bruders noch zugenommen hatte.

Peter war einem Kampf, den er für nötig hielt, nie ausgewichen, und würde das auch in Zukunft nicht tun. Er konnte für sich selbst sorgen, und auf Grund seiner Körpergröße hatte er nie listig sein müssen wie Victor. Soweit es Peter anging, konnten sie ihre Differenzen auf ehrbare Weise auf dem Schlachtfeld austragen. Victor allerdings würde wissen, daß er dort nicht gewinnen konnte, deshalb konnte er gar nicht anders. Er mußte seinen jüngeren Bruder erniedrigen.

Peter fühlte sich von Victor verraten. Trotzdem schwor er, sich von den Maßnahmen seines Bruders nicht brechen zu lassen. *Mir die Rolle als Tormanos Aufseher zuzuweisen ist ein Schlag ins Gesicht, aber auch ein gewaltiger Fehler Victors. Den hat er übersehen, und ich werde daraus Profit schlagen.* Der Fehler, so wie Peter ihn sah, bestand darin, daß Victor seinem jüngeren Bruder eine öffentliche Plattform geliefert hatte, auf der er sich darstellen konnte, eine Bühne, weit genug entfernt, um nicht mehr Victors direktem Einfluß zu unterliegen.

Peter betrachtete den Konflikt wie einen Feldzug, den er zu planen hatte. Als ersten Schritt mußte er Victors Agenten auf Solaris identifizieren und sich gegen sie abschirmen. Die Leibwächter konnte er nicht loswerden, aber sie würden seinen Befehlen gehorchen. Sie waren nicht das Problem. Das würden Leute wie Kai Allard-Liao und Galen Cox werden.

Zweitens mußte er alle Pflichten seiner Rolle, die Tormano Liao betrafen, ausführen, um Victor keinen Anlaß zu Vorwürfen zu bieten. Peter wußte, indem er einen subtilen Einfluß auf Tormano ausübte, konnte er den Mandrinn zu einem Vorgehen bewegen, das seinen Bedürfnissen Rechnung trug. Und in seiner Rolle als Tormanos Wächter konnte er je nach Bedarf den Ruhm für sich beanspruchen oder ein Versagen bestrafen. Die Öffentlichkeit würde ihn in einer Führungsrolle erleben, wie er es zur Vorbereitung der nächsten Konfrontation mit Victor brauchte.

»Peter!«

Ein frohes Lächeln breitete sich auf Peters Zügen aus, als er in der VIP-Lounge des Raumhafens seine Schwester Katrina auf sich zulaufen sah. Er ließ die Umhängetasche fallen und umarmte sie, riß sie von den Füßen und schwenkte sie durch die Luft. Sie schrie überrascht auf und brach dann in Gelächter aus, in das er einstimmte. »Hallo, Kath… Katrina. Irgendwann werde ich mich noch daran gewöhnen.«

Er setzte sie wieder ab, und sie tänzelte ein paar Schritte zurück. »Du siehst großartig aus, Peter. Ich bin so froh, dich zu sehen.«

Peters Lächeln bröckelte ab. »Deine Gesellschaft nimmt meinem Exil den Biß.«

Katrina sah ihm überrascht in die Augen. »Nur den Biß? Ich lasse nach. Freust du dich denn gar nicht, mich zu sehen?«

»Doch, natürlich freue ich mich. Wie immer…« Peter runzelte die Stirn über die Frage, wieviel er ihr erzählen sollte. Dann machte er sich klar, daß er vor Katherine… Katrina nie etwas geheimhalten konnte. »Es gefällt mir nicht, mein Kommando zu verlieren.«

»Natürlich nicht.« Katrina drehte sich um und zerrte einen Uniformierten nach vorne. »Kommandant Cox kennst du ja schon, Peter, oder?«

Peter schüttelte Cox die Hand. Er bemerkte, wie selbstverständlich seine Schwester ihn am Arm hielt. »Ja, freut mich, Sie wiederzusehen, Kommandant. Meinen Glückwunsch zu Ihrem Arenasieg. Ich habe auf dem Herflug eine Aufzeichnung gesehen.«

»Ich fürchte, es war nicht die Art Beispiel, die ein Offizier der VCS geben sollte.« Cox wirkte verlegen.

Katrina drückte ihm einen Kuß auf die Wange. »Sei ein Schatz und nimm Peters Gepäck.« Sie ließ Galens Arm los und ergriff Peters Hand. »Komm mit, Peter. Es ist wirklich großartig, dich hier zu haben. Das ist ein ziemlicher Karrieresprung, von der Mark Skye-Miliz hierher.«

»Findest du?« Peter runzelte die Stirn. *Du bist keine MechKriegerin, Katrina. Du weißt nicht, was das für ein Gefühl ist, ein Entrechteter zu sein.* »Ich würde jede Position vorziehen, in der ich einen Mech steuern kann.«

Katrina lachte. »Das hat Kommandant Cox bestimmt auch gedacht, als er mich begleitete. Aber er hat seine Meinung geändert, nicht wahr, Galen?«

Cox schwang Peters Tasche über die Schulter. »Natürlich, Herzogin.« Er zwinkerte Peter zu. »Aber ab und zu schleiche ich mich trotzdem weg in einen Mech.«

»Und wenn es sein muß, stürzt er einen ganzen Empfang ins Chaos, damit es klappt.« Katrina rollte mit den Augen, dann drückte sie Peters Hand. »Auch wenn du nicht in einem Mech sitzt, ist deine Stellung als Tormanos Verbindungsoffizier wichtig. Du bist von einem Milizoffizier zu einem Spieler auf der galaktischen Bühne geworden.«

»Diese Aufgabe hätte jeder übernehmen können«, murrte Peter. »Ich könnte ein Holovidband aufnehmen und über Visiphon in einer Schleife ablaufen lassen, und es würde genügen. ›Ja, Mandrinn, das klingt höchst interessant. Ich werde es einer sorgfältigen Prüfung unterziehen und mich wieder bei Ihnen melden, aber bis dahin möchte ich Sie bitten, nichts zu unternehmen.‹« Peter verbarg seine Absichten bewußt vor Galen Cox, aber von Katrina wußte er, daß sie ihn durchschaute.

Sie lächelte wissend. »Was, und Tormano soll auf die weisen Ratschläge verzichten, die er so dringend braucht? Zuhören und Entscheidungen treffen werden ein gutes Training für dich sein.«

»Das einzige Training, das ich brauche, bekomme ich im Simulator.«

»Wie, hat jemand einen Archon-Simulator erfunden, seit ich Tharkad verlassen habe?« Katrina zitterte, und Peter drückte sie reflexartig an sich. »Victor hat Feinde. Sie könnten Erfolg haben und ihn vernichten, und in diesem Fall ...«

Peter sah auf sie hinab. »In diesem Fall würdest du Archon-Prinzessin werden.«

»Ich könnte regieren, Peter, aber ich kann nicht *führen*.« Ihre Betonung entging ihm nicht. »Mag sein, daß die Verantwortung, die sich aus einem Reich von der Größe des Vereinigten Commonwealth ergeben, zwei Herrscher erfordern – wie zu der Zeit, als unsere Eltern noch lebten.«

Und wenn es nach Victor geht, wird Omi Kurita neben ihm regieren. Peter nickte seiner Schwester zu. »Jetzt gibst du mir die Art Ratschläge, die du von mir für Tormano erwartest.«

»Es liegt in deinem Wesen, zu verteidigen und zu vernichten, und in meinem, zu heilen und zu helfen.«

»Ich hoffe, wenn die Zeit kommt, werden wir alles wissen, was nötig ist, um unsere Pflicht erfüllen zu können.« Peter bemerkte ihr Stirnrunzeln. »Victor hat Geheimnisse vor uns.«

Katrina blieb stehen und sah ihn an. Sie versuchte, ihre Überraschung zu verbergen, aber er fühlte ihr Schaudern, als sie sich von ihm löste. »Was für Geheimnisse?«

Er blickte an ihr vorbei auf Galen. »Familiengeheimnisse.«

Galen zögerte einen Augenblick, dann nickte er. »Ich habe plötzlich ein unwiderstehbares Verlangen nach Pfefferminzschokolade.« Er machte sich auf den Weg den Korridor weiter entlang zur kleinen Einkaufspassage des Terminals. »Braucht noch jemand etwas?«

»Nein, danke.« Katrina sah ihm nach, dann blickte sie zu Peter hoch. »Was für Geheimnisse?«

»Er weiß, wer Mutter umgebracht hat.«

»*Was!*« Katrina hob die Hand an den Mund. »*Wer?*«

»Ich weiß es nicht. Er hat es mir nicht verraten.« Peter zuckte hilflos die Schultern. Plötzlich war er auf sich selbst wütend, weil er ihre Fragen nicht beantworten konnte. »Er hat behauptet, er habe keine Beweise, deshalb könne er nichts tun, aber er würde zuschlagen, sobald er sie hätte.«

»Ich verstehe ...« Mit einer hölzernen Geste schob Katrina die Hand durch Peters Armbeuge und steuerte ihn auf Galen zu, der an einer Gedenktafel in der Raumhafenwand stand. Als sie näher kamen, gewannen Katrinas Bewegungen ihre alte Eleganz zurück, und das Lächeln kehrte auf ihr Gesicht zurück. »Interessante Lektüre?«

Galen nickte. »Ich habe gerade daran gedacht, wie ich als Kind die Berichte von Solaris verschlungen habe. Ich hätte mir niemals träumen lassen, einmal selbst hier zu sein – schon gar nicht, hier zu kämpfen. Unglaublich, wie immer alles ganz anders kommt, als man erwartet.«

»Wenn es nicht so wäre, das wäre erst richtig *unglaublich.*« Peter versuchte, das Lächeln seiner Schwester nachzuäffen. Er gewöhnte sich allmählich an das künstliche Gefühl in seinem Gesicht.

»Sie haben recht. Können wir?«

Katrina hakte sich mit dem anderen Arm bei Galen unter. »So, jetzt habe ich die zwei bestaussehenden Männer auf Solaris als Begleiter. Ich könnte nicht glücklicher sein.«

»Hoffen wir, daß es ansteckend ist«, grummelte Peter leise.

»Das ist es ganz bestimmt. Also, Peter, du hast gerade genug Zeit, zur Gepanzerten Faust zu fahren und auszupacken, dann sind wir zum Dinner verabredet. Und anschließend sehe wir uns als Gäste von Thomas DeLon ein paar der Kämpfe in Ishiyama an.« Katrina zog ihn weiter, als er langsamer wurde und protestieren wollte. »Keine Ausflüchte, Peter. Es wird dir nicht helfen. Du bist ein Steiner, und das war ein Befehl.«

Peter lachte, dann warf er Galen einen verstohlenen Blick zu. »Sie hat sich nicht verändert.« Er salutierte. »Ich höre und gehorche, Archon Katrina. Dein Wunsch ist mir Befehl.«

Aus den Holovidsendungen aus Solaris City wußte der Attentäter, daß Peter Steiner-Davion kaum vier Stunden vor ihm auf dem Raumhafen eingetroffen war. Die Information war für ihn nur insofern von Interesse, als sie die Liste seiner möglichen Opfer vergrößerte. Aber er strich Peter fast augenblicklich wieder, weil sich Victor seinen Bruder auch vom Hals schaffen konnte, ohne dafür einen Attentäter zu benötigen. Er brauchte Peter nur auf eine geheime Mission nach Glengarry zu schicken und dafür zu sorgen, daß er von den Freien Skye-Rebellen dort gefangengenommen und getötet wurde.

Das Landungsschiff *Columbus* setzte ohne Schwierigkeiten auf und rollte in einen Militärhangar. Eine Legion GS-Agenten umringte das Gebäude, und fünf von ihnen eskortierten ihn zu einer wartenden Schweberlimousine. Der Attentäter sog die Solarisluft ein und lächelte. *Wieder zu Hause, wieder zu Hause. Ich werde meinen Aufsehern bald entkommen.*

Die Männer des Geheimdienstsekretariats schoben ihn in den Fonds des Wagens und fuhren mit ihm ziellos durch die Stadt, wahrscheinlich um ihm die Orientierung zu nehmen. Obwohl er durch die geschwärzten Fenster nichts sehen konnte, hätten sie sich die Mühe sparen können. Er wußte, daß sie ihn in Black Hills unterbringen würden. Schlesien war zu nahe an seinem Ziel, und die Davion-Sympathien der Einwohner von Black Hills würden es den Agenten erleichtern, seine Anwesenheit geheimzuhalten.

Die Limousine glitt in eine Tiefgarage. Die Agenten zerrten den Attentäter aus dem Wagen und brachten ihn hoch ins Versteck. Er wurde in einem Raum mit minimaler Einrichtung und einem Wandspiegel untergebracht, der mit ziemlicher Sicherheit von der anderen Seite durchsichtig war. Der Attentäter lächelte sein Spiegelbild an und setzte sich auf den Rand des Feldbetts.

Ein großer Mann mit eiskalten Augen kam herein und schickte die übrigen Agenten mit einer Kopfbewegung hinaus. Er wartete, bis sie alle den Raum verlassen hatten, dann setzte er sich mit dem Rücken zum Spiegel auf die Tischkante. »Sie sind für den Fall hier, daß wir Ihre Dienste benötigen.«

»Früher oder später braucht man meine Dienste immer.«

»Das wird wohl so sein. Sie werden Ausrüstung benötigen. Wir werden sie besorgen, sobald Ihre Mission feststeht.«

Der Attentäter grinste. »Ich glaube zu wissen, worin

meine Aufgabe besteht. Ich kenne Solaris, und ich weiß, was ich brauchen werde.«

»Wirklich?«

Der Attentäter nickte. »Das spart Zeit. Es gibt hier einen Mann namens Sergej Chou. Ein Capellaner. Sie wissen von ihm, weil ich seinen Namen bei meinem Verhör erwähnt habe. Er hat Zugang zu einer Reihe von Dingen, die ich hier zurückgelassen habe. Ich brauche ein Gewehr.«

»Wir werden es besorgen.« Der Mann beobachtete ihn mit dem Blick eines Raubvogels. »Das ist bestimmt nicht alles.«

»Ihre Analyse meiner Computerdateien wird Sie auf eine mit dem Namen ›SLAP‹ aufmerksam gemacht haben. Ich muß Chou die Spezifikationen geben.«

Der GS-Mann schüttelte den Kopf. »Wir werden Ihnen besorgen, was Sie brauchen.«

Der Attentäter zuckte die Schultern. »Chou kennt mich. Mit mir wird er sich auf ein Geschäft einlassen. Sie wird er von weitem riechen und abhauen.« Er zwang sich zu einem gelangweilten Gähnen. »Fragen Sie Ihren Prinz. Er wird meinen Antrag, mit diesem Mann zusammenzutreffen, genehmigen.«

»Sie setzen viel voraus.«

Der Attentäter grinste. »Er braucht mich. Er wird mir keine Bitte abschlagen.«

»Ich an Ihrer Stelle wäre mir nicht so sicher.«

»Nein?«

»Nein.« Der Mann mit dem eisigen Blick zögerte einen Moment, bevor er die Tür öffnete. »Sie haben seine Mutter umgebracht. Das hat er nicht vergessen. Und er wird es kaum verzeihen.«

Im Wohnzimmer der Penthousesuite des Sun-and-Sword-Hotels stand Galen Cox am Fenster und blickte nach Nordosten. Die Neonlichter der Stadt erhellten die Nacht, verliehen ihr aber gleichzeitig auch etwas

Bedrohliches. In mancher Hinsicht erinnerte ihn Solaris City an eine verblühende Witwe, die versuchte, mit Kosmetik und schummrigem Licht über ihr Alter hinwegzutäuschen.

Er lächelte bei sich. Diese morbiden Gedanken standen in glattem Widerspruch zu seiner Stimmung. Der Abend war recht angenehm verlaufen. Peter und er waren sich ein ganz klein wenig nähergekommen, auch wenn Galen für Peter ganz offensichtlich wenig mehr als ein Spion in den Diensten seines Bruders war. Die Tatsache, daß Katrina ihm völlig vertraute, hatte Galen zumindest Peters Respekt eingetragen, und im Verlauf des Abends hatte sich der junge Mann entkrampft.

Katrina schien Peters Reaktion auf Galen als eine Art Lackmustest gesehen zu haben. Sie waren sich mit jedem Tag nähergekommen, und die Abende seit seinem Kampf waren angenehm und durch offenherzige Gesprächen geprägt gewesen. Galen genoß Katrinas Offenheit, aber sein Wissen, sie niemals besitzen zu können, hielt ihn zurück. Er fühlte sich verwirrt, aber es war ein wunderbares Gefühl, und zugleich hatte er mehr als nur ein wenig Angst davor, was an diesem Abend noch geschehen würde. Er fühlte – nein, er wußte –, daß die Situation auf einen Punkt zustrebte, an dem sie entweder weiter gingen, als ratsam war, oder ihre Beziehung zerbrach. Weder das eine noch das andere Ergebnis war für ihn akzeptabel.

»Einen Groschen für deine Gedanken, Galen.« Katrina trat auf leisen Sohlen hinter ihn und legte das Kinn auf seine Schulter. Dann schlang sie die Arme um ihn. »Die Stadt wirkt so dekadent und korrupt.«

»Sparen Sie Ihren Groschen, Herzogin. Sie haben sie schon erraten.« Er löste sich aus ihrer Umarmung und bereute es noch im selben Moment. »Herzogin, wir müssen reden.«

»Das tun wir doch schon die ganze Zeit, Galen.« Sie

kicherte verspielt und schlug mit gespielter Schüchternheit die Augen nieder. Als sie wieder aufblickte, spürte er eine Veränderung. »Ja, wahrscheinlich sollten wir das.«

Sie umfaßte seine Rechte mit beiden Händen und zog ihn hinüber zur Couch, auf der sie schon so viele nächtliche Unterhaltungen geführt hatten. »Ich möchte dir für alles danken, was du in der vergangenen Woche getan hast, Galen«, meinte sie und klopfte neben sich auf die Polster. »Ohne dich hätte ich es nicht überlebt. Wärst du nicht gewesen, wäre ich entweder explodiert oder zusammengebrochen.«

Er schüttelte den Kopf. »Das stimmt nicht. Sie sind viel stärker als Sie meinen, Katrina. Sie wären auch ohne mich damit fertig geworden.«

»Möglicherweise hast du recht, Galen, aber du hast es mir leichter gemacht.« Sie streichelte ihm übers Gesicht. »Ich fühle mich dir so nah. Ich ...« Katrina beugte sich vor und preßte ihre Lippen auf die seinen.

Galen erwiderte ihre Leidenschaft, aber dann bekam er sich wieder in den Griff. Er packte ihre Schultern und schob sie sanft, aber bestimmt zurück. »Warten Sie, Herzogin, warten Sie.«

»Nein, Galen, nein. Zwischen uns darf es keine Rangunterschiede geben.« Sie nahm seine rechte Hand von ihrer Schulter und küßte sie. »Ich möchte, daß du mich duzt. Ich möchte deine Hand über mein Gesicht streicheln fühlen, über meinen Hals.« Sie schloß die blauen Augen, preßte seine Hand auf ihre Wange und ließ sie langsam nach unten gleiten.

»Katrina, Herzogin, nein.« Angespannte Frustration verzerrte seine Stimme. »Bitte, machen Sie es nicht noch schwerer für mich, als es ohnehin schon ist.« Galen hob die Hand wieder an ihre Wange. »Bitte nicht.«

»Was nicht, Galen? Was ich für dich fühle, habe ich

noch für keinen anderen Mann empfunden.« Sie löste sich von ihm und ließ sich auf die Armlehne der Couch sinken. »Du ahnst nicht, was für ein Leben man im Glashaus führt. Schon mit vierzehn bin ich mit jedem verfügbaren Junggesellen zwischen achtzehn und achtzig verkuppelt worden. Für die Politiker bin ich eine Ware, mit der sich Allianzen besiegeln lassen. Für niedere Adlige biete ich die Chance, bedeutende Nachkommen zu zeugen. Bei den Skandalvids muß ich für die Steigerung der Auflagen herhalten.« Sie sah ihn an. »Als wir mit dieser Tour begannen, habe ich erwartet, daß die Skandalvids uns als Paar hinstellen. Das haben sie auch getan, aber diesmal war es anders. Sie waren nicht bösartig. Und wo immer wir aufgetaucht sind, auf jedem Planeten schienen sich die Leute zu freuen, uns zusammen zu sehen. Sie erzählen, wir wären ein wunderbares Paar, wie geschaffen füreinander.«

Galen hob abwehrend die Hände. »Ich weiß, ich habe sie auch gehört, aber ich kann ihnen nicht glauben. Sie sind unglaublich schön und begehrenswert. Ich würde alles dafür geben, Sie in meinen Armen zu halten.«

»Aber du weist mich ab.« Sie beugte sich vor und legte einen Finger auf seinen Mund. »Laß mich aussprechen, Galen. Ich habe dich bei der Beerdigung meines Vaters gesehen, und als Morgan Kell sich zur Ruhe setzte. Ich habe dich als einen Mann von Würde kennengelernt, und Victors Vertrauen in dich hat mich beeindruckt. Victor und ich sind nicht immer einer Meinung, aber er besitzt ein gerüttelt Maß an Menschenkenntnis. Du bietest ihm Paroli und zwingst ihn, Tatsachen anzuerkennen, die er lieber ignorieren würde. Das setzt eine Charakterstärke voraus, wie sie nur wenige Menschen besitzen.« Katrina senkte den Blick. »Es ist eine Eigenschaft, die ich mir bei meinem Ehemann wünsche.«

Ehemann? »Nein, Herzogin, das würde niemals funktionieren.«

»Warum nicht?«

»Ich bin zwölf Jahre älter als Sie.«

»Und? Mein Vater war *siebenundzwanzig* Jahre älter als meine Mutter.«

»Er war außerdem auch noch Hanse Davion, und niemand hätte ihn daran hindern können, Ihre Mutter zu erobern.«

»Und ich bin seine Tochter. Glaubst du ehrlich, ich würde eher Kompromisse eingehen, wenn es um mein Lebensglück geht?« Katrina warf den Kopf in den Nacken und lachte. »Ich bin kein kleines Kind mehr, Galen. Ich bin vierundzwanzig, und ich habe Verstand. Du wärst ein ausgezeichneter Ehemann. Du bist ein Kriegsheld und meinem Bruder loyal ergeben. Du hast dir hier auf Solaris Ruhm erworben, und du hast mitgeholfen, Hohiro Kurita vor den Clans zu retten. Du kennst sogar einen Khan des Wolfsclans und hast mit ihm zusammen gekämpft. Du bist ein Hauptgewinn, Galen, und ich weiß mehr über dich als nur diese Oberflächlichkeiten.« Katrina boxte ihn spielerisch auf die Brust. »Ich habe dein Herz gesehen. Du bist ein nachdenklicher, mitfühlender Mann. Du kannst mir Halt geben, ohne zu versuchen, die Lösung meiner Probleme für mich zu übernehmen. Du bist einfühlsam und freundlich. Du arbeitest unermüdlich für andere, sei es für meinen Bruder oder für Bebenopfer. Du bist tapfer und stark. Jede Frau könnte stolz sein, dich als Gatten zu bekommen.«

»Das geht alles viel zu schnell.« Galen schüttelte den Kopf. Er wagte nicht einmal, die Möglichkeiten zu erwägen. »Ich bin ein Niemand, Herzogin. Ich bin kein Adliger.«

»Vielleicht nicht von der Abstammung her, Galen, aber hier drin schon.« Sie tippte an seine Brust. »Wenn du einen Titel willst, kann ich dafür sorgen. Victor hat gerade erst Grayson Carlyle zum Baron gemacht. Das kann er mit dir auch tun, und sogar noch mehr. Würdest du gerne Herzog von Solaris werden? Das läßt sich arrangieren. Ich würde es für dich einrichten, Galen, wenn dich das glücklich macht.«

Galen fühlte seinen Widerstand schwinden. »Und ich würde es annehmen, wenn es dich glücklich machen würde, mir einen Titel zu verleihen.«

Katrina schüttelte den Kopf. »Es würde mich nur glücklich machen, wenn es etwas wäre, das ich mir wirklich wünsche.«

»Ich wünsche mir, was immer *dich* glücklich macht, Herzogin.«

»Und wenn ich dir sage, daß es mich glücklich machen würde, wenn du heute nacht das Bett mit mir teilst?«

Galen schloß die Augen und traf eine Entscheidung. »Das würde mich zwingen, das Vertrauen zu mißbrauchen, das dein Bruder in mich gesetzt hat. Und das würde mich sehr unglücklich machen. Spiel nicht mit mir, Katrina.«

»Ich bin schon glücklich zu hören, wie du mich mit Du ansprichst, Galen.« Sie strahlte. »Und ich werde dich nicht zwingen, dich zwischen Victor und mir zu entscheiden, wenn du mir eines versprichst.«

Galen schluckte. »Und das wäre?«

»Wenn du Victor das nächstemal siehst, wird du bei ihm um meine Hand anhalten.«

26

Solaris City, Solaris VII
Mark Tamarind, Vereinigtes Commonwealth

19. April 3056

Kai brauchte ein paar Sekunden, um sich von den Gedanken auf das bevorstehende Mechduell zu lösen, als die beiden Männer seinen Umkleideraum betraten. Auf das erkennende Aufblitzen in seinen Augen folgte ein Lächeln. Er trat vor und reichte Galen die Hand. »Ich hätte nicht erwartet, dich hier zu sehen.«

Galen zuckte die Achseln. »Du hast dich die ganze Woche zur Vorbereitung auf den Kampf draußen in Joppo versteckt, also ist das hier meine einzige Chance, dir vor dem Duell noch alles Gute zu wünschen.« Er schüttelte Kais Hand, dann drehte er sich halb zu seinem Begleiter um. »Herzog Peter Steiner-Davion, darf ich ihnen Kai Allard-Liao vorstellen.«

Kai nickte und schüttelte Peters Hand. »Wir waren eine Weile gleichzeitig an der Militärakademie New Avalon. Der Herzog war nicht in meiner Kompanie, aber ich erinnere mich gut an ihn. Ich habe Sie seit der Beerdigung Ihrer Mutter nicht mehr gesehen.«

»Freut mich, Sie wiederzusehen, Kai.« Peter nickte förmlich. »Auch ich wünsche Ihnen heute abend alles Gute.«

Peters Worte waren freundlich, aber ihr Tonfall verriet eine Mischung aus Apathie und verhaltener Feindseligkeit, und seine Körperhaltung war stocksteif. *Irgend etwas entgeht mir hier,* dachte Kai.

»Danke. Sie werden den Kampf doch in meiner Loge verfolgen? Und morgen abend sind Sie mein Dinnergast im ›Sesam‹?«

Peter schaute kurz hinüber zu Galen, dann nickte er. »Wenn es sein muß. Ich will sagen, es wäre mir eine

Ehre. Bitte verzeihen Sie mir, aber ich habe mich noch nicht voll akklimatisiert.«

»Ich verstehe.« Kai warf einen Blick auf den Holovidmonitor in der Wand des Umkleideraums. Der Bildschirm zeigte eine Nahaufnahme seiner Loge, in der Katrina und Omi ins Gespräch vertieft waren. Eine Digitalanzeige in der oberen linken Ecke zeigte den Countdown zum Kampfbeginn. »Nur noch eine halbe Stunde, Gentlemen. Ich muß wieder an die Arbeit. Bitte fühlt euch in meiner Loge wie zu Hause. Fuh Teng wird euch mit allem versorgen, was ihr braucht.«

»Na, dann noch mal alles Gute.« Galen winkte, als er sich wieder zur Tür drehte. Peter schien die abrupte Verabschiedung zu beleidigen. Er drehte sich brüsk um und folgte Galen. Kai verneigte sich hinter ihnen, dann richtete er sich auf, damit Tsen Teng den Reißverschluß des Kühlanzugs hochziehen konnte. »Tsen, lauf in meine Loge und sorg dafür, daß dein Großenkel sich um Peter kümmert. Er soll den Mann verwöhnen und wenn nötig seinen Alkoholkonsum bremsen.«

»Wo dong, Kai.« Der junge Mann verbeugte sich und verließ den Raum. Sein Meister blieb allein zurück.

Kai war vor einem Kampf gern allein. Außerdem hatte ihn Peters Anwesenheit beunruhigt. Auch im Training für diesen Kampf hatte Kai ebenso an seiner geistigen wie an der körperlichen Vorbereitung auf dieses Match gearbeitet. Wegen der Spannungen durch Tormanos Kapriolen hatte sich Kai sogar in den kleinen Ort Joppo zurückgezogen, wo er in der Villa von Freunden gewohnt hatten. Sie hatten ihn psychisch wieder aufgebaut. Ihre Anstrengungen hatten bemerkenswerten Erfolg gehabt, aber Peters Auftreten drohte jetzt, ihn wieder abzulenken.

Peter hatte sehr verärgert gewirkt. Kai und er hatten

in der MANA kaum Kontakt gehabt. Es wäre leicht gewesen, dies auf ihre Stundenpläne zu schieben, aber Kai wußte, daß mehr dahinter gesteckt hatte. In jenen Tagen war Kai seiner selbst so unsicher gewesen, daß es ihm regelrechte Schmerzen bereitet hatte, sich in der Nähe des egozentrischen Peter aufzuhalten.

Und trotz der neuen Selbstsicherheit, die er im Krieg gewonnen hatte, fühlte Kai sich im Umgang mit Peter noch immer gehemmt. Der Herzog schien einen Widerwillen gegen seine Aufgaben auf Solaris zu verspüren. Anscheinend hatte er sich noch immer nicht entschieden, ob er sie hinnehmen würde oder nicht. Und wenn Peter Davion unzufrieden war und offenbar kein Ziel vor Augen hatte, war er unberechenbar.

Vielleicht konnte Kai ihm helfen, indem er ihn irgendwie in Zenotaph integrierte. Dann verzog er das Gesicht. Er mußte sich auf den Kampf konzentrieren. Die Gedanken an Peter lenkten ihn von seiner bevorstehenden Aufgabe ab.

»Heute trete ich Wu Deng Tang gegenüber«, sprach er ins Leere und schüttelte sich. »Er verdient meinen Respekt und meine Konzentration. Er soll beides in vollem Maße erhalten.«

Tormano Liao lächelte höflich, als Nancy Bao Lee Ryan Steiner einen Drink reichte. Der Inhalt des Cognakschwenkers war eine klare Mixtur aus Pfefferminzschnaps und Korn, die ›PPK‹ genannt wurde. »Herzog Ryan, ich hoffe, dies wird Ihrem Geschmack entsprechen.«

Ryan akzeptierte den Drink, stellte ihn aber auf der Armlehne ab, ohne ihn zu probieren. »Danke, Mandrinn. Ich bin sicher, er ist perfekt. Ich danke Ihnen für die Einladung, den Kampf in Ihrer Loge zu verfolgen.«

Tormano folgte Ryans Blick auf den Holovidschirm in einer Ecke des Raumes. Er zeigte Peter Davion und

Galen Cox, die sich in Kais Loge zu Katrina Steiner und Omi Kurita gesellten. »Ja, ich möchte wetten, keiner von uns hätte dort oben Gäste willkommen geheißen.«

Ryan zuckte die Achseln. »Ich habe nie verstanden, was so toll daran sein soll, ein guter Verlierer zu sein.«

»Ich habe nie verstanden, was so toll daran sein soll, *überhaupt* ein Verlierer zu sein.« Tormano lächelte zurückhaltend. »Aber ich sehe den Wert darin, einem anderen nichts wegzunehmen und sich nicht in seine Angelegenheiten zu mischen.«

»Ich stimme Ihnen zu. Ich persönlich sehe eine Niederlage nur als zeitweises Hindernis auf dem Weg zum totalen Sieg.« Er hob endlich den PPK an den Mund und zwang sich zu einem Schluck. »Mein Kompliment an Ihre Adjutantin.«

»Vielen Dank, Herzog Ryan.« Tormano lächelte Nancy zu, die das Lob auf gleiche Art erwiderte. »Wenn Sie gestatten, möchte ich etwas mit Ihnen besprechen.«

»Bitte.«

Tormano blickte wieder auf den Holovidschirm, der gerade eine Großaufnahme Peters zeigte. »Wie Sie wissen, hat Prinz Victor seinen Bruder Peter als Verbindungsoffizier zwischen der Regierung des Vereinigten Commonwealth und meiner Bewegung Freies Capella bestimmt.«

»Ich habe davon gehört.« Ryan wirkte absolut uninteressiert. »Berührt mich das auf irgendeine Weise?«

»Mylord, ich bin der Ansicht, daß Sie ein gewisses Interesse an Peter haben. Er ist durch Ihre Aktionen hierher nach Solaris verschlagen worden.«

Ryan lehnte sich vor. Er schien Tormano hauptsächlich amüsiert zu sein. »*Wenn* man den Plappermäulern glaubt, die sich von Davion dafür bezahlen lassen, seine Lügen zu verbreiten.«

»Ich war schon immer der Ansicht, daß Taten lauter

sprechen als Worte, Herzog Ryan. In der Isle of Skye war Peter ein Stolperstein. Und jetzt ist er aus dem Weg.« Tormano beugte sich ebenfalls vor und senkte die Stimme zu einem verschwörerischen Flüstern. »Meine Frage an Sie lautet folgendermaßen: Sind Sie mit Peter fertig? Kann ich ihn haben?«

Ryan nahm einen weiteren Schluck PPK und hielt das Glas mit beiden Händen, während er schluckte. »Sind Ihre Pläne mit ihm für Victor unangenehm?«

»Davon können Sie ausgehen.«

»Dann betrachten Sie ihn bitte als ganz den Ihren.« Ryan blickte Tormano geradewegs in die Augen, und in seinem Blick loderte es. »Werden Sie ihn umbringen?«

»Das halte ich für sehr wahrscheinlich.«

»Dann tun Sie mir einen Gefallen. Sorgen Sie dafür, daß es keine Zweifel daran gibt, wer für seinen Tod verantwortlich ist.«

»Das, mein lieber Herzog, ist überhaupt kein Problem.« Tormano ließ sich in die Polster zurücksinken und legte die Fingerkuppen aneinander. »Wenn ich mit Peter Davion fertig bin, wird niemand in der Inneren Sphäre irgendeinen Zweifel dran haben, wer ihm das Leben nahm.«

Der Attentäter grinste, als Sergej Chou das Hinterzimmer des mongolischen Grillrestaurants auf der Grenze zwischen Black Hills und Kithai betrat. »Buona sera, Sergej. Es ist lange her.«

»Allerdings, mein Freund, sehr lange.« Der Capellaner setzte sich dem Attentäter gegenüber, und seine Miene verriet nichts. Einen Augenblick fragte sich der Attentäter, ob Sergej sein Signal überhört hatte, aber dessen nächste Worte beruhigten ihn. »Come sta?«

»Danke, gut.« Der Attentäter zog eine Optodisk aus der Tasche und schob sie über den Tisch. »Hierauf wirst du die Pläne für die Sondermunition finden, die ich benötige. Außerdem brauche ich das Spezialgewehr, das deine Leute für mich gebaut haben.«

»Bene.« Chou sah sich in dem kleinen Zimmer um. »Wieviel Schuß?«

»Fünfzig. Führ mit der ersten Hälfte ein paar Ballistiktests durch. Bring mir die Daten, das Metall und die übrigen Geschosse, wenn wir uns das nächstemal treffen. È importante.«

»Capisco.« Chou schüttelte dem Attentäter die Hand und verließ das Zimmer. Ein Pärchen, das in der Nähe der Tür gesessen hatte, stand auf und folgte ihm: zwei weitere Mitglieder des Teams, das ihn beobachtet hatte. Damit kam er auf acht Personen, und sie mußten mindestens vier Teams im Einsatz haben, um ihn rund um die Uhr zu bewachen.

Eine Kugel für Ryan und vierundzwanzig für meine Flucht. Er lächelte, dann wurde er abrupt ernst, als der Mann mit dem eisigen Blick den Raum betrat. »Chou wird mich nicht im Stich lassen.«

»Gut.« Der Agent machte eine Kopfbewegung in Richtung Tür. »Sie haben Ihre Einkäufe erledigt. Es wird Zeit zu gehen.«

Der Attentäter nickte und spielte den Resignierten. *Den werd ich nicht täuschen können, aber seine Leute sollen glauben, ich wäre geschlagen. Das wird sie nachlässig und unaufmerksam machen. Ein Fehler, und ich bin weg.*

27

Solaris City, Solaris VII
Mark Tamarind, Vereinigtes Commonwealth

19. April 3056

Im Cockpit *Yen-lo-wangs* gestattete sich Kai Allard-Liao ein Lächeln. Alle Waffensysteme waren einsatzbereit, die Panzerung war komplett und fest, und die Gliedmaßen des BattleMechs arbeiteten einwandfrei. Cathy Kessler – eine Künstlerin von unerreichter Fertigkeit – hatte die Bemalung des *Centurion* überwacht und ihn wieder in das glänzende Rot-Weiß gesteckt, das sein Vater benutzt hatte, als er diesen Mech in der Fabrik in den Kampf geführt hatte.

Das Bild *Yen-lo-wangs,* der Peter Armstrongs *Greif* durch das Labyrinth aus Metalltrümmern und zerbröckelndem Stahlbeton verfolgt hatte, trat so lebendig vor Kais inneres Auge, als hätte er vor neunundzwanzig Jahren neben seinem Vater hier im Cockpit gesessen. *Es ist verrückt. Mein Vater hat sich damals als ein widerlicher Capellaner ausgegeben, und Armstrong wollte ihn umbringen, weil er ihn für einen Liaoisten hielt. Heute würde sich mein Onkel so verhalten. Wenn es nach ihm ginge, würde ich Wu Deng Tang nur seiner Nationalität wegen töten.*

Kai konnte niemals vergessen, wie sein Vater über Peter Armstrongs Tod mit ihm geredet hatte. Es war eine Tat gewesen, die Justin Allard sein gesamtes Leben verfolgt hatte, eine Tat, die er bis zu seinem Tod bereut hatte. Wenn er jetzt daran zurückdachte, packte ihn die Wut auf Tormano, weil der von ihm erwartete, Wu Deng Tang wie eine Art Ouvertüre auf einen Krieg über die Herrschaft in der Konföderation Capella zu vernichten, der nur zu Tod und Vernichtung von gigantischen Ausmaßen führen konnte. *Das hier ist kein*

Kampf zwischen Nationen, sondern zwischen zwei Einzelpersonen. Mein Vater hätte Peter Armstrong nicht getötet, wenn er es hätte vermeiden können, und ich werde einen Weg finden, Wu Deng Tang nicht töten zu müssen.

Er wußte, daß dieses Duell ein Fest für die Buchmacher war. Wus *Cataphract* war zwanzig Tonnen schwerer als Kais Maschine. Beide Maschinen waren vergleichbar gepanzert, auch wenn Wus Mech an der vorderen Torsofläche und den Armen einen leichten Vorteil hatte. Die Impulslaser beider Kampfkolosse hoben einander auf, aber Kais Gaussgeschütz war stärker als Wus Extremreichweiten-PPK. Allerdings glich Wus LB-10-X-Autokanone diesen Vorteil mehr als aus.

Kais Hauptvorteil lag in der besser aufeinander abgestimmten Bewaffnung des *Centurion.* Indem er von links anrückte, konnte er alle Waffen zum Einsatz bringen, während Wus Autokanone an der rechten Seite des *Cataphract* erstmal aus dem Spiel sein würde. Die relativ enge Marik-Arena eliminierte den Vorteil der PPK über größere Distanz, aber Wu war für seine Nahkampffähigkeiten bekannt. Dementsprechend hatte Kai seine Vorgehensweise geplant.

Er sah sich noch einmal in der Kanzel um – alles war bereit. Er warf einen Schalter auf der Konsole um. »Kampfkontrolle, *Yen-lo-wang* ist fertig.«

Galen sah hoch, als Keith Smith mit dem Bierkrug aus dem Schaufenster auf das große Rund in der Mitte des Rings aus Luxuslogen deutete. »Sie schalten den Laser-Holosimulator ein.«

Da die Fabrik früher eine echte Industrieanlage gewesen war, bestand die einzige Möglichkeit, die hier stattfindenden Duelle zu beobachten, in einer geschlossenen holographischen Übertragung. Der Holosimulator baute eine Karte der gesamten Fabrik auf und holte dann langsam die Ausgangspositionen der beiden beteiligten Mechs näher heran. Die Darstellung wuchs oder schrumpfte, je nachdem, welcher Maßstab sich am besten für die Darstellung beider Kampfmaschinen eignete. Wenn die Piloten zu einem direkten, physischen Nahkampf übergingen, ließ sich das sogar in Originalgröße darstellen.

Keith lenkte Galens Aufmerksamkeit auf den golden leuchtenden *Centurion* im oberen Bereich des höchsten Gebäudes. »Das ist Kai. Er hat eine gute Position. Wenn Wu ihn angreift, steht Kai höher als er.«

»Und wenn Wu unten auf ihn wartet?« fragte Peter Davion, der zu den beiden ans Fenster getreten war. »Er könnte Kai überraschen.«

»Möglich, aber unwahrscheinlich. Kai ist nicht so leicht zu überraschen.«

Galen lachte. »Wie schon die Jadefalken auf Alyina feststellen mußten.«

Keith Smith nickte, aber auf seiner Stirn erschienen Sorgenfalten. »Ich habe heute erfahren, daß ComStar endlich bereit ist, Kais Elementarfreunde nach Solaris zu lassen.«

»Aber den Kampf verpassen sie?«

»Ja, was dem ganzen Besuch den Sinn nimmt.« Keith nahm einen Schluck Bier. »Ich hatte eine Kommandostrecke organisiert, die sie noch rechtzeitig hätte herbringen können, wenn ComStar gestern das Okay gegeben hätte. Das Problem dabei war, daß die Strecke quer durch Skye geführt hätte – und eine der Bedingungen für den Besuch ist, der Skye-Raum darf *nicht* verletzt werden. Aus offensichtlichen Gründen habe ich noch keine neue Kommandostrecke zustande gebracht.«

»Pech.« Galen kniff die Augen zusammen, als die Mechs sich bewegten. »Sieht so aus, als hätten sie sich beide entschlossen, auf die Pirsch zu gehen.«

Kai erkannte seine Position in der Fabrik sofort. Hauptsächlich durch den Einfluß der Schwerkraft waren die oberen Stockwerke weniger von Trümmern bedeckt, aber durch die ungeheuren Schäden in den unteren Bereichen war die Stabilität der oberen Etagen an manchen Stellen zweifelhaft. Es kam durchaus vor, daß ein Mech durch eine Schwachstelle im Boden brach, eine Situation, die sich allgemein als gar nicht gesund erwies.

Kai suchte sich einen Weg durch ein Dickicht halb zerschmolzener Stahlträger und bewegte *Yen-lo-wang* auf die Rampe in der Nordostecke des Gebäudes zu. Als die Fabrik noch als Industrieanlage genutzt worden war, hatte es in allen vier Ecken des Komplexes Rampen gegeben, die stark genug waren, Mechverkehr auszuhalten. Als das Gelände zur Arena umgebaut worden war, hatte man die Rampen so umgebaut, daß man sie aus der Kampfkontrolle einzeln blockieren konnte. Da Wu und Kai beide als Jäger bekannt waren, hatten die Kontrolleure die Rampen an den jeweils entgegengesetzten Seiten zweier Stockwerke geöffnet. Zurückhaltendere Kombattanten hätte man ohne offenen Fluchtweg auf derselben Etage abgesetzt.

Die Isolierung zwischen den Stockwerken verschluckte jeden akustischen oder physischen Hinweis auf die Bewegungen des Centurion, aber sie würden kein Hindernis für die Wärme darstellen, die sich von den Füßen des Mechs aus durch den Stahlbeton ausbreitete. Die Klimakontrollen, die bei der letzten Renovierung der Fabrik installiert worden waren, kamen diesmal nicht zum Einsatz. Das überdeckte die Wärmespuren. Die Beleuchtung der Arena gestattete einen guten Einsatz optischer Sensoren. Was noch wichtiger war, sie lieferte den Zuschauern eine gute Sicht auf das sich entwickelnde Duell.

Wenn sie mich hier oben abgesetzt haben, werden sie ihn ganz unten plaziert haben. Wir treffen uns also in der Mitte. Die Zeit, die wir für die Suche nach dem Gegner brauchen, können sie für Werbung benutzen. Also erwarten sie, wenn es dann losgeht, einen schnellen, schmutzigen Kampf. Kai grinste. *Schnell ist in Ordnung, aber nur, wenn ich in Bewegung bleibe. Wenn wir uns in einem direkten Schlagabtausch gegenüberstehen, bin ich tot.*

Er stieg mit dem *Centurion* nach unten. *Bereit oder nicht, Wu Deng Tang. Ich komme.*

Omis geflüsterte Frage war so leise, daß Peter Davion von ihr völlig überrascht wurde. »Verzeihung, Lady Omi, was hatten sie gefragt?« Er verließ mit einem Lächeln Galens Seite.

»Ich habe mich gefragt, Peter-sama, ob Sie mir erklären könnten, warum Kai mit seiner Maschine so bereitwillig in eine Konfrontation mit einem schwereren, stärkeren BattleMech geht?« Omi erwiderte seine Lächeln, dann senkte sie scheu den Blick. »Es muß eine Taktik sein, die ich, da ich keine MechKriegerin bin, nicht verstehe.«

Peter schüttelte den Kopf und beobachtete Omi, während er darüber nachdachte, was sie gefragt hatte und *wie* sie diese Frage gestellt hatte. Sie hatte ihre Worte so gewählt, daß sie seine Fähigkeiten als MechKrieger lobten und ihn aus der Reserve lockten. Sie präsentierte sich ihm in unterwürfiger Haltung und bat ihn um eine Erklärung für etwas, das sie verwirrte. Damit begann sie, eine Beziehung zu ihm aufzubauen. Daß sie sich in seinen Bruder verliebt hatte, ließ ihn beinahe dazu neigen, sie für dumm zu halten, aber er hatte schon genug mitbekommen, um es besser zu wissen. *Sie ist eine verschlagene Hexe, die sich freuen würde, wenn ich sie unterschätze.*

»Ich weiß es auch nicht sicher, Lady Omi, aber ich kann eine Vermutung äußern.« Peter deutete auf Kais Mech, der schnell die Etage unterhalb seiner Anfangsposition durchquerte, um die weiter hinab führende Rampe zu erreichen. »Der *Centurion* ist eine schnelle

Maschine, fast fünfzig Prozent schneller als der *Cataphract*. Dadurch kann Kai schneller ein tieferes Stockwerk erreichen, als Wu nach oben kommen kann. Er wird ihn irgendwo unerwartet treffen, und dadurch hat Kai einen Vorteil.«

»Eine Taktik, die eines Kriegers würdig ist«, stellte Omi höflich fest, und neigte das Haupt. »Sie sind sehr einsichtig.«

»Und Sie sind sehr freundlich.« Peter schenkte ihr sein Plastiklächeln. »Jetzt verstehe ich, warum mein Bruder an niemand anderen denken kann, Lady Omi.« *Und da eine körperliche Liebesbeziehung zwischen euch beiden meinen Bruder höchstwahrscheinlich den Thron kosten würde, kann ich euch aus ganzem Herzen die Freude wünschen, die ihr euch ersehnt.*

Kai wäre von Peters Analyse seiner Strategie beeindruckt gewesen, allerdings hätte er noch ein Detail hinzugefügt. Während er mit dem *Centurion* die erste Rampe hinabstieg, deckte er mit dem Gaussgeschütz in *Yen-lo-wangs* rechtem Arm die untere Etage ab. Dabei hatte er eine Idee, und er jagte mit Höchstgeschwindigkeit zur nächsten Rampe. Wieder konnte er mit dem Gaussgeschütz die nächstuntere Etage bestreichen. Unwillkürlich mußte er grinsen.

Wenn ich nach unten steige, öffne ich die rechte Deckung. Wu wird beim Aufstieg die linke Deckung öffnen müssen. Er trieb *Yen-lo-wang* weiter und erreichte das vierte Stockwerk von oben. Jetzt bremste er und wurde vorsichtiger. Stützsäulen zogen sich in einer Zweierreihe an der Mitte der rechteckigen Fabrikhalle entlang. Wände, die einmal einzelne Bereiche abgetrennt hatten, waren jetzt nur noch Trümmerhaufen, und Stahlbetonbrocken von vergangenen Renovierungsarbeiten bedeckten den Boden.

Das Metall der Trägerreste und Verstrebungen, die aus dem Stahlbeton ragten, machten einen Einsatz der

Magnetischen Anomaliedetektoren sinnlos. Beinahe hätte Kai auf Infrarot umgeschaltet, um Wus Annäherung von unten zu verfolgen, aber er entschied sich schließlich dagegen und marschierte statt dessen auf die hinabführende Rampe zu. Er steuerte *Yen-lo-wang* neben zwei Stahlbetonklumpen, die fünfzig Meter vor der Öffnung lagen, kauerte den Mech nieder und wartete.

Der Stahlbeton wird einen Teil der Abwärme absorbieren, also bin ich hier eine Weile vor Entdeckung sicher. Aber nicht lange.

Wu Deng Tang war weder dumm noch lebensmüde. Deshalb stürmte er die Rampe mit Höchstgeschwindigkeit nach oben. Wäre er langsamer heraufgekommen oder hätte er angehalten, um über den Rand der Rampenöffnung zu schauen, hätte er den Mechkopf in Gefahr gebracht. Die Enge der steilen Rampe zwang ihn ohnehin, den Torso vorzubeugen, um das Gleichgewicht zu halten, und dabei konnte er unmöglich die Waffen auf der rechten Seite seiner Maschine einsetzen.

Kai senkte das goldene Fadenkreuz über die Silhouette des *Cataphract*. Als der Punkt in der Mitte des Kreuzes aufblinkte, drückte er schnell hintereinander die Feuerknöpfe durch und betätigte die Fingerabzüge. Beide Impulslaser schleuderten ihre rubinroten Lichtpfeile und kochten Panzerung vom linken Arm des *Cataphract*. Das silbrige Projektil des Gaussgeschützes flog aus der Mündung im rechten Arm des *Centurion* und krachte in die rechte Torsoseite von Wus Maschine. Unter dem Aufprall zerbarsten ganze Panzerplatten. Wus Kampfkoloß war schwer getroffen.

Die Antwort Wus wäre außer für einen Mechpiloten allererster Güte unmöglich gewesen. Er trieb seinen Mech weiter vor und rannte auf der oberen Etage in Deckung, statt sich auf die tiefergelegene zurückzuziehen. Die meisten Kämpfer hätten sich anders entschieden und unten gewartet, bis Kai herabgestiegen kam. Aber die Kampfkontrolle hätte Kai eine andere Rampe geöffnet, um ihm den Vorteil zu lassen, den er durch seine gewagte Strategie errungen hatte.

Als Wu vorstürmte, schwang er den linken Arm des *Cataphract* weitflächig herum und gab einen Schuß mit dem unter den Unterarm geschlungenen Impulslaser ab. Die Lichtblitze fanden auf *Yen-lo-wangs* breitem Torso ihr Ziel. Ein Teil der großartigen Kessler-Bemalung ging in Flammen auf, als geschmolzene Metallkeramikpanzerung darüber strömte. Der Hilfsmonitor in Kais Cockpit meldete den Verlust von 33% Panzerung über der Taillenlinie seines Mechs. Damit war der Zustand der beiden Kampfkolosse wieder ähnlicher, als Kai erhofft hatte.

Wus Treffsicherheit verfehlte ihren Eindruck nicht. *Wenn das nur ein Schnellschuß war, hat er ein verdammtes Glück – und ist noch viel gefährlicher als ich dachte. Trotzdem, ich bin auf der rechten Torsoseite beinahe durchgebrochen.* Kai sprang von den Stahlbetonbrocken herab und kauerte sich wieder in ihre Deckung. *Der nächste Schuß könnte für beide von uns der letzte sein. Ich muß aufpassen.*

Landungsschiff *Quianlian*, auf dem Weg nach Solaris VII
Mark Tamarind, Vereinigtes Commonwealth

Deirdre strich über Davids Haar. Er hatte den Kopf in ihren Schoß gelegt. Sie zog die Decke über ihn und wünschte sich, der Mann im Sitz gegenüber wäre leiser. Er war höflich genug gewesen, Kopfhörer in das tragbare Holovidgerät zu stöpseln, aber was er von Solaris empfing, brachte offensichtlich sein Blut in Wallung.

Sie konnte die Reflexionen des LCD-Schirms auf seinem Gesicht sehen, und als der Lichtschein einen Augenblick nicht nach Explosionen und Kampf aussah, stieß sie sein Bein mit dem Fuß an. »Können Sie bitte etwas leiser sein?«

Der Mann sah von ihrem Fuß hoch zu ihrem Gesicht und wieder zurück, dann runzelte er die Stirn. »Was?« fragte er viel zu laut, dann wurde er rot und nahm den Kopfhörer ab. »Verzeihung?«

»Können Sie bitte versuchen, Ihre Stimme in Zaum zu halten?« Sie lächelte ihn so freundlich an, wie sie konnte. »Mein Sohn ist sehr müde. Ich möchte nicht, daß er aufwacht.«

»Aber sicher«, erklärte der Mann freundlich. »Aber das würde er bestimmt auch gerne sehen. Ein verteufelt guter Kampf.«

Deirdre schüttelte den Kopf. »Ich erlaube ihm nicht, Kämpfe zu sehen.«

»Das ist nicht bloß ein Kampf, Ma'am. Das ist Kunst. Kai Allard-Liaos Titelverteidigung. Das ist *Geschichte*.« Der Mann schüttelte den Kopf. »Er tritt im Mech seines Vaters in der Fabrik an.«

Sie schloß die Augen, weil sie Tränen kommen fühlte. »Bitte, Sir, können Sie nicht nachsehen, ob sie den Kampf in die Salons übertragen. Mein Sohn ... ich habe seinen Vater an die Clans und den Krieg verloren.«

Der Mann nickte mitfühlend und akzeptierte ihre Lüge. »Tut mir leid. Natürlich. Ich gehe. Der Schirm ist eh viel zu klein, um wirklich was zu sehen.«

»Danke.« Sie schenkte ihm ein tapferes Lächeln, mit dem sie ihre Verlegenheit über die Lüge überspielte. Erst als sich die Tür hinter ihm geschlossen hatte, machte sie sich klar, daß sie *ihren* Kai *tatsächlich* an die Clans und den Krieg verloren hatte. *Und durch meine eigene Dummheit.*

Deirdre drehte sich um und schaute auf den Sichtschirm, auf den fernen Planeten vor ihnen. Sie legte die Hand auf die Plastikoberfläche und ertappte sich bei etwas, das sie nicht im Traum erwartet hatte. Sie betete von ganzem Herzen um Kais Sicherheit.

Solaris City, Solaris VII
Mark Tamarind, Vereinigtes Commonwealth

Mein Vorteil liegt in der Geschwindigkeit. Kai beschleunigte, und der *Centurion* schoß auf seinen breiten, flachen Füßen aus der Stahlbetondeckung ins Freie. Er sprintete direkt auf den schmalen Torbogen zu, durch den der *Cataphract* verschwunden war. Mit der Mechhand hielt er sich an der Toröffnung fest und schwang sich wieder zurück. Er schob sich seitlich einen schmalen Gang durch die Trümmer entlang und ließ das Fadenkreuz nach rechts wandern.

Komm schon, du mußt hier irgendwo sein.

Kai hatte erwartet, Wu durch den Torbogen treten zu sehen. Der *Cataphract* mußte sich dahinter versteckt haben, denn Wu hätte aus sicherer Dekkung auf Kais linke Flanke gefeuert, wenn er sich durch die Trümmer weiter nach Westen das Stockwerk hinauf bewegt gehabt hätte. Kai hatte Wu mit seiner Finte zum Torbogen hervorlocken wollen, aber sein Gegner weigerte sich, nach Kais Regeln zu spielen.

Hätte Wu getan, was Kai von ihm erwartete, hätte er die beschädigte rechte Seite des *Cataphract* hinter dem Torbogen gelassen und Kai eine zweite Chance gegeben, den beschädigten Arm abzuschießen. Statt halb in der Toröffnung zu bleiben, drehte Wu seinen Kampfkoloß jedoch auf dem linken Bein und rückte ebenfalls seitlich vor, annähernd wie ein Spiegelbild der Bewegung *Yen-lo-wangs*. Als er auf Kais Taktikschirm auftauchte, war er etwas weiter in der Mitte, als Kai erwartet hatte. Aber sein Ziel zu korrigieren, war kein Problem.

Beide Kämpfer feuerten gleichzeitig, aber diesmal war Wu nicht so treffsicher. Die beiden Impulslaser hielten zu tief und verdampften nur Stahlbeton statt Panzerung, aber die PPK saß im Ziel. Der künstliche Blitzschlag sprengte die Panzerplatten vom rechten Arm des *Centurion* und hinterließ eine rußgeschwärzte Spur vom Ellbogen bis zur Schulter hinauf. Die Autokanone im rechten Torso des Mechs schleuderte mit einem lauten Singen einen Hagel von Granaten aus. Die meisten Treffer bohrten sich in die bereits angeschlagene Panzerung auf *Yen-lo-wangs* Torsomitte, während der Rest auf seiner linken Brustpartie detonierte.

Mit einer Drehbewegung, die sich auf seinen Mech übertrug, lehnte sich Kai vor und nach links. *Yen-lo-wang* überstand den Angriff ohne größere Probleme, während Kai den *Cataphract* unter dem Fadenkreuz hielt und mit seinen Geschützen eindeckte. Beide Impulslaser fraßen sich in die Panzerung über der Mittellinie des BattleMechs. Sie drohten mit einer Bewegung hinüber zur beschädigten rechten Flanke, führten die Drohung aber nicht aus. Die Kugel des Gaussgeschützes schlug knapp über dem Ellbogen in den linken Mecharm ein, wo sie den letzten Rest der Panzerung in Metallkeramiksplitter zerlegte, dann zermalmte sie zwei Wärmetauscher und löste einen Spühregen aus gelbgrüner Kühlflüssigkeit aus.

Er hatte Wu. *Noch ein Schußwechsel auf diese Entfernung, und er ist Geschichte. Er hat nur noch eine Chance.* Im selben Augenblick, in dem ihm der Gedanke kam, wußte Kai, daß sein Gegner genau das tun würde, was er tun mußte. Der eine Schuß, den er noch hatte, konnte den Kampf für Wu entscheiden. Er war verdammt gut, wie sich bei dem Hinterhalt an der Rampe gezeigt hatte, und die Taktik, die er anwenden würde, war eines Champions von Solaris würdig.

Ein andermal, Wu. Gegen einen anderen Gegner. Kai stoppte seinen Mech und rannte nach vorne. Er sprang über einen niedrigen Trümmerhaufen und ging in die Hocke. Die gewaltigen Beine des Mechs fingen den Aufprall der Landung ab. Auf Grund von Kais Pilotenfähigkeiten bewegte sich die Kampfmaschine trotz ihrer enormen Größe schnell und katzengleich. Nur sehr wenige andere Piloten hätten diese Bewegung nachmachen können, und noch wenigere konnten sie vorausahnen.

Und genau deshalb bin ich der Champion. Kai drehte den Mechtorso nach links und senkte das Fadenkreuz über den *Cataphract*.

Wus Mech war ebenfalls vorgerückt und hatte den rechten Arm durch einen der Torbogen geschoben, die das Dach stützten. Wäre Kai in Erwartung des nächsten Schußwechsels weiter nach links vorgerückt, hätte er sich völlig frei einem Gegner in sicherer Deckung gegenübergesehen. Da er statt dessen jedoch auf Wus Seite der Etage gewechselt war, befand er sich nun in dessen totem Winkel.

Einer von Kais Impulslasern zog eine Kraterspur über die Deckenstütze, die einen Teil des *Cataphract* schützte, und richtete keinen Schaden an. Der andere traf ins Ziel und schmolz den letzten Rest der Panzerung auf der rechten Seite des Mechrumpfes ab. Die Energieimpulse stießen, von der zerkochten Panzerung kaum gebremst, ins Innere der LB-10-X-Autokanone und verwandelten den Lademechanismus in einen zerschmolzenen Metallklumpen.

Die Silberkugel des Gaussgeschützes hämmerte ins linke Knie des *Cataphract* und riß das Bein nach vorne. Sie zertrümmerte fast drei Viertel der Panzerung und nahm dem *Cataphract* den Halt. Dessen linker Arm wedelte in einem vergeblichen Versuch, die Balance wiederzufinden, durch die Luft. In einer Wolke von Panzersplittern stürzte der capellanische Mech flach auf den Rücken.

Wäre Wu irgendein anderer Kämpfer auf Solaris gewesen, hätte Kai nun einen Funkkanal geöffnet und seine Kapitulation verlangt. Da Wu vernünftig war und ein Gefühl für Ehre besaß, wäre er der Aufforderung wahrscheinlich nachgekommen, obwohl seine Maschine noch kampffähig war. Der Verlust der Autokanone und die Löcher in der Panzerung am linken Arm und rechten Torso ließen wenig Zweifel am Ausgang des Gefechts, aber Wu hätte noch weiterkämpfen können.

Kai rückte vorsichtig vor und zielte auf die Beine des *Cataphract*. Die Impulslaser schälten die Panzerung vom rechten Bein der Maschine. Das Projektil des Gaussgeschützes zuckte silbrig durch den von den Lasern erzeugten Metallnebel und schlug in der linken Hüfte des Mechs ein. Die wenigen Panzerreste, die das Bein noch besessen hatte, gesellten sich zu den Trümmern unter ihm, dann grub sich die Kugel durch die massigen Myomerbündel und traf den Titanstahl-Oberschenkelknochen. Der Aufprall zerschmetterte den Knochen, und die Kugel verschwand irgendwo in den Tiefen der Fabrik.

Kai öffnete den Kanal. »Sie haben einen guten Kampf geliefert, Wu Deng Tang. Wenn Sie einverstanden sind, werden wir jetzt aufhören.«

»Danke, Kai Allard-Liao. Ich würde jederzeit weiterkämpfen, aber es hätte keinen Sinn mehr. Ich habe einen Sohn, dessen Geburt ich noch erleben möchte.«

Kai lachte. »Und ich möchte ihm den Vater nicht rauben. Es ist vorbei. Ich habe gewonnen, aber Sie brauchen sich nicht besiegt zu fühlen.«

28

Mandrinn Tormano Liaos Landgut, Solaris VII
Mark Tamarind, Vereinigtes Commonwealth

20. April 3056

Tormano Liao strahlte seine Gäste an, als Deirdre Lear und ihr junger Sohn in das informelle Speisezimmer seines Gutes in Equatus geführt wurden. »Was für eine Freude, Ihnen endlich zu begegnen, Doktor.« Er verbeugte sich vor ihr, dann drehte er sich etwas zur Seite und verbeugte sich vor David. »Und dich, junger Mann.«

David verneigte sich. »Zao, Mandrinn Liao.«

Ehrlich überrascht applaudierte Tormano. »Bravo, David, dein Chinesisch ist ausgezeichnet.«

Davids Mutter wurde rot. »Er hat auf Zürich ein wenig gelernt.«

»Gut«, meinte Tormano. »Das Erlernen unserer verschiedenen Sprachen ist der erste Schritt zur Wiedervereinigung der Menschheit.« Er winkte die beiden an seinen Tisch, der mit einfachem Geschirr gedeckt war, um die Pracht des Landguts etwas zu mildern. Der Tisch selbst stand in einer verglasten Veranda. Da es beinahe Mittag war, erstrahlte sie im hellen Sonnenlicht. »Ich muß mich dafür entschuldigen, daß ich Sie nicht schon gestern abend am Raumhafen empfangen habe.« Tormano setzte eine schmerzlich berührte Miene auf. »Mein Neffe war mit einem seiner Kämpfe beschäftigt, und ich mußte leider anwesend sein. Ich wäre dieser Verpflichtung gern entkommen, aber ich hatte Herzog Ryan Steiner zum Gast, und, nun ja, in diesen politisch angespannten Zeiten wäre es unklug gewesen, ihn zu verprellen.«

Deirdre hob David hoch und setzte ihn auf einen Stuhl, von dem aus er auf den Rasen und den dichten

Wald hinaussehen konnte, die das Gutshaus umgaben. »Wir sind wohl beide Gefangene der Politik, Mylord.«

Tormano runzelte einen Augenblick die Stirn, dann zwang er sich zu einem Lächeln. »Doktor, glauben Sie mir, ich weiß, Sie hätten es vorgezogen, auf Zürich zu bleiben und sich um ihre Patienten zu kümmern. Ihr Pflichtgefühl steht außer Frage, und die zwei Ärzte, die ich in die Klinik geschickt habe, um Sie während Ihrer Abwesenheit zu vertreten, sollten deutlich machen, wie hoch ich Ihre Dienste an meinem Volk schätze.«

Deirdre setzte sich ihm gegenüber. »An *Ihrem* Volk? Verzeihen Sie, aber Zürich ist Teil des Vereinigten Commonwealth.«

Tormano hob beide Hände. »Ah, ja, Sie haben völlig recht. Ich habe versucht, meine väterlichen Gefühle für die Welten zu unterdrücken, die einst Teil der Konföderation Capella waren. Aber ich muß zugeben, ich fühle eine stärkere Verbundenheit mit ihrer Bevölkerung, als es Prinz Victor oder irgendein anderes Mitglied der Familie Steiner-Davion zu tun scheint. Ich hatte gehofft, Kai würde mein Interesse teilen, doch leider ...«

Deirdre sah ihn fragend an. »Aber Kai finanziert das Medozentrum, in dem ich arbeite.«

»Gezwungenermaßen, ja, das tut er.« Tormano stockte, als ein Schatten über Deirdres Gesicht zog. *Sie mag Kai nicht, aber sie weigert sich, das Schlimmste anzunehmen. Ich muß vorsichtig sein.* »Er weiß, daß ich viele meiner Projekte nicht länger tragen kann, seit Victor Davion die finanzielle Unterstützung für das Freie Capella zusammengestrichen hat. Die Ernennung Herzog Peters zu meinem Verbindungsoffizier wird dem Spendenaufkommen hoffentlich neuen Aufschwung geben, ebenso wie, hoffe ich, die Auszeichnung, die ich Ihnen zukommen lassen möchte.«

Dienstboten brachten Deirdre und David zwei Obstschalen. Nach ein paar Sekunden Stille hob Tormano beiläufig die Hand. »Ich wollte eigentlich noch nicht essen, aber das sieht sehr einladend aus. Wenn es Ihnen nichts ausmacht, Doktor, werde ich mich Ihnen anschließen.«

Deirdre wirkte der Situation entsprechend verlegen. »Selbstverständlich, bitte, tun Sie das.«

David nahm sich eine Traube aus der Schale und steckte sie in den Mund, dann weiteten sich seine Augen. Er zeigte über den Tisch zum Fenster. »Vögelchen! Und Rehe!«

Der Mandrinn lächelte, als ein Pfau das Rad schlug, während ein Rudel kleiner Rehe aus dem Wald trat. »Wir haben hier viele exotische Tiere. Eines der Programme, die ich fördere, rettet Wildtiere von kriegsverwüsteten Welten, um sie später wieder dort ansiedeln zu können. Ich gestattete mir den Luxus, ein paar Exemplare hier auf dem Gut zu behalten.«

Deirdre beugte sich über den Tisch und tupfte David mit der Serviette den Mund ab. »Sie erwähnten eine Auszeichnung?«

»O ja, das tat ich. Einen Scheck über die für die Anschaffung der MRS-Ausrüstung des Medozentrums notwendige Summe. Die Zeremonie wird in formellem Rahmen ablaufen und aufgezeichnet werden, damit ich sie zusammen mit einigen der neuen Beiträge über Sie philanthropisch gesinnten Personen in der capellanischen Exilkolonie vorführen kann. Es ist alles recht privat und im kleinen Rahmen – ich weiß, Sie sind jemand, der lieber außerhalb des Scheinwerferlichts bleibt. Ich nehme an, hier auf Solaris gilt das ganz besonders.«

Deirdres Blick wurde mißtrauisch, auch wenn ihre Stimme locker blieb. »Warum sollte Solaris eine Ausnahme sein?«

Der Mandrinn stützte die Ellbogen auf den Tisch, legte die Fingerspitzen aneinander und beugte sich vor. »Doktor, es ist kein Geheimnis, daß Sie meinen Neffen von Alyina her kennen. Trotzdem haben Sie sich zu keiner Zeit während der Reise oder seit Ihrer Ankunft nach ihm erkundigt. Daraus schließe ich, daß Sie ihm zumindest gleichgültig, wenn nicht sogar feindselig gegenüberstehen, und daß Ihnen jede Art von Publicity, aus der er von Ihrer Anwesenheit auf Solaris erfahren könnte, unliebsam wäre. Oder irre ich mich?«

»Nein. Nein, Sie irren sich nicht.« Sie senkte den Blick und zerteilte mit dem Löffel ein Stück Melone.

»Gut, dann sind wir Verbündete im Kampf um das Wohl derer, mit denen es das Schicksal weniger gut gemeint hat als mit uns.« Tormano lehnte sich wieder zurück, als ihm ein Diener eine eigene Obstschale brachte. »Sie bekommen, was Sie sich wünschen, und ich bekomme, was ich mir wünsche, und niemand wird dabei zu Schaden kommen.«

David unterbrach die Stille mit einer weinerlichen Frage. »Mommy, kann ich mit den Rehen spielen?«

»David, die Rehe sind kein Spielzeug.«

»Lassen Sie ihn ruhig, Doktor. Die Rehe sind zahm und an Besucher gewöhnt.« Tormano betrachtete den Knaben, dann lächelte er Deirdre an. »Er ist so ein kluges, wißbegieriges Kind.«

»Danke, Mylord.« Deirdre strich mit den Fingern durch Davids dunkles Haar. »Er ist mein ganzes Glück.«

»Ja, daran habe ich keinen Zweifel.« Tormano kicherte und steckte sich eine Kirsche in den Mund. »Intelligent, neugierig und verwegen. Ein interessantes Kind.« Er legte die Hände auf den Tisch und richtete sich auf, als habe er einen plötzlichen Gedanken. »Ein hochinteressantes Kind. Ich muß sogar sagen, daß Ihr David mich enorm an meinen Neffen Kai erinnert, als er in seinem Alter war.«

Solaris City, Solaris VII
Mark Tamarind, Vereinigtes Commonwealth

Katrinas Anwesenheit in der Empfangshalle des Sun-and-Sword-Hotels überraschte Galen. Er sah die Sicherheitsagenten, die sie wie Schachfiguren auf dem mit Marmorfliesen im Schachbrettmuster ausgelegten Hallenboden umringten, und in einer Ecke der Lobby ein Grüppchen kichernder Pfadfinderinnen. Er war eindeutig zu spät. »Verzeiht meine Verspätung, Hoheit.«

Katrina begrüßte ihn mit einem freundlichen Lächeln. In einem blauen Kostüm machte sie eine großartige Figur. »Keine Sorge, Kommandant. Ich habe nicht ungeduldig auf Sie gewartet.« Sie zwinkerte ihm verstohlen zu. »Mr. Chelseys Nichte ist ein Mitglied der Pfadfinderinnengruppe dort drüben, und er hat für sie um Erlaubnis gebeten, mir ein Geschenk überreichen zu dürfen. Ich habe meine Zustimmung gegeben und mich entschieden, es hier stattfinden zu lassen.«

Damit der Hotelmanager seine Publicity bekommt und die Mädchen in ihrer Heimatstadt einmal im Zentrum des Interesses stehen. Galen lachte. »Ich verstehe.« Er sah an sich herab. Seine Kleidung war reichlich leger. »Ich werde mich schnell umziehen gehen. Ich habe etwas länger gebraucht, als ich erwartet hatte. Kai war wieder mal ausgeflogen, aber er hatte dafür gesorgt, daß ich in dem *Zermalmer* trainieren konnte, den er als Leihgabe von Kallon erhalten hat. Ich habe die Zeit vergessen.«

»Macht nichts, wir warten mit der Überreichung ohnehin bis zur Ankunft der Distriktpfadfinderführerin.« Katrina lachte ebenfalls, aber ihre Fröhlichkeit verklang schnell, als sich ein kleiner, gedrungener Mann den Weg durch die Abschirmung auf sie zu bahnte. Der Mann wirkte nervös, aber die Leibwächter ließen ihn passieren, also stellte er für Katrina wohl keine Gefahr dar. Trotzdem trat Galen etwas zur Seite, um den Neuankömmling abfangen zu können. Nur für den Fall, daß die GS-Leute einen Fehler gemacht hatten.

Der Mann verbeugte sich vor Katrina. »Hoheit, vergebt mir, aber ich bringe Euch eine Nachricht Eures Vetters.« Er zog einen elfenbeinfarbenen Umschlag aus der Tasche seines Regenmantels und reichte ihn ihr. »Mit besten Empfehlungen, Hoheit.«

Galen runzelte die Stirn. *Vetter? Es gibt zwei Familien, in denen Katrina Vettern hat: die Kells und Ryan Steiners Linie. Könnte das eine Nachricht von Khan Phelan sein?* Im gleichen Moment, in dem er diesen Gedanken hatte, verwarf Galen ihn auch wieder. Er fing einen leichten Blütenduft auf, als Katrina den Umschlag öffnete, und fragte sich einen eifersüchtigen Moment lang, ob sich der Kerl den Weg an den Leibwächtern vorbei erschlichen hatte, um ihr einen Liebesbrief auszuhändigen. Aber in Katrinas Augen funkelte schon die Wut, als sie den Brief las, und sie zerriß ihn. Galen erkannte nicht nur, daß er sich geirrt hatte, er glaubte auch zu wissen, von wem der Brief stammte.

Katrina fixierte den Boten. »Sie heißen?«

»David Hanau, Hoheit, Assistent des Herzogs.«

»Dann können Sie Ihrem Herrn meine Antwort überbringen, Herr Hanau.« Katrina warf die Fetzen des Briefs und den Umschlag in einen nahen Papierkorb. »Sagen Sie dem guten Herzog, daß ich lieber mit Straßenkötern dinieren würde, als seine Einladung zum Essen anzunehmen. Haben Sie verstanden?«

Hanau sah aus, als müsse er jeden Augenblick unter ihrem Blick zerbröseln. »H-Hoheit?«

Galen packte Hanau an den Schultern und drehte ihn zur Tür. »Erlauben Sie mir zu übersetzen: Ihre Hoheit lehnt die Einladung ab, weil sie die Gesellschaft verräterischer Volksverhetzer, an deren Händen das Blut unschuldiger Menschen klebt, nicht verträgt.« Ein leichter Stoß schob Hanau in den Kreis der Sicherheitsagenten. Einer von ihnen eskortierte ihn zum Ausgang.

Als Galen sich wieder zu Katrina umdrehte, sah er, wie diese Begegnung sie mitgenommen hatte. »Was ist?«

Sie schüttelte den Kopf. »Nichts. Und danke für deine Hilfe.« Sie streckte die Hand aus und streichelte seine Wange. »Beeil dich, Galen, ich möchte dich an meiner Seite haben.«

»Euer Wunsch ist mir Befehl, Hoheit.« Galen zwinkerte ihr zu, dann machte er sich auf den Weg zum Lift. *Noch ein Tag auf dieser Welt, dann geht es zurück nach Tharkad.* Die Aufzugtüren glitten vor ihm auf. *Und dann wird uns nichts mehr trennen können.*

Kai Allard-Liao war absichtlich früher als verabredet im ›Sesam‹ eingetroffen, um seine Gäste begrüßen zu können. Während er durch das Restaurant spazierte, erkannte er eine Reihe von Gästen aus Mechgefechten auf Solaris und seltsamerweise auch vom Hof seiner Mutter. Hinter dem Tisch, an dem ein Arenakämpfer namens Dick Thunder von asiatischen Groupies umringt wurde, sah er drei Männer in der Uniform der Söldnereinheit Chorsakows Kosaken. Zwei von ihnen waren einander ähnlich genug, um Vater und Sohn zu sein. Das narbenbedeckte Profil des Dritten war ebenso unverwechselbar wie unvergeßlich.

Was könnten die hier wollen? Die Kosaken waren für ihren fanatischen Haß auf Romano Liao berühmt, ein Haß, der so tief saß, daß ihn nicht einmal Romanos Tod hatte auslöschen können. Die Söldner hatten ihre Feindschaft nun auf Sun-Tzu, Romanos Sohn und Erben, übertragen. Die Kosaken stammten von Tikonov, einer Welt, die vor allem von Siedlern aus der altterranischen Region Rußland kolonisiert worden war.

Kai kannte den Ursprung von Nikolai Chorsakows Haß auf seine Tante Romano nicht, aber er erinnerte sich, den Mann am Hof von St. Ives gesehen zu haben. Und er wußte auch noch, wie vehement Chorsakow geschworen hatte, sich jedweder capellanischen Aggression gegen den St. Ives-Pakt entgegenzustellen, als Kais Mutter die Kosaken für den Garnisonsdienst unter Vertrag genommen hatte.

Daß der alte Chorsakow in Uniform war, überraschte Kai. Er hatte erst vor kurzem eine Meldung gelesen, derzufolge der Söldnerführer sich zur Ruhe gesetzt hatte. Nur eine Operation gegen Sun-Tzu hätte Nikolai aus dem Ruhestand zurück in den aktiven Dienst locken können, und seine Anwesenheit auf Solaris deutete darauf hin, daß Tormano mit dem Feuer spielte. Kai hatte seine Warnung für laut und deutlich genug gehalten, aber vielleicht hatte sein Onkel Inspiration für neue Missetaten gefunden, als er sich den Titelkampf in der Gesellschaft Herzog Ryan Steiners angesehen hatte.

Um meinen Onkel kümmere ich mich morgen. Heute abend wird gefeiert.

Kai holte George Yang ein, als der gutaussehende Asiate einen Tisch verließ, an dem andere Uniformierte saßen – Mitglieder der Legion der Aufgehenden Sonne, wenn Kai die Insignien richtig deutete. Er verbeugte sich. »Du scheinst ein volles Haus zu haben, George.«

»Die Mundpropaganda hat unserem Lokal sehr genutzt. Viele Ihrer Mit-Stalleigner haben uns an ihre Freunde weiterempfohlen.« George schüttelte Kai die Hand. »Und die Meldung im heutigen Nachrichtenfax über Ihre Feier hier hat das Visiphon nicht zur Ruhe kommen lassen, seit wir geöffnet haben. Ich denke, eine Menge Leute kommen, um gesehen zu werden.«

»Deine Küche wird dafür sorgen, daß sie wiederkommen.« Kai folgte Yang ins Drachenreich, wo er sich davon überzeugte, daß alles perfekt arrangiert war. Der Tisch war für die zwölf Gäste gedeckt, die er eingeladen hatte. Auf jedem Teller lag zwischen Wein- und Wasserglas eine blaue Samtschachtel. Kai zog eine weitere Schachtel aus der Tasche und reichte sie George.

»Ich habe vierzehn dieser Platinmünzen prägen lassen. Zwölf liegen hier auf dem Tisch, eine ging an meine Mutter, und die letzte ist für dich, aus Dankbarkeit für alles, was du getan hast, um diese Feier zu ermöglichen.« Kai wartete, bis der Lokalinhaber die Schachtel geöffnet hatte, dann lächelte er. Es gab auch Gold-, Silber- und Bronzemünzen mit demselben Motiv für den Sammlermarkt. Da es sich um begrenzte Stückzahlen handelte, wurden sie von Sammlern zu Preisen weit über dem Nennwert erstanden. Der Gewinn floß in den Zenotaph-Wohltätigkeitsfonds.

»Sie sind zu gnädig, Gebieter.« George hob die Münze aus der Schachtel und hielt sie vorsichtig am Rand der schützenden Plastikhülle, als er sie umdrehte. Eine Seite zeigte Kais Profil und trug das Datum des Kampfes gegen Wu Deng Tang. Auf der anderen Seite war über dem Münzwert Wus *Cataphract* abgebildet. Kai hätte es vorgezogen, Wus Mech *Yen-lo-wang* gegenüberzustellen, aber da die Münze gültiges Zahlungsmittel im St. Ives-Pakt war, hatte Präsidentin Candace Liao auf dem Portrait ihres Sohnes bestanden.

George zog sich mit einer Verbeugung zurück, als Kais erste Gäste eintrafen. Wu Deng Tang verneigte sich vor Kai, dann führte er eine hübsche, zierliche und hochschwangere Frau nach vorne. »Mylord, darf Ihnen meine Verlobte, Caren Fung, vorstellen. Liebling, das ist Kai Allard-Liao.«

Kai verneigte sich vor der Frau, dann hauchte er einen Kuß auf ihre Hand. »Es freut mich ganz außerordentlich, Ihre Bekanntschaft machen zu dürfen, Caren. Als Tang mir mitteilte, daß Sie uns Gesellschaft leisten werden, hat er mir eine große Freude bereitet. Zenotaph hat einen Helikopter auf dem Dach postiert, für den Fall, daß ihr Zustand einen schnellen Transport ins Krankenhaus notwendig macht.«

»Das ist sehr freundlich von ihnen. Ich bitte um Verzeihung, daß ich Ihnen solche Unkosten bereite.«

Kai schüttelte den Kopf. »Aber keineswegs. Ich bin mit der Maschine hergeflogen.«

Caren sah zu Wu hoch, dann lächelte sie Kai an. »Mylord, ich bin gekommen, um mich bei Ihnen dafür zu bedanken, was Sie für Tang bei Ihrem Kampf getan haben. Ich durfte natürlich nicht zusehen, aber er hat mir von der großen Ehre und dem Respekt erzählt, mit dem Sie ihn behandelt haben. Sie hätten ihn verletzen können, doch Sie haben darauf verzichtet. Dafür danke ich Ihnen.«

Kai schüttelte den Kopf. »Ein ehrbarer und starker Rivale verdient es, mit Respekt behandelt zu werden. Und wie hätte ich es fertigbringen können, ihm etwas anzutun, wo ich doch wußte, daß Ihr gemeinsames Kind bald das Licht der Welt erblicken wird?«

Er drehte sich zum Tisch und dem Panorama der Stadt jenseits der Fenster um und breitete die Arme aus. »Bitte, seien Sie meine Gäste.« Er deutete lächelnd auf das nächtliche Solaris City. »Ich verspreche Ihnen einen ruhigen Abend ohne Überraschungen oder unerwünschte Aufregung.«

Viel später sollte ihn die Ironie dieser Worte verfolgen. Einen Sekundenbruchteil, nachdem er sie ausgesprochen hatte, flog das oberste Stockwerk des Sun and Sword in einer flammenden Explosion auseinander.

29

Solaris City, Solaris VII
Mark Tamarind, Vereinigtes Commonwealth

23. April 3056

Mandrinn Tormano Liao empfing Peter Steiner-Davion mit einem Lächeln. Peter stand augenscheinlich noch immer unter Schock. Er nahm Nancy Bao Lee, die ihm die Tür öffnete, kaum wahr, und seine Augen bewegten sich nicht, als ihm Tormano die Hand reichte. *Ausgezeichnet. Er kann kaum einen klaren Gedanken fassen. Umso besser für mein Vorhaben.*

»Bitte verzeihen Sie mir, Herzog Peter, daß ich auf einer ersten Unterredung so kurz nach dem tragischen Tod von Kommandant Cox bestehen mußte. Ich wünschte, es hätte sich vermeiden lassen.«

Peters kraftloser Händedruck genügte den Geboten der Höflichkeit und gab Tormano einen kurzen Eindruck von den Ausmaßen von Peters Depression. »Kein Problem, Mandrinn Liao. Es ist nur gut für mich, wenn ich mich beschäftigen kann.«

»Bitte, nehmen Sie Platz. Nancy, ich hätte gern etwas Tee. Hoheit?«

Peter verzog nachdenklich das Gesicht, dann nickte er. »Tee wäre schön.«

Tormano wartete, bis Nancy den Raum verlassen hatte, dann wandte er sich Peter zu. »Verzeihen Sie, Mylord, aber ich spüre bei Ihnen ein gewisses Unbehagen. Wenn ich eine Vermutung wagen darf, könnte es sein, daß Sie sich fragen, warum Ihr Bruder Sie hier auf Solaris in Gefahr gelassen hat, während Ihre Schwester auf schnellstem Wege zurück nach Tharkad geholt wurde?«

In den grauen Augen seines jungen Gegenüber erwachte ein Lebensfunke. »Können Sie Gedanken lesen, Mandrinn?«

»Nein, nein. Könnte ich das, bräuchten wir uns nicht zu unterhalten.« Tormano beugte sich mit verschränkten Händen vor und stützte die Ellbogen auf die Knie. Seine Stimme wurde leise und vertraulich. »Ich habe mir nur dieselbe Frage gestellt, als mein Vater mich vor fast dreißig Jahren auf einer Welt mitten im Weg der Dampfwalze Ihres Vaters im Stich ließ. Die Frage fraß sich in mich hinein, raubte mir die Kraft und den Seelenfrieden. Ich fragte mich, warum mein eigener Vater, mein Herr, mein Fleisch und Blut, meinen Tod wünschte. Ein furchtbarer Gedanke.«

»Das ist er, Mandrinn, das ist er.« Peter starrte auf seine Hände.

»Was einem wirklich zusetzt, ist die Frage nach dem Motiv«, setzte Tormano nach, und ein grimmiger Ausdruck von Zufriedenheit zog seine Mundwinkel hoch. »Sobald ich den Schlüssel für diese Frage hatte, ergab plötzlich alles einen Sinn. Ich hatte zum ersten Mal das Gefühl, die Welt mit offenen Augen zu sehen.«

Peter blickte auf, und seine Augen suchten Tormanos Gesicht nach der Antwort ab. »Was haben Sie entschieden? Warum hat er es getan?«

»Aus Neid.«

»Sie können *doch* Gedanken lesen, und zwar die meines Bruders.« Peter lehnte sich zurück und zwang sich zu einem Lachen. »Wie kommen Sie zu diesem Schluß?«

»Ist das nicht offensichtlich?« Tormano sah ihn fragend an. *Schlauer Bursche, du willst hören, wie ich dich lobe. Bist du so eitel? Und dadurch verwundbar?* »Ohne Zweifel sind Sie zu bescheiden, all die Gründe zu erkennen, die Ihren Bruder dazu bringen könnten, Sie zu beneiden. Um auf der simpelsten Ebene anzufangen, sehen Sie natürlich viel eher nach Hanse Davions Erbe aus, als Victor es je getan hat. Er hat den klassischen Steiner-Teint – bleich und ausgelaugt. Katrina steht es, aber Victor wirkt weichlich. Sie dagegen haben die gesunde Hautfarbe Ihres Vaters und sein rotes Haar. Ihre imposante Statur und tiefe Stimme verleihen Ihnen dazu ein beherrschendes Auftreten, das nur wenige Männer besitzen, ob sie nun adlig sind oder nicht. Sie erinnern mich an die Zeiten, als Ihr Vater noch ein junger Bursche war und niemand auch nur wagte, an einen Krieg gegen die Vereinigten Sonnen zu denken.«

Tormano verstummte, als Nancy mit dem Tee erschien und ihnen beiden eine Schale eingoß. Er stellte mit Befriedigung fest, daß Peter jede ihre Bewegungen aufmerksam verfolgte und sie anlächelte, als sie seine Aufmerksamkeit bemerkte. *Verletzter Stolz macht es um so vieles einfacher, einen unerfahrenen Geist zu formen. Und Ablenkungen helfen ebenfalls.* Als Nancy sich wieder zurückzog, berührte ihre Hand Peters Schulter, als habe sie Tormanos Gedanken gelesen und sich mit ihm verschworen.

Tormano breitete die Arme aus. »Natürlich liegt unser Erscheinungsbild weitgehend außerhalb unseres bewußten Einflusses, eine Tatsache, die weise Menschen erkennen und akzeptieren. Ich halte Ihren Bruder für weise genug, sich keine Sorgen um Dinge zu machen, die er nicht ändern kann.«

»Victor ist nicht halb so weise, wie nötig wäre, und nicht ein Viertel so weise, wie er selbst glaubt.«

»Sie kennen ihn weit besser als ich, Hoheit. Aber es ist für alle Welt offensichtlich, daß sie mehr als nur Ihre Erscheinung zu einem Menschenführer macht. Ihre erfolgreichen Anstrengungen im Umweltschutz und jener Zwischenfall in der Gaststätte auf Lyons ... Ja, ja, ich habe davon gehört, und ich muß zugeben, es war einer der Punkte, die mich Mut schöpfen ließen, als ich erfuhr, daß Ihr Bruder Sie hierherschickt. Sie haben es gewagt, in einer gefährlichen Situation ihren Standpunkt zu vertreten, und Sie haben Ihre Feinde überzeugt. Eine seltene Fähigkeit. Victor andererseits scheint mehr auf Ereignisse zu *reagieren*, als sie schon in der Entstehung abzufangen.« Tormano zog die Stirn in Falten und zuckte die Achseln. »Sie sind da ganz anders, ein Menschenführer, eine Inspiration. Ihre Präsenz auf Lyons hat dessen Bewohner daran gehindert, sich offen zu Ryan Steiner zu bekennen. Als Sie den Attentatsversuch überlebten, haben Sie damit die Versuche der Freien Skye-Miliz, Sie zu zerstören, der Lächerlichkeit preisgegeben. Das hat sie stark gemacht, und die Menschen begannen, zu Ihnen aufzusehen. Und dann hat Ihr Bruder auf diese Situation *reagiert*.«

»Und mich ins Exil nach Solaris geschickt, wo die Attentäter nahe genug sind, um eine Bombe in der Suite meiner Schwester zu verstecken.« In Peters Augen trat eine Spur von Furcht. »Wenn er meinen Tod wollte, hätte er mich einfach erschiessen lassen sollen.«

»Der Gedanke mag ihm gekommen sein, aber er hat noch Verwendung für Sie. Er kann sich nicht leisten, Sie zum Rivalen zu haben. Deshalb schickt er Sie hierher, um zu verhindern, daß Sie einen vergleichbaren militärischen Erfolg erringen können, wie er ihn in den Mittelpunkt der Aufmerksamkeit katapultiert hat. Jeder weiß, daß Ihre Eltern Victor als ihren Nachfolger übergangen hätten, wenn er gegen die Clans keine derart gute Figur gemacht hätte.«

Peter lächelte gnädig. »Es muß Ihnen zu schaffen machen, daß die Siege meines Bruders auf den unbesungenen Leistungen Ihres Neffen basierten.«

»Victors Vernachlässigung der Mark Sarna macht mir noch weit mehr Sorgen, Hoheit.« Tormano schüttelte den Kopf. »Er verspottet uns beide, zu seinem Schaden und möglicher Gefahr.«

Peter nippte an seinem Tee und sah Tormano mit schmalen Augen an. »Was für eine Gefahr?«

»Gut, daß wir darauf zu sprechen kommen. Es ist der Grund, aus dem ich mit Ihnen reden wollte. Ich habe erfahren, daß eine Einheit der Konföderation Capella auf Shiloh einen Angriff gegen das Vereinigte Commonwealth vorbereitet. Es handelt sich dabei um Harlocs Räuber, eine neuformierte Einheit unter dem Befehl von Wu Kang Kuo. Ich kann Ihnen den Bericht zeigen.« Tormano hob den Arm und winkte Nancy herein. »Nancy, bringen Sie mir eine Kopie des Berichts über Harlocs Räuber für den Herzog?«

Peter lächelte ihr zu, dann drehte er sich wieder zu Tormano um. »Haben Sie meinen Bruder davon unterrichtet?«

»Sie dürfen mir glauben, daß ich mein Bestes getan habe, ihm die Gefahr deutlich zu machen. Aber er hält mich für einen dummen alten Mann, der grundlos Alarm schlägt, nur weil er mir die Gelder gekürzt hat. Er irrt sich. Die Bedrohung ist real, und jeder, der mitbekommen hat, wie Sun-Tzus Zhanzheng de Guang in der Mark Sarna wütet, weiß, wovon ich spreche.« Tormano verstummte und trank etwas Tee. »Verzeihen Sie, Hoheit, aber der Ernst der Lage und die Gleichgültigkeit Ihres Bruders bringen mein Blut in Wallung.«

»Das verstehe ich, Mandrinn Liao.«

»Als Krieger werden Sie auch das folgende verstehen. Ich habe eine Söldnereinheit angeworben. Chorsakows Kosaken – Sie haben natürlich von Ihnen gehört und davon, wie Sie meine Anstrengungen gegen das Unrechtsregime auf Sian unterstützt haben. Sie sollen eine bewaffnete Erkundungsmission auf Shiloh durchführen. Ich hoffe darauf, daß sie mit eindeutigen Beweisen für die Anwesenheit von Harlocs Räubern zurückkehren, denn die Photos und Holographien, die meine Agenten gesammelt haben – unter beträchtlichem persönlichen Risiko – sind von Ihrem Bruder als ungenügend abgetan worden. Er weigert sich, mir zu glauben.« Tormano hob in einer Geste der Hoffnungslosigkeit die Hände. »Ich flehe Sie an, Mylord, bringen Sie Ihrem Bruder die Informationen, die uns die Kosaken beschaffen. Überzeugen Sie ihn von der Bedrohung. Die Beweise, die diese Mission liefert, sollten ausreichend sein, eine Entscheidung zu erzwingen, und wenn sie von Ihnen vorgetragen werden… Er wird keine Möglichkeit mehr haben, meine Berichte abzutun.«

Peter grinste. »Ich kann Ihnen garantieren, daß er keine andere Wahl haben wird, als die Berichte zu akzeptieren.«

Tormano blinzelte unschuldig. »Wie das?«

»Ich werde die Kosaken anführen. Ich werde selbst sehen, was auf Shiloh los ist, und werde ihm aus persönlicher Erfahrung berichten.«

Tormano schüttelte entschieden den Kopf. »Nein. Das kann ich nicht zulassen. Sie wären in ernster Gefahr.«

»In größerer Gefahr als hier auf Solaris?« Peter deutete auf das Fenster hinter Tormano. »Ich könnte in diesem Augenblick im Visier eines Scharfschützen sitzen. Heute nacht könnte in meinem Hotel eine Bombe explodieren. Ich lebe hier unter einem jederzeit vollstreckbaren Todesurteil, und das Schlimmste dabei ist, ich bin MechKrieger. Sie waren selbst ein MechKrieger, Mandrinn. Sie kennen das Gefühl, einen Feind zerdrücken zu können. Wenn ich schon sterben soll, möchte ich im Cockpit eines BattleMechs abtreten, nicht irgendwo in einer Blutlache auf der Straße. Sie werden mich ziehen lassen.«

»Bitte, Hoheit, bestehen Sie nicht darauf. Wenn Ihnen etwas zustoßen sollte…«

Peters Züge wurden hart, und in seinen Augen funkelte der Triumph. »Sehen Sie es einmal so, Mandrinn Liao – ich bin Ihr Verbindungsoffizier. Sie haben mir von Ihrem Plan erzählt, einen bewaffneten Einfall in das Gebiet einer souveränen Nation zu begehen, ein Vorgehen, das uns in einen Krieg stürzen könnte. Wenn Sie mich nicht mitfliegen lassen, um die Mission zu überwachen, werde ich sie stoppen. Es wird keine Mission geben.« Peter setzte sich auf. »Sie müssen eine Entscheidung treffen, aber Sie haben wirklich nur diese eine Wahl.«

Tormano setzte zu einer Antwort an, dann überlegte er es sich anders und ließ die Schultern sacken. »Kein Wunder, daß Ihr Bruder Angst vor Ihnen hat. Sie sind ebenso hart wie er. So hart wie Ihr Vater.«

»Ich bin sogar noch härter, Mandrinn. Das werden Sie bei dieser Mission erleben.«

Der alte Mann nickte niedergeschlagen. »Ich wünsche Ihnen alles Gute, Hoheit. Ich werde nicht ruhig schlafen können, bis Sie zurück sind, und wenn es soweit ist, werde ich in Jubel ausbrechen. Dieser Sieg über unsere Feinde wird garantieren, daß Ihr Bruder Sie nie mehr ins zweite Glied zurückstoßen kann.«

»Genau das denke ich auch, Mandrinn.« Peter stand auf. Im Gegensatz zum Beginn der Unterredung strotzte er vor Tatkraft. »Sie werden mir die Einzelheiten der Expedition zukommen lassen. Ich werde meine Vorbereitungen treffen. Ich nehme an, wir fliegen in Kürze ab?«

Tormano nickte. »Das Landungsschiff ist bereits unterwegs. Ich kann in vier Stunden eine Raumfähre für Sie bereit haben.«

»Sehr schön.« Peter grinste. »Wenn Harlocs Räuber auf Shiloh stehen, werden wir sie aufspüren, vernichten und meinem Bruder zum Beweis ihrer Zerstörung ihre Asche überbringen.«

Peter marschierte aus dem Raum und nahm Nancy den Bericht aus der Hand, als sie ihn hinausließ. Tormano blieb sitzen, bis sie zurückkehrte und berichtete, daß Peter das Gebäude verlassen hatte.

»Danke, Nancy. Ich möchte, daß Sie zwei Dinge für

mich erledigen. Als erstes schicken Sie bitte einen Funkspruch an Nikolai Chorsakow. Teilen Sie ihm mit, daß Fall Prokofiew eingetreten ist.« Aus Rücksicht auf Chorsakow hatte Tormano die Operation nach dem Komponisten des Stückes »Peter und der Wolf« benannt. Der Gedanke, daß Chorsakow daraus den Schluß ziehen würde, er sei für den Mandrinn von echtem Wert, bereitete Tormano ein perverses Vergnügen.

»Das ist einfach genug. Und als zweites?«

Tormano kniff die Augen zusammen. »Wir haben noch immer eine Akte über bekannte Agenten der Maskirovka und Sun-Tzus?«

»Die Akte ist aktiv und wird leider immer dicker.«

»Ja, unangenehm. Suchen Sie eine heraus, einen zuverlässigen Agenten, und lassen Sie ihn wissen, daß in zehn Tagen eine Söldnereinheit Shiloh angreifen wird. Sun-Tzu soll wissen, daß es die Kosaken sind, aber teilen Sie ihm *nicht* mit, daß Peter sie begleitet.«

Nancy starrte ihn an. »Aber das bedeutet den Tod für die Kosaken. Und für Peter.«

»Allerdings, zumindest ist das extrem wahrscheinlich.« Tormano zuckte die Schultern. »Und dann wird Prinz Victor nichts anderes übrigbleiben, als seinen Bruder zu rächen und Sun-Tzu zu vernichten, meinen Sie nicht auch?«

Tharkad City, Tharkad
Distrikt Donegal, Vereinigtes Commonwealth

Auf der Schwelle zur Suite seiner Schwester zögerte Victor. *Ich habe sie noch nie so am Boden zerstört gesehen. Sie muß sich die Schuld dafür geben.* Er klopfte leise an den Türrahmen, dann trat er in das schwach beleuchtete Zimmer. Die zugezogenen Vorhänge schirmten das vom frischgefallenen Schnee reflektierte Sonnenlicht ab, und das wenige durch die Tür einfallende Licht konnte die Schatten kaum vertreiben. »Katherine, wir müssen reden.«

Das Deckenbündel auf dem Polstersessel antwortete nicht. Das etwas hellere Grau ihrer Haare bewegte sich leicht und zeigte ihm, daß sie ihn gehört hatte. Er konnte allerdings nicht sagen, ob sie ihn auch verstand. Alles, was er hören konnte, war ein gelegentliches Schniefen, bevor sich ein weiteres zerknülltes Papiertaschentuch zu den anderen gesellte, die rings um den Sessel auf dem Boden lagen.

»Wir haben Informationen über die Bombe. Sie war funkgesteuert. Wer immer sie auslöste, hat es bewußt getan.« Victor hielt sich unter Kontrolle und ließ keine Gefühle durchklingen. »Es war keine Bombe, wie die, mit der unsere Mutter getötet wurde. Und wir haben Grund zu der Annahme, daß nicht du das Ziel des Anschlags warst, Katherine, sondern Galen.«

Ihre Stimme war ein heiseres Krächzen. »Was habt ihr herausgefunden?« Jedes Wort war von einem keuchenden Luftzug begleitet, als koste sie das Reden ihre letzte Kraft.

»Die städtische Polizeibehörde von Solaris City hat einen Anruf bei einem ›Vermittler‹ abgefangen, in dessen Verlauf ein Anschlag gegen jemand namens il Capo bestellt wurde. Da es sich um Unterweltslang handelt, wurde der Tip an das Dezernat für Organisiertes Verbrechen weitergeleitet, aber dort konnte man nichts damit anfangen. Inzwischen glaubt das Geheimdienstsekretariat, daß dieser Anruf Galen zum Thema hatte. Wir haben andere Aufzeichnungen nachgeprüft, weil wir den Anrufer ebenfalls unter Beobachtung hielten, aber ein technisches Problem scheint die Beweise dafür vernichtet zu haben, daß sein Boß den Befehl gab.«

»Wer?«

»Der Mann heißt Sven Newmark. Er steht in den

Diensten von Herzog Ryan Steiner. Wir glauben, der Befehl kam von Ryan.«

Die vermummte Gestalt auf dem Sessel wurde kleiner. »Ryan? Ryan hat Galen umgebracht?«

»Er hat nicht auf den Zündknopf gedrückt, aber er hat den Befehl dazu gegeben.« Victor verschränkte die Arme. »Da ist noch etwas, das du wissen solltest.«

»Galen ist tot.«

»Ja, Katherine, aber niemand hätte es verhindern können. Wir wissen, wer es getan hat, aber erst jetzt im nachhinein.« Victor wartete auf eine Reaktion, dann schüttelte er den Kopf. »Der Mann, der Galens Ermordung arrangierte, hat auch den Attentäter angeheuert, der unsere Mutter getötet hat.«

»Was sagst du da?«

»Ich habe alle Beweise, die ich brauche, um mich zu überzeugen, daß unsere Mutter auf Befehl von Ryan Steiner ermordet wurde.«

Katherines Kopf kam langsam hoch. »Er muß sterben, Victor.«

»Katherine?«

»Du mußt Ryan töten. Er ist ein Verräter. Du kannst ihn nicht vor Gericht stellen, ohne daß das Vereinigte Commonwealth zerbricht.«

Victor schüttelte dem Kopf. »Vor Gericht würden die Beweise nicht ausreichen. Ich weiß, daß er es getan hat. Ich habe keinerlei Zweifel daran. Aber ich kann es nicht beweisen.«

»Er hat Galen umgebracht. Er hat unsere Mutter umgebracht.« Die Tränen in ihren Augen glitzerten im spärlichen Licht. »Er will uns vernichten, Victor. Bring ihn um.«

Victor nickte langsam. »Du hast recht. Ich werde es tun.«

»Wann?«

Der Prinz schüttelte den Kopf. »So schnell es sich arrangieren läßt.«

»Wie?«

»Das willst du nicht wissen.«

»Tu's bald, Victor, bald.« Katherine ließ den Kopf wieder hängen, und er sah ihre Schultern unter leisem Schluchzen beben. »Erst dann werden unsere Toten Frieden finden.«

»Das werden sie, Katherine.« Victor zog sich zurück und verließ ihre Suite. Draußen auf dem Flur traf er Curaitis. »Sagen Sie unseren Leuten auf Solaris, es ist soweit.«

Der Agent nickte. »Hat sie etwas Nützliches gesagt?«

»Sie will Ryans Tod.« Victor schüttelte den Kopf. »Ich auch. Ihre Leute können dafür sorgen?«

»Ende der Woche.«

Victor sah zu dem Mann auf, der neben ihm zum Aufzug marschierte. »Sollte ich nicht etwas dabei empfinden, wenn ich den Tod eines Menschen befehle?«

»Ein mangelndes Gefühl ist kein Problem, Hoheit.« Curaitis starrte ins Leere. »Wenn Sie anfangen, Gefallen daran zu finden – dann stecken Sie in Schwierigkeiten.«

Solaris City, Solaris VII
Mark Tamarind, Vereinigtes Commonwealth

Kai Allard-Liao mußte trotz des gehetzten Gesichtsausdrucks von Peter Steiner-Davion lachen. »Tut mir leid, daß ich Sie so überfalle, Peter. Ich habe angerufen, aber ich bin nicht durchgekommen.«

»Ich gehe im Augenblick nicht ans Visiphon.« Peter blieb in der Tür stehen und blockierte den Blick in sein Zimmer. »Wolltest du etwas Bestimmtes?«

Was geht hier vor? Kai blieb freundlich. »Ich wollte mich entschuldigen, weil ich mich nicht vorher mit

Ihnen in Verbindung gesetzt habe. In der Nacht meines Titelkampfes war keine Zeit, und danach ... Na ja, nach der Explosion mußte ich Caren Fung ins Hospital bringen, weil ihre Wehen vorzeitig einsetzten. Ich hätte schon eher kommen sollen.«

Peters Züge entspannten sich ein wenig. »Entschuldigung angenommen. Aber ich kann nicht lange reden. Ich habe zu tun.«

»Etwas, das meinen Onkel betrifft?«

»Spionieren Sie mir nach?« Peters Gesicht wurde rot, und seine Hand verkrampfte sich um die Türangel. »Ich wußte, daß Victor Sie dazu bringen würde.«

»Ruhig, Peter.« Kai sah nach beiden Seiten den Hotelflur hinab und bemerkte die Spannung in den Mienen der in der Nähe postierten Sicherheitswachen. »Meinen Sie nicht, wir sollten das lieber in Ihrem Zimmer besprechen?«

»Weichen Sie mir nicht aus? Was haben Sie meinem Bruder über mich erzählt?«

Kai nahm sich einen Augenblick zusammen, um die Wut und das Mißtrauen zu unterdrücken, die in ihm hochstiegen. Eigentlich richteten sie sich nicht gegen Peter, sondern gegen Tormano. »Ich spioniere Ihnen nicht nach. Ich weiß nur, daß Sie mit meinem Onkel geredet haben, weil ich *ihn* beobachten lasse. Ich habe keine Ahnung, worum es bei Ihrem Gespräch ging. Aber auf Grund einiger Punkte, von denen ich in letzter Zeit erfahren habe, bin ich gezwungen, meinen Onkel als gefährlichen Kantonisten einzustufen. Ich würde es vorziehen, wenn Sie keinen Kontakt mit ihm pflegten.«

»Ihr Onkel ist völlig in Ordnung.«

»Er mischt sich in Staatsgeschäfte ein, für die er nicht geeignet ist.«

»Besser als Sie, der Sie sich hier verstecken und für meinen Bruder spionieren.« Peter tippte mit dem Finger auf Kais Brust. »Er hat Ihnen gesagt, Sie sollen herkommen, nicht wahr? Leugnen Sie nicht, mit ihm über mich gesprochen zu haben.«

Kai fiel eine Million Formulierungen ein, mit denen er Victor schützen konnte, aber er verwarf sie alle und entschied sich für die Wahrheit. »Ihr Bruder hat mir eine Holodisk geschickt, auf der er seine Hoffnung ausdrückte, wir könnten Freunde werden. Sie traf ein, während ich im Training war. Ich habe ihn im Stich gelassen, denn ich habe mich nicht auf der Stelle um seine Bitte gekümmert. Ich bin gekommen, um Sie nicht auch noch im Stich zu lassen.«

»Sie sind also hergekommen, weil ich mit Ihrem Onkel gesprochen habe. Sie denken, ich könnte nicht für mich selbst sorgen?«

Kai hob abwehrend die Hände und trat einen Schritt zurück. »Ich weiß, Sie sind eine sehr fähige Person.«

»Aber Sie sind jetzt und heute hier, weil Sie glauben, Tormano habe einen Weg gefunden, mich zu etwas zu zwingen, was ich eigentlich gar nicht tun will.«

Kai konnte die Anschuldigung nicht mit Peters grinsendem Gesicht in Einklang bringen, aber er antwortete trotzdem. »Ich war besorgt, ja.«

»Und wenn ich mich nicht mit ihm getroffen hätte, wären Sie heute auch nicht gekommen, oder?«

Kai wand sich. »Stimmt.«

»Dachte ich es mir.« Peter verschränkte die Arme. »Hören Sie, Kai. Ich brauche keinen Babysitter. Ich bin ein großer Junge. Ich weiß, Victor möchte, daß ich versage, und Sie sollen es bezeugen können. Aber ich denke gar nicht daran. Ich werde nicht versagen. Ich werde keinem von Ihnen diese Genugtuung verschaffen.«

Das läuft ganz und gar nicht so, wie ich es erwartet oder geplant hatte. Kai entschied sich, wieder zu gehen und sein Glück später noch einmal zu versuchen. *Wenn es dann genauso schlecht läuft oder er sich noch einmal mit*

Tormano trifft, wird es zum Showdown mit meinem Onkel kommen. Ob ich Peter genau wie Tormano von den Roten Kobras beschatten lassen sollte? Nein, wenn Peter oder seine Leibwächter sie bemerken, könnte es Ärger geben.

»Verzeihen Sie, Peter. Ich habe einen für uns beide ungünstigen Zeitpunkt für unser Gespräch gewählt.« Er dachte eine Sekunde nach. »Warum kommen Sie morgen nicht einfach in mein Trainingszentrum und gönnen sich etwas Cockpitzeit? Morgen früh? Soll ich Sie um zehn abholen kommen?«

Peter nickte. »Klar, zehn ist okay.«

»Dann bis morgen.«

»Leben Sie wohl.«

30

Solaris City, Solaris VII
Mark Tamarind, Vereinigtes Commonwealth

24. April 3056

Das Gesicht der Empfangschefin blühte auf, als sie Kai erkannte. »Kann ich Ihnen helfen, Mylord?«

Kai nickte. »Wenn Sie so freundlich wären, Herzog Peter Bescheid zu geben. Ich bin gekommen, um ihn abzuholen.«

Die brünette Hotelangestellte zögerte. »Da muß ein Mißverständnis vorliegen.«

Kai sah auf die Uhr. »Na gut, ich sollte um zehn hier sein, also bin ich etwas zu früh.«

»Nein, das meine ich nicht.« Sie betätigte ein paar Tasten auf ihrer Computerkonsole. »Herzog Peter ist gestern abend ausgezogen. Er wohnt nicht mehr hier.«

»Ausgezogen?« Kai wurde rot. In Gedanken ging er das Gespräch vom Vortag noch einmal durch, und plötzlich erschien ihm Peters Verabschiedung unpassend und ominös. »Ist der Raum schon saubergemacht worden? Ich muß sofort hinein.«

»Nein, noch nicht, aber ich weiß nicht, ob ich das so einfach ...«

»Sie müssen.« Kai zeigte zum ComStar-Zweigbüro neben der Empfangshalle der Gepanzerten Faust. »Wenn Sie wollen, kann ich eine Prioritätsnachricht nach Tharkad schicken. Die Antwort wird nicht auf sich warten lassen.«

Die Empfangschefin überlegte einen Moment, dann schüttelte sie den Kopf. Sie gab ein paar Zahlen in den Computer ein und schob eine leere Schlüsselkarte in den Schlitz. Ein paar Lämpchen blinkten auf, die Maschine fiepte, und der Schlüssel wurde wieder ausgestoßen. Sie kam hinter der Rezeption hervor und rannte mit Kai zum Lift. »Wonach suchen Sie?«

»Weiß ich noch nicht.« Kai kämpfte mit seiner aufsteigenden Wut. »Nach irgend etwas, das mir hilft, Peter aufzuhalten, bevor er in ernste Schwierigkeiten gerät.«

Landungsschiff *Zarevo*, Piratenpunkt –1.33763
Solarissystem, Mark Tamarind,
Vereinigtes Commonwealth

Peter fühlte die wohlvertrauten Erschütterungen, als das Landungsschiff an das Sprungschiff Remagen andockte. »Ihre Crew hat sich ein Lob verdient«, meinte er zu seinem Begleiter. »Das Manöver ist bemerkenswert sanft verlaufen.«

Nikolai Chorsakow nickte stolz. »Disziplin und Training, die beiden Eigenschaften, die MechKrieger am Leben erhalten.«

»So ist es.« Peter sah auf die Uhr. »Wann springen wir?«

Chorsakows Miene verdunkelte sich. »Wir könnten sofort springen, aber damit kämen wir nicht näher als sechs Tage Flug bei 1 g Beschleunigung an unsere Zielwelt heran. Wir schaffen es zwar näher, aber durch die spezielle Gravitationsdynamik des Shiloh-Systems öffnen und schließen sich Piratenpunktfenster mit ermüdender Unregelmäßigkeit. Wenn wir noch zwei Tage hier warten, können wir beinahe über Shiloh materialisieren.«

»Ich finde, wir sollten sofort springen«, meinte Peter. Inzwischen mußte Kai Allard-Liao sein Täuschungsmanöver entdeckt haben. Möglicherweise war er direkt zu Victor gelaufen, um ihn aufzuhalten. *Nicht, daß ich einen Befehl meines Bruders befolgen würde.* »Schlußendlich macht ein sechstägiger Anflug für ein

Handelsschiff Sinn. Und er gestattet uns, Hintergrunddaten aus dem Funkverkehr zu ziehen. Möglicherweise bekommen wir die Beweise, die wir benötigen, schon über Holovid geliefert.«

Chorsakow nickte, aber Peter konnte den Frust in seinen Augen lesen.

»Was natürlich nicht heißen soll, Nikolai, daß wir die Räuber nicht trotzdem angreifen.« Peter grinste keck. »Aber wir werden wissen, wo sie stecken, und das wird uns die Arbeit erheblich erleichtern.«

Solaris City, Solaris VII
Mark Tamarind, Vereinigtes Commonwealth

»Was, zum Teufel, hast du mit Peter Davion gemacht?« Kai stürmte in das Büro seines Onkels und nahm Nancy Bao Lee an ihrem Schreibtisch im Vorzimmer kaum wahr. »Ich habe dich gewarnt.«

Tormano sah von einem Stapel Holographien auf, langsam und gemächlich, als habe er alle Zeit der Welt. »Und dir auch einen guten Morgen, Neffe. Was bewegt dich?«

Kai unterdrückte den Impuls, seinem Onkel über den Tisch an die Gurgel zu springen. »Wo ist Peter Davion?«

»Was fragst du mich? Er ist nur mein Verbindungsoffizier. Ich bin nicht sein Hüter.«

»Genug gespielt, Tormano.« Kai zwang sich, die Fäuste zu öffnen. »Ich weiß, daß du Chorsakows Kosaken nach Solaris geholt und mit ihren Anführern geredet hast. Das bedeutet, du planst etwas. Und ich weiß, daß du auch mit Peter gesprochen hast, und das bedeutet erst recht, du planst etwas. Wenn du Peter mit diesen Söldnern zusammengebracht hast, steckst du in verfluchten Schwierigkeiten.«

Während er noch sprach, bemerkte Kai eine Veränderung in den Augen seines Onkels und begann, zwei und zwei zusammenzuzählen. *Ich würde es Tormano zutrauen, daß er die Söldner angeheuert hat, um eine Basis von capellanischen Loyalisten in der Mark Sarna oder womöglich sogar eine Konföderationswelt anzugreifen. Wenn Peter den Einsatz begleitet, ist er fein raus.* In seiner Magengrube schien sich ein schwarzes Loch aufzubauen. »Wohin hast du sie geschickt, Onkel?«

»Nikolai war als alter, kürzlich in den Ruhestand getretener Freund hier. Peter und ich haben gestern Tee getrunken. Darüber hinaus weiß ich gar nichts.«

»Du verlogener Bastard.« Kai mußte an sich halten, um Tormano nicht die Faust in das hohle Grinsen zu schlagen, mit dem dieser ihn abzufertigen versuchte. »Wenn du dir einbildest, mit Verweigerung kommst du weit, dann irrst du dich. Ich werde schon herausbekommen, wo sie stecken, und sie aufhalten. Verlaß dich darauf.«

»Ich verlasse mich im Gegenteil darauf, daß du nichts dergleichen unternehmen wirst, Kai.« Tormano hob eine der Holographien auf seinem Schreibtisch auf und warf sie Kai nonchalant zu. »Du hast zuviel zu verlieren.«

Kai fing die Holographie auf und sah sie sich an. *Deirdre?* Das Bild zeigte sie mit einem kleinen Jungen, der ein Reh streichelte. Kai sah zu seinem Onkel, aber er hatte zu viele Fragen, die er ihm stellen wollte. Sie alle wollten gleichzeitig heraus und blockierten seine Zunge.

Tormano stand auf, und in sein Lächeln trat ein grausamer Zug. »Das sind Dr. Deirdre Lear und ihr *Sohn* David. Er ist schon über drei Jahre alt, Kai. Und du hast sie vor knapp vier Jahren zuletzt gesehen. Gestatte mir die Freude, dir deinen Sohn zu präsentieren.«

Die Worte trafen Kai wie Hammerschläge. *Mein Sohn!* Er studierte das Bild, suchte nach einem Hinweis, daß Tormano log, aber er fand keinen. Der Knabe sah ihm dermaßen ähnlich, daß niemand irgendeinen Zweifel an ihrer Blutsverwandtschaft haben konnte. Er wollte den Beweis leugnen, der ihm ins Gesicht starrte, aber er konnte es nicht.

Tormanos Stimme schnitt durch den Sturm der Gefühle, der in Kai tobte. »In den nächsten zehn Tagen wirst du absolut gar nichts tun, Kai. So wie deine Leute mich beobachten, beobachten meine Leute dich. Ich werde von jeder deiner Bewegungen erfahren. Wenn eines deiner Landungsschiffe Solaris verläßt, werde ich davon hören. Enttäusche mich nicht, und ich werde dich mit deinem Sohn zusammenführen. Aber wenn du dich widersetzt, wird diese Holographie in deiner Hand das letzte sein, was du je von deinem Sohn siehst. Du kannst gehen.«

Kai fühlte eine Hand am Ellbogen. Er sah sich um, erkannte Nancy Lee, und folgte ihr wie in Trance aus dem Zimmer. Während sie den langen Flur hinuntergingen und die Wendeltreppe zum Erdgeschoß hinabstiegen, gewann er langsam die Besinnung zurück. Es war Nancy Lees Weinen, das ihn aufweckte.

Kai unterdrückte die auch in ihm aufwallenden Tränen. »Nancy?«

»Es ist alles meine Schuld. Ich habe es nicht gewußt.«

»Was?«

»Doktor Lear. Dein Onkel ahnte nichts von ihr, bis mir in den Unterlagen eine Unregelmäßigkeit aufgefallen ist. Du hast allen geholfen, die mit dir auf Alyina waren, außer ihr.« Sie wischte sich mit beiden Händen die Tränen aus dem Gesicht. »Ich dachte, er wollte euch beide wieder zusammenbringen, besonders als ich erfahren habe, daß du einen Sohn hast. Es ist so ein hübsches Kind. Aber ich hätte es wissen müssen.«

Kai packte sie bei den Schultern. »Nancy, weißt du, wo sie ist? Weißt du, wo sie sind?«

»Nein, o Gott, ich wünschte, ich wüßte es. Ich würde es dir sagen, das würde ich.« Sie schlang die Arme um Kai und begann wieder zu schluchzen. »Ich will dir helfen, wirklich, aber ich weiß nicht...«

»Nancy, Nancy, nimm dich zusammen.« Kai hielt sie mit ausgestreckten Armen von sich. »Das ist nicht dein Fehler. Tormano ist ein böser, heimtückischer alter Mann. Ich hätte mich schon viel früher um ihn kümmern müssen. Das ist *mein* Fehler. Und ich brauche deine Hilfe.«

»Was immer du willst.«

»Halt Augen und Ohren offen. Wenn er irgend etwas über Deirdre sagt, gib mir Bescheid. Bitte.«

»Das werde ich. Versprochen.«

Kai drückte ihr einen Kuß auf die Stirn. »Danke.«

»Was wirst du jetzt tun?«

»Was immer ich kann, Nancy, und außerdem beten.«

»Buon giorno, Sergej.« Der Attentäter begrüßte den Vermittler im Hinterzimmer der Red Hart Grillbar. »Come sta?«

»Molto bene. Ich habe, was du wolltest.« Chou legte einen Aktenkoffer auf den Tisch und plazierte ein kleines, in braunes Packpapier gewickeltes und mit Bindfaden verschnürtes Päckchen obenauf. »Die übrigen Berichte sind im Koffer. Du wirst mit den Ergebnissen zufrieden sein. Alles wurde nach deinen Angaben ausgeführt.«

»Wie immer macht deine Arbeit mir die meine um vieles leichter. Xiexie.«

»Bu xie.« Chou verbeugte sich vor dem Attentäter und zog sich rückwärts aus dem Zimmer zurück.

Der Attentäter unternahm keinen Versuch, etwas von den Sachen anzufassen, die der Vermittler geliefert hatte. Aus ihrer kurzen Unterhaltung wußte er, daß Chou alle in den Computerdateien versteckten Informationen gefunden hatte. Damit trat sein Fluchtplan augenblicklich in Kraft. Je eher die Sicherheitsagenten ihn auf sein Ziel ansetzten, desto eher würde er frei sein.

Mandrinn Tormano Liaos Landgut, Solaris
Mark Tamarind, Vereinigtes Commonwealth

Deirdre gefiel der selbstgefällige Ausdruck auf dem Gesicht des Sicherheitschefs ganz und gar nicht. Seine Miene ließ sie das Schlimmste ahnen. »Ich habe gefragt, wann wir Solaris verlassen, Kapitän. Der Mandrinn hat seine Auszeichnung überreicht, und gestern haben Sie mir mitgeteilt, daß die Magnetresonanzscan-Anlage gekauft und fertig zum Abtransport ist. Wann fliegen wir zurück nach Zürich?«

Der Mann gab sich keine Mühe, die Lüge in seiner Antwort zu verschleiern. »Sie müssen die Vorsicht des Mandrinn verzeihen, Doktor, aber es gehen Gerüchte um, ein Terrorkommando der Zhanzheng de Guang befinde sich auf Solaris. Man nimmt an, daß es die Mörder auf den Mandrinn abgesehen haben und das Landgut beobachten.« Er klopfte auf das Pistolenholster an seinem Gürtel. »Aus diesem Grund sind meine Männer bewaffnet worden und angewiesen, ohne Warnung zu schießen. Die Gefahr dürfte in ein, zwei Wochen vorüber sein, aber bis dahin können wir das Risiko, Sie von hier abreisen zu lassen, nicht eingehen. Man könnte Sie entführen.«

Deirdre schüttelte den Kopf. »Ich weiß Ihre Vorsicht zu schätzen, Kapitän. Gibt es keinen Weg, uns früher hier wegzuholen?«

»Ich fürchte nicht. Der Mandrinn hat den Haushalt angewiesen, Ihnen den Aufenthalt auf dem Gut so angenehm wie möglich zu machen. Wir stehen zu Ihren Diensten.«

»Aber Sie werden uns nicht auf ein Landungsschiff bringen und nach Zürich abfliegen lassen?«

»Nein.«

»Na gut.« *Mal sehen, inwieweit ich hier gefangen bin.* »Bitte rufen Sie den örtlichen ComStar-Präzentor, damit ich meiner Familie eine Nachricht zukommen lassen kann. Ich möchte nicht, daß man sich unnötig Sorgen um mich macht.«

Der Kapitän lächelte. »Das ist bereits erledigt, Dr. Lear. Der Mandrinn wollte Ihnen keine Unkosten aufbürden.«

»Ich verstehe. Nun, dann würde ich gerne das Visiphon benutzen, um Kai Allard-Liao anzurufen.«

Der Mann blinzelte überrascht, dann schüttelte er den Kopf. »Ich fürchte, es ist kein Kontakt nach draußen möglich. Die Verbindungen könnten abgehört werden, und Mr. Allard-Liao wird der Komplizenschaft mit dieser Terrororganisation verdächtigt.«

Das ist völlig unmöglich. Kai und Sun-Tzu würden ebensowenig zusammenarbeiten... Die Puzzlestücke in Deirdre Lears Gedanken formten sich allmählich zu einem Ganzen. »Ich verstehe.«

»Wenn es sonst irgend etwas gibt, das ich für Sie tun kann, ich stehe zu Ihrer Verfügung.« In den Worten lag leiser Spott, als er sich umdrehte und die Suite verließ.

Deirdre setzte sich auf den Rand der Couch. *David und ich sind Geiseln. Wir sind Gefangene. Tormano benutzt uns gegen Kai.* Sie fühlte ein reuiges Stechen, als totgeglaubte Gefühle in ihr aufwallten. *Ich wußte, daß Kais Charakter der Tod unserer Beziehung werden würde, und jetzt könnte es der Tod meines Sohnes werden.*

Sie sah hinüber zu David, der mit Holzbausteinen spielte. *Unser Sohn. Kai... warum tust du mir das an?*

In Gedanken kehrte sie zurück zu den sechs Monaten, die sie auf der Flucht vor den Jadefalken mit ihm verbracht hatte. Der alte Kai hätte nie etwas unternommen, um ihr zu schaden. Er hatte sogar mit einem Clansmann verhandelt und seinen beinahe sicheren Tod riskiert, um ihr auf Alyina die Freiheit zu sichern. Wie hatte er sich von einem stillen, verantwortungsbewußten Krieger in einen Geld scheffelnden Schaukämpfer verwandeln können? Die Veränderung mußte etwas mit ihrer Zurückweisung zu tun haben. *Wenn ich nicht so hart gewesen wäre, wäre Davids Leben jetzt nicht in Gefahr.*

Sie versuchte, ihre alten und neuen Ansichten von Kai unter einen Hut zu bringen, aber sie bissen sich einfach *zu* sehr. Sie rang mit ihren Gefühlen, und schließlich blieb nur der alte Kai, der Kai, den sie auf Alyina gekannt hatte. Ihre Wahrnehmung war völlig verzerrt gewesen. Wie konnte sie ihn jemals anders gesehen haben?

Ich habe die Beweise, die ich nicht sehen wollte, einfach ignoriert. Der Zenotaph-Wohltätigkeitsfonds, das ist typisch Kai. Und es war sein Onkel, der mich hierhergeholt hat, offensichtlich, um mich gegen ihn einzusetzen. Tormano ist derjenige, der auf eine militärische Eroberung der Konföderation Capella drängt. Hat er nicht gesagt, daß Kai mit ihm gebrochen hat? Kai muß sich seinen Plänen widersetzt haben. Mein Gott, Kai hat sich gar nicht verändert. Er ist immer noch der Mann, den ich gekannt und geliebt habe. Und jetzt sind wir das Messer an seiner Kehle.

»Was ist, Mommy?« David strich ihr die Tränen aus dem Gesicht.

Deirdre hob den Jungen auf den Schoß und drückte ihn fest an sich. »Ach Kind, ich habe mich in jemand ganz Besonderem geirrt, und jetzt ist er deswegen in Schwierigkeiten.«

»Können wir ihm helfen?«

»Ich hoffe es, David.« Deirdres Miene wurde zu einer wütenden Maske. *Kai und ich sind auf Alyina sechs Monate lang ComStar und Clan-Verfolgern entwischt. Eine*

Handvoll capellanischer Exilpatrioten wird mich nicht gegen meinen Willen hier festhalten. Sie küßte ihren Sohn. »Wir müssen es gut planen, aber wir können ihm sehr helfen.«

Solaris City, Solaris VII
Mark Tamarind, Vereinigtes Commonwealth

Der Attentäter war hocherfreut, als die Agenten ihn und seine Ausrüstung geradewegs zurück in den Unterschlupf brachten. Sie reichten ihm Koffer und Päckchen, ohne sie vorher zu überprüfen, ein Fehler, den der Mann mit dem eisigen Blick nie begangen hätte. Der Attentäter wußte nicht, wohin der Agent verschwunden war, aber er war froh, daß er fort war. *Der* Mann hätte sich nicht gemütlich zurückgelehnt und die Monitore beobachtet, zu denen die jede seiner Bewegungen verfolgenden Kameras ihre Bilder schickten. *Er wäre hier und würde wahrscheinlich spüren, daß ich nur noch auf die Gelegenheit zur Flucht warte.*

Der Attentäter öffnete zuerst den Gewehrkoffer. Die Waffe war zerlegt und sorgfältig in den Aussparungen des Schaumstoffutters untergebracht. Alles sah genauso aus, wie zu dem Zeitpunkt, als er das Gewehr selbst darin verstaut hatte. Der Geruch frischen Waffenöls sagte ihm, daß Sergej Chou die Waffe nach den Probeschüssen gereinigt hatte.

Als er ein Paar weiße Baumwollhandschuhe aus dem Koffer zog, blickte der Attentäter zu den beiden Agenten auf, die bei ihm im Zimmer waren. »Das ist eine Loftgren Supreme, Modell 150. Ich habe sie modifiziert, den Abzug leichtgängiger gemacht und den Schaft ausgehöhlt, bis sie perfekt ausbalanciert war. Es ist ein Kaliber 12.7-mm-Gewehr. Mit Zielfernrohr treffe ich ein Ziel auf zwei Kilometer. Da ich einen

Mann erschießen werde, der in einem in Sanierung befindlichen Bereich Schlesiens lebt, werde ich diese Distanz auch überbrücken müssen. Außerdem müssen Sie Raum 807 im Hotel Gepanzerte Faust für mich belegen.«

Der überraschte Gesichtsausdruck der beiden machte dem Attentäter klar, daß die beiden den Namen seines Opfers nicht kannten. Er war zu weit gegangen, aber ohne den Mann mit dem eisigen Blick mußte jemand die Führung übernehmen. Das Ziel zu identifizieren, war einfach genug gewesen: Katrina hatte den Planeten verlassen, und Victor unterstützte Tormano, indem er ihm seinen Bruder Peter als Verbindungsoffizier zuteilte. Damit blieb von seiner Liste möglicher Opfer nur Ryan Steiner. Ryans Hand hinter der Explosion, die Galen Cox getötet hatte, war kaum zu übersehen. Und durch sein Zielfernrohr würde für Ryans Kopf dasselbe gelten.

Der Attentäter holte den Ballistikreport aus dem Koffer und legte ihn auf den Tisch. Dann hob er das Magazin heraus und schloß den Koffer. Er holte die Kugeln nacheinander aus dem Magazin und stellte sie auf dem Tisch auf. Die erste hatte einen breiten schwarzen Streifen, die zweite einen ebenso breiten grünen. Es folgte eine Patrone mit Streifen in Gold und Rosa, eine braun-schwarz gestreifte, und eine silber, dunkelrot und hellrot gestreifte Kugel. Das letzte Geschoß trug blau-weiße Streifen.

Der Attentäter war versucht zu lächeln. Die Kugeln gaben ihm alle Informationen, die er brauchte. Aber für die Agenten spielte er weiter. Er hob den Ballistikreport auf. »Die Kugeln, die ich für diesen Auftrag angefordert habe, sind im hinteren Teil kahnförmig gerundet, sabotgeladen und panzerbrechend. Das Ziel wird sich in einem Büroraum aufhalten, hinter einem Fenster, das Ihren Informationen zufolge aus kugelsicherem Glas besteht. Viele Menschen glauben, Glas könne eine Kugel aufhalten, aber das stimmt nicht.« Er nahm die schwarze Patrone in die Hand. »Eine Kugel dieser Masse entwickelt, aus einem Gewehr abgefeuert, genug Bewegungsenergie, um das Glas zu durchschlagen und anschließend unser Ziel zu erledigen.«

Der Attentäter deutete auf die Grafik auf der ersten Seite des Berichts. »Sehen Sie, die schwarzen Kugeln haben eine mittlere ballistische Abweichung von plus eins komma zwo vier Zentimetern auf zweihundertfünfzig Meter Distanz. Viel flacher geht es nicht, aber auf fünfhundert Meter läßt die Treffsicherheit nach. Das ist nicht gut.« Er ging den Report Seite für Seite durch und beeindruckte die beiden mit Fakten und Zahlen, die sie ganz offensichtlich nicht verstanden. Für ihn ging es nur darum, zu überprüfen, ob die Tabellen in derselben Reihenfolge abgeheftet worden waren, wie die Kugeln im Magazin gesteckt hatten.

»Da der Büchsenmacher von jeder Konfiguration vier Stück angefertigt hat, habe ich von allen Kugeln vier zur Verfügung.« Der Attentäter sah hoch und lächelte. »Ich denke, ich sollte die silber-dunkel-hellrot gestreifte nehmen. Meinen Sie nicht auch?«

Er hielt sie hoch, und einer der Agenten wollte sie ihm abnehmen, aber der Attentäter zog die Hand zurück. »Nein, nein, mein Lieber, Sie tragen keine Handschuhe. Ich bezweifle, daß der Prinz es gerne sähe, wenn sich auf der Kugel, die Ryan Steiner getötet hat, die Fingerabdrücke eines Agenten des Geheimdienstsekretariats finden. Eine ganz böse Geschichte.«

Der Agent wurde rot, und seine Kollegin lachte. Der Attentäter gestattete sich ebenfalls ein Grinsen. Das war das erstemal, daß er seine Opfer zusehen ließ, wie er sich auf ihren Tod vorbereitete. »Ja, ich nehme die dreifarbige.«

Ein dritter Agent kam herein. »Packen Sie Ihr Zeug zusammen. Wir haben das Zimmer, das Sie wollten.«

Der Attentäter sah erwartungsvoll hoch. »Ist es soweit?«

»Ja«, bestätigte der Neuankömmling mit einem Nicken. »Heute nacht stirbt Herzog Ryan Steiner.«

31

Solaris City, Solaris VII
Mark Tamarind, Vereinigtes Commonwealth

24. April 3056

Kai nickte, als Keith Smith die Visiphonverbindung mit Kristina unterbrach. »Tut mir leid, daß ich von dir verlangen muß, eine Verabredung abzusagen, Keith, aber das hier ist sehr wichtig.« Er sah hinüber zu Larry Acuff und Fuh Teng. »Im Augenblick seid ihr die einzigen Menschen, denen ich vertrauen kann, und ich brauche eure Hilfe. Wenn ich erklärt habe, worum es geht, müssen wir uns unterhalten, und wir werden dazuholen, wen immer wir brauchen, solange wir die Sache geheimhalten können.«

Alle drei Männer sahen ihn gespannt an. »Peter Davion hat Solaris in Begleitung von Chorsakows Kosaken verlassen. Die Einheit war berüchtigt für ihren Haß auf Romano, und für Sun-Tzu hat sie kaum mehr übrig. Sie ist aus dem System gesprungen, aber ich weiß nicht, wohin. Soweit ich es verstanden habe, wird es etwa zehn Tage dauern, bis der Bericht über ihre Mission auf Solaris eintrifft.«

Larry runzelte die Stirn. »Zehn Tage sind eine lange Zeit. Ein Sprungschiff kann in der Zeit eine gehörige Entfernung zurücklegen, und mit einem guten Piratenpunkt könnten die Truppen eine Zielwelt beinahe sofort nach Ankunft erreichen.«

Keith drehte Kais Computerkonsole und legte sich die Tastatur auf den Schoß. »Dadurch, daß ich die Sprungschiffe für diese verdammten Jadefalken im Auge halten muß, habe ich eine Datenbank voll mit dem Zeug. Weißt du, welches Schiff die Kosaken benutzen?«

Kai schüttelte den Kopf. »Sorry.«

»Halb so wild.« Keith tippte auf ein paar Tasten, und der Bildschirm füllte sich mit Daten. »Gestern war Peter noch hier, also suchen wir ein Sprungschiff, das in den letzten zwölf Stunden auf Station war. Das waren nur drei: die *Remagen,* die *Darlington* und die DKA *Shojo,* die Lady Omi nach Hause bringen soll. Das einzige Schiff der drei, das mehr als einen Sprung ohne zwischenzeitiges Aufladen durchführen kann, ist die Shojo. Sie hat Lithium-Fusionsbatterien.«

Fuh Teng verzog das Gesicht. »Ich bezweifle, daß die bloße Ankunft in einem System ausreicht, genug Ergebnisse für einen Bericht zu erzielen.«

»Stimmt. Ich denke, wir sollten uns auch nach feindlichen Welten umsehen.« Kai sah seinen Computerexperten an. »Was haben wir an feindlichen Welten in dreißig Lichtjahren Umkreis um Solaris?«

»Na ja, das hängt ganz davon ab, wie du feindlich definierst.«

»Wie meinst du das?«

Keith gab einen Befehl ein. »Kyoto Shin, Rahne, Algorab, Zaniah und Fianna liegen alle in Reichweite.«

»Aber das sind VerCom-Welten, Keith.« Larry schüttelte den Kopf. »Warum sollten sie ins Vereinigte Commonwealth fliegen?«

»Ein paar der Welten neigen politisch Skye zu.« Keith zuckte die Achseln. »Peter hat nicht gerade einen Narren an Ryan Steiner gefressen.«

»Stimmt, aber die Kosaken haben nichts gegen Steiner. Außerdem steckt mein Onkel mit drin.«

»Das hättest du gleich sagen sollen.« Die Informationen auf dem Computerschirm veränderten sich, und Keith runzelte die Stirn. Er versuchte einen anderen Befehl, aber die Daten blieben die gleichen. »Nicht, daß ich an den Daten zweifle, aber es befindet sich nicht ein Planet der Konföderation Capella in Sprungweite.«

Kai kniff die Augen zusammen. »Könnte mein Onkel eine Kommandostrecke aufgebaut haben?«

»Daran habe ich ehrliche Zweifel, Kai. Ich habe den Sprungschiffverkehr verfolgt und den Computer darauf programmiert, jedes Verkehrsmuster anzuzeigen, das sich zu einer Strecke ausbauen ließe.« Keith rückte die Brille zurecht. »Ich wußte, daß du die Jadefalken herbringen wolltest, ohne Sprungschiffkapitäne dafür bezahlen zu müssen, daß sie Däumchen drehen und auf ComStars Genehmigung warten. Deshalb habe ich mir die Verkehrsmuster angesehen. Vor sieben Wochen gab es einen wirklich guten Kandidaten für eine Kommandostrecke, aber das Muster ist kollabiert, bevor wir es nutzen konnten. Jetzt sind wir wieder nahe dran, aber der Titelkampf ist vorbei, deshalb ist es uninteressant geworden. Jedenfalls habe ich nichts gefunden, was sich zu einer Kommandostrecke in die Konföderation Capella hätte ausbauen lassen.«

»Wir können die Möglichkeit nicht völlig ausschließen, aber es ist mehr als unwahrscheinlich.« Kai lehnte sich vor und preßte beide Handflächen auf die Plexiglasscheibe über dem Mahagoni des Schreibtischs. »Wenn es nicht gegen die Capellaner geht, gegen wen dann? Die Liga Freier Welten?«

»Das soll keine Beleidigung sein, Kai, aber dein Onkel ist verrückt genug, so etwas zu versuchen.« Larrys Miene verdüsterte sich. »Ich hätte Herzog Peter allerdings für zu schlau gehalten, bei so etwas mitzumachen. Andererseits ist er schwerer zu durchschauen als chinesische Schriftzeichen.«

»In der Liga Freier Welten sind acht Planeten in Reichweite. Willst du eine Auflistung?«

Kai wollte antworten, als die Sprechanlage summte. Er drückte den Sprechknopf. »Ja?«

»Torwache, Sir. Perkins hier.«

»Was gibt's, Mr. Perkins?«

»Sir, Mr. Wu Deng Tang ist hier und möchte Sie sprechen.«

Kai schüttelte den Kopf. »Ich bin gerade sehr beschäftigt, Mr. Perkins. Bitte richten Sie Mr. Wu aus, ich setze mich mit ihm in Verbindung.«

»Ja, Sir, aber er sagt, es sei dringend. Er sagt, er müßte Ihnen den Gefallen vergelten, den Sie Ihm vor dem Kampf erwiesen haben. Mit gleicher Münze, sagt er.«

Vor dem Kampf? Ich habe seine Frau bewachen lassen, damit ihr nichts geschieht. Kai lief ein kalter Schauer den Rücken entlang. »Mr. Perkins, bitte schicken Sie Mr. Wu herauf.«

»Schon unterwegs, Sir.«

Fuh Teng stand auf und ging zur Bürotür. »Was meinen Sie, worum es geht, Kai?«

Kai hob langsam den Kopf. »Ich weiß es nicht.« *Darf ich wagen zu glauben, daß er etwas von Deirdre und David weiß?* Kai griff in die Jackentasche. Das Holo lag kühl in seiner Hand.

Fuh Teng öffnete die Tür und ließ Wu herein. Der Arenakämpfer wirkte müde, und auf seiner Stirn stand Schweiß. Er sah sich um, dann blickte er Kai an. »Ich habe eine Nachricht von meinem Vater.«

»Hat ihn die Nachricht über die Geburt seines Enkels gefreut?«

»Ja, aber deswegen bin ich nicht gekommen.« Wu schnappte nach Luft, dann sprach er langsam weiter. »Als erstes bat er mich, Ihnen seine Grüße auszurichten und Ihnen mitzuteilen, er hoffe, Sie dienen Prinz Victor ebensogut, wie Ihr Vater Hanse Davion gedient hat.«

»Ich habe Ihren Vater nie getroffen, und daß ein capellanischer Offizier meinen Vater erwähnt…«

»Wenn es nicht als Teil eines Fluches geschieht, kann es ihm den Tod bringen, ich weiß.« Wu schüttelte den Kopf. »Er sagte, unser Kampf und die Ehre, die Sie mir erwiesen haben, reichen aus, um der Familie Wu für dieses Jahr ihre Ehre zu sichern. Er hatte etwas anderes erhofft, denn er hat die Nachricht erhalten, daß sich feindliche Angreifer im Anflug befinden, und Harlocs Räuber stehen bereit, sie zu empfangen. Er wurde jedoch angewiesen, seine Leute in die Befestigungen zurückzuziehen, die sie angelegt haben, und soll die Verteidigung des Planeten den örtlichen Truppen überlassen.«

Kai war wie vom Donner gerührt. »Hat Ihr Vater erwähnt, wer die Angreifer sind? Hat er Chorsakows Kosaken erwähnt?«

Jetzt war es an Wu, überrascht zu sein. »Woher wußten Sie das?«

»Wo ist Ihr Vater stationiert?«

»Auf Shiloh. Er trainiert dort mit den 3. Sirianischen Lanciers.«

»Shiloh steht auf meiner Liste.«

Kai ließ sich in den Sessel fallen. »Das ist noch monströser, als ich befürchtet hatte. Die Kosaken fliegen nach Shiloh, mit Peter Davion an ihrer Spitze, und Ihr Vater bringt sie um, weil er vorgewarnt ist.«

Wu wurde bleich. »Peter Davion begleitet sie?«

Kai nickte. »Sein Tod würde Victor zwingen, die Konföderation Capella anzugreifen, weil es eine ihrer Einheiten auf einer Liga-Welt gewesen wäre, die Peter auf dem Gewissen hat. Genau das hat mein Onkel geplant. Und sollten die Kosaken zusammen mit Peter zurückkommen, hätte das Vereinigte Commonwealth plötzlich den Beweis, daß Sun-Tzu capellanische Truppen auf Liga-Welten in Reichweite des Vereinigten Commonwealth stationiert.«

Larry Acuff schauderte es. »Warum würde er den Räubern befehlen, sich zurückzuziehen?«

»Damit sie Peter nicht umbringen.« Kai sah zu Wu hoch. »Sie haben gesagt, Ihr Vater hat mit den 3. Sirianischen Lanciers trainiert? Hat er etwas über sie gesagt?«

»Er sagte, sie seien willig genug, aber unerfahren wie frisch geschlüpfte Küken. Die Kosaken werden sie pulverisieren.«

»Damit leitet Peter Davion einen Angriff auf einen Planeten der Liga.« Kai sog den Atem durch die Zähne. »Thomas Marik wird nicht anders können, als dem Vereinigten Commonwealth den Krieg zu erklären. Das würde Sun-Tzu gefallen.«

»Aber Thomas kann nichts gegen das Vereinigte Commonwealth unternehmen. Sein Sohn Joshua ist in Behandlung auf New Avalon. Er ist eine Geisel.« Keith strich sich durch das dunkelblonde Haar. »Ein Vater kann das Leben seines Kindes nicht in Gefahr bringen.«

»Ich könnte es bestimmt nicht«, flüsterte Wu.

»Manchmal geht es nicht anders.« Als die anderen Männer ihn ansahen, blieb Kai der Atem im Halse stecken. Er zog das Holo aus der Tasche und warf es auf den Tisch. Keith fing es, bevor es zu Boden fallen konnte, und hielt es hoch, damit auch Wu und Larry es sehen konnten.

Larry deutete auf die Frau auf dem Bild. »Das ist Dr. Lear, nicht wahr? Sie war auch auf Alyina.«

Kai nickte. »Der Junge bei ihr ist mein Sohn. Tormano hat sie beide in seiner Gewalt. Er hat gesagt, ich werde sie nicht wiedersehen, wenn ich irgend etwas gegen ihn unternehme.«

Fuh Teng schüttelte den Kopf. »Aber wenn wir nichts unternehmen, wird das einen Krieg auslösen.«

»Ich weiß.« Kai fühlte sich hilflos, aber er verdrängte das Gefühl und richtete sich auf. »Wir müssen dieser Idiotie ein Ende machen, bevor Millionen Menschen umkommen. Und wenn das bedeutet... es muß sein.«

»Tun Sie, was mein Vater vorschlägt, Kai.« Wu deutete auf das Visiphon auf dem Tisch. »Schicken Sie Victor über ComStar eine Nachricht. Er muß seinen Bruder zurückbeordern.«

»Das geht nicht. Aus zwei Gründen. Erstens: Victor kann keine Truppen in die Liga Freier Welten schicken, ohne genau den Krieg auszulösen, den wir vermeiden wollen. Und wenn Victor erführe, daß Harlocs Räuber auf Shiloh stehen, würde ich ihm zutrauen, eigene Truppen hinzuschicken, um sie zu vernichten. Und der zweite Grund, warum Victor Peter nicht zurückrufen kann: Peter würde erst recht angreifen, nur um es seinem Bruder zu zeigen. Mein Onkel Tormano hat Peter den letzten Funken Verstand geraubt. Nein, wir müssen ihn aufhalten.«

»Und wie tun wir das?« Keith legte das Bild zurück auf den Tisch.

Kai dachte einen Moment nach, dann sah er seine Gefährten einen nach dem anderen an. »Dieser Plan ist wahrscheinlich voller Löcher, aber er könnte funktionieren. Fuh Teng, ruf jeden Kämpfer an, den Zenotaph unter Vertrag hat. Sie müssen sich bereithalten. Wir werden eine Einheit hinter Peter her schicken. Aber das muß unter uns bleiben. Gib ihnen keine Details, sag nur, wir brauchen ihre Hilfe.«

Er blickte zu Wu Deng Tang. »Sie brauchen sich nicht darauf einzulassen, aber wenn Sie helfen wollen, können Sie die Leute hier in Kithai dazu bringen, Gerüchte zu verbreiten. Was auch immer – daß ich in tiefster Depression versunken bin und mich völlig zurückgezogen habe, oder daß ich wie ein Wahnsinniger feiere und mich besaufe. Je wilder, desto besser. Tormano läßt mich beobachten, und ich möchte, daß sein Agentennetz so mit Meldungen und Gerüchten über mich überflutet wird, daß er die Spreu nicht mehr vom Weizen trennen kann.«

»Ich schulde Ihnen mein Leben. Ich werde tun, was in meiner Macht steht, das Ihre zu beschützen.«

»Danke. Larry, du mußt den Leuten, die Fuh Teng uns besorgt, die nötige Ausrüstung verschaffen. Und mir auch.«

»Nimmst du *Yen-lo-wang?*«

»Geht nicht. Tormano oder einem seiner Leute würde es auffallen, wenn er verschwindet.« Kai grinste trocken. »Kallon Industries wird nichts dagegen haben, wenn ich ihren *Zermalmer* einem ausgedehnten Gefechtstest unterziehe. Bestell die Sachen in bunter Mischung, bestell doppelt, kauf bei kleinen Firmen. Und bleib am Ort, wir brauchen es bis morgen.«

»Geht klar, Boß.«

»Gut.« Kai senkte den Kopf, um seine Gedanken zu ordnen. »Tormano wird die *Zhangshi* und unsere anderen Schiffe überwachen. Ich werde für eine alternative Transportmöglichkeit sorgen und anschließend Fuh Teng helfen.«

Keith stellte die Computertastatur auf dem Monitor ab. »Bleibe noch ich. Soll ich meine unglaublichen Computerfähigkeiten einsetzen, um deinen Sohn aufzuspüren?«

»Ja, Keith, aber erst in zweiter Linie.« Kai sah auf die Holographie, dann blickte er wieder auf. »Du mußt über die Computer die ganze Operation verschleiern. Es dürfen keine Hinweise auf die Lieferungen mehr existieren, wenn sie erst angeliefert sind. Es muß der Eindruck entstehen, daß alle, die uns begleiten, aus ihren Wohnungen den normalen Computerverkehr aufrechterhalten, in beide Richtungen. Wir brauchen Rechnungen, Kneipendeckel, Kleiderbestellungen und was dir sonst noch einfällt im Datennetz, damit Tormanos Leute glauben, wir wären noch immer hier und unter Beobachtung. Mein Onkel ist stolz auf seine Intelligenz und Schläue. Er hört sich einen Augenzeugenbericht an, aber einer Kreditkartenbuchung für ein Essen oder einer Visiphonrechnung, aus der hervorgeht, daß ich hier war und Gespräche geführt habe, *glaubt* er. Seine Leute werden das alles auch beobachten, aber *ihn* müssen wir überzeugen.«

Keith nickte. »Das wird mich vollauf beschäftigt halten, bis ihr abfliegt, weil ich ständig etwas Neues aufbauen und alte Dateien werde löschen müssen. Ich werde keine Gelegenheit haben, nach deinem Sohn zu forschen, bis ihr weg seid.«

Kais Magen verkrampfte sich, als er das hörte. »Ja, ich weiß, daß er dadurch in Gefahr gerät. Aber mein Onkel läßt mir wirklich keine andere Wahl. Wenn Tormano den Jungen diesmal mit Erfolg gegen mich einsetzen kann, wird er ihn nicht mehr ziehen lassen. Diesmal verlangt Tormano, daß ich untätig bleibe. Was mache ich, wenn er beim nächsten Mal eine bestimmte Handlung verlangt?«

»Wir sollten dafür sorgen, daß es kein nächstes Mal geben wird.« Keith hob das Holo auf. »Onkel oder nicht, wenn er mein Kind bedrohen würde, würde ich sein Konto auflösen.«

»Stimmt, aber das kann ich erst, wenn ich weiß, daß David in Sicherheit ist.« Kai stand auf. »Und wir können ihn erst in Sicherheit bringen, wenn wir diesen Krieg verhindert haben.«

Sven Newmarks Bericht hob Herzog Ryan Steiners Stimmung beträchtlich. »Sind Sie sicher, Sven?«

»Ja, Mylord. Auf ganz Solaris ist keine Spur von Peter Davion zu finden. In Verbindung mit Mandrinn Liaos Mitteilungen läßt diese Tatsache den Schluß zu, daß Peter kein Problem mehr darstellt.« Der Exilrasalhaager reichte Ryan die Hand. »Herzlichen Glückwunsch, Sir. Sieht aus, als hätten wir es geschafft.«

Ryan stand hinter dem Schreibtisch auf und schüttelte begeistert die angebotene Hand. »Sie könnten recht haben, Herr Newmark.« Der Herzog gestattete sich ein leises Kichern. Er verschränkte die Hände im

Rücken und trat ans Fenster, um die Aussicht über Kithai und Black Hills zu genießen. In der Ferne sah er den Hotelturm des Sun and Sword, gekrönt von verbogenen, rußgeschwärzten Trümmern. »Zwei Fliegen mit einer Klappe da hinten, und jetzt wird auch noch Peter den Wölfen vorgeworfen. Victor geht rapide die Unterstützung aus.«

»Sein Herrschaftsanspruch ist definitiv in Frage gestellt.« Newmark ließ sich in einem der Sessel vor Ryans Schreibtisch nieder.

Ryan nickte, dann sah er grinsend hinab auf die Straße. »Die armselige Szenerie dort unten macht deutlich, wie ungeeignet die Davions sind, das Lyranische Commonwealth zu regieren. Die Davions glauben an Symbole. Was macht man, um einem von Zerfall angefressenen Straßenzug zu neuem Glanz zu verhelfen? Man hängt bunte Fahnen an die Laternen. Nicht nur, daß sie damit das Problem nicht lösen, Silber, Dunkel- und Hellrot ist wahrlich keine glückliche Farbkombination. Die Steiners dagegen verstehen das Problem der Armut. Und sie kennen seine Lösung. Wie ich, als ich hierhergezogen bin und dieses Gebäude renoviert habe. Meine Anwesenheit hier wird andere ermutigen, in dieser Nachbarschaft zu investieren. Wir werden Geld in diese Gegend locken, und damit Arbeitsplätze schaffen. Geld zieht mehr Geld an, aber das Lyranische Commonwealth leidet unter drei Jahrzehnten, in denen die Davions unser Stammkapital abgesaugt haben.« Ryan drehte sich halb um und präsentierte Newmark sein Profil. »Das Lyranische Commonwealth wird nicht zu einem Festmahl für die Clans und die Davions verkommen. Das schwöre ich, bei meinem Leben!«

Einen halben Kilometer entfernt legte sich an einem Punkt, der etwa zwanzig Meter über dem Fenster Herzog Ryan Steiners lag, ein behandschuhter Finger um

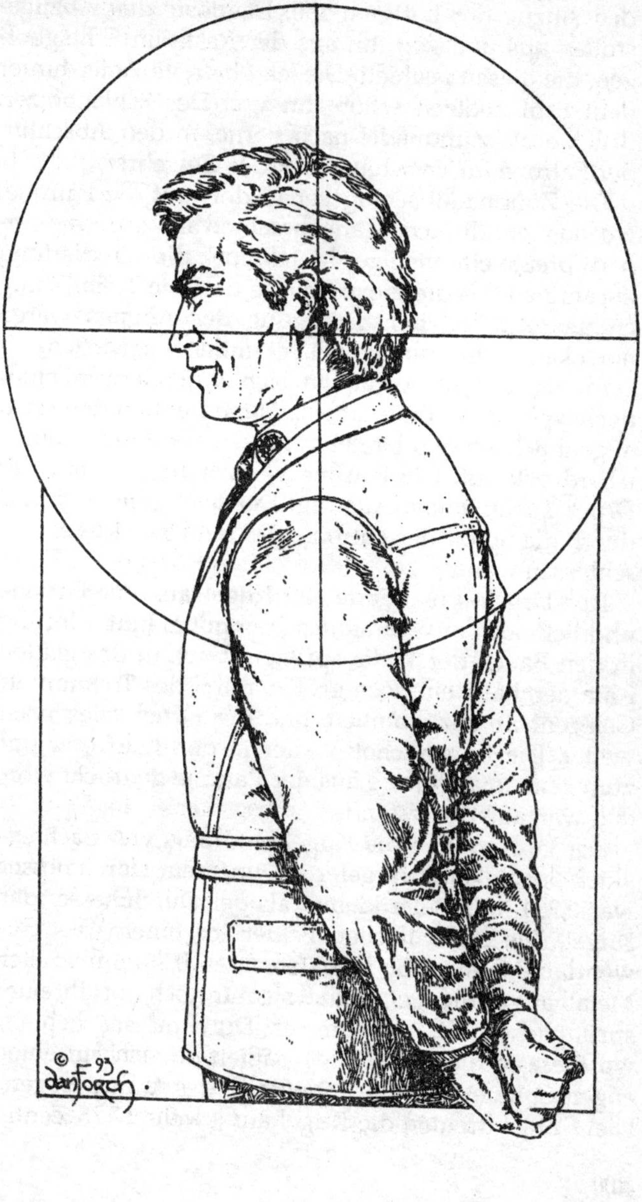
© 93
danforth

den Abzug der Loftgren 150. Das löste den Abzugsstollen aus und zog ihn aus der Raste im Schlagbolzen, die diesen festhielt. Die jetzt befreite Feder hinter dem Schlagbolzen schob ihn vor. Der Schlagbolzen drückte die Zündnadel nach vorne, in den Abschluß der Patrone im Verschlußstück des Gewehrs.

Die Zündnadel schlug genau dort auf die Patrone, wo das Zündhütchen angebracht war. In dessen Innern preßte ein winziger Metallblock die Zündladung zusammen, bis diese explodierte und die Treibladung entzündete. Seit der Betätigung des Abzugs waren noch keine fünf hundertstel Sekunden verstrichen.

In der Patrone befanden sich 9,72 Gramm eines hochexplosiven Treibmittels. Dieses entzündete sich augenblicklich und baute im Innern der Patrone einen Überdruck auf. Die Patrone verformte sich, und der Druck suchte einen Ausweg. Der leichteste Weg war durch die Spitze der Patrone, das mit einer Kugel verschlossen war.

Der Druck schleuderte die Kugel aus der Patrone und ließ noch unverbranntes Treibmittel hinter ihr her in den Bauch der Waffe spritzen. Dort, in der glatten Kammer, hatte ein noch größerer Teil des Treibmittels Gelegenheit, abzubrennen, und der Druck stieg noch weiter. Die Kugel schoß weiter in den Lauf und traf zum erstenmal, seit sie aus der Patrone gedrückt worden war, auf Widerstand.

Der Lauf, in den die Kugel eindrang, war nach exakten Spezifikationen gefertigt, und sein Durchmesser war 0,254 Millimeter kleiner als der Durchmesser der Kugel. Die sechs flachen Felder im Innern des Gewehrlaufs frästen die überstehenden 0,254 Millimeter Metall aus der Kugel, so daß sie nur noch dort ihre ursprünglichen 1,27 Zentimeter Durchmesser behielt, wo diese in die sechs Züge paßten, die sich in einer engen Spirale über die Innenseite des Laufes zogen. Diese Züge drehten die Kugel auf jeweils 17,78 Zentimetern einmal um die Längsachse und versetzten sie auf diese Weise in eine schnelle Rotation.

Diese Rotation garantierte eine stabile Flugbahn der Kugel. Hinzu kam, daß die Kugel mit einem kahnförmig gerundeten Hinterteil gegossen war. Ihr Ende lief nach hinten aus und war schmaler als der vordere Teil der Kugel. Das reduzierte den Luftwiderstand und machte die Kugel über längere Distanz wirksamer.

Hinter der Kugel dehnte sich das abbrennende Treibmittel weiter aus. Sein Feuer folgte ihr bis an die Gewehrmündung und darüber hinaus. Das Mündungsfeuer hatte eine Länge von nicht ganz 15 Zentimetern. Mehr als das wäre vor dem schmutziggrauen Himmel über Solaris City leicht zu bemerken gewesen. Außerdem hätte es die Patrone als mangelhaft ausgewiesen, denn die aus der Mündung schlagende Flamme repräsentierte wirkungslos verpuffte Energie.

Die Kugel trat 0,075 Sekunden nach Betätigung des Abzugs aus der Mündung. Ihre Austrittsgeschwindigkeit lag bei 868,68 Metern pro Sekunde. Da das Ziel nur fünfhundert Meter entfernt war, erreichte es dieses in weniger als einer Sekunde. Das Licht des Mündungsfeuers war hell genug, um von Herzog Ryan aus dem Augenwinkel wahrgenommen zu werden, aber die Flugzeit der Kugel von nur 0,61403 Sekunden ließ ihm keine Zeit zu reagieren.

Auf dem Flugweg verlor die Kugel durch Luftreibung und Schwerkraft an Geschwindigkeit und Flughöhe. Das Zielfernrohr des Gewehrs war darauf eingestellt, das zu kompensieren. Wenn sich das Ziel genau im Fadenkreuz des Fernrohrs befand, wies die Gewehrmündung auf einen Punkt 15,24 Zentimeter darüber. Auf kürzere Distanz hätte das dazu führen können, daß der Schuß über das Ziel ging, aber da das Zielfernrohr auf fünfhundert Meter Distanz eingestellt war, stimmten Visierpunkt und Flugbahn des Projektils überein.

Kugelsicheres Glas ist genaugenommen eine falsche Bezeichnung. Glas läßt sich dicker, fester und härter machen, aber es unterscheidet sich nicht von anderen Panzerungsmaterialien. Es unterliegt den physikalischen Naturgesetzen, und diese gestatten die gleichzeitige Existenz eines unbeweglichen Objekts – das Glas – und einer unaufhaltsamen Kraft – der Kugel – nun einmal nicht. Panzerglas hält viele Projektile auf oder lenkt sie ab – zumindest die verbreitetsten, die Kugeln, die von den meisten Attentätern, Terroristen und Wahnsinnigen benutzt werden. Aber eine Kugel schwereren Kalibers zertrümmert es.

Ebenso wie Spezialmunition.

Als die sabotgeladene panzerbrechende Kugel auf das Glas traf, übertrug sie eine unglaubliche Menge kinetischer Energie. Das Glas, in Wirklichkeit eine extrem zähe Flüssigkeit, beulte sich nach innen aus. Als die Energie das Kristallgitter zu sehr beanspruchte, begann es nachzugeben. Am Aufschlagspunkt traten mikrofeine Haarrisse auf, die sich kegelförmig ausbreiteten.

Man hätte diese Haarrisse als Versagen des Glases ansehen können, aber in Wirklichkeit waren sie Beweise dafür, daß das Glas seine Funktion erfüllte. Das Entstehen der Risse verbrauchte Energie. Das Glas gab in einem sehr eng begrenzten Bereich nach, hielt die Kugel, die rapide an Energie verlor, jedoch erfolgreich auf. Der Rest der Scheibe hielt, und die 34,02 Gramm Blei wurden plattgedrückt, ohne die Scheibe zu durchschlagen.

Der Wolframkern, um den herum die Kugel gegossen war, ließ sich jedoch nicht so leicht aufhalten wie sein weicher Bleimantel. Die knapp 3,175 Millimeter dicke Metallnadel streifte die Hülle ab und schlug durch die von den Haarrissen geschwächte Sektion der Glasscheibe. Sie legte die sechsunddreißig Zentimeter zu Herzog Ryans Kopf in sieben zehntausendstel Sekunden zurück, wobei sie durch die ungleichmäßige Rißstruktur des Glases etwas an Flugstabilität verlor.

Die Spitze der Nadel traf Ryan über dem linken Ohr. Sie drang durch Haar und Haut, als wären sie nicht vorhanden. Dann traf sie auf Knochen. Wie es die Kugel beim Aufprall auf das Glas getan hatte, gab nun die Nadel einen Großteil ihrer Energie an die Knochenstruktur des Schädels ab. Dieser wurde zusammengepreßt und brach unter dem Druck auf. Unglücklicherweise für Herzog Ryan würde dies jedoch erst bei seiner Autopsie ans Tageslicht kommen.

Die Nadel hatte sich während des Fluges gedreht und brach hinten leicht in Richtung des Hinterkopfes aus. Das hatte keine größeren Konsequenzen für den angerichteten Schaden, aber es verursachte eine ungewöhnlich geformte Eintrittswunde. Diese Tatsache verwirrte Ballistikexperten und Gerichtsmediziner und sollte eine ganze Traube von Autoren und Detektiven jahrzehntelang mit der Frage beschäftigt halten, wie viele Schützen es gegeben hatte. Und auch wenn es ihnen nie gelingen sollte, irgend etwas Handgreifliches zu Tage zu fördern, würden sie Sven Newmark dermaßen zusetzen, daß sie ihn schließlich in den Selbstmord trieben.

Am Aufschlagspunkt implodierte der Schädelknochen. Knochensplitter fetzten durch Ryans Gehirn. Das organische Schrapnell zerstörte Zellen und durchtrennte Synapsen ebenso wie Blutbahnen. Schon allein die durch diese Knochensplitter angerichteten Verletzungen hätten genügt, Ryan Steiner wie nach einem massiven Hirnschlag zu lähmen und ohne augenblickliche medizinische Intervention seinen Tod zu verursachen.

Der Kern stieß ins Gehirn vor. Inzwischen hatte er sich soweit gedreht, daß er seitwärts durch die Neuronen schlug. Die Anzahl der dadurch zerstörten Gehirnzellen war im Vergleich zur Gesamtzahl ohne Bedeutung. Viel schlimmer war, daß der Sabot noch immer weit schneller als die Knochensplitter war und nahezu ungebremst quer durch Ryans Schädel flog.

Die Bugwelle dieses Fluges homogenisierte eine kegelförmige Sektion der Gehirnmasse und verwüstete mit tödlichem Effekt alle körperlichen Funktionen. Sie brachte sämtliche bewußten Denkprozesse zum Stillstand und vernichtete für die Sinneswahrnehmungen zuständige Hirnabschnitte. Und sie ließ den Blutkreislauf des Gehirns zusammenbrechen, so daß der Körper die Möglichkeit verlor, den Schaden wenigstens notdürftig zu reparieren.

Als sie auf der anderen Seite des Schädels eintraf, hatte die Nadel nur noch einen Bruchteil ihrer Energie. Sie traf beinahe quer auf und schlug durch Ryans rechtes Ohr aus. Beim explosionsartigen Austritt riß sie einen Strahl von Blut und Hirnmasse mit, dessen Rückstoß Ryans Kopf in Richtung Fenster stieß. Der Körper des Herzogs fiel nach links, und sein Kopf schlug gegen das Fensterglas, wo er eine Schmierspur hinterließ. Dies sollte Spekulationen Auftrieb geben, er sei in Wirklichkeit von rechts unten erschossen worden.

Dazu hätte sich die Tatwaffe in den Händen Sven Newmarks befinden müssen. Die selbsternannten Experten würden entscheiden, dieser sei vom Rasalhaager Untergrund in Herzog Ryans Haushalt eingeschleust worden. Sie sollten auf die Mißstimmung in Teilen der Rasalhaager Exilgemeinschaft über Ryans Rolle bei einem Versuch, ein Jahr zuvor auf Arc-Royal Prinz Ragnar zu entführen, hinweisen. Dies lieferte ein äußerst fadenscheiniges Motiv, eine Tatsache, die es für Verschwörungsgläubige besonders glaubwürdig machen sollte. Die Tatsache, daß Arc-Royal im Besitz von Morgan Kell war, der seinerseits ein Vetter Victor

Davions war, würde dem Ganzen eine Art verdrehte Logik geben.

Schlußendlich aber war das alles unwichtig. Weniger als zwei Sekunden, nachdem der Attentäter den Abzug seines Gewehrs durchgezogen hatte, lagen Ryan Steiner, seine Pläne und all seine Geheimnisse tot in einer schnell größer werdenden Blutlache auf dem Boden seines Büros.

32

Solaris City, Solaris VII
Mark Tamarind, Vereinigtes Commonwealth

24. April 3056

Der Attentäter trat vom Fenster zurück und zog den Arm aus der Schlinge, die er benutzt hatte, um das Gewehr ruhiger zu halten. Mit einem Anflug von Bedauern warf er die Waffe aufs Bett. Dann ging er am Fußende auf die Knie und schob eine Hand zwischen Matratze und Bettkasten. Er fand einen Ledergurt und zog ihn hervor. An dem Gurt hingen ein Schulterholster und eine Nadlerpistole mit zwei Reserveblocks.

Seine Bewacher hatten den Fehler gemacht, ihm aufzutragen, nach dem Mord an Ryan in diesem Zimmer auf die Rückkehr seiner Kontrolloffiziere zu warten. Trotz der geringen Chance, daß jemand einen GS-Mann am Tatort bemerkte und später identifizieren konnte, hätte ein Agent *bei ihm im Zimmer* bleiben müssen. Der Attentäter wußte, daß ihn der Mann mit dem eisigen Blick niemals alleingelassen hätte. Wäre er noch hier gewesen, wäre der Attentäter jetzt schon ebenso tot wie sein letztes Opfer, und das Geheimnis, wer Ryan Steiner erschossen hatte, hätte er mit ins Grab genommen.

Die Tür zum Nebenzimmer öffnete sich, und die beiden Agenten traten ein. Sie hatten die Waffen nicht im Anschlag. Anscheinend hatten sie erwartet, er glaube das Märchen von seiner weiteren Gefangenschaft, das sie ihm auf der Herfahrt erzählt hatten. Der Attentäter wußte es besser. Prinz Victor würde ihn niemals davonkommen lassen. Er richtete den Nadler auf die beiden Männer und zog mehrmals den Abzug durch.

Der Nadler feuerte mit Hilfe einer Treibgasexplosion nadelscharfe Hartplastikspäne. Die erste Wolke von Nadeln kostete den vorneweg gehenden GS-Mann das Leben. Der zweite Schuß streifte seine Schulter. Die übrigen Nadeln schlugen in die Stirn der Agentin hinter ihm. Der Attentäter betätigte den Abzug ein drittesmal und traf sie in die Brust. Bevor er über die Leichen stieg, feuerte er noch einen letzten Schuß auf den Mann ab, nur um sicherzugehen.

Er stürzte in ihr Zimmer und öffnete die Tür zum Flur. Ein kurzer Blick zeigte ihm, daß sich dort keine weiteren Agenten aufhielten. Er lief den Gang hinab zu Zimmer 827, wo er einmal kurz an die Tür klopfte. Ein grinsender Bursche winkte ihn herein. Der Attentäter trat ins Zimmer und wartete, bis der Bursche die Tür geschlossen und sich auf die Bettkante gesetzt hatte, bevor er ihn erledigte. Er schob ihm den Nadler unters Kinn und feuerte. Der Junge war sofort tot.

Sein Leichnam fiel aufs Bett. Der Attentäter drückte dem Burschen den Nadler in die Hand, damit auf der Waffe seine Fingerabdrücke auftauchten. Entsprechend den Instruktionen und kodierten Botschaften auf der Disk, die er Sergej Chou gegeben hatte, hatte dieser Bursche das Zielfernrohr der Tatwaffe justiert, das Magazin geladen und alles verstaut. Restspuren an seinem Körper und den Kleidern würden ihn als den Mörder identifizieren. Außerdem würde die Polizei einen Abschiedsbrief finden, wenn sie den Raum durchsuchte, in dem der Junge die Tat zugab. Dem Attentäter war egal, welches Motiv sich Chous Fälscher ausgedacht hatten. Wichtig war nur, daß der Knabe ein Opferlamm war, das man allgemein akzeptieren würde.

Aus dem Kleiderschrank des Zimmers holte er einen langen, schwarzen Regenmantel. Als er ihn überzog, spürte er deutlich das Gewicht des Messers im rechten Ärmel und der abgesägten Schrotflinte an seinem rechten Bein. Er schob die Hand durch die rechte Tasche und legte sie um den Pistolengriff der Waffe. In der linken Tasche lagen Patronen, aber er war sicher, sie nicht zu benötigen.

Im Badezimmer fand er den Plastikbeutel mit dem falschen Kinn- und Schnauzbart. Natürlich hätte diese Verkleidung einen näheren Augenschein nicht überstanden, aber sie reichte aus, ihn auf den ersten Blick unkenntlich zu machen. Außerdem enthielt der Beutel eine Augenklappe, deren Gewebe ihm jedoch gestattete, unbemerkt hindurchzusehen. Die Form der Klappe ließ auch seine Seitensicht unbehindert. Er zog die Klappe über das linke Auge, das er beim Schießen ohnehin zukniff. Dann strich er sich das Haar mit Pomade nach hinten und legte sich mit dem vom Hotel gestellten Kamm einen Mittelscheitel zu, der ihn aussehen ließ wie ein in die große Stadt geschneiter Bauer aus einem Nest, irgendwo in den Feldern.

Den leeren Plastikbeutel spülte er die Toilette hinunter, den Kamm steckte er ein. Ein paar Haare, die im Kamm hängengeblieben waren, ließ er als Andenken für Victor zurück.

Der Attentäter blickte durch den Türspion und überzeugte sich davon, daß der Gang leer war. Er ließ die Tür einen Spalt offen stehen, als er das Zimmer verließ. Dann ging er den Korridor entlang zur Treppe und stieg eine Etage höher. Im neunten Stock rief er den Lift. Als sich die Türen mit einem diskreten Zischen geöffnet hatten, stieg er ein und fuhr hinab ins Erdgeschoß.

Er hatte gerade die Empfangshalle erreicht und war in den Gang zum Nordflügel eingebogen, als er in der Ferne Polizeisirenen heulen hörte. Er blieb kurz stehen, um festzustellen, ob sie näher kamen oder sich in Richtung von Ryans Residenz entfernten, aber das ließ sich nicht sagen. Er zuckte mit dem Kopf und ging weiter. Noch zwanzig Schritte bis zur Eingangshalle des Nordflügels und in die Freiheit.

Der Attentäter war überrascht, so weit gekommen zu sein. Wenn es einen Faktor gab, dem er das zu verdanken hatte, dann war es der allgemeine Niedergang des Lyranischen Commonwealth. Der Mann mit dem eisigen Blick war ohne Zweifel von Tharkad hierhergekommen. Die Einheimischen hatten sich bestimmt darüber geärgert, als er eingetroffen war und die Koordination der Operation übernommen hatte. Aber seit dem Anschlag auf Galen Cox hatte der Attentäter den Mann nicht mehr gesehen. Er mußte Solaris mit Katrina verlassen haben. Und ohne die ständige Überwachung waren seine Untergebenen lax geworden.

Die Halle war leer. Der Attentäter ging weiter, durch die Tür und hinaus auf die Düsseldorfer Straße. Sie war auf ihrer gesamten Länge mit orangefarbenen und weißen Fahnen geschmückt, während die Laternen auf der DeMien-Straße schwarze Banner trugen. Weiter südlich hingen grüne, golden-rosafarbene, silber-dunkelrot-hellrote und blau-weiße Fahnen auf den Straßen – entsprechend den Streifen auf seinen Gewehrpatronen.

Der Attentäter ließ sich nichts anmerken, als er fünf Häuserblocks weit die Düsseldorfer Straße hinabwanderte. Der Code war einfach. Er hatte ihn vor langer Zeit schon mit Chou abgesprochen. Wenn der Attentäter Italienisch sprach, bedeutete dies, er wurde beobachtet und benötigte ein Fluchtarrangement. Wurde er beobachtet, galt dasselbe für Chou, also mußte dieser die Vorbereitungen über Untergebene treffen. Das jedoch stellte kein Problem dar. Der Plan war so strukturiert, daß es möglich war, seine einzelnen Segmente beliebig auf verschiedene Akteure zu verteilen.

Chou hatte den Burschen ausgesucht, dem sie das Attentat in die Schuhe geschoben hatten. Ein beträchtliches Schmiergeld für jemand in der Reinigungsmannschaft des Hotels hatte dafür gesorgt, daß die Pistole in Zimmer 807 plaziert worden war – die beteiligten Personen würden später den Tod finden. Chous Leute hatten auch die Banner besorgt und die besseren Gegenden Schlesiens damit dekoriert. Das war der gewitzteste Teil des Planes. Ohne Zweifel würden die Leute des Geheimdienstsekretariats bald weit südlich des Attentäters durch die Straßen hetzen und versuchen, den Fahnencode zu knacken.

Man würde sich an die Reihenfolge der Patronen im Gewehrmagazin erinnern und davon ausgehen, daß der Attentäter in Richtung der schwarzen Fahnen die DeMien-Straße hinaufgehen würde, bis die Fahnen grün wurden, und ein zweitesmal abbog, wenn die goldenen und rosafarbenen Banner auftauchten. Damit würden sie sich nicht nur von seiner tatsächlichen Position entfernen, sie würden sich über das ganze Viertel verstreuen, besonders dort, wo die Fahnen in zwei Richtungen wiesen. Das würde sie verwirren und ihm die Flucht erheblich erleichtern.

Der Attentäter bog nach Osten in die Ashingstraße ein, überquerte die Fahrbahn und ging die Brunostraße weiter nach Norden. Er ging an der linken Straßenseite und suchte die Häuserfassaden nach dem letzten Stück des Puzzels ab. Es beunruhigte ihn, daß er es bis jetzt noch nicht herausbekommen hatte; aber er vertraute Chou genug, um zu wissen, daß der ihn nicht hängenlassen würde. *Es ist hier irgendwo. Ich muß es nur finden.*

Der Patronencode basierte nicht auf den Farbstreifen, sondern auf deren Namen. Wo die GS-Agenten die Farbe Schwarz sahen, las der Attentäter die italienische Bezeichnung für diese Farbe: nero. Deren Anfangsbuchstabe wies ihn an, nach Norden zu gehen. Als nächstes kam Grün, auf italienisch verde. Der Anfangsbuchstabe V entsprach keiner Richtung. Er wurde zum römischen Ziffernzeichen: fünf Häuserblocks weit nach Norden. Gold und Rosa bildeten über oro und rosa ›or‹, die beiden ersten Buchstaben des italienischen Wortes für Osten, orientale.

Bei der vierten Kugel hatte Chou sich etwas einfallen lassen. Braun hieß auf italienisch bruno und war der Name der Straße, die er nehmen mußte. Silber/Dunkelrot/Hellrot lieferte argento rosso scarlatto, was er als angolo retto sinestro interpretierte, also rechter Winkel links. In dem zwischen ihnen etablierten Code bedeutete dies, daß er ein Gebäude auf der linken Straßenseite betreten mußte.

Die letzte Patrone, die blauweiße, machte ihm Schwierigkeiten. Auf italienisch wurde das zu azzurro bianco, was keine klare Bedeutung hatte. Er hatte sich über die Bedeutung von Blau-Weiß oder die Initialen A und B den Kopf zerbrochen und eine Anzahl verschiedener Möglichkeiten gefunden. AB konnte eine Blutbank kennzeichnen, und Blau-Weiß konnte alles von einem Aquarium über ein Fischgeschäft bis zu einem Holovidkino bedeuten, das einen Film über Terra zeigte.

Dann sah er es, und erkannte es mehr am Aussehen als am Schild über der Tür. Die kleine Kneipe hatte keine Fassade, nur eine Tür und eine nach oben führende Treppe. Das Schild über der Tür zeigte eine Steiner-Faust, die ein Beil hielt. Die abgeblätterten Buchstaben darunter formten den Namen: ›Das weiße Beil‹.

Der Attentäter nickte. Accetta bianco, weißes Beil. Es störte den Attentäter etwas, daß Chou unvorsichtig gewesen war und eine Farbe als Symbol für sie selbst benutzt hatte, aber er verdrängte seine Besorgnis. Jetzt mußte er vor allem erstmal untertauchen. Er stieg die Treppe hinauf und trat in einen großen Schankraum mit hölzernen Tischen, dessen Luft rauchgeschwängert war. Die meisten Stühle waren beschädigt, und einige von ihnen wurden nur noch von einer Kombination aus rostigen Schrauben und Holzleim zusammengehalten. Auf den ersten Blick schien für die stinkenden Besucher dieser Spelunke dasselbe zu gelten.

Der Bartender ließ von dem Augenblick, in dem er hereinkam, kein Auge von ihm, dann griff er unter die Bar. Als er die Hand wieder hervorholte, baumelte an einem Lederband ein Schlüssel in ihr. Der Attentäter verzichtete darauf, den Barmann mit der Schrotflinte in Stücke zu reißen. »Hinten rechts.«

Der Attentäter nahm den Schlüssel und fand das Zimmer. Es lag hinter den Toiletten. An der Tür hing an einer einzigen Schraube ein Schild mit der Aufschrift ›Privat‹. Er öffnete die Tür und glitt hinein, dann schloß er ab. Die Tür war zu brüchig, um ihm ein Gefühl der Sicherheit zu geben, aber er plante nicht, längere Zeit hier zu verbringen. Hätte es einen Stuhl in dem Zimmer gegeben, selbst wenn er so altersschwach gewesen wäre wie die Tür, hätte er ihn unter die Klinke gestemmt.

Die Unterbringung war primitiv, aber das war nicht anders zu erwarten gewesen. Ein altes Kastenbett dominierte den Raum und ließ vielleicht einen halben Meter Zwischenraum zum Kleiderschrank. Das Porzellan des Waschbeckens an der Wand zur Toilette hatte Rostflecken, und der Spiegel darüber war voller Fliegendreck. Eine Kommode neben dem Bett hing etwas durch; zwei Backsteine ersetzten einen Fuß.

Der Schlüssel zu einer erfolgreichen Flucht des Attentäters lag in einer Veränderung seines Aussehens. Er zog die oberste Schublade der Kommode auf und holte einen Kulturbeutel heraus. Als erstes nahm er den batteriebetriebenen Haarschneider. Er legte ihn unter das Waschbecken, zog sich den Mantel und das Hemd aus. Er warf beides aufs Bett, so daß die Schrotflinte jederzeit erreichbar blieb.

Nachdem er den Haarschneider eingeschaltet hatte, rasierte er sich einen Streifen von der Stirn zum Hinterkopf frei. Seine dunklen Haare fielen auf die Schultern, zum Teil auch auf den Boden. Es blieben nur leichte Stoppeln zurück. Der Attentäter würde die Rasur anschließend mit dem Rasiermesser vollenden, aber erst mußte er die längeren Haare entfernen.

Das Dröhnen des Haarschneiders war ohrenbetäubend, aber der Attentäter war nicht in Gefahr. Sergej Chous Nachlässigkeit bei der letzten Patrone hätte eine Katastrophe bedeuten können, wäre das Ziel des Attentats nicht Herzog Ryan Steiner gewesen. Durch Victors Paranoia Ryan gegenüber konnte der Attentäter sicher sein, daß kein in der Isle of Skye geborener oder aufgewachsener Agent an dem Komplott beteiligt gewesen war. Ein hoher Prozentsatz der Bevölkerung dieser Region beherrschte das Italienische, aber im Rest des Vereinigten Commonwealth waren entsprechende Kenntnisse eher selten. Und dementsprechend gering war die Gefahr, entdeckt zu werden.

Als er fertig war, fror er am Kopf. Er ignorierte das Gefühl und schloß seine Arbeit ab, indem er die Kopfhaut mit Rasierschaum einseifte und sauber glattrasierte. Er trocknete sich mit dem Hemd ab, dann zog er den Rest seiner Sachen aus. Aus der zweiten Kommodenschublade zog er ein safrangelbes Baumwolltuch, das er sich um den Körper schlang. Darüber zog er eine braune Kutte und vollendete die Verwandlung in einen buddhistischen Mönch.

Nachdem er ein Paar abgenutzte Sandalen angezogen und eine verbogene Brille aufgesetzt hatte, betrachtete sich der Attentäter im Spiegel. Er sah ziemlich heruntergekommen aus, ganz, wie es beabsichtigt war. Er ließ sich nach vorne sacken und verkrampfte die rechte Hand zu einer Kralle, als sei sie verkrüppelt. Mit steifen Bewegungen zog er die Tür auf und schlurfte langsam in die Kneipe.

Er ging unbemerkt zwischen den Gästen hindurch und tauchte im Gedränge der Touristen und Einheimischen draußen auf der Straße unter. Mit jedem Schritt, den er sich von der Gepanzerten Faust entfernte, fühlte er sich selbstsicherer. Er sehnte sich danach, Solaris so bald wie möglich hinter sich zu lassen.

Eine Hand legte sich schwer auf seine Schulter. »Moment.«

Er drehte sich, ganz in seiner Rolle aufgehend, um, hielt sich aber bereit, mit der verkrampften Hand zuzuschlagen. »Ja?«

Eine lächelnde junge Frau preßte ihm ein Geldstück in die Hand. »Ich habe eine Wette gewonnen und möchte mein Glück mit dir teilen.« Sie lächelte und winkte ihm zu, bevor sie in der Menge verschwand.

Der Attentäter betrachtete die Goldmünze in seiner Hand. Das Portrait Melissa Steiner-Davions lächelte ihm entgegen. Als er die Münze umdrehte, erblickte er Victor. *Ich habe einmal gegen dein Haus gearbeitet, Victor, und einmal für es. Wir sind quitt.*

Auf dem Weg zum Raumhafen dachte der Attentäter darüber nach, ob er in Zukunft für oder gegen Victor arbeiten würde. Er ging verschiedene Szenarien durch, verwarf aber alle, bis auf eines. *Ob dafür oder dagegen, diese Entscheidung trifft weder mein Herz noch mein Verstand.* Er hob die Münze vors Gesicht und lachte. *Meine Loyalität gehört dem höchsten Angebot, und wenn du schlau bist, Prinz Victor Davion, wird das deines sein.*

33

Solaris City, Solaris VII
Mark Tamarind, Vereinigtes Commonwealth

25. April 3056

Kai Allard-Liao beobachtete so konzentriert, wie die BattleMechs im eiförmigen Rumpf des Landungschiffs *Taizai* verschwanden, daß er ihre Anwesenheit erst bemerkte, als sie ihn an der Schulter berührte. Er zuckte zusammen und keuchte, dann verbeugte er sich. »Konnichi-wa, Kurita Omi-sama.« Er richtete sich langsam wieder auf, einerseits als Zeichen seines Respekts, andererseits, um eine Chance zu haben, sich wieder zu fangen. »Die Leihgabe dieses Landungsschiffes ist äußerst großzügig.«

Omi lächelte zurückhaltend. »Ich habe Victor und seine Leute dazu benutzt, meinen Bruder vor den Clans zu retten. Das mindeste, was ich im Gegenzug tun kann, ist dir und deinen Leuten zu helfen, seinen Bruder vor den Folgen eines Verrats zu retten.«

»Schade, daß wir es beide vor ihm geheimhalten müssen.« Kai verzog das Gesicht. »Es bereitet mir Kummer, so etwas von dir verlangen zu müssen. Victor verdient dein Vertrauen mehr als ich.«

»Victor muß sich um die Bedrohungen kümmern, die noch abzuwenden sind. Würde ich ihm verraten, wie sein Bruder hinters Licht geführt wurde, würde ich keinem der beiden einen Dienst erweisen.« Die Draconierin blieb vom Marsch der grell bemalten BattleMechs durch den Hangar ins Schiff unbeeindruckt. Sie waren durch die Tunnel unter der Stadt zum Raumhafen gelangt. Nur in Solaris City war es möglich, eine solche Masse von Kampfkolossen quer durch die Stadt zu bewegen, ohne den Verkehr zu beeinträchtigen oder auch nur Aufsehen zu erregen. »Ich sehe viele Mechs hier, die nicht das Schwarz-Gold des Zenotaphstalls tragen.«

»Es fliegt nur ein Dutzend meiner Leute mit.« Kai schüttelte den Kopf. »Wir haben versucht, es geheimzuhalten, aber irgendwie hat es die Runde gemacht, und eine Reihe anderer Kämpfer sind aufgetaucht und wollten mitfliegen. Sie hatten keine Ahnung, worum es ging, aber es hat ihnen gereicht, daß ich Hilfe brauche. Keith behauptet, er hat das Sicherheitsleck inzwischen gestopft.«

»Die Reaktion scheint dich zu überraschen.«

»Das tut sie auch. Sicher, ich habe einigen Kämpfern mit Kleinigkeiten unter die Arme gegriffen, aber ich hätte nie erwartet…«

Omi lächelte und klopfte ihm auf die Schulter. »Du bist ein Mann, der vielen ein Vorbild gibt.«

»Wirklich?« Kai atmete langsam ein. »Wird Deirdre es verstehen, wenn es zum Schlimmsten kommt?«

»Vielleicht. Aber du darfst dich nicht damit aufhalten. Du hast eine Mission zu erledigen. Du tust dies, um das Leben zahlloser Menschen zu retten. Du mußt Erfolg haben. Der Rest liegt in den Händen der Götter.«

»Ich weiß, aber ich hasse es, mich aufs Schicksal zu verlassen. Ich habe einmal getan, was mein Schicksal schien, und genau deswegen habe ich meinen Sohn bis jetzt nur auf einem Holo gesehen.« Kai drehte sich zu Keith Smith um, der mit einem Compblock in der Hand näher kam. »Gibt es irgendwas Gutes zu berichten?«

»Jede Menge, solange man nicht Tormano Liao heißt.« Keith blickte auf den Flüssigkristallschirm des Compblocks. »Ich habe alle Bestellungen Larrys abgedeckt und alle Rechnungen bezahlt, so daß niemand Grund hat, mißtrauisch zu werden. Du gehst offensichtlich deiner alltäglichen Trainingsroutine nach und wirst ab und zu wegen der Jadefalken bei ComStar

danforth © 93.

nachfragen. Außerdem hast du dich nach den Übermittlungskosten für eine Holodisk deines Titelkampfes erkundigt. Für alle anderen habe ich Routinen ausgearbeitet, auch für die beiden letzten Neuzugänge, Simpson und Taylor. Oh, und ich habe Cathy Kessler den Auftrag gegeben, *Yen-lo-wang* neu zu bemalen.«

»Gut gemacht. Tormano wird den Mech unter Beobachtung halten, weil er mich in seiner Nähe vermutet.«

»Das denke ich auch. Übrigens hat die *Taizai* Starterlaubnis für den Rückflug Lady Omis ins Kombinat.« Keith sah hoch. »Ich werde sie mit zurück nehmen und unterbringen, bevor ich mich an die Arbeit mache.«

»Danke, Keith. Omi, vielen Dank für die Leihgabe des Schiffes und dein Einverständnis, dich bis zu unserer Rückkehr in meinem Haus zu verstecken. Wenn diese Sache schiefgeht, denk daran, daß wir dich gezwungen haben, uns das Schiff zu überlassen.«

»Es wird nicht schiefgehen.«

Larry Acuff kam herübergerannt. »Wir wären dann soweit, Kai. Ich übernehme eine Kompanie, Chris Taylor eine andere, und du führst die dritte. Wir sind alle abflugbereit.«

»Ich werde deinen Jungen finden, Kai.«

»Ich weiß.« Kai zog eine Karte aus der Tasche seiner Weste, die er über dem Kühlanzug trug. »Wenn du die Information hast, bevor wir von Shiloh zurück sind, sende das komplette Paket an diese Nummer. Es ist eine Computerverbindung. Der Empfänger wird wissen, was zu tun ist, wenn er die Daten sieht.«

Keith sah sich die Karte an. »Vorwahl 449 – das ist in Joppo, richtig?«

»Vertrau mir, so wie ich dir vertraue.«

»Es ist dein Sohn, Kai. Ich werde tun, was du verlangst.« Keith steckte die Karte ein. »Schieß gerade und duck dich rechtzeitig.«

Keiths beruhigendes Lächelns gab Kai Mut. »Okay. Wir melden uns, sobald wir Resultate vorzuweisen haben.«

Glenn Edenhoffer hielt sich für einen Künstler. Er versank im Meer der Emotionen und vernachlässigte darüber seine Beziehungen zu anderen und sein ganzes übriges Leben. Er ließ sich von seinen Gefühlen inspirieren, aber die Erniedrigung des Kampfes gegen Allard-Liao und Cox hatte seinem Selbstwertgefühl enorm geschadet. Cox' Tod bei der Explosion im Sun and Sword hatte jede Chance auf eine Revanche ausgelöscht und Edenhoffers Depression noch verschlimmert.

Düsterste Stimmung senkte sich über Edenhoffers gesamte Welt und verzerrte seine Wahrnehmung so sehr, daß er begonnen hatte, den Kampf mit ganz anderen Augen zu sehen. Cox' Tod hob ihn über solche weltlichen Belange hinaus und gestattete Edenhoffer, all seine Wut und Verbitterung auf Kai Allard-Liao zu konzentrieren. Kais Sieg über Wu Deng Tang erschien Edenhoffer wie eine weitere Zurschaustellung adliger Verachtung für den gemeinen Pöbel.

Angesichts seiner Vorurteile hätte Edenhoffer den Tod Herzog Ryan Steiners von den Händen eines Attentäters eigentlich begrüßen müssen. Er hätte ihn als Beispiel für eben die Art von Aktion ansehen müssen, die notwendig war, um die Menschheit aus ihrer Lethargie zu reißen, damit sie ihr großes Erbe antreten konnte. Natürlich hätte Edenhoffer nie zugegeben, daß hinter seinen großen Reden kein einziger konkreter Gedanke steckte – als ›Künstler‹, der im Reich der Emotionen existierte, sah er nur die Notwendigkeit der Agitation. Alles andere, glaubte er, würde sich ganz natürlich daraus entwickeln.

In seinem momentanen Geisteszustand wurde der Tod des Herzogs zu einem Sakrileg, einem verabscheuungswürdigen Verbrechen, das nur ein einziges Ziel verfolgte. Dieses Ziel war für Edenhoffer die Absicht, den Skye-Tiger-Stall in die Hände von Ryans Witwe, Morasha Kelswa, fallen zu lassen. Da die Lady niemals auch nur das geringste Interesse an dem Stall gezeigt hatte, war klar, daß sie ihn sofort zum Verkauf anbieten und keinerlei Richtlinien für sein weiteres Management liefern würde. Und das hieß, Edenhoffer konnte kein Duell mit Kai Allard-Liao arrangieren, um seine Ehre wiederherzustellen.

Für den zu klarem Denken nicht mehr fähigen Arenakämpfer lag die Schlußfolgerung nahe: Kai hatte Ryans Mord angeordnet, und zwar nur, um ihm die Chance auf eine Revanche zu nehmen. Damit trat Kai an die Spitze der langen Liste von Edenhoffers Feinden – eine echte Auszeichnung. In aller Regel brauchte man eine beträchtliche Zeit, um sich die ellenlange Liste bis ganz nach oben hinaufzuarbeiten. Kais neue Spitzenposition hatte zur Folge, daß Edenhoffer sich ganz auf ihn konzentrierte – und alles, was mit ihm zusammenhing.

Es war diese Besessenheit, die es Edenhoffer ermöglichte, zwei Fakten zueinander in Beziehung zu setzen. Erstens: Tormano Liaos Leute waren daran interessiert, zu jeder Zeit Kais Aufenthaltsort zu wissen. Zweitens: Er hatte von einer Anzahl von MechKriegern erfahren, die auf irgendeine Mission abberufen worden waren, auch wenn es schwerfiel, die zahlreichen Lügen und Gerüchte zu durchschauen. Die Botschaft, die wie ein Fanfarenstoß durch Edenhoffers Gehörgange dröhnte, war, daß MechKrieger, die Allard-Liao einen Gefallen schuldig waren, ihre Mechs durch die Tunnel zum Raumhafen bringen sollten, weil Kai etwas plante.

Glenn sammelte alle Details, die er auftreiben konnte, und kam zu dem Schluß, daß Kai Solaris verlassen wollte. Dafür mußte sich Tormano Liao doch interessieren. Er ging hinüber zur Wand seiner Wohnung, wo er die Einladung zu Tormanos Empfang in die Collage eingearbeitet hatte, mit der er vor dem Kampf begonnen hatte. Er suchte die Nummer von Tormanos Büro und gab sie ins Visiphon. Während er auf Antwort wartete, strich er sich mit den Fingern durchs Haar.

Tormano blickte vom Stoß der Meldungen über Kai hoch, die sich auf seinem Schreibtisch angesammelt hatten. Er verzog das Gesicht und knüllte die Meldungen zu Papierkugeln zusammen. »Noch ein Gerücht?«

Nancy Lee schüttelte den Kopf. »Das war Glenn Edenhoffer. Er war einer der beiden Kämpfer, die gegen Kai und Galen Cox verloren haben.«

Tormano lächelte und lehnte sich zurück. »Und hatte Mr. Edenhoffer etwas von Wert anzubieten?«

»Ich bin mir nicht sicher«, meinte sie, aber daran, wie sie die Nase rümpfte, sah Tormano, daß sie es ernstlich bezweifelte. »Er meinte, nach dem Tod Herzog Ryans könnten Sie möglicherweise daran interessiert sein, die Skye-Tiger aufzukaufen. Ich habe ihm gedankt und gesagt, Sie würden sich nächste Woche bei ihm melden.«

»Was für ein Idiot.« Tormano schüttelte den Kopf und sah zu Nancy hoch. »Danke, daß Sie ihn so geschickt abgefertigt haben, meine Liebe.«

»Es ist mein Glück, Ihnen dienen zu dürfen, Gebieter.«

»So ist es. Ich weiß nicht, was ich ohne Sie anfangen würde.«

34

Landungsschiff *Zarevo*, im Anflug auf Shiloh
Silberfalken, Liga Freier Welten

27. April 3056

Soweit es Peter betraf, bildete das Hintergrundgemurmel der drei Holovidsender Shilohs einen störenden Kontrast zur Intensität der Diskussion im Bereitschaftsraum der *Zarevo*. Die Enttäuschung der Soldaten über das Ausbleiben irgendwelcher Informationen bezüglich Harlocs Räubern war unverblümt. *Normalerweise sollte man sich freuen, wenn der Feind sich in seine Basis verkrochen hat, doch wir wollten ihn in einer kurzen, aber harten Entscheidungsschlacht stellen und vernichten.* Er blickte auf die holographisch dargestellte Gefechtsaufstellung für Harlocs Räuber und fragte sich, wo sie sich versteckt hielten. *Es scheint fast, als würden sie uns erwarten.*

Ursprünglich hatten die Kosaken geplant gehabt, ihre Landungsschiffe auf den Chatham Plains aufzusetzen und beide Regimenter nach Süden, in Richtung des letzten Operationsgebiets von Harlocs Räubern, in Marsch zu setzen. Erste Daten von Shiloh hatten einen ganz normalen Eindruck gemacht und die Räuber in der Nähe der Landezone lokalisiert. Dann waren plötzlich alle Informationen über die Räuber ausgeblieben.

Soweit sie es aus den überwachten Sendungen entziffern konnten, würden sich ihnen auf der Planetenoberfläche nur die 3. Sirianischen Lanciers entgegenstellen. Nikolai Chorsakow hatte sie abgetan, weil die fast völlig unerfahrenen Lanciers gegen eine hochtrainierte Elite-Söldnereinheit wie die Kosaken nicht den Hauch einer Chance hatten. »Ich würde niemals behaupten, daß sie wie ein Kartenhaus in einem Tornado zusammenklappen werden, Hoheit, aber Respekt kann ich für sie nicht aufbringen.«

Peter hielt diese Einschätzung für ebenso dumm wie offen, aber er stimmte dem alternden Söldner zu. Nicht einmal ihre eigentlichen Gegner, Harlocs Räuber, wären eine ernsthafte Bedrohung gewesen. Die Einheit war noch zu jung, um die Feuerprobe der ersten ernsten Schlacht hinter sich zu haben. Eine echte Herausforderung hätte sie höchstens dargestellt, wenn Sun-Tzu die besten Krieger aus allen anderen Einheiten seiner Armee zuammengezogen hätte, um sie aufzubauen, und das fand Peter höchst unwahrscheinlich.

Für Peter war Wu Kang Kuo der Schlüssel des Rätsels. Chorsakow spottete über Wus Erfahrung, aber Peter hielt den Capellaner für schlau genug, eine Falle auszuhecken. Selbstverständlich würde sich Wu ihrer Landung widersetzen. Jeder Kommandeur wußte, daß eine Mecheinheit zu diesem Zeitpunkt am verwundbarsten war. Peter stellte sich nicht die Frage, *ob* Wu angreifen würde, sondern *wann*, aber er schien es einfach nicht fertigzubringen, das den Kosaken begreiflich zu machen.

Er legte Nikolai die Hand auf die Schulter. »Oberst Chorsakow, wir werden unsere Beute aufscheuchen, wenn wir runtergehen, nicht einen Moment vorher. Soweit ich mich erinnere, hatten wir Hinweise auf eine Hauptbasis sechzig Kilometer südsüdwest der LZ.« Ob seines Kampfeifers mußte er leise kichern. »Warum landen wir nicht etwas näher und laden sie ein, zum Spielen nach draußen zu kommen?«

Der Söldner lächelte. »Wir haben noch zwei Tage, um unsere Landung zu planen. Ich werde den Ausweichplan vorbereiten.«

»Gut.« Peter gähnte und reckte sich. »Zuviel Reisestreß, zuviel Erwartungsdruck. Ich glaube, ich sollte schlafen gehen. Wecken Sie mich, wenn irgend etwas vorfällt.«

»Wie Sie wünschen, Hoheit. Angenehme Träume.«

Peter grinste und salutierte zackig. »Von der bevorstehenden Schlacht... höchst angenehme Träume.«

Solaris City, Solaris VII
Mark Tamarind, Vereinigtes Commonwealth

So schwer kann das doch nicht sein. Auf irgendeiner Welt müssen sie sein! Was übersehe ich? Keith sah sich die Holographie an, dann blickte er wieder zum Computer. *Der Schlüssel liegt hier vor mir. Ich weiß es.*

Er nahm die Brille ab und rieb sich die Augen. Er hatte seine Bemühungen, die Welt zu identifizieren, auf der Tormano Deirdre und David festhielt, mit der relativ simplen Betrachtung der Holographie begonnen und alle möglichen Hinweise katalogisiert. Der wolkenverhangene Himmel ließ keine Rückschlüsse zu. *Eine Nachtaufnahme bei klarem Himmel wäre schön gewesen.* Dann hätte er den Planeten recht einfach bestimmen können, indem er die sichtbaren Sterne vom Computer mit den Angaben der astronomischen Datenbanken hätte abgleichen lassen.

Zwei Punkte auf dem Holo hatte er sofort als wichtig erkannt: Flora und Fauna. Die Rehe waren am einfachsten zu lokalisieren, denn sie gehörten einer ausgesprochenen seltenen Art an. Im Vierten Nachfolgekrieg, ein Vierteljahrhundert zuvor, hatten sie kurz vor der Ausrottung gestanden. Aber durch ein von Tormano Liao finanziertes Zuchtprogramm war es gelungen, das Prudolm-Zwergreh wieder in überlebensfähigen Herden auf ihren Heimatwelten Tsitsang, Hunan und Kansu anzusiedeln.

»Deine *einzige* gute Tat, Tormano«, kommentierte Keith trocken.

Auch die Pflanzen waren leicht zu finden. Er identifizierte die Bäume des Wäldchens im Hintergrund als Eisenulmen, und die Suche lieferte eine Liste von Planeten, so lang wie Keiths Arm, auf denen diese Baumart heimisch war. Unglücklicherweise enthielt diese Liste auch Tsitsang, Hunan und Kansu. Damit hatte er keine Möglichkeit, die gesuchte Welt näher zu bestimmen. *Ich suche nach einer Nadel, und der Heuhaufen wird immer größer statt kleiner!*

Bei dem Versuch, seine Suche auf die drei Heimatwelten der Rehe zu begrenzen, war ein weiteres Problem aufgetreten. Das Prudolm-Zwergreh bevorzugte ein trockenes Klima und streifte in der Regel in riesigen Herden über die Steppe. Da die Eisenulme im Gegensatz dazu nur in gemäßigten Breitengraden wuchs, war die Chance, beide unter natürlichen Umständen zusammen vorzufinden, minimal.

Die offensichtliche Lösung für diesen Widerspruch bestand in der Erklärung, daß sich die Tiere auf dem Bild in einem privaten Naturreservat aufhielten, aber *das* konnte auf jeder der 137 Welten liegen, auf denen die Eisenulme wuchs. Und wenn das Holo in einem Zoo oder botanischen Garten aufgenommen worden war, konnten Deirdre und David überall sein.

Keith war nicht bereit, sich geschlagen zu geben. Er hatte das Bild durchforstet und jede noch so kleine Einzelheit festgehalten. Er kannte den wahrscheinlichen Herkunftsort jedes einzelnen sichtbaren Kleidungsstückes. Er hatte sogar eine Ahnung, welche Firma ihren Lidschatten hergestellt hatte und welche Großhändler ihn vertrieben. Besonders stolz war er darauf, daß es ihm gelungen war, die verspiegelte Sonnenbrille, die Deirdre in den Kragen der Bluse gesteckt hatte, bis zum Hersteller auf Odell in der Mark Crucis des Vereinigten Commonwealth zurückzuverfolgen.

Wenn die Gläser geschliffen wären, könnte ich sogar die

Brillenstärke feststellen. Er sah sich die Holographie noch einmal an, dann rief er die digitalisierte Version des Bildes auf. Mit der Maus zog er einen Kasten um Deirdres Brust auf, um diesen Bereich zu vergrößern. Dann zögerte er und zog einen neuen Kasten nur um die Brille auf. Als er sich davon überzeugt hatte, daß der Bildausschnitt nichts enthielt, was Kristina zu peinlichen Fragen veranlassen könnte, erhöhte er die Vergrößerung um den Faktor Zehn.

Zum erstenmal seit zwei Tagen lächelte er. *Ja. Das könnte es sein.* In den vergrößerten Brillengläsern sah er ein Spiegelbild. Er erhöhte die Vergrößerung um zwei weitere Stufen, dann ließ er die Daten korrigieren. Der Computer überprüfte das Bild Pixel für Pixel und entschied nach einem Vergleich mit den umliegenden Bildpunkten, welche Farb- und Kontrastwerte die größte Wahrscheinlichkeit hatten. Nachdem er das Bild auf diese Weise von einer Ansammlung von Quadraten in etwas verwandelt hatte, das erkennbar menschlicher Natur war, ließ Keith es durch einen weiteren Filter laufen, der Schatten korrigierte und dafür sorgte, daß die Nase der Person im Spiegelbild nicht wie ein Tintenklecks das gesamte Gesicht bedeckte.

Mit der Maus zog er einen neuen Kasten auf, der das obere Brillenglas isolierte. Er zog die Daten der Sonnenbrille ab und befahl dem Computer eine flache Projektion des Bildes zu berechnen, um die Verzerrung durch die gekrümmte Brillenoberfläche auszuschalten. Damit verwandelte sich die Gestalt von einer großen, schlanken zu einer kleineren und gedrungeneren Person. Nach einer weiteren Korrektur der Pixelverzerrung vergrößerte er das Bild erneut um das Zehnfache.

Nur zur Sicherheit rief Keith noch einen Korrekturfaktor auf, aber er war sich bereits sicher, was er sah. Das Bild wurde klar, und Keith knurrte den Mann, der ihn vom Bildschirm anstarrte, unwillkürlich an. »Du verdammter Hurensohn, Tormano. Jetzt hab ich dich. Bleibt nur noch die Frage, *wo* im VerCom hab ich dich?«

Das Brennen in Keiths Augen verschwand, und neue Energie strömte durch seinen Körper. Er speicherte das Bild ab, das er generiert hatte, dann koppelte er sich über den Computer direkt in das planetare Informationsdatennetz ein. Als erstes rief er die örtliche Nachrichtenfax-Datenbank auf. Er startete ein Suchprogramm, das die letzten beiden Monate nach Hinweisen auf Tormano Liao absuchte. Jeder Artikel, jedes Bild, jede Erwähnung wurde festgehalten und, nach Zeit und Datum sortiert, in eine Textdatei übertragen – zweimal. Einmal nach den im Newsfax erwähnten Daten, und ein zweitesmal nach dem Datum des Erscheinens.

Diese Arbeit ließ er im Hintergrund vom Computer durchführen, während er sich auf eine Suche konzentrierte, von der er hoffte, damit sein Ziel zu erreichen. Soweit er wußte, hatte Tormano Liao Solaris in den letzten zwei Monaten nicht verlassen. Also mußte sich Deirdre Lear auf Solaris VII befinden. Um sicherzugehen, daß ihm seine Erinnerung keinen Streich spielte, ließ er den Computer die Nachrichten absuchen. Die Eisenulme war auf Solaris heimisch, so daß sie keine große Hilfe darstellte, aber die Prudolm-Zwergrehe konnten sich als unschätzbare Hilfe erweisen.

Keith steuerte geradewegs die Datenbank der Solaris VII-Holovideo-Produktionskommission an. Die S7HPK unternahm jede Anstrengung, die Produktion von Holovid-Dramen auf dieser Welt zu fördern. Als Teil ihres Dienstleistungsangebots für Produktionsfirmen unterhielt sie eine riesige Datenbank über mögliche Drehorte. Zenotaph hatte auch schon einmal die Erlaubnis gegeben, eine der kleineren Trainingsanlagen für eine Polizeiserienfolge zu benutzen, und war dafür gut bezahlt worden.

»Na komm, Tormano, ich weiß doch, daß du Geld brauchst. Hast du irgendwo ein Plätzchen mit süßen kleinen Rehen, das du an Holovidfilmer vermieten möchtest?« Er gab alle Suchbegriffe aus der Holographie in das Suchschema ein, die ihm einfielen. Dann lehnte er sich zurück, um nach anderen Möglichkeiten zu suchen, aber die Maschine warf bereits eine Antwort aus, noch bevor er die Füße auf dem Tisch hatte.

»Tormanos Landgut auf Equatus! Wie konnte ich das übersehen?« Keith schloß die Augen und hob das Gesicht zur Decke. Der Computer fiepte, und als Keith die Augen wieder öffnete, sah er die Frage des Datenbanksystems, ob er Interesse an einer Überspielung der topographischen Daten des Gutes habe. Seine schmerzverzerrte Miene verwandelte sich in ein Freudestrahlen. Keith bestätigte und beobachtete das Flackern des Laufwerklämpchens, als die Maschine die Daten erhielt.

Die Nachrichtenfaxüberprüfung lieferte einen übervollen Terminplan mit zwei Lücken. Der erste Bericht handelte von einem Wochenendausflug Tormanos auf sein Gut auf Equatus. Die zweite Lücke erschien am Tag nach Kais Titelkampf. »Ja!«

Das S7HPK-Datenpaket enthielt komplette Kamerafahrten durch das Gelände, und Keith hatte keinerlei Schwierigkeiten, ein Bild zu finden, das auch den Bereich erhielt, in dem sich Deirdre und David aufgehalten hatten. Er schnitt das Bild aus und vergrößerte es auf denselben Maßstab wie die Holographie. Ausgehend vom Zeitstempel des S7HPK-Bilds ließ Keith den Computer eine Überprüfung der astronomischen Datenbank durchführen und an Hand der Schatten und des Aufnahmedatums 20. April 3056 eine Projektion des Aufnahmezeitpunkts der Holographie erstellen. Die Maschine meldete eine Aufnahme um dreizehn Uhr dreißig Ortszeit Equatus.

Keith bündelte die S7HPK-Daten und eine Datei mit seinen Informationen in ein Datenpaket und komprimierte es. Über die Nummer, die Kai ihm gegeben hatte, stellte er eine Verbindung her und schickte die Daten ab.

»Ich wußte nicht einmal, daß es in Joppo Computer *gibt.*« Keith erschauerte und fragte sich, ob Kai wirklich wußte, was er da tat. »Nein, verdammt. Ich vertraue dir, Kai. An mir soll dein Plan nicht scheitern.«

Die Überspielung dauerte keine zehn Minuten. Keith wartete eine Sekunde, dann tippte er ein: ÜBERTRAGUNG BEENDET. ERBITTE EMPFANGSBESTÄTIGUNG.

Es dauerte eine Minute, bis die Antwort langsam, ein Buchstabe nach dem anderen, eintraf. ÜBERTRAGUNG ERHALTEN. MISSION VERSTANDEN. DANKE FÜR GELÄNDEDATEN. Anschließend füllten alphanumerische Zufallsdaten den Schirm, als das Empfängersystem die Verbindung unterbrach.

Keith starrte einen Moment auf den Schirm, dann lächelte er. »Na gut, ich habe getan, was ich konnte.« Er streckte die Hand aus, um das Gerät abzuschalten, dann zögerte er. »Nein, ich habe alles getan, worum ich *gebeten* worden bin. Ich *kann* noch viel mehr tun.«

Er lockerte die Finger und lächelte. Dann setzte er sie wieder an die Tastatur und kehrte in den Datenstrom zurück. *Was die Crew in Joppo auch vorhaben mag, es kann nicht schaden, wenn man sie auf dem Landgut nicht kommen sieht.* Er steuerte den Bereich des Computernetzes an, durch den die Telekommunikation des Planeten floß. Dort angekommen machte er sich daran, das Gut des Mandrinns systematisch von der Außenwelt zu isolieren und sein Alarmsystem auseinanderzunehmen.

Mandrinn Tormano Liaos Landgut, Solaris VII
Mark Tamarind, Vereinigtes Commonwealth

Deirdre Lear plante ihre Flucht bereits seit zwei Tagen und hatte in dieser Zeit mehrere wichtige Erkenntnisse gesammelt. Erstens: Die Flucht war *möglich.* Sie hatte das Gelände und die Sicherheitsvorkehrungen mit auf Alyina geschärfter Wahrnehmung in Augenschein genommen. Mehrere Male hatte sie sich gefragt, was Kai aus einer bestimmten Situation gemacht hätte, aber sie wollte sich nicht auf ihre hellseherischen Fähigkeiten verlassen. *Ich muß das auf meine Weise lösen.*

Das Wachpersonal war aufmerksam und patrouillierte mit Sturmgewehren über der Schulter durchs Gelände, aber es gab Lücken. In der vorigen Nacht war es ihr gelungen, durch das Gutshaus zu streifen, ohne angehalten zu werden, bis sie in die Küche kam. Und auch das nur, weil sie einen Wachtposten überraschte, der hereingekommen war, um sich am Kühlschrank zu bedienen. Aus der Hochachtung, mit der sie der Posten behandelte, schloß Deirdre, daß er immer noch von ihrem früheren Status als Gast des Mandrinn beeindruckt war, selbst wenn er nun um ihre veränderte Lage wußte.

Es dauerte nicht lange, bis sie einen erfolgversprechenden Fluchtplan entwickelt hatte. Ein schneller Sprint vom Haus zum Rehgehege würde ihr die Gelegenheit geben, die Abzäunung zu öffnen, in der die Tiere über Nacht gehalten wurden. Sie konnte sie freilassen, so daß sie sich über das ganze Gelände verteilten und den Posten jede Menge Ziele boten. Und, was weit wichtiger war, falls die Wachen Infrarotsuchgeräte einsetzen, um sie zu verfolgen, würde das gesamte Gelände auf diese Weise zu einer großen Wärmequelle werden, die ihre Bewegung verbergen half. Selbst wenn die Posten wußten, daß sie die Rehe freigelassen hatte, würden sie Schwierigkeiten haben, ihre Wärmespur zwischen denen der Tiere herauszufinden.

Vom Gehege aus konnte sie über die Mauer klettern. Außerhalb des Guts würde sie sich dann verstecken und darauf hoffen müssen, daß sie ihre Verfolger abschütteln oder sie, wenn das nicht gelang, besiegen konnte.

Was zu ihrer zweiten Erkenntnis führte. David wog etwas über siebzehn Kilogramm, und sie konnte ihn nicht tragen. Ebensowenig konnte sie einem Dreijährigen alles vorher genau erklären, denn sie mußte damit rechnen, daß er es zum ungünstigsten Zeitpunkt ausplapperte. Und schließlich konnte er weder so schnell noch so weit laufen, wie für ihre Flucht nötig war.

Die kalte Logik verlangte von ihr, ihn zurückzulassen, aber sie brachte es nicht übers Herz, das auch nur für kurze Zeit ernsthaft zu erwägen. Sie konnte nicht glauben, daß Tormano Liao dem Knaben etwas antun würde, aber er war mehr als fähig, David fortzuschaffen und ihn als Geisel gegen Kai und sie auszuspielen. Sie erkannte, daß sie zwischen Vernunft und Notwendigkeit wählen mußte.

Deirdre dachte zurück an ihre Zeit auf Alyina. An einem Punkt war sie in der Gewalt eines Elementars gewesen, und Kai hätte die Flucht ergreifen können, aber er hatte es nicht getan. Obwohl sie ihn behinderte, hatte er sie gerettet und den Elementar im Zweikampf besiegt.

Wenn Davids Vater mich nicht im Stich gelassen hat, wie kann ich seinen Sohn im Stich lassen? Die Entscheidung war gefallen, und sie verdrängte alle Befürchtungen, die sich darum rankten. Sie zog David die dunkelsten Sachen an, die sie finden konnte. Anschließend kleidete sie sich entsprechend. Am Nachmittag legte sie sich kurz schlafen, dann wartete bis Mitternacht. David ließ sie zunächst schlafen.

Sie ging zur Tür des in gedämpftes Licht getauchten Zimmers und riß sie auf. Der Posten – ein Mann, der den Abend in der Regel leger auf seinem Stuhl verbrachte – stand mit der rechten Hand an seinem Ohrhörer im Gang. »Schnell, ich habe einen Skorpion gesehen. Er ist unter dem Sofa. Bringen Sie ihn um.«

Der Posten wirkte alles andere als erfreut. »Tut mir leid, Lady, aber ich habe meine Befehle.«

»Sie müssen ihn umbringen! Er könnte meinen Sohn töten!« Deirdre versuchte, so hysterisch wie möglich zu klingen. »Sie haben eine Waffe, Sie können doch keine Angst haben.«

Der Mann lauschte angestrengt dem Funkverkehr, dann grinste er und trat leise kichernd in die Suite. »Drinnen oder draußen, ist eh egal.« Er nahm das Gewehr von der Schulter, sah im großen Wohnraum von einem der drei Sofas zum nächsten, dann kratzte er sich am Kopf. Er drehte sich mit der offensichtlichen Frage auf den Lippen zu ihr um, aber er kam nicht dazu, sie zu auszusprechen.

Deirdre trieb das Knie hart zwischen seine Beine. Als er sich krümmte, riß sie seinen Kopf an den Haaren nach unten, auf ihr hochfliegendes Knie. Ohne loszulassen, drehte sie die Hände und stieß ihn zu Boden. Sein Kopf schlug krachend auf, und sein Körper wurde schlaff.

Deirdre legte prüfend die Finger an seine Halsschlagader. Der Puls war etwas erhöht, aber stark. Beruhigt nahm sie ihm Gewehr und Gürtel ab. Der Mann war so groß, daß sie den Gürtel nur über der Schulter tragen konnte. Mit der Gardinenkordel aus dem Schlafzimmer fesselte sie den Posten und knebelte ihn mit einem zusammengerollten Paar von Davids Socken.

Sie schlang das Gewehr über die rechte Schulter, drehte sich um und sah David in der Tür zum Schlafzimmer stehen. »David?«

Der Knabe rieb sich den Schlaf aus den Augen. »Warst du das, Mommy?«

Sie nickte.

»Cool.«

Deirdre streckte die Hand aus, und der kleine Junge lief zu ihr herüber. »Du mußt jetzt leise sein. Komm mit.« Sie führte ihn zur Tür, den kurzen Gang hinab zu den Doppeltüren und hinaus ins Freie. Aus der Hocke sah sie hinaus in die Dunkelheit. Es war niemand zu sehen. Sie öffnete die Tür und huschte hinaus. David zog sie mit.

»David, wir müssen jetzt da hinüber zu dem Busch laufen. Kannst du das? Leise?«

Der Knabe nickte ernst.

»Los.«

Er spurtete los, mit einem wilden, hüpfenden Schritt, der jugendlichen Mangel an Koordination offenbarte. Aber trotz seiner unbeholfenen Art erreichte er den Busch schnell. Sie folgte ihm dicht auf den Fersen und deutete auf einen Eisenulmenhain. Sie schafften auch diese Strecke und kauerten im Schatten der Bäume, um zu Atem zu kommen.

»Machen wir es gut, Mommy?«

Sie küßte ihn auf die Stirn. »Das tun wir, David. Ich liebe dich.«

»Ich hab dich auch lieb, Mommy.« Er küßte sie mit einem lauten Schmatzen auf den Mund, das sie nicht hätte missen wollen, auch wenn es in der stillen Nacht viel zu laut war.

»David, siehst du den seltsamen Baum da drüben?«

»Hhhm.«

»Los.«

Während er rannte, suchte Deirdre das Gelände nach einer Bewegung ab, sah aber niemand. Sie zog das Gewehr von der Schulter und wand sich die Trageschlaufe um den rechten Unterarm. Dann legte sie den Wahlhebel von Sicherung auf einen 3-Schuß-

Feuerstoß um. Geduckt und so leise sie konnte, lief sie hinter David her.

Der Hain, in dem sie Deckung gesucht hatten, wurde ein Stück voraus breiter. Das Wäldchen besaß ungefähr die Form eines Lutschers, dessen Stil in Richtung Haus wies. Inzwischen hatten sie es etwa zur Mitte des breiten Kopfes geschafft, und ihnen fehlten noch zweihundert Meter zum oberen Rand. Von dort aus konnten sie mit einem kurzen Sprint über offenes Gelände das Gehege erreichen.

Sie rannten in kurzen Etappen weiter. Deirdre lobte ihren Sohn bei jedem Halt leise und ermahnte ihn immer wieder, leise zu sein. Sie wußte nicht, ob er das Ganze für ein Spiel hielt, aber wahrscheinlich drang etwas von ihrer Nervosität auch bis zu ihm durch. Er strahlte, wenn sie ihn umarmte und küßte, aber diese Fröhlichkeit verschwand sofort wieder, wenn er sich auf etwas konzentrierte. Seine Augen suchten das Gelände rundum ab, und nachdem er sie mehrere Male beobachtet hatte, hielt er sich genau wie sie zwischen den Schatten.

Plötzlich flammte die rings um das Gutshaus montierte Flutlichtanlage auf, und ein Sirene gellte durch die Nacht. Die Scheinwerfer tauchten die weiten Rasenflächen in gleißendes Licht und verwandelten den Wald in ein Zebramuster aus hellen Flecken und tiefschwarzen Schatten. Deirdre erstarrte in ihrem Versteck und warf einen ängstlichen Blick hinüber zu David, der sich hinter einen umgestürzten Baumstamm kauerte. *Wenn ich ihn nicht sehen kann, können die es auch nicht.*

Hinter sich, aus der Richtung des Hauses, hörte sie Männerstimmen. Sie drehte sich, um sie ins Schußfeld zu bekommen. Dann hörte sie trotz des schrillen Sirenengeheuls noch etwas anderes. Sie flog wieder herum und sah zwei vierbeinige schwarze Schatten über den Rasen hetzen. Scharfes Bellen wurde vom

Aufblitzen noch schärferer Reißzähne unterstrichen, als die Hunde geradewegs auf ihren Sohn zuhielten.

Ohne nachzudenken sprang Deirdre auf und rannte zu ihm hinüber. Sie blieb erst stehen, als die Hunde ihren Jungen fast erreicht hatten. Gegen einen Baum gestützt, hob sie das Gewehr an die Schulter und visierte die Hunde an, die ihr Gesichtsfeld von rechts nach links durchquerten. Sie zog die linke Hand zurück, bis ihr die Gewehrschlaufe schmerzhaft in den Arm schnitt, dann drückte sie den Abzug durch.

Das Mündungsfeuer des Gewehrs blendete sie einen Augenblick, und der Knall ließ ihre Ohren klingeln. Der erste Feuerstoß traf den vorderen Hund in Brustkorb und Seite, als er über einen toten Ast sprang. Das Tier quietschte, als es durch die Luft geschleudert wurde, dann schlug es mit einem Jaulen gegen einen Baumstamm und fiel zu Boden.

Wo ist der andere? Sie sah weniger den Hund als eine Bewegung. Deirdre schwang nach links und löste einen Feuerstoß aus, riß das Gewehr nach unten und feuerte ein zweitesmal. Sie hörte ein gequältes Bellen, dann warf sie sich nach vorne und zog David mit zu Boden, als die Welt um sie herum zu explodieren schien.

Die Männer aus dem Haus und die beiden Hundeführer eröffneten das Feuer auf den Wald. Deirdre preßte das Gesicht in das modrige Laub auf dem Waldboden, während knapp über ihr die Kugeln vorbeizischten. Holz explodierte, Äste stürzten herab und der Boden schüttelte sich, als die Gewehrkugeln Feuerspuren durch die Blätter zogen. Sie fühlte David zittern und weinen, aber sie konnte ihn nicht hören und wagte es nicht, ihn tröstend an sich zu ziehen. Ihre Rechte drückte ihn zu Boden wie die Pfote einer Katze, die mit einer gefangenen Maus spielt.

Ebenso plötzlich, wie es begonnen hatte, hörte das Feuer wieder auf. Deirdre hörte jemand etwas rufen, dann wurde der Befehl auf englisch wiederholt. »Werfen Sie das Gewehr weg!«

Deirdre wälzte sich auf die rechte Seite, stützte sich mit dem Rücken an David ab und wickelte die Gewehrschlaufe vom Arm. Sie warf die Waffe fort und rief. »Es ist weg, es ist weg. Wir geben auf.« Sie wünschte, sie hätte irgend etwas Weißes getragen, das sie als Zeichen der Kapitulation hätte schwenken können.

Sie hörte die schweren Schritte der Männer, die durch den Wald näher kamen. Sie rollte sich auf die andere Seite und zog David an sich. »Wir müssen jetzt tapfer sein, Baby, sehr tapfer.«

Er nickte, aber seine Unterlippe zitterte. Sie konnte die Tränen in seinen Augen sehen.

»Du darfst ruhig weinen, David.« Sie strich ihm übers Haar und setzte sich vorsichtig auf. Dann zog sie David auf ihren Schoß und hielt ihn, während Tormanos Wachen vorrückten, das Gewehr im Anschlag. In ihrer Mitte marschierte der unbewaffnete Kapitän.

Er stieg über den Baumstamm, und die anderen Männer folgten ihm, als wäre sein Mut ihr Schutzschild. Er trat Deirdres Gewehr beiseite, dann nickte er ihr anerkennend zu. »Meinen Glückwunsch, Doktor, für eine beinahe geglückte Flucht. Sie haben nur einen Fehler begangen.«

»Und der wäre?« Deirdre kniff die Augen zusammen. »Oder wollen Sie ihn mir nicht mitteilen, aus Angst, ich könnte ihn beim nächstenmal vermeiden.«

Der Mann lächelte sie auf eine Weise an, die Deirdre an ein Reptil erinnerte. »Als Sie den Virus in den Computer unserer Alarmanlage einschleusten, haben Sie wohl angenommen, Sie hätten uns die Verfolgung unmöglich gemacht. Aber so wundervoll die moderne Technik auch ist, sie kann versagen.« Der Mann klopfte an seinen Ohrhörer. »Deswegen haben wir diese Funkgeräte und die Hunde. Als Li nicht antwortete, wußten wir, daß Sie ihn ausgeschaltet hatten. Also setzten wir Ihnen nach.«

Deirdre war verwirrt. *Computervirus? Wovon, zur Hölle, redet der?* »Der Mandrinn hält uns gefangen. Ich kenne Prinz Victor Davion. Tormano wird sich zu verantworten haben.«

Der Kapitän bückte sich und zerrte David von ihr fort. Sie wollte ihn festhalten, aber augenblicklich richteten sich sechs Gewehre auf sie. »Wenn Sie ihm wehtun ... Ihn festzuhalten, hält mich nicht hier.«

»Das weiß ich sehr gut, Doktor.« Der Kapitän zuckte entschuldigend die Achseln. »Sehen Sie, der Mandrinn hat sie aus purer Höflichkeit am Leben gelassen. Im Grunde ist nur Ihr Sohn von Wert für ihn, weil er dem Mandrinn als Druckmittel auf seinen Neffen Kai dient. Sie, Doktor, sind nur ein Hindernis.« Er sah zu einer der Wachen. »Sie war unerlaubt auf dem Gelände und ist auf Anruf nicht stehengeblieben. Du hast sie für einen Terroristen gehalten und geschossen.«

»Mommy! Mommy!« David wand sich in den Armen des Kapitäns, und wurde mit einer Ohrfeige belohnt.

»Adieu, Doktor Lear. Machen Sie sich keine Sorgen um David.« Der Mann lachte laut und übertönte Davids Weinen. »Der Mandrinn wird sich um Ihren Sohn kümmern und aus ihm den perfekten Erben für den Himmelsthron der Konföderation Capella machen.«

Landungsschiff *Zarevo*, im Anflug auf Shiloh Silberfalken, Liga Freier Welten

Ein lautes Wummern riß Peter aus dem Schlaf. Zuerst dachte er, das Schiff würde angegriffen, aber das konnte nicht sein. Chorsakow hätte ihn geweckt, lange bevor feindliche Jäger nahe genug heran gekommen wären. Als er das begriffen hatte, bestätigten andere Echos, was geschehen war.

Eine Raumfähre hat bei uns angedockt. Peter warf einen Blick auf den Sichtschirm in seiner Kabine und sah eine ferne Eiform, die einen Feuerschweif hinter sich herzog. *Landungsschiff der* Overlord-*Klasse. Verstärkungen?* Peter runzelte die Stirn. Tormano konnte sich keine weiteren Söldner leisten, aber die Ankunft einer Fähre bestätigte eindeutig, daß es sich um befreundete Kräfte handelte. *Oder zumindest nicht um feindliche.*

Schnell zog er einen Overall an und fuhr sich mit der Hand durch das rote Haar, dann machte er sich auf den Weg. Er begegnete niemandem, was ihn nicht weiter überraschte. Die meisten Krieger bereiteten sich auf die kommende Schlacht vor, indem sie mitnahmen, was sie an Schlaf finden konnten. Trotzdem, die Tatsache, daß er weder von Chorsakow noch von dessen Sohn abgeholt worden war, beunruhigte Peter.

Als er den Bereitschaftsraum erreichte, sah er zwei Männer in schwarzgoldener Uniform, die ihm den Rücken zuwandten. Ein bleicher Oberst Chorsakow sah auf, als Peter den Raum betrat. Der Mann setzte zu einer Entschuldigung an, aber Peter ließ ihm keine Gelegenheit dazu. »Sie enttäuschen mich, Oberst. Das wird ein Nachspiel haben.« Er packte den Eindringling, der ihm am nächsten stand, und riß ihn herum. »Wer, zum Teufel, sind Sie? Wo kommen Sie her? Und was wollen Sie hier?«

Der Mann befreite sich in einer einzigen, fließenden Bewegung. »Sie wissen sehr gut, wer ich bin, Peter Davion, und auch, daß ich von Solaris komme. Es ist Zeit, abzudrehen und zurückzufliegen, bevor Sie die Innere Sphäre vernichten.«

35

Landungsschiff *Zarevo*, im Anflug auf Shiloh Silberfalken, Liga Freier Welten

27. April 3056

Auf Peters Gesicht wurde Erschrecken von nackter Wut verdrängt. »So, mein Bruder denkt also, Sie könnten mich aufhalten?« Peter lachte und schüttelte den Kopf. *»Sie?«*

Das schrille, irre Lachen ließ Kai einen eiskalten Schauer über den Rücken laufen. »Ihr Bruder hat mich nicht geschickt, Peter. Er weiß nichts von allem hier.«

»Sie haben *ohne* seine Zustimmung gehandelt?« Die Häme in Peters Stimme war eine Ohrfeige für Kai. »Sehen Sie sich vor, Kai, sonst könnten Sie auch zum Ziel der tödlichen Eifersucht meines Bruders werden, wie Cox und ich.«

»Peter, nehmen Sie sich zusammen. Hier geht mehr vor, als Sie glauben. Fragen Sie sich nicht, warum ich hier bin?« Kai tat sein Bestes, Mitgefühl in seine Worte zu legen. »Wenn Sie ehrlich sind?«

Peter verschränkte die Arme und setzte eine überlegene Miene auf. »Da Sie so darauf brennen, es mir mitzuteilen, lassen Sie sich nicht aufhalten.«

»Mein Onkel hat Sie hinters Licht geführt.«

»Ha! Ich habe ihn gezwungen, mich an dieser Mission teilnehmen zu lassen. Er hat es verweigert, aber ich habe darauf bestanden.«

»Natürlich haben Sie das. Genau, wie er es erwartete.« Kai fühlte, wie sich sein Magen verkrampfte. »Er wollte sie hierherschaffen, er *brauchte* sie hier. Ohne Ihre Anwesenheit hier würde sein ganzer Plan scheitern. Sehen Sie das denn nicht?«

»Ich sehe nur einen Mann, der nicht den Mut seines Onkels besitzt zu tun, was nötig ist, um die Sicherheit des Vereinigten Commonwealth zu garantieren. Sie spielen auf Solaris ihre Mechscharaden, obwohl Sie hierher an meine Seite gehören, um Männer in den Kampf zu führen.«

»Ich *bin* hier, und ich *führe* Truppen in eine äußerst wichtige Mission. Auf der *Taizai* befindet sich ein volles Bataillon Krieger und wartet auf Ihre Entscheidung.« Kai kämpfte gegen seine Frustration an. »Benutzen Sie Ihren Verstand, Peter. Sie verstehen es immer noch nicht, was? Wie komme ich hierher? Warum haben sich die Räuber verkrochen? Es ist doch offensichtlich! Ihre Mission ist gescheitert. Die Truppen auf Shiloh wissen, daß Sie im Anflug sind, und sie haben Befehl, nicht gegen Sie zu kämpfen.«

»Sie haben Angst!« Peter ging um Kai herum, bis er vor dem Kommandeur der Kosaken stand. »Wir werden beweisen, daß Harlocs Räuber hier sind, indem wir die Bruchstücke ihrer Mechs mit nach Hause bringen.«

»Wenn Sie das versuchen, Peter, werden Sie als der Mann in die Geschichte eingehen, durch dessen Aktionen der Krieg ausbrach, der die Innere Sphäre zerstörte. Sun-Tzu hat den Räubern den Befehl gegeben, einer Konfrontation auszuweichen. Sie überlassen die Verteidigung des Planeten den Dritten Sirianischen Lanciers. Wenn Sie den Räubern nachsetzen, werden die Lanciers sie angreifen.«

Oberst Chorsakows schüttelte den Kopf. »Wir werden die Lanciers zerschlagen.«

»Oh, großartig.« Kai kanalisierte seine Wut in beißenden Sarkasmus und hoffte, irgendwen zur Vernunft bringen zu können. »Wenn Sie gegen die Lanciers kämpfen, erklärt die Liga Freier Welten dem Vereinigten Commonwealth den Krieg, und *genau das* hat Sun-Tzu geplant, als er den Räubern ihre Befehle gab.«

»Das ist pure Spekulation.«

»Nein, ist es nicht. Der Kommandeur der Räuber hat mir die Informationen geliefert, mit deren Hilfe ich Sie gefunden habe.«

Peters Lachen hatte etwas Bösartiges. »Verbrüderung mit dem Feind, Kai?«

»Das ist unter Ihrer Würde, Peter. Wu Kang Kuo hatte das Gefühl, mir etwas dafür schuldig zu sein, daß ich meinen Onkel gehindert habe, seinem ungeborenen Enkel Schaden zuzufügen, und seinem Sohn in unserem Duell Ehre erwiesen habe. Er hat sich revanchiert, obwohl er damit seine Karriere *und* sein Leben aufs Spiel gesetzt hat.« Kai schüttelte den Kopf. »Verdammt noch mal, Peter, benutzen Sie endlich Ihr Hirn. Woher, glauben Sie, wußte Wu wohl, daß Sie mit den Kosaken hierher unterwegs sind? Ich werde es Ihnen sagen: Mein Onkel hat die Information an die Maskirovka durchsickern lassen, damit sie in eine Falle laufen und getötet werden. Und wenn *das* geschehen wäre, hätte Victor Sun-Tzu den Krieg erklären und Tormanos privaten Kreuzzug unterstützen müssen.« Kai trat einen Schritt vor. »Man benutzt Sie, Peter. Sie sind eine Schachfigur auf dem Brett politischer Meisterspieler. Tormano benutzt sie, indem er Sie gegen Ihren Bruder stellt, damit er Ihren Bruder gegen Sun-Tzu hetzen kann. Und Sun-Tzu spielt Sie gegen Thomas Marik aus, um Thomas gegen Victor zu benutzen.«

»Und Sie, Kai Allard-Liao, wie benutzen Sie mich?«

»Ich benutze Sie nicht, Peter, ich versuche Ihr Leben zu retten.«

»Sie versuchen mich daran zu hindern, eine Bedrohung für das Vereinigte Commonwealth aufzudekken.« Peter verlor die Beherrschung, und sein Tonfall wurde immer schärfer. »Sie versuchen, die Macht meines Bruders zu erhalten, obwohl wir beide wissen, daß seine Herrschaft das Vereinigte Commonwealth zerstören wird!«

»Sie wissen nicht, was Sie sagen, Peter. Sie haben völlig die Kontrolle verloren. Befehlen Sie diesem Schiff umzukehren. Laden Sie den Sprungantrieb wieder auf und springen Sie zurück nach Solaris!«

»Niemals! Sie sind es, der die Kontrolle verloren hat. Sie haben Ihre Verpflichtungen Ihrer Familie gegenüber geleugnet, indem Sie auf Solaris Spielchen treiben. Ich bin bereit, meine Pflicht zum Besten des Vereinigten Commonwealth zu erfüllen!« Er stieß Kai mit dem ausgestreckten Zeigefinger vor die Brust. »Seit Alyina sind Sie auf der Flucht, Kai, vielleicht sogar schon länger. Alle Welt hat ihre Taten gesehen und als Bescheidenheit bezeichnet, aber ich nenne sie *Feigheit*. Hier ist nicht Solaris, Kai. Das ist kein Spiel, und wir sitzen nicht in Mechs. Es gibt nur einen Weg, mich aufzuhalten.«

Kai schüttelte den Kopf. »Ich will nicht gegen Sie kämpfen, Peter.«

»Dann sind die Geschichten über Ihre Kämpfe gegen Elementare also gelogen, Kai Allard-Liao?« Peter hob herausfordernd die Fäuste. »Ich bin die Zukunft des Vereinigten Commonwealth. Halten Sie mich auf, wenn Sie es wagen.«

Mandrinn Tormano Liaos Landgut, Solaris VII
Mark Tamarind, Vereinigtes Commonwealth

Obwohl ihr klar war, daß das ihren Tod bedeutete, griff Deirdre Lear den Kapitän an, als er ihr den Rücken zuwandte. Sie stieß sich mit den Händen ab und rutschte vor. Ihr rechter Fuß traf den Kapitän in der linken Kniekehle. Als er stürzte, brach rings um sie herum Gewehrfeuer los, aber der Lärm drang ihr kaum ins Bewußtsein. Sie mußte ihren Sohn retten.

Sie kam auf die Knie hoch. Ihre gesamte Aufmerksamkeit war auf den Kapitän gerichtet, und als er mit den Rücken aufschlug, fiel ihre erhobene Rechte herab. Sie hieb ihm die Handkante auf die Kehle.

Die Kampfsportlerin in ihr wußte, daß dieser Schlag seine Luftröhre zerquetschen mußte wie eine nasse Pappröhre.

Die Ärztin wußte, daß der Mann ersticken würde.

Der Mutter, die hatte mitansehen müssen, wie er ihr Kind schlug, war das egal.

David löste sich aus den Armen des Mannes und rannte zu ihr. Deirdre drückte und küßte ihn und wartete auf die Kugel, die ihr das Leben nehmen würde. Sie wollte nicht sterben, aber wenn es denn sein mußte, wollte sie diese letzten Sekunden mit David noch in vollen Zügen genießen.

»Doktor Lear.« Beim Klang der metallischen, verzerrten Stimme bemerkte sie, daß das Gewehrfeuer aufgehört hatte. Sie öffnete die Augen. Die Männer, die sie gefangengenommen hatten, lagen verstreut am Boden. Die Schatten ließen nur wenig erkennen, aber sie hätte schwören können, einzelne Körperteile herumliegen zu sehen.

Sie drückte Davids Gesicht an ihre Brust, damit er das Blutbad nicht sehen mußte, und drehte sich um. Was sie sah, ließ ihr Blut in den Adern gefrieren und nahm ihr den Atem. Ihre Knie wurden weich, aber sie nahm sich zusammen und hielt sich auf den Beinen.

Durch die Schatten sah sie ein Dutzend übergroßer humanoider Gestalten auf sich zukommen. Das grelle Licht ließ sie teilweise in pechschwarzen Schatten versinken, aber es brachte das jadegrüne Federkleid und die grellgelben Vogelaugen auf den Helmen der Exoskelettrüstungen zum Strahlen. Die vordere Gestalt strecke in einer freundschaftlichen Geste den linken Arm aus, die in deutlichem Widerspruch zu der dreifingrigen Metallklaue und dem qualmenden Maschinengewehr an diesem Arm stand.

Das ist unmöglich. Wie können sie hier auftauchen?

Deirdre zitterte. *Ich bin tot. Ich bin gestorben, und das hier ist meine ganz persönliche Hölle!*

Die Metallklaue winkte sie vorwärts. »Ich weiß nicht, ob Sie sich noch an mich erinnern, Doktor, aber wir sind uns schon einmal begegnet. Ich bin Taman Malthus, und dies sind meine Leute. Kai Allard-Liao hat uns gebeten, Sie nach Hause zu begleiten.«

36

Landungsschiff *Zarevo*, im Anflug auf Shiloh
Silberfalken, Liga Freier Welten

27. April 3056

»Wenn ich es wage, Peter? Wenn ich es wage?« Kai brüllte Peter an. Die Wut in seiner Stimme überraschte ihn selbst, und er kämpfte gegen die Gefühle an, die in ihm tobten. »Ich habe gar keine andere *Wahl,* als Sie aufzuhalten.«

»Worte, Allard, nichts als Worte.« Peter grinste. »Taten sprechen lauter als Worte.«

Eine Sekunde lang ließ Peter die Fäuste sinken, und Kai sah eine Öffnung in der Deckung. Er konnte ihn mit einem Schwungtritt an die Schläfe zu Boden schicken. Die Muskeln spannten sich, die Nerven feuerten Impulse, aber Kai hielt sich zurück. *Es reicht nicht, wenn er verliert. Er muß einsehen, warum er nicht gewinnen darf.* »Dann sehen Sie sich einmal Ihre Aktionen an und verraten Sie mir, was die aussagen.«

»Sie kennzeichnen mich als Hanse Davions wahren Erben. Sie bestätigen die Bestimmung der Steiner-Davions, einen neuen Sternenbund zu schmieden und alle Häuser unter einem Herrscher zu vereinen.« In Peters helle Augen trat ein fanatisches Leuchten. »Victor wird alles zerstören, er wird das Vereinigte Commonwealth auseinanderbrechen lassen, zerfressen von Bedrohungen wie Harlocs Räubern, und seine Helfershelfer unterstützen ihn noch bei diesem Verrat.«

Peter sprang vor und setzte einen rechten Schwinger gegen Kais Kopf an. Der duckte nach links ab und wich dem Schlag aus. Reflexartig schoß seine rechte Hand zwischen Peters Armen nach oben. Obwohl Kai den Schlag in der letzten Sekunde abfing, knallte sein Handballen auf Peters Kinn.

DECK 11

»Verzeihung, Peter.« Kai hüpfte nach hinten aus Peters Reichweite, und Larry Acuff zog einen Stuhl beiseite, damit er nicht stürzte. Peter wirkte geschockt. Er hob die Hand an seine gespaltene Lippe und betrachtete die blutigen Finger. »Noch mehr Verrat. Hat Victor Sie hergeschickt, damit Sie mich umbringen?«

»Nein, zur Hölle! Victor weiß nicht, daß ich hier bin!«

»Lügen!« Peters Stimme war schmerzerfüllt, und als Peter mit fliegenden Fäusten auf ihn zurannte, erkannte Kai, was los war. Der Wirbelsturm aus Schlägen trommelte auf Kai ein. Sie kamen zu schnell und zu chaotisch, um sie effektiv abzublocken. Peters Unterarme trafen ihn ebenso häufig wie seine Fäuste, aber die schiere verzweifelte Wut des Angriffs warf Kai zurück.

Peter mußte gespürt haben, daß er Kai überwältigte. Der Rhythmus seines Angriffs brach, als er sich auf den Sieg konzentrierte und wieder die bewußte Kontrolle über seinen Körper übernahm. Das lieferte Kai die Öffnung, die er brauchte. Als die Schläge langsamer wurden, duckte er nach rechts ab und landete einen Treffer unmittelbar unter Peters Brustbein. Der Schlag trieb Peter mit einem explosiven *Uff!* die Luft aus den Lungen. Mit rot anlaufendem Gesicht brach er auf dem Deck zusammen.

Kai zitterte, teils aus Wut, aber vor allem aus Angst. Er packte Peters Overall an der Taille und zog ihn hoch. Die Bewegung brachte Luft in die Lungen seines Gegners. Peters unmittelbare Beschwerden ließen nach, aber der Kampfgeist war ihm nach diesem Treffer abhanden gekommen.

»Hören Sie, Peter. Ich verstehe, was in Ihnen vorgeht. Ich kenne den Druck, der auf Ihnen lastet. Die Freie Skye-Miliz will Ihnen an den Kragen, so wie ich von den Konföderation Capella und den Clans gehetzt wurde. Sie sind der Erbe großer Traditionen und Verantwortungen, so wie ich. Wir wollen beide vieles erreichen, wir haben große Ziele, aber man hat uns Fesseln angelegt. Ihr Bruder hat Sie nach Solaris geschickt, und mein Onkel …« Kai schluckte. Die Sorge ließ seine Kehle wie zugeschnürt erscheinen. »Mein Onkel hält meinen Sohn als Geisel. Sonst wäre ich nicht hier, um zu versuchen, Sie daran zu hindern, einen Krieg auszulösen.«

Etwas in Peters Blick klarte auf, und sein Körper entspannte sich. Entsetzen zuckte über sein Gesicht, dann schloß er die Augen und schüttelte langsam den Kopf.

Kai ließ Peter los und richtete sich langsam auf. »Oberst Chorsakow, meine Familie hat Ihre Loyalität und Treue der wahren Herrscherlinie der Liao gegenüber immer hoch geschätzt.« Er wählte seine Worte mit Bedacht. Einerseits wollte er dem Ego des alten Söldners schmeicheln, andererseits sah er keinen Grund, seine Wut zu unterdrücken. »Ihre Dienste waren unschätzbar, und keine andere Einheit hätte Ihre Mission hier erfüllen können.«

»Sie sind zu gnädig, Mylord.«

»Sie haben recht, und möglicherweise wäre es Ihnen lieb, wenn ich auch in Zukunft so *gnädig* bliebe.« Kai machte eine Pause, um den Stich seiner Worte wirken zu lassen. »Es wird Zeit für Sie, sich zu verabschieden, Oberst. Bringen Sie die *Zarevo* wieder zur *Remagen* und kehren Sie nach Solaris zurück.«

»Ich bitte um Verständnis, Mylord, aber ich stehe nicht in Ihren Diensten.«

Der Ausdruck trotzigen Widerstands im Gesicht des alten Mannes weckte in Kai das Verlangen, ihn niederzuschlagen, aber er entschied sich für eine weniger physische Variante des Angriffs. »Mein Onkel Tormano hat Sie unter Vorspiegelung falscher Tatsachen unter Vertrag genommen. Er ist zahlungsunfähig, aber um ihm die Schande eines Skandals zu ersparen, werde ich Sie entschädigen und die finanziellen Verpflichtungen des Vertrages auf mich nehmen.« Er verschränkte die Arme. »*Wenn* Sie auf der Stelle umkehren.«

»Aber wir haben eine Mission zu erfüllen.«

»Oberst, es gibt keine Mission. Sie haben keinen Auftraggeber und diese Aktion ist nicht sanktioniert. Sie können zwischen einem vollen und einem leeren Glas wählen, und Sie ahnen nicht einmal, wie leer dieses Glas ist. Ein Wort von mir, und das Vereinigte Commonwealth wird Ihre Dienste nie wieder in Anspruch nehmen. Dasselbe gilt für den St. Ives-Pakt. Und wenn ich erst mit Lady Omi Kurita gesprochen habe, die momentan mein Gast auf Solaris ist, nun, dann werden die Kosaken ganz unten auf der Liste stehen, wenn das Kombinat Söldner anheuert. Für Sun-Tzu würden Sie nie freiwillig arbeiten, und falls es Ihnen entgangen sein sollte, Sie wollen die Liga Freier Welten als Invasoren angreifen.« Kai schüttelte bedauernd den Kopf. »Ich schätze, in der Peripherie könnten Sie noch Arbeit finden.«

»Mylord!«

»Sie sollten froh sein, Oberst. Sie hätten einen Krieg ausgelöst, der das Blut von Abermillionen über Ihr Haupt hätte kommen lassen. Heben Sie sich den Haß für die Soldaten meines Cousins auf. Sie werden Ihren Blutdurst später stillen. Haben wir uns verstanden?«

»Ja, Mylord.« Die Antwort kam gepreßt und voll verletzten Stolzes, aber das hatte Kai erwartet. Plötzlich freute er sich, Nikolai Chorsakow so leicht manipuliert zu haben. »Und was geschieht mit Herzog Peter, Mylord?«

»Er wird mich auf die *Taizai* begleiten. Sie können ihm sein Gepäck auf Solaris zurückgeben. Leben Sie wohl, Oberst. Viel Spaß im Ruhestand.« Kai nahm Peter an der Schulter, und Larry Acuff wollte ihm helfen. »Ich hab ihn, Larry. Geh du zur Fähre und sag

Wilson, er soll den Abflug vorbereiten. Es geht nach Hause.«

»Roger, Boß.«

Unterwegs gestattete Kai Herzog Peter, sich an eine Schottwand zu lehnen und zu Atem zu kommen. »Ich konnte nicht zulassen, daß Sie einen Krieg anfangen, Peter.«

»Aber Ihr Sohn. Ich wußte gar nicht, daß Sie einen Sohn haben ... und ihn so aufs Spiel zu setzen.« Peter ließ den Kopf hängen. Er fand keine Worte.

Kai griff ihm unters Kinn und hob seinen Kopf. »Gegen die eigenen Interessen handeln, so handeln, wie man *muß*, statt so, wie man *möchte*, das ist die Last, die auf Staatsführern wie Ihrem Bruder liegt. Es ist nicht einfach, Ehrgeiz und persönliche Befriedigung zum Wohl des Wahren und Guten beiseite zu schieben, aber es muß sein, oder man wird von anderen für *deren* Ziele manipuliert.«

»Wie es mir geschehen ist.« In Peters Stimme lagen Erschrecken und Angst. »Sie haben recht. Ich war eine Schachfigur. Ich war ein Bauer. Bauern werden benutzt und geopfert.«

Peter versuchte sich von Kai zu lösen, aber der kleinere MechKrieger ließ ihn nicht los. »Geben Sie jetzt nicht auf, Peter. Lassen Sie sich nicht von der Verzweiflung in Ketten legen. Bauern, die ihre Kämpfe überleben, die es bis zur letzten Reihe des Bretts schaffen, werden stark. Sie wollen alles *sofort*, das ist ein Zeichen von Jugend und Unerfahrenheit. Sie haben Zeit, und Ungeduld ist nur Energie, die Sie in Anstrengungen für die Zukunft kanalisieren sollten.« Kai ließ ihn los und machte sich auf den Weg zum Beiboothangar. »Ihre Hoffnungen und Träume haben dazu geführt, daß Sie sich als Gegenspieler Ihres Bruders definiert haben. Aber Peter Steiner-Davion sollte eine eigenständige Person sein, nicht nur ein Anti-Victor. Sie brauchen auch nicht Hanse Davions Reinkarnation zu werden. Versuchen Sie es doch mal mit sich selbst.«

»Solche Einsicht von einem Mann, der in die Fußstapfen seines Vaters getreten ist und die gleichen Ehren erworben hat wie er?« Die Antwort war mit Humor gewürzt, deshalb ignorierte Kai die darin enthaltenen Spitzen. »Haben Sie schon herausgefunden, wer Kai Allard-Liao ist?«

»Selbsterkenntnis ist ein Weg, Peter, kein Ziel. Sobald Sie glauben, entdeckt zu haben, wer Sie sind, irren Sie sich, denn diese Entdeckung verändert Sie. Sie können nur dem Weg folgen, der Ihnen gestattet, sich selbst treu zu bleiben.«

Peter nickte, dann runzelte er die Stirn. »Weise Worte von einem Mann, dessen einziges Lebensziel darin besteht, Champion von Solaris zu werden. Daß Sie hierhergekommen sind und mich aufgehalten haben, deutet auf weitergehende Fähigkeiten und größere Möglichkeiten hin. Sind Sie sicher, daß der Weg, den Sie eingeschlagen haben, Ihrem Wesen entspricht? Sie haben recht, ich kann weder die Antithese meines Bruders sein noch mein wiedergeborener Vater. Wie steht es mit Ihnen?«

Kai lief es kalt über den Rücken. »Das ist eine Frage, die ich mir nie zu stellen gewagt habe. Mit Zenotaph ehre ich meinen Vater, aber nur, indem ich einem kleinen Teil seines Lebens nacheifere.«

»Soll heißen?«

»Ich weiß nicht, was es heißt.« Kai lachte, und seine Spannungen verflogen. »Aber ich meine, in der Frage das versteckte Schimmern einer Antwort zu sehen. Wenn Sie nichts dagegen haben, Peter Davion, können wir unser Gespräch vielleicht an Bord der *Taizai* fortsetzen und unser beider Füße auf den richtigen Weg bringen, bis wir auf Solaris eintreffen.«

37

Solaris City, Solaris VII
Mark Tamarind, Vereinigtes Commonwealth

29. April 3056

Tormano unternahm keinen Versuch, seine Überraschung zu verbergen, als Kai das Büro betrat. »Ich hatte dich früher erwartet, Neffe. Die *Taizai* hat schon vor vier Stunden aufgesetzt.«

»Nach meiner Ankunft mußte ich mich um vieles kümmern, Onkel.« Kais Gesicht wurde zu einer Maske, die Tormano nicht lesen konnte, und das störte ihn. *Sein Vater hatte denselben Gesichtsausdruck.* »Es wird einige Veränderungen geben, Tormano.«

»Ach ja? Gehört dazu auch ein Ersatz für die Angestellten, die deine Schläger auf meinem Landgut umgebracht haben?« Er wartete auf eine Reaktion, aber Kai ließ sich nicht anmerken, daß er seine Worte gehört hatte. »Ich muß zugeben, es war ein Fehler, Dr. Lear und ihren Sohn hierzubehalten, nachdem ich dir die Holographie gegeben hatte. Beim nächsten Mal werde ich ihn nicht wieder begehen.«

»Nein, Onkel. Es wird kein nächstes Mal geben.« Kai trat weiter ins Zimmer und sah sich um, als sei er zum ersten Mal dort. »Und, ja, du wirst neue Angestellte auf deinem Gut haben. Fuh Teng hat Großneffen und Vettern, die sich um die Bewachung kümmern werden. Sie werden sich Mühe geben, dir den Aufenthalt angenehm zu gestalten.«

Tormano blinzelte überrascht. »Du schickst mich ins Exil auf mein Landgut in Equatus? Oho, das ist ein wagemutiger Kai Allard-Liao, der da vor mir steht. Wie kommst du darauf, daß ich dies alles aufgeben werde?«

Auf Kais Miene trat die Andeutung eines Lächelns.

»Du wirst es tun, um der Schande zu entgehen, vor die Tür gesetzt zu werden. Ich bin der neue Eigentümer des Landguts.«

»Du bist was?«

»Du hast richtig gehört. Noch bevor die *Taizai* aufsetzte, habe ich Keith Smith eine komplette Analyse deiner Finanzlage erstellen lassen.« Kai verschränkte die Hände im Rücken. »Als du durch Prinz Victors Streichungen in Geldnot kamst, hast du dein Landgut und dein Haus in Solaris City als Sicherheit für eine Reihe kurzfristiger Darlehen eingesetzt, in der Hoffnung, daß die Generalstaaten dir neue Subventionen bewilligen. Ich habe die Kredite von den Banken gekauft.«

»Diese Darlehen können erst in drei Monaten gekündigt werden. Bis dahin kann ich die Mittel auftreiben, sie abzuzahlen.«

»Irrtum, Onkel. Sie können gekündigt werden, sobald die Generalstaaten neue Subventionen ablehnen. Ich habe mich mit Victor Davion in Verbindung gesetzt, und er hat den Generalstaaten sofort ein entsprechendes Gesetz zur Abstimmung vorgelegt. Der Antrag wurde erwartungsgemäß abgeschmettert. All das hier gehört mir.«

Tormano schlug das Herz bis zum Hals. »Du kannst… du kannst Victor Davion nicht von seinem Bruder erzählt haben, denn dann hättest du ihm sagen müssen, daß Harlocs Räuber auf Shiloh stehen. Also hast du ihm Informationen vorenthalten. Ich kann ihm eine Nachricht schicken, die mir seine Dankbarkeit sichert.«

Kai schüttelte langsam den Kopf. »Er wird dir nicht glauben. Ich habe ihm in meiner Botschaft erklärt, daß die Belastung durch das Freie Capella zuviel für dich war. Er nimmt an, daß du einen Nervenzusammenbruch hattest, wie es auch deinem Vater ergangen ist, und jetzt hält er dich für einen sabbernden Idioten, der

Illusion und Wirklichkeit nicht mehr auseinanderhalten kann.«

»Ich glaube es nicht. Ich glaube nichts davon.« Tormano sperrte den Mund auf, als Entsetzen und Ehrfurcht in abwechselnden Wogen über ihn hereinbrachen. Daß sein Neffe ihn innerhalb von nur vier Stunden so einfach absetzen konnte, entsetzte ihn, aber gleichzeitig erregte ihn diese Erfahrung auch. Damit hatte Kai all die Fähigkeiten eingesetzt, die Tormano in ihm aufbauen wollte. Kai hatte sich erschlichen, was Tormano ihm jederzeit freiwillig überlassen hätte. »Das ist unglaublich.«

»O nein, es ist ausgesprochen glaublich.« Kais graue Augen glitzerten im gedämpften Licht des Büros wie Eis. »Du hast mir unmißverständlich klargemacht, daß du zu gefährlich bist, um dich unbeaufsichtigt zu lassen. Deine Verbitterung hat dich skrupellos gemacht. Du hättest beinahe einen Krieg entfacht, der auf Hunderten von Welten unsägliche Verwüstungen hinterlassen hätte. Diese Möglichkeit wirst du niemals wieder bekommen.«

»Es gibt nur einen Weg, das sicherzustellen, Kai.« Tormano öffnete eine Schreibtischschublade und zog eine Pistole heraus.

»Du wirst mich nicht erschießen, Onkel.«

»Du hast völlig recht, das werde ich nicht.« Tormano legte die Waffe auf den Schreibtisch und drehte sie um, so daß der Griff in Kais Richtung wies. »Du führst jetzt das Freie Capella. Du bist geworden, was ich aus dir machen wollte. Was du getan hast, mich abzusetzen, mir meine Möglichkeiten zu nehmen, das war sehr gut. Du zeigst die Fähigkeiten, die du brauchen wirst, um Sun-Tzu zu vernichten. Aber wenn du einen vollständigen Sieg erringen willst, wenn deine Herrschaft absolut sein soll, darfst du dir keine Skrupel leisten. Nimm die Waffe und töte mich.«

»Nein.«

»Nein? Wenn du es nicht tust, Kai, wirst du mich nicht los.« Tormano deutete mit dem Daumen über die Schulter zum Fenster und hinaus auf Kithai. »Ich habe Anhänger, Kai. Ich habe Verbündete, von denen du nichts ahnst. Du wirst mich nicht auf dem Gut festhalten können. Ich werde entkommen, ich werde mir Mittel besorgen, Unterstützung, und du wirst mich nicht unter Kontrolle haben.«

»Ich werde dich nicht töten.«

Tormano lachte ihm ins Gesicht. »Das mußt du aber, Kai. Es ist der letzte Akt. Du mußt lernen, mit deinen Rivalen abzurechnen. Victor weiß, wie man es macht! Wenn du glaubst, jemand anderes hätte Ryan Steiner umbringen lassen, bist du ein Narr. Wenn du glaubst, er habe Peter nicht hierhergeschickt, damit er umkommt, bist du ein noch größerer Narr. Ich werde glücklich sterben, wenn ich weiß, daß du skrupellos genug bist, mich umzubringen. Denn das bedeutet, wenn die Zeit gekommen ist, wirst du auch deinen rattengesichtigen kleinen Vetter Sun-Tzu nicht verschonen. Du wirst tun, was du tun mußt.«

»Das habe ich bereits getan. Ich habe dich in einen goldenen Käfig gesteckt. Ich werde dich nicht töten.«

»Beim Blute Blakes, Kai! Ich habe dein Kind als Geisel genommen! Ich habe gedroht, es zu töten!« Tormano schob die Waffe auf seinen Neffen zu. »Tu es, bring mich um. Beweise dich.«

»Wem? Dir?« Kai schüttelte den Kopf. »Nein, Onkel. Ich brauche dir nichts zu beweisen, nicht hier, nicht jetzt. Du wirst noch lange genug – noch viele Jahre – auf deinem Landgut leben, in denen du dir überlegen kannst, ob ich das Zeug habe, dein Nachfolger zu werden. Ich muß nicht so wie du oder Victor werden, um das Richtige zu tun. Ich bin Kai Allard-Liao, und das reicht völlig aus.«

Das Sitzen auf den Fersen war für Peter Steiner-Davion reichlich unbequem, aber er ertrug die schmerzenden Knie, während ihm Omi Kurita eine Schale Tee eingoß. Er hatte geduscht, sich rasiert und einen schwarzgoldenen Overall angelegt, den er leihweise vom Zenotaphstall erhalten hatte. Jetzt fühlte er sich zum erstenmal, seit er die *Zarevo* verlassen hatte, wieder wie ein zivilisierter Mensch. Die Diskussion mit Kai auf dem Rückflug hatte ihn ruhiger werden lassen, aber sie hatte nicht genügt, seine Probleme vollends zu lösen.

Nach der Ankunft auf Solaris vor vier Stunden hatte Peter Omi um ein Gespräch in Kais Haus gebeten. Larry Acuff hatte ihn abgeholt. Der Diener hatte ihn in einen Nebenraum geführt, wo Omi schon mit dem Tee gewartet hatte.

Sie reichte ihm die Schale, und er nahm sie mit einer leichten Verbeugung entgegen. Die dampfende Flüssigkeit war heiß genug, das Porzellan unangenehm zu erhitzen, aber er setzte die Schale nicht ab. *Buße hat viele Formen.* Er wartete, bis sie sich ebenfalls Tee eingeschüttet hatte, dann trank er gemeinsam mit ihr. Erst als sie dies tat, setzte auch er die Schale auf dem Tischchen zwischen Ihnen ab.

»Danke, daß Sie mich empfangen, Lady Omi.«

»Es ist mir ein Vergnügen, Herzog Peter. Ich freue mich sehr, Sie wieder im Vereinigten Commonwealth begrüßen zu können.« Sie lächelte ihn an, und er erkannte die Intelligenz in ihren blauen Augen. »Ihr Verlust hätte Ihren Bruder getroffen. Er hätte Ihr Ableben tief betrauert.«

Peter senkte den Blick auf das Lacktischchen und den in brillanten Farben ausgeführten Drachen, der sich über die Platte schlängelte. »Ich hätte beinahe eine große Zahl von Menschen umgebracht. Hätte ich eine Pistole benutzt, um eine einzelne Person umzubringen, stünde ich jetzt wegen Mordversuchs vor Gericht. Ich habe Millionen bedroht, aber wegen meines Standes und der Inervention guter Menschen wie Kai und Ihnen bleibe ich unbestraft.«

Omis Gesicht zeigte keine Regung, aber ihre Stimme ließ Mitgefühl erkennen. »Ist Strafe nicht die Lösung, die wir erst anwenden sollten, wenn eine Besserung unmöglich ist?«

»Ja, ja, vermutlich haben Sie recht.« Peter seufzte und ließ die Schultern hängen. »Ich bin mir nicht sicher, ob nach einem Verbrechen dieser Größenordnung eine Rehabilitation möglich sein kann.«

»Sie unterliegen einem Mißverständnis, zu dem wohl auch die Wahl Ihres Vergleichs beigetragen hat. Im Kombinat wird eine Anklage auf Mordversuch erhoben, wenn der Täter den Tod seines Opfers *beabsichtigte,* aber nicht erreichte.« Omi drehte ihre Schale und trank. »In Ihrem Fall handelt es sich nicht um Mordversuch, da Sie es nicht auf einen Mord abgesehen hatten und bei ihrem Versuch niemand zu Schaden gekommen ist. Möglicherweise fahrlässige Gefährdung, aber kein Mordversuch.«

Die Erinnerung, daß dies die Anklage gegen seine Lanze für die Aktion auf Lyons gewesen war, ließ Peter rot werden. »Selbst bei der Schuldzuweisung übernehme ich mich.« Er nahm einen Schluck Tee, um die Hitze, die er in seinem Gesicht fühlte, auf den Rest seines Körpers auszubreiten. »Lady Omi, ich schulde Ihnen jetzt schon mehr, als ich je zurückzahlen kann, weil Sie Kai die Taizai geliehen haben.«

Omi gestattete sich einen verwunderten Blick. »Wovon reden Sie, Herzog Peter? Die *Taizai* ist hier, um mich abzuholen. Sie hat Solaris nicht verlassen.«

Ja, genau, und Kais CompTech wird alle Spuren von Schiffsbewegungen aus den planetaren Computerbanken löschen. »Dann stammt die Schuld aus der Tatsache, daß ich Sie zwinge, etwas vor meinem Bruder zu verbergen. Dafür stehe ich bei Ihnen und bei Kai in der Schuld.«

Omi schüttelte gnädig den Kopf. »Ihr Bruder braucht nur die wichtigen Stationen Ihres Lebens zu erfahren. Trivialitäten ohne Konsequenz sind schon von ihrem Wesen her keiner Erwähnung wert.«

»Wie können Sie das tun? Wie können Sie das sagen?« Peter sah völlig verwirrt zu ihr auf. »Sie und Kai halten sehr viel von meinem Bruder – mehr als ich es bisher anscheinend getan habe –, und trotzdem tun Sie all das ab, als wäre es nichts.«

»Ich kann nicht für Kai sprechen, aber ich wäge die Alternativen ab. Würde ich Victor davon berichten, würde ich ihm große Schmerzen bereiten und ihn möglicherweise dazu bringen, den Krieg, der gerade so knapp verhindert werden konnte, doch noch zu entfachen.« Omi hielt Peters Starren einen Augenblick stand, dann wendete sie den Blick ab. »Der Schmerz, der dadurch entsteht, daß ich Ihrem Bruder etwas verheimliche, ist weit geringer als der Schmerz, ihn seine Soldaten in den Tod schicken zu lassen. Und da Sie Ihren Bruder kennen, wissen Sie auch, daß er an der Spitze seiner Truppen in die Schlacht ziehen würde. Seinen Tod zu verursachen, wäre der größte Schmerz von allen.«

Peter nickte. »Woher nehmen Sie die Kraft?«

Omi streckte die Hand aus und berührte seine Brust, dann zog sie den Arm bescheiden zurück. »Sie ruht im Herzen. Sie werden sie finden, wenn Sie gelernt haben, sich selbst zu akzeptieren.«

»Das ist in etwa auch das, was Kai gesagt hat.« Peter schüttelte den Kopf. »Obwohl ich kein Recht dazu habe, möchte ich Sie um zwei Gefallen bitten.«

»Es wäre mir eine Ehre, Ihnen behilflich zu sein, soweit ich dazu in der Lage bin.«

»Wenn Sie von hier abfliegen, werden Sie zum Wiederaufladen des K-F-Triebwerks an der Sonne einer

Welt namens Zaniah haltmachen. Dort befindet sich ein Kloster für MechKrieger. Es nennt sich Sankt-Marinus-Haus.«

Omi nickte. »Morgan Kell hat zwölf Jahre dort verbracht.«

»So ist es. Man nimmt dort MechKrieger auf und hilft ihnen, mit ihren Problemen fertig zu werden. Ich glaube, ich bin zu lange Peter Steiner-Davion gewesen, der Sohn, der nicht Victor ist, der Sohn, der nie eine Chance haben wird zu erben, was seine Eltern aufgebaut haben.« Peter lächelte trocken. »Zum ersten Mal in meinem Leben kann ich das ohne innere Wut sagen. Ich denke, im Sankt-Marinus-Haus werde ich Hilfe bekommen. Ich möchte herausfinden, wer ich bin und wie ich ich selbst sein kann.«

Omi strahlte, dann errötete sie. »Verzeihen Sie, Peter. Die spirituelle Suche, auf die Sie sich begeben wollen, genießt in unseren Traditionen höchste Verehrung. Ich fühle mich geehrt, Ihnen am Anfang Ihres Weges helfen zu dürfen.«

»Als zweites, Omi, bitte ich Sie, Victor mitzuteilen, er möge mich dort lassen, bis ich aus eigenem Entschluß zurückkehre. Nur Victor, Kai und Sie werden wissen, wohin ich verschwunden bin. Sagen Sie Victor, es muß so sein, weil ich sonst sterbe. Ich hoffe, er wird es verstehen.«

Omi nickte. »Ich kenne Ihren Bruder gut, Peter. Er wird zustimmen. Es wird ihm nicht gefallen, aber er wird Ihre Entscheidung respektieren. Und er wird sich auf Ihre Rückkehr freuen.«

Peter lächelte, und der Druck auf seinem Herzen ließ nach. »Wie kann ich Ihnen das vergelten?«

»Versprechen Sie mir eines, Herzog Peter.« Sie hob die Teeschale. »Wenn Sie entdeckt haben, wer Peter Steiner-Davion wirklich ist, stellen Sie ihn mir als Freund vor.«

Nancy Bao Lee blieb in der Tür zu Tormanos Büro stehen. Sie konnte nur den Schatten seines Kopfes über der Sessellehne sehen. »Ist alles in Ordnung, Gebieter?«

Tormano sah weiter aus dem Fenster und antwortete, ohne sich umzudrehen. »Ja, ich denke schon. Es ist natürlich ein Schock für mich, daß die jüngere Generation so gekonnt mit mir fertig wird. In Kai steckt viel von seinem Vater und auch von seiner Mutter. Candace war schon immer eine Frau mit einem Herzen aus Stahl. Von einem Mann, der an ihrer Brust gesäugt wurde, hätte ich nichts anderes erwarten dürfen.«

»Sie sind also geschlagen?« fragte sie leise und trat ins Zimmer. Sie blieb hinter ihm stehen und legte ihm die Hände auf die Schultern. »Werden Sie sich ruhig ins Exil fügen?«

»Geschlagen? Nein, noch nicht.« Tormano deutete auf die Welt draußen vor dem Fenster, während sie seine verkrampften Nackenmuskeln knetete. »Er hat mir meinen Besitz genommen, aber meine Verbindungen kann er mir nicht nehmen. Es gibt viele Menschen dort draußen, die mich meines Namens und meiner Abstammung wegen respektieren. Und es gibt andere, die mich benutzen wollen, so wie Hanse Davion es getan hat. Sie werden sich in der Opposition gegen Sun-Tzu um mich scharen. Mit dieser Rückendeckung werde ich nicht länger auf meinem Gut ausharren müssen als Napoleon auf Elba, und für mich wird es kein Waterloo geben, wenn ich zurückkehre.«

»Nichts anderes habe ich zu hören erwartet, Gebieter.« Nancy drehte sich nach rechts, um ein Seidentuch aus einer Tasche zu ziehen. Sie legte es über die Pistole auf dem Schreibtisch, hob die Waffe und drückte sie gegen Tormanos Schläfe.

Als sie den Abzug durchzog, packte Tormanos Rechte sie am Handgelenk. Er beugte sich vor und zog sie über die Schulter mit, so daß sie schwer auf den Boden schlug. Mit einem Fußtritt brach er ihr das Handgelenk, dann schlug er ihr mit dem Handrücken ins Gesicht.

»Bevor Romano ihren Arsch auf dem Himmelsthron plaziert hat, wäre keine Maskirovka-Agentin auf die Idee gekommen zu glauben, ich hätte Kai eine geladene Waffe angeboten«, hörte sie ihn durch den Nebel ihrer Schmerzen erklären. »Ich bin kein Narr. Während ich hier in der Dunkelheit gesessen habe, ist mir klar geworden, daß es nur eine einzige Person gibt, die Sun-Tzu meinen wahren Plan verraten haben kann und zuverlässig genug ist, um ihn zu veranlassen, Befehle zu erteilen, die meinen kleinen Krieg beenden konnten, bevor er angefangen hatte.«

»Mein Arm! Gebieter, Sie haben ihn mir gebrochen!« Sie kämpfte gegen die Panik und Übelkeit an, die sie zu überwältigen drohten. »Sind Sie verrückt geworden?«

»Oh, sehr gut, Ms. Lee, sehr gut. Leugnen Sie Ihre Verbindung zu Sun-Tzu.« Tormano hob die Pistole auf, die sie fallen gelassen hatte, zog das leere Magazin heraus und schob ein volles hinein. Er zog den Schlitten nach hinten und ließ ihn vorschnappen, um eine Kugel in die Kammer zu transportieren. »Keine Angst, meine Liebe. Ich werde Sie nicht erschießen. Sie haben mich gut unterhalten.« Der Mandrinn lachte. »Was für eine Ironie. Als ich mich mit dem Gedanken trug, Sie ins Bett meines Neffen zu legen, habe ich Ihnen erzählt, es sei eine Familientradition. Ich habe nicht einmal geahnt, daß Sun-Tzu dasselbe bei mir versuchte. Er ist clever – schlauer als seine Mutter und Schwester zusammen. Er scheint nach seinem Vater zu kommen.« Tormanos Augen leuchteten. »Sie können gehen, Ms. Lee. Ich bin sicher, der Maskirovka-Stationschef hier in Solaris City wird Sie aufnehmen. Ich werde Sie bis dorthin begleiten lassen, und sollte ich

Sie je wiedersehen, werde ich dafür sorgen, daß Sie es nicht überleben. Ist das klar?«

Nancy nickte und zog die Knie an. »Ja, Mandrinn.«

»Gut. Überbringen Sie Sun-Tzu die folgende Nachricht von mir.« Tormanos Lächeln bekam einen Stich ins Grausame. »Sagen Sie ihm, ich stelle vielleicht nicht mehr dieselbe Gefahr für sein Reich dar wie früher, aber machen Sie ihm klar, warum: Weil Kai eine noch viel größere ist.«

38

Tharkad City, Tharkad
Distrikt Donegal, Vereinigtes Commonwealth

29. April 3056

Victor Davion studierte das Kommuniqué und nickte. »Ich würde sagen, ich kann mit Katherines Formulierung leben.« Er warf einen letzten Blick darauf, nur um sicherzugehen, daß seine Schwester die Nachricht nicht auf subtile Weise verändert und zu ihrem Vorteil gewendet hatte.

»**Tharkad.** Archon-Prinz Victor Ian Steiner-Davion hat die Absicht bekanntgemacht, den Herrschaftssitz des Vereinigten Commonwealth zu verlegen. Während bisher Tharkad und New Avalon als gleichberechtige Zentralwelten fungierten und für jeweils sechs Monate im Jahr Amtssitz des Archon-Prinzen waren, wird dieser bis auf weiteres ausschließlich von New Avalon aus regieren. Der Archon-Prinz begründete diese Maßnahme mit der Tatsache, daß das Vereinigte Commonwealth seit dem Tod seiner Mutter von Tharkad aus regiert worden ist. Deshalb werde er das gesamte nächste Jahr auf New Avalon verbringen, und erst 3058 den halbjährlichen Wechsel des Amtssitzes wieder aufnehmen.

Herzogin Katrina Steiner-Davion wird in Abwesenheit von Archon-Prinz Victor als Regentin fungieren. ›Ich habe das größte Vertrauen in meine Schwester und Ihre Fähigkeiten große und kleine Staatsgeschäfte betreffend. Indem ich Tharkad in ihre Hände lege, werde ich in der Lage sein, mich den schweren Problemen zu widmen, die das Vereinigte Commonwealth als Ganzes bedrohen‹, führte der Archon-Prinz dazu aus.

Herzogin Katrina ließ durch einen Sprecher des

Winterpalastes mitteilen, sie sei ›hocherfreut‹, ihrem Bruder, für den sie ›äußersten Respekt und tiefstes Vertrauen‹ empfindet, helfen zu können.«

Er nickte dem Beamten des Sekretariats für Öffentliche Angelegenheiten zu. »Das ist in Ordnung so. Lassen Sie es verbreiten.«

»Selbstverständlich, Hoheit.« Der Mann verneigte sich und verließ Victors Büro. Die Posten auf dem Flur schlossen die Tür und ließen Victor mit Alex Mallory und Curaitis allein.

Der Prinz lächelte die beiden an. »Alex. Warum Curaitis das Kommuniqué nicht gefällt, weiß ich, aber ich spüre, daß Ihnen ebenfalls unwohl dabei ist. Warum?«

Der weißhaarige Geheimdienstchef zuckte steif die Achseln. »Ich stimme Ihnen zu, daß Ihre Abreise nach New Avalon dazu beitragen wird, die Spannungen in Skye zu verringern. Ryans Tod hat der Rebellion eine ihrer Triebfedern genommen.«

»Wenn man einer Schlange den Kopf abhackt, stirbt der Körper.«

»Richtig, Curaitis.« Mallory runzelte die Stirn. »Und Katherine hat sich in dieser Angelegenheit als Schlichterin angeboten, was es logisch und ohne Zweifel richtig macht, sie als Regentin einzusetzen. Aber das Ganze erweckt bei mir den Eindruck eines Rückzugs, und das schmeckt mir nicht.«

Victor nickte. »Ich weiß Ihre Ehrlichkeit zu schätzen. Es gibt ein paar Dinge, die Sie wissen sollten, die meine Strategie verdeutlichen werden.«

Mallory hob die Hand. »Hoheit, verraten Sie mir keine Staatsgeheimnisse. Es ist mir ernst mit der Absicht, meine Position aufzugeben, wenn wir wieder auf New Avalon sind. Ich werde bleiben, bis Sie einen Ersatz für mich gefunden haben, aber die Zeit meiner Generation ist vorbei. Ich fürchte, ich kann Sie nicht mehr so gut beraten, wie es ein anderer könnte.« Der Geheimdienstminister blickte auf Curaitis. »Vergeben

Sie mir, aber ich kann Sie nicht als meinen Nachfolger vorschlagen, auch wenn Sie eine enge berufliche Beziehung zum Prinzen haben.«

Curaitis schüttelte den Kopf. »Macht nichts. Ich hätte die Stelle ohnehin abgelehnt.«

Mallory seufzte. Eine schwere Last schien von seinen Schultern gefallen zu sein. »Ich wünschte, Kai Allard-Liao würde in die Fußstapfen seines Vaters treten und Sie beraten, wie sein Vater und sein Großvater Ihren Vater beraten haben. Sie brauchen einen Ratgeber, dem Sie blind vertrauen können.«

Victor stimmte ihm zu. »Ich glaube auch, jemanden zu haben, auf den das zutrifft, vorausgesetzt, Sie sind bereit, Ihn auszubilden und ihm zur Seite zu stehen.«

»Das versteht sich, Hoheit. Wer ist es?«

Victor ging zum Bücherregal an der Nordwand seines Büros. Er betätigte einen versteckten Knopf unter einer Zierleiste, und das halbe Regal glitt vor und zur Seite. »Ich zeige Ihnen jetzt ein Staatsgeheimnis, Alex, aber ich verlasse mich darauf, daß Sie es nicht verraten werden.«

Aus dem Geheimgang trat ein flachsblonder Mann, etwa einen Kopf größer als Victor, und nickte dem Prinzen zu. Er kratzte seinen blonden Bart, dann ging er ein paar Schritte in den Raum und reichte dem älteren Mann die Hand. »Minister Mallory? Ich bin Jerrard Cranston.«

Mallory nahm die Hand und schüttelte sie, weigerte sich aber, sie anschließend loszulassen. Er zog den Mann näher heran, dann riß er sich los, als habe er sich die Finger verbrannt. »Nein! Das kann nicht sein!«

»Warum nicht?« Victor schloß den Geheimgang und kehrte an seinen Platz hinter dem Schreibtisch zurück. »Kai Allard-Liao hat man auf Alyina für tot gehalten, aber er ist aus dem Grab zurückgekehrt. Warum sollte ich Galen Cox diesen Luxus verweigern?«

Mallory fiel die Kinnlade herunter. »Aber warum dieses Täuschungsmanöver? Ihre Schwester trauert um ihn. Sie sollte es erfahren.«

»*Das* ist unmöglich.«

»Sie müssen es ihr sagen. Die Wahrheit vor ihr zu verbergen, ist monströs!« Mallory schauderte. »Ihr Vater hätte nie etwas Vergleichbares getan.«

»Mein Vater stand nie vor demselben Problem.« Victor wollte Curaitis bitten, die Lage zu erklären, aber er wußte, der wortkarge Agent würde Einzelheiten unterschlagen, die ein besseres Verständnis förderten. »Alex, Galens Überleben ist Teil eines Prozesses. Lassen Sie es mich erklären, und dann können Sie entscheiden, ob ich ein Monster bin oder meinen Freund vor einem beschütze.«

»Bitte, Hoheit, fangen Sie an.«

»Am achtzehnten April erhielten wir eine Prioritätsnachricht von Solaris, derzufolge Sven Newmark, Ryans Adjutant, mit Sergej Chou Kontakt aufgenommen und ihn beauftragt hatte, einen Attentäter zu finden, der Galen töten sollte. Wir hätten es bereits früher erfahren, aber wie Sie wissen, gab es technische Schwierigkeiten. Ich habe sofort Curaitis nach Solaris geschickt, um die Attentäter abzufangen, Galens Tod vorzutäuschen, um weitere Anschläge zu verhindern, und Ryan genug Leine zu lassen, damit er sich selbst daran aufhängt, als Strafe für den Tod meiner Mutter. Wie Sie wissen, operierte der Mann, der meine Mutter ermordete, von Solaris aus, und Chou hat den Auftrag vermittelt. Newmark lieferte uns eine Verbindung zwischen Ryan und Chou.« Victor sah hinüber zu Galen. »Galen wußte nichts von dem Plan, seinen Tod vorzutäuschen, bis Curaitis ihn in der Penthouse-Suite des Hotels abholte und im letzten Augenblick vor der Explosion in Sicherheit brachte.«

Curaitis schloß halb die Augen. »Wir hatten einen Trupp Pfadfinderinnen arrangiert, der Katherine in der Lobby aufhielt, so daß sie nicht in der Suite war, als die Bombe hochging.«

Galen nickte ernst. »Als ich Curaitis traf, überraschte ich ihn mit der Mitteilung, daß Katri … Katherine und ich uns sehr nahe gekommen waren. Wir kamen überein, daß sie im Glauben gelassen werden mußte, ich sei wirklich umgekommen, bis sie wieder auf Tharkad war, hauptsächlich, damit sie bei ihrer Ankunft für die Medien einen entsprechend verzweifelten Eindruck machen konnte. Hätten wir damals schon gewußt, was wir heute wissen, wäre uns klar gewesen, daß sie das auch hätte vorspielen können – zum Teufel, daß sie es gespielt hat.«

Mallory runzelte die Stirn. »Ich verstehe nicht.«

»Wir greifen den Dingen vor.« Victor verschränkte die Hände und legte sie in den Nacken. »Um in der vorliegenden Situation alles normal erscheinen zu lassen – schließlich hätte auch Katherine das Ziel des Anschlags sein können –, evakuierte Curaitis sie *und* ließ das Hotel nach Beweisen absuchen. Alles, was dabei gefunden wurde, nahm er mit an Bord des Landungsschiffes. Auf dem Flug hierher erwähnte einer der Agenten, die Katherine in der Hotelhalle bewacht hatten – ein Mann, der keine Ahnung hatte, daß *wir* die Bombe gelegt hatten – einem LabTech gegenüber, daß einer von Ryans Adjutanten Katherine eine Notiz überbracht hatte. Der Mann, er hieß David Hanau, war ihm aufgefallen, weil er so nervös wirkte, und weil die Nachricht Katherine zu einem Wutausbruch veranlaßte, bei dem sie den Zettel zerknüllte und wegwarf. Der Agent nahm an, es könnte sich um einen Versuch gehandelt haben, sie zurück in ihr Zimmer zu locken. Der Agent und der LabTech fanden den Beutel mit dem Inhalt des Papierkorbs aus der Hotelhalle und durchsuchten ihn. Sie behandelten den Zettel mit einer chemischen Lösung, suchten nach Fingerabdrücken und legten ihn unter eine UV-Lampe. Soweit ich es verstanden habe, fanden sie Spuren einer Nachricht, die mit einer Tinte geschrieben war, die bei Luftkontakt verschwindet.«

Curaitis nickte. »Es ist ein im freien Handel erhältliches Produkt mit dem Namen ›Liebesgeheimnis‹. Es wird in verschiedenen Ausführungen und unterschiedlichen Duftnoten vertrieben. Nach dem Schreiben der Botschaft wird sie mit einem Fixierduft eingesprüht und in einem Umschlag versiegelt. Nach Öffnen des Umschlags verdunstet das parfümierte Fixiermittel, und die Botschaft verblaßt sehr schnell. Es ist nicht für längere Nachrichten geeignet.« Curaitis schüttelte den Kopf. »In diesem Fall handelte es sich bei dem Duft um ›Narzissen der Liebe‹ und bei der Botschaft um ›Galen ist Opfer. Fliehen.‹«

Der alte Mann war geschockt. »Sie wußte, daß Sie das Opfer eines Anschlags werden sollten, und hat nichts gesagt?«

Galen schüttelte sich. Eine ausführlichere Antwort war nicht nötig.

»Curaitis schickte mir noch während des Anflugs eine Nachricht von Bord des Landungsschiffes. An diesem Punkt entschieden wir uns, Katherine erst etwas über Galens Rettung zu sagen, wenn sie zugab, von der Gefahr gewußt zu haben, in der er schwebte. Ich ging davon aus – und ein Psychologe, den ich hinzugezogen habe, hat es mir bestätigt –, daß sie über dieses Wissen als Teil des Trauerprozesses reden würde, zunächst, um ihre Mitschuld akzeptieren zu können, und später, um sie zu verarbeiten. Aber sie sagte nichts.«

»Auf Vorschlag Prinz Victors führte ich eine Überprüfung David Hanaus durch. Ich fand Hinweise darauf, daß er seit mehreren Jahren auf der Lohnliste Katherines steht. Angesichts der gewählten Methode, ihr eine geheime Botschaft zu übermitteln, liegt es nahe, daß wir es mit einem Amateurspion zu tun haben. Als Ryans Adjutant saß er direkt an der Quelle, und wir haben seitdem mehrere erfolglose Versuche Hanaus aufgedeckt, Katherine Nachrichten zukommen zu lassen, beginnend mit dem Zeitpunkt, als er von Newmarks Auftrag an den Attentäter entfuhr.«

Mallory sah von Galen zu Curaitis und dann zu Victor. »Ihre Schwester hat Galen also nicht vor dem geplanten Anschlag auf sein Leben gewarnt.« Mallory legte die Hand ans Kinn. »Das ist noch nicht alles, oder?«

Victor schüttelte den Kopf. »Chou ließ sich auf verschiedene Methoden bezahlen. In Ryans Fall benutzte er Computerdiebe, um die vereinbarte Geldsumme von einem Bankkonto zu plündern. Andere Kunden bezahlten mit hochdotierten Wettscheinen für Mechkämpfe auf Solaris. Seine cleverste Methode ist jedoch der Aufkauf wertloser Grundstücke für wenig mehr als die schuldige Grundsteuer, die ihm dann zu extrem überhöhten Preisen abgekauft werden.«

Curaitis faßte die Nachforschungen zusammen. »Für den Zeitpunkt, an dem der Attentäter gegen Archon Melissa angeheuert wurde, läßt sich keine Zahlung von Ryan an Chou nachweisen. Aber wir haben ein Grundstücksgeschäft gefunden, das über mehrere Subkontrakte schlußendlich mit einem Konzern getätigt wurde, dessen führender Manager auf Katherines Vorschlag einen Titel und Ländereien zugesprochen bekam.«

Victor nahm den Faden auf. »Das von diesem Konzern für zwanzig Million gekaufte Land wurde zur Umwandlung in ein Flußbiotop aus der Bebauung ausgegliedert. Dadurch hat sich der Konzern einen Steuernachlaß über den gesamten Betrag gesichert. Genaugenommen hat das Vereinigte Commonwealth das Attentat auf meine Mutter bezahlt.«

Mallory ließ sich in den nächsten Sessel fallen. »Ryan hat den Attentäter angeworben, und Ihre Schwester hat ihn bezahlt?«

»Ja, aber das können wir nicht beweisen, nicht einmal annähernd.« Victor zuckte die Schultern. »Würde ich sie ohne handfeste Beweise anklagen, würde man es nur für einen besonders plumpen Versuch halten, sie zu diskreditieren. Und sie ist um so vieles populärer als ich, daß ich damit die Rebellion zum Ausbruch bringen könnte. In ihrem Statement auf Solaris hat sie sich bereits von mir und Ryan abgesetzt, und es würde ihr nicht schwerfallen, die oppositionellen Kräfte um sich zu scharen.«

Der Geheimdienstminister runzelte die Stirn. »Wenn Sie Ihre Schwester der Komplizenschaft an der Ermordung Ihrer Mutter verdächtigen, wie können Sie sie dann hier auf den Thron setzen?«

Victor atmete langsam aus und spreizte die Finger. »Hätte ich eine Wahl, Alex, ich würde sie im dunkelsten Loch auf der abgelegensten Welt des Vereinigten Commonwealth versauern lassen. Aber diese Option ist zur Zeit nicht realistisch. Katherine hat sich erfolgreich als die trauernde Prinzessin des Commonwealth etabliert. Aus der gesamten Inneren Sphäre strömen die Beileidsnachrichten in den Palast. Das Volk liebt sie, und jede Maßnahme gegen sie würde in einer Katastrophe enden.« Der Prinz zuckte kurz die Schultern, dann kniff er die Augen zusammen. »Verräterisch wie sie ist, Katherine hat ihren Wert, und ich plane, sie zu benutzen. Eine unglaubliche Menge dieser Beileidsbotschaften stammt aus der Isle of Skye. Nach Ryans Tod zersplittert die Rebellenkoalition, während der Rest der Bevölkerung zusammen mit Katherine Galens Tod betrauert. Das gibt ihr dort einen ungeheuren Einfluß, und dadurch bricht die Rebellion zusammen.«

Alex verzog das Gesicht. »Aber Sie gestatten Katherine, Ryans Position zu übernehmen. Das liefert ihr eine Oppositionsbasis gegen Sie.«

»Stimmt, aber ihre Koalition basiert auf Frieden und Gewaltlosigkeit. Das kann sie nicht in eine Kriegskoalition verwandeln, ohne ihre Unterstützung zu verlieren. Indem ich ihr eine friedliebende Gefolgschaft liefere, setze ich sie fest und schränke ihre Möglichkeiten ein.«

Galen verschränkte die Arme. »Dadurch, daß wir Katherine auf den Thron des Archons setzen, haben wir auch Zeit festzustellen, wieviel Unterstützung sie zur Zeit mobilisieren kann. Bis wir Hanau entlarvten, hatten wir keine Ahnung, daß sie ein eigenes Agentennetz betreibt. Als Regentin könnte sie unvorsichtig und nachlässig werden, was uns einen Vorteil gegen sie verschaffen würde.«

Alex nickte langsam. »Was Sie damit sagen, ist doch folgendes: Sie schenken Ihr einen Meter, weil Sie glauben, sie wird sich übernehmen, wenn sie daraus einen Kilometer zu machen versucht. Vergeben Sie mir, wenn ich für diese Strategie kein sonderliches Zutrauen aufbringen kann.«

»Es *gibt* auch noch andere Probleme, um die ich mich kümmern muß.« Der Prinz stand auf und trat ans Fenster, um auf die verschneite Hauptstadt hinabzublicken. »Abgesehen von der Tatsache, daß ich keinen Bürgerkrieg auslösen will, braucht mich der Rest des Vereinigten Commonwealth. Ich erwarte, daß Sun-Tzu seine Aktivitäten gegen die Mark Sarna verstärkt, jetzt, nachdem Kai die Bewegung Freies Capella von seinem Onkel übernimmt. Ich will zur Stelle sein, um mich um ihn zu kümmern und ihn vor zuviel Wagemut zu warnen. Außerdem *muß* ich dem übrigen Vereinigten Commonwealth zeigen, daß ich es nicht vergessen habe.«

Galen lächelte. »Und Militärmanöver, die Sun-Tzu warnen, sich bedeckt zu halten, geben uns die Gelegenheit, Einheiten aus dieser Hälfte des Vereinigten Commonwealth abzuziehen. Das hindert Katherine daran, militärisch aktiv zu werden.«

»Aber eine Schwächung des lyranischen Teils des VerCom könnte Thomas Marik zum Anlaß nehmen, eine Grenzverschiebung zu seinen Gunsten zu suchen«, wandte Alex ein, überlegte es sich dann aber anders. »Obwohl, wenn Sie Truppen in der Mark Sarna haben, könnten Sie ihn viel härter treffen als er Sie.«

Victor nickte, ohne sich umzudrehen. »Genau das denke ich auch. Die Situation ist also folgende: Katherine bleibt hier, um die Misere in Ordnung zu bringen, die uns Ryan hinterlassen hat. Wir können nicht ohne Beweise gegen sie vorgehen, und die haben wir nicht. Ihren Verrat an Galen aufzudecken, würde nur als schmutziger Trick meinerseits gewertet werden, also werden wir uns das für einen Zeitpunkt aufheben, an dem es den gewünschten Effekt hat. Wir haben keine andere Wahl, und wenn wir schon mit einer Natter leben müssen, sollten wir sie wenigstens Jagd auf Ratten machen lassen. Es gefällt mir auch nicht, aber so sieht es nun mal aus, meine Freunde.« Victor drehte sich zu den anderen um. »Ich habe eine Nation zu regieren. Meine Schwester kann warten, mein Volk nicht.«

39

Solaris City, Solaris VII
Mark Tamarind, Vereinigtes Commonwealth

29. April 3056

Nachdem er den Palast seines Onkels – das heißt, eigentlich gehörte er jetzt ja *ihm* – verlassen hatte, wies Kai Fuh Tengs Großneffen Tsen an, ihn mit dem Schweber durch die Stadt zu fahren. Er redete sich ein, sich damit Zeit zum Nachdenken verschaffen zu wollen, aber dann tat er alles, um dies zu vermeiden. Er wies seinen Fahrer an, mal hier, dann dort abzubiegen. Als das nichts nützte, drehte er sich um und starrte aus dem Fenster. Sollte Tsen sich selbst einen ziellosen Kurs durch die Straßen von Solaris City suchen.

Kai ließ sich vom Trubel der Stadt ablenken. Er wohnte jetzt seit drei Jahren hier, aber es schien immer noch, als hätte er sie nie wirklich zu Gesicht bekommen. Die grellen bunten Lichter verbargen die Armut nicht, sie schmückten sie nur. Die Legionen von Passanten – von Huren und Zuhältern über gaffende Touristen bis zu wutschnaubenden neopuritanischen Wildmonmissionaren – lieferten eine unwahrscheinliche Besetzung für die Dramen dieser Stadt. Die Bilder und der Lärm, durch die sein Wagen glitt, ließen alles wie Phantasiegebilde erscheinen.

Solaris ist ein Planet für Menschen, die mit der Wirklichkeit nicht fertig werden. Kai sank in die Lederpolster des Schwebers. *Solaris ist ein Planet für Menschen, die sich* weigern, *der Wirklichkeit ins Auge zu sehen.*

Ihm wurde klar, daß er die Heimfahrt nicht hinauszögerte, weil er nachdenken wollte, sondern weil er Angst hatte. Er mußte lachen. Hier saß er nun, Kai Allard-Liao, der Champion von Solaris, der Mann, der Clanner besiegt und Elementare im Zweikampf niedergerungen hatte – mit bebenden Knien und einem Stein im Magen.

Eine Frau, ein Kind – wer hätte das geahnt? Kai schüttelte den Kopf. *Wie kann ich Angst davor haben, ihnen gegenüberzutreten? Milliarden Menschen besiegen diese Furcht jeden Tag.*

»Bitte bring mich nach Hause, Tsen.«

»Ja, Mylord.« Tsen drehte das Steuer kurz nach rechts und glitt die Auffahrt zu Kais Haus hinauf. »Da wären wir.«

Kai sah auf. »So schnell hätte es nicht sein müssen, Tsen.«

»Wenn Sie wollen, kann ich noch ein paarmal im Kreis fahren, Mylord.«

»Nein, ist schon gut. Ich steige aus.« Er stieß die Tür auf und kletterte aus dem Fond. Während Tsen den Schweber zur Garage ein Stück weiter die Straße hinunter fuhr, stieg Kai die Stufen zur Vordertür hinauf. Er suchte in der Hosentasche nach der Schlüsselkarte, aber Keith Smith öffnete von innen.

»Willkommen zu Hause, Kai.«

»Keith? Dich habe ich hier nicht erwartet.« Kai schüttelte seinem Freund die Hand. »Gibt es ein Problem?«

Der Computerexperte schüttete den Kopf. »Eigentlich nicht. Nachdem du das Büro verlassen hattest, um zu deinem Onkel zu fahren, ist ein ComStar-Vertreter mit der Nachricht eingetroffen, daß die Erlaubnis für den Besuch eines Jadefalken-Elementarsterns unter dem Befehl von Sterncolonel Taman Malthus auf Solaris VII vorliegt. Die Holodisk liegt auf deinem Schreibtisch. Die Erlaubnis ist auf Anfang März zurückdatiert.«

Kai lachte auf. »ComStar weiß, wie man sich den Rücken freihält.«

Keith nickte. »Ich hätte da eine Frage.«

»Ja?«

»Wenn ich mir meine alten Kursprojektionen ansähe, sagen wir, die von Anfang März, würde ich dann ein Kommandostreckenmuster finden, das in der Nähe des Jadefalkenraums beginnt und im Dörfchen Joppo hier auf Solaris endet?«

Kai legte ihm die linke Hand auf die Schulter. »Ohne deine Arbeit hätte ich sie nicht hierherschaffen können. Ich hatte gehofft, die Erlaubnis würde rechtzeitig kommen, um ihnen zu gestatten, den Titelkampf in meiner Loge zu verfolgen, aber dafür arbeitet die Bürokratie zu langsam. Etwa zu der Zeit, als die Falken in Equatus eintrafen, wurde dem ComStar-Präzentor hier auf Solaris eine von mir aufgezeichnete Botschaft übermittelt, die ihm erklärte, wer sie waren und was sie taten. Die Erlaubnis ist erst eingetroffen, nachdem ich ComStar vor vollendete Tatsachen gestellt habe, und selbst das hat noch zwei Tage gedauert. Ich wollte dich nicht im dunkeln lassen, mein Freund, aber solange du nichts davon wußtest, konnte ComStar dich auch nicht dafür verantwortlich machen. Und da ich ein Beauftragter der Regierung von St. Ives bin und die Falken in ›diplomatischer‹ Mission unterwegs sind, kann ComStar sich zwar über mich ärgern, aber das ist auch so ziemlich alles.«

»Danke für den Schutz.« Keith schüttelte Kai noch einmal die Hand. »Ich muß jetzt gehen. Larry hat es tatsächlich geschafft, sich mit dem Modell zu verabreden, das er auf dem Empfang deines Onkels kennengelernt hat. Kristina und ich begleiten sie zur Eröffnung einer Kessler-Ausstellung in Schlesien, und ich bin schon spät dran.«

»Viel Vergnügen, Keith, und danke für alles, was du getan hast, um meinen Sohn zu retten.«

»Er ist ein hübscher Junge, Kai. Du hast verdammtes Glück.« Keith machte sich auf den Weg. »Freut mich, daß ich helfen konnte.«

Kai verriegelte die Tür hinter seinem Adjutanten,

aber er schaffte es nur bis in die Mitte der marmornen Eingangshalle, dann tauchte Taman Malthus in der Türöffnung zum Westflügel auf. Der Elementar kam heran und umschloß Kais Rechte mit seiner riesigen Faust. »Kai Allard-Liao, ich begrüße dich.«

»Danke, Taman Malthus.« Kai schüttelte dem Jadefalken die Hand. »Ich schulde dir mehr, als ich vergelten kann.«

Der blauäugige Elementar schüttelte den Kopf. »Wir haben gekämpft, wir wurden Verbündete, und wir haben ComStar eine Welt abgenommen. Zwischen uns werden keine Schulden aufgerechnet. Du hast mich geehrt, indem du deinen Nachkommen meinen Männern und mir anvertraut hast. Wenn überhaupt, dann stünde ich in deiner Schuld, denn es ist viel zu lange her, daß ich kämpfen konnte.«

Kai lachte, dann stieg er auf die Zehenspitzen, um an Malthus vorbeizusehen. »Du bist doch sicher nicht allein hier. Wo ist der Rest deiner Leute?«

»Die meisten sind nach Joppo zurückgekehrt, um unsere Sachen zu packen. Jetzt, wo ComStars Erlaubnis vorliegt, werden wir für eine Weile in die Stadt ziehen.« Taman deutete zur Decke. »Locke und Slane sind oben und bewachen deinen Sohn gegen weitere Angriffe Tormanos.«

Kai stieß einen Seufzer aus. »Um den brauchen wir uns wahrscheinlich keine Sorgen mehr zu machen. Hätte ich die Möglichkeit dazu, ich würde ihn euch mitgeben, damit er in einer Solahma-Einheit auf Banditenjagd geschickt wird. So werde ich ihn in den Ruhestand schicken und unter Bewachung halten.«

»Für seine Tat würden wir ihn und seine Nachkommen töten.« Malthus' Blick wurde eiskalt. »Dein Sohn mag freigeboren sein, aber er besitzt dein genetisches Erbe. Der Menschheit das vorzuenthalten, wäre ein unverzeihliches Verbrechen gewesen, für das die Linie deines Onkels dem Tod anheimgefallen wäre.«

»Ohne Zweifel eine sauberere Lösung als meine, aber eine, die mir nicht offensteht. Mein Onkel war ehrgeizig und frustriert, und er sah sich zum Handeln gezwungen.« Kai verzog das Gesicht. »Wenn das in der Inneren Sphäre ein Schwerverbrechen wäre, würden alle ihre Welten aussehen wie Leichenhallen.«

»Und die Ernte einer Ehrgeizsaat würde nur neuen Platz für das Heranwachsen der nächsten Generation liefern.«

Kai grinste zu seinem Gegenüber hoch. »Du hast viel über die Innere Sphäre gelernt.«

Taman kratzte sich den Kopf. »Die einzige Unterhaltung in Joppo besteht im Ansehen von Holoviddramen. Die Serie über den *Unsterblichen Krieger* ist ein offensichtliches Kunstwerk, wenn auch unrealistisch, aber die übrigen Programme handeln nur vom menschlichen Charakter.«

Eine interessante Perspektive. »Mein Junge ist oben, hast du gesagt?«

»Er wird dir Grund zum Stolz geben, Kai. Er ist mutig und stark.« Malthus grinste. »Und als ich ihn freigeboren genannt habe, sollte das keine Beleidigung sein. Die Clans hätten dich und seine Mutter verbunden und eine Geschko von großartigen Kriegern produziert.«

Kai setzte zu einer Antwort an, als er aus dem Augenwinkel eine Bewegung sah. Er nahm an, die anderen Elementare würden die Treppe herabkommen, und drehte sich lächelnd um.

Deirdre Lear schreckte auf. Einen Augenblick war sie desorientiert und nicht in der Lage, ihre Umgebung einzuordnen. Alle Lichter in ihrem Zimmer waren eingeschaltet, auch die Lampen auf den Beistelltischchen an beiden Enden der Couch, auf der sie lag. Sie setzte sich auf, schaute zur Seite und sah David unter einer blauen Wolldecke auf dem Bett liegen. Neben ihm

©
danForth 93

standen zwei wachsame Elementare mit etwas nachdenklichem Gesicht.

Durch die offene Tür hörte sie Stimmen aus der Halle nach oben dringen, zuerst den hallenden Baß von Taman Malthus, dann eine zweite, leisere Stimme. Sie konnte nicht erkennen, was gesprochen wurde, aber der Ton und Rhythmus der Stimme reichten aus, ihren Besitzer zu identifizieren. Sie richtete mit der Hand ihr Haar und zupfte ihre Bluse gerade, dann lief sie an Davids Bett vorbei zur Tür.

Am Kopf der Treppe blieb sie stehen, dann stieg sie hinab und blieb stehen, als er zu ihr aufsah. »Kai?«

»Deirdre?« Er wirkte müde, aber das Lächeln, das sich auf seinen Zügen ausbreitete, ließ alle Anzeichen von Erschöpfung verschwinden. Sie sah dasselbe Leuchten in seinen Augen spielen, das sie von Beginn an angezogen hatte, und er kam mit derselben Eleganz der Bewegung an den Fuß der Treppe, an die sie sich von Alyina her erinnerte. »Mein Gott, Deirdre, es ist zu lange her.«

Das Herz hämmerte in ihrer Brust, und ihre Wangen brannten. Sie ging weiter, die Treppe hinab, schneller als es sich geziemte, aber nicht so hastig, daß es gefährlich wurde. Sie warf ihm die Arme um den Hals und hielt sich an ihm fest. Seine Arme legten sich um sie, preßten sie an seine Brust, und die Ängste, die seit der Zeit auf dem Landgut an ihr genagt hatten, zerfielen.

Sie ließ die Hände hinab auf seine Brust gleiten, dann drückte sie ihn sanft von sich. Er gab sie zögernd frei und strich mit den Händen über ihre Arme, als sie sich lösten und ein paar Schritte zurücktraten. Deirdre sah in seine grauen Augen, dann wandte sie den Blick zur Seite.

»Ich war so dumm«, erklärten sie beide im Chor.

Kai warf den Kopf in den Nacken und lachte. Deirdre genoß den Klang, den sie seit Alyina vermißt hatte. An seiner Stimme erkannte sie, daß er sich seit ihrer gemeinsamen Zeit nicht verändert hatte. Er wirkte selbstsicherer und klang auch so, aber die zögernde Zärtlichkeit seiner Hände, als sie in die ihren sanken, erinnerte sie an seine bedachte Vorsicht.

Ihr »Kai« übertönte sein leiseres »Deirdre«, und er beugte den Kopf, erkannte sie als Siegerin dieses Wortwechsels an. »Kai, ich muß dir ein paar Dinge erklären. Ich war bis vor kurzem sehr verwirrt, *unglaublich* verwirrt. Was dich anging und mich. Ich habe eine Reihe von falschen Entscheidungen getroffen, und es tut mir leid.«

Kai streckte die Hand aus und hob ihr Kinn. »Deirdre, das ist unwichtig. Die Vergangenheit ist vorbei.«

»Es ist wichtig, Kai, bitte.« Sie führte ihn zu einer gepolsterten Bank unter einem Spiegel an der Ostwand. Erst als sie sich setzten, bekam sie gerade noch aus dem Augenwinkel mit, wie Taman ins obere Stockwerk verschwand. »Ich habe dich falsch eingeschätzt. Als ich nach Odell zurückkam, hattest du bereits hier auf Solaris deinen Aufstieg begonnen. Ich dachte, du hättest dich dafür entschieden hierherzukommen, um es mir heimzuzahlen. Mein Vater ist hier gestorben, auf diesem Planeten, von den Händen deines Vaters. Das hat zwischen uns gestanden, als wir uns zum erstenmal begegneten, und ich dachte, du wolltest mir damit eine Botschaft zukommen lassen.« Sie schob eine schwarze Haarlocke hinters rechte Ohr. »Als ich David bekam, hat mein Stiefvater mich gedrängt, ich sollte mich mit dir in Verbindung setzen, aber da warst du schon ein Medienstar. Überall wurde deine Ähnlichkeit mit deinem Vater hochgespielt, und das hat mir schwer zu schaffen gemacht. Ich habe dich in meinen Gedanken zum schlimmsten Stereotyp eines Kämpfers aufgebaut, das ich mir vorstellen konnte, einen saufenden, hurenden Oger, dessen einzige echte Freude darin besteht, seine Feinde zu verkrüppeln und zu töten. Ich wollte nichts mit dir zu tun haben und auch David vor dir schützen. Ich wollte das Schlimmste glauben, und deshalb habe ich alle Anzeichen dafür, daß du dich in Wahrheit nicht verändert hast, übersehen. Ich gebe zu, daß ich vieles nicht gewußt habe, bis ich heute ein Gespräch mit Keith hatte und von den Reformen erfuhr, die du durchgesetzt hast, aber meine Entscheidung, nichts Gutes an dir anzuerkennen, hatte mich für jeden Hinweis auf deine Aktivitäten blind gemacht. Als ich auf Zürich in einer Klinik arbeitete, die vom Zenotaph-Wohltätigkeitsfonds finanziert wird, redete ich mir ein, daß du dein Geld nur verschenkst, um damit zu prahlen. Die Spende von Kleidungsstücken an Kinder wurde in meinen Augen zu einem zynischen Akt der Selbstverherrlichung.«

Sie drückte seine Hände. »Ich habe erkannt, wie blind ich war, als dein Onkel uns als Geiseln genommen hat. Ich wußte, daß diese Handlung böse war und ihm nur nutzen konnte, wenn sie irgendwie deine Aktionsfreiheit einschränkte. Und da du also gegen ihn arbeiten mußtest, konntest du nicht ebenfalls böse sein. Wenn du das Monster gewesen wärst, zu dem ich dich aufgebauscht hatte, dann hättest du uns im Stich gelassen.«

Kai wurde bleich, und ein Zittern ging durch seine Hände. »Das habe ich.«

»Nein. Keith wollte mir nicht sagen, wohin du geflogen bist und was du getan hast, aber wenn Lady Omi Kurita sich dafür in deinem Haus versteckt hat, muß es sehr wichtig gewesen sein. Und davon ganz abgesehen, hat Keith mir von allem berichtet, was du getan hast, um zu verhindern, daß dein Onkel erfährt, wie du dich seinem Willen widersetzt hast. Wie in der Vergangenheit hast du auch diesmal deine persönlichen Bedürfnisse zugunsten anderer zurückgestellt.«

Deirdre zögerte einen Moment, und eine Träne kullerte über ihre Wange. Kai wischte sie ab. »Das ist nicht nötig, Deirdre. Du brauchst dich nicht zu quälen.«

»Doch, Kai, als Buße für mich und als Entschuldigung für dich.« Sie sah hoch in seine ruhigen Augen. »Du mußt wissen, ich habe dich nicht wegen irgend etwas, das du getan hast, verteufelt, sondern aus dem Glauben, du hättest meine Worte als Anlaß und Rechtfertigung für dein Leben hier mißbraucht. Ich war wütend auf dich, weil du pervertiert und verraten hattest, was wir auf Alyina besaßen, und das Potential nicht verwirklicht hast, vor dem ich mich so gefürchtet hatte. Dem ich mich nicht gewachsen fühlte.«

Kai lachte auf eine köstliche Weise, hob ihre Hände ans Gesicht und küßte ihre Handflächen. »Du hattest recht, wütend auf mich zu sein. Ich habe dich verraten, und ich hatte es bestimmt nicht verdient, der Vater deines Sohnes zu sein.«

Sie runzelte die Stirn. »Aber der Fonds, die Verträge, die du abgeschlossen hast, was du gegen deinen Onkel unternommen hast. Das sind alles Dinge, auf die du stolz sein kannst.«

»Kann sein.«

Deirdre sah ihn fragend an. »Da muß mir irgend etwas entgangen sein.«

»Genau wie mir, Frau Doktor …« Kai sah sie an und mußte lächeln. »Siehst du, als du mich auf Alyina weggeschickt hast, hast du das mit meinem militärischen Denken erklärt. Taman und die anderen Elementare hatten mich endlich davon überzeugt, daß ich ein verdammt guter Krieger war, und deine Worte machten das zu einem Mehrheitsvotum. Das und – ich schäme mich, es zuzugeben – sonst kaum etwas hat mich dazu gebracht, nach Solaris zu kommen. Ich habe vorher Hanse Davions Begräbnis beigewohnt und das Grab meines Vaters besucht, aber mein Ziel habe ich dabei keine Sekunde aus den Augen verloren. Mein ganzes Leben lang war mein Vater der größte Krieger gewesen. Ich hatte mir eingeredet, wenn ich nach Solaris kommen und seinen Erfolg wiederholen könnte, würde ich mich auch als großer Krieger beweisen. Das hätte deine Sicht von mir bestätigt. Das wollte ich, denn das hätte bedeutet, daß du mein wahres Ich gesehen hast. Das Ganze wurde dann in meinen Gedanken noch mit Bruchstücken der Clanphilosophie vermengt, so daß ich nach meinem Sieg auf dieser Welt das Gefühl hatte, meinem Vater Tribut zu zollen. Mit jedem Sieg stieg mein Ansehen, und damit auch das seine. Deswegen habe ich meinen Stall Zenotaph getauft. Ich sah ihn als Denkmal für ihn. Indem ich anderen half, die auf Alyina oder im Krieg gewesen waren, weitete ich das auf das Angedenken all derer aus, die im Kampf gegen die Clans gefallen waren.« Er schluckte. »Was mir nicht klar war, bis ich vor kurzem jemanden gegenübertreten mußte, dessen Ruhmesträume frontal mit meinen Friedenshoffnungen kollidierten, ist die Tatsache, daß ich meinem Vater damit nicht nacheiferte, sondern ihn verhöhnte. Die eine große Botschaft, die ich als sein Erbe ansah, stammte aus seinem Kampf gegen deinen Vater. Er sagte mir, daß es nie einfach werden dürfe, einen Menschen zu töten, und ich schwor mir, diesen Grundsatz niemals zu verletzen. Ich hatte im Krieg genug Tod und Leid gesehen, und ich glaubte, meinen Vater zu ehren, indem ich hier durch Können siegte, statt durch brutale Gewalt. Aber die weit wichtigere Lektion hatte ich nicht gelernt. Als ich ihn einmal gefragt habe, warum er Solaris verlassen hatte, nachdem er Champion geworden war, antwortete er mir, das habe er getan, weil er in der realen Welt gebraucht wurde. Weit von hier entfernt ist mir klar geworden, daß ich mich vor der Wirklichkeit versteckt gehalten habe. All meine wohltätigen Aktionen, die Reformen, all das waren nur Versuche gewesen, mein Gewissen zu beruhigen, Bestechungsversuche, damit ich hierbleiben und mich meinem Schicksal entziehen konnte.«

Deirdre küßte seine Hände. »Aber diese Programme haben realen Menschen geholfen. Sie sind ein Fenster in deine Seele. Auf Alyina hast du mir gesagt, du wärst bereit, die Verantwortung des Kriegers zu übernehmen, so furchtbar sie auch sein mag, damit andere, die ihr nicht gewachsen sind, es nicht trotzdem versuchen müssen. Das hast du getan, hier, und mit Erfolg.«

»Ja, Deirdre, sicher, aber ich habe nicht die *ganze* Verantwortung akzeptiert. Als ich hierher zurückgekehrt bin und mich entschlossen habe, mit meinem Onkel abzurechnen, fühlte ich keine Reue. Ein Krieger hätte ihn getötet, aber ich fand einen Weg, ihn auszuschalten, ohne ihn umbringen zu müssen. Ich habe Victor Davions Vertrauen – ein Pfand, das ich hier verschwende –, und ich darf mich ihm nicht entziehen. Ich habe eine Verantwortung gegenüber meiner Familie und den Menschen, die meine Mutter regiert. Indem ich die Bewegung das Freie Capella von meinem Onkel übernommen habe, erkenne ich meine Verantwortung den Träumen all derer gegenüber an, die sich wünschen, die Konföderation Capella wieder geeint zu sehen. Zugegeben, ich werde Freies Capella umgestalten, ihm eine neue Richtung geben, die darauf abzielt, unsere Kultur zu erhalten, die Capellaner als Volk zu stärken, aber ich kann und werde ihnen Führung geben. Zumindest glaube ich, daß ich das kann. Ich hoffe es.«

Kais Herz sang, als Deirdre ihn anlächelte. »Das kannst und wirst du – und du wirst großartig sein.«

Er senkte die Augen und wich ihrem Blick aus. »Und dann ist da noch die größte Verantwortung von allen, aber ich glaube nicht, daß ich ihr gewachsen bin...« Er hob den Kopf. »Zumindest nicht allein. Würdest du...«

Sie legte die Hand auf seine Lippen und brachte ihn zum Schweigen. »Genug geredet.«

»Aber …«

»Nein.« Deirdre glitt von der Bank und stand auf. Dann zog sie ihn auf die Füße. »Komm mit, Kai Allard-Liao, ich habe etwas sehr Wichtiges zu erledigen.« Sie schenkte ihm ein Lächeln, dessen Strahlen den Abgrund der vierjährigen Trennung verschwinden ließ. »Es wird Zeit, daß ich dich deinem Sohn vorstelle.«

NACHTRAG

Während der Arbeit an diesem Buch habe ich eine Science Fiction-Convention (Wolfcon) besucht, bei der eine Auktion zum Andenken an Curtis Scott abgehalten wurde, einen Spieledesigner und Con-Organisator. Curtis war einen Monat zuvor bei einem Verkehrsunfall ums Leben gekommen. Er hinterließ seine Frau Mary und einen fünfjährigen Sohn, Phillip. Ich ließ das Recht, als Protagonist in diesem Roman zu erscheinen, versteigern. Keith Smith und Larry Acuff setzten sich schnell an die Spitze der Bietenden. Keith bekam schließlich den Zuschlag, und weil Larry bereit war, einen zusätzlichen Beitrag zu bezahlen, kamen Keith und ich überein, auch ihn in dieses Buch aufzunehmen.

Für die Ausbildung von Phillip Scott wurde ein Stipendienfonds gestiftet. Zuwendungen sind an folgende Adresse zu schicken: Phillip Anthony Scott Scholarship Fund, c/o Phyllis Lewis, Software Institute, Carnegie-Mellon University, Pittsburgh, PA 15213, USA.

ANHANG

Glossar

Schiffs- und BattleMech-Typen

GLOSSAR

Autokanone: Eine automatische Schnellfeuerkanone. Leichte Fahrzeugkanonen haben Kaliber zwischen 30 und 90 mm, während eine schwere Mechautokanone ein Kaliber von 80 bis 120 mm oder mehr besitzen kann. Die Waffe feuert in schneller Folge panzerbrechende Hochexplosivgranaten ab.

Bataillon: Ein Bataillon ist eine militärische Organisationseinheit der Inneren Sphäre, die in der Regel aus drei Kompanien besteht.

BattleMech: BattleMechs sind die gewaltigsten Kriegsmaschinen, die je von Menschen erbaut wurden. Diese riesigen humanoiden Panzerfahrzeuge wurden ursprünglich vor über 500 Jahren von terranischen Wissenschaftlern und Technikern entwickelt. Sie sind schneller und manövrierfähiger in jedem Gelände, besser gepanzert und schwerer bewaffnet als jeder Panzer des 20. Jahrhunderts. Sie ragen zehn bis zwölf Meter hoch auf und sind bestückt mit Partikelprojektorkanonen, Lasergeschützen, Schnellfeuer Autokanonen und Raketenlafetten. Ihre Feuerkraft reicht aus, jeden Gegner mit Ausnahme eines anderen BattleMechs niederzumachen. Ein kleiner Fusionsreaktor liefert ihnen nahezu unbegrenzt Energie. BattleMechs können auf Umweltbedingungen so verschieden wie glühende Wüstenei und arktische Eiswüsten eingestellt werden.

Bluterbe: Die Geschichte der Blutnamensträger eines bestimmten Blutrechts wird Bluterbe genannt.

Blutname: Als Blutname wird einer der ursprünglich achthundert Familiennamen jener Krieger bezeichnet, die während des Exodus-Bürgerkrieges auf Seiten von Nicholas Kerensky standen. (Derzeit existie-

ren nur noch 760 dieser Namen. Vierzig Namen wurden nach dem Hochverrat eines der ursprünglich zwanzig Clans getilgt.) Diese achthundert waren die Basis des ausgedehnten Zuchtprogramms der Clans. Das Recht, einen dieser Nachnamen zu tragen, ist seit Einführung dieses Systems der Wunschtraum jedes Kriegers. Nur jeweils fünfundzwanzig Krieger dürfen gleichzeitig einen bestimmten Blutnamen tragen. Stirbt einer von ihnen, wird ein Wettbewerb abgehalten, um einen neuen Träger zu bestimmen. Ein Anwärter muß zunächst anhand seiner Abstammung sein Anrecht auf den Blutnamen nachweisen und anschließend eine Abfolge von Duellen gegen seine Mitbewerber gewinnen. Nur Blutnamensträger haben das Recht, an einem Clankonklave teilzunehmen und zum Khan oder ilKhan gewählt zu werden. Die meisten Blutnamen wurden im Laufe der Zeit einer oder zwei Kriegerklassen vorbehalten. Es gibt jedoch einzelne, besonders angesehene Blutnamen, wie zum Beispiel Kerensky, die dadurch ihren genetischen Wert bewiesen haben, daß sie von herausragenden Kriegern aller drei Klassen (MechKrieger, Jägerpiloten und Elementare) getragen wurden.
Blutnamen werden matrilinear vererbt. Da ein Krieger nur über seine Mutter erben kann, besteht nie ein Anrecht auf mehr als einen Blutnamen.

Blutrecht: Ein spezieller Blutname und die Reihe seiner Träger werden als Blutrecht bezeichnet. Jeder Blutname besitzt fünfundzwanzig Blutrechte. Ein Blutrecht ist kein Stammbaum nach unseren Begriffen, da die Krieger, die ein Blutrecht tragen, möglicherweise nur durch die gemeinsame Abstammung von einem einzelnen Vorfahren verwandt sind. Wie bei Blutnamen sind auch manche Blutrechte angesehener als andere, was hauptsächlich vom Bluterbe abhängt.

Im übertragenen Sinne wird der Begriff Blutrecht auch für den Kampf um einen Blutnamen gebraucht.

Clans: Beim Zerfall des Sternenbundes führte General Aleksandr Kerensky, der Oberkommandierende der Regulären Armee des Sternenbundes, seine Truppen beim sogenannten Exodus aus der Inneren Sphäre in die Tiefen des Alls. Nachdem sie sich weit jenseits der Peripherie niedergelassen hatte, zerfiel auch die Sternenbundarmee. Aus der Asche der Zivilisation, die Kerensky hatte aufbauen wollen, entstanden die Clans.

ComStar: Das interstellare Kommunikationsnetz ComStar wurde von Jerome Blake entwickelt, der in den letzten Jahren des Sternenbunds das Amt des Kommunikationsministers innehatte. Nach dem Zusammenbruch des Bundes eroberte Blake Terra und organisierte die Überreste des Sternenbund-Kommunikationsnetzes in eine Privatorganisation um, die ihre Dienste mit Profit an die fünf Häuser weiterverkaufte. Seitdem hat sich ComStar zu einem mächtigen Geheimbund entwickelt, der sich jahrhundertelang in Mystizismus und Rituale gehüllt hat, bis es nach der Entscheidungsschlacht gegen die Clans auf Tukayyid unter Prima Sharilar Mori und Präzentor Martialum Anastasius Focht zur Reformation des Ordens und Abspaltung der erzkonservativen Organisation Blakes Wort kam.

Elementare: Die mit Kampfanzügen ausgerüstete Eliteinfanterie der Clans. Diese Männer und Frauen sind wahre Riesen, die speziell für den Einsatz der von den Clans entwickelten Rüstungen gezüchtet werden.

Die Erinnerung: *Die Erinnerung* ist ein noch nicht abgeschlossenes Heldenepos, das die Geschichte der Clans von der Zeit des Exodus bis zur Gegenwart beschreibt. *Die Erinnerung* wird ständig erweitert, um neuere Ereignisse einzubeziehen. Jeder Clan verfügt über eine eigene Version dieses Epos, in der seine speziellen Meinungen und Erfahrungen verarbeitet sind. Alle Clankrieger können ganze Verse dieses riesigen Gedichtes aus dem Gedächtnis zitieren, und es ist durchaus nicht ungewöhnlich, Passagen auf OmniMechs, Luft/Raumjägern und sogar Rüstungen zu finden.

frapos/franeg: Diese Clanredewendungen werden am Ende rethorischer Fragen benutzt. Wird eine bejahende Antwort erwartet, benutzt man *frapos* (Frage positiv). Erwartet man eine verneinende Antwort, benutzt man *franeg* (Frage negativ). Die entsprechenden Antworten sind *pos* bzw. *neg*.

Freigeboren: Ein Mensch, der auf natürlichem Wege gezeugt und geboren wurde, ist freigeboren. Da die Clans so großen Wert auf ihr Zuchtprogramm legen, gelten Freigeborene von vornherein als minderwertig.

Freigeburt: Diese Verwünschung wird von wahrgeborenen Mitgliedern der Kriegerkaste benutzt und ist eine tödliche Beleidigung für einen anderen wahrgeborenen Krieger. Sie drückt im allgemeinen Widerwillen oder Frustration aus.

Geschko: Eine Gruppe von Kindern (Geschwisterkompanie) des Zuchtprogramms der Kriegerkaste, die wahrscheinlich von denselben Eltern abstammen und gemeinsam aufgezogen werden. Während sie älter werden, werden sie ständig getestet. Bei jedem Test scheiden Mitglieder der Geschko aus und werden in niedrigere Kasten abgeschoben. Eine Geschko besteht zunächst aus etwa zwanzig Kindern, von denen beim abschließenden Test noch etwa vier oder fünf übrig sind. Diese Tests und andere Erlebnisse binden die überlebenden ›Geschkinder‹ so eng aneinander, daß sie häufig lebenslanges Vertrauen und Verständnis füreinander zeigen.

Innere Sphäre: Mit dem Begriff ›Innere Sphäre‹ wurden ursprünglich die Sternenreiche bezeichnet, die sich im 26. Jahrhundert zum Sternenbund zusammenschlossen. Derzeit bezeichnet er den von Menschen besiedelten Weltraum innerhalb der Peripherie.

Kompanie: Eine Kompanie ist eine militärische Organisationseinheit der Inneren Sphäre, die aus drei BattleMech-Lanzen oder bei Infanteriekompanien aus drei Zügen mit insgesamt 50 bis 100 Mann besteht.

KSR: Abkürzung für ›Kurzstreckenrakete‹. Es handelt sich um ungelenkte Raketen mit hochexplosiven oder panzerbrechenden Sprengköpfen.

Landungsschiffe: Da Sprungschiffe die inneren Bereiche eines Sonnensystems generell meiden müssen und sich dadurch in erheblicher Entfernung von den bewohnten Planeten einer Sonne aufhalten, werden für interplanetare Flüge Landungsschiffe eingesetzt. Diese werden während des Sprungs an die Antriebsspindel des Sprungschiffes angekoppelt. Landungsschiffe besitzen selbst keinen Überlichtantrieb, sind jedoch sehr beweglich, gut bewaffnet und aerodynamisch genug, um auf Planeten mit einer Atmosphäre aufzusetzen bzw. von dort aus zu starten. Die Reise vom Sprungpunkt zu den bewohnten Planeten eines Systems erfordert je nach Spektralklasse der Sonne eine Reise von mehreren Tagen oder Wochen.

Lanze: Eine Lanze ist eine militärische Organisationseinheit der Inneren Sphäre, die in der Regel aus vier BattleMechs besteht.

Laser: Ein Akronym für ›Light Amplification through Stimulated Emission of Radiation‹ oder Lichtverstärkung durch stimulierte Strahlungsemission. Als Waffe funktioniert ein Laser, indem er extreme Hitze auf einen minimalen Bereich konzentriert. BattleMechlaser gibt es in drei Größenklassen: leicht, mittelschwer und schwer. Laser sind auch als tragbare Infanteriewaffen verfügbar, die über einen als Tornister getragenen Energiespeicher betrieben werden. Manche Entfernungsmeßgeräte und Zielerfassungssensoren bedienen sich ebenfalls schwacher Laserstrahlen.

LSR: Abkürzung für ›Langstreckenrakete‹, zum indirekten Beschuß entwickelte Raketen mit hochexplosiven Gefechtsköpfen.

Nachfolgerfürsten: Die fünf Nachfolgerstaaten werden von Familien regiert, die ihre Herkunft von einem der ursprünglichen Lordräte des Sternenbunds ableiten. Alle fünf Hausfürsten erheben Anspruch auf den Titel des Ersten Lords. Sie kämpfen seit Ausbruch der Nachfolgekriege im Jahre 2786 gegeneinander. Ihr Schlachtfeld ist die riesige Innere Sphäre, bestehend aus sämtlichen einstmals von den Mitgliedsstaaten des Sternenbunds besetzten Sonnensystemen.

Nachfolgerstaaten: Nach dem Zerfall des Sternenbunds wurden die Reiche der Mitglieder des Hohen Rats, die sämtlich Anspruch auf die Nachfolge des Ersten Lords erhoben, unter dem Namen Nachfolgerstaaten bekannt. Die Nachfolgerstaaten bestehen aus ursprünglich fünf und derzeit noch vier Herrscherhäusern: Haus Kurita (Draconis-Kombinat), Haus Liao (Konföderation Capella), Haus Steiner-Davion (Vereinigtes Commonwealth) und Haus Marik (Liga Freier Welten). Die Clan-Invasion hat die Jahrhunderte des Krieges seit 2786 – die Nachfolgekriege – einstweilen unterbrochen. Schauplatz dieser Kriege ist die riesige Innere Sphäre, bestehend aus allen einst von den Mitgliedsstaaten des Sternenbundes beherrschten Systemen. Die Nachfolgerfürsten haben ihre Streitigkeiten ausgesetzt, um der Bedrohung durch den gemeinsamen Feind, die Clans, zu begegnen.

Peripherie: Jenseits der Grenzen der Inneren Sphäre liegt die Peripherie, das weite Reich bekannter und unbekannter Systeme, das sich bis in die interstellare Nacht erstreckt. Die einstigen terranischen Kolonien in der Peripherie wurden durch den Zerfall des Sternenbundes technologisch, wirtschaftlich und politisch verwüstet. Derzeit ist die Peripherie größtenteils Zufluchtsort für Banditenkönige, Raumpiraten und Ausgestoßene.

PPK: Abkürzung für ›Partikelprojektorkanone‹, einen magnetischen Teilchenbeschleuniger in Waffenform, der hochenergiegeladene Protonen- oder Ionenblitze verschießt, die durch Aufschlagskraft und hohe Temperatur Schaden anrichten. PPKs gehören zu den effektivsten Waffen eines BattleMechs.

Regiment: Ein Regiment ist eine militärische Organisationseinheit der Inneren Sphäre und besteht aus zwei bis vier Bataillonen von jeweils drei oder vier Kompanien.

Sprungschiffe: Interstellare Reisen erfolgen mittels sogenannter Sprungschiffe, deren Antrieb im 22. Jahrhundert entwickelt wurde. Der Name dieser Schiffe rührt von ihrer Fähigkeit her, ohne Zeitverlust in ein weit entferntes Sonnensystem zu ›springen‹. Es handelt sich um ziemlich unbewegliche Raumfahrzeuge aus einer langen, schlanken Antriebsspindel und einem enormen Solarsegel, das an einen gigantischen Sonnenschirm erinnert. Das gewaltige Segel besteht aus einem Spezialmaterial, das gewaltige Mengen elektromagnetischer Energie aus dem Sonnenwind des jeweiligen Zentralgestirns zieht und langsam an den Antriebskern abgibt, der daraus ein Kraftfeld aufbaut, durch das ein Riß im Raum-Zeit-Gefüge entsteht. Nach einem Sprung kann das Schiff erst weiterreisen, wenn es durch Aufnahme von Sonnenenergie seinen Antrieb wieder aufgeladen hat.

Sprungschiffe reisen mit Hilfe ihres Kearny-Fuchida-Antriebs in Nullzeit über riesige interstellare Entfernungen. Das K-F-Triebwerk baut ein Raum-Zeit-Feld um das Sprungschiff auf und öffnet ein Loch in den Hyperraum. Einen Sekundenbruchteil später materialisiert das Schiff am Zielsprungpunkt, der bis zu 30 Lichtjahre weit entfernt sein kann. Sprungschiffe landen niemals auf einem Planeten und reisen nur sehr selten in die inneren Bereiche eines Systems. Interplanetare Flüge werden von Landungsschiffen ausgeführt, Raumschiffen, die bis zum Erreichen des Zielpunktes an das Sprungschiff gekoppelt bleiben.

Sternenbund: Im Jahre 2571 wurde der Sternenbund gegründet, um die wichtigsten nach dem Aufbruch ins All von Menschen besiedelten Systeme zu vereinen. Der Sternenbund existierte annähernd 200 Jahre, bis 2751 ein Bürgerkrieg ausbrach. Als das Regierungsgremium des Sternenbunds, der Hohe Rat, sich in einem Machtkampf auflöste, bedeutete dies das Ende des Bundes. Jeder der Hausfürsten rief sich zum neuen Ersten Lord des Sternenbunds aus, und innerhalb weniger Monate war die gesamte Innere Sphäre im Kriegszustand. Dieser Konflikt hält bis zum heutigen Tage, knapp drei Jahrhunderte später, an. Die Jahrhunderte nahtlos ineinander übergehender Kriege werden in toto als die ›Nachfolgekriege‹ bezeichnet.

Wahrgeboren/Wahrgeburt: Ein wahrgeborener Krieger ist aus dem Zuchtprogramm der Clan-Kriegerkaste hervorgegangen.

Zug: Ein Zug ist eine militärische Organisationseinheit der Inneren Sphäre, die typischerweise aus etwa achtundzwanzig Mann besteht. Ein Zug kann in zwei Abteilungen aufgeteilt werden.

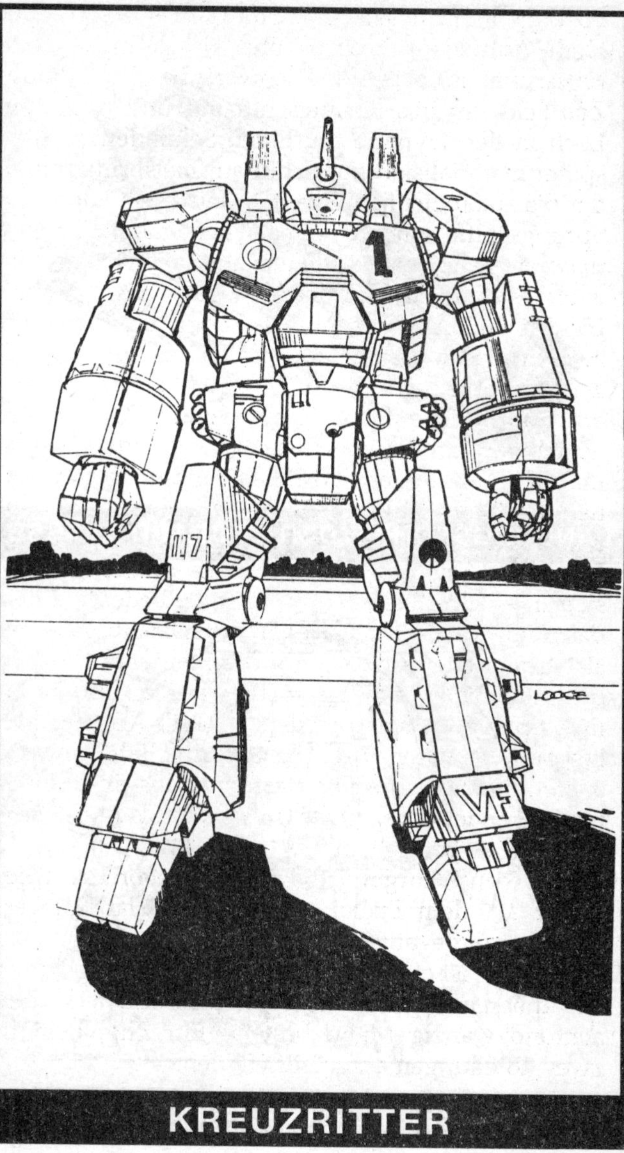

KREUZRITTER

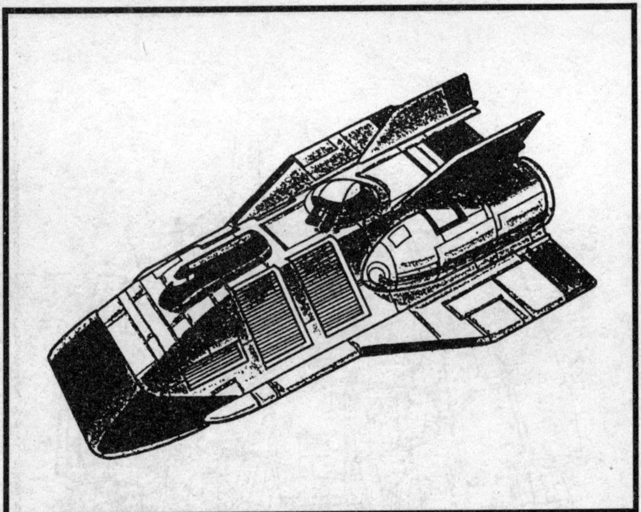

LANDUNGSSCHIFF DER LEOPARD-KLASSE

LANDUNGSSCHIFF DER UNION-KLASSE

HEUSCHRECK

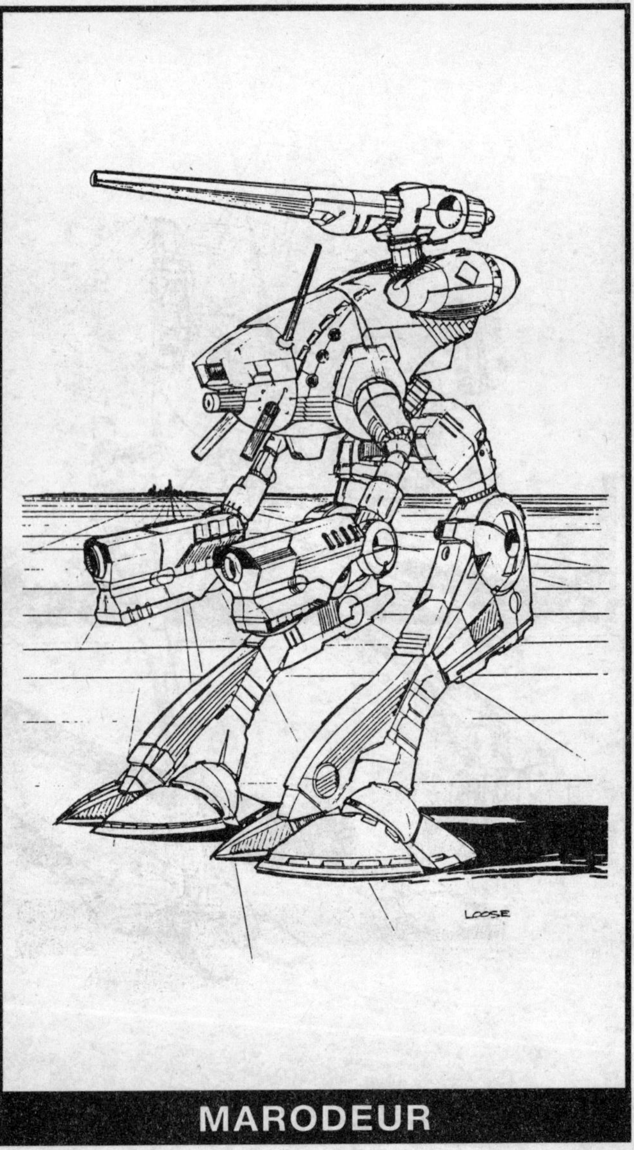

MARODEUR

FEUERFALKE

KAMPFSCHÜTZE

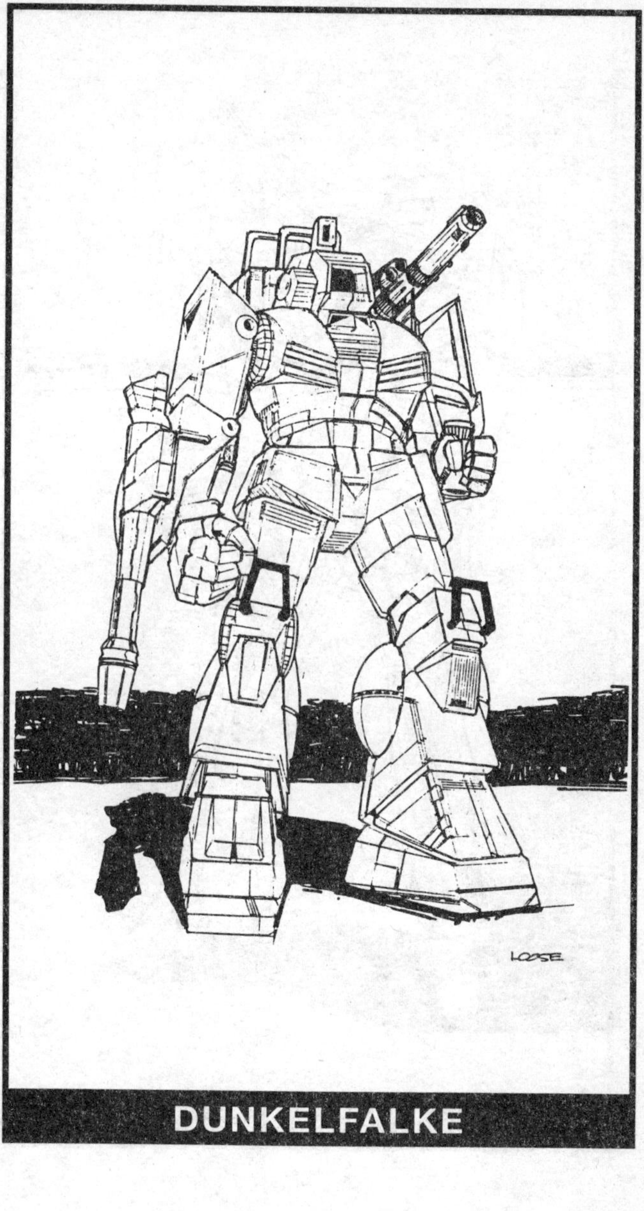

DUNKELFALKE

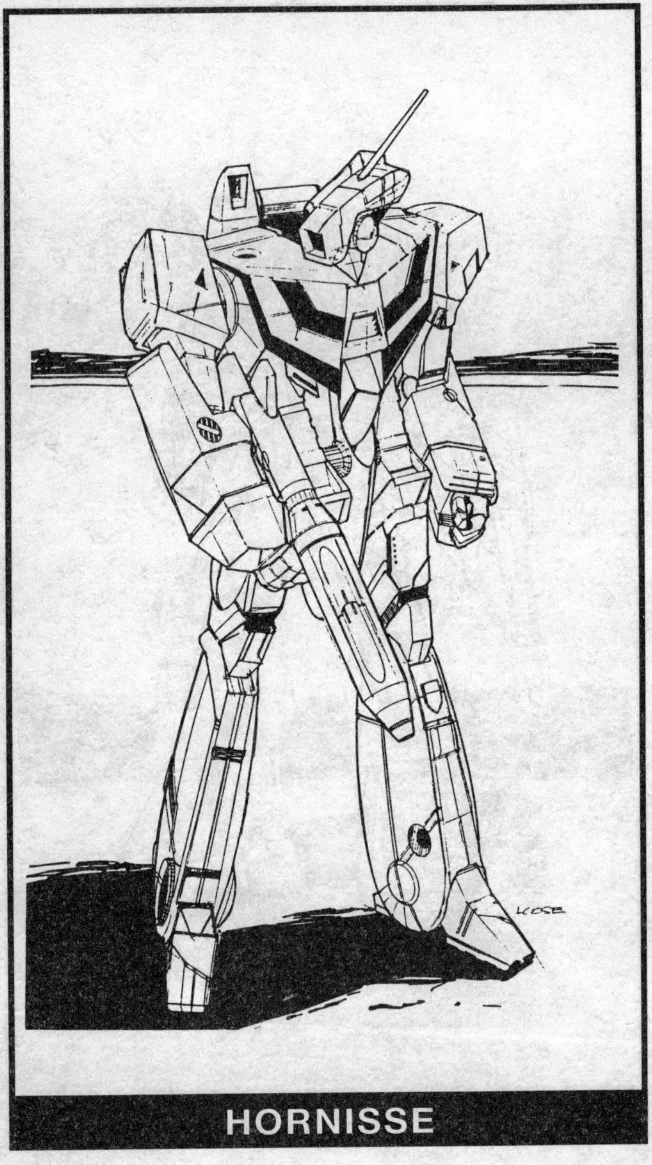

HORNISSE

WESPE

HEYNE BÜCHER

Anne McCaffrey

Der Drachenreiter (von Pern) -Zyklus

06/5540

Eine Auswahl:

Moreta – Die Drachenherrin von Pern
Band 7
06/4196

Nerilkas Abenteuer
Band 8
06/4548

Drachendämmerung
Band 9
06/4666

Die Renegaten von Pern
Band 10
06/5007

Die Weyr von Pern
Band 11
06/5135

Die Delphine von Pern
Band 12
06/5540

H e y n e - T a s c h e n b ü c h e r